विश्वगुरु

(उपन्यास)

विश्वगुरु

नीलोत्पल मृणाल

हिन्द युग्म

ISBN: 978-81-19555-54-3

प्रकाशक :
हिंद युग्म
सी-31, सेक्टर-20, नोएडा (उ.प्र.)-201301
फ़ोन- +91-120-4374046

मुद्रक : थॉमसन प्रेस
आवरण-डिज़ाइन : स्वाति ग्रेवाल
कला-निर्देशन : विजेन्द्र एस विज

पहला संस्करण : जनवरी 2026
दूसरा संस्करण : फ़रवरी 2026
मूल्य : ₹399

Vishwaguru
A Novel by *Nilotpal Mrinal*

Published By
Hind Yugm
C-31, Sector-20, Noida (UP)-201301
Phone- +91-120-4374046
Email- sampadak@hindyugm.com
Website- www.hindyugm.com

First Edition: Jan 2026
Second Edition: Feb 2026
Price: ₹399

सूर्य उगता है और डूब जाता है। हमारे समय का सूर्य चमकता नहीं है। उजाला अभिनय कर रहा है, अँधेरा निर्देशन।

—विश्वगुरु

1

महाराज दिनकर का रथ ऊपर की ओर चढ़ने लगा था। उत्तर वाहिनी गंगा के विशाल तटों के किनारों को पकड़कर अस्सी–पचासी कोस निकलते ही रास्ते के दोनों तरफ खड़े छोटे-मँझोले हरे–भरे पहाड़ों का सौंदर्य मुग्ध करने लगा था। पहाड़ों की जड़ से सटे सदाबहार वन अलग ही उल्लास में झूम रहे थे। जैसे ऋतुराज बसंत की कामायनी सेना दक्षिण के सत्यमंगलम के जंगलों से मलय समीरों के रथ पर सवार होकर चली आ रही थी। धरती हो या आकाश, दोनों को कामदेव अपने दिग्विजय पुष्पधनुष पर सम्मोहन का बाण चढ़ाकर कामाहत किए जा रहे थे। आम की बौराई मंजरियों पर भौंरों ने कामना के झूले डाल दिए थे। कुछ भौंरे कचनार के गमकते गुलाबी फूलों के बीच ऐसे बैठे थे जैसे किसी मलमल की केसरी शिला पर रतिपति स्वयं परमानंद की समाधि में बैठे हों।

कभी–कभी तेज हवा डोलकर चलती और महुआ का आदिवृक्ष खुले हाथों से मदन-रस बाँटता दिखता। सखुआ की फुनगी पर सफेद मुस्कान की कली खिलने को तैयार थी।

खेतों में पीली सरसों के फूलों पर बैठी तितलियाँ ऐसी प्रतीत होतीं जैसे कोई वात्स्यायन ठीक फूलों के ऊपर अपनी खुली किताब छोड़कर भूल गया हो।

सुग्गा–सुग्गी के जोड़े ने पलाश के लाल फूल जूठे कर अपने ठोर रँग लिए थे। एक नर मैना अपनी चोंच से अधपके बेर को खोंटता और उसका दो–तिहाई हिस्सा मैना सुंदरी की तरफ बढ़ा दे रहा था। गेंदे के मीठे पराग को पीकर अघाई हुई मैना सुंदरी उस कसैले खट्टे अधपके बेर के टुकड़े को चखकर किनारे कर दे रही थी। सुवासित आम्र मंजरियों के पीछे से कोयल अपनी कुहुक में जैसे मदनाष्टक गा रही थी और स्वयं बसंतराज रतिरत आनंदित, मूर्च्छा से बेसुध हुए जा रहे थे।

भारत, परम रसभाग्य से सुशोभित वो भूमि जहाँ हर मौसम ने अपना डेरा रखा था। भारत यूँ ही ऋतुओं का देश नहीं था और उसमें भी बसंत का रुआब, इसकी सजधज ही अलग थी।

उल्लास। स्पंदन। गंध चंदन। गुंजन। मन्मथ मदन। चहुँओर रंग-ही-रंग। यही तो था बसंत।

देश वही था। बस दुनिया बदल गई थी।

नयी सदी का एक दशक गुजर चुका था।

माघ अपना कंबल समेटकर विदा हो चुका था।

बसंतराज अपने लाव–लश्कर के साथ ठाठ से उतरे।

उतरते ही एक बार सामने देखा, फिर दायें–बायें, थोड़ा चौंके बसंतराज। उन्हें कुछ घटा हुआ–सा महसूस हुआ, अगले ही क्षण घुटा हुआ भी। पीछे पलटकर देखा तो लश्कर लसक के पीछे छूट गया था। कालगति ने ऋतुओं की वीणा से बसंत के स्वर ही विस्मृत कर दिए थे। बसंत ने संशय में कुछ बुदबुदाने के बाद जैसे ही कुछ गुनगुनाना चाहा, लगा कोई बेसुरा घिघिया रहा हो। महसूस हुआ कि मधुमास में घुला मधु विषाक्त हो चुका था। बसंत का रथ अब ठिठककर वहीं ठहर गया था। आधुनिकता की असंवेदनशील आँधी ने बसंत के वस्त्र चीर दिए थे और उसकी सुरभि को धुएँ के गर्भ में डाल दिया था। ऋतुराज के रथ पर लहर रही मलय समीर की पताका तार-तार हो चुकी थी और संग आई उस मलयज बयार में पेट्रोल और डीजल की गंध घुल चुकी थी। तभी अचानक अग्नि बरसा रहे किरणों के गोलों से बसंतराज के बदन में लाल-लाल चकत्ते उभरने लगे।

ऋतुराज को लगा कि वे धुएँ की धुंध में अंधे हुए, दोनों हाथ टटोल रहे थे और मानो अपने पुष्पधनुष को विस्मृत कर किसी ग्लानि से ग्रस्त शापित

तपस्वी की भाँति निर्वसन को भुगतते हुए, समय की तप्त रेत पर नंगे पाँव चले जा रहे थे।

आगे देखा कि कामदेव हाफ पैंट पहने पूरी देह खजुआते हुए ठंडे नल की तरफ दौड़ रहे हैं जिसमें पानी भी नहीं आ रहा था। बसंतराज ने सूखे कंठ के साथ हाथ का आँख पर छज्जा बनाकर दूर तक देखा तो न मोर नजर आ रहे थे, न हिरण, न ही कबूतर।

देखा कुछ कुत्ते कचरे से पॉलीथिन घसीटकर सड़क पर ला रहे हैं। कुछ गिद्ध वहीं बगल के श्मशान में लाशों की ताक में मँडरा रहे हैं। बसंत कुमार थोड़ा आगे बढ़े तो देखा जहरीली शराब की मटकी में मुँह डालकर निकले कुछ कौए मरे पड़े हैं। आम्र मंजरियों की गंध, जो कभी नवयौवना की पहली साँस-सी मादक थी, अब कार्बन के काले कंबल में लिपटकर निष्प्राण हो चली थी।

खूब पैदावार के लिए उन आम की मंजरियों पर दवा छींटी जा रही थी और उसे चखते ही कोयलों की आवाज कर्कश होती जा रही थी। वनराज सखुआ की फुनगी पर सफेद फूल की जगह काली प्लास्टिक की पॉलीथिन अटकी हुई लहरा रही थी। वो पलाश जो कभी बसंत का रक्तिम टीका था, अब सूखती झाड़ियों में किसी परित्यक्त दुल्हन की सिंदूरी साड़ी-सा पड़ा हुआ था।

रतिदेव के पुष्पधनुष और सम्मोहन के बाण नगर निगम वाले समेटकर ले गए थे। कामदेव अब च्यवनप्राश का डिब्बा पकड़े खाँस रहे थे। भौंरे फूलों के स्वादहीन पराग पीकर दुबले हुए जा रहे थे और उन फूलों का उदास रंग देख विलाप कर रहे थे। कुछ तितिलियाँ अस्पताल के बाहर रखी चप्पलों पर बैठी हुई थीं और कुछ तो एक ही पंख होने से उड़ने की कोशिश में लुढ़क जा रही थीं। कुछ तोते होटलों के किनारे रखी जूठी थालियों पर बैठे थे और बचा हुआ आलू का टुकड़ा ले उड़ना चाह रहे थे। मैना, अपनी मैना सुंदरी को खोजता हुआ बिजली के तार-दर-तार भटक रहा था, उसने एक तार पर अपने साथी मैना को झुलसकर झूलता हुआ देखा था।

बसंतराज के कान से पसीने की धार गिरने लगी। बदन में उठे फफोलों पर उड़ते पवन ने सैकड़ों मील दूर से लाकर गंगा की माटी घिसनी चाही, लेकिन यहाँ तक आते-आते वो काली धूल में बदल गई थी, बदन पर काली

काई की तैलीय परत जम रही थी। कानों में मदनाष्टक की जगह कर्णपीड़क गाड़ियों और कर्णदाहक भोंपू की कर्कश ध्वनियाँ बज रही थीं। गंगा के उत्तरी तट से लगे सैकड़ों किलोमीटर के दोनों किनारे अब यंत्रों की कराह से गूँजते मालूम हो रहे थे। सखुआ और महुआ की मधुर छाँव सीमेंट और लोहे की दीवारों में कैद हो चुकी थी, नीम और पीपल बोनसाई गमले में दफना दिए गए थे।

कभी धरा और गगन के बीच एक आलंबन भाव से झूमता बसंत अब चक्कर खाकर बेसुध होने को था।

गर्मी और नोचनी से परेशान बसंतराज ने थोड़ी राहत के लिए पास से गुजरती, ठंडी दिख रही छोटी–सी नदी में छलाँग लगा दी। वो किसी कारखाने से निकली गर्म नाली थी। बसंतराज हड़बड़ाकर बाहर निकले। दुर्गंध से फट रहे नथुने को दाबे बसंतराज ने जब अपनी कामिनी कंचन काया को दौड़कर एक देहाती सैलून के आईने में निहारा तो मूर्च्छित होते-होते बचे और वहाँ से पुनः नंग–धड़ंग दौड़े।

चितकबरे बसंतराज, अब दौड़ते हुए गाँव बल्लोपुर के मुहाने पर पहुँच चुके थे। यहाँ तक आते–आते उधर ऊपर इंद्रराज भी ऐन मौके पर ठिठोली करने को तैयार बैठे थे। बिना ऋतु के, रीत का पालन किए बिना ही बरस पड़े। बल्लोपुर की भौगोलिक रेखा बनाने वाली सूखी–सी दुधमंगला नदी की रेत पर अभी खड़े ही थे बसंतराज। तभी नदी की रेत पर पीले पानी की एक पतली–सी परत इस तरह से बहती हुई आई जैसे किसी ने झाड़ू से बुहारकर गंदे पानी को किनारे सरका नदी की रेत पर फैला दिया हो। बसंतराज को लगा कि गाँव बल्लोपुर उनके आगमन पर उनके पाँव पखार रहा है शायद। लेकिन पानी पैर के तलवे से ऊपर चढ़ा ही नहीं। भीगे तलवे को लेकर नदी से ऊपर चढ़ गाँव की गली की तरफ अभी बढ़े ही थे बसंतराज कि अभी तक ठहर-ठहर के हो रही बेमौसम की बारिश ने एकबारगी ही बरसकर पाँव से लेकर घुटने तक कादो-कीचड़ और गोबर से सान दिया था बसंतराज को।

इधर गाँव में हल्ला हुआ, बसंत आया। सब फिर एक साथ बोले, हाय रे बसंत!

तभी एक ने पूछा, कहाँ बसंत?

आवाज आई, गया बसंत!

ये बसंत था ही नहीं! ये बसंत का वियोग था। बसंत का विलोप था। ऋतुराज की निर्वसन यातना थी।

ये तो भूले हुए बसंत का शव संस्कार था, एक ऐसा ऋतु-शोक जिसे मनाने के लिए कोई ऋषि नहीं, कोई कवि नहीं।

यह बसंत अब नहीं आता, ये जो आता है, स्मृति में जलती कोई बासंती चिता है जिसकी राख से उड़ती धूल में एक कसैली-सी गंध है, सुवास नहीं।

सुबह के नौ बजे से ही धूप कनपटी में गड़ने लगी थी और बल्लोपुर के सरकारी हाईस्कूल के ठीक पीछे वाले अहाते से सटे उस घर का आँगन सीधी पड़ती तेज किरणों के कारण लोहे के तवे-सा धीरे-धीरे गर्म होने लगा था।

लेकिन बीच आँगन में पड़ी खाट पर इसका कोई असर नहीं पड़ रहा था। खाट के सिरहाने वाले दोनों बाँस के पायों पर एक-एक कौए आकर बैठे हुए थे। वो बीच-बीच में अपना सिर घुमाकर इस तरह इधर-उधर देख रहे थे जैसे खाट को अगोरकर बैठे हों और किन्हीं और दो कौओं की राह तक रहे हों, जिससे चारों पौवों के लिए कौवों की संख्या चार हो जाए तो फिर चोंच पर खाट उठा के चित्रगुप्त के घाट ले जाएँ।

"अरे कोई पानी-वानी छींट के, झाड़ू-फाड़ू से हुरकुच के तो देखिए, जिंदा है कि मर गया सुतते-सुतते थक के?" घर के अंदर से एक झनझनाती हुई आवाज रसोई वाली खिड़की के रास्ते फानकर बाहर निकली।

नीले रंग के हाफ पैंट और चौरंगे छापा वाले टी-शर्ट के भीतर से झाँक रही चित्तीदार मटमैली सफेद सैंडो गंजी में खाट पर धरा हुआ जो नौजवान था, वो वस्तुत: इतनी दीर्घ निद्रा में अविगति को प्राप्त था कि शरीर लगभग पार्थिव के आस-पास तक पहुँच गया था। उसे हिलाया-डुलाया न जाए तो पार्थिव देह का अहसास दे रहा था एकदम। उससे तो जरा भी कम नहीं।

लंबी छरहर काया जिससे पाँव का अगला हिस्सा खाट के बाहर लटका हुआ था, पुराने गेहूँ का रंग, सिर पर गेहूँ की बालियों सदृश ही घने बाल, नवाबी निद्रा की शांति के कारण खुले हुए होंठ से बाहर की ओर झाँक रहे दाँत, उस पर छितरे हुए दोनों हाथ जो वक्र होकर अलग-अलग दिशाओं में उँगली करते मालूम हो रहे थे। गंजी सरक जाने के कारण बीच पेट में स्थित शरीर का नाभि केंद्र भी झलक रहा था।

होंठों की कोर से लार रुक-रुककर गिर रही थी, पर ये बीमारी के कारण

नहीं था, मुँह में शायद रात का गुटका स्थिर जमा यानी फिक्स डिपॉजिट ही छूट गया था।

ऐसी मलिनाकर्षक निस्तेज पड़ी पार्थिक काया को देख भला गिद्ध या कौए क्यों न आकर्षित हों!

एक कौआ बीच-बीच में जाकर नौजवान के सिर पर ठोंठ मारकर चला आ रहा था। शरीर में एक झटके से हरकत हुई और पड़े हुए शरीर ने सिर के नीचे का तकिया एक झटके में निकाल सिर के ऊपर रख लिया और पुनः ब्रह्मलीन हो गया। कौआ अगर अब भी जा के चोंच मारता तो पत्थर-सी कड़ी हो गई पुरानी रूई के तकिए में फँसी चोंच को निकलवाने के लिए बहुत मिन्नतें करनी पड़तीं उसको। उसे चोंच त्यागने भी पड़ सकते थे। फिर भी एकाध बार तो फुदक के तकिए में भी मार ही आया, लेकिन चोंच नहीं, लात।

शायद वो भी नियति को ही निभा रहा था। रामायण के काल में उसने सीता माता जी के पाँव में चोंच मारने का पाप किया था, अब जाकर चिन्मय कुमार के माथे पर चोंच मार उस पाप का प्रायश्चित्त कर रहा था।

"अरे जो कागा के खोंचने से नहीं जागा, इसको मरा ही समझ लेने में क्या दिक्कत है? बेहूदे को तो सत्रह सौ बार समझाए कि इतना देर तक, वो भी बीच आँगन में मलेच्छ के जैसा मत सोया करो, मनहूसियत फैला रखा है घर में। पड़ा रहता है दिन के ग्यारह बजे तक। क्या ही टिकेगी घर में लक्ष्मी? कहाँ से होगा बरकत?" ये ब्रह्मदेव बाबू की आवाज थी। जोर लगा के निकाली गई ब्रह्मदेव बाबू की आवाज में बहुत जोर नहीं होता था, एक तरह की थकान होती थी, जो आवाज में कम चाल में ज्यादा दिखती थी।

खाट पर पड़े चिन्मय कुमार को रोज ये आवाजें अब तो लोरी की तरह लगने लगी थीं। जितनी जोर की ध्वनि कानों में जाती, नींद उतनी ही गहरी होती जाती।

"पहले लक्ष्मी आए तो घर में, तब न टिकने और रुकने का इंतजाम करे आदमी! आपको तो चार पैसा किसी का प्रेम से दिया हुआ भी छूने में पाप ही लगता है। खुशी-खुशी दिया पैसा भी आपको घूस लगता है। अब कौन समझाए आपको?" बबिता देवी बारी-बारी से बेटे और बाप दोनों को सुबह की खुराक दे रही थीं। सीमित वेतन के पैसे से घर चलाने वाली गृहिणी जब महीने के आखिरी दिन राशन के उधार का हिसाब लगाए और शेषफल में

अगले महीने का इंतजार बचे तो फिर कहाँ से लक्ष्मी जी इस शिकायत से बच पातीं। आज महीने की वही आखिरी तारीख थी और ब्रह्मदेव बाबू के मुँह से लक्ष्मी जी की नाम निकल आया था। बबिता देवी भला कैसे न टोकतीं!

ब्रह्मदेव बाबू पूरी नौकरी इसी सावधानी से काम करते रहे कि कभी कोई ऊँच-नीच के चक्कर में न फँस जाएँ।

लेकिन ब्रह्मदेव बाबू का न उधर कान था और न ही ध्यान। एक बाप खाट पे लेटे अपने भविष्य में उलझा हुआ था अभी।

"अभी जागेगा दुपहरिया में और फिर हमारा खा-पी के निकल जाएगा एक और नया फार्म भरने। फिर साँझ को पाँच परीक्षा का किस्सा ले के आ जाएगा, बस किस्सा सुनाएगा और रात फिर हमारा खा के सो जाएगा। यही तो रुटीन है साहेब का।" पिता ब्रह्मदेव बाबू लगातार बोलते हुए, खाट की तरफ बिना देखे आँगन में ही अपने स्नान-ध्यान का भी कार्यक्रम संपन्न किए जा रहे थे।

"अरे आप भी... फिर वही नौकरी का रामकहानी! अरे पहले उसके माथा पर से कौआ उड़ाइए न, अपशगुन होता है। ले के बैठ जाते हैं एक ही बात, नहाते-धुआते, खाते-पीते एक ही बात, वही नौकरी, वही नौकरी।" माँ बबिता देवी ने थोड़े खीजे हुए, पर सामान्य स्वर में ही कहा।

"हाँ तो बिना नौकरी कौन शगुन का चीज हो रहा घर में? घर में दुपहरिया तक जवान बेटा सोया हुआ है बिना काम धंधा के, ई अपशगुन नहीं लगता है? लक्ष्मी क्या हम लूट के लाएँ? क्या घूस खा के, किसी का छीन के लाएँ पैसा? ऐसे आएगी लक्ष्मी? खैर छोड़िए।" जोश-जोश में बढ़ जाने वाली बात फिर खुद ही रोक ली थी ब्रह्मदेव बाबू ने।

ब्रह्मदेव बाबू अक्सर कहते थे, मोबाइल के युग में साला एक ठो सिगरेट भी किसी से लिए तो लोग फोटो खींच लेता है। फिर देते रह जाइएगा सफाई कि सिगरेट घूस में नहीं, खुशी-खुशी में पिलाया था फलनवा हमको।

नहा के ब्रह्मदेव बाबू ने भीगी लुंगी बाल्टी में डाल गमछा लपेट लिया था।

"अरे अपशगुन नहीं है भौजी। पित्तर आ के जगा रहे हैं हमारे चिन्मय को। कौआ के रूप में पूर्वज भी तो आते हैं न! इसलिए खाली नगेटीभ ही मत सोचिए, पजेटीभ भी देखना होगा इसका। है कि नहीं ब्रह्मदेव बाबू?"

ये अचानक एक तीसरी आवाज आई थी आँगन से सटे और साफ दिख रहे स्कूल की छत से। वहाँ मुस्की मारे खड़े थे नगीना मास्टर, बल्लोपुर हाईस्कूल में गणित के शिक्षक।

पूरा नाम था नागेश्वर झा। पर कहते सब नगीना ही थे। नागेश्वर नाम के विपरीत एकदम गोरा रंग, लंबी नाक, नाक के नीचे पतली-सी चार्जर के तार जैसी मूँछ और काई की तरह बीच-बीच उगी हुई थोड़ी भूरी होती दाढ़ी।

मुँह में कुछ भरे हुए, जीभ को अंदर ही अंदर गाल के दाहिने हिस्से की तरफ ठेल अभी भी मुस्किया रहे थे वहीं खड़े हो के।

खुल के वैसे भी नहीं हँसते थे, क्योंकि सामने के तीन ऊपर के दाँत और नीचे के सेट से भी दो सामने वाले दाँत उम्र ने खोल लिए थे। इसलिए कभी पान के शौकीन रहे नगीना मास्टर साब अब बहुत जरूरी मौके पर ही पान खाते थे, वो भी बिना सुपारी। असल में आगे से बाड़बंदी तो थी नहीं, तीन-तीन दाँतों का खालीपन बड़े दर्रे जैसा होता है, सो ऐसे में पान की लाल धार सँभलती नहीं थी, ढरक के कुर्ते पर, शर्ट पर, पैंट पर गिर जाती थी। इसलिए मजबूरी में पान छोड़ना पड़ा था नागेश्वर बाबू को। कभी-कभार मन एकदम भीतर से लात ही मारने लगा तो पान के ऊपर का बस आवरण चाट लेते थे किमाम लगवा के। हाँ खैनी जरूर सहारा था। ऊपर के होंठों में दबाने के अभ्यास के कारण नीचे के दर्रे से कोई फर्क पड़ता नहीं था खैनी खाने में। बायें हाथ से ऊपर का होंठ कार के बोनट जैसा उठाकर उसमें अंदर के हिस्से में दायें हाथ से खैनी चिपका देना, ये ऊपरहोंठा खैनीबाजों की सबसे प्रचलित विधि थी तंबाकू खाने की।

नगीना बाबू अक्सर स्कूल की छत पर ऐसे ही आते-जाते रहते थे। असल में बच्चों को संस्कारयुक्त और नशामुक्त माहौल देने के लिहाज से वो ऊपर छत पर ही आ के खैनी बनाते थे।

शिक्षक को इतना ही सजग और जिम्मेदार होना चाहिए।

गलत चीज को सही जगह पर करने की समझ ही शिक्षक को मास्टर बनाती है।

शिक्षक वो जो पाठ सिखाए, मास्टर वो जो होशियारी सिखाए।

कुल मिलाकर जानने वाली बात ये थी कि भारतीय शिक्षा व्यवस्था में शिक्षक बच्चों के भविष्य के अलावा खैनी भी बनाते थे।

कक्षा में देश का भविष्य बन रहा था, ऊपर छत पर खैनी और जब से मध्याह्न भोजन स्कीम आई थी, खिचड़ी तो बन ही रही थी स्कूलों में।

"कौन बोला रे? के है? किसका पूर्वज है उधर स्कूल के छत पर जी?" बबिता देवी ने शायद सही अंदाजा लगाते हुए अंदर से ही कहा।

"ही ही अँ अँ, हम नागेश्वर मास्टर, प्रणाम भौजी।" नगीना मास्टर ने रेलिंग से गर्दन थोड़ी नीचे कर अपना शुभ नाम लेते हुए कहा।

"ह ह हाँ सही ही बात नगीना जी, अरे अगर स्कूल में आपलोग जाग के अच्छे से पढ़ा-लिखा दिए होते बच्चों को, तो आज ई सब बच्चा नहीं सोता। अरे जिसको विद्यालय से ही सुतने का ट्रेनिंग मिला हो उसको पूर्वज क्या, पूर्वज का बाप भी नहीं उठा सकता। इसलिए कम से कम आप अपना बाल-बच्चा को देखिए, पूर्वज से प्रार्थना करिए कि आपके होते हुए भी आपका बच्चा लोग पढ़-लिख के कुछ कर ले। हमारा वाला तो आपकी कृपा से सुत ही गया है।" बबिता देवी की तरह खरकचाहे स्वर में नहीं बल्कि बड़े मीठे मुँह से बोला था ब्रह्मदेव बाबू ने। एकदम से मुस्कराते हुए ही सँभाला था मैदान।

"अपना बाल-बच्चा के सरकारी में थोड़े पढ़ाएगा ई नागराज। सुने हैं इंग्लैंड में भेजा है पढ़ने।" बबिता देवी ने रसोई से ही चूल्हे पर लोहे का तवा चढ़ाते हुए कहा। लेकिन लगा ऐसा कि जैसे उसे रखा हो नगीना मास्टर की ही छाती पे। छत तक आवाज पहुँचाने के लिए बबिता देवी को गले का स्वर सामान्य से दो-तीन गुना ऊँचा कर के ही बोलना पड़ रहा था, इससे मन में चिढ़ और भर जा रही थी। वैसे नगीना मास्टर का इस तरह से बेमतलब बीच में आ के बोलना और व्यंग्य करना क्रोध दिलाने के लिए काफी था।

मास्टर नगीना उर्फ नागेश्वर बाबू ने पता नहीं किस मुहूर्त में कुरुक्षेत्र का फेंका हुआ भाला ले लिया था अपने पीछे के संवेदनशील हिस्से पर। शायद कुछ तो खुन्नस रही होगी पहले की। अभी भी नीचे उतर कक्षा में नहीं जा रहे थे। उनको भी शायद मजा आ रहा था ब्रह्मदेव बाबू और बबिता देवी को इस तरह चिढ़ता हुआ देख के।

"हा-हा, अब आप हमारी पूजनीय हैं भौजी। आप क्रोधित हो गई हैं बेकार में। ब्रह्मदेव बाबू से पूछिए, हम तो बाल-बच्चा को शुरू से ही नानी घर में डाल दिए थे, वहीं के अंग्रेजी मीडियम में। देखिए सरकारी स्कूल में पढ़ाई

कमजोर नहीं है, लेकिन वाइफ का मन था कि इंग्लिसे मीडियम में डालेंगे, तो डाल दिए। अब तो सब जॉब पकड़ने के लिए तैयार है। अरे लेकिन आपका चिन्मय भी एकदम से कमजोर स्टूडेंट थोड़े है। बस थोड़ा रुटीन को ठीक करे और गलत संगत को छोड़ दे। हम खुद सरकारी स्कूल का प्रोडक्ट हैं।" उत्पाद ने खुद अपने उत्पादन का किस्सा सुनाते हुए कहा।

"आप प्रोडक्ट ही हैं मास्टर साहेब, शिक्षक भी बनिए अब थोड़ा। प्रोडक्ट बनना हो गया, अब कुछ प्रोडक्टीभीटी भी हो। थोड़ा बहुत भी तो पढ़ाइए स्कूल में। क्या दशा है आपके विद्यालय का, देखते नहीं हैं क्या आपलोग अपने से? कोई जिला या सेंट्रल से जाँच–वाँच वाला भी नहीं आया क्या इधर इस स्कूल में?" ब्रह्मदेव बाबू ने भरे मन की सारी बात उड़ेल दी थी अभी तो।

"अरे इनका जाँच तो बाद में होगा, पहले इनका एक फैसला आज कर ही देने दीजिए। देखिए इनको एक हजार बार बोले हैं कि छत पर मत चढ़िए, पूरा हमारा घर-आँगन दिखता है, औरत महिला सब रहता है आँगन में, लेडीज लोग नहाता–धुआता है, अरे थोड़ा तो शरम कर लीजिए। और इधर खैनी खा के मेरे हाता में मत थूकिए आप मास्टर लोग। लेकिन ई लोग सुनता नहीं है, लिहाज बहुत हो गया इनलोग का। एक दिन हम बेज्जत कर देंगे स्कूले में आ के। तब छाती ना पीटें ई नागराज, कह दीजिए इनको।" बबिता देवी ने सीधा संदेश दिलवाया जो स्पष्ट सुनाई पड़ रहा था बाहर स्कूल की छत तक।

"सब सुन ही रहा है अपने कान से।" ब्रह्मदेव बाबू वहीं आँगन में गमछा लपेटे खड़े-खड़े बोले।

"ये लोग पहले दीवार ऊँचा कराएँ स्कूल का। बहुत फंड खाया तुमलोग स्कूल का। अब दीवार ऊँचा करवाओ पहले।" इस बार बबिता देवी ने रसोई से बाहर आ तमतमाते हुए स्वर में कहा था। हाथ में दाल वाली करछुल लिए हुए ही थीं। दीवार उठवाओ वाली बात तो इतने गुस्से में कही थी कि इस वक्त नगीना जी नीचे पकड़ा जाते तो दीवार में ही गूँथ देतीं बबिता देवी।

बोलते वक्त बबिता देवी की गर्दन और आँखें ब्रह्मदेव बाबू की ओर थीं लेकिन निशाने पर नागेश्वर मास्टर थे।

अलबत्ता इस बार तो रसोईघर से ही मास्टर लोगों द्वारा फंड नामक पदार्थ खाने पर भी हल्ला बोल दिया था बबिता देवी ने।

मास्टर नागेश्वर झा जी दो क्षण के लिए तो सकपका–से गए थे। एकबारगी तो सीधे सीढ़ी की ही तरफ जाने को बढ़े, लेकिन फिर दो कदम पीछे आ बड़ी विनम्रता के साथ सामान्य स्वर में बोले बिना नहीं ही माने, कहा, "भौजी, कभी नहीं, कोई फंड नहीं खाया कोई। कभी नहीं।" सकपकाए नगीना झा ने त्वरित रूप से खंडन किया।

"आँगन में थूका–थूकी करने, झाँकने में लाज नहीं लगता है?" बबिता देवी ने करछुल नचाते हुए फिर से कहा।

"हे भौजी! हमलोग मास्टर लोग इधर काहे थूकेंगे, खबरदार जो कक्षा में कोई हमलोग को खैनी–बीड़ी करते दिखा दे। देखिए इधर सातवीं–आठवीं की कक्षा का खिड़की खुलता है, वही बच्चा लोग पान पुड़िया, खैनी गुटका फेंकता होगा तो कह नहीं सकते हैं। जब चिन्मय जगे तो पूछिएगा न, हम तो क्लास में घंटी तक बजवाना बंद करा दिए कि भाई बगल के आँगन में चिन्मय सोया है, मत ही बजाओ। बताइए हम थूकेंगे आँगन में? और हम ताकेंगे लेडीज को नहाते हुए? कभी नहीं, हे ईश्वर, हे भगवान सत्यनारायण। छि:--छि: भौजी। राम–राम।" नगीना मास्टर ने मुँह भी छि:--छि: जैसा बनाते हुए कहा।

"अरे जाइए न, बहुत हुआ आपका गलचौरा, अब रिटायर होने का बेला हुआ, अब भी तो कुछ दिन शिक्षक बन के पढ़ा दीजिए।" ब्रह्मदेव बाबू से भी रहा तो नहीं ही जा रहा था।

ब्रह्मदेव बाबू इतना कहते हुए बरामदे से सटे अपने कमरे की तरफ अंदर गए। उधर मास्टर नगीना भी अबकी बिना कुछ बोले सीढ़ियों से नीचे उतरने चले गए थे।

बबिता देवी से मगर रहा थोड़े गया था। पति ब्रह्मदेव के लिए जल्दी से थाली लगा रही थीं। तभी उसको छोड़ इधर कमरे की तरफ आईं और पूछ लिया, "ई क्या बोल रहा था नागेश्वर? कौन संगत पकड़ लिया है चिन्मय? आप काटे काहे नहीं उसका बात को? मतलब इतना उल्टा–पुल्टा बोलेगा ई मास्टर?"

लेकिन ये सुनते ब्रह्मदेव बाबू ने जो कहा वो एकदम से अप्रत्याशित ही था बबिता देवी के लिए।

"आँय! क्या उल्टा–पुल्टा? आज नगीना मास्टर बोल रहा, कल पूरा

गाँव बोलेगा। हम ऐसे ही थोड़े पगलाए हुए हैं इसका फ्यूचर देख कर! नगीना मास्टर कोई हवा में थोड़े बोला है, सच बोला है, तो सुनना ही पड़ेगा न। सुन रहे हैं हम। हम काहे चुप हो गए? क्या ही बोलेंगे?" ब्रह्मदेव बाबू ने बिना पीछे मुड़े ही बिस्तर पर से अखबार के पन्ने समेटते रहते हुए कहा।

"मतलब? तो क्या डकैत के साथ घूमता है हमारा बेटा? अरे लड़का को एक नौकरी नहीं है तो इसका मतलब कि डकैत हो गया?" बबिता देवी ने अभी तक खाट पर सो ही रहे बेटे को अपना कवच देते हुए कहा।

और जवाब में ब्रह्मदेव बाबू का बिना कुछ सुने रसोई की तरफ चली गईं।

इस बीच लगभग तैयार हो कर के ब्रह्मदेव बाबू भी कमरे से बाहर निकल आए थे। बरामदे वाली चौकी पर पानी का गिलास रखा हुआ था, जहाँ थाली अभी लगनी थी।

"डकैत नहीं, गुंडा हो गया है। डकैत तो परमोशन के बाद होगा। नगीना मास्टर बोला न घंटी वाला बात! अरे जब घंटी है ही नहीं स्कूल में, तो बजाएगा क्या? ये लोग चार लड़का स्कूल जा के घंटी छीन लाया है। कहता है कि घंटी बजने से इसका नींद खराब हो जाता है। गाली-गलौज भी किया है स्कूल में, हमको तो हेडमास्टर साब सारी बात बताए। ताली बजा के क्लास चल रहा स्कूल में। अब हम सबको क्या बताएँ कि हम खुद इस लड़के से कितना मजबूर हैं? ई साला जगे तो सबसे पहले, इसको बोलिएगा कि स्कूल का घंटी जा के दे आए। इज्जत ले लिया है हमारा। अब क्या ही नौकरी लगेगा इस निकम्मे का! चलिए हमारा खाना लाइए जल्दी, इसके जागने से पहले हम निकल जाएँ, नहीं तो अभी पचास जूता बरसा देंगे इस पर हम।" ब्रह्मदेव बाबू ने पैर से चप्पल उतार चौकी पर बैठते हुए कहा।

तब तक बबिता देवी खाना परोस लाई थीं। ब्रह्मदेव बाबू ने जैसे-तैसे बेमन से भोजन किया। बबिता देवी ने थाली में दुबारा रोटी डालनी चाही तो मना कर दिया। थाली में ही हाथ धोकर उठे और सामने टँगनी पर टँगे गमछे में हाथ पोंछा। ब्रह्मदेव बाबू जब बहुत गुस्से में होते थे तब थाली में ही हाथ धो देते थे, उनकी इस आदत से बबिता देवी परिचित ही थीं।

अंदर कमरे में जा के मेज से दो कलमें उठाईं, उन्हें ऊपर की जेब में खोंसा और वापस निकलने के लिए बरामदे से बाहर आए।

तभी ठीक पीछे से आई आवाज कान में गई, "नगीना मास्टर एकदम झूठ बात सुनाया है सबको। हमसे कोई मतलब ही नहीं है पूरा मैटर में। नगीना मास्टर और खोरैया गाँव का दो लड़का लोग, ये लोग साथ ही उठता-बैठता, पीता-खाता है, दारू-मुर्गा करता है सब साथ में। उसी में लूडो खेलने में पैसा को ले के झगड़ा हुआ इसका एक लड़का से। वही लड़का थोड़ा हमसे भी परिचित था, तो दूसरे दिन बस हमसे मोटरसाइकिल माँग, दूसरे लड़के के साथ ही स्कूल जाकर झगड़ा-झंझट किया और नगीना मास्टर का घड़ी-मोबाइल ले लिया। उसी में ये सरकारी समान उठाने का झूठा बात बना रहा, सरकारी संपत्ति का नुकसान दिखा के लपेटना चाहता है। कोई और चीज समझ नहीं आया तो स्कूल का घंटी के छीनतई में फँसा रहा। यही तो खेल है ई मास्टर लोग का। अच्छा, और हमारा मोटरसाइकिल देख हमें भी सान रहा इसमें। हम तो पचास हाथ दूर खड़े थे।"

चिन्मय ने एक ही साँस में अपनी ओर से संभव सफाई दी और खाट से बिस्तर उठाने के लिए वापस आँगन की तरफ मुड़ा।

"देखे, सुन लिए ना! ई तो हाल है नगीना मास्टर का। जिस बच्चा लोग को ये पढ़ाया है कभी अब उसी के साथ बैठ के दारू-मुर्गा कर रहा। लेकिन हमारा चिन्मय जो कि उससे अपने ही सौ हाथ दूर खड़ा रहता है, उसको फँसा रहा।" माँ बबिता देवी ने पचास हाथ की अतिरिक्त दूरी जोड़ते हुए कहा। ऐसे मौकों पर पिता अक्सर दस-बीस हाथ नजदीक कर देते हैं, पर माँ हर आरोप से दूर खींच लेती है बच्चों को। और पिता भला करे भी क्या?

माँ तो बचाती है, पिता को लड़ना होता है। इसलिए पिता की तैयारी कई बार बहुत कठिन और कठोर भी होती है।

ब्रह्मदेव बाबू ने माँ-बेटे दोनों की बात पर कोई प्रतिक्रिया नहीं दी। अपनी मोटरसाइकिल पर कपड़े से धूल पोंछते रहे।

बबिता देवी तब तक गिलास में पानी ले के नजदीक आ गई थीं।

आज गुस्से में खाना खाने के बाद सीधे उठ गए थे ब्रह्मदेव बाबू, पानी नहीं पिया था। एक औरत कितनी आँखें ले के चलती-फिरती है घरों में, किसी का पानी तक नहीं छूटने देती है।

"एक तो पंडित हो के पीता-खाता है नगीना मास्टर, बड़का पापी है ई तो!" बबिता देवी ने पानी का गिलास पकड़ाते हुए कहा।

"मन्नू भी तो श्रीवास्तवों में पंडित न है ? वहाँ तो लहसुन-प्याज तक नहीं बनता था तुम्हारे घर में, सुने हैं।" गिलास वापस देते हुए बस इतना ही कहा ब्रह्मदेव बाबू ने कि पत्नी बबिता देवी की त्योरियाँ चढ़ गईं और वो झटक के बिना कुछ बोले वापस रसोई में चली गईं।

मन्नू, यानी ब्रह्मदेव बाबू का छोटा साला, बबिता देवी का छोटा भाई। पूरा नाम श्री मनोज लाल श्रीवास्तव। मन्नू इतना मिलनसार था कि बल्लोपुर के छँटे हुए पियक्कड़ तो उसे अपना राजा राममोहन राय मानते थे जिसने उनका पहली बार अंग्रेजी से परिचय कराया था। वरना गाँव के कुछ बुजुर्ग पियक्कड़ तो देशी के साथ ही मर जाते, विदेशी तो चख ही नहीं पाते कभी। इन सब कारणों से पूरा बल्लोपुर ब्रह्मदेव बाबू के साले की राह तकता था साल भर।

बल्लोपुर गाँव और आस-पास के जितने भी मद्य में आकंठ निमग्न सुरापान रसिक थे, जिनकी दोनों किडनियाँ अब विलुप्ति के कगार पर थीं और जिनके पसीने को ही मिला देने भर से तीन-चार लीटर पानी को शराब-ए-पाक बनाया जा सकता था। ऐसे मदिरेच्छुक नागरिक अक्सर ब्रह्मदेव बाबू को रास्ते में, बाजार में कहीं भी देखते तो रुक के टोकते, "आय हाय ब्रह्मा बाबू, आपके पूरे ससुराल में अगर कोई एक नंबर का असली आदमी है तो वो है आपका छोटा वाला साला साहेब। डायमंड आदमी है वो, आदमी का फीलिंग समझता है ऊ आदमी। आपके बरात में, अब तो 27 साल हो गया, सब लोग भोज-भात में लगे थे, लेकिन एक मन्नू कुमार था जो हमलोग, सब मेन लोगों को किनारे ले जा के बोला कि कोई बेवस्था का जरूरत हो तो बताइएगा, सब बेवस्था है। फिर वाह रे जवान, रात भर ऊ आनंद... आहा... सगरू तो मर गया, वो भी बहुत नाम लेता था मन्नू का। बल्लोपुर बुलाइए जल्दी उसको। इधर बहुत बरस से आता नहीं है।"

"एक दिन आप भी मर जाइएगा, बहुत याद आइएगा आप भी हमको।" एक दिन तो यही बोलकर पीछा छुड़ाया था ब्रह्मदेव बाबू ने एक मद्यमति मन्नूप्रेमी से।

इसी तरह प्रतिदिन कोई न कोई मन्नू प्रशंसक जरूर टोकता और मन्नू के यशोगान को सुनते ही दाँत पीसने के कारण ब्रह्मदेव बाबू के आगे के दाँत पीसते-पीसते घिस गए थे।

किसी बहनोई के गाँव जाकर पूर्व बरातियों के हृदय में इस तरह से मयकदा बन के बस जाना, मन्नू जैसे छलकते लहरते मनहर व्यक्तित्व से ही संभव था। यह मामूली बात नहीं थी। ढाई दशक बीतने को थे लेकिन मन्नू की लोकप्रियता में तनिक भी गिरावट नहीं थी, मस्ती में गिरने वाले लोग अपना रिश्ता, अपनी यादें, अपने साथी को गिरने नहीं देते थे, साथ बैठते थे, साथ खड़े होते थे और साथ लड़खड़ाते हुए साथ ही गिरते थे। चलने में डरना, सँभलना और अपनी-अपनी चलना, ये सब होश वालों की बातें हैं।

एक समय था जब गाँव-कस्बे के हर बहनोई बनने वाले आदमी के खाते में एक मन्नू किस्म का साला होता ही था। अब एकल संतान प्रणाली में जब परिवारों से बुआ, मौसी, मामा, चाचा जैसे जरूरी रिश्ते ही विलुप्त होने लगे तो भला साला-साली जैसे उल्लास जीवन में कहाँ से पाए जाएँगे ?

ब्रह्मदेव बाबू मोटरसाइकिल स्टार्ट कर चुके थे। अभी न्यूट्रल में खड़ी मोटरसाइकिल का हाथ वाला एक्सलेटर जोर से घुमा रहे थे।

इतनी जोर से कि बबिता देवी की बात कान में न पड़ जाए। "हाँ, हाँ, सीधे हमारे खानदान पर चले गए, अपने खुद सहोदर भाइयों और चाचा के लड़कों को नहीं देखे। दारू पी के रोज मार-पीट करता था, घर बँटवारा किया बाद में, पहले दारू का बोतल बँटा पंचायती में। छोटे वाले तो चले गए नरक यही पीते-खाते। खुद के भाई लोग को ही देखिए न।"

बात तो ये भी चुभने वाली ही थी।

मोटरसाइकिल निकल चुकी थी। बबिता देवी साइलेंसर से निकला धुआँ हाथों से हटा बड़बड़ाए जा रही थीं।

"क्या मम्मी! क्या क्या बोलने लगती हो ? तुम्हारे तो एक भाई पर बोले और तुम तो हमारे चाचा-दादा सबका एकदम... ओह क्या बोलें!" पीछे से चिन्मय ने हल्की-सी मुस्कराहट के साथ माँ के दोनों कंधों पर हाथ रखते हुए कहा।

बबिता देवी ने घूमते हुए कंधा उचकाया और हाथों को झटक दिया, "जाओ तुम उधर, हम क्या बोलेंगे! अरे इनका पूरा खानदान पियांक था। देख नहीं रहे बगल का सुनसान घर। कोई बचा ? जो बचा ऊ गाँव छोड़ परदेश बस गया। बस जब मन हुआ, ये घर वाले जमीन का झगड़ा करने आता है। आएगा, दस आदमी को पिला-खिला देगा और फिर करवाएगा पंचायती।

खेत तो सारा ले लिया, अब घर पर नजर है। हमलोग रह गए हैं यहीं बस ई पत्थर जमीन को जोगने खातिर। खेत तो बेचता गया सब, और जमीन बेच तो सकते नहीं, क्योंकि एक सौ कानूनी पेंच है, खानदान का ही झगड़ा इतना है कि कोई आदमी क्यों खरीदेगा हमारा जमीन? काहे पैसा दे के कानूनी झंझट खरीदेगा कोई? इसलिए कौड़ी का भाव है अपने जमीन का। एक आदमी को तुम्हारे छोटे दादा बेचे तो बड़ा वाला कोर्ट चला गया। जमीन आखिर में नहीं ही बिका, बेचारे खरीदने वाले का पैसा गया, ईंट से दीवार घेरवाया था, ऊ अलग ही गया। ये लोग उसको भी एक पैसा नहीं दिए। बेचारा रो के, हहर के गया था, उसी का श्राप तो लगा, देखो न कैसा भुतहा हो गया हँसता-खेलता घर। हमें क्या, हमारा घर का हिस्सा छोड़ दे, बाकी एक टुकड़ा भी नहीं चाहिए। बस इनका जो है उसी के चक्कर में इतना झंझट होता है।"

"बस करो, हाथ जोड़ते हैं। यार तुम भी मम्मी, कितना गंदा बोलने लगती हो गुस्सा में। अरे एक लाइन मामा पर बोल गए पापा, तो बदले में ऐसा बोलना चाहिए क्या? हद है। चलो खाना दो।" चिन्मय के चेहरे पर वास्तव में थोड़ी खिन्नता आ गई थी ये इतनी सारी बातें सुन कर। घरवाले तो घरवाले ही होते हैं, चिन्मय को इस तरह अपने कभी एक दौर में हँसते-खेलते, मिलते-जुलते रहने वाले परिजनों की उदास कहानी उदास कर देती थी।

"ओ, हमको ज्ञान दे रहे हो? बाप को नहीं देते ज्ञान? पहले ये बताओ कि तुम्हारा ऊ बंटी और प्रमोद जैसा लहेड़ा से कैसे दोस्ती है? सच बताओ कि नगीना मास्टर से क्या बोले हो? बिना कुछ किए तुम्हारा नाम लेगा? हम तो बस देवता पूजते हैं, तुम भी अपने खानदान पर ही तो नहीं न चले गए रे चीनमय?" बोलते-बोलते आँखों से पानी टपकने लगा था माँ बबिता देवी की।

अँचरा के कोर से तुरंत आँसू पोंछे और फिर कड़ी हो गईं, "अपने बाप का खयाल करो। उनका बहुत मुश्किल से बनाया इज्जत है, बाकी खानदान के लोगों ने तो खाली लुटाया ही इज्जत।" आज ब्रह्मदेव बाबू का खानदान निशाने पर ही था।

मायका यानी नइहर में किसी भी स्त्री की भावनाओं का ईश्वर बसता है। वो तन और मन ले के ससुराल तो चली जाती है लेकिन उसकी आत्मा के अस्तित्व का डीह वहीं नइहर के आँगन में रह जाता है कहीं। भावना की

सबसे मलमली परत होती थी नइहर की बातें, उसे कोई हल्का भी कुरेद तो भारी असर होता था। कोई सतह पर भी खरोंच दे तो गहरे तक जाती थी पीड़ा।

स्त्री को भी ईश्वर ने न जाने क्या संतुलन दिया था, क्या शक्ति दी थी कि एक हाथ में नइहर की डोर छोड़ती नहीं थी और दूसरे हाथ से ससुराल में गृहस्थ का धागा कितनी कारीगरी से बुन उसे आकार देती थी, उसे घर बनाती थी। दोनों हाथों का इतना विस्तृत फैलाव केवल स्त्री के पास था। वामन के पाँव से ज्यादा विशाल और विस्तृत, स्त्री के हाथ!

"अब पापा बाहर चले गए तो तुम हम पे लग गई हो मम्मी! हमसे ऐसा न कहो, हाथ जोड़ते हैं। हम पीते-खाते हैं क्या? हम बस कभी-कभार खाते-पीते हैं, वो भी कभी-कभार ही। अरे वो दोनों मेरे स्कूल का परिचित था। कभी किसी रोज भेंट हो जाता है जैसे उस दिन हो गया। थोड़ा मोटरसाइकिल माँगा, दे दिए। मोटरसाइकिल के चक्कर में साथ में चले गए स्कूल के गेट तक। ये लोग नगीना के साथ फिर पिएगा-खाएगा, बस हमको टारगेट कर लिया है नगीना मास्टर, क्यूँकि हम तो हैं नहीं न उसके महफिल का मेंबर।" चिन्मय ने अपने हिसाब से बताने लायक सही बात बता दी थी।

"फिर ई घंटी का क्या मामला है?" बबिता देवी ने भी ध्यान दिया कि आज भी स्कूल से घंटी की आवाज नहीं आई थी।

"अरे सब है स्कूल में ही। छुपा के रखा होगा हेडमास्टर। ये लोग दिखा रहा कि सरकारी सामान छीन लिया डकैत घुस के स्कूल में। बताओ घंटी छीनने आएगा क्रिमिनल स्कूल में? ले जाना होगा तो गर्दन नहीं ले जाए इन लोगों का उतार के?" थोड़ी तल्खी में बोला चिन्मय।

"बस, यही बात है न?" बबिता देवी बस इसलिए आश्वस्त होना चाह रही थीं कि फिर बेटे की तरफ से पूरे सबूत और तथ्यों के साथ लड़ें बाप से।

"हाँ, बस हम नगीना सर को इतना जरूर बोले थे कि जब घंटी कोई छीन ले गया तो अब क्लास में घंटी का आवाज नहीं आना चाहिए। नहीं तो फिर बुरा होगा। फिर झूठ पकड़ा जाएगा आपका सर। इसी बात को बता रहा सबको कि हमको चिन्मय धमकी दिया है।" चिन्मय ने अब जा के असल वाली बात बताई थी।

"बेटा यही तो बात है! बिना बात तुम्हारे बाप कुछ नहीं बोलते। अब उमर हो गया है। इतना बार तो तुम फार्म भरे, कहीं भी, कोई भी छोटा-मोटा नौकरी

भी एक बार कर के दिखा दो न पापा को। फिर मन हो तो छोड़ देना। एक बार कोई भी नौकरी, समझे न मेरा बात! "बबिता देवी ने अपनी बात कम, पिता की बात ज्यादा कही थी।

"छोटे-मोटे खातिर तो डाल रहे हैं फार्म मम्मी, यहाँ बल्लोपुर रह के कलेक्टर थोड़े बनेगा आदमी! तुमको क्या लग रहा कि हम नहीं कर रहे कोशिश? और तुम छोड़ने का बोल रही, अरे एक बार लगे तो पहले, फिर कौन छोड़ा है नौकरी! लेकिन लगता कहाँ है सरकारी सर्विस? छोटा-मोटा के लिए भी करोड़ों लोग लगा है। अब तो भैकेंसी भी कम हो रहा है। पहले जो भर देते थे न इतना रोज फार्म, अब वो भी कम हो जाएगा।" चिन्मय ने चौकी पर पाँव लटका के बैठते हुए कहा।

"अरे जब कुछ नहीं हो रहा तो रेलवे में डाल दो, उसमें कौन-सा विद्वत्ता वाला काम है। उसमें तो हो ही जाएगा। सुनते हैं बहुत बहाली निकलता है उसमें। तुम्हारे मँझले मामा को देखो न, एक नंबर के भकलोल थे लेकिन गनित-फनित जानते थे, थोड़ा बहुत जेनरल नॉलेज ठीक था, जब कहीं कुछ नहीं हुआ तो रेलवे में जा के लग गए।" बबिता देवी ने रेलवे की परीक्षा पर कम, जनरल बोगी पर ज्यादा प्रकाश डालते हुए बताया।

"रेलवे में? हा हा तुमको रेलवे आसान लग रहा? रेल में बैठने का सीट तो कन्फर्म मिलता नहीं आजकल, तुम नौकरी का बोल रही? मिल जाएगा? एक जमाना था जब रेलवे में जा के कितना जिंदगी बच जाता था। अब बहाली कहाँ निकलता है उतना? फार्म निकल भी जाए तो समय पर परीक्षा कहाँ है? रिजल्ट कहाँ? रिजल्ट निकल गया पाँच साल में तो फिर गलत रिजल्ट के खिलाफ कोर्ट जाइए, वहाँ लड़िए। ई सब करते तो आदमी का उमर बीत जाता है। चलो खाना दे दो अब। सरकारी रोटी बहुत मुश्किल है। दे दो जितना दिन पिताश्री के होटल में खा ले रहे हैं, इतने भर चैन है समझो।" चिन्मय ने चेहरे पर एक बोझिल-सी मुस्कान लिए अपनी नहीं, कई लाख छात्रों की टीस देश की लाखों माताओं से साझा की थी।

माँ भी थाली परोसते सुने जा रही थीं।

"बाप का होटल कितना दिन बेटा?" माँ ने भी भावशून्य मुस्कान लिए ही पूछा और चौकी पर थाली धर दी।

"काहे? बंद होगा होटल क्या?" रोज का खवैया थोड़ा तो डर गया।

चिन्मय के स्वर में एक अजीब-सा कौतूहल था।

"बेटा के लिए बाप का होटल कभी बंद नहीं होता बेटा, ये तो चलता रहेगा। चिंता हमदोनों को इस बात का है कि जीवन भर बेटा ही तो नहीं न रहोगे चिन्मय। तुम्हें भी तो किसी का होटल चलाना पड़ेगा न बेटा! कभी बाप भी तो बनोगे न बेटा! उन बच्चों का होटल कैसे चलाओगे? बस इसी के लिए चाहते हैं कि जल्दी कहीं कुछ कर लो।" माँ ने आज के बच्चों को उन्हीं की सामाजिक भाषा में बताया था। चिन्मय इस बार चुप रह गया था, मुँह में निवाला था। चुपचाप उसे चबाए जा रहा था।

सामने दीवार पर ब्रह्मदेव बाबू और बबिता देवी की एक पुरानी युगल तस्वीर टँगी हुई थी। शायद ये शादी के ठीक बाद की तस्वीर थी। होटल खुलने से थोड़े दिन पहले की तस्वीर, ब्लैक एंड व्हाइट यानी श्याम-श्वेत फोटो का रंग आज भी उतना ही गहरा था, इंद्रधनुषी था। जब भी वो तस्वीर देखते ब्रह्मदेव बाबू तो मन ही मन मुस्किया देते थे। शायद इसलिए इस तस्वीर को एकदम बरामदे में टाँगा गया था, आते-जाते पड़ती नजर।

27-28 साल पहले की तस्वीर में ब्रह्मदेव बाबू उतने ही के लगते थे। ब्रह्मदेव नारायण सिन्हा, यही था शुभ नाम। बल्लोपुर के पुराने रहवासी थे। मध्यम कद-काठी, साँवला रंग और हमेशा एक ढीला-ढाला फुलपैंट, शर्ट डाले, आगे से चमड़े के बेल्ट से कसी हुई कमर जिसका बकलस किसी बड़े ताले की तरह चौड़ा होता था। शर्ट की जेब में सदैव दो कलम रखते जिनमें से संभव था कि एक में स्याही न भी हो। वकालत की डिग्री भी रखी थी बक्से में, कभी एक समय काला कोट भी हुआ करता था जिसे पहन कई साल जिला कोर्ट के परिसर में दिन भर भूंजा भी फाँका था ब्रह्मदेव बाबू ने।

बाद में जब पिता गुजरे तो सभी भाइयों में हिस्सा होना तय हुआ। पिता घर की धुरी होते हैं जिसके केंद्रीय अक्ष पर घर घूमता है। पिता ऐसी कड़ी होते हैं जिसके टूटते घर कई हिस्सों में तो बँट ही जाता है। एक दिन सिन्हा जी के भी घर की कड़ी टूटी, लोग कहते हैं कि कोई बीमारी थी नहीं लेकिन बेरोजगार छोटे और मँझले बेटे ने घर में रोज पैसे और अन्य बातों को लेकर जितना महाभारत छेड़े रखा था, करेजे में हूक ही दे दिया था बाप को, जो चल बसे।

ब्रह्मदेव तब शहर से एलएलबी कर लौट आए थे, यहाँ नौकरी वगैरह की भी तैयारी चल रही थी।

इधर सरकारी नौकरी थी पिता की, इसलिए जिस बेटे ने पढ़ना चाहा, उसे पढ़ाया। वे प्रखंड में लिपिक के पद पर थे, कलम घिसते हुए असमय चले गए। अब जब घर बाँटने पंच परमेश्वर बैठे तो बेटों में विकल्प रखा गया कि कोई दो भाई जमीन ले लें और कोई एक भाई ले अनुकंपा पर मिलने वाली पिता की नौकरी। जमींदारी का सुख भोग चुके, जमीन से जुड़े छोटे भाइयों को भला सरकारी नौकर होना कहाँ से भाता ? बीवियों ने भी समझाया था, जमीन सोना है, भविष्य में काम देगी।

नौकरी भी कोई बहुत ओहदे की थी नहीं, ग्राम पंचायत में ग्रामसेवक होना था सो बाकी दोनों भाइयों ने सहर्ष ही अपनी पसंद की मुहर जमीन पर लगाई और सेवक होना ब्रह्मदेव सिन्हा के लिए छोड़ दिया। ब्रह्मदेव ने अपनी पूरी पढ़ाई एक अदद नौकरी के लिए ही की थी, अब सरकार से न भला, पिता के ही पुण्य और उपकार से मिल रही थी पर मिल तो गई थी। ये भी ईश्वर की विशेष अनुकंपा ही थी मनुष्यों पर कि अनुकंपा पर पाई नौकरी पिता के खोने के दर्द को थोड़ा कम तो कर ही देती थी।

लेकिन ब्रह्मदेव अक्सर कभी रात के एकांत में पिता की तस्वीर के सामने खड़े हो कर एक बात हमेशा कहते हुए रोने लगते थे, "बाप ने ही हर परिस्थिति में मुझे पढ़ने के लिए मौका दिया और जब देख लिए कि साला सरकार नौकरी नहीं ही देगी तो जाते-जाते नौकरी भी वही देकर गए। हम कुछ नहीं कर पाए कभी अपने बाप के लिए।"

सरकारी नौकरी का लाभ भी मिला धीरे-धीरे ब्रह्मदेव को। एक तो पिता की विरासत बच गई, सिन्हा बाबू कहाते थे पिता जी।

वरना बाकी के भाई लोग अब अबे मुनीम और साले लाला के संबोधन तक ले आए थे अपने आप को। अपने साथियों के साथ पीने के बाद आपस में प्रेम ही इतना बढ़ जाता था कि लोग एक-दूसरे को ऐसे ही बुलाते थे दारू के ठीहे पर। ब्रह्मदेव के छोटे भाई भी अपने मयकदा के साथियों को साले अहीर और भोंसड़ी के महतो, ठाकुर, पंडित बोल अलग ही स्नेह देते थे।

खैर, उधर आमदनी की आमद के अभाव और जीवन निर्वाह के खर्च के कारण भाइयों की खेती की जमीनें बिकती गईं। जमीन वास्तव में स्वर्ण तो हमेशा से था भविष्य का।

भविष्य जमीन का होता है, जमींदार का नहीं। क्या भरोसा कि कब

जमींदारी चली जाए। ये बात दुनिया के पहले जमींदार ने समझी होती शायद।

पर इधर नौकरी ने एक भाई को टिकाए रखा। ब्रह्मदेव बाबू ने नौकरी के तुरंत बाद ही तब थोड़े सस्ते में मुख्य गाँव से बाहर थोड़ी जमीन ले ली थी। ब्रह्मदेव बाबू को पता था कि भाइयों के साथ पुश्तैनी मकान में रहते हुए निबाह करना आगे मुश्किल ही होगा। हुआ भी वही। रोज की खिचखिच ने मुश्किल कर ही दिया था वहाँ रहना। फिर भी ब्रह्मदेव सिन्हा तो जैसे-तैसे निभा ही लेते, आखिर भाइयों के ही साथ तो निभाना था। लेकिन उधर ना उन दोनों भाइयों की पत्नियाँ मानीं, न ही इधर ब्रह्मदेव बाबू की पत्नी बबिता देवी।

रोज बेलन हाथ में ले के चलने वाली महाभारत खत्म हुई घर छूटने के बाद ही। ब्रह्मदेव बाबू ने कलेजा कठोर कर जल्दी–जल्दी में खरीदी हुई जमीन पर एक छोटा-सा दो कमरे का आशियाना बसा लिया। चूँकि ये जमीन पहले गाँव से थोड़े किनारे की ओर थी और वहीं थोड़ी दूरी पर देशी शराब की बिक्री होती थी, आस-पास आबादी भी नहीं थी, इसलिए थोड़ी सस्ती मिली थी। ब्रह्मदेव बाबू ने इन कारणों से एक बार पत्नी को पुनर्विचार करने के लिए भी कहा था।

पर बबिता देवी ने सीधे कहा था, "दारू भट्ठी के झोपड़ी में भी रहना होगा, तो वहाँ भी रह लेंगे, हमको इस घर से मुक्ति चाहिए। नरक से अच्छा तो दारू भट्ठी ही रहेगा।"

अब ये सुन क्या ही सोचते ब्रह्मदेव बाबू! आनन-फानन में एक घर बना लिया था वहाँ। एक ओर भले देशी शराब बिकती थी, लेकिन दूसरी तरफ स्कूल भी तो था। किसी को भी अपना पता स्कूल के बगल ही बताते। अब गाँव का वास्तु ही ऐसा था कि एक तरफ महुआ, खजूर और ताड़ का नशा और दूसरी तरफ ज्ञान का नशा। ग्रामदेवता ने ये अब पूरी तरह से वहाँ रहने वाले आदमी की मति पर छोड़ रखा था कि वो अपनी सन्मति से कौन–सा नशा करता है। लेकिन कुछ वर्षों में अब उनका घर तो गाँव के लगभग केंद्र में आ गया था। ताड़ी–दारू की बिक्री वालों ने मैदान बदल लिया था। आबादी सरकती हुई बाहर की ओर बढ़ी थी और दो दर्जन से अधिक घर बन चुके थे आस–पास, इससे दारू बेचने वाले भी गाँव के बाहर की ओर किनारे सरकते गए। वहाँ जमीन की कीमत अब इतनी बढ़ चुकी थी कि ब्रह्मदेव बाबू बोलते भी थे, "अगर हमको आज के दिन यही जमीन लेना होता तो कब्बो नहीं ले

पाते, आग लगा है दाम में। ई तो बबिता जी का जिद कहिए कि जैसे–तैसे उस टाइम ले लिए थे।"

चिन्मय, ब्रह्मदेव बाबू का इकलौता पुत्र था। एक बड़ी पुत्री भी थी जिसका विवाह कर थोड़ा–बहुत निश्चिंत तो हो गए थे ब्रह्मदेव बाबू। अब इनकी बची हुई आधी चिंता बेटे के भविष्य को लेकर थी। बेटा बाईस-तेईस के मुहाने पर था। पढ़ने में भी जितना दिखता था, उससे थोड़ा बेहतर ही था। एकाध साल राज्य की राजधानी जा के प्रतियोगी परीक्षा की तैयारी भी की थी। छह महीने एक रिश्तेदार के मार्फत तैयारी के लिए दशकों से अनुकूल संगम का तट भी चूम आया था। मतलब नौकरी के फॉर्म और परीक्षा संबंधी जितनी भी अद्यतन जानकारी होती थी, देने वाले दर्जनों मित्र उसके संपर्क में थे।

शहर में ये अपने बहनोई कुमार किशोर के साथ रहा था जो पहले से ही वहाँ तैयारी किया करता था। बाद में थक–हार के कुमार ने एक प्राइवेट कंपनी में जॉब धर लिया। लेकिन एक दिन किस्मत ने फिर पलटी मारी, एक चार साल पुराना अटका हुआ परिणाम आया और सरकारी नौकरी लग गई। अब देश की राजधानी से सटे एक औद्योगिक शहर में रह रहा था। उसकी तनख्वाह बढ़ के अब साठ के करीब हो गई थी। जिंदगी की गाड़ी खींचने के लिए औसत ईंधन मिल जाता था इतने में। बहुत ज्यादा पाने की गुंजाइश थी नहीं तो बहुत ज्यादा कुछ घटता भी नहीं था।

ब्रह्मदेव बाबू ने तो सोचा था कि तेज लड़का है, मेहनत करेगा तो सिविल सेवा में भले आईएएस न हो लेकिन कहीं उस लिस्ट की नौकरी तो लग ही जाएगी आगे चल कर। लेकिन विवाह के बाद लड़का ज्यादा चल ही कहाँ पाता है, उसे अपनी चाल बाँधनी पड़ती है, एक ठिकाना खोजना ही होता है दाल–रोटी के लिए। कुमार ने भी पहले तो जल्द जॉब पकड़ ली थी।

फिर भी ब्रह्मदेव बाबू को संतोष था। वे कहते ही थे कि, अपना बढ़िया कमाता–खाता है, संतोष है हमको।

संतों ने जो संतोष को परम सुख बताया था, ये भारतीय निम्न मध्यमवर्गीय समूहों के लिए ही किया गया जुगाड़ू उपाय था। अधूरेपन से उबरने की दवा, इच्छाओं की पूर्ति हेतु श्रम से अलग एक समानांतर जुगाड़ 'संतोष'।

साधन वालों के लिए संतोष तो ऐच्छिक चयन है पर निम्न मध्यम वर्गीय भारतीय के लिए, जिसके पास साधन सीमित थे, आखिरी रास्ता था संतोष

जहाँ हर प्रयोजन जोश के साथ शुरू होता था और संतोष पर जा के खत्म हो जाता था। जितना मिला, जैसे भी मिला, अब संतोष कर लो। संतोष करने में सबसे अच्छी बात ये है कि इसमें कुछ करना नहीं होता। आपने कुछ करना छोड़ा कि संतोष वहाँ आ के आपको संतुष्ट कर देगा। फिर कोई बेचैनी ही नहीं आगे की राह की, आगे की चाह की।

संतोष किसी भी मलाल का मलहम है। संतोष मतलब अधूरे स्वप्न का उपचार।

संतोष, प्रयास और प्राप्ति के बीच का एक संतोषजनक समझौता है।

अगर आप कुछ नहीं करना चाहते या कुछ नहीं कर पा रहे तो तुरंत संतोष कर लें और कुछ न कर पाने के मलाल से मुक्ति पा लें।

लेकिन कई बार संतोष फलित भी हो जाता है। ब्रह्मदेव बाबू की ईश्वर ने सुन ली और दामाद की सचिवालय सेवा में सरकारी नौकरी लग गई। अब बेटी-दामाद की ओर से तो निश्चिंत महसूस करने लगे थे ब्रह्मदेव बाबू। लेकिन पुत्र चिन्मय के लिए अभी बेचैनियाँ बची हुई थीं कहीं मन में।

अभी संतोष नहीं किया था पिता ने। पिता को भरोसा था कि एक दिन बेटा जरूर न्यूटन का पाया हुआ सेब दुबारा खोज लाएगा। एक दिन इसकी तकदीर और मेहनत का गुरुत्वाकर्षण जरूर असर करेगा, सफलता खिंचती चली आएगी, नौकरी आएगी... आएगी।

बाप अपनी संतानों को चुंबक बनाने के लिए अपनी पूरी ज़िंदगी का लोहा लगा देता है। और ये बच्चे हैं जो उसे बस एक आदमी समझते हैं।

2

इधर राज्य में नयी बनी सरकार ने अब शिक्षा पर विशेष ध्यान देने का संकल्प लिया था। इसके तहत पहली चुनौती ये थी कि पहले किसी पढ़े-लिखे माननीय को ही शिक्षामंत्री बनाया जाए। लेकिन ये बात आम नागरिकों को जितनी आसान लगती थी सुनने में, वास्तव में उतनी आसान थी नहीं।

अगर आम लोगों को अपने बीच से कोई शिक्षित अथवा पढ़ा-लिखा आदमी खोजने बोल दिया जाता तो एकाध घंटे की मशक्कत में दो-चार पढ़े-लिखे या शिक्षित आदमी तो मिल ही जाते एक गाँव में। लेकिन सरकार बड़ी चीज होती थी, उसे आदमी नहीं, माननीय चलाते थे। और अब केवल और केवल माननीयों के बीच से शिक्षित आदमी को खोजना ? मामला कठिन से आगे कठिनतम के स्तर का था।

सरकार ने अपने बीच में से ऐसे एकाध माननीयों को चिह्नित किया लेकिन फिर वे जातीय समीकरण, क्षेत्रीय समीकरण, चरण-चुंबन समीकरण इत्यादि की कसौटियों पर पिछड़ जा रहे थे, सो चिह्नित शिक्षित माननीयों के संभावना के चिह्न मिटा दिए गए और परिणाम ये हुआ कि जो अपढ़ माननीय उपरोक्त अनिवार्य कसौटियों को पूरा कर रहे थे, शिक्षामंत्री बन गए। सबने सोचा, अगर ये शिक्षित भी होते तो मजा आ जाता। और सरकार तो शिक्षा के

सुधार और प्रसार को लेकर प्रतिबद्ध थी ही। मुख्यमंत्री स्वयं ऊपर की जेब में तीन गोल्डन कलम और दो चाँदी की कलम पाजामा में खोंस के रखते थे। सो शिक्षा के लिए प्रतिबद्ध सरकार ने भी कमर कस रखी थी। एक अद्भुत और मौलिक समाधान ये निकाला गया कि क्यों न जो शिक्षामंत्री बने हैं, उन्हें ही शिक्षित कर दिया जाए!

सरकार ने जो कहा था, होता दिखाई पड़ने लगा। शिक्षामंत्री अवध बिहारी मंडल ने त्वरित सक्रियता दिखाते हुए शपथ के दौरान ही आने वाले वर्षों में लग-भिड़ के बारहवीं उत्तीर्ण करने का संकल्प लिया।

आखिरकार प्रदेश में शिक्षा के नये युग का सूत्रपात हुआ और वो ऐतिहासिक दिन आ ही गया जब शिक्षामंत्री जी और उनके पुत्र, दोनों ने एक साथ बारहवीं की परीक्षा पास की। मुख्यमंत्री जनार्दन जोशीला जी ने एक बड़ी प्रेसवार्ता आयोजित करके ये खुशखबरी दी। देश भर में ये खबर नजीर बनकर फैली। कई राज्यों के नेताओं ने कहा, "हमलोग मोटिवेट हुए हैं।"

बल्लोपुर में भी मिठाइयाँ बाँटी गईं, क्योंकि यही पैतृक गाँव था मंत्री जी का।

प्रदेश में विपक्ष के भी नेताओं ने स्वागत किया, बधाई दी और कहा कि "अगर हम सरकार में आए तो जरूर हमारे भी शिक्षामंत्री इससे प्रेरणा लेकर रिजल्ट देंगे।"

वास्तव में सरकार ने शिक्षामंत्री को बारहवीं पास करा के शिक्षा के प्रति अपने नेक इरादों को जताते हुए शिक्षा में सुधार को लेकर एक तगड़ा संदेश दे दिया था।

अगले दिन सरकार ने एक विशेष आयोजन रखा। शिक्षामंत्री खुली जीप पर पुत्र पोंटी मंडल के साथ दो उँगलियों से विक्ट्री अर्थात् जीत का दर्शनीय चिह्न बनाए हुए, जनता जनार्दन का अभिवादन स्वीकार करते हुए आयोजन स्थल की तरफ जा रहे थे। मंत्री जी के पुत्र पोंटी मंडल को कार्यकर्ता बंधु आदर और श्रद्धा से पो भैया कहते थे, यानी सम्मान के कारण इतना छोटा-सा नाम भी पूरा नहीं लेते थे। वहीं पोंटी के स्कूल के समकक्ष साथी उसे पोंटी ब्रो कहते थे।

इधर कभी किसी के भैया न रहे चिन्मय को पता चला था कि इस भव्य आयोजन में संभव है कि मुख्यमंत्री जी ऐसे पढ़ने-लिखने और रिजल्ट संबंधी

कार्यक्रम में कुछ नयी नियुक्तियों की भी घोषणा कर सकते हैं। चिन्मय और उसके साथी जब भी सुनते थे कि कोई ऐसी घोषणा होनी है, तो ऐसे युवा–कल्याणकारी मौके पर सशरीर उपस्थित हो के ताली और सीटी बजाने का उनका तो सपना रहा था। हालाँकि आज तक ऐसा मौका कभी आया नहीं था उनके छात्र जीवन में। लेकिन आज यहाँ के आयोजन के बारे में खबर पक्की मिली थी कि कुछ नयी नौकरियों की घोषणा जरूर होगी। साथ ही सरकार ने अखबारों और स्थानीय मोबाइल मीडिया के माध्यम से ये भी सूचना दे रखी थी कि इसी कार्यक्रम के अंत में एक रोजगार मेला भी आयोजित किया जाएगा। ये पक्की खबर जान चिन्मय अपने दो साथियों नीलकंठ कुमार और शिवा पासवान के साथ सुबह से ही शहर के कार्यक्रम वाले मैदान पहुँच गया था। वहाँ कभी जीप के पास से, कभी मंच के पास पहुँच के, मोबाइल से आत्मखींचन करते हुए तो कभी मंत्री जी की तस्वीर खींच उसे अपने अन्य साथियों को भेजे जा रहा था। एक तो मंत्री अपने ही गाँव का, और दूजे, शिक्षामंत्री जी खुली जीप पर पुत्र पोंटी के साथ दिव्य दिख भी रहे थे। साथी माननीयों ने उन्हें फूल–माला से लाद दिया था, जनता अलग बौराई थी बारहवीं पास मंत्री को छूकर बधाई देने के लिए। मंत्री जी का पुत्र पोंटी ब्रो पापा के इस हिस्टोरिक मोमेंट को मोबाइल में अलग ही कैद कर रहा था। पोंटी ने दो-तीन बेस्ट मोमेंट को आगे बढ़ के कुछ प्रिय करीबी कार्यकर्ताओं के कंधे और पीठ पर लात रखते हुए मोबाइल में कैद किया, एक के सिर पर लात रखते हुए आगे चढ़ के पापा संग सेल्फी भी ली।

पो भैया द्वारा मिले इस आदर से पुलकित उस कार्यकर्ता ने दूसरे से खिलखिलाकर कहा, “देखे, हमरे कपार पर लात रख यहाँ से फोटो लिए पो भैया, शुरू से ही हमको जानते हैं वो। देखे सबका कपार छोड़ हमरे माथा से सपोर्ट लिए।”

दूसरे ने उसकी खुशी में कुछ अपना जोड़ा, “भाई उनका प्यार है, यही है असली चीज, यही असली पूँजी है भाई, और क्या। ई पोंटी जी शुरू से डाउन टू अर्थिंग आदमी है, एकदम अपने बाप जैसा। मंत्री जी जैसा।”

लात से टोकने की कला, कार्यकर्ता से प्रेम की नवीन एवं चरम अभिव्यक्ति थी। सत्ता के सामने जब कार्यकर्ता न्योछावर होता है तो प्रेम की कलात्मकता गुलाटी मार-मार प्रेम में मर मिटने की संपूर्णता से भी आगे तक

चली जाती है।

अब मंत्री जी मंच पे पहुँच चुके थे। मुख्यमंत्री जी पहले से ही गुलों का दस्ता ले के स्वागत को खड़े थे, जो आज तो बनता था। मंत्री जी के परिणाम ने सरकार की साख तो बना ही दी थी। सरकार ने भी तो परिणाम बना के दिया था मंत्री जी को।

सभी अपने बारहवीं पास मंत्री जी के जश्न में डूबे हुए थे। कार्यकर्ता प्रसन्न थे, बारहवीं के जश्न के बाद तेरहवीं भी तो होगी। कार्यकर्ताओं की भीड़ ने चिन्मय और उसके दोस्त नीलकंठ और शिवा को अब ठेल–ठेल के बाँस के बने घेरे से भी दूर पीछे की तरफ पहुँचा दिया था।

मंच से उद्घोषक ने घोषणा की और जुटी हुई देवतुल्य जनता को जोरदार तालियों के लिए कहा। भीड़ इतनी थी कि ताली बजाने की कोशिश में चिन्मय केवल एक ही हाथ हिला पाया था और उसने उसी हाथ से अपने जाँघ पर जोर से मारा, चट की आवाज आते ही उसके जनता होने का दायित्व पूरा हो गया था। चिन्मय की तरफ से भी बज गई थी। मन जोरदार बजाने का था पर भीड़ इतनी ज्यादा थी कि दोनों हाथों की हरकत के लिए स्थान ही नहीं था अगल-बगल।

"क्या चिन्मय भाई, सीएम साब हम युवा लोग के लिए भी कुछ घोषणा करेगा कि नहीं? चार साल से कोई भैकेंसी नहीं आया है यार।" चिन्मय को उत्साहित हो जाँघ थपथपाते देख बगल में ही कोंचाए खड़े मित्र शिवा ने अपना मुँह उसके कान के पास ले जाकर धीमे से कहा।

लेकिन भीड़ इतनी ज्यादा थी कि कई कान वहाँ आपस में सटे हुए थे, एक कान में कही बात तीन-चार कानों तक पहुँच जा रही थी।

"के बोलता है जी? कौन बोलता है कि भैकेंसी नहीं आया?" हाथ में डंडा और माथे पर पार्टी का झंडा कस के बाँधे हुए एक व्यक्ति ने अचानक से शिवा को लगभग ठेलते हुए बीच में टोका। झंडा शायद पहले डंडे में रहा होगा, पर कुछ लोग आस्था की चुनरी बाँध और भी दिव्य दिखते थे, ठीक इन्हीं सज्जन की तरह। इन छह-सात दशकों में राजनीतिक झंडों ने भी बड़ी लंबी दूरी तय कर ली थी। पहले डंडे में रहा, फिर गले में नागराज की तरह लटका और अब सिर में अमरबेल की तरह लिपटा। झंडा दिमाग में फहरता था अब आदमी के। आदमी का केवल आदमी बने रहना कठिन था, आदमी

अब पाँव से लेकर सिर तक कार्यकर्ता ही था।

"हाँ आया है, तीन साल में एक आया है और ऊ भी किलीयर नहीं हुआ है।" एकाएक चिन्मय ने शरीर को हिला के दोनों तरफ जगह बनाते हुए कहा।

"हाँ तो आया है न? फेर झूठ काहे बोलता है तुमलोग? यहाँ प्रोग्राम में घुस के डिस्टर्बिंग करता है? दूसरे पार्टी का आदमी है क्या? है न? खाली झूठ फैला रहा? भैकेंसी आया है न? अब किलियर हुआ कि नहीं हुआ, उसमें बहुत टेकनीकल बात होता है। एक एग्जाम को एकदम फेयर तरीके से किलियर करने में समय लगेगा कि नहीं? अभी झट से रिजल्ट दे देगा तो उसमें भी तुमलोग झूठ फैलाते रहते हो कि घपला हो गया। अभी भी यहाँ झूठ फैला रहा है रे?" इतना बोलते-बोलते बोलने की ध्वनि अचानक तेज हो गई थी उस झंडाधारण्य आस्थावान सज्जन की।

"अरे तो आप ठेला–ठेली काहे कर रहे हैं? क्या अब छात्र अपने नौकरी का बात आपस में भी नहीं करेगा? हमलोग तो आपस में ही न पूछ रहे कि मुख्यमंत्री जी आज कुछ घोषणा करेंगे कि नहीं! नया नौकरी का घोषणा या पिछला हो चुका परीक्षा के रिजल्ट के लिए कोई घोषणा होगा या नहीं? इसमें क्या झूठ है? क्या डिस्टर्ब कर दिए हमलोग किसी को?" इस बार नीलकंठ ने हिम्मत दिखाते हुए उस सज्जन के ठीक सामने होकर कहा।

"ओ आज सवाल पूछने आया है तुमलोग? साला आज सौभाग्य का इतना बड़ा दिन है राज्य के लिए, और बेशरम तुमलोग खाली हुच्चा लगाने, बखेड़ा खड़ा करने घुस गया है? तुमलोग विपक्षी पार्टी का है न जी? प्रोग्राम बिगाड़ेगा? रुको साला देखते हैं कैसे बिगाड़ेगा? ऐ निकालो ई सबको। सब विरोधी पार्टी का खेला है। निकालिए, निकालिए सालों को। भैकेंसी लेंगे साले। पॉकेट चेक करिए इसका, साला काला झंडा भी होगा जेबी में। वही दिखाने ई घुसा है भीड़ में। देखिए काला शर्ट पहना है न साला।" उस सज्जन ने सबसे पहले उँगली दिखाते हुए इतना बोल के अब एक साथ तीनों मित्रों को भीड़ में ही धकेलना शुरू किया। ये सब देख और सुन के पाँच-छह और लोग भी अपने कुर्ते की बाँह चढ़ा तीनों को धकियाने लगे। बीच-बीच में अपनी पार्टी 'जन कल्याण दल' का नाम लेकर जिंदाबाद का नारा भी लगाने लगे। अचानक शुरू हुई इस आक्रामक धक्कामुक्की से चिन्मय, नीलकंठ और शिवा अकबका–से गए थे। भीड़ ने उन्हें सभा से लगभग निकाल दिया

था। किसी तरह उन्होंने भीड़ से बाहर आ सड़क का किनारा धर लिया था। तीनों का बदन पसीने से भीगा हुआ था और पैर थोड़े–थोड़े काँप रहे थे। जब भीड़ भेड़िया बनने की शक्ल में आने ही वाली हो तो हाथ-पैर में कँपकँपी स्वाभाविक थी।

चिन्मय के दोस्त शिवा ने लंबी गहरी साँस लेते हुए अपनी शर्ट का सबसे निचला बटन खोला और शर्ट के कोने को दोनों हाथों से नाभि के ऊपर तक खींच अपनी गर्दन थोड़ी–सी नीची कर के माथे से टपक रहे पसीने को पोंछा।

"शर्टवा नीचे कर लो शिवा भाई। अंदर वाला गंजी का फटा हुआ छेद सब दिख रहा है।" चिन्मय ने अपनी आस्तीन से लिलार से बहता पसीना सोखते हुए थोड़े हल्के–फुल्के अंदाज में कहा।

"फटा तो बहुत कुछ है, खैर मनाइए कि वो नहीं दिख रहा चिन्मय जी। इसका ई मतलब थोड़े है कि आपका नहीं फटा है। हा हा हा बच गए महराज आज।" शिवा ने चिन्मय के कंधे पर हाथ रख जोर की हँसी के साथ कहा।

"ऊ तो ठीक है लेकिन साला ई सिस्टम का इतना बड़ा फटा हुआ छेद कब दिखेगा सरकार को भाई? हम सब युवा का कैरियर उहे ब्लैकहोल में चला गया। सब परीक्षवा उसी में घुस जा रहा। दिक्कत यही है न कि कोई भी छोटा–बड़ा छेद हो, दिखता साला जनता को ही है, सरकार तो सच में अंधे है हो चिन्मय भाई।"

"लीजिए, बाप रे, देखे नहीं! भला पूछेगा भी कौन? देखे कैसा झुंड बना के लपका हो हमलोग पर। पकड़ के धुन ही देता अभी। भीड़ में फिर कौन ही पूछता हमलोग से कि क्या हुआ? देखिए न कैसे चिल्ला रहा है साला सब।" शिवा ने अपनी छाती सहलाते हुए कहा।

"भाई, आठवीं फेल जनता को बारहवीं पास मंत्री मिला है, काहे न खुश होगी जनता, बताइए!" चिन्मय ने शिवा के पेट में गुदगुदी लगाते हुए कहा।

सुनते ही शिवा और नीलकंठ के मुँह से निकला, "सही बात, सही बात।" अबकी तीनों हँस पड़े थे। ये तीनों स्नातक थे और नौकरी के योग्य अभ्यर्थी।

यानी न ये आठवीं पास जनता में थे, न ही बारहवीं पास नेता में, ये कहीं के नहीं थे।

देश में लाखों–करोड़ों युवा इसी श्रेणी के थे जो ठीक–ठाक पढ़ लेने के कारण अब कहीं के नहीं रहे थे। लेकिन एक बात थी, ये लाखों-करोड़ों युवा जो न दल के थे न ही किसी समूह के, दरअसल यही युवा थे जो देश के थे।

चारों तरफ उत्साह और उत्सव का शोर था। कोलाहल से भरा भव्य पंडाल गूँज उठा था।

सारे समर्पित कार्यकर्ता अब मुट्ठी बाँध के नारा लगा रहे थे। गगनचुंबी नारे के बीच जश्न के माहौल ने माननीय मुख्यमंत्री समेत पूरे मंत्रिमंडल को रोमांचित कर दिया था।

ठीक इसी क्षण माननीय मुख्यमंत्री जी उठे। मंच के उद्घोषक ने जनसभा से धरतीफाड़ अंबरहिलान ताली पीटने को कहा। लोग दाँत कीच-कीचकर ताली पीटने लगे। दोनों हथेलियाँ लाल, इतना पीटने लगे। एक ने तो ताली पीट-पीट अपनी एक हथेली पर फफोले उठा लिए थे, इसलिए दूसरी हथेली अब अपने बैठने में उपयोग आने वाले शरीर के निचले वाले पिछले हिस्से पर मार रहा था।

इधर मुख्यमंत्री महोदय धीमे कदमों से बढ़े, दूसरी तरफ से माननीय शिक्षामंत्री जी आगे आए। ऐतिहासिक क्षण था। मीडिया और जनता के कैमरे और मोबाइल ने मोर्चा थाम लिया। ये तस्वीर न छूट जाए, हर हाथ मुस्तैद। पंडाल के पीछे पटाखों की आवाज आई और माननीय मुख्यमंत्री जी ने अपने कर-कमलों से मंत्री जी को बारहवीं की मार्कशीट सौंपी। कार्यकर्ता झूमकर और भी अंबरचीर नारे लगाने लगे। ये राज्य के इतिहास का सर्वोत्तम, साक्षर एवं शिक्षित अवसर था।

मार्कशीट ग्रहण करते वक्त मंत्री जी का चेहरा एकदम एक निश्छल ट्वेल्थनीय किशोर की भाँति दमक और चहक रहा था। बारहवीं की मार्कशीट को उन्होंने माथे से लगाया और मुट्ठी बाँध खुद भी कुछ नारा लगाया जो उनकी आस्था से जुड़ा था। अभी मंत्री जी के भीतर एक हाफ पैंट पहना बच्चा भी उसी ऊर्जा और प्रसन्नता के संग उछल रहा था जिसने पहले ही प्रयास में बारहवीं पास कर लिया हो। इस ओहदे और उम्र में भी बारहवीं कर लेना बारहवीं से भी ज्यादा यानी तेरहवीं के समान था।

आगे मुख्यमंत्री जी ने अपने गरिमामय संबोधन में कहा कि "सरकार अगर ठान ले तो कुछ भी असंभव नहीं है, आपमें अगर इच्छाशक्ति हो तो

बैल का भी दूध निकाल सकते हैं।" ये कहते हुए उन्होंने शिक्षामंत्री जी की तरफ आलोकित दृष्टि लिए बेहद श्रद्धा भाव से देखा। उधर से मंत्री जी ने भी नंदीभाव से मुख्यमंत्री जी की तरफ देखा।

इस नजीर पर लोगों ने हो–हो कर चीखते हुए तालियाँ बजाईं। प्रेरक प्रसंग की किताबों को सदियों बाद कोई वास्तव में प्रेरक प्रसंग मिला था इस वाक्य के रूप में। शिक्षा के क्षेत्र में दुग्ध क्रांति हो चुकी थी।

उन्होंने आगे कहा "अब मीडिया के बंधुओं पर ये जिम्मेदारी है कि इस उपलब्धि को गाँव-गाँव तक पहुँचाएँ, जिससे लोग शिक्षा के प्रति जागरूक हों। आप चाहें तो अलग से मंत्री जी की मार्कशीट पकड़े एक तस्वीर भी ले लिजिए, सिंगल। इसे पहुँचाइए गाँव-गाँव।"

मुख्यमंत्री ने इस विशेष ऐतिहासिक दिन को प्रतिवर्ष 'पुनर्शिक्षित दिवस' के रूप में मनाने की घोषणा की।

माहौल ऐसा हो गया था कि शिक्षा को लेकर इतनी त्वरित क्रियाशीलता और सफलता को देख मीडिया, सरकार से ज्यादा उत्साहित हो गया था। एक पत्रकार मारे शिक्षा के झूम के उठा और उचककर अपना माइक मुख्यमंत्री जी की तरफ बढ़ा के पूछ गया, "क्या और भी माननीय मंत्री जी लोगों को शिक्षा दी जाएगी आगे? अगला बारहवाँ पास कौन? क्या कुछ संकेत दे सकते हैं सर?"

मुख्यमंत्री महोदय ने सवाल को ध्यान से सुना, नाक पे सरक आए चश्मे को वापस सरका के आँख पर स्थिर किया और भौंहों को जुटा के एक गहरी साँस के साथ तैरती हुई मुस्कान होंठों पे लिए, पहले हाथों से इशारा कर पत्रकार को बैठ जाने के लिए कहा और फिर गंभीरता के साथ बोले, "देखिए, सभी माननीय मंत्रियों के अलग-अलग विभाग हैं, अलग-अलग दायित्व हैं भाई। हमें पूरा प्रदेश भी देखना है, सभी विभाग पर बराबर ध्यान देना है। सब अपने-अपने विभाग की जिम्मेदारी पूरी करने में लगे हैं। निश्चिंत रहें।"

इस पर मंच पे बगल में ही कुर्सी पर बैठे मद्यपान एवं आबकारी मंत्री जी झटके से गर्दन हिला झपकी मारते हुए मुस्करा दिए थे।

मुख्यमंत्री जी लेकिन रुके नहीं, शिक्षा का प्रसार और भी आगे ले जाते

हुए बोले, "हम पत्रकारों के लिए भी प्रतिबद्ध हैं। हम प्रत्येक वर्ष यहाँ एक पत्रकार को भी बारहवीं करवाएँगे। सरकार चाहती है कि हर कोई शिक्षित हो। शिक्षित लोग भी आएँ। वे बेचारे कहाँ जाएँगे? शिक्षा लेना उनका भी अधिकार है।"

शिक्षा और शिक्षित के लिए ऐसी सहानुभूति के शब्द आज के समय में सुनाई पड़ना दुर्लभ था। पत्रकारिता के कान में सदियों बाद जायज शब्द पड़े थे।

अभी संबोधन चल ही रहा था कि दो–तीन पत्रकारों ने एकदम धीरे से अपने–अपने माइक के तार खींचे और उसे समेट कमर से भी नीचे झुक रेंगते हुए बाहर की तरफ निकल गए।

उन पर एक माननीय की नजर गई, उन्होंने बगल में बैठे दूसरे माननीय को केहुनी मार के दिखाते हुए कहा, "भाई साब, सरकार भी क्या करे, कुछ लोग किसी भी कीमत पर शिक्षित होना ही नहीं चाहते।"

"और पत्रकार तो बिलकुल ही नहीं।" दूसरे वाले माननीय ने पहले माननीय का हाथ और अपनी दोनों आँख दाब के कहा।

लेकिन बाकी पत्रकारों ने सरकार की पहल को खूब सराहा।

"देखिए, अब शिक्षा प्रारंभ के इस युगांतकारी विचार को गाँव-गाँव तक अमलीजामा पहनाने के लिए हमारी सरकार ने एक पक्की योजना का जाल बनाया है जिसके तहत शिक्षा का जाल फैलाना है।" ये बयान जाते-जाते अपना कुर्ता पीछे से उठा के गाड़ी की सीट पर बैठते हुए दिया था मुख्यमंत्री जी ने। एक मीडिया वाला तत्काल कैमरे पर बोला, "जैसा कि आप देख रहे हैं दोस्तों कि मुख्यमंत्री जी का स्पष्ट कहना है कि शिक्षा जाल है, इसे जाल की तरह फैलाना है।"

मुख्यमंत्री जी का काफिला आगे बढ़ा तो उसी भीड़ में चिन्मय, शिवा और नीलकंठ भी मीडिया वाले के पीछे-पीछे लग लिए थे।

"अरे थोड़ा पब्लिक का भी बयान ले लीजिए भाई जी।" नीलकंठ ने पीछे से एक मीडियाकर्मी को स्पर्श करते हुए कहा।

"हाँ, हाँ बताइए न कि कैसा लगा आज के ऐतिहासिक और शिक्षा के लिए स्वर्णिम और भविष्य के निर्माण के दिवस का हिस्सा बन के? इस

ऐतिहासिक पल का गवाह बनना कितना गर्व देने वाला रहा आपके लिए?" पत्रकार बंधु ने प्रश्न में ही हुए उत्तर बताते हुए पूछा।

"सब बात तो आप ही बोल दिए। हमारे लिए बचा ही क्या बोलने का। बहुत गर्व हुआ। हाँ, अब जितना आपको हुआ, उतना तो संभव नहीं है न सर किसी आम बेरोजगार युवा के लिए। हमलोग तो नौकरी के आस में यहाँ घोषणा सुनने आए थे।" शिवा ने आगे आकर कहा।

"अरे यार, तुमलोग मीडिया में बोलना नहीं जानते हो। सर पूछ रहे हैं कुछ! तुम बता रहे कुछ! अरे असली बात बताओ न। रुको इनको हम बताते हैं। सर, देखिए हमलोग नौकरी खोज रहे हैं, नौकरी नहीं हुआ, लेकिन गर्व तो हुआ। बहुत गर्व हुआ आज, बहुत खुश हैं हमलोग, कम-से-कम कुछ तो हुआ।" नीलकंठ ने शिवा को किनारे कर मुस्कियाते हुए माइक के करीब जाकर कहा।

"देखिए, देख सकते हैं आप कि कैसे युवाओं में भी एक जोश और गर्व का माहौल है। नौकरी खोज रहे युवा भी यहाँ से निराश होकर नहीं गए हैं, फिलहाल उन्हें नौकरी तो नहीं हुआ है लेकिन उससे भी बड़ी बात, गर्व हुआ है। एक देश का युवा गर्व से भरकर ही आगे बढ़ सकता है। निराश युवा नौकरी भी कर ले तो निराश ही करता है समाज और देश को।... " पत्रकार अपनी गर्व भरी पत्रकारिता के हवाले से बेहद उत्साही स्वर में माइक पर लगातार बोले जा रहा था। इतने में ही वो बीस-पच्चीस बार गर्व बोल चुका था अलग-अलग वाक्यों का निर्माण कर के।

तभी एक और पत्रकार ने देखा-देखी में चिन्मय की तरफ भी माइक बढ़ा दिया, "आप भी युवा हैं। आप भी बहुत खुश दिख रहे हैं। दो शब्द इस ऐतिहासिक दिन के लिए... "

"यही, यही कि अब जल्दी आप लोग भी बारहवीं पास कर लीजिए।" चिन्मय ने झटके में ही विस्फोटक बयान दे दिया था।

सुनते ही पत्रकार बिना हिले वहीं धँस-सा गया और माइक को तेजी से पीछे खींच दूसरी ओर लहराने लगा। उसे ऐसे जवाब की कतई उम्मीद न थी। उसने धीरे से माइक ऑफ कर तार समेटना शुरू किया।

तब तक मुख्यमंत्री सहित तमाम मंत्रियों का काफिला दूर निकल चुका था। पत्रकार भी दौड़कर अपनी-अपनी गाड़ी पकड़ चुके थे।

अब चिन्मय और दोनों साथी भी गाँव वाली सड़क पर थे।

इधर शिक्षा को समर्पित क्रियान्वयन की प्रक्रिया तेज कर दी थी सरकार ने। मंत्री जी के पुत्र पोंटी उर्फ प्रणय बिहारी मंडल को आगे की शिक्षा के लिए विदेश जाना था। इधर राज्य में शिक्षा का जाल कैसे फैलाया जाए, एक सप्ताह के भीतर ही इसकी जिम्मेदारी भारतीय प्रशासनिक सेवा के दो अधिकारियों की जोड़ी को दे दी गई थी।

ये थे लेविश जैकब और दूसरे देव बंसल, दोनों बड़े सक्रिय अधिकारी थे और बहुत जल्दी इनकी जोड़ी ले-दे की जोड़ी के नाम से प्रसिद्ध हो गई थी। ये दोनों विदेश से शिक्षा प्राप्त कर आए थे और इन्होंने गाँव देखा नहीं था नौकरी के पहले। इसलिए इन्हें गाँव के स्कूलों को सुधारने का जिम्मा दिया गया। क्योंकि सरकार का मानना था कि ऐसे अधिकारियों को ये जिम्मेदारी दी जाए जिन्होंने कभी गाँव का रास्ता देखा ही नहीं है, इसलिए वे भटकेंगे नहीं, बनाए गए मैप से चलेंगे। सरकार ये बहुत दृढ़ता से जानती और मानती थी कि गूगल मैप से चलने वाली दुनिया भटकती नहीं है, अनजान रास्ते पर प्रामाणिक दिशा दिखाती है।

लोकतंत्र का दर्शन कहता था कि राज्य का तंत्र लोक के पक्ष में, लोक से पूछकर चलने वाली प्रक्रिया है।

लेकिन भारतीय प्रशासनिक सेवा जैसी सर्वोच्च सेवा के अधिकारियों की पूछ ही इतनी बड़ी होती थी कि ये किसी से कुछ पूछते थे नहीं, ऐसा कुछ अनुभवी बुजुर्ग कहा करते थे!

आईएएस देव और जैकब की जोड़ी ने मोर्चा सँभाल लिया था।

इन्होंने शिक्षकों के लिए साफ फरमान निकाला– "अमेरिका में कर्मचारी हो या टीचर, एक मिनट लेट नहीं होता है, मैंने वहाँ वर्षों रहकर ये देखा है। वही चीज मुझे यहाँ चाहिए। वहाँ टीचर इतने सिंसियर हैं कि लेट होने पर अपनी कार खुद चला के आ जाते हैं, ड्राइवर का वेट नहीं करते। उन्होंने एक–एक फ्लैट्स स्कूल के पास भी खरीद के रखे हैं जहाँ वो रहते हैं। उनकी कार में भी डिजिटल क्लास की स्क्रीन लगी है। अब से मुझे वही चाहिए यहाँ।"

रातों–रात प्रदेश के स्कूलों को सीधे अमेरिका से टक्कर लेने का सौभाग्य प्राप्त हुआ था।

अभी शिक्षकों ने अपनी साइकिल में हाथ फेर के देखा कि इसमें कहाँ डिजिटल स्क्रीन लगावाई जा सकती थी, अगर ऐसा कोई आदेश आ गया तो? वे लोग मन ही मन ये भी मंथन करने लगे कि जब भारी बरसात में स्कूल तक मछलियाँ भी नहीं पहुँच पाती हैं और गली के गड्ढे से बह के सीधे नदी में चली जाती हैं तेज बहाव के कारण, उस समय कैसे तैरते हुए समय से स्कूल पहुँचना है? आगे के निर्देश के संकेतानुसार शिक्षकों ने ये भी तय किया कि वो जिस टैंपू से लटककर आते हैं, कभी उसके ड्राइवर के ताड़ी पीने चले जाने पर खुद ही टैंपू ठेलकर स्कूल तक आ जाना है, ड्राइवर के वापस आने का इंतजार नहीं करना है।

कुल मिलाकर अब शिक्षकों पर ये जिम्मेदारी थी कि स्कूल पहुँचने में अमेरिका को पछाड़ देना है, भले शिक्षा पहुँचाने में हम पछाड़ खा-खाकर गिर रहे हों।

नयी शिक्षा सुधार व्यवस्था में सबसे क्रांतिकारी काम ये हुआ कि चपरासी का पद हटा दिया गया। इसके पीछे का जोरदार तर्क ये था कि जब मास्टर और चपरासी की योग्यता एक ही समान है तो उनके बीच पद का भेद क्यूँ रखा जाए? ये सुन चपरासियों में एकबारगी खुशी की लहर दौड़ गई। सबने ले-दे के समानवादी दृष्टिकोण की सराहना की और उन्हें अब लग गया था कि वे भी समान योग्यता के कारण चपरासी से मास्टर बना दिए जाएँगे।

लेकिन अगला आदेश उनकी सोच से कई प्रकाश वर्ष आगे का था, भला आईएएस ऐसे थोड़े बने थे ले-दे।

मसौदा ये बना कि समान योग्यता होने के कारण मास्टर से ही चपरासी का भी काम करा लिया जाए, इससे योग्यता के साथ न्याय भी हो जाएगा और बेकार में चपरासी के वेतन खर्च का खजाने पर से राजस्व भार भी उतर जाएगा। मुख्यमंत्री जी चकित थे अधिकारियों की इस मौलिक चालाकी से। उन्होंने तुरंत इस मसौदे को मंजूरी दे दी।

अचानक हजारों चपरासी घंटी छोड़ सड़क पे आ गए। लेकिन राहत और पुख्ता मदद के तौर पर सबको अपदस्थ करते वक्त आजीविका हेतु सार्थक सुझाव और दस हजार रुपये की राशि भी प्रदान की गई कि इससे वो अपना कोई चाट-फुलौरी का ठेला लगा लें। इससे अर्थव्यवस्था को नयी मजबूती मिलेगी, ऐसा अनुमान लगाया था वित्त मंत्री ने।

सबसे महत्वपूर्ण बात तो संस्कृति मंत्री ने कही, "अब अचानक से हजारों ठेले आ जाने से चाउमीन और पिज्जा–पास्ता जैसे विदेशी अघोरी फूड के खिलाफ हमारे चाट-गोलगप्पे को बढ़ावा मिलेगा। हमारी पुरानी संस्कृति अक्षुण्ण रह पाएगी, खान–पान सुरक्षित और स्वादिष्ट रहेगा। हमें अपने पुरातन खान–पान की तरफ लौटना ही होगा।"

संस्कृति मंत्री ने नौकरी जाने से बौखलाए चपरासी संघ के साथ बैठक की। उनके अध्यक्ष और उपाध्यक्ष को अपने साथ ससम्मान खिलाया–पिलाया। तब जाकर चपरासी संघ इस महत्वपूर्ण ऐतिहासिक सुधार नीति को समझ पाया।

मंत्री जी ने एक साझा प्रेस कॉन्फ्रेंस की जिसमें चपरासी संघ के अध्यक्ष का हाथ पकड़े शामिल हुए।

चपरासी संघ के अध्यक्ष ने कहा, "हमारा संघ इस निर्णय का स्वागत करता है। हम पूरा जीवन एक चपरासी के रूप में, बस पानी पिलाते और घंटी बजाते खत्म कर लेते। लेकिन अब सरकार ने, प्रिय मंत्री जी ने हमलोग को पूरे सम्मान के साथ देश के लिए कुछ करने का मौका दिया और हमारे माथे से चपरासी होने का दाग मिटा दिया है। सबसे जरूरी चीज, हमें गरिमा दिया।"

शिक्षा सुधार के क्षेत्र में लिए निर्णय संस्कृति बचाओ तक के क्षेत्र को धन्य कर रहे थे। ऐसी बहुप्रभावी नीति की चारों ओर प्रशंसा हो रही थी। अफसोस कि पृथ्वी पर केवल चार ही 'ओर' थे। क्योंकि ऊपर और नीचे, ये अतिरिक्त दो और 'ओर' ठीक नहीं माने जाते थे। ऊपर और नीचे गई बातें हों या आदमी, कोई फिर लौट के नहीं आता था। इसलिए 'ओर' केवल चार ही थे मान्यता में।

नीति प्रभावी हुई और कुछ ने तो देश एवं अपने राज्य में बहुआयामी योगदान के लिए ठेला खोल लिया पर कुछ व्यक्ति जो जन्म से ही चपरासी थे और मरते वक्त भी इसी उपाधि के साथ जाना चाहते थे, उन्होंने विरोध किया।

चपरासी संघ अब संतुष्ट गुट और विक्षुब्ध गुट, इन दो भागों में बँट गया।

संतुष्ट गुट वाले तो खुश थे कि अब केवल चपरासी संघ रहा, वो चपरासी नहीं रहे, दूसरे विक्षुब्ध गुट वाले थे जो इस निर्णय से हताश थे,

विरोध कर रहे थे।

उन लोगों ने साफ कहा, "हम तो बेरोजगार हो गए, हमारी सरकारी नौकरी चली गई, उसे वापस कर दीजिए।"

लेकिन सरकार का तराजू अलग होता है, उसमें हल्के कर्मचारी भारी बोझ होते हैं, ऐसे में बोझ हल्का करने के लिए इन्हें ही हटाना जरूरी और जायज था।

सरकारी ढाँचा भी बड़ा वैज्ञानिक ढाँचा होता था। यहाँ छोटे पद पर बड़ी जिम्मेदारी होती थी। मसलन, मनीऑर्डर घोटाला हो तो जेल डाकिया जाता था।

बड़े पद विजन के लिए होते थे, वजन डालने के लिए नहीं। जिम्मेदारी से मुक्त आदमी अलग ही जज्बे से भरा होता है। इसलिए द्रष्टा को डोजमुक्त रखा जाता था।

विवेक को वैभव और मेहनत को मजदूरी दी जाती थी।

अधिकारियों को सुविधाओं में और कर्मचारियों को निगरानी में रखा जाता रहा था।

ये सरकारी सिस्टम की एक तमीज थी जिसे अँग्रेजों के जमाने से बचाकर रखा गया था।

खैर, इधर नौकरी खो चुके विक्षुब्ध गुट वाले बेरोजगार चपरासियों ने आखिरकार विरोध का बिगुल फूँक ही दिया। उनकी माँग थी कि उन्हें वापस उनके पद पर बहाल किया जाए। उन्होंने इस खातिर सड़क पे आंदोलन भी किया और एक दिन मुख्यमंत्री जी के काफिले पे चप्पल फेंक दी। वो भी अपनी नहीं, कहीं सड़क पर ही गिरी एक चप्पल मिली तो सहसा आंदोलन और प्रतिकार का एक सस्ता और सुविधा वाला औजार मिल गया उन्हें। ये शायद किसी अन्य विभाग के नौकरी खोने वालों के आंदोलन की छूटी हुई चप्पल थी। पिछले किसी आंदोलन में सड़क पर दौड़ा-दौड़ी में छूट गई होगी। बस एक ने वही चप्पल उठाई और उसे दे मारा माननीय की गाड़ी पर।

मुख्यमंत्री जी को इस पर होने को तो बेइज्जती महसूस होनी चाहिए थी लेकिन उन्होंने अपनी दृढ़ इच्छाशक्ति से उसे बेइज्जती माना ही नहीं और कुछ और ही महसूस करते हुए अपने सुरक्षाकर्मियों से कहा, "साला गोली चल

जाता तो बर्दाश्त था लेकिन जूता-चप्पल नहीं। बहुत जूता-चप्पल उठा के यहाँ तक पहुँचा हूँ। मैं जूते-चप्पल का सम्मान करता हूँ, कोई इसको फेंकता है तो मुझे क्रोध आता है। आगे से कोई भी जूता-चप्पल फेंके तो उसे लेना मत और मुझे बताना भी मत कि मुझ पर फेंका गया है।"

तभी तत्काल ही एक सुरक्षाकर्मी, जिसने चप्पल उठा के मुख्यमंत्री जी को सौंप दी थी, उसने मुख्यमंत्री जी के हाथ से चप्पल वापस ली और पुनः सड़क पर फेंक आया।

अपनी चप्पल वापस आई देख आंदोलनकारियों को निराशा हुई कि माननीय मुख्यमंत्री जी ने माँगें ठुकरा दी हैं।

लेकिन इधर ये सब सड़क पर रोज हो रहा बवाल देख बेचैन मुख्यमंत्री जी से रहा न गया, उन्होंने आईएएस ले-दे की जोड़ी को बुलाया और पूछा, "ये चपरासी का पद खत्म करना, ये ठीक है न? इसको हम क्या बोलें जनता में? भाई कई लोग बेरोजगार हो गए हैं। जूता-चप्पल खोल रहे हैं। क्या करूँ?"

"रेस्पेक्टेड सर, हमें छह महीने में स्कूलों को यूरोप और अमेरिका जैसा बनाना है। आपने देखा होगा कि वहाँ पीएम भी आम आदमी की तरह मेट्रो में सफर करता है, अपना काम खुद करता है। तो हमारे टीचर्स भी अपने स्कूलों में ये लेसन देंगे बच्चों को कि हर काम खुद करना है। इसलिए दिस इज वेरी डेमोक्रेटिक एंड डिग्नीटीफुल डिसिजंस सर।" ले-दे की जोड़ी ने एक साथ हाथों और चेहरे को यूरोपियन स्टाइल में हिलाते हुए कहा।

शुरू में तो मुख्यमंत्री जनार्दन जोशीला जी थोड़ा सशंकित दिखे लेकिन आखिर में जो अंग्रेजी की लाइन सुनी तो मान गए कि ये बेहद जरूरी निर्णय था। अंग्रेजी में अँग्रेजों से ज्यादा क्षमता थी। इसलिए अंग्रेज भले चले गए, अंग्रेजी टिकी रही।

ले-दे की जोड़ी ने अलग से मुख्यमंत्री जी को ये भी आश्वस्त किया था कि "एक दिन हमारे यहाँ भी सीएम या पीएम अपना काम खुद करेगा, साधारण जनता वाले बस या ट्रेन में चलेगा, ये सब जल्द ही अगली पीढ़ी में होगा। हम बीस-तीस साल आगे की पीढ़ी के लिए प्रयास कर रहे हैं, अभी चिंता की बात नहीं।"

अब इधर विद्यालयों में बदलाव का प्रभाव दिखने लगा था। शिक्षक अभी

शुरुआत में लगभग समय पर रोते–सिसकते हुए आने ही लगे थे।

स्कूल में चपरासी का काम कौन–सा मास्टर करेगा, ये छूट स्कूल को दी गई थी कि वो आपस में क्रमवार या कार्यवार अपने दायित्व बाँट लें।

बल्लोपुर स्कूल में रोज सुबह सबसे पहले आ के स्कूल खोलने और झाड़ू देने और शाम को स्कूल बंद कर के जाने का दायित्व मिला था सबसे युवा और चपल-चंचल शिक्षक कृपालु राय को।

"बाकी का कोई काम हो तो हमलोग खुद कर लेंगे, अब किसी को पानी पीना हो तो थोड़ा–सा उठे और खुद पी ले। बाकी बच्चों को कृपालु पिला ही दिया करेगा बेचारा।" सबसे बुजुर्ग मास्टर सुधीर बाबू ने पानी खुद पीने की जिम्मेदारी लेते हुए कहा।

तीस-इकतीस वर्षीय गोरे, स्वस्थ–सुदर्शन व्यक्तित्व का धारक कृपालु राय विज्ञान का छात्र रहा था और भौतिकी से स्नातकोत्तर कर अब यहाँ बल्लोपुर स्कूल में ग्राम सभा की कृपा से चयनित होकर अर्धमास्टर बन मास्टरों को अपनी सेवा दे रहा था। अर्ध मास्टर मतलब हाफ टीचर। और सरलतम रूप में समझें तो ठेके पर लगा हुआ अस्थायी शिक्षक। सरकारी भाषा में इस पद को बतौर शुभ नाम 'संविदा पर बहाल सहायक अध्यापक' कहते थे।

इसकी अगर व्याख्या की जाए तो संविदा का अर्थ था– 'बिना सरकारी हुए ही एक ऐसी सरकारी नौकरी जिसमें एक सरकारी नौकरी करने वाले से नब्बे फीसदी कम वेतन में सौ फीसदी ज्यादा नौकरी करते हुए ऐसी नौकरी में रहना जिससे आपको किसी भी दिन, किसी भी वक्त, किसी भी अंग विशेष पर लात मार के निकाला जा सके।'

संविदा, यानी कभी भी बिना सम्मान, सामान के साथ विदा।

गाँव के लोग ऐसे अस्थायी शिक्षकों को एकदम सरल भाषा में 'अधमस्टरा' कहते थे। हड़बड़ी में आधा वाला स या ट छूट जाए तो दूसरी ही ध्वनि निकल जाती थी।

पौआ और अद्धा पहले पेय पदार्थों में आते थे, अब मास्टर भी आने लगे थे इस माप के।

कृपालु यही अद्धा था।

स्कूल का कोई भी कागजी या भौतिक कार्य हो, बेचारे इसी भौतिकी के जानकार को थमा दिया जाता।

वैसे भी पशुगणना, जनगणना, मतदाता सूची, आवास योजना की सूची, राशन की सूची, वृद्धावस्था पेंशन की सूची, विधवा पेंशन की सूची बनाना, सर्वे करना, आधार कार्ड भूल-चूक सुधार करना जैसे दर्जनों सरकारी दायित्व थे जो इस देश में मास्टर को करने होते थे। सरकार ने शायद ठान रखा था कि मास्टर को रिंग मास्टर बना के छोड़ना है।

अधिकतर सरकारी स्कूल पंचायत घर में लगते थे। स्कूल के शिक्षक और स्कूल के भवन इस देश में पढ़ाई के अलावा हर चीज में काम आते थे। बच्चे अपने नसीब से पढ़ते थे, शिक्षक अपने नसीब का खा रहे थे।

फिलहाल अभी बल्लोपुर स्कूल में सारी जिम्मेदारी अकेले कृपालु राय पर थी। संविदा पर बहाल मजबूर युवा, मजबूरी और लिहाज में बुजुर्ग शिक्षकों के हिस्से का सारा कागजी और भाग-दौड़ का काम भी सँभालता। कई बार मध्याह्न भोजन का राशन भी कंधे पर ढोता। कृपालु उम्र में चूँकि बाकी शिक्षकों से बहुत कम का था इसलिए उसने संस्कारवश ये सारे कर्तव्य निभाना स्वीकार ही कर लिया था, यही तो भारतीय संस्कार और मूल्य की विरासत थी जिसे कृपालु जैसे मजदूर युवा हँसते–खेलते ढोते ही थे। जब कोई उपाय न हो तो जबरिया, बेमन से स्वीकार भार को संस्कार का नाम दे देने में कोई बहुत हर्ज नहीं हो जाता था।

चलते-चलते भयंकर गर्मी आ चुकी थी। जेठ की एक दुपहरी में गर्म लू की लहर चल रही थी।

अभी कृपालु कक्षा में कुर्सी पर बस बैठने को था कि आधे में ही प्रधानाध्यापक ने कृपालु को आवाज दी।

कृपालु का पृष्ठ भाग कुर्सी की सतह को बस छूने ही वाला था कि वो वापस खड़े हो प्रधानाध्यापक जी के कक्ष पहुँचा।

"कृपालु, बेटा एक बहुत जरूरी रिपोर्ट है, अभी साला याद आया। जनगणना वाला एक रिपोर्ट जिला में भेजना है। तुम्हारा तो मोटरसाइकिल भी है न?" प्रधानाध्यापक ने चश्मे को आँखों से नीचे सरका के पूछा।

"हाँ सर, आपका भी तो है! खड़ा तो है बाहर।" कृपालु को लगा कि काम में रमे प्रधानाध्यापक को शायद सुध नहीं अपनी मोटरसाइकिल की।

"अरे, मेरा वाला में तेल ही नहीं है। तुम फटाक अभी निकलो और ये रिपोर्ट जमा कर दो, फोन आया है अभी। सब काम छोड़ पहले ये करो। नहीं तो शिकायत हो जाएगा स्कूल का।" इतना बोल प्रधानाध्यापक ने रिपोर्ट का लिफाफा बढ़ाया और कुर्सी पर तत्क्षण लुढ़क गए, गर्मी की दुपहर थी, थोड़ा आलस्य आ ही जाता था। शायद अचानक ही बीच नींद से उठे थे और याद आने पर कृपालु को बुला के रिपोर्ट भेज दी थी।

दो घंटे के बाद जब कृपालु लाल आलू की तरह भुना हुआ वापस लौटा तो मोटरसाइकिल खड़ी करते ही स्कूल के बरामदे में आ के घोलट गया।

"पानी दीजिए, पानी दीजिए, मिर्गी तो नहीं है न?" मास्टर विनोद बाबू ने अपनी ओर से अधिकतम की उम्मीद के साथ कहा।

तब तक नगीना बाबू ने तत्परता दिखाते हुए एक बाल्टी पानी कृपालु पे ढार दिया।

"मिर्गी नहीं है रे भाई, अरे बाप, ओह, अरे उल्टी हुआ है। सर फट रहा। जल रहा शरीर। गर्मी, गर्मी, ओह गर्मी।" बेचारे कृपालु ने सिर से ढरक रहे मटमैले गँधेले पानी को पीते हुए अकबकाई आवाज में कहा।

ये सुन दो शिक्षकों ने उठा के कुर्सी पर बिठाया। आधा घंटा सबने बाँस का पंखा हिलाया। विगत पंद्रह दिनों में आज पहली बार सुकून से इतनी देर तक कुर्सी पर बैठ पाया था कृपालु।

तभी लदकद करते हुए प्रधानाध्यापक महोदय ने बरामदे में अपना भारी पाँव रखा।

"क्या जी, अब नॉर्मल है? आज तो बड़ा तबियत बिगड़ गया कृपालु का।" अपने पाँव से कृपालु की कुर्सी को थोड़ा पीछे ठेलने में नाकाम प्रधानाध्यापक महोदय ने पूछा।

"हाँ, अरे ये नौजवान है इसलिए झेल गया। अभी कोई यही एक्स वाई जेड गया होता तो समझिए चला ही गया होता। इस लू में नहीं बचता सर। इसलिए कहता हूँ कि खबरदार पूरे गर्मी हमलोग में से कोई भी शिक्षक बाहर नहीं निकले, जो भी बहुत जरूरी काम हो तो कृपालु सर को बताइए। ये तो भाई बुलेटपुरुफ है, देखिए कुछ नहीं हुआ। अब एकदम नॉर्मल है।" सुधीर बाबू ने शिक्षकों की बुलेट के माथे पर अपना हाथ फेरते हुए और फिर उसकी लाल हुई आँखों को अपनी उँगलियों से फैला के देखते हुए कहा।

कृपालु राय की साँस जो अब वास्तव में सामान्य होने वाली थी कि अब ये सुनकर फिर से धड़कन थोड़ी आड़ी–तिरछी चलने लगी।

"हेल्थ तो फीट है इसका। अभी युवा है न ई लोग। देखिए न अजी हमलोग को इतना ज्यादा पैसा मिलता है तब भी पढ़ाने का मन नहीं करता है लेकिन मजदूरी से भी कम पैसा में ये खट रहा है। सब देश सेवा का जुनून है।" भूगोल के शिक्षक विनोद बाबू ने कृपालु के जज्बे को सलाम करते हुए अपने मन की बात कही।

"अरे, अरे...अ...अरे बेरोजगारी है सर, झाँट न कोई जुनून है। बेरोजगारी है, नहीं तो कोई बकचोद ही होगा, कोई अकल का अंधा होगा जो आपलोग के आधा से भी आधा वेतन में, इतना कम पैसा में पूरा जिम्मा ले के कागज–पत्तर से ले के मजदूरी तक सब काम करे। साला जिसको पूरा वाजिब वेतन मिलता है, वो नहीं कर रहा देश सेवा ? हम से ही करवाना है ?" कृपालु के बदले शायद उसकी आत्मा बोल गई थी आज, सारे डर–भय से मुक्त, क्योंकि आत्मा को तो नष्ट होने का डर था नहीं, न ही नौकरी जाने का। मुँह से एक साँस में ये सब निकलने के बाद कृपालु कुर्सी पर निस्तेज पड़ा रहा।

"ऐं हें हें ई गाली–गलौज तो कभी नहीं करता कोई विद्यालय में ? क्या जी सुधीर बाबू ? यहाँ एक डिसिपिलिन है स्कूल में। शिक्षक समाज का आदर्श होता है, हमलोग भाई रोल मॉडल हैं बच्चों के लिए। है कि नहीं सुधीर बाबू ?" नगीना बाबू ने अपने भीतर थोड़ा–सा, सौ ग्राम बल्लोपुर का लोकल विवेकानंद महसूस करते हुए कहा।

गाँव-देहात के बच्चों को आदर्श भी बड़े नाप–तौल के कामचलाऊ ही मिलते थे। भारतीय ग्राम्य जीवन तक आते-आते आदर्श घिस जाते थे। जैसी सुविधा, जैसा साधन, उतने के लायक आदर्श। बल्लोपुर जैसे हजारों गाँवों में नगीना बाबू जैसे नगीनों को ही रोल मॉडल का रोल करने का भरपूर अवसर मिल जाता था।

"लू मारा है, वाजिब बात है कि थोड़ा–सा चिड़चिड़ापन तो आ ही जाता है। उसी में निकल गया बेचारे के मुँह से। अरे मनुष्य ही तो है न, मनुष्य से गलती तो हो ही जाता है।" भूगोल वाले शिक्षक विनोद बाबू ने अच्छी बात कही।

"मनुष्य हैं हम ? अरे गदहा के जैसा खटते हैं साला स्कूल में अकेला

हम। हम मनुष्य हैं सर? और सुनिए, मनुष्य से गलती नहीं हो जाता है, कुछ लोग गलती से मनुष्य हो जाता है जबकि उनको होना चाहिए गदहा, कुकुर, बिलाई ही। हम वही गलती से हुआ वाला मनुष्य हैं। हम गदहा हैं, नहीं, कुत्ता हैं हम।" कृपालु एकदम से फट पड़ा था फिर। अपनी मानव योनि को लेकर संशयपूर्ण बातें करने लगा और पशु योनि में भी गदहा और कुत्ता के बीच भी भ्रमित ही हो रहा था, बहुत स्पष्ट नहीं हो पा रहा था बेचारा।

"छोड़िए, आप तो मुँह मत लगिएगा अभी, ताड़ी पिया है साला, पक्का, आँखें बता रहा।" सुधीर बाबू ने धीरे से लगभग फुसक के नगीना मास्टर के कान में कहा।

लेकिन कृपालु के नेत्र भले बीच-बीच में झपक जाते थे पर कान खड़े ही थे तब से। सुधीर बाबू की फुसफुसाहट नगीना बाबू तक ही नहीं रही।

"आँय पिया है क्या? खैर ताड़ी का तो कोई खास बात नहीं है। गर्मी में लेना ही चाहिए, जो आदमी बाहर-भीतर करता है उसको एकाध पौआ में कोई हर्ज नहीं, बहुत सेफ्टी रहता है लू से। हाँ पिया हुआ तो लग रहा है।" ये बोल नगीना बाबू बरामदे से थोड़ा नीचे उतर के बैठ गए।

कृपालु समझ गया था कि 'ये लोग मुझे पियक्कड़ ही समझ रहे हैं, सफाई देने में साला और पियांक लगूँगा। पागल भी घोषित कर सकते ये साले पागल लोग।'

नगीना बाबू ने अब ऐसे वैज्ञानिक तरीके से विनम्र स्वर में कहा जैसे किसी भी वास्तविक बीहड़ पगलेट पियक्कड़ से कहा जाता है, "हमारे विद्यालय का गर्व है कृपालु, ये न रहे तो बल्लोपुर स्कूल का ताला नहीं खुले मर्दे। मेरा छात्र भी रहा है और देखिए आज मेरे बराबरी में खड़ा हो पढ़ा रहा है। भले वेतन थोड़ा उन्नीस-बीस है। गर्व है कृपालु पर।"

नगीना बाबू ने गर्व कर लिया थोड़ा-सा।

पहले भी इस तरह का गर्व वो समय-समय करते रहते थे। शुरुआत में तो ये सब खूब आनंद देता था कृपालु को। प्रारंभिक दिनों में कृपालु पर जब भी गर्व किया जाता तो वो मन ही मन भयंकर हर्षित हो जाता और कभी लजा के तो कभी खुल्लम-खुल्ला मुस्करा भी देता। उसे रात को शांति से सोते हुए ज्यादा गर्व आ जाता था और वो बिछौने पर घोलट-घोलट के गर्व से भरी सेल्फी लेता था।

लेकिन आज जब दो–तिहाई से भी कम वेतन पे दो–तिहाई से भी ज्यादा काम करने में चूर–चूर होने लगा तो गर्व भी पिस के चूरन हो गया था।

अब चार बजने को थे। सरकार ने अधिकतम पढ़ाई हेतु एक घंटा समय बढ़ा दिया था। स्कूल तो अब पाँच बजे ही बंद होता। लेकिन वर्षों से चार बजे के आदती बुजुर्ग शिक्षकों ने पुराना अनुशासन नहीं तोड़ा था, उन्हें चार बजे ही निकलना होता था। अकेले बेचारे कृपालु की ही समय पर डटे हुए, ताला लगाने की जिम्मेवारी थी।

सभी शिक्षकों ने कृपालु की ओर देखा, कृपालु को अपने दायित्व निर्वहन के लिए उठना ही था। चाबी फुलपैंट की जेब में ही थी।

कृपालु ने अपने मन की टीस और भीतर के गुस्से को पिघला के लगभग व्यंग्य में बदलते हुए कहा, "सर छाती में दरद हो रहा है। चार भी बजने वाला है, क्या कोई हमको घर पहुँचा देगा? चाहते हैं कि अगर मरना ही हो गया हार्ट अटैक–फटैक से तो घरे पर ही मरें। स्कूल में क्यों?"

अभी कृपालु यही सब उल्टा-पुल्टा सोच ही रहा था कि एकदम नजदीक में खड़े नगीना मास्टर ने कृपालु को तत्काल नहीं मरने का सुझाव देते हुए कहा, "अरे हट्ट, ऐसा बात न करो बुड़बक। युवा कहीं मरता है जी? वो भी इतना अच्छा मास्टर का सम्मानपूर्वक जॉब करने पर भी? एकदम नहीं मरोगे।"

"देखिए ये बात बहुत गलत नहीं कह रहा सर। भले जरा गोस्सा में कह रहा है लेकिन बात सही है कि आजकल बड़ा झटके में कम उमर के लौंडे–लफाड़ी को खूब हो रहा अटैक हार्ट। अरे एक हीरो मर गया भाई, हीरो, सोचिए। इसलिए अगर ई अपना सुविधा का हिसाब देख के घर पर ही जाना चाहता है तो भेजिए इसको। जो हो, कम–से–कम घर पर हो। भगवान करे कि सब ठीक ही रहे, नहीं हो कुछ ऐसा, तो आएगा ही कल से फिर टाइम पर बेचारा। उसका आत्मा आज अगर कुछ भीतर से कह रहा है तो घर भेजिए जल्दी इसको।" एक अन्य शिक्षक ने कृपालु के अपने मरने के निजी अधिकार के पक्ष में खड़ा होते हुए इत्मीनान से कुर्सी पर बैठे-बैठे कहा। कृपालु तो अब दहल ही गया था भीतर ही भीतर।

उसे ऐसा दृश्य दिखा दिया था उस शिक्षक ने कि उसने एक नजर इधर-उधर देखा, ये सोच कर कि 'साला यमराज आ तो नहीं गया स्कूल के

आस-पास, आखिर ये मास्टर लोग इतना कन्फर्म काहे हैं रे बाप हमरे हार्ट अटैक से मौत को लेकर? कह रहा घर पहुँचा दो, साला क्योंकि लाश यहाँ रहा तो स्कूल न धोना पड़े गंगाजल से। और बोल रहा कि बच गया तो कल से आएगा ही टाइम पर।'

कृपालु ने ये सब सोचते हुए, सबसे पहले कंपित हृदय को स्थिर करने की कोशिश की, फिर मन ही मन रोते और माथा धुनते हुए खुद को जबरदस्ती सहज किया और एक बार कुर्सी से उठने की मंशा से देह हाथ और कमर को सीधा किया थोड़ा।

तभी नगीना मास्टर ने उसे उठता देख कंधे पर हाथ रख बिठा दिया और पूछा, "पानी पियोगे क्या कृपालु? तबियत ठीक है न अब? जाओ उठो, पहले पानी पियो उठ के।"

नगीना मास्टर को उसके स्वास्थ्य की चिंता थी, उन्होंने पानी लाकर नहीं देते हुए पानी पीने का सुझाव दिया जिससे थोड़ा मन अच्छा लगे, तरोताजा टाइप।

"उठो बेटा, कृपालु बेटा तुम युवा हो अभी। अभी से निराश? अरे असली वाला नौकरी भी लग जाएगा एक दिन। इतना हताश क्यूँ हो भाई। उठो और जोश में रहा करो, जो तुम हो वास्तव में। अरे लग जाएगा नौकरी।" भूगोल मास्टर विनोद बाबू ने फिर सटकर कहा। सभी की चिंता ये थी कि कृपालु को तुरंत जोश नहीं आया तो जल्दी उठकर अभी ताला कौन लगाएगा पूरे स्कूल में। इसलिए भूगोल शिक्षक ने जोश की अपील की कृपालु से।

"क्या लग जाएगा सर? साला इतने साल से तो लगे हैं हम और लग रहा है हमारा! साला इतने साल से तो बहाली का फार्म नहीं निकला शिक्षक वाला। एक बार निकला तो मामला कोर्ट में चला गया, अब जब तक फैसला आएगा, उम्र चला जाएगा। कहीं कोई और भैकेंसी नहीं। अरे हम साला यहाँ भी आपलोग से हाथ जोड़ते हैं कि देखिए हमको एक दिन तो अहसास होने दीजिए कि हम भी मास्टर हैं। एकाध दिन पढ़ा लेने दीजिए।" कृपालु ने अपने लिए एकाध दिन की कृपा माँगी थी, एकदम से बहते नयन और जुड़े हाथों से।

सब चुप थे, प्रधानाध्यापक जी पिघल गए।

"अरे तुम चिंता छोड़ो, ये कौन-सा बड़ा डिमांड है। कल तुम पहले आराम से एक क्लास ले लेना, जाओ दू क्लास ले लेना और तब जाना ऊ

जनगणना वाला रिपोर्ट का कुछ कागज लेके, जो थोड़ा बाकी रह गया था, कल दोपहर के बाद ही जिला मुख्यालय ऑफिस में बुलाया है। बाबू उसे कल पक्का से ले जाना। गवर्मेंट का काम है, लापरवाही एकदम नहीं। चलिए हम निकलते हैं। पीछे कीचन का ताला भी देख लेना बढ़िया से। आजकल स्कूल से हंडा-बटलोही चोरी हो रहा है बहुत। कुछ भी चोरी हुआ तो बाबू तुम पर बात आ जाएगा। लास्ट में तो हम बचा ही लेंगे, लेकिन शुरू में फालतू फँस जाओगे। चलिए आप लोग भी।" प्रधानाध्यापक ने प्रारंभ में थोड़ा बचाते-बचाते आखिर में पूरा फँसाते हुए कहा।

कृपालु के भीतर से तो रोम-रोम नारा लगा रहा था, "हाँ रे साले सांड, नहीं साले गैंडा, अरे हाथी साले, मेरा चलता तो बिना लापरवाही जनगणना सूची से तुम्हारा नाम काट देते चाकू से। यहीं काट देते।"

कृपालु अपने पाँव को देख रहा था और सोच रहा कि 'काश ये पाँव भगवान ऐसे बनाता कि इससे खुद के कपार में बीस-तीस लात मारा जा सकता। मैं बस खुद को मारना चाहता हूँ, अपने लात से।'

सारे शिक्षक अपने मुखिया प्रधानाध्यापक जी संग बरामदे से उतरे। हर कोई कृपालु को चलते-चलते भी छोटी-सी ही सही लेकिन नेक सलाह देते हुए जा रहा था।

लेकिन नगीना बाबू सबको आगे बढ़ने का इशारा कर खुद थोड़ा-सा ठहर गए थे।

"देखो बेटा कृपालु, तुम्हारा आज का व्यवहार बड़ा निराशाजनक रहा। डिसिपलीन तो खत्म हो गया एकदम। याद रखो कि अरे भले तुमको ढेला बराबर वेतन मिलता हो, भले नौकरी स्थायी नहीं है, भले सब काम करना पड़ता है लेकिन एक शिक्षक होने का जो पदवी मिला है समाज में, इसका मोल जानते हो? कुबेर का खजाना लुटाकर भी अंबानी का बेटा राजा तो कहाता है, परंतु शिक्षक नहीं कहाता है, लेकिन रघुनंदन बाबू का लड़का कृपालु राय शिक्षक कहाता है। अरे समाज में इससे बड़ा कोई प्रतिष्ठा है जी? आईएएस भी बन जाओगे तो घूसखोर कह देगा लोग, लेकिन इसमें प्रणाम सर ही बोलता है सब श्रद्धा से। अरे पैसा और रुतबा कोनो नौकरी में मिल जाएगा बाबू, लेकिन श्रद्धा और सम्मान शिक्षक जैसा कहीं नहीं। क्या तुम दिन-रात रोते रहते हो जी, अरे फ्री-फोकट में इतना बड़ा सम्मान पा रहे हो,

मामूली बात है ? ताड़ी भी पी के उलट जाओ तो लोग मास्टर साहेब बोल के ही उठाता है और एक दारू बेचने वाला तक इज्जत करता है और पैसा नहीं लेता है। अगर तुम पीते हो तो खुद चेक किए ही होगे। देखना कर के। हम तो देखते हैं... अ..अ..मतलब... रोज देखते ही हैं गाँव में... तब कह रहे हैं। चोर–उचक्का भी गाड़ी रोक के प्रणाम करता है। डकैत भी पैसा दे के पान खिला देता है। अरे ये सब देखो न। लालची की तरह पैसा, पैसा। अरे सरकार ने मौका दिया है, लाभ उठाओ, प्रतिष्ठा पाओ। अब इससे ज्यादा कुछ नहीं कहेंगे।" इससे ज्यादा पता नहीं और क्या कहते नगीना बाबू।

इतना ही कहते-कहते जब साँस फूलने लगी थी तब जा के रुके थे शायद। नगीना बाबू ने आज चाणक्य के कहे, निर्माण और प्रलय दोनों शिक्षक की गोद में पलते हैं, को पीछे छोड़ दिया था। जहाँ गुंडा, चोर, बदमाश, दारू वाला भी श्रद्धा से भरकर चरणों में झुक जाए, वो होता है शिक्षक, नगीना बाबू ने ये सारगर्भित व्याख्या कर के गुरु के स्थान को गुरुघंटाल के भी स्तर से ऊपर पहुँचा दिया था।

कृपालु बड़ी मुश्किल से किसी तरह, स्थापित हो चुकी उस ऊँचाई से ससर के नीचे उतरा। जब तक वो सामान्य होकर कुछ सोचता–बोलता, तब तक सारे शिक्षक जा चुके थे। इसी बीच कृपालु के मोबाइल की घंटी बजी। उसके अन्य सहायक शिक्षक मित्र प्रभाकर यादव का फोन था। प्रभाकर नदी के उस पार वाले गाँव का रहने वाला था। पर उसकी पदस्थापना नदी के इस पार बल्लोपुर से सटे झिकुली गाँव के स्कूल में थी। बेचारा अपने स्कूल को बंद कर कृपालु की राह तक रहा था, रास्ते में रोज कृपालु उसे अपनी मोटरसाइकिल से ले जाता था। यूँ कहें कि रोज उसे वो लेने जाता था और वापस उसके गाँव तक छोड़ने भी आता था।

"हाँ, हेलो प्रभाकर जी। बताइए ?" इधर से कृपालु ने कहा।

"क्या बात कृपालु भाई, आवाज काहे मुरझाया हुआ है ? पता चल गया क्या आपको ?" बिना हेलो बोले उधर से प्रभाकर ने पूछा।

"क्या हुआ ? क्या ?" कृपालु ने थोड़ा–सा चौंकते स्वर में पूछा।

"ओ पता नहीं आपको ! अरे वो दरोगा बहाली वाला रिजल्ट, जिसमें हमलोग का होना कन्फर्म ही था न, पूरा रिजल्ट पर ही स्टे का ऑर्डर आ गया है कोर्ट से। पेपर लीक हुआ है। हो सकता है कि परीक्षा कैंसिल हो जाए।"

अबकी प्रभाकर ने भी मुरझाई आवाज में कहा।

"अरे यार... बताइए... बताइए अब क्या करें भाई! बहुत मुश्किल है जीवन, प्रभाकर भाई। कपार फट रहा मेरा। कुछ बोलने का समझ नहीं आता है।" कृपालु वास्तव में कुछ भी बोलने की स्थिति में नहीं था।

अब तक सारे शिक्षक, उसकी दशा-दुर्दशा पर बोलते-बतियाते निकल चुके थे।

कृपालु ने चक्कर आ रहे सिर को पकड़ के कुर्सी छोड़ी। आगे-पीछे घूम-घूम ताला लगाया।

अभी वो मुख्य दरवाजे पर ताला लगा रहा था।

सोच रहा था शायद, देश का युवा ठीक मेरी तरह रोज सुबह उम्मीद का ताला खोलता है और साँझ उसे फिर उसमें ताला लगाना पड़ता है।

उसके हाथ में ऐसी चाबी थी जिससे सिर्फ स्कूल का ताला खुलता था। कभी-कभी जब उसे महसूस होता कि ये ताला स्कूल में नहीं, उसके देखे स्वप्नों के संदूक में लगा हुआ ताला है, उस दिन वो खूब चाबी ऐंठता, खुलता ही नहीं था स्कूल का ताला।

बहुत दिन बीतने को थे। ये दिन-ब-दिन चाबी की ऐंठन और हथेली की मशक्कत में अँगूठे और तर्जनी पर जोर! वो अब ताला-चाबी दोनों फेंक देना चाह रहा था।

3

इधर आज सुबह–सुबह ही घिआई रंग के, थोड़ी सूती में ज्यादा पॉलिस्टर मिक्स लेकिन सिल्क कहाने वाले कुर्ते पर फल्लर पाजामा डाले नगीना बाबू बल्लोपुर के बस स्टैंड पर मिठाई दुकान में पहुँचे हुए थे। कुर्ते के भीतर से छाती में चिपकी हुई नीली सैंडो गंजी ऐसे साफ झाँक रही थी जैसे पीली दीवार पर नीले रंग की बाल्टी की तस्वीर उकेरी गई हो। ऐसा लग रहा था जैसे उसी बाल्टी रूपी गमले से नगीना बाबू का मुँह उगकर निकला हो। ऊपर उनकी गर्दन में चढ़ी प्लास्टिक से बनी स्फटिक की माला भी समान आवृत्ति में झूल रही थी। मस्तक पर पीले चंदन का टीका था और हाथ में लावा कंपनी का एक विशाल–सा घिसा हुआ बैंगनी रंग का मोबाइल जिसके एक छोर को उन्होंने शायद कमर के आस-पास कहीं से एक सूती की रस्सी से बाँध रखा था। जब वो मोबाइल ऊपर खींचते तो रस्सी लंबी खिंच के ऊपर तक आ जाती और फिर वापस मोबाइल नीचे करने पर रस्सी को कुर्ता उठा के कमर के पास खोंस देते। ये नगीना बाबू का अपना जुगाड़ था जो कि उन्होंने पिछले तीन फोन खो देने के बाद थक–हार के किया था। अब मोबाइल को हाथ या जेब में रखना भूल भी जाते तो वो खुद–ब–खुद कमर में झूल जाता। अच्छा, नगीना बाबू को दुनिया में लावा के आखिरी बचे मोबाइल की चोरी का डर तो था नहीं, खोने की ही चिंता थी।

उनकी दिनचर्या में सुबह उठकर कभी भी किसी चाय की दुकान पर जाना और बैठना तो कतई नहीं था। क्योंकि नगीना बाबू का मानना था कि 'इससे समय तो अच्छा कट जाता है लेकिन पैसा भी तो बर्बाद होता है। और आप हर दिन तो दूसरे का ही पी नहीं सकते, एकाध दिन हफ्ता में आपको भी तो पिलाना ही होता है। और साला चाय के टाइम चौबीस लोग जुट भी जाते हैं। किसको छोड़ें और किसको पिलाएँ? ये आदत ठीक नहीं भइया।'

उनको आज तक किसी ने मिठाई की दुकान पर भी नहीं देखा था। कुछ लोगों ने उन्हें छब्बीस जनवरी के दिन स्कूल में जलेबी खाते जरूर देखा था किसी साल।

दुकानदार भूनी साव हलवाई बोहनी के इंतजार में अपनी बोरी वाली गद्दी पर बड़े इत्मीनान से पालथी मार बैठा था। बोरे पर बैठे भूनी साव हलवाई का संपूर्ण अंगसंयोग और उसका गठन ही ऐसा था जैसे थाल में सजा के भगवान गणेश का प्रिय मोदक रखा हुआ हो।

कड़ाही का गहरा रंग, बाल्टी के आकार वाले मुँह पर छोलनी जैसी लंबी नासिका और भटूरे के जैसा उन्नत फूला हुआ पेट जिस पर शर्ट के बटन ने टिकने से इंकार कर दिया था। छनौटे जैसी बड़ी-बड़ी हथेलियों से जुड़ी हुई सिलेंडर माफिक गोल और विशाल ताकतवर बाँहें जिनके जोर से रसगुल्ला के छेना को महीन मसला जा सके। पूरी काया की बनावट में जरूरी सामग्री और मात्राओं के मापन का इतना ध्यान कि मानो भगवान ने भी किसी हलवाई से ही भूनी हलवाई को बनवाया हो।

"प्रणाम सर, आज इधर देख रहे हैं सर? आइए बैठिए, अरे एक बात याद आया सर, आप तो सुने हैं कि रसगुल्ला के लिए नरेश के बराती में टेबुल पटक दिए थे सर! शौक का भी बात है, सबको होता भी नहीं है इतना खाने-पीने का शौक सर। लेकिन ई शौखवा पूरा कैसे करते हैं महराज? चौबीस बरस हो गया यहाँ दोकान में बैठे हमारा, कभी सर आपको देखे नहीं मिठाई दुकान पर। घर में ही बना लेते हैं क्या सर?" बहुत विस्तृत हाल-चाल पूछते हुए हलवाई भूनी साव ने अपनी भयंकर मोटी आवाज में पता नहीं सच में कहा कि तंज में कहा। ध्यान देने पर दोनों भाव आ रहे थे समझ में।

"अरे हमारा सब बढ़िया, एक्के बार में सत्तर क्वेश्चन पूछ लिया तुम भी। पहले तुम्हारा हाल बताओ भूनीलाल? और अरे हाँ, नरेशवा वाला टेबुल कांड? भय मर्दे ई तो हो गया डेढ़ महीना पुराना घटना। अरे वही न, लोगों को औकात होता है कम लेकिन फोकस मारना है ज्यादा, उसी में ये लोग जुटा लेता है पूरा नेवता दे के पाँच सौ आदमी। और स्टीमेट रहता नहीं है उतना। बाद में आप आधा खाना खा के कुत्ता जैसा पत्ता पर बैठा रहिए, ये लोग बोल देगा कि कभी पनीर खतम, कभी रसगुल्ला खतम। वही हम पूछे कि मेहमान को भरपेट खिलाओगे न जी? हमारे से पहले वाले बैच में बेछूट रसगुल्ला चला और हमारे वाले बैच में आप दो-दो पीस का नियम लगा दिए हैं, ये थोड़े चलेगा। उसी बात पर हो गया थोड़ा बहसा-बहसी, तो हम टेबुलवा में लात मार दिए। हें हें हें... दाल का बाल्टी गिर गया नीचे।" नगीना मास्टर साहेब ने अपने हिसाब से कुछ प्रश्नों को छोड़ते और बचे कुछ प्रश्नों के उत्तर देते हुए अंत में चिंहुक के हँसते हुए कहा।

"हाँ, ये तो है ही गलत बात। ये लोग कंजूसी भी बहुत करता है सर। जबकि तिलक कस के लिया है नरेश ने।" भूनी साव ने ज्यादा दहेज लेने की कुप्रथा पर चिंता प्रकट करते हुए वेदना के मोटे स्वर में कहा।

"बताइए दहेज? देने वाला का भी तो दोष है। दहेजप्रथा तो एकदम समाज को बहुत नुकसान पहुँचा रहा भाई। किसी लड़की के बाप से पूछकर देखो। हमलोग तो स्कूल में अभी से ही दहेज के खिलाफ पढ़ाते हैं। लेकिन वही है न कि, अब बच्चा पढ़े तब न। और बच्चा पढ़ भी लेगा लेकिन उसका माँ-बाप को कैसे पढ़ाइएगा? यही सब दिक्कत है।" गणित के मास्टर नगीना बाबू ने एकदम से दहेज कुप्रथा की जड़ पर हमला बोलते हुए तमाम बाधाओं के बावजूद अपने द्वारा चलाए जा रहे दहेज उन्मूलन अभियान की भी अतिरिक्त जानकारी दी, जो कि भूनी साव के लिए अतिअनुपयोगी जानकारी थी क्योंकि पिछले साल ही उसने अपने छह बेटों में से आखिरी कुँवारे लड़के की शादी मात्र जायज दहेज ले के संपन्न करा दी थी।

"छोड़िए तिलक-दहेज, ई बताइए कि रसगुल्ला कैसा था? दू ही पीस चखे होंगे लेकिन टेस्ट बताइए। हम ही लिए थे पूरा ऑर्डर। हम तब भी बोले थे कि दू सौ पीस बढ़ा के ले लो, बाद में बेकार बेइज्जत होगे। लेकिन नरेशवा सुनता नहीं है भाई। खैर, रसगुल्ला का बोलिए सर, कैसा था?" भूनी लाल ने

दहेज जैसे कड़वे विषय से बात को मीठे पर स्थानांतरित करते हुए पूछा और लगे हाथ थोड़ा–सा सर्वे भी करना चाहा अपने मिष्ठान्न भंडार का।

"अरे बढ़िया था तभी तो और माँगे, उसी में हुआ हुज्जत न। रसगुल्ले तो तुम्हारे दी बेस्ट ही होते हैं लोकल में।" नगीना बाबू ने लोकल पर जोर देते हुए हिंदी की जगह हिंदिआइन में बोलते हुए कहा।

हिंदिआइन, हिंदी की वो शाखा थी जिसमें कोई भी ठेठ आदमी तेरा-मेरा, हमारा-तुम्हारा की जगह तेरी-मेरी और हमारी-तुम्हारी प्रकार की कोमल हिंदी बोलने लगता था, ऐसा प्रयोग अक्सर हिंदी के वो बुद्धिजीवी करते थे जो मन के भीतर अंग्रेजी महसूस करते हुए अंग्रेजी में मुँह कर के गले से हिंदी बोलते थे।

"लोकल? अरे असली दूध खुद निकलवाते हैं सर। पूरा गाय पालन का खटाल रखे हैं। दूध का छेना होता है हमारा। मने आप गजब बात बोलते हैं कि लोकल में? पटना–दिल्ली तक जाता है जी इसको यात्री लोग ले के। लोकल कौन बात का?" ये लोकल शब्द एकदम भाले जैसा गड़ गया भूनीलाल को। मीठा मन थोड़ा तीता कर दिया था मास्टर साब ने।

"दूध का छेना? क्या बोल रहे हो? ई तो आश्चर्य ही हो जाएगा। यहाँ और किसी का तो औकात नहीं जी प्योर दूध फाड़ने का। हमको तो विश्वास नहीं हो रहा। मने दूध, ऊ भी यादव के इलाके में? इस क्षेत्र का सब दूध तो बटोर के पुष्पा मिल्क वाला ले जाता है रोज। और जो बचता है उसको ये दूधवाला लोग पानी मिला के बेच देता है। प्योर दूध मिलता कहाँ है अब?" नगीना बाबू ने एकदम भूनीलाल को अब इम्तिहान–ए-छेना के मैदान में ला के खड़ा कर दिया था।

भूनीलाल पानी मिले दूध की चुनौती से आहत और भावुक होकर अपनी दुकान के बोरा वाले आसन से कूद, नीचे आ गया।

"अरे आप हमको क्या समझे हैं सर! शहर का बड़का-बड़का दुकान वाला आज के डेट में हमसे असली चीज देने में टक्कर नहीं ले सकता। हमारे जितना प्योर का तो सवाले पैदा नहीं होता है।" भूनीलाल रसगुल्ले की बड़ी कड़ाही के पास पहुँच चुका था अब बोलते-बोलते।

नगीना बाबू ने भी उसे मुहाने से आगे ले जाकर ये कहते हुए अब बस कड़ाही में धकेल ही दिया था, "अरे तो हम कभी खाए ही नहीं हैं तुम्हारा।

सो क्या बताते भाई? हम क्या जानें यहाँ का स्वाद? हम खाए हैं कलकत्ता के तिवारी का रसगुल्ला, उसका पूछो, बता देंगे।"

"अरे मंटू, अरे सबसे पहले दू रसगुल्ला दो तो मास्टर साब को प्लेट में। आप खा के देखिए न पहले ये चीज। तब सब समझ में आ जाएगा।" भूनीलाल साव को आखिर इम्तिहान में रसगुल्ला देना ही पड़ा।

वैसे भी गप्प-गप्प में ये परीक्षा भी तो खुद भूनीलाल ने ही आयोजित कर ली थी लोकल के नाम पर आहत हो के।

मंटू रसगुल्ला दो तो, ये घोषणा सुन के पहले तो मास्टर नगीना बाबू को अपने मजबूत कानों पर उतना यकीन नहीं हुआ लेकिन फिर जैसे ही मंटू को रसगुल्ले वाली कड़ाही की तरफ मुड़ता हुआ देखा, झटक के स्वयं भी कड़ाही के समीप पहुँच गए।

"अरे हाथे में दो न। ओह रस टपक रहा है, प्लेट लो, प्लेट लो। दो–तीन पीस ही देना रे बाबू।" इतना बोल रसगुल्ले की प्लेट लेते ही नगीना बाबू ने मुँह में दाहिने हाथ से एक रसगुल्ला उठा ऐसे फेंक के भरा, जैसे भट्ठी में बेलचे से कोयला फेंका जाता है। मंटू ने दो ही रसगुल्ले डाले थे प्लेट में, तीन नहीं।

"बोलिए, अब बोलिए! लगा प्योर?" भूनीलाल ने चमकती आँखों से वैसे पूछा जैसे शल्यक्रिया द्वारा प्रसव के बाद ऑपरेशन थियेटर के बाहर दादी–नानी पूछती हैं नर्स से... क्या हुआ बेटा या... ?

भूनीलाल, नगीना बाबू के आँख बंदकर चभलाते संपूर्ण चेहरे को देख एकदम चहक–सा गया।

"चुप, एकदम, अरे आनंद लेने दो भाई। ई बोलने लायक नहीं, चुपचाप महा आनंद में हेरा जाने का चीज है।" नगीना बाबू आँख मूँदे वास्तव में डूब गए थे रस में।

आनंद के इंजन को मुफ्त का ईंधन मिल जाए तो औसत बढ़ जाता है सुख की सीमा का।

एक तो नगीना बाबू का मुँह, उसमें रसगुल्ला, वो भी मुफ्त का, आनंद अगर यहाँ भी न होता तो फिर किसी के बाप की मजाल नहीं थी कि किसी भी प्रकार के आनंद को कोई खोज के दिखा देता।

"बल्लोपुर का सनपापड़ी थोड़ा-बहुत परसिद्ध था लेकिन तुम तो रसगुल्ला को ज्यादा फेमस कर दिए भाई।" नगीना बाबू ने आनंद में डूबे हुए ही आँख बंद किए, सिर को थोड़ा ऊपर की ओर उचका के कहा।

"देखे सर, ये है भूनी साव हलवाई का रसगुल्ला। भुला गए न कलकत्ता के स्वाद! और इसको चीनी बीमारी वाला आदमी भी ले जाता है हमारे यहाँ से, उसको भी नुकसान नहीं करता है। उल्टे ठीक कर देता है। मेरा खुदे चीनी एकदम नीचे हो गया है।" भूनीलाल ने अब वापस चढ़कर अपनी गल्ले वाली बोरी की गद्दी पे बैठते हुए कहा। मेडिकल के क्षेत्र में भी इस रसगुल्ले का जो योगदान हो सकता था, हलवाई भूनी ने वो भी बताया।

सारी दवाई बनाने की जिम्मेदारी दवाई कंपनी पर ही क्यों हो, कुछ दवा हलवाई भी बना रहे थे।

"हाँ भाई, ई रसगुल्ला दू पीस वाला नहीं है, किसी का भी मन नहीं मानेगा मात्र दू पीस खा के। खैर... मन तो पचासों पीस खा के नहीं भरने वाला।" नगीना बाबू ने भी रसगुल्ला माहात्म्य में दो पीस और जोड़ते हुए कहा।

"अरे तो आखिर बना किसके लिए है सर, और दें क्या दू पीस? बोलिए तो दें? दें?" एक ही बार में तीन बार पूछा भूनीलाल साव ने।

"अब इतना बोलने पर कौन मना करेगा जी। इतना निष्ठुर तो नहीं ही होता है मनुष्य। तुम्हारा आग्रह देख के मुश्किल हो रहा है मना करना।" स्वर में करुणा और स्वीकृति का गजब संतुलित सम्मिश्रण था नगीना बाबू के।

भीतर ही भीतर करुणा का छेना फाड़ रसगुल्ला फूट रहा था नगीना बाबू के। वो तो सोच रहे थे कि 'अगर चौक-चौराहे की सुबह इस तरह मीठी और प्योर छेने वाली होती है तो फिर हर आदमी को एक बार रोज सुबह जरूर मार्केट के तरफ चक्कर लगा लेना चाहिए। पता नहीं और भी कितना बकलोल दोकानदार लोग कुछ छान के, बना के, उसको चखाने के लिए आदमी खोज रहा हो।'

"लाओ मंटू दू पीस। तुम्हारा मालिक का बात रह जाएगा।" नगीना बाबू ने बस निरीह मंटू के मालिक के सम्मान की खातिर नीचे रख दी गई जूठी प्लेट वापस उठाकर मंटू की तरफ बढ़ाते हुए कहा।

"सर, ये तो अगल-बगल का दुकान वाला सब दू नंबर चीज बेच के बदनाम कर दिया है बल्लोपुर को, नहीं तो हम तो एक नंबर आइटम शुरू से

ही बेचते हैं। अरे मंटुआ, दू पीस फटाक से और डालो मास्टर साब के प्लेट में।" भावुक भूनीलाल दो फीट और उलझ गया था एक गणित के मास्टर के फेर में।

भूनी साव लेकिन किसी भी बात में बगल वाले मिठाई दुकान का खयाल जरूर रखता, उसे नहीं भूलता।

"वैसे इतना मीठा ठीक नहीं, उमर भी हो गया। ओह लाओ, दो-तीन पीस ही देना रे बाबू। स्वाद ही ऐसा जबरदस्त है। ई तो नरेश के लड़के वाले शादी से कई गुना आगे का चीज है यार भूनीलाल। तुम तो मतलब रोजाना का सेलिंग में इतना ओरिजिनल चीज बेच रहे हो? आश्चर्य है भाई। कोई नहीं है टक्कर में। अगल-बगल कोई नहीं।" नगीना बाबू ने अपनी खुशी के बाद अबकी भूनी साव को भी खुश कर दिया था, अगल-बगल सब को पछाड़कर।

"ग्राहक सर एक भी आए, चीज हम असली देते हैं। तो बताइए बाँध दें सर एकाध किलो? दू किलो पैक करवा देते हैं? पैसा शाम को दे दीजिएगा, कोई टेंशन नहीं।" भूनीलाल ने इतनी देर बाद दुकान खोली अपनी, उससे भी ज्यादा अपनी आँख शायद।

"अरे हा हा हम्म अरे नहीं, नहीं, हम करेंगे क्या? अकेला प्राणी, क्या करेंगे रसगुल्ला का? वाइफ का तो तबियत ही ऐसा खराब रहता है कि उतना बीमारी में हम घर पर रसगुल्ला ले जाएँ तो क्या सोचेगी? सोचेगी, चाहता है मर जाएँ! है कि नहीं! चौबीस बरस में कभी देखे हमको तुम दुकान पर? अब जब चौबीस बरस परहेज कर ही लिए तो अब काहे मीठा-उठा खा के स्वास्थ्य खराब किया जाए।" नगीना बाबू ने अमृत सदृश रसगुल्ला को अभी के अभी पोटैशियम साइनाइड में बदलते हुए कहा और भूनीलाल के हाल-चाल पूछने के शुरुआती चौबीस बरस वाले तंज का जवाब भी छब्बीस के अंदाज में दे दिया।

"तो आप यहाँ आए काहे थे भोरे-भोरे हमारे दुकान पर? बेंच पर बैठ गए थे एकदम। बेगारी तो करने आएँगे नहीं आप? मास्टर आदमी हैं आप। वैसे भी बेगारी तो चाय दुकान पर होता है, मिठाई दुकान पर कभी नहीं।" स्वर तो सामान्य ही था लेकिन पहली दफे भूनीलाल के भीतर से कुछ भूनी हुई-सी गंध आई, भीतर का दुकानदार थोड़ा-सा तो जल ही चुका था।

उसने इतनी मेहनत और उत्साह से अपने रसगुल्ले के विज्ञापन में खुद को झोंक दिया था सामने सुबह-सुबह एक ग्राहक देखकर, लेकिन बोहनी ही खराब हो गई थी।

"अरे हम बैठने थोड़े आए थे भाई। आए थे एक जानकारी लेने। सुनो खुशखबरी, मेरा बेटा था न, मतलब बेटा जो है न मेरा, दीप झा, हाँ तो उसका जॉब लग गया है। अरे एक महीना पहले ही लग गया था लेकिन बताया तब जब पहिला महीना का वेतन अकाउंट में घुस गया। रात फोन आया है, फर्स्ट तुम्हीं को बता रहे, देखो ये भी साला भाग्य तुम्हारा, एकदम फर्स्ट तुमको ही बता रहे, और तुम भी गजब किए, पहिले ही रसगुल्ला खिला दिए। तो बता रहे कि हमारा बेटा दीप, वही कल आएगा। तो हम पता करने आए थे कि शहर से बस कब आता है बल्लोपुर वाला?" नगीना बाबू ने खबर तो एकदम रसगुल्ला बाँटने वाली सुनाई थी और सुनाने से पहले खा भी लिया था। वो भी दूसरे से। गणित के मास्टर को इतना हिसाबी होना ही चाहिए।

भाग्यफल में शेष, जब मुफ्त रसगुल्ला निकले तो हिसाब का मजा ही आ जाता है।

"बाह, बेजोड़ बात! खुशखबरी आपका और रसगुल्ला हमारा! बेजोड़ से भी ज्यादा बेजोड़ बात हो गया ई तो। तो पता कर लिए बस का टाइम? कि और कुछ खाना है खुशी में?" भूनीलाल ने भारी कठोर स्वर में भनभना के कहा।

"लो, अब तुम ही अपना प्रचार करने के लिए खिलाया और अब टेढ़ी भाषा बोल रहे हो। हम शुगर पेसेंट बीमार आदमी कभी रसगुल्ला खरीदे ही नहीं तो आज कैसे खरीद लें भाई?" नगीना मास्टर साब भी अब तल्ख हो चुके थे और रसगुल्ला न खरीदने के लिए दृढ़ भी।

"हे सर, जाइए अब, हाथ जोड़ते हैं कि जाइए। बोहनी तो खराब हो ही गया हमारा लेकिन भोरे-भोरे एकदम गल्ला के सामने खड़ा हो के कचकच मत करिए। दिन भर लक्ष्मी नहीं आएगी फिर तो। जाइए। आगे से हम भोरे-भोर दलिद्दर के दर्शन से बचेंगे भाय।" इतना ही कटहा बोल भूनीलाल ने गर्दन दूसरी तरफ घुमा ली थी।

नगीना बाबू ने तो अब तक पूरा शरीर ही दूसरी तरफ घुमा के सड़क की तरफ पाँव बढ़ा दिया था।

"साला बनिया आदमी, किसी पढ़े-लिखे सभ्य इंसान से कैसे बात करते हैं, ये तो कभी सीखे नहीं। एक शिक्षक से ऐसे बतिया रहा है, एक जरा संस्कार नहीं। तभी तो आधा दर्जन बच्चा में से एक भी पढ़ाई-लिखाई नहीं किया, सब साले रसगुल्ला और जिलेबी बना रहे। इसका पोता भी पकौड़ी छानेगा, जाओ, थूके साला यहीं।" इतना बोलते-बड़बड़ाते हुए तेज-तेज कदमों से लगभग फाँदते हुए नगीना मास्टर सड़क तक पहुँच भी गए थे। लेकिन स्वर की ध्वनि तेज थी तो भूनीलाल के लिए कुछ भी सुनना छूटा नहीं था।

भूनीलाल तेजी से अपनी व्यास बोरी गद्दी से नीचे कूदा। लगा कि दौड़ के कहीं मास्टर साहेब की तरफ न लपक पड़े। लेकिन पाँव पटक के सामने की कुर्सी पर धम्म से बैठ गया।

"इँह साला, हमको बनिया बोल रहा, खुदे तो पक्का बाभन है ही लेकिन। माँग के खाता है दुकाने दुकान। खरीद के एक बताशा नहीं खाया होगा कभी। अरे मंटुआ, खबरदार, आगे से इसको दुकान चढ़ने नहीं देना कभी, बता दे रहे। आएगा तो बगल वाला दुकान पर ठेल देना। वहीं बैठे बेगारी।" भुनभुनाए स्वर में जोर से बोल के कुर्सी से उठा भूनीलाल।

"अरे! ओह मने जो मास्टर चौबीस साल से खुदे ही नहीं आया कब्बो दुकान। तो अब क्या आएगा?" मंटू ने संपूर्ण कांड के सबसे शुरुआती अंशों के हवाले से कहा। वह तो देख ही रहा था कि कैसे घटना रसगुल्ला लीजिए... लीजिए के मीठे रस से शुरू हो, भगाओ... भगाओ साले को के वीर रस तक आ गई थी।

"अबे साले ढेर तेज न बनो, मिठाई लेने नहीं आया न, बैठने तो आ ही सकता है न। कभी भी, तेज पानी पड़े या धूप हो, दुकान के बेंच और कुर्सी पर ऊ दिखना नहीं चाहिए।" भूनीलाल ने एकदम व्यावहारिक निर्देश देते हुए कहा।

"हाँ ठीक है न। अरे बैठा तो गरम तेल ढार देंगे कड़ाही का, टेंशन नहीं लीजिए।" मंटू ने यकायक भयंकर टेंशन देने वाली योजना का खाका खींचते हुए कहा।

"हिंसा नहीं बाबू...ऊँहूँ.....हिंसा नहीं।" लगा बुद्ध की आवाज गूँजी हो। सबने पलट के देखा तो एक अर्धवयस्क आदमी कुछ खा के अपने हाथ धोते

हुए मंद-मंद मुस्की मार के निकल ही रहा था। देख के लग रहा कि आदमी ने गहरा मजा लिया था रसगुल्ला–जलेबी का।

"ई कौन था भाई? आँय!" भूनीलाल ने बाँह में पानी लगा मुँह और फुलपैंट में हाथ का पानी पोंछते हुए निकल रहे उस आदमी की तरफ बड़े ध्यान से देखते हुए कहा।

पीछे से देखने पर अब चेहरा भी स्पष्ट नहीं दिखा। होंठों पे रहस्यमय जायके वाली मुस्कान लिए वो आदमी जा भी चुका था अब।

"अरे लोकल ही है मालिक। आते-जाते रहता है दोकान में। आज भी तभी से ही बैठ के खा रहा था चुपचाप। नदी पार का है, हमरे गाँव का। नाम हम नहीं जानते हैं। लेकिन खाने यहीं आता है।" मंटू ने अंदाजन बता दिया।

"साला तुम भी इंग्लैंड रहता है क्या? अपने गाँव के आदमी का नाम नहीं जानता है?" भूनीलाल भी बोलते हुए तत्काल आए एक ग्राहक के लिए सोनपापड़ी तोलने लगा।

दिन भर बीत गया था, रात भी कट चुकी थी।

आज सुबह से नगीना झा जी के घर में विशेष चहल-पहल थी। यद्यपि चहल और पहल दोनों अकेले नगीना बाबू ही कर रहे थे।

आज उन्होंने पहली बार सामने रास्ते से गुजर रहे अपने साथी शिक्षक को आवाज दे के चाय पीने के लिए दरवाजे पे बुलाया और कुर्सी देकर बिठाया था। बाहर से ही आवाज लगा के अंदर श्रीमती जी को चाय बनाने का भी कह दिया था उन्होंने।

"चलिए आपको फेर से बधाई नगीना बाबू। देखिए लड़का सेट हो जाए तो इससे बड़ा बात कुछ नहीं। अब मने जीवन में रहा ही क्या? निश्चिंत हो के अपना काटिए अब समय। नौकरी भी आपका अभी है न तीन-चार बरस?" साथी शिक्षक सुधीर बाबू ने चाय की प्रतीक्षा में लगातार तीसरी बार वही वाली बधाई देते हुए कहा।

"हाँ है अभी नौकरी। अब लगभग चिंतामुक्त ही हैं। और सबसे बढ़िया बात कि सरकारी नौकरी के चक्कर में नहीं पड़ा। नहीं तो हमलोग के जैसा सरकारी चक्की में पिसा जाता। देख रहे हैं न कृपालु जैसा युवा को, गदहा जैसा खटता है बेचारा, कुत्ता जैसा दशा है और वेतन मिलता है नून–रोटी

खाने के जितना।" स्वयं को लगभग चिंतामुक्त करते हुए सारी चिंता कृपालु के लिए व्यक्त की नगीना बाबू ने।

यद्यपि पूर्णतः मुक्त तो खुद को भी नहीं कहा।

वैसे भी भला आदमी कब चिंता और इच्छा से पूर्णतः मुक्त हुआ है!

एक बार की बात है। पाँच-सात बरस पहले गाँव के कई परिवारों के साथ कार्तिक मास में गंगा स्नान को पटना के गंगा घाट गए थे नगीना मास्टर। वहीं घाट के किनारे बैठे किसी नागा साधु को मोबाइल पर गेम खेलते देखा था उन्होंने। नागा साधु ने दाहिने हाथ में डिजिटल घड़ी भी पहन रखी थी और बाल की जटाओं संग कान से ईयर फोन के तार भी लटक रहे थे। ये देख गाँव के ही एक बुजुर्ग ने गंगा जी में डुबकी के बाद मुस्कराते हुए, गमछे से पीठ का पानी पोंछते हुए कहा था, "देख रहे हो बेटा नगीना, खूब नहा लो गंगा–यमुना। केतनो जतन करो हे भाई, अरे जब नागा मुक्त हो ही नहीं पा रहा तो नगीना खाक होगा मुक्त। इसलिए बहुत दिमाग नहीं लगाना है। मौज में जिओ, जैसे भी मौका मिले।" उसी दिन उन्हें वास्तविक ज्ञान मिल गया था। तब से ही नगीना बाबू 'दो म' यानी मौका और मौज की खोज में ही जीवन का संधान किए जा रहे थे, मिले तो अभी तक ये भी नहीं थे।

वे बुजुर्ग तो खैर अब रहे नहीं संसार में लेकिन उनकी बातें याद रह गई थीं नगीना बाबू को।

कलियुग में तो मुक्ति की इच्छा से भी मुक्त हो जाना, मुक्ति ही थी।

चाय की प्रतीक्षा में सुधीर बाबू ने बातचीत का धागा समेटा नहीं बल्कि उठे प्रसंग में अपने भी कुछ विचार जोड़े और विषय को थोड़ी और गहनता से रखा।

"आप कृपालु की बात कर रहे? कृपालु भी भला सरकारी कहाँ, आधा सरकारी कहिए। पूरा सरकारी में तो और दुर्दशा है, हमी लोग को कम टेंशन है जी? क्या स्ट्रगल है वो हमी लोग जानते हैं। दिन भर स्कूल में बैठे रहिए साला, बच्चा आए न आए, मास्टर को कहता है कि बैठे रहो। बहुत अच्छा हुआ कि प्राइवेट पकड़ लिया आपका लड़का।" सुधीर बाबू ने एक मास्टर के दिन भर गप्प करते हुए कुर्सी पर बैठे रह के दिन काटने की सजा पर कराहते हुए कहा।

"आज भी स्कूल जा रहे होंगे आप? कितना बजे तैयार होते हैं?" अचानक घड़ी देखते हुए पूछा नगीना बाबू ने।

"अरे लीजिए, हो ही गया समय न। तैयार ही होने जा रहे कि आप रोक लिए। हम निकलते हैं नगीना बाबू, आइए स्कुले में बतियाते हैं फिर।" बोलकर बड़ी जल्दी और उतनी ही मायूसी से उठे सुधीर बाबू।

"अरे बस दू मिनट, चाय बन गया होगा। पी के जाइए।" नगीना बाबू भी पिलाने की कसम खाए हुए थे आज। मन ही मन शायद सुधीर बाबू ने भी पी के ही जाने की खाई थी।

बेचारे एक और आखिरी उम्मीद में लद-से पुनः बैठ गए कुर्सी पर। दोनों की कसम के बीच कशमकश चल रही थी।

"लगता है भीतर व्यस्त होंगी भाभी जी। अजी घर में लड़का आया है। कोई बात नहीं।" सुधीर बाबू एक मोटा-मोटी वाक्य बनाकर घड़ी देखने लगे।

अब खुद ही निकलने का रास्ता खोजना था, चाय के चक्कर में घुसे थे।

लेकिन उनकी हड़बड़ी नगीना बाबू समझ गए, तत्काल भीतर गए और जाते ही बाहर आ गए।

"हम वही सोच रहे थे कि इतना देर तो होना नहीं चाहिए था चाय आने में... हीं हीं हीं... असल में... बाहर से आवाज ही भीतर नहीं गया था। कोई सुना ही नहीं चाय बनाने का। ही ही ही बड़ा लेट हो गया। बस तुरंत वाइफ थोड़ा पूजा कर के, फटाक चढ़ा देगी गैस पर चाय, पी के ही जाइए सर।" नगीना बाबू ने दाँत चिहारकर एक सच्चे मेजबान की तरह पुनः निवेदन किया।

इस बार सुधीर बाबू खुद ही उबाल ले चुके थे भीतर से।

खौलते पानी-सी भाप निकली साँस ऊपर-नीचे करने में।

"स्कूल में सर, स्कूल में, चाय हम वैसे भी पीते नहीं हैं सबेरे। चलिए राम-राम।" लगभग दौड़ के भागते हुए निकले थे सुधीर बाबू। इतना तेज कि फिर से नगीना झा की आवाज न पड़े कान में।

"ठीक, ठीक सुधीर बाबू, ओह हाँ स्कूल का भी समय हो चला। ओह यही तो दिक्कत है सरकारी नौकरी में। आदमी शांति से एक कप चाय भी नहीं पी सकता।" सुधीर मास्टर के बहुत दूर निकल जाने के पहले ही बुदबुदाए थे नगीना मास्टर।

तभी पीली ढीली टीशर्ट पे लाल रंग का लंबा हाफ पैंट पहने दीप बाहर आया। हाफ भी इतना लंबा हो सकता है, ऐसा हाफ पैंट बल्लोपुर में कभी आया ही नहीं था इससे पहले।

दोनों हाथों में ड्रैगन यानी चाइनीज साँप के टैटू बने हुए थे। एक कान में पीतल की बड़ी–सी बाल्टी की तरह बाली लटक रही थी। उसी कान के अतिरिक्त छिद्र में दो बिना तार के ईयर फोन ठुँसे हुए थे। दाहिने हाथ में स्टील की कटोरी जैसी दिख रही घड़ी सरक के बाँह से कलाई तक आ-जा रही थी। पैर में हरे रंग की, साइज से तीन नंबर ज्यादा की चप्पल अटकी हुई थी। बालों के डिजाइन ऐसे कटे हुए थे जैसे अनन्नास रखा हुआ हो खोपड़ी के ऊपर।

जब दीप तड़के बस से उतरा था तब तक शायद ठीक से, स्पष्ट नेत्रों से नगीना बाबू भी उसको देख नहीं पाए थे सुबह सूर्योदय से ठीक पहले वाली वेला में। अभी जब धूप खिल चुकी थी, साफ-साफ दिख रहा था दीप।

दीप जब पहली बार शहर जा रहा था तब दीपनारायण था, अंत में झा भी लगा हुआ था नारायण के। लेकिन जब वो महानगर की सँकरी गली में पहुँचा तो देखा कि दीपनारायण की चौड़ाई तंग गलियों में समा ही नहीं पा रही थी।

महानगर आदमी की पहले नाप लेता है, फिर नाप के अनुरूप उसे घिस के छोटा करता है और तब जाकर फिट करता है उसे अपने खाँचे में।

आज तक दुनिया का कोई आदमी नाप में महानगर से बड़ा नहीं हुआ। यहाँ सबको खुद की ही छँटाई करनी पड़ी थी।

संकुचन महानगरीय जीवन की अनिवार्य भौतिक प्रक्रिया थी। शहर फैलता जाता था, आदमी सिकुड़ता जाता था।

दीपनारायण झा ने खुद को छाँट के दीप किया और झा की जगह दी कुमार को। ऑफिस के मित्रों ने उसे थोड़ा और घिस के डीके बना दिया था।

नगीना बाबू ने एक बार अपनी दोनों आँखों के हर कोने से गौर कर के अपने कुल के दीप को देखा, ऊपर से नीचे तक दिखने में ही लग रहा था कि लड़का डीके हो गया है।

"गुड मॉर्निंग पापा। कौन थे ये जेंटलमैन, पापा?" दीप ने हाथ में लिए चाय के कप से पहली सुड़क लेने के बाद पूछा।

"आँय, हाँ अरे सुधीर अंकल थे बेटा। सुधीर चचा। हमारे स्कूल के साथी टीचर। चाय पीने हम ही रोक लिए थे। नहीं पी पाए बेचारा।" नगीना बाबू ने अपनी खोई हुई निगाह से पहले एक झटके में खुद को निकाला और एकदम से बोले।

"ओ या, सुधीर सर! इनके चाइल्ड क्या करते हैं पापा? स्टडी ही हो रही या किसी जॉब वगैरह में हैं? या फिर ऐसे ही गाँव में ग्रैंडमस्ती? वही सरकारी नौकरी की तैयारी वाली? मैक्सिमम बच्चे तो यही कर रहे यहाँ।" दीप ने कसी हुई अंग्रेजी में हिंदी बोलते हुए पूछा।

"हुँ हाँ, दो बेटा है शायद इनको। सरकारी नौकरी का ही तैयारी कर रहा है, एक दिन बता रहे थे। और बेटा, प्राइवेट में जो टैलेंट और मेहनत चाहिए न, उ सबके बस का है भी नहीं।" नगीना झा ने अपनी निजी क्षमता के प्रति बड़ी ईमानदारी से कहा।

"या या पापा, नो मैच एक्चुअली... हार्ड वर्किंग नेचर, वो स्टेमिना, वो एनर्जी, वो हाईली प्रोफेशनलिज्म, एक्सपर्टिजम, मतलब एज द सेय कि क्लास ही अलग है पापा। कहाँ गवर्नमेंट जॉब की मक्कारी और कहाँ हमारे प्राइवेट जॉब की कमिटमेंट्स। नेवर मैच... या या।" दीप ने सरकारी नौकरी की छवि का दीया फूँक के भुताते हुए कहा।

सरकारी वेतन से आई एक-एक पाई जोड़कर पला-बढ़ा दीप सरकारी सेवा को मुँह बिचकाकर कोसता हुआ भारतीय युवाओं की प्राइवेट पीढ़ी का अग्रदूत प्रतीत हो रहा था।

"सरकारी जॉब में ग्रो नहीं है न पापा। आप भ्रष्ट नहीं हो तो दाल-रोटी से आगे की सोच नहीं सकते। लेकिन अगर अंबानी या बिड़ला होना है तो यू मस्ट गो फोर प्राइवेट जॉब। नो वे। आई एम वेरी डिस्पॉइंटेड कि यहाँ गाँव के सारे लड़के सरकारी नौकरी के पीछे पागल दिखते हैं। और वो भी एवलेबल नहीं। ओह हाउ आइरॉनीक।" भविष्य का बिड़ला बोल रहा था। ऐसा विरले ही पैदा होता है बल्लोपुर जैसे गाँव में, यही सोचा तत्क्षण नगीना बाबू ने। उन्होंने भरे गर्व से अपनी औलाद की तरफ देखा। फिर गर्दन इधर-उधर कर मुस्कराए।

"सही बोले बेटा, अरे हमारे स्कूल के पीछे वाला घर, लाला जी है एक ठो, बेटा उसका, चिन्मय नाम है, दिन-रात नौकरी का फार्म भरने और

परीक्षा देने में बूढ़ा हुए जा रहा है। आँगन में रोज बाप–बेटा में यही कचकच चलता रहता है कि आखिर कब तक निकम्मा रहे खाओगे सरकारी नौकरी पास करने के चक्कर में।" नगीना बाबू ने परमार्थ की चिंता में चिंतित स्वर में कहा।

"येस पापा, जब एज का गोल्डन पीरियड ही निकल जाएगा, फिर यू कैन नॉट डू बेटर फॉर योर ओन लाइफ। गवर्नमेंट जॉब की प्रिपरेशन, इट मिन्स यू चीट योर सेल्फ।" बल्लोपुर में इस वर्ष की सबसे ज्यादा अंग्रेजी बोल दी थी दीप ने।

पुत्र को लगातार हिंदी में अंग्रेजी फेंट के बोलता देख आह्लादित हुए जा रहे थे नगीना बाबू।

वे चमकती आँखों से पुत्र दीप का कहा एक-एक वाक्य आनंदपूर्वक ग्रहण कर रहे थे।

पिता को पुत्र दीप की संवाद अदायगी अब मोहित कर रही थी। नगीना बाबू कभी खुद का गाल छूते तो कभी अपने दीप को निहारते। उनकी आँखों में दीपोत्सव मन रहा था।

हस्तिनापुर हो या बल्लोपुर, पुत्रमोह का इतिहास सदैव एक–सा रहा है। न बाप के चित्त बदलने वाले थे न पुत्र की चित्तामोहक भंगिमाएँ।

4

दूधमंगला नदी के एक तरफ तो बल्लोपुर था ही, इसी नदी के पार दूसरी तरफ था एक और छोटा-सा पड़ोसी गाँव कर्जापट्टी। जिस गाँव के माथे पर ही कर्ज की पट्टी साट दी गई हो, उस नामकरण की कहानी भी कम दिलचस्प नहीं थी। कहानी ये थी कि एक बार बल्लोपुर के किसी आदमी ने गाँव के ही किसी परिचित को कुछ पैसे कर्ज दिए। कर्जा देने वाला अक्सर उससे कर्ज वापसी के लिए तगादा करता था। एकाध बरस की दौड़ा-दौड़ी के बाद भी कर्जा लेने वाले ने पैसे नहीं ही लौटाए। लेकिन कर्जा देने वाला भी हार मानने को तैयार नहीं था, वो पीछे पड़ा रहा अपने पैसे वापस लेने के लिए। उसने आखिरी चेतावनी तक दे डाली कि अगर गाँव में रहना है तो कर्जा वापस कर दो वरना नतीजा भुगतने को तैयार रहना, गाँव छोड़ना पड़ेगा। बिना भुगते वाला नतीजा ये हुआ कि एक दिन कर्ज लेने वाले आदमी ने वास्तव में बल्लोपुर गाँव छोड़ दिया और नदी के दूसरी तरफ जा घर बनाकर रहने लगा। तब जाकर उसका कर्जे से पीछा छूटा। कहते हैं कि तब से बल्लोपुर में ये रवायत ही बन गई थी कि जब भी कोई आदमी कर्जा लेता और उसे चुकाने में हर्जा महसूस करता तो वो बल्लोपुर से भाग नदी के इस पार आ अपना घर बना लेता। धीरे-धीरे ये बसावट एक बस्ती का रूप लेने लगी। बहुत शुरुआत में चूँकि यहाँ बसने वाले सारे बल्लोपुर के ही कर्जदार

लोग थे इसलिए इस नये बसे गाँव का नाम ही कर्जापट्टी रख दिया गया था। बहुत बाद के वर्षों में ये रवायत तब टूटी जब बल्लोपुर के एक आदमी ने कर्जा नहीं लौटाने पर नदी के पार कर्जदार के घर पर जा उसे चाकू घोंप दिया था। कहते हैं कि इस घटना के बाद तो कर्जापट्टी गाँव ने खोज-खोजकर बल्लोपुर का कर्जा चुकाया था। अब तो खैर गाँव की बनावट और बसावट सब बदल गए थे, लेकिन गाँव के नाम में कर्जा लगा रह गया।

वर्तमान गाँव में दस से बारह घर ब्राह्मणों के थे। बीस परिवार कुर्मी और यादवों के थे। तेली, हलवाई और बंगाली की ठीक-ठाक, करीब चालीस घरों की आबादी थी। इसके अलावा कुछ घर सुनार और चार घर धोबी के अलावा तीन घर भूमिहार के भी थे। कुछ घर मुसलमान भी थे। लगभग यही बसावट बल्लोपुर की भी थी। बल्लोपुर में कुछ घर मुसलमानों के जरूर अधिक थे कर्जापट्टी की तुलना में। आसपास में मस्जिद भी केवल बल्लोपुर में ही थी। इसलिए कर्जापट्टी से भी मुस्लिम परिवार के लोग इबादत के लिए बल्लोपुर ही जाते थे।

लेकिन बल्लोपुर से इतर, गाँव कर्जापट्टी धीरे-धीरे छोटे कस्बाई बाजार में बदलता जा रहा था और अलग-अलग जातियों के पचास से अधिक परिवार आकर बस गए थे।

नदी के पार वाली मस्जिद से अजान सुनाई पड़े करीब आधा घंटा बीत चुका था।

कर्जापट्टी की भालरेखा पर भोर का ललहन सूर्य धीमे-धीमे उदित हो रहा था। इस शाश्वत सत्य के बावजूद कि ब्रह्मांड में एक ही सूर्य होता है और उसकी ही किरणें सारी पृथ्वी पर पड़ती हैं, आज कर्जापट्टी में उतर रहीं सूर्य की गुलाबी प्रभामय रक्तिम किरणें धरणी पर छिटक के बिखरती हुई दूधमंगला नदी के दोनों किनारों को विशेष आलोकित करती हुई प्रतीत हो रही थीं।

ठीक इसी शीतल सुबह की बेला में उजागर मियाँ और जयकिशुन मिसिर जी आपस में बतियाते हुए, टहलते-टहलते नदी के किनारे-किनारे दूर तक जा चुके थे।

टहलने और वॉक करने में अंतर होता है, वॉक में आदमी एक नियत समय के अनुशासन की मजबूरी में होता है जहाँ एक तय समय उसे रोज

सुबह घर से निकलना और नियत समय में घर लौट जाना होता है। लेकिन टहलते हुए आदमी के लिए घर वापस लौटने की कोई तय सीमा ही नहीं होती। भोरे–भोर लोटा ले के निकला आदमी संभव है कि संपूर्ण गाँव की परिक्रमा कर हर चौपाल, गुमटी, खेत–खलिहान पर रुक–रुक देश के हालात पर चिंतन–मनन करता हुआ दोपहर बाद तक घर लौटे और वो भी बिना लोटे के, जिसे वो पता नहीं गप्प में मगन रहते किस चौपाल पर छोड़ आया हो। उसे तत्काल खोजने वो फिर निकलता है और शाम तक लोटा बरामद कर वापस लौट आता है। गाँव में अक्सर लोग टहलते ही थे, वॉक की मजबूरी अभी गाँव नहीं पहुँची थी।

उजागर मियाँ और जयकिशुन मिसिर थोड़ी देर बाद अब टहल के लौटने को थे तभी कुछ सुनाई दिया।

दूर नदी के तट से एक गीत बार–बार टकराता और कानों को छूकर निकले जा रहा था।

कोई दूधमंगला नदी के तट पर बैठा, किनारों के कोरस संग स्वर लहरी छेड़े हुए था। गीत की आवाज अब और स्पष्ट आ रही थी।

नोदी आमार माँ रे बंधु
नोदी आमार प्राण
नोदी आमार इकतारा
नोदी बाउल गान
हो रे बंधु...हो रे माँझी रे...(ऊँची टेक ले कर)

नोदी आमार खेतेर बाड़ी
नोदी आमार धान
नोदी आमा के जोनोम दिलो
नोदीये दिलो प्राण...
हो रे बंधु...हो माँझी रे...

(अर्थ- नदी मेरी माँ है रे भाई, नदी मेरी जान है। नदी ही मेरा वाद्ययंत्र इकतारा है और नदी ही मेरा बाउल गीत है। ये नदी मेरा खेत और मेरा घर भी

है। यही मेरी फसल यानी धान है। इसी नदी ने मुझे जन्म दिया है और इसी ने मुझमें जीवन प्राण भरा है।)

सुर इतना सधा हुआ लग रहा था कि दूधमंगला नदी की सूखी रेत पर जैसे भगीरथ उतर आए हों और नदी जलराशि से भर गई हो।

जैसे नदी का झर–झर बहता पानी लहर–लहर के किनारों से टकरा, सातों सुरों को साधने का अभ्यास कर रहा हो। कभी मध्यम से उठता पानी छलककर पंचम तक जाता और ढरककर निषाद और फिर धैवत तक आता।

अब उजागर मियाँ और जयकिशुन मिसिर गीत की आवाज के एकदम पास से गुजर रहे थे।

दूधमंगला किनारे, एक घिसे हुए छोटे–से पथरीले टीले पर बैठा, दोनों नयनों को मूँदे, कभी दाहिनी या बायीं ओर अपनी गर्दन झुका कान को बाँह में टिका टेक ले–लेकर जीवन का गीत गाता हुआ एक उद्‌गाता...लखी बैरागी...

सूखी हुई नदी के किनारे गा रहा नदी के माहात्म्य का शाश्वत गान। वो सूखी हुई दूधमंगला नदी, न जिसमें अब पानी ही था, न ही माँ रूपी करेजे का दूध और न ही नदी के दोनों तरफ होने वाली खेती से उपजा हुआ मंगल।

वहाँ गाए जाने वाले नदी के गीत से ज्ञात होता रहता था कि ठीक वहीं कभी कोई एक नदी बहती थी। लखी बैरागी, गायब हुई नदी का पता था फिलहाल। खो चुकी नदी का स्मृति चिह्न! वो जब गा के उठता तो नदी का पता–ठिकाना भी उसके साथ उठकर चला जाता था।

"अहा, हम इसलिए कहते हैं कि एक ठो बंगाली इस देश के हर गाँव में होना चाहिए मास्टरसाब। ओह क्या गाता है। भोरे–भोरे मिजाज बना देता है समझिए खुदा कसम।" फलकऊआ पाजामा पर लंबा कुर्ता पहने, उसकी दोनों जेबों में दोनों हथेलियों को डाले नदी के एक किनारे वाले खेत की पतली पगडंडी पर चले जा रहे उजागर मियाँ ने अपने आगे–आगे चल रहे रोज के भोरसंगिया मास्टर जयकिशुन मिसिर से कहा।

"हा हा एक बैरागी कहिए। जो इसके जैसा गाए नदी किनारे बैठ। देखिए, हाँ ई बात तो है कि बाउल गान के लिए जो आदमी के गला में बात चाहिए, जो आवाज में भाव चाहिए, ऊ इसको दिया है ऊपर वाला।" धोती को एक हाथ से उठाए पगडंडी पर आगे-आगे चल रहे मास्टर जयकिशुन मिसिर ने उजागर मियाँ के कहे में अपनी बात जोड़ते हुए कहा।

“हाँ सही बात, मेरा मतलब भी वही था। अरे क्या बताएँ, भोरे-भोर आलस गजबे घेरता है उठने में। मन नहीं करता है। लेकिन बहुत बार हम इसका गाना सुनने के फेर में जाग जाते हैं मास्टरसाब।” पगडंडी पर मास्टर साब के पीछे-पीछे धीमी चाल में उजागर मियाँ गीत गा रहे लखी बैरागी की तरफ देखते हुए बोलते चले जा रहे थे।

“नहीं, एकदम गलत बात, आलस तो करना ही नहीं है। अनुशासन रखिए कड़ा थोड़ा, एक भी दिन नागा नहीं करना है सवेरे टहलना। ई ध्यान रखिए एकदम।” मास्टर जयकिशुन मिसिर ने पीछे मुड़ के एकदम मास्टर साहेब की ही भाँति उजागर मियाँ को प्रात:काल में जागने की मुस्तैदी से कोई समझौता नहीं करने को समझाया और दोनों चलते रहे।

“ई लड़कवा पढ़ा-लिखा भी है क्या शायद थोड़ा-बहुत? कोई बता रहा था हमको।” उजागर मियाँ ने चलते-चलते में एक बात पूछ दी।

“लीजिए, अरे! अरे हमारे स्कूल में संविदा वाला सीटवा के लिए फाइट किया है ई। पढ़ा-लिखा तो है ही। मतलब जितना हो सका, पढ़ा।” जयकिशुन मिसिर ने एकदम नयी जानकारी दी थी उजागर मियाँ को।

“क्या बात कर रहे हैं? बैरागी का लड़का लोग पढ़ता-उढ़ता तो है ही नहीं। बताइए ई टीचर के लिए फाइट कर चुका है! अरे वाह। पढ़ा-लिखा लगा हमको, तभी गीत-संगीत में भी डेप्थ दिखता है, अम्क तो दिखता है सुर में। रूहानी आवाज है। जज्बात बयाँ हो जाता है जब गाता है।” उजागर मियाँ बोलते जा रहे थे। धीरे-धीरे आवाज दूर जाने लगी। दोनों गाँव की पगडंडी पकड़ चुके थे। बातचीत की ध्वनि मध्यम पड़ती जा रही थी।

“पढ़-लिख तो अच्छा-खासा लेता ये, वही लेकिन जीवन में कब क्या हो जाए, गारंटी नहीं। इसका तो लाइफ जानते ही हैं न आप?” जयकिशुन मिसिर ने जैसे कुछ पुरानी मिट्टी हटाई।

“अरे हाँ, अब आपसे बढ़िया के जानेगा महराज इसके पूरे खानदान को।” उजागर मियाँ ने कहा था।

“जानते तो आप भी हैं सब कुछ, बस उसी दिन आप फरार हो गए थे उजागर मियाँ। असली दिन ही गायब। याद है न?” जयकिशुन मिसिर ने अब मिट्टी नहीं, राख हटाई थी शायद, दशकों पहले जली की राख।

बात सुन पुनः दोनों मुस्कराने लगे थे। जैसे सबसे छिपाकर होंठों पे उतरी

हुई हँसी हो।

उजागर मियाँ और जयकिशुन मिसिर, दोनों इसी गाँव कर्जापट्टी के मूलवासी थे। दोनों का घर नदी की ठीक उल्टी दिशा में गाँव के पूरब वाले टोला में था, जिसे ऊँचकिया टोला कहते थे। वो टोला थोड़े ऊँचे पे था और बरसात के दिनों में दूधमंगला नदी का पानी वहाँ सबसे बाद में पहुँचता था।

उजागर मियाँ पिछले ही साल डाक विभाग में पोस्टमास्टर की आखिरी जिम्मेदारी निभाने के बाद सेवामुक्त हुए थे। बहुसंख्यक हिंदू आबादी के बीच कर्जापट्टी में एकमात्र पुश्तैनी मुस्लिम परिवार इन्हीं का था। तीन-चार घर बाद में आ के बस गए थे।

दूसरी तरफ जयकिशुन मिसिर दूधमंगला नदी से ठीक सटे अपने ही गाँव कर्जापट्टी मध्य विद्यालय से बतौर हेडमास्टर सेवानिवृत्त हुए थे।

सुसंयोग से एक गाँव के दो लोग एक ही समय में सरकारी रस्सी से एक साथ मुक्त हुए थे, स्वाभाविक था कि दोनों बुजुर्ग आपस में मिलते–जुलते और बची–खुची उम्र का हिसाब–किताब बतियाते।

इनके टोला के आखिरी छोर में ही रहता था एक स्वास्थ्य स्वयंसेवक अशोक सुइया। साँवला रंग, मध्यम कद, हमेशा सफेद शर्ट-पैंट में बेदाग दिखने वाला व्यक्तित्व। सिर पर भर–भर के गुच्छे में काले-सफेद बालों का बलदस्ता और दोनों कनपटी के किनारे सफेद हो चले बालों की रेखा। हालाँकि अभी बाल पकने की उम्र नहीं थी, लेकिन परिपक्वता भी तो कोई चीज होती है न! जब आ जाए, बाल सफेदी पकड़ने लगते हैं।

यही कोई बयालीस–चौवालीस की उम्र रही होगी उसकी, लेकिन समाज में मानवता के प्रति सेवाभाव का स्तर मदर टेरेसा की टक्कर का था।

अशोक को इस सेवा का शौक था, अपना जी–जान लगा के लोगों को स्वास्थ्य के प्रति जागरूक करना।

अशोक का ध्येय ही था कि गाँव में जैसे ही आदमी सुबह जगे, उसके पीछे लग उसे स्वास्थ्य के प्रति जाग्रत करने में लग जाना।

इधर कुछ दिनों से अशोक नदी पार बल्लोपुर वाले नगीना मास्टर के पीछे पड़ा था लेकिन नगीना झा थे ही इतने तैलीय चरित्र के, कि न पकड़ में आ रहे थे न ही समझ में।

इधर जब से कर्जापट्टी में ही ये दोनों बुजुर्ग सेवानिवृत्त हुए और अब उनका समय गाँव में गुजरने लगा तो अशोक की नजर इन दोनों पर पड़ गई।

फिर क्या था, अशोक अपना कुर्ता–फुलपैंट मोड़ के भिड़ गया था जागरूक करने में, रोज सुबह–शाम इनको पकड़ बुढ़ापे की समस्या समझाता और उस उम्र में कभी भी आ जाने वाली संभावित बीमारियों के बारे में बीमार जैसा चेहरा बना के बताता।

कुछ दिन तो ये दोनों बेचारे अशोक को देखते ही भागते लेकिन वो इनको दौड़ाकर पकड़ता और जागरूक करता।

अशोक इन्हें भविष्य में हो सकने वाली बीमारियों के बारे में ऐसे पालथी मार के बैठ बताता जैसे किसी म्यूचुअल फंड के लाभ बता रहा हो।

आने वाली बीमारी के खौफ से भर देने के बाद उसका अगला अनिवार्य कदम होता था, खौफजदा आदमी को पूर्ण शारीरिक जाँच यानी फुल बॉडी चेकअप के लिए बगल के शहर के 'लवली क्लीनिक' ले जाना।

अशोक वैसे गाँव के ही अस्पताल में चतुर्थ वर्गीय कर्मचारी था यानी गैर मेडिकल कर्मचारी... झाड़ू–पोंछा जैसे काम के लिए उत्तरदायी कर्मचारी।

लेकिन बिना डॉक्टर वाले सरकारी अस्पताल में मरीजों का दिल और सम्मान रख लेने के लिए अक्सर जरूरत पड़ने पर डॉक्टर की जगह अशोक ने ही सुई वगैरह देना सीख लिया था। सफेद वस्त्र में वो दिखता भी अनुभवी चिकित्सक था।

कर्जापट्टी अस्पताल में एकाध बार कोई डॉक्टर आया भी तो गाँव वालों को कहीं से पता लग गया कि, फलाना डाक्टर साब के हाथों इनकी पिछली पोस्टिंग में दो–दो मरीज परलोक शिफ्ट हो गए।

तब से गाँव में डॉक्टर को लेकर एक धारणा ये बन गई थी कि कोई भी डॉक्टर आता तो गाँव वाले कहते कि "इनका हाथ साफ नहीं है।"

अब गाँव के लोग डॉक्टरों से घबराते थे।

बाद में अशोक ने भी किसी तरह कर के काफी दिनों तक कर्जापट्टी अस्पताल में टिक गए एक डॉक्टर के बारे में बड़ी आध्यात्मिक बात फैला दी थी कि "डॉक्टर लोग के हाथ में जस नहीं होता है। इतना लूटते ही हैं कि हाथ में बरकत नहीं रहता। ई वाला डॉक्टर का जानकारी तो ठीक है लेकिन

वही, जस नहीं है। इनका दिया हुआ दवा ही नहीं लगता।"

अब ये सब सुन के, केवल वास्तविक उच्च डिग्री और अच्छी योग्यता के ही भरोसे ऐसे माहौल में कौन डॉक्टर टिकता इस गाँव में? हाथ में यश भी तो चाहिए था। ऊपर से हाथ भी साफ हो।

नतीजा ये हुआ कि वर्षों से कर्जापट्टी का अस्पताल बिना डॉक्टर के ही था।

मेडिकल कॉलेज भी डॉक्टरों को डिग्री तो देते थे पर यश नहीं। इस कारण मरीजों का भरोसा ही नहीं था डॉक्टरों के पास। मेडिकल कॉलेज में उन्हें डॉक्टरी ही सिखाई गई, हाथ की सफाई से भी वंचित ही थे सारे डॉक्टर। हाथ साफ हो तो यकीन भी करे आदमी उस डॉक्टर पर।

लेकिन सरकार के दिए अस्पतालों की यही खास बात थी, वे डॉक्टर नहीं होने का बहाना बनाकर रोते नहीं थे, एक अशोक जैसा जिम्मेदार आदमी सारी जिम्मेदारी सँभाल लेता था, सफाई से लेकर सुई, दवाई सब की।

सम्राट अशोक के इस देश के हजारों ग्रामीण और कस्बाई सरकारी अस्पतालों को अब अशोक जैसे ही जिम्मेदार लोग चला रहे थे। ये बचाए हुए थे अस्पताल को, वरना तो अस्पताल ही मर जाए।

अशोक अपने झाड़ू चलाने वाले सधे हाथों से ऐसे सुई भोंकता था कि रेबीज का भौंकता हुआ मरीज सुई के दर्द से गूँगा हो जाता था।

उसके इसी भोंकन कौशल के कारण उसके नाम में अशोक के साथ सुइया अपने आप लग गया था। दवाओं के खानदान में पैरासिटामोल को इतना चमत्कारिक और अनमोल बनाने का श्रेय अशोक जैसे ही स्वास्थ्य मसीहा को जाता था।

अभी पिछले कई महीनों से वो सेवानिवृत्त उजागर मियाँ और जयकिशुन मिसिर को शहर के 'लवली क्लीनिक' में चल के पूर्ण शारीरिक जाँच करवा लेने लिए ठेलम–ठेल प्रेरित करने में भिड़ा हुआ था।

वो बार-बार समझाते हुए चहक के बताता कि "इतना सस्ता! मात्र बारह सौ बारह रुपये में फुल बॉडी चेकअप की सुविधा, पेशाब–खून, खाँसी–बलगम, सबका जाँच।"

लेकिन ये दोनों भी असली पके हुए बुजुर्ग थे, पिघल ही नहीं रहे थे।

इधर दो महीने पहले एक दिन बातचीत के दौरान अशोक के भाग्य से उजागर मियाँ को खाँसी आई, खखार के थूका तो बलगम में कुछ लाल रंग जैसा दिखा। अशोक तो उस थूकी हुई लाली पर कूद ही पड़ा, एकाएक। "ये क्या उजागर चचा?" बोलकर चिल्लाया।

अपनी ओर से तुरंत उसने आखिरी बार समझाते हुए कहा, "देखिए, रिटायर होने के बाद सबसे पहला काम होता है अपने पर ध्यान देना, ऐसा नहीं हो कि कल कोई बीमारी हो जाए और आदमी अपने परिवार पर बोझा बन जाए। आजकल घनघोर कलयुग में घर–परिवार या बेटा–पतोहू का कोई गारंटी नहीं, कब कौन बदल जाए, भगवान मालिक है, आपका तो अल्लाह... खैर। जो अपने हेल्थ पर ध्यान नहीं दिया, मरने वक्त बड़ा दुर्गति होता है ऐसा आदमी का। बाप रे, भगवान, अल्लाह नहीं करे कि आपलोग के साथ ऐसा कुछ हो। रिटायर के बाद ई कहाँ का नियम है कि समूचा पैसा समेट परिवार को दे दीजिए! हम कुछ हिस्सा अपना जीवन खातिर तो खर्च कर ही सकते हैं न! बीमार पड़ें, किसी के कपार का बोझा बनें, ई नौबत ही काहे आने देंगे हम? चल के फुल बॉडी चेकअप काहे नहीं करा लेंगे? कोई दिक्कत हुआ तो अभी तुरंत शुरुआते में इलाज और समस्या खतम।" अशोक द्वारा भविष्य की इतनी भयंकर रूपरेखा खींच देने के बाद उन दोनों की देह सिहर गई थी। उजागर मियाँ को समझाते वक्त तो अशोक की मशक्कत और बढ़ जाती थी जब भगवान के अतिरिक्त उसे अपने मिशन में अल्लाह को भी शामिल करना पड़ रहा था।

सभी की नजरें अभी भी नीचे फर्श की ओर लाल बलगम की तरफ थीं।

उजागर मियाँ भूल ही गए कि पिछली रात को खाए पान के कत्थे का रंग था वो। उनकी तो आँखों के आगे उनका परिवार और बेटे अभी कलयुग का कालिया बन नाचते हुए प्रतीत होने लगे। उन्होंने तुरंत अगली ही सुबह अशोक के साथ शहर जा अपने बीमारी रहित भविष्य के लिए फुल बॉडी चेकअप की स्कीम स्वीकार कर ली थी।

अशोक मेहनती आदमी था बेचारा।

इतनी दूर शहर ले जाकर जाँच करवाने के बदले बतौर कमीशन एक मरीज पर पचास रुपये मिलते थे अशोक को, और अगर मरीज को जाँच के बाद बाकायदा डॉक्टर से भी दिखवा दिया तो उसके अलग से पचास रुपये।

सप्ताह भर गाँव के अस्पताल से लेकर चाय–पान की गुमटी, चौक–चौराहा, मंदिर, हटिया–बाजार हर जगह टोहते-खोजते–समझाते रहने के बाद सप्ताह में स्वास्थ्य के प्रति कोई एकाध सजग नागरिक ही मिल पाता था अशोक को। इसलिए वह अब आस–पास के गाँवों में भी सक्रिय था। नहीं तो अपनी झक्क सफेदी के लिए सर्फ और नील तक लेना मुश्किल हो जाता।

बीमारियों और उसके निवारक डॉक्टरों को सबसे ज्यादा चुनौती मिलती थी गाँव की कलाली में, कलाली एक ऐसी जगह थी जहाँ नित्य देशी शराब और ताड़ी बेचने वाले कतारबद्ध हो के बोरे और खजूर की चटाई पर बैठ अपनी दुकान सजाते थे। यहाँ एक पौवा देशी और एक बोतल ताड़ी पीने के बाद कई तो छाती खोल कैंसर से लेकर भगंदर को चैलेंज करते चिचियाने लगते, बीमारियों को बीच सड़क पर अपना कुर्ता फाड़ चुनौती देने लगते कि आओ साले जौंडिस मलेरिया... इसकी माँ की... हमको छू कर दिखाओ।

पी के मताल हुए लोगों से, बीमारी उनकी मताली देखकर इज्जत बचा के भागती।

अच्छे अस्पतालों और स्वास्थ्य सुविधाओं की कमी से जूझते गाँवों वाला ये देश कई बीमारियों से वास्तव में ऐसे ही सलट लेता था, वर्ना पता नहीं कितने मोहनजोदड़ो रोज खुदते और दफन होते इस मुल्क में।

बेचारे अशोक को बस पचास–सौ रुपये के लिए ही कितनी मेहनत से एक भयंकर काले कलयुग की बिलकुल विद्रूप तस्वीर खींच के दिखानी पड़ती, भविष्य की दुर्गति की संभावना को अपने थोथने पर प्रस्तुत कर के दिखाना पड़ता, तब जाकर इक्का–दुक्का आदमी थोड़ा–बहुत हिलते-डरते तो अंततः उनमें से कोई एक आदमी फुल बॉडी वाला मिलता जिसे जाँच खातिर ले जाया जा सके।

लेकिन अखिरकार मेहनत रंग लाई। इस बार अशोक ने पत्थर पिघला दिया था, वो भी जोड़े में। उजागर मियाँ और जयकिशुन बाबू, इन दोनों को खूब समझा–बुझा शहर लेकर जाने को तैयार था आज अशोक।

आश्विन मास की पहली धूप निकली थी। अशोक सुबह पाँच बजे ही स्नान कर सबसे पहले उजागर मियाँ के यहाँ पहुँचा और उनको तैयार कर के, लेकर सीधे पहुँचा जयकिशुन मिसिर के घर। वो अपने अर्जित किए इन भविष्य के रोगियों को तनिक भी ढील देने की स्थिति में नहीं था। उजागर

मियाँ को तो सीधे बिस्तर पर जा के हिला के उठाया था उसने। जबकि उजागर मियाँ नित्य दिनचर्या में स्वयं पाँच बजे उठ ही जाते थे। आज शहर जाने की योजना के कारण टहलना स्थगित था।

"क्या बात है जी? आज बड़ा हलचल काहे है कर्जापट्टी के बस स्टैंड पर भाई?" जयकिशुन मिसिर ने सुबह-सुबह कई नौजवानों को चाय की दुकान पर खड़ा देखकर पूछा। वे नौजवान खड़े ही थे, चाय नहीं पी रहे थे।

"अरे यहाँ आज ही सब होना था जयकिशुन सर! आज रोजगार मेला लग रहा है कर्जापट्टी क्रिकेट मैदनवा में। सरकारी रोजगार मेला। उसमें वैसे जाना तो हमको भी था, लेकिन अब आपलोगों के स्वास्थ्य से ज्यादा जरूरी रोजगार मेला नहीं हमारे लिए।" अशोक ने त्याग में सम्राट अशोक को भी पीछे छोड़ते हुए कहा।

सरकार ने पिछली बार अपने शिक्षामंत्री को बारहवीं पास का प्रमाणपत्र देने वाले दिन के स्थगित रोजगार मेले को आज तुर्कीचक में आयोजित करने का निर्णय लिया था। मेले में सरकार ने अपनी टेबल-कुर्सी और पंडाल देकर कुछ कंपनियों को काउंटर लगाने के लिए आमंत्रित किया था। इलाके के सारे डिग्रीधारी युवा कर्जापट्टी क्रिकेट मैदान की तरफ कूच कर रहे थे। लड़कियाँ अपने अभिभावकों के साथ किसी मोटरसाइकिल से तो किसी टेंपो पर झूलती हुई आई थीं।

मेला परिसर अभी खुला नहीं था।

"तुम क्या करोगे यार रोजगार मेला में? तुम्हारा ओभर एज नहीं हुआ क्या अभी तक? क्या बचा है जो रोजगार मेला में मिलेगा तुमको?" जयकिशुन मिसिर ने वाजिब लगने वाली बात कही।

"रोजगार मेला में सब ओभर एज ही है सर, और जो नहीं है वो इसमें आते-जाते बूढ़ा हो जाएगा। हम कोई रोजगार के खातिर थोड़े जाते हैं उसमें। हमारा काम है कि जरूरतमंद को उसका जरूरत मिल जाए। कंपनी खातिर कंडीडेट सेट करवाना और कंडीडेट खातिर कंपनी में सेटिंग बैठाना। सबसे मेन चीज तो यही है, नहीं तो खाली दौड़ने से क्या मिला है ई रोजगार मेला और कैंप में सर।" अभी आधी ही बात समझाते हुए कहा था अशोक ने।

"बड़ा पुण्य का काम करते हो भाई। लेकिन इससे तुमको मिलता क्या है? बस पुण्य के लिए?" पुण्य की अनुपयोगिता पर विचार रखते हुए बड़ा

महत्वपूर्ण प्रश्न पूछ दिया था जयकिशुन मिसिर ने।

"हा हा... हाँ, यही पुण्य प्रताप से चार पैसा मिल जाता है सर, थोड़ा कंपनी से और थोड़ा नौकरी लगने वाले से।" अशोक ने अपनी नौकरी के बारे में बताते हुए कहा।

"हम्म, मने दोनों तरफ से कमीशन पा लेता है बेचारा।" उजागर मियाँ ने तो एक ही वाक्य में सब कुछ उजागर करते हुए बोल दिया था।

"अरे कमीशन नहीं, हाँ वही कह लीजिए। तो दिन भर धूप में खड़ा, मेहनत कर के आदमी का कैरियर भी तो सेट करते हैं। उसके बदले चार पैसा मिलना कमीशन थोड़े है हुजूर।" अशोक ने स्वीकारोक्ति के स्वर में भी स्वाभिमानी मेहनत का घोल घोलते हुए कहा।

"हाँ भाई कभी कमीशनखोरी मत करना भैया।" जयकिशुन मिसिर ने बड़ा भरोसा दिखाते हुए कहा।

आज अशोक सुइया के लिए थोड़ा कठिन दिन तो था ही। वो मन ही मन सोच रहा था, 'एक तरफ आज ही रोजगार मेला लग गया और आज ही कितने दिनों की मशक्कत के बाद ये दोनों बूढ़े फँसे हैं।'

पर मन ने आखिर में यही कहा कि 'आज तो ये बूढ़े ही नैया पार लगाएँगे।'

उसने फोन कर किसी से ये भी जानकारी ले ली थी कि रोजगार मेले में कौन-कौन से काउंटर लगे हैं। पता चला कि तीन कंपनियों के मुख्य तीन काउंटर थे।

एक काउंटर सिक्युरिटी गार्ड कंपनी का था जिसकी योग्यता थी न्यूनतम ग्रेजुएट।

जब देश में अनपढ़ लुटेरे हो जाएँ तो सिपाही तो पढ़ा–लिखा खोजा ही जाना चाहिए।

दूसरा काउंटर था, बीमा पॉलिसी बेचने का प्रशिक्षण। इसकी योग्यता भी स्नातक थी। कुछ प्रार्थी युवकों ने न्यूनतम योग्यता को इंटर तक लाने को कहा तो कंपनी का जवाब था कि आजकल तो बेरोजगार तक की न्यूनतम योग्यता स्नातकोत्तर यानी एमए पास है। हमने तो फिर भी स्नातक ही रखा है।

तीसरे काउंटर पर बड़े-बड़े अक्षरों में लिखा हुआ था, खुद का व्यावसायिक

साम्राज्य खड़ा करें। सरकार देगी सात हजार की सीधी सब्सिडी।

ये बहुत प्रेरित करने वाली राशि थी और किंवदंतियों के हिसाब से बहुत ही ज्यादा थी। क्योंकि दंतकथाओं में तो ये वर्णित था कि एक वीरूभाई बंबानी नाम के व्यक्ति दशकों पहले मात्र सौ रुपये लेकर मुंबई नामक औद्योगिक नगरी आए थे और आज उनकी अगली पीढ़ी के पास खरबों का साम्राज्य है।

इस दंतकथा के लिहाज से देखें तो साम्राज्य निर्माण की लागत के हिसाब से सरकार द्वारा सात हजार की सब्सिडी देना, बड़ी रकम थी।

खैर आज अशोक का रोजगार मेले में पहुँचना मुश्किल ही था। फिर भी मोबाइल पर बतियाते, जायजा लेते अब शहर पहुँच चुका था। बस से उतर उसने एक टैंपू रुकवाया और अपने दोनों ग्राहकों को ले टैंपू सीधे जाँचघर के सामने जाकर खड़ा करवाया।

जाँचघर कहीं से किसी भी तरह का घर नहीं दिख रहा था। दस-ग्यारह सीढ़ी नीचे बेसमेंट में उतरने के बाद टीन और लोहे की चद्दर से बने एक गुमटीनुमा कमरे के सामने एक पुरानी पीटी हुई टीन की परत पर लाल अलते के रंग द्वारा मोटी उँगलियों से लिखा हुआ था– 'यहाँ बेहिचक रक्त, पेशाब, पखाना, वीर्य सबका जाँच किया जाता है।'

बोर्ड का सबसे महत्वपूर्ण संदेश था, बेहिचक! इस संदेश से बड़ा संदेश निकलकर आ रहा था।

उजागर मियाँ ने तो बोर्ड पढ़ते ही भर मुँह थूक ले उसे बोर्ड के आस-पास ही थूका।

"क्या-क्या जाँच कराएगा हो? ई बुढ़ापा में हर चीज का जाँच होना चाहिए कहीं? कुछ चीज तो छोड़ के होगा न? छिः-छिः, अल्लाह क्या-क्या हो रहा मेडिकल में भी? मन भिनभिना जाता है हो। राम-राम।" उजागर मियाँ ने शायद जाँच के एकाध प्रकार पर मन घिना जाने के बाद थूकते-थूकते कहा था।

लेकिन अशोक ने जैसे ही खैनी रगड़कर उन दोनों की तरफ बढ़ाई, मन थोड़ा ठीक लगने लगा था। खैनी का काम ही यही होता है। जो ठीक नहीं है, ठीक लगने लगे।

अशोक ने उजागर मियाँ और जयकिशुन मिसिर दोनों को न केवल

जाँच करवाने के लिए तैयार किया बल्कि जाँचघर से निकलते ही डॉक्टर से दिखवाने वाली लाइन में भी बिठा दिया था। दवा तो दिखाने से पहले ही लिखवा ली थी और अपनी तय दुकान पर जा के दवा खरीदवा भी दी थी।

वहाँ से भी कुछ पैसे बन जाने थे बेचारे के। अक्सर डॉक्टरों के द्वारा लिखी जाने वाली दवा और दवाई दुकान तय होते थे। उसके लिए डॉक्टर से मिलना बहुत जरूरी नहीं होता था, कंपाउंडर ही इतनी सेवा प्रदान कर देता था।

दोनों की संपूर्ण शारीरिक जाँच के बाद उनमें यूँ तो कोई इलाज करवाने लायक बीमारी नहीं ही निकली।

लेकिन बीमारी निकले न निकले, पर एक बार डॉक्टर के पास गया आदमी कहाँ निकल पाता है?

जाँचघर के ठीक सामने बेसमेंट में ही एक लंबी–सी कतार डॉक्टर महेश राम अग्रवंशी की गुमटी के आगे खड़ी थी। एकाध लोग वहीं पड़ी प्लास्टिक की कुर्सी पर बैठ इंतजार कर रहे थे अपनी बारी का। गुमटी यानी डॉक्टर साहेब की डिस्पेंसरी के ठीक सामने से नाली बह रही थी और उसके ऊपर एक टीन से बने बोर्ड को डाल दिया गया था जिससे आने-जाने वाले लोग आराम से नाली पार कर डॉक्टर साहेब के कक्ष में जा सकें। बोर्ड पर लाल-नीले अक्षरों में बड़ा–सा 'लवली क्लिनिक' लिखा हुआ था और डॉक्टर साहेब की एक बड़ी–सी तस्वीर भी थी जिसके नीचे पीले रंग से उनकी अच्छी–सी डिग्री लिखी हुई थी। देखकर साफ लग रहा था कि टीन के ये बड़े बोर्ड प्रचार–प्रसार हेतु शायद शहर में टाँगने के लिए बनाए गए थे लेकिन नगर निगम वालों को पैसे देने की अक्षमता के कारण इस बोर्ड को अब सदैव के लिए शहर के खंभे से उतार क्लीनिक में डॉक्टर साहब के कक्ष के सामने नाली पर रख दिया गया था। लोग उस पर चढ़ के जा–आ रहे थे। डॉक्टर साब की तस्वीर इतनी ज्यादा बड़ी थी कि नाली पार करते वक्त कई लोगों के दोनों पाँव कभी उनके माथे पर तो कभी गाल पर पड़ रहे थे। लगातार जूता-चप्पल पड़ने और घिसने से तस्वीर में डॉक्टर साब की नाक मिट गई थी। माथे का हिस्सा भी आधा बचा था; होंठ, बाल और आँख पूरे थे।

मरीज पहले डॉक्टर साब को नाली टपते समय बाहर से देख लेते थे, अंदर डॉक्टर साब मरीज को देखते थे।

हाथ में दवा की पॉलीथिन लटकाए डॉक्टर के क्लीनिक में बैठे–बैठे जयकिशुन मिसिर अपनी बारी का इंतजार कर रहे थे और उजागर मियाँ तब तक उठ के बगल की गुमटी में पान खाने चले गए।

वहीं उनको बात–बात में डाक्टर साहेब के ही क्लिनिक का कंपाउंडर मिल गया। उजागर मियाँ झट अपनी जेब से उस कंपाउंडर को पान खिला चंद मिनटों में उससे चूना-जर्दा की तरह घुल गए। उसी ने बातों-बातों में डाक्टर साहेब की देश–विदेश की यात्रा के बारे में बताते-बताते बता दिया कि ये डॉक्टर साहेब अभी पिछले दिनों ही दिल्ली एम्स से अपना इलाज कराकर लौटे थे, फिर भी कोई फायदा नहीं हुआ तो अब अपने क्लिनिक के पीछे वाले कोर्ट कंपाउंड में एक जड़ी–बूटी बेचने वाले से गुप्त पुड़िया ले अपना सफल इलाज करवा रहे थे।

जब तक डॉक्टर साहेब की ये ख्याति ले के उजागर मियाँ वापस आए, जयकिशुन मिसिर को अंदर से बुलावा आ गया था। हड़बड़ा के उजागर मियाँ भी पर्दा हटा घुसे।

फुल बॉडी चेकअप की झटपट-रिपोर्ट हाथ में थी।

डाक्टर ने एक बार आधे मिनट के लिए रिपोर्ट देखा, फिर इन दोनों को देखा और फिर डॉक्टरी शुरू की।

सबसे पहले तो भविष्य में चर्बी वाले कोलेस्ट्रॉल के बढ़ जाने की चिंता में भयंकर चिंता व्यक्त की और फिर और भी ज्यादा चिंतित होते हुए उजागर मियाँ और जयकिशुन मिसिर के भीतर भविष्य में डायबिटीज की संभावना को डालते हुए खुद छुहारे जैसे सूखे हुए मुँह से उन दोनों को प्रतिदिन सुबह टहलने की अकाट्य दिनचर्या का पालन करने को कहा।

इनको अपना आला पकड़ाकर शपथ दिलवाई कि, भोर होते दौड़ने लगेंगे।

“सुबह सूर्य नमस्कार करिए थोड़ा। ओ...ओ अच्छा, एक आदमी तो मुसलमान है आपमें, आप तो नहीं करिएगा सूर्य नमस्कार! हम्म। आप कसरत कर लीजिए।” डॉक्टर साहेब ने धर्मानुसार इलाज करते हुए बताया।

“कसरत! मुसलमान है न हुजूर? कन्फर्म कर लीजिए और तब बता दीजिए। कहीं फिर कोई टोक दिया कि ये भी हिंदू है तो मुश्किल हो जाएगा शरीर में, नुकसान ही करेगा?” मास्टर जयकिशुन मिसिर ने लगभग मास्टर

के ही अंदाज में लपेटते हुए कहा और डॉक्टर साहेब की आँखों में कड़े से देखने लगे।

डॉक्टर भले डॉक्टर कितना भी कम था लेकिन आदमी समझदार था, तभी डॉक्टर बन यहाँ क्लिनिक खोल टिका हुआ था। उसे अपनी गलती समझ आ गई थी। उसने तुरंत मौज लेते हुए पटरी बदली और कहा, "अरे हाँ, अच्छा ध्यान दिलाए। देखिए ये सूर्य नमस्कार या कसरत छोड़िए। आपलोग को एक न्यूट्रल उपाय देता हूँ। आपलोग एक्सरसाइज करिए, ये ठीक रहेगा क्योंकि ईसाई इस देश में शायद ही आपके गाँव आकर आपसे सवाल कर पाएँ। इसलिए इत्मीनान से अल्लाह के बंदे और भगवान के भक्त, दोनों एक्सरसाइज करिए।"

"साला एक्सरसाइज का तो भेलू ही नहीं है मतलब इस देश में क्या? कोई भी कर ले रहा। बताइए साला!" ये बोल खिलखिला के हँसे मास्टर जयकिशुन मिसिर। डॉक्टर उनसे भी ज्यादा खुलकर हँस पड़े।

"हा हा आपलोग मतलब पढ़े-लिखे हैं। अरे हम तो मजाक कर रहे थे। क्या करें? कुछ विद्धानों से ऐसे ही बात करना पड़ता है, नहीं तो भाई वे उछलने-कूदने लगते हैं धर्म और नियम लेकर। इसलिए थोड़ा सावधानी रखना पड़ता है भाई साहेब। लेकिन अब से एक्सरसाइज ही लिखूँगा। सेफ है थोड़ा। हा हा देखिए ये ओ माई गॉड वालों की इतनी तो नहीं संख्या यहाँ कि कुछ बवाल कर सकें देश में।" डॉक्टर ने लज्जावश अपनी लाज बचाने के प्रयत्न के साथ पुनः खिलखिलाते हुए कहा।

"बाईस बरस से सूर्य नमस्कार और कपालभाति करता हूँ। मंत्र के साथ करता हूँ सूर्य नमस्कार। अच्छे-अच्छे नमाजी जैसे कलमा नहीं जानते, बहुत पुजारी भी ये मंत्र नहीं जानते हुजूर। लेकिन जिसको जानने में रुचि है, चीजों पर भरोसा है, जानता है। हम जानते हैं। आज बुढ़ापा घुस गया, पहली बार डॉक्टर का मुँह देखा हूँ। इतना फिट थे व्यायाम और योग कर के हम।" उजागर मियाँ ने ऊर्जा से भरे स्वर में पूरे आत्मविश्वास के साथ कहा। भीतर से आवाज आ रही थी कि रोगी तो नहीं हुआ हूँ आज भी।

"एकदम ठीक बात। तब तो आप धर्म का दीवार तोड़ ही चुके हैं। हाँ लाभ है आपको। करते रहिए। थोड़ा-बहुत केयर तो अब करना ही होगा सर बुढ़ापे में। दवा तो मिल चुका होगा आपलोग को, बाहर खाने का तरीका और

टाइम भी बता देगा स्टाफ। अभी कोई एक्सट्रा मेडिसिन नहीं लिख रहे। अगले महीने फिर आना होगा। तब कुछ जाँच करेंगे प्रोपर। अभी हल्का सिमटम है, देखते हैं आगे।" डॉक्टर साहेब ने आगे की हल्की चिंता देते हुए, बिना ज्यादा उलझे अगले मरीज के लिए घंटी बजा दी।

ये दोनों हो चुके मरीज एक–दूसरे के कंधे पर हाथ रख आपस में सांत्वना देते-लेते हुए बाहर निकले।

डॉक्टर को दिखाने के साथ ही उन दोनों ने वहीं से पैदल चलने की यात्रा प्रारंभ कर दी, टैंपू के बजाय पैदल शहर के बस स्टैंड तक गए, पीछे–पीछे हाँफते हुए अशोक भी। अब तो नियमित रूप से पैदल टहलना सुबह की दिनचर्या बन गई थी। टहलते तो ये पहले भी थे, पर बीमार का टहलना एक अलग प्रकार की गंभीरता देता था टहलने में। अब वे सिर्फ टहलते नहीं थे, पचास प्रकार की बीमारियों पर चर्चा करते हुए, ठीक-ठाक तनाव लिए टहलते थे। हल्का-फुल्का काम नहीं था अब टहलना।

पहले ही की तरह सुबह उठ दूधमंगला के किनारे-किनारे टहलते हुए बगल के अगले गाँव बाघमारा तक जाते और वापसी में लखी बैरागी का गीत सुनते हुए अपने में ही आह, वाह करते हुए घर की ओर लौट आते ही थे।

उन दोनों ने कभी लखी बैरागी को गाते वक्त पीछे से टोका नहीं और न ही अपने दोनों हाथ गगन की ओर उठाए मगन हो गा रहे लखी बैरागी ने कभी पलटकर पीछे देखा कि कौन पगडंडियों से आ–जा रहा है!

लखी बैरागी की तान सुबह के शांत वातावरण में शीतल ठंडी बयार के संग बहती हुई बहुत दूर तक जाती थी।

लखी बैरागी की उम्र यही कोई पैंतीस–चालीस रही होगी।

गहरा साँवला रंग, कनपटी के पास सफेदी ले रहे बाल, जीर्ण काया, कृषकाय ढाँचा, स्वभाव से शांत और कभी–कभार फुर्सत के समय बीड़ी पीने वाला लखी बैरागी अपने ही गाँव के दुखीलाल साव की मिठाई दुकान में बतौर कर्मचारी काम कर रहा था। दुखीलाल साव असल में बल्लोपुर वाले भूनीलाल साव का चचेरा भाई था। इनका पुश्तैनी मिठाई दुकान का धंधा था। इनके बाप के ही समय भाइयों में झगड़ा-बँटवारा हुआ और एक भाई का परिवार बहुत पहले कर्जापट्टी आ के बस गया था। इनका तब से आपस में

शादी–ब्याह में भी न्योता वगैरह बंद ही था। लेकिन धंधा पुश्तैनी बना हुआ था, मिठाई की दुकान।

इधर लखी बैरागी का भी एक चचेरा भाई था, मंटू बैरागी। मंटू बल्लोपुर जा के भूनीलाल साव की दुकान में लग गया था।

लखी बैरागी ने यहीं दुखीलाल साव की दुकान पकड़ ली थी। ग्राहकों को नाश्ते की प्लेट सजाकर देना, उनको पानी देना, कभी–कभार ग्राहकों से पैसे वगैरह ले काउंटर सँभाल देना, मिठाई की तौल वगैरह कर देना जैसे काम के बदले लखी बैरागी को दुखी साव से दो रोटी लायक पैसे मिल जाते थे।

गाँव रोजगार भले न दे सकता हो लेकिन रोज जीने का जुगाड़ तो दे ही देता था। अर्थशास्त्री इसी ग्रामीण रोजी-रोटी के जुगाड़ को अपनी गंभीर भाषा में ग्रामीण भारत के अर्थव्यवस्था की रीढ़ बताते थे।

एक विशेष लत थी लखी बैरागी को, रोज लॉटरी खरीदने की। थक के पसीना पोंछने के बाद दुकान के सामने रखे हरे ड्रम से मग्गे द्वारा पानी निकालने के बाद उसे गटकते हुए हर दिन एक बार जरूर बोलता, "एक दिन त उठबे करेगा लाटरी हमारा।"

लखी बैरागी रोज सुबह नियमित रूप से नीले रंग की धारी वाली लुंगी पर सफेद या काली सैंडो गंजी पहन नदी किनारे घूमने जाता और वहीं बैठ कुछ देर बाँग्ला के लोकगीत गाया करता था।

लखी बैरागी का घर भी नदी से बहुत दूर नहीं था। नदी किनारे ही नहाते–खेलते उसका बचपन बीता था। वो नदी के घाट से अपनी माँ या मौसी जितना परिचित था और यहाँ नदी के किनारे भी उसको जानते थे कि यहीं घट–घट खेलते पला था लखी बैरागी।

कर्जापट्टी की बसावट में जो दस से पंद्रह घर बंगालियों के थे, उनका बंगाली पाड़ा गाँव के एक छोर पर आखिर में था जो नदी के एक किनारे वाले हिस्से से लगता था। कर्जापट्टी में बसे ये सारे बंगाली परिवार अपने नाम के साथ बैरागी ही लगाते थे। नाम के पीछे बैरागी लगाने का कारण पूछने पर वे अपने पूर्वजों को चैतन्य महाप्रभु की परंपरा से जोड़ते हुए कुछ तो जरूर बताने का प्रयास करते थे लेकिन सचमुच में असली बात ये थी कि उनको भी ये सब कुछ पता नहीं था। उनको नहीं पता था कि उनके पूर्वजों के कबीले में पहला बैरागी कौन था?

जब भोगने को कुछ न हो तो आदमी बैरागी हो ही जाता है। बल्लोपुर से लेकर कर्जापट्टी तक ये लोग तब से थे जब से ये गाँव बसे थे शायद। अब ये जरूर था कि उनकी कई नातेदारी–रिश्तेदारी बंगाल के कई हिस्सों में रह रहे परिवारों से जुड़ गई थीं जिस कारण बंगाल का अच्छा–खासा प्रभाव उनके ऊपर आज भी था, अपनी ज्ञात–अज्ञात परंपरा से जुड़े रहने की ललक तो थी ही।

कर्जापट्टी में बसे इन बंगाली परिवारों का कोई तय पुश्तैनी धंधा तो था नहीं। कुछ परिवार मिठाई के कारीगर थे और अपनी मिठाई दुकान भी चलाते थे और कुछ परिवार तेंदू के पत्ते से बीड़ी बनाकर उसे बेच अपना भरण–पोषण करते थे।

हाँ, लखी बैरागी के परदादा लोचन बैरागी की मिठाई कारीगर के रूप में ख्याति जरूर थी। खासकर उसके हाथ की बनी सोनपापड़ी के किस्से खूब सुनाया करते थे बल्लोपुर और कर्जापट्टी में लोग।

इन दोनों गाँवों की जिस पीढ़ी के लोगों ने लोचन बैरागी का नाम भर सुना था वे भी लोचन की सोनपापड़ी का स्वाद महसूस कर बता देते थे।

अब तो बीकानेर और हल्दीराम जैसे महँगे ब्रांड की, मशीन द्वारा तैयार शुद्ध घी से सनी मुलायम रेशे वाली पपड़ी से बनी महँगी सोनपापड़ी खाने के बाद भी बल्लोपुर और कर्जापट्टी में लोग आज तक कहते थे कि "नहीं भाई, हम लोग तो खाए नहीं हैं लेकिन फिर भी जानते तो जरूर हैं कि लोचन बैरागी वाले सोनपापड़ी का कोई जवाब नहीं महराज। उसका स्वाद हल्दीराम का बाप धनियाराम न दे सकेगा।"

लोचन बैरागी के बारे में एक किस्सा खूब प्रचलित था इस इलाके में। किस्सा था कि अंग्रेज जमाने में बल्लोपुर से हो कर्जापट्टी से गुजरते हुए एक बार किसी गोरे साहेब ने लोचन बैरागी की सोनपापड़ी चख ली, उसे स्वाद अच्छा लगा। उसने थोड़ी सोनपापड़ी ले जा के अपनी गोरी मेम को चखाई। कहते हैं कि गोरी की जीभ को वो सोनपापड़ी इतना भायी कि उसने भारत से वापस जाते वक्त विशेष रूप से लोचन को कोठी बुला सोनपापड़ी बनवाई और उसे बाँध अपने साथ ब्रिटेन ले गई थी।

कहानी है कि उसने बाँधी हुई सोनपापड़ी ले जाते वक्त अपने गोरे साहेब से अंग्रेजी में चहकते हुए कहा था, "इंडिया से तो सोना–चाँदी लेकर हम सारे

ब्रिटिशर जा रहे, लेकिन ये स्वाद और मिठास कोई न ले जा सका, किसी की नजर ही नहीं इस अनमोल इंडियन चीज पे, इसे केवल मैं ले के जा रही। और कितना अच्छा है कि इसका कोई हिस्सा हमें कंपनी के खजाने में नहीं जमा करना है, इसका स्वाद महारानी और प्रिंस को भी नहीं पता।"

इस पर उसके गोरे अंग्रेज पति ने हँस के कहा था कि "फिर ये थोड़ी-सी सोनपापड़ी तो तुरंत ही खत्म हो जाएगी। अगर तुम्हें सच में ये स्वाद साथ ले ही जाना है तो इस मिठाई बनाने वाले को भी बाँधकर ले जाओ।"

किस्सा है कि जैसे ही लोचन को अपनी कारीगरी के इस जलवे का पता चला और पता चला कि किसी भी वक्त गोरे साहेब के लोग उसे भी उठा के बोरे में बाँध जहाज में सोनपापड़ी से भरे कार्टून के बगल में डाल देंगे, लोचन मारे डर के कड़ाही छनौटा छोड़ दुकान बंद कर कई दिनों तक गाँव से फरार रहा। जब उसे बहुत दिनों बाद इस खबर पर पूरी तरह से यकीन हो गया कि गोरकी मेम अब इंग्लैंड वापस चली गई, तब जा के उसने वापस गाँव आ अपनी दुकान फिर से शुरू की, लेकिन हाँ फिर कभी सोनपापड़ी नहीं बनाई उसने अपने हाथों से। ठीक उसी समय जब कई राजे-रजवाड़े अंग्रेज के हाथों बिक गए थे, लोचन ने फिर कभी सोनपापड़ी नहीं बेची।

इस तरह से सोने की चिड़िया कहाए इस देश का भले सोना-चाँदी लाख लुट गया पर अपने मुल्क की सोनपापड़ी न लुटने दी थी लोचन बैरागी ने।

लेकिन इतिहास कभी सोनपापड़ी बचाने वाले योद्धा को दर्ज नहीं करता। ऐसे कई योद्धाओं ने न जाने कहाँ-कहाँ, क्या-क्या बचाया होगा देश का, काश कोई लिखा गया इतिहास हमें ये भी बता पाता।

5

आज सुबह-सुबह नगीना मास्टर बिना नहाए ही दरवाजे से बाहर अपनी मोटरसाइकिल निकाल उसे फटी धोती के एक टुकड़े से पोंछ रहे थे।

"कहाँ जा रहे हैं इतना सवेरे बिन नहाए-खाए? दतुअन-मंजन तक नहीं किए हैं?" बाहर बरामदे में झाड़ू लेकर निकलीं वीणा देवी ने मोटरसाइकिल निकली देखते ही पूछा।

"अरे जा रहे हैं थोड़ा कर्जापट्टी। बोगो महतो के ईंटा भट्ठा पर। फिर निकल जाएगा बोगो महतो कहीं, उसको पच्चास ठो धंधा है। अभी भोरे-भोर भेंट हो जाएगा भट्ठा पर ही।" नगीना बाबू ने संक्षेप में ही यात्रा का प्रयोजन बताया।

"ईंटा भट्ठा? वहाँ क्या करिएगा? ईंटा-पत्थर का कौन काम पड़ गया आपको? मास्टरी से नहीं भरता पेट? तो अब ईंटा ढोइएगा?" वीणा देवी इतना ही मीठा बोलती थीं।

"इसलिए हम बीए पास औरत से चाहते थे बीहा करना, ऊ तुम्हारी दोस्त से! खैर हमारा दुर्भाग्य जो दो बार में भी मैट्रिक नहीं पास करने वाली से बिहा हुआ। काहे कि हमारे बाप को चाहिए था मोटरसाइकिल दहेज में। तो उस बेचारी को छोड़ तुमको टाँग दिए हमरा गर्दन में फँसरी बना के।" नगीना बाबू

पिछले तीस साल से अक्सर महीने-चार महीने में अपना बचपन का प्यार ले ही आते थे गृहयुद्ध के मैदान में और वीणा देवी उसका नाम सुनते ही और भी ज्यादा बिदक जातीं और फिर नगीना बाबू इस उछल–कूद का आनंद लेते।

कई बार तो बेटा दीप इनसे पूछ ही लिया करता था, "पापा कम–से–कम एक फोटो ही दिखा दीजिए हमारी न हो पाने वाली मम्मी की।"

इस पर नगीना बाबू मारे शरम के लाल हो मुँह दाब के हँसा करते और उधर रसोई से जोर–जोर से कुछ गिरने–पटकने की आवाजें आतीं।

"जा रहे हैं ईंटा खरीदने। दस महीना से तुम्हीं तो बोल रही थी कि आँगन में दू कमरा ढाल दें। अब सोच रहे हैं कि दीप का भी जॉब हो गया है तो कल को जरूरत पड़ेगा ही। तो देरी काहे करेंगे, ई वाला सोचते हैं अब कर ही लें।" नगीना बाबू सुबह-सुबह भविष्य की तैयारी में निकल रहे थे।

भारतीय गाँवों में ये दृश्य अब आम था जहाँ पुरानी पीढ़ी ने विरासत में आँगन समेत घर दिया था, ठीक उसी घर को आज की पीढ़ी आगे की पीढ़ी को बिना आँगन के दे रही थी।

ये कमरे बनाकर आँगन खा जाने वाली पीढ़ी थी।

बड़े-बड़े आँगन-बरामदे वाले घर सिकुड़ के डिब्बों जैसे मकानों में तब्दील होते जा रहे थे। नयी पीढ़ी से घर बहुत बाद में छूटा, पहले घर से आँगन छूटा। हमारे विस्तार का पहला शिकार आँगन बना। दिन–रात उद्यमशील रहने वाली पीढ़ी के पास न अब आँगन बचा, न आँगन में खाट, न ही खाट पर सुकून की नींद।

"पैसा है तो एक लेटरिंग–बाथरूम भी अलग से ढलवा दीजिए, बाद में सबसे बड़का जरूरत उसी का पड़ेगा, समझा देते हैं अभी ही।" वीणा देवी ने समझाते हुए ही बोला।

"अच्छा ठीक है, सब हो जाएगा धीरे-धीरे। पहले जा के ईंटा का दाम–भाव तो पता करें, आजकल सीमेंट भी उतना ही महँगा हो गया है; छड़, गिट्टी, बालू सब में आग लगा है। करेंगे, करेंगे ही। जब जरूरत है तो करेंगे ही।" नगीना बाबू ने जरूर थोड़ी सुस्ती वाले स्वर में कहा और मोटरसाइकिल पर बैठ गए।

अभी दाहिना पाँव किक पर जाने को उठा ही था कि सामने दरवाजे पर

एक साइकिल रुकी।

"क्या बात है जी?" नगीना बाबू ने देखते ही तल्खी से पूछा।

"बात कुछ नहीं मास्टर साहेब। ऊ कुछ पैसा उधारी का हिसाब था। मालिक भूनीलाल साव भेजे हैं, वही लेने। बोले कि जा के मास्टर साहेब से ले लेना, दे देंगे।" मंटू ने एकदम मासूमियत से कहा।

"उधारी? हम? कब? किस चीज का? क्या ले लिए? काहे का उधारी? दिमाग खराब हो गया क्या भुनिया का?" बोलते-बोलते अब मोटरसाइकिल से उतर गए थे नगीना बाबू।

"ऊ रसगुल्ला वाला पैसा के लिए, ऊ जो परसों खाए थे आप। चार पीस मास्टर साब।" मंटू ने सीधा-सरल हिसाब मुँहजबानी बता दिया।

"अरे माथा खराब है क्या? हम खाए थे? खरीद के खाए थे? खुद ही भूनी साव अपना प्रचार के लिए बहला-फुसला के खिलाया हमको। और अब पैसा लेने भेजा है बेइमान।" नगीना बाबू ने मीठे के हिसाब पर कड़वे नीम जैसे स्वर से आपत्ति जताई।

"यही सब अय्याशी करते हैं आप बाहर जा के? चीनी का बीमारी है और आप बाहर निकल के रसगुल्ला खाते फिरते हैं जी? और हम यहाँ भिंडी के भुजिया से पारन करें मंगल के बरत का? तब न! तब न लेटरिंग के लिए छड़-सीमेंट महँगा हो जाता है। रोज चार-चार गो रसगुल्ला खाएगा आदमी तो पैसा बचेगा कहाँ से?" गणित के मास्टर का हिसाब लेने लगीं अचानक से बाहर निकल आईं वीणा देवी।

"अरे चुप भी रहो। कोठा का नाच देखते हैं? रसगुल्ला खाना अय्याशी है? ओह... अरे हम काहे खाएँगे? कभी खाए हैं? पूछो इसी से, भुनिया के स्टाफ से। अरे हमको जबरदस्ती खिला दिया भाई। और अब पैसा माँगने भेज दिया है पापी।" नगीना बाबू इस धोखे से हुई खरीद-बिक्री पर जैसे अब तो रो ही देते। ज्यादा रुलाई वीणा देवी द्वारा रेलाई के कारण आ रही थी।

"वाह जी वाह, अब लोग सड़क चलते आदमी को जबरजस्ती रसगुल्ला खिलाने लगा? अरे बाप ई तो सतजुग आ गया! राम राज में रहने लगे हमलोग! आप तो महराजा सुग्रीव, लोग आपको अयोध्या में रोक-रोक के जबरजस्ती रसगुल्ला खिला दे रहा! अरे बाप ई तो बड़ा खुसखबरी है।" वीणा देवी ने भी एकदम तय ही कर लिया था कि जब तक पेट में गए रसगुल्ले को

जहर के रूप में नहीं बदल देंगी, तब तक जारी रहेंगी।

"अरे पागल हो क्या? कम-से-कम धरम को तो मत उलटो-पलटो। सुग्रीव को काहे रसगुल्ला खिलाएगा कोई अयोध्या में? कोई तुक है इस बात का?" नगीना बाबू ने कथा के प्रसंग पर आपत्ति की।

"हाँ तो, एकदम सही बात। सुग्रीव को काहे खिलाएगा? आपको खिलाएगा। रोक-रोक के।" वीणा देवी ने कथा में नगीना बाबू को भी शामिल किया।

नगीना बाबू दोनों मुट्ठी बाँध, दाँत पीस रहे थे और बीच-बीच में एक साथ दोनों आँखें मीचकर अपना भीतरी क्रोध किसी तरह सँभाले बड़बड़ाए जा रहे थे।

"अरे देखिए, महाभारत का किस्सा आपलोग बाद में फरिया लीजिएगा, पहले इधर किलियर करिए। जामबंत और सुग्रीव छोड़िए, हम खुदे अपना हाथे से आपको दिए हैं रसगुल्ला। हमको रसगुल्ला का पैसा दे दीजिए नहीं तो मालिक हमरा गर्दन पकड़ेगा। हमको देर हो रहा है, दुकान का काउंटर भी खाली होगा। हमको जल्दी जाना होगा।" मंटू ने दो टूक कहा।

"क्यों आप दरवाजा पर दो पैसा के आदमी को ऊँचा आवाज में बोलने का सह दे रहे हैं? इसका बोली-चाली सुन रहे हैं? मुँह पर मारिए जल्दी पैसा इसको। जब खाए ही हैं तो इतना सोचने का क्या बात है!" वीणा देवी ने एक स्वर से दोनों को छलनी करते हुए कहा।

"अरे देख लेंगे तुम्हारा मालिक को। और तुम भी बहुत बोलता है। उस दिन तुम भी पीछे से उल्टा-पुल्टा बोला है। कितना पैसा हुआ? बताओ फटाक साले?" अब ताव में आ गए थे नगीना बाबू।

"चार रसगुल्ला, साठ रुपया।" मंटू ने एक टूक कहा।

"साठ? ? ? समूच्चा दुनिया दस रुपया पीस है, कई बढ़िया दुकान पर आज भी पाँच रुपया पीस है और तुम्हारा क्या सोना के भसम लगा के बनता है रसगुल्ला?" नगीना बाबू तो अब रसगुल्ला नाम से ही चिढ़े जा रहे थे।

"मास्टर साब प्योर दूध का छेना वाला का यही रेट है।" मंटू ने शुद्धता की कीमत बताते हुए कहा।

"अरे हट साले, प्योर दूध? सब पाउडर दूध का बनाते हो। हम खाए

न, एकदम मैदा मिला के बनाते हो रसगुल्ला। घर आ के उल्टी किए, दस्त लग गया था साला।" नगीना बाबू ने उल्टी करने जैसा ही मुँह बना के कहा।

"हाँ, तब्बो त चार ठो खाए।" मंटू ने जैसे दुखती नस दबा दी ये बोल के।

अब नगीना झा से ज्यादा वीणा देवी का चेहरा लाल हो चुका था क्रोध से।

तमतमा के अपने अँचरा की गेठी खोली और बीस रुपये के तीन नोट निकाल उसे उछाल के मंटू की तरफ फेंका।

"चलो, अरे, लो उठाओ पैसा और निकलो यहाँ से। तुरंत निकलो।" वीणा देवी ने तर्जनी की नोक को मंटू की नाक तक ले जाते हुए कहा।

मंटू ने लपक के उछले हुए नोटों में से एक नोट हवा में ही पकड़ा और बाकी के दो नोटों को जमीन से उठा ऊपरी जेब में डाल लिया। फिर बिना कुछ सुने सीधे पलट के साइकिल के पास पहुँचा।

"ई स्टाफ होके भी बहुत ऐंठता है। इसका बोली-चाली बहुत ही ज्यादा खराब है।" नगीना बाबू ने पैसे दे दिए जाने के बाद गंभीर स्वर में कहा।

"आप जाइए न, जाइए फिर रसगुल्ला खा के ही आइएगा।" ये बोल गर्दन झटकाते हुए मुड़ीं वीणा देवी।

"...कह रहा था मास्टर पर गरम तेल डाल देंगे।" यकायक नगीना बाबू के मुँह से निकल गया पूरा वाकया।

ये सुनते ही, अभी वीणा देवी ने दरवाजे की चौखट के उस पार अपना बायाँ पाँव रखा ही था कि एक झटके से खुद को पीछे खींचा और नगीना बाबू के ठीक सामने आ के खड़ी हो गईं, "आँय... क्या! क्या बोला था ई बौना साला? गरम तेल? हमको बताए काहे नहीं उसके सामने ये बात आप? अरे अभी, अभी गरम कलछुल ले के उसका पीठ दाग देते हम। गरम तेल? अभी आज इसका सब सनिचरा उतार देते हम।"

"अरे हम सोचे काहे जतरा पर राड़ से रगड़ाबाजी करें। चलिए मूड त खराब करिए दिया है। निकलते हैं कर्जापट्टी। देखें कहीं बोगो महतो भी नहीं निकल गया हो भट्ठा से।"

"जाइएगा तो लेटरिंग-बाथरूम का भी ईंटा छड़ सीमेंट..." अभी वाक्य इतना ही बना था कि नगीना बाबू की मोटरसाइकिल गली वाले मुहाने से

मुख्य सड़क की तरफ मुड़ गई थी। वीणा देवी ने अंदर जा के दरवाजा लगा लिया। अंदर के कमरे में बाहर की दुनिया से बिलकुल अनजान दीप कान में बड़ा–सा फोम का कटोरा लगाए लैपटॉप पर छितरा पड़ा था।

बाहर के गुणा-गणित, गर्म तेल, गर्म कलछुल, ईंट, छड़, सीमेंट, उधार-पैंचा सब से अनभिज्ञ दीप लैपटॉप पर जॉब कर रहा था।

काम के लिए घर से निकली जवान पीढ़ी के लिए घर के काम की फुर्सत कहाँ थी ? घर चलाने के लिए काम करने वाली पीढ़ी घर पर भी काम रही थी।

दफ्तर में जाकर नौकरी करने वाले लोग शाम होते दफ्तर छोड़ घर आ जाते थे, लैपटॉप पर जाकर जॉब करने वाले के साथ लैपटॉप उनके कंधे पर चढ़ा साथ घर आता था।

जॉब में लैपटॉप, होली और छठ की छुट्टियों में भी संपूर्ण क्रांति, विक्रमशिला या पूर्वा एक्सप्रेस पकड़ के गाँव तक चला आता था।

जॉब की छुट्टियों में लड़के बस वो ऑफिस वाली कुर्सी छोड़ते थे, लैपटॉप और काम नहीं। केवल वास्तु स्थिति बदलती थी, वस्तु स्थिति नहीं।

दीप भी अभी–अभी महीने भर पहले लगे जॉब पर चार-पाँच दिनों की छुट्टी लेकर लीव पे था।

अवकाश और लीव में फर्क होता था। अवकाश बोलने में ही आराम लगने लगता है, अवकाश जैसे सुकून का खुला आकाश। अवकाश बोलो तो लगता है कि जैसे कोई हथकड़ी–बेड़ी खुली हाथ-पैर से, आराम मिला। लेकिन लीव आराम नहीं है। लीव उच्चारित करने पर लगता है कोई ऐसी बेड़ी जिसे कस के उसकी गलत चाबी पकड़ा दी गई हो, बेड़ियाँ खुल ही नहीं रहीं। तब तक लीव ही खत्म हो जाता है।

"तुमको बाहर का कुछ सुनाई नहीं देता है ? पाँच मिनट बाहर नहीं आ सकते थे ? वहाँ कोई बाप से जबरदस्ती पैसा माँग ले गया, तुम यहाँ पड़ा है लैपटाप का खिलौना ले के ?" वीणा देवी का झनझनाया–सा स्वर दीप के ईयर फोन से टकराकर वायुमंडल में घुल गया।

वीणा देवी ने फिर तुरंत कहा, "कान भोंथर हो गया क्या गुड़गाँव, दिल्ली के हवा–पानी लगने से ? सुन नहीं रहा हमारा बात ? अरे दिन–रात ई लैपटाप

पर टिपुर-टिपुर कर के देश चला रहे हो?"

दीप ने अभी भी कुछ सुना नहीं, न ही सिर उठा के माँ की तरफ देखा। वो कान में बैकस्ट्रीट बॉयज और ब्रायन ली का संगीत लगाए लैपटॉप की स्क्रीन पर टँगा हुआ था।

इधर नगीना झा '"बोगो ब्रिक्स एंड आयरन चिप्स एंटरप्राइजेज' की दुकान पहुँचने ही वाले थे जिसे बोगो महतो और उसके लोग ऑफिस कहते थे। दुकान को दुकान कहने पर भड़क जाता था बोगो महतो।

नदी पार कर कर्जापट्टी घुसते ही बोगो महतो के ईंट के कतारबद्ध भट्ठे दिखने लगते थे और गाँव की शुरुआत में ही था बोगो महतो का ईंट, गिट्टी और सीमेंट बेचने का कार्यालय।

"आइए, आइए झा जी। क्या खबर बल्लोपुर का हो झा जी?" बोगो महतो ने सामने से मोटरसाइकिल खड़ी कर नगीना झा के उतरते ही अभिवादन करते हुए कहा, जैसा कि हर अच्छा दुकानदार अपने ग्राहक से करता है।

"सब आशीर्वाद है कुलदेवता का बोगो बाबू, आपका भी है।" नगीना झा ने बाद में थोड़ा-सा आशीर्वाद जोड़ते हुए कहा।

एक बड़ी-सी गोल्डन रंग से नक्काशी की हुई काँच की टेबल के इस तरफ एक विशालकाय आराम कुर्सी पर बोगो महतो बैठे थे जिस पर लाल रेक्सिन का आवरण चढ़ा हुआ था। मोटी तोंद से सुसज्जित हट्टी-कट्टी काया में झक्क सफेद पैंट-शर्ट पहने बोगो महतो।

हाथ में चाँदी की हथकड़ीनुमा ब्रेसलेट और गले में एक चाँदी की मोटी जंजीर जिसके ऊपर एक स्वर्ण माला लिपटी हुई थी। गले में इसके अलावा रुद्राक्ष, स्फटिक और अन्य रत्नों से युक्त काली रस्सी में गूँथी हुई मोटी माला झूल रही थी। मतलब बस एक सर्प की माला छोड़ के बाकी सब कुछ लिपटा हुआ था गले में।

मुँह में हमेशा राजनिवास के घुलते हुए गुटके से गाल का गोल-गोल चलते रहना यूँ प्रतीत होता जैसे सीमेंट मिलाने वाली मशीन चल रही हो। चेहरे पर एक अजीब किस्म की भयंकर काइयाँ वाली गंभीरता और गले की घरघराती भद्दी मोटी आवाज से बना अति आकर्षक व्यक्तित्व ही ऐसा था कि आदमी बस बोगो महतो को देख ले तो ईंट खरीदने आए और किडनी छोड़ चला जाए।

सामने टेबल के दूसरी तरफ मुख्य कुर्सी से साइज में थोड़ी छोटी-छोटी लेकिन बैठने लायक चार कुर्सियाँ लगी हुई थीं। नगीना झा ने सामने बैठने के लिए कुर्सी थोड़ी पीछे खींची तभी उनका ध्यान बगल की कुर्सी पर गया।

"प्रणाम सर... अरे बताइए आज कितना बरस बाद जयकिशुन सर से भी मुलाकात हो रहा। और सर कैसे हैं? अब तो हेडमास्टर न हो गए होंगे सर आप?" विभागीय जानकारी से अनजान नगीना बाबू ने थोड़ी–बहुत जानकारी लेनी चाही।

"ह ह हाँ हम तो अब..." जयकिशुन मिश्र अभी इतना ही बोल पाए थे कि बोगो महतो ने लपक के कहा, "लीजिए, कहाँ आप बिदेश में आजकल रहते हैं झा जी? नदी के पार का खबर नहीं रहता आपको? बताइए जयकिशुन बाबू रिटायर भी कर गए। करीब दू साल रहे हेडमास्टर।"

"चार, अ..आ साढ़े चार कहिए, साढ़े चार साल रहे प्रिंसिपल हम, अ हुँ।" तत्क्षण सुधार किया जयकिशुन बाबू ने। वर्ना बैठे-बैठे ढाई साल खा ही गया था बोगो महतो।

"ओ लीजिए चारे साल... " बोगो महतो ने सामने रखी बाँस की सिक्की से दाँत खोदते हुए पुनः कहा।

"बताइए रिटायर भी हो गए सर, बाल–बच्चा सेट है न? बहुत बढ़िया। हीं हीं।" बिना बात की बात जारी थी।

"बाल-बच्चा! सब निवृत्त हो लिए। एक बेटी थी, कर दिए शादी। अब रिटायर हो गए, तब अब सोचे कि थोड़ा घर–द्वार ठीक कर लिया जाए। बढ़िया से थोड़ा घर बना रहे हैं अब। चार ठो कमरा ढलवा रहे हैं। दू ऊपर और दू नीचे, लैटरिंग भी दू ठो रख दिए हैं, ऊपर–नीचे दोनों में। नीचे एक हॉल रहेगा और सामने थोड़ा बाहर में स्पेस छोड़ के बरामदा कर देंगे। पुराना वाला घर का थोड़ा हिस्सा तोड़ेंगे, तब निकल जाएगा जगह।" तब से छोटा-छोटा जवाब दे रहे जयकिशुन सर ने अबकी सब कुछ ही बता दिया, लैटरिन–बाथरूम सब।

नगीना मास्टर ने होंठों पे बेमतलब की मुस्कराहट लिए पूरे घर की चौहद्दी के बारे में सुना और अब अपनी बोलने की कोशिश करते हुए कहा, "जी, जी सर... अ अ हम भी, हम भी घर ही बना रहे थे, वही तो आए हैं

बोगो बाबू पास। ई चाहेंगे तो बन ही जाएगा हमारा भी घर।"

"ओ! आप भी रिटायर हो गए क्या?" जयकिशुन मास्टर जी के कहे इस छोटे-से वाक्य से न जाने कितना कुछ कह दिया गया था, कितना कुछ कहा जा सकता था। जयकिशुन मास्टर द्वारा एक दूसरे मास्टर से विशुद्ध निश्छल भाव से पूछा गया ये निजी सवाल पूरे निम्न मध्यमवर्गीय समाज का सार था जिसमें उसका समाजशास्त्र और अर्थशास्त्र सब समाहित था।

"नहीं सर, हमारा तो अभी है पाँच साल नौकरी, पूरा देखिए तो पाँच साल और अ... अ... पाँच साल और चार महीना है अभी। तो इसलिए तो बस दो ही कमरा ढलवा रहे हैं अभी। और लेट्रिंग-बाथरूम अभी कहाँ सोच रहे हैं हम?"

"अच्छा! तब तो आप हमसे भी अ मोटा-मोटी टू ईयर्स छोटा हैं। हाँ! लेकिन हेल्थ देख के हम ही लगते हैं छोटा, हा हा, है कि नहीं?" बोगो महतो ने इंग्लिश में बताया।

"अरे आपका कोई जोड़ नहीं है भाई!" बहुत छोटे-से वाक्य में हद से ज्यादा प्रशंसा करते हुए जयकिशुन बाबू ने बोगो महतो द्वारा दिया गया चिट्ठा देखते हुए कहा।

इस वाक्य के बाद उन्हें उम्मीद थी कि कुल बिल में से कुछ और कटौती हो जाएगी, बोगो महतो ने चाहा तो।

"लीजिए तब, अब दोनों मास्टर साहेब लोग का घर बनवा देते हैं। चलिए आप बताइए झा जी, क्या-क्या मैटेरियल चाहिए? कोई स्टीमेट ले के आए हैं? किससे करवा रहे हैं काम? रजनवा से? एकदम बिगाड़ देगा, बता दे रहे हैं पहले। काम करवाइए संजइया से, जिससे अभी हेडमास्टर साब करा रहे हैं। हम ही लगवाए हैं उसको इनके यहाँ।" काफी देर अपने लिए बेमतलब की बातों को सुनने-बोलने के बाद बोगो महतो ने अब खरीदारी करने आए नगीना झा जी के साथ दुकानदारी शुरू की।

लेकिन नगीना झा भी कम सजग ग्राहक थोड़े ही थे।

"स्टीमेट तो दिमाग में है बोगो बाबू, हमारा कोई लंबा-चौड़ा काम ही नहीं है जयकिशुन बाबू जैसा। दू रूम ढालना है। बढ़िया ईंटा क्या भाव चल रहा अभी?" नगीना मास्टर ने पूछताछ शुरू की।

"दस हजार रुपया हजार।" बोगो महतो ने सामने टेबल पर रखी भुनी सुपारी मुँह में डालते हुए कहा।

"दस हजार ? ज्यादा नहीं है बोगो बाबू ?" नगीना झा ने कहा।

"क्या झा जी ! इसलिए कहते हैं कि मास्टर को रिटायर होने के बादे घर बनाना चाहिए, एकमुश्त पैसवा रहता है तभी, तो आदमी ऐसे भकचोंहरी नहीं करता है। अरे ईंटा तो सात हजार में, पाँच हजार में भी मिलता है। लेकिन ऊ कोई ईंटा है ?" बोगो महतो ने कैलकुलेटर पर उँगली चलाते हुए कहा। शायद तभी जयकिशुन बाबू का हिसाब निकाला जा रहा था। जयकिशुन बाबू भी जेब से एक गड्डी निकाल के ही बैठे थे देने के लिए।

फिर एक-एक कर छड़, गिट्टी, सीमेंट के भी दाम पूछे नगीना झा ने। और बात फिर लौटकर ईंट पर आ गई थी।

"ईंटा का आप बहुत दाम बोल रहे हैं बोगो बाबू। गरीब तो पक्का मकान बनाइए नहीं सकेगा।" नगीना बाबू ने देश की चिंता में कहा।

"गरीब का छोड़िए न, उसका सरकार बनवा देगा... आपका बनेगा न ? कितना हजार चाहिए ? और संजइया का क्या करना है ? बोल दें उसको ?" बोगो महतो ने लगभग सब कुछ तय करते हुए कहा।

"अभी रुकिए बोगो बाबू। थोड़ा-सा सोच-समझ लें, तब बताएँगे। हमारा स्टीमेट से भाग रहा है मामला। झूठ नहीं बोलेंगे आपको, बल्लोपुर में पाँच हजार रुपया रेट में भी मिल रहा ईंटा, और बढ़िया ईंटा है। ढुलाई का भी खर्च नहीं।" नगीना बाबू ने पूरे हिसाब से कहा।

अब बोगो महतो ने खाई हुई सुपारी थूकी और ठीक नगीना बाबू के कान के बगल से एक पीक फेंकी मुँह से।

"कौन दे रहा है बल्लोपुर में पाँच हजार का ईंटा जी ? वही बेइमनवा ? ऊ राजपूत ? साला बाजार खराब करता है। अरे कुत्ता मूत देगा तो दीवार ढह जाएगा उसका ईंटा का बना दीवार में। लेकिन आप 'बोगो ब्रिक्स' का ईंटा लगा के देखिए। कोई बुलडोजर भी चला देगा न तो हिलेगा नहीं दीवार। ड्रिल मशीन से छेदिए न भाई दीवार, पत्ती टूट जाएगा लेकिन बोगो ब्रिक्स का ईंटा नहीं।" बोगो महतो ईंट नहीं वरदान दे रहा था।

"मजबूत आदमी का समान भी मजबूते होता है। ई बात तो है ही।" तभी

बीच में एक अलग ही मजबूत तथ्य रख दिया था मास्टर जयकिशुन मिसिर ने। इस पे बोगो महतो थोड़ा और उत्साहित जैसा हुआ।

"अरे एक बात बता दें? सुनिए, जिस घर में हमरा ईंटा लगल रहता है न, उस घर में चोर भी किवाड़ तोड़ता है, दीवार नहीं। समझे! ई बोगो महतो का गारंटी है।" बोगो महतो ने बोगो की गारंटी देते हुए कहा। ये अतिरिक्त उपहार था एक लकी ग्राहक के लिए।

"हम्म्म ई तो है।" नगीना बाबू सोच ही रहे थे।

"मास्टर लोग बहुत सोचता है भाई, ये आप जितना यहाँ हिसाब का सोच रहे हैं न... स्कूल में बच्चा लोग के बारे में सोचते तो देश का फियूचर बनता।" बोगो महतो ने भवन निर्माण सामग्री का विक्रेता होने की जिम्मेदारी के कारण देश निर्माण की चिंता करते हुए कहा।

"एक बार घर में भी बिचार कर लेते हैं, फिर आ जाएँगे जल्दी ही एकाध सप्ताह में, बोगो बाबू।" नगीना बाबू ने विचार कर के ही कहा।

"बिना बिचारे आ गए थे झा जी? आपके फेर में दूसरा काम छोड़ यहाँ फँसे रहे हम और आप आए हैं खाली टहलने-घूमने? जान लीजिए झा जी, बोगो महतो का ऑफिस बेगारी बैठ के बतियाने के लिए नहीं है। यहाँ जो घुसता है, पहले बिचार कर के, तब घुसता है।" बोगो महतो ने कार्यालय रूपी दुकान की गरिमा पर प्रकाश डालते हुए कहा।

"अरे महराज, आप तो गजबे आगबबूला हो गए हैं बोगो बाबू। आखिर आदमी कुछ भी खरीदेगा तो चार जगह जाएगा न, दाम तो पूछेगा ही न?" नगीना बाबू ने खरीदारी के मूल स्वरूप को संक्षिप्त में समझाने की कोशिश करते हुए कहा।

"अरे हट्ट, कहीं होता होगा दूसरे दुकान में ये सब। ई आपका स्कूल नहीं है। यहाँ मनोरंजन नहीं चलता है झा जी। हमारे यहाँ पूछा-पूछी नहीं होता है और न ही मोल-भाव। हमारा मैटेरियल भी एक नंबर रहता है और दाम भी सही। थोड़ा-बहुत तो बेबहार पर छोड़ते ही हैं। ई जयकिशुन मास्टर को पूछिए, छोड़े कि नहीं? अरे पूछिए।" बोगो महतो ने जयकिशुन मिसिर की तरफ गर्दन घुमा, आँख से अंगार छोड़ते हुए जोर से कहा।

"बहत्तर हजार नौ सौ तिरपन हुआ था, बहत्तर हजार नौ सौ ही लिए। हाँ, एकदम छोड़े।" जयकिशुन मिसिर ने एक नजर बोगो महतो की तरेरी

हुई आँख की काली डिम्मी देखी और किसी तरह एक वाक्य बेहद धीमे से निकला उनके मुँह से। तिरपन रुपये की छूट पर जितनी आवाज निकल सकती थी, उतनी निकली थी पूर्व हेडमास्टर साहेब की।

"सुन लिए न! अरे आप मास्टर हैं इसलिए थोड़ा रीस्पेक्ट कर रहे हैं नगीना झा जी। नहीं तो पैसा तो आप ईंटा का धर के जाते यहाँ काउंटर पर। चार लठैत बाहर बैठा रहता है पैसा ही लेने के लिए। अभी तो आया नहीं है, टाइम हो रहा आने का। नरमी से इस स्टेट में चलेगा ई सब धंधा? अरे पटक के लेते हम पैसा। जाइए अब आप और जा के पाँच हजार वाला ही ईंटा खरीद लीजिए, लेकिन अगर विलायती सिंह सही–सलामत रहा तब न? अब पहले ठंडा करेंगे उसका बदमाशी। साला खराब ईंटा सस्ता में बेच के, बाजार को डाउन करता है। रुको साला।" बोगो महतो इच्छाधारी नाग की तरह कब दुकानदार से रंगदार में परिवर्तित हो गया, झा जी को कुछ समझ ही नहीं आ रहा था। जबकि नाम नागेश्वर तो नगीना झा जी का था।

फिलहाल नगीना मास्टर को ये पक्का अंदेशा हो गया था कि बोगो अब पैसा–कौड़ी छीन न ले, न छीने तो दो–चार लप्पड़ ही न लगा दे। इसी तरह की अनहोनी वाली बातें मन में सोचते-सोचते उन्होंने कुर्सी से उठ अपने पाँव धीरे-धीरे दरवाजे की तरफ पीछे लेने शुरू किए। मन में चल रहा था कि 'सामान लेने पर पैसा छोड़े न छोड़े लेकिन अभी तो हमको छोड़ दे। साला भोरे–भोरे भूनीलाल का तगादा आ गया, वही मनहूसियत हो गया, जतरा वहीं से गड़बड़ाया।'

"अरे भागिए नहीं, आराम से चले जाइए। आपको तो बस वारनिंग दे रहा हूँ कि आगे से किसी भी बड़े और बिजी दुकान में जा के खाली पूछा–पूछी मत करिएगा। लेना झाँट न कुछ है लेकिन दाम तो आप टाइल्स तक का पूछ लिए हैं। इतना जानकारी ले के कहाँ जाइएगा? ई कोई डिग्री है?" बोगो महतो ने बड़ी विनम्रता से धमकाते हुए कहा।

नगीना झा जी ने इस बार न कोई दैहिक न ही वाचिक, कोई प्रतिक्रिया नहीं दी और बिलकुल एक घुटन भरा मौन लेते हुए दरवाजे की तरफ निकलने लगे। पेशानी पे आया पसीना टपक रहा था। दाहिने हाथ से काँच का दरवाजा अंदर की ओर खोला और बाहर पाँव रख के अभी शर्ट की आस्तीन से माथे का पसीना पोंछ ही रहे थे कि उन्हें लगा कि कान के बगल से कोई जेट

विमान गुजरा, और नगीना झा वहीं धम्म से बैठ गए और जोर से चिल्लाने की आवाज निकली उनके भीतर से, जिस पर उनका नियंत्रण ही नहीं था शायद। नगीना झा ने देखा कि उनके पीछे वाला काँच का एक दरवाजा चनक के गिर रहा है। तभी दूसरी आवाज आई। अब तो अगले ही क्षण सब समझ में आ गया था। अंदर बोगो महतो चिल्लाया, "अरे अरे मारा रे! मास्टर साब कुर्सी से नीचे होइए, जमीन पकड़िए। अरे हाय रे साला। अरे हट्ट।" बोगो महतो चिल्लाते हुए टेबल के नीचे जा लेटा था। तभी एक गोली और चली और इस बार वो काँच छेद कर भीतर की दीवार पे लगी जहाँ बोगो महतो के बड़े भाई की तस्वीर टँगी हुई थी।

उधर बाहर गिरे पड़े नगीना मास्टर साहेब एक निश्छल बालक की तरह जोर-जोर से चिल्ला के रोते जा रहे थे। अब तक तीन गोलियाँ उनके बगल से निकल चुकी थीं।

"बाबू हो बाबू, अरे बाप रे बाप। हमको बचाइए हो बोगो बाबू। बाबू हो सब ले लेंगे, सब ईंटा ले लेंगे हो बोगो बाबू। टाइल्स, गिट्टी सब लेंगे हो। हमको बचाइए हो। मर गए हो, भगवान, बचाइए हो बोगो बाबू। बचाओ।" जोर-जोर से चीखते और क्रंदन करते हुए नगीना मास्टर सब से गुहार कर रहे थे, जो भी सुन ले, भगवान या बोगो महतो।

नगीना मास्टर साहेब का ये कंपायमान क्रंदन सुन सामने बाइक पर आए हमलावरों की बाइक डगमगाने लगी, वे शायद ताबड़तोड़ गोली चलाना चाहते थे, लेकिन ठीक दरवाजे पर पड़े नगीना बाबू ने उनकी योजना पर पानी फेर दिया था। ये महज संयोग ही था कि अभी तक गोली चलाने वाले का निशाना इधर–उधर नहीं हिला था वर्ना किसी भी गोली से नगीना बाबू की खोपड़ी खुल के दरवाजे पे जा टँग सकती थी। नगीना झा माथा गोते बस रुदन कर रहे थे।

तभी एक कम लंबाई का लड़का मोटरसाइकिल से कूदा और दस कदम तेजी से चल के दुकान के एकदम नजदीक आ गया, उसने झाँक के अंदर की ओर देखा और एक गोली बिना किसी लक्ष्य के टेबल की तरफ चला दी।

"कहाँ रे भोंसड़ी के! निकल... " लड़के ने दाँत कटकटाते हुए ललकारा।

अंदर झाँकने से पहले उसने ठीक दरवाजे के बाहर बैठे नगीना बाबू की छाती पे जोर से एक लात मारी थी, शायद बहुत उदार और अपने उसूल और

लक्ष्य का पक्का था। जिसे निशाना बनाने आया था बस उसी को ढूँढ़ रहा था। सुपारी उसने बोगो महतो की ली थी, नगीना मास्टर को ठोक के सुपारी समाज में अपनी साख खराब नहीं करना चाहता था और न ही लज्जित होना चाहता था अपने उज्ज्वल निशानेबाज मित्रों के सामने। अब वो हाथ में शस्त्र लहराते हुए अंदर की ओर बढ़ने ही वाला था लेकिन उसने जो नगीना मास्टर को लात मारी थी उससे नगीना बाबू अपनी कोशिश से मटके की तरह लुढ़कते हुए, थोड़ी दूर जा के खड़े हो चिल्लाते हुए भागे थे। उनका ये हल्ला सुन दूर नदी के किनारे वाले खेतों में काम कर रहे कुछ लोगों का ध्यान इस ओर गया। हालाँकि गोली की आवाज सुन वे भी थमकर अंदाजा ही लगा रहे थे लेकिन जब एक आदमी को भागता देखा तो उन्हें लगा कि आदमी चंगुल से निकल गया है, अब दौड़ना चाहिए उसे बचाने। यही देख वे लोग खेत से हाथ में कुदाल और खंती लिए हल्ला करते हुए दौड़े।

ये नजारा देखते मोटरसाइकिल पे बैठे दोनों लड़के चिल्लाए, "निकलो, निकलो, जल्दी। भीड़। भीड़।"

ये सुनते ही बिना आव न ताव एक गोली हवा में चला दी उस छोटे कद के लड़के ने। फिर दौड़कर मोटरसाइकिल पर बैठा और मोटरसाइकिल कुछ ही क्षण में धूल उड़ाती, उड़ती हुई निकल गई।

सुपारी बोगो महतो की ली गई थी, चूना और कत्था नगीना मास्टर को लग गया था।

इधर अंदर एकदम से सन्नाटा था, साँस भी बड़ी मुश्किल से ही ले रहे थे मास्टर जयकिशुन मिसिर और बोगो महतो। उन्हें अभी भी नहीं समझ आ रहा था कि बाहर कोई है या गोली चलाने वाले निकल गए।

तभी चुप्पी टूटी।

"आपका ग्राहक से पैसा छीनने वाला सिपाही लोग आज नहीं है क्या बोगो बाबू?" अब जब साँस रोक के कुर्सी के नीचे बकरी के बच्चे जैसा उकूड़ के बैठे-बैठे मास्टर जयकिशुन बाबू की आँत तक दुखने लगी तो उन्होंने सोचा कि मरने से पहले एक आखिरी उम्मीद तो टटोल लूँ।

"ऊँऊँऊँ सी सी सी!" बोगो महतो ने हाथ से इशारा करते हुए यही जवाब दिया। मुँह खुल नहीं रहा था उसका।

तभी एक आवाज दूर की सुनाई दी।

"भाग गया है। पकड़िए... पकड़िए। टोले हो के भागा हो, टोले हो के भागा है हो। नीचे मोहल्ला तरफ से निकला है। नदी पार भागा है।" ये शायद नदी किनारे खेत से दौड़े लोग ही थे। हल्ला करते हुए समूह में आ रहे थे सभी।

"खों खों आ खों... भोरे से लगा के रखता है कोई लठैत ? के जानता था कि हगने-मूतने के समय में कोई गोली मारने चला आएगा।" टेबल के नीचे से हाथ-पेट झाड़ते हुए बाहर निकले बोगो महतो ने कर्कश स्वर में कहा।

"ग्राहक नहीं आएगा भोरे, मान लिए। क्रीमनलवा का कोई टाइम थोड़े बँधा है ? ऊ मुहूर्त देख के मारने आएगा ?" जीवनदान पाने की खुशी से भरे हुए मास्टर जयकिशुन मिसिर भी कुर्सी को ऊपर की ओर फेंकते हुए खड़े हुए थे। हालाँकि उठते वक्त धोती की एक कोर नीचे किसी काँटी में फँस गई थी इसलिए खड़े हुए तो आधी धोती ही लिपटी रही टाँगों से, आधी चिर्रर की आवाज के साथ नीचे उतर चुकी थी।

"झाँपिए महराज पहले अपना, डरे सब कुछ खुल रहा आपका। आप तो पुराना दौर देखे हुए आदमी हैं मास्टर साब, आपका काहे धोती खुलने लगा ?" जान बच जाने के बाद दोगुने जोश के साथ हिम्मत भरी बात कही बोगो महतो ने।

भले अभी तक बोगो महतो अपने हिलते हुए पाँव को स्थिर नहीं कर पाया था। मृत्यु से ज्यादा भयंकर होता है मृत्यु का दर्शन। और वो इतने समीप से हो तो फिर व्यक्ति तत्क्षण मृत्यु ही माँगता है क्योंकि उससे लुका-छिपी और भी भयावह होती है। बोगो महतो से महज चार कदम की दूरी पर थी आज मौत। ठीक इसी दुकान में अठारह वर्ष पहले एक हत्या हो चुकी थी।

"हमको दौर याद नहीं है ? याद आपको नहीं है बोगो बाबू, बुलेटी बाबू के मर्डर टाइम भी एक मास्टर ही थे साथ में, शिवपूजन पांडे थे। हमको सब याद है। ये तो समझिए अभी तक रावण का राज है, ई बदला नहीं अपना राज आज अठारह साल बाद भी। आपसे बढ़िया ई के जानता है।" जयकिशुन मिसिर ने पूरा इतिहास याद दिला दिया।

बुलेटी महतो, बोगो महतो का बड़ा भाई, छह फीट की लंबाई वाला पहलवानी गाँठ से बना गठीला शरीर और उस पर श्याम रंग के साथ घने

घुँघराले बाल की सजावट से सजा धौंसिया व्यक्तित्व। बुलेटी ने ही सबसे पहले ये सारा व्यवसाय शुरू किया था। कहते हैं कि एक बड़ी सामाजिक दुर्घटना के बाद बुलेटी महतो की नृशंस हत्या हो गई थी। गोली मारने के बाद चाकू से उसके शरीर को गोद-गोद के फटी हुई रजाई की तरह धुन के छितरा दिया था हत्या करने वालों ने। कहते हैं कि सफाई के बाद भी तीन दिनों तक दुकान में मांस के छोटे टुकड़े मिलते रहे थे।

"चलिए अबकी मास्टर पर कलंक नहीं लगा। अरे देखिए नगीना झा मरा गया क्या? चिचिया रहा था भोंकर-भोंकर के। उसका रुदन सुन के तो मेरा फाटने लगा। देखिए, अबकी मास्टरे सलट गया क्या?" बोगो महतो अब हृदय गति के सामान्य होते ही पुनः पहले वाले तेवर में बोला।

"ऊ भागा तो है जान बचा के। हम एक नजर हुलक के देखे हल्का-सा गर्दन निकाल के। भागा है जोर से, अब हार्ट अटैक से मर गया होगा तो नहीं कह सकते हैं।" जयकिशुन मिसिर भी अनुभव के पक्के थे।

तभी दो लोग काँधे पर नगीना झा को लादे दुकान के दरवाजे तक आए। तीन-चार लोग और थे साथ में।

"अरे? अरे क्या हुआ भाय? ठीके खतम? लीजिए गया मास्टर क्या?" बोगो महतो ने अंदाजा लगाया।

"मारने तो आपको आया होगा?" मिसिर जी ने तकनीकी सवाल पूछा था।

"और कौन शेर है इस जंगल में? चूहा-खरगोश को मारने गोली ले के आएगा कोई?" बोगो महतो ने भारी आवाज में गर्वोक्ति की थी।

कमाल ये नहीं था कि अभी ही कुछ मिनट पहले खरगोश की तरह टेबल के नीचे दुबके आदमी ने खुद को शेर कहा था और मास्टर को चूहा-खरगोश। महत्वपूर्ण ये था कि उसने गाँव को जंगल कहा था।

इतनी सचबयानी तो इस दौर में सच्चे लोग भी नहीं किया करते थे।

6

बल्लोपुर की ओर मुड़ने वाले मोड़ के मुहाने पर से ही उस ट्रैक्टर के पीछे बच्चे-लड़के लग गए। हर कोई पीछे-पीछे दौड़ रहा था ट्रैक्टर के। ट्रैक्टर के बल्लोपुर बाजार घुसते ही कई बुजुर्ग और वयस्क भी उसे कौतूहल से देखते हुए गमछा-लुंगी सँभाले पीछे-पीछे चलने लगे।

ट्रैक्टर की ट्रॉली पर पीछे मोटरसाइकिल बँधी थी जिसे गाँव वालों ने पहचान ही लिया था। दो लोग ट्रॉली में खड़े थे जो साथ ही आए थे ट्रैक्टर के।

तभी एक शख्स अपनी लुंगी समेटे ट्रैक्टर की ट्रॉली पर किनारे से उछल के चढ़ा और उसने अंदर का दृश्य देखा। चलते ट्रैक्टर पर लटककर चढ़ने की कोशिश करते हुए आदमी को देख पहले से ही उस पर खड़े दोनों आदमियों ने उसे गाली देकर नीचे उतरने को कहा ही था कि, उससे पहले ही वो शख्स नीचे कूद गया था।

ये था दर्पण शुक्ला। बल्लोपुर का ही बाशिंदा।

सैंतीस–अड़तीस की उम्र। गेहुँआ रंग, चौड़ा ललाट, घने बाल, मध्यम कद–काठी। कुल मिलाकर एक ठीक-ठाक लड़का जिसने वनस्पति शास्त्र में स्नातकोत्तर तक की शिक्षा प्राप्त की थी। पर नियति देखिए कि वो पान बेच रहा था। वनस्पति शास्त्र में स्नातकोत्तर आदमी वनस्पति पर चूना घिस रहा था।

अभी करीब तीन साल पहले ठीक बल्लोपुर बस स्टैंड वाले चौराहे पर ही पान की गुमटी खोल ली थी।

गुमटी में बैठने में सुविधा को ध्यान में रखते हुए ही भरी जवानी में फुलपैंट का त्याग कर लुंगी धारण करने लगा था दर्पण शुक्ला। बेरोजगारी ऐसे ही धीरे-धीरे कपड़े उतारती है। अब कुछ महीनों से शर्ट भी खूँटी पर टाँग दी थी, सैंडो गंजी पर लुंगी ही पहनकर गुमटी में पालथी मार बैठता था दर्पण शुक्ला।

आज तो लुंगी के ही लपेटे में आ जाता जब ट्रैक्टर से कूदते वक्त, लुंगी ट्रैक्टर के चक्के में जाते-जाते बची थी।

दर्पण ट्रैक्टर से कूद हल्की–सी फूली साँस ले अभी खड़ा ही हुआ था कि पीछे-पीछे चल रहे लोगों ने अब उस को घेरा।

"देखे क्या? देख लिए? अंतिम प्रणाम?" एक ने पहेली वाले अंदाज में दर्पण से पूछा।

"हाँ दरी पर रखल हैं।" दर्पण ने वास्तव में अनहोनी देख लेने के बाद उपजने वाली अपने भीतर की संपूर्ण पीड़ा को बटोर एक बड़ी ही मौलिक मनहूस मुद्रा बनाते हुए केवल गर्दन हिला के मात्र एक वाक्य बोल पुनः अपने मौन धारण से लोगों की आशंका को पुष्ट कर दिया।

"अनर्थे हो गया ई तो दर्पण। हे ईश्वर। ई गलत किए भगवान। इतना जल्दी!" वहाँ मौजूद लोगों में से एक आदमी ने भारी स्वर में ईश्वर की जल्दबाजी को कोसते हुए कहा।

"एक बढ़िया संयोग यही कहिए कि अभी बेटा शायद यहीं है, एकाध दिन पहले ही गोड़गाँव से आया है।" एक अन्य आदमी ने कुछ सकारात्मक निकालते हुए कहा।

तब तक ट्रैक्टर जा के नगीना मास्टर साहेब के घर के सामने खड़ा हो गया था। अब तक तो ठीक-ठाक भीड़ ही जमा हो गई थी। हर आदमी की आँखें नगीना मास्टर साहेब के घर के दरवाजे की तरफ थीं, किसी की जिह्वा से संवेदना और पीड़ा से पके शब्द निकल रहे थे तो कोई अफसोस और कौतूहल से ट्रैक्टर को निहारता हुआ दुःख व्यक्त कर रहा था। हृदय की तो गारंटी नहीं थी लेकिन इतना जरूर था कि सब बहुत सावधानीपूर्वक बहुत मेहनत से शब्द चयनित कर बेहद आत्मीय सहानुभूति के साथ हमदर्दी साझा

कर रहे थे, घर वालों के अभी बाहर निकले बिना ही, नगीना झा जी के किसी भी घरवाले से मिले बिना ही।

ऐसे मातमी माहौल में क्या ही बोलते लोग! एक ही बात, जब वाइफ देखेगी मास्टर साब का लाश, तब क्या होगा? बेचारी!

हर व्यक्ति मातमपुर्सी के लिए तैयार था।

इतने में चिल्लाती, बदहवास वीणा देवी दौड़ती बाहर निकलीं और भोंकार मार रोते हुए पछाड़ खा के गिरीं, "अरे मोर सइयाँ हो सइयाँ, चले गए हो... बोल के गए थे दू घंटा में आते हैं। ऐसे आए हो मास्टर साब? अरे मेरा क्या होगा हो बाबू? ईंटा लाने गए थे, माटी हो गए हो बाबू।"

ये रुदन और दहाड़ सुन पुत्र दीप को भी अब लैपटॉप और ईयर फोन को छोड़ बाहर आना पड़ा। लेकिन सच तो ये था कि कदम तो उसके भी लड़खड़ा-से ही गए थे ये दृश्य देख। आखिर पुत्र था दीप। इससे ज्यादा कठिन और क्रूर क्षण क्या ही आता जीवन में!

दीप किसी तरह से डगमग कदमों से बाहर तक आया। वीणा देवी वहीं दरवाजे पर पड़ी थीं, दीप ने किसी तरह सहारा दे उठाना चाहा लेकिन छाती पीटते हुए फिर पछाड़ मार गिरीं और ट्रैक्टर की तरफ देखते हुए इस बार इतनी जोर से चिल्लाईं कि... अचानक सब कुछ बदल गया वहाँ। ये वाली चीत्कार सीधे ट्रैक्टर की ट्रॉली से टकराई और उधर से एक आवाज आई...

"अरे जिंदा हैं हम अभी! इतना जल्दी में काहे हो? चूड़ी-उड़ी तोड़ भी दी क्या? आँय! हे भगवान। अरे काहे? अबकी साल तीज ठीक से नहीं की थी क्या? दिने में शरबत केला भकोस लिए थे क्या? तब न निश्चिंत हो गए कि भतार स्वर्ग सिधार ही गए। अरे एक बार देख पूछ भी तो लेती इधर ट्रैक्टर के तरफ आ के।" ट्रैक्टर की ट्रॉली से गर्दन निकाल थोड़े-से क्षोभ में अधिकतम व्यंग्य को मिला बड़े दर्दीले स्वर में बोले नगीना मास्टर साहेब।

अब तो सारे लोग सकते में थे। एकदम से भौचक! अभी एक क्षण के लिए तो लगा कि केवल नगीना झा ही जिंदा थे वहाँ और बाकी सारे मरे हुए।

असल में वीणा देवी के क्रंदन की ध्वनि कानों में जा के इतनी तेज लगी थी कि गोली कांड की दहशत के कारण पिछले दो-ढाई घण्टे से बेहोश पड़े नगीना झा को होश में आना ही पड़ा। जहाँ ऊबड़-खाबड़ रास्ते से आते ट्रैक्टर के किडनीफेंक-आँतनिकाल दोलन के बावजूद मास्टर साहेब की

बेहोशी नहीं टूटी, अभी वीणा देवी के छातीपीट झोंटाफेंक रुदन से वो मूर्च्छा एक झटके में टूट गई थी। वैसे भी जिंदा सुहाग के सामने जब सुहागन बाल खोल के सिंदूर पोंछने लगे, तो सुहाग अब भी नहीं जागता तो कब जागता?

"हाय हो मेरे भोलेनाथ। आप जिंदा हैं जी? मोर परनवा गे माई।" नगीना झा जी को प्राणवान अवस्था में देखते ही ये कहते हुए बेहताशा ट्रैक्टर की तरफ दौड़ीं वीणा देवी।

"काहे? खुशी नहीं हुआ क्या?" नगीना झा अब ट्रैक्टर ट्रॉली में बिछी दरी से उठ खड़े हुए थे, जिस पर उनको पार्थिव स्वरूप में लिटा के लाया गया था।

"कोई हमको मिला दो रे इनसे। ई तो जिंदा हैं हो। भगवान हमारा सुन लिए। कोई हमको ठेलो ऊपर हो भैया।" वीणा देवी कूद के ऊपर ट्रैक्टर पर चढ़ने का प्रयास करते हुए बोलीं जिसमें वो कुछ ही क्षण में तीन बार फिसलीं। वो उड़ के बस नगीना बाबू को छूना, उनसे लिपटना चाहती थीं जिससे उनके रोम-रोम को भरोसा हो जाए कि उनके पति सुरक्षित, जीवित हैं।

"अरे रुको, गिर जाओगी, मेरा तो नहीं टूटा, लेकिन अभी मुँह–हाथ तुम्हारा टूट जाएगा ज्यादा अकबकाने में। अब तुम काहे ऊपर आने का जिद कर रही हो, अरे हम ही आ रहे न नीचे। अब तो जिंदा ही हैं।" नगीना बाबू ने चिढ़ते स्वर में कहा। उनकी चिढ़ का अभी कोई एक कारण नहीं था।

तभी दीप ने भी घर–परिवार के लिए कुछ करने की सोची। क्योंकि उसने देखा कि कुछ करने का जिम्मा अकेले वीणा देवी ने उठा रखा था। तब से वही तो हताशा, दुःख, वियोग, व्यथा और फिर विस्मय और अब खुशी व्यक्त कर रही थीं। बाकी लोग तो हर पल बदल रहे दृश्य और भाव को बस आँखें फाड़ देख रहे थे। दीप अब छह-सात कदम आगे माँ को सँभालने कम, समझाने ज्यादा निकला।

"ओह नो मम्मी, क्या कर रहे हो आप? आप तो एकदम अनकंफर्ट कर दे रही हो यार। भैरी इंबेरेसिंग मम्मी। तुम तो रियली एकदम ये टिपिकल गाँव की औरतों की तरह रो रही हो यार। एकदम लिटरली गँवार की तरह। ऐसे कोई रोता या खुश होता है क्या? क्या ये सइयाँ, सिंदूर, भतार, जस्ट लाइक घटिया भोजपुरी सोंग्स टाइप बातें बोल रही हो? रोने का भी एक सलीका होता है मम्मी।" दीप ने अपनी माँ को सँभालते हुए गँवई हो जाने के खतरे

के प्रति चिंता जताई। उसे माँ का अपने पति की मौत हो जाने की आशंका पर बल खा के गिर जाना, बिलखना, अपनी पीड़ा को बिना किसी परवाह के व्यक्त कर देना, अपने सुहाग के लिए छाती पीटना और यहाँ तक कि उसे बाद में जीवित देख लेने के बाद खुशी से व्याकुल हो दौड़ने लगना, ये सब असहज कर दे रहा था।

दीप मान के चल रहा था कि गाँव से शहर जाने का अर्थ केवल कमाना नहीं था बल्कि एक गाँव के आदमी का थोड़ा सभ्य हो जाना भी था और यही सभ्यता अब वो अपनी माँ में भी देखना चाहता था।

दीप की खीझ बता रही थी कि वो चाहता था कि माँ को थोड़ा शहरों की तरह सभ्यता सीखनी चाहिए।

दीप भावनाओं के प्रकटीकरण में गंभीर आचरण के निर्वहन का इच्छुक था जहाँ दुःख में रोया नहीं बल्कि सिसका जाए।

रोना कमजोरी माना जाता था, डरा हुआ शहर कमजोर नहीं दिखना चाहता कभी।

शहर जब दुःख में होता था तो सिसकता था और खुशी में उन्मादी हो जाता था।

शहर कभी रोता या हँसता नहीं था।

गाँव दुःख के समय कोई आवरण नहीं ओढ़ता था। न आचरण का न औदात्य का।

वो जब विषाद में हताश हो जाता था तो औदात्य का व्याकरण उसे नहीं बाँध पाता था, उसकी आँखों के बहते झरने से नदियाँ भर सकती थीं। यहाँ रोना कमजोरी नहीं, भीतर के घाव का उपचार था।

भावनाओं के वेग को बनावटी धीरज या नकली सहजता के बाँध से बाँधना ही नहीं चाहिए। वर्ना वही बाँध कुंठा बनकर अंदर ही विस्फोट करता है। इसलिए तो शोरगुल से भरा शहर कई घुट रही सिसकियों की विदाई का सुनसान टीला भी था, जहाँ एक कील पर टँगा हुआ था तीन पत्तियों वाला एक सफेद से मटमैला हो चला पंखा और उसमें झूल रही थी एक सफेद रस्सी।

घुप्प चुप्पी के साथ कई दब गई भावनाओं का मोहनजोदड़ो है शहर।

गाँव में कुछ नहीं दबता, न आदमी, न भावनाएँ!

"अरे कौन है भाई, चार आदमी इधर आइए न, पहले मोटरसाइकिल उतारिए तो हमारा। और आपलोग सब हमको जिंदा देख इतना आश्चर में काहे हैं? चलिए आइए पकड़िए।" नगीना बाबू बोलते हुए अब कूद के ट्रैक्टर से नीचे आ गए थे।

"पापा, आप ठीक हैं न? हुआ क्या है? ये सब क्या हो रहा? एक्सीडेंट हुआ क्या? लोग आपको इस तरह ट्रैक्टर पर डेड बॉडी की तरह क्यों लाए? ये तो लाने वालों की बेवकूफी है न? और किसी को कुछ बता भी नहीं रहे हैं। सारा गाँव लाश समझ के दौड़ पड़ा है। क्या मजाक है ये?" दीप ने एकदम से फूटते हुए स्वर में कहा।

"अरे बेटा क्या बताएँ, सब बताते हैं। हाँ सही बात, ये हमको इस तरह मुर्दा का पोस्टमार्टम के तरह कौन लाया जी? एकदम साला मरा हुआ लाश के जैसा। ये कोई सभ्यता है आदमी को लाने का?" नगीना बाबू ने ट्रैक्टर पर साथ आए दो मुस्टंडों की तरफ देखते हुए गुर्रा के कहा।

"अरे आप हम पर चिचिया रहे हैं? हम ही लोग तो आपको उठाए मास्टर साब। मुर्दा जैसा ही तो आप हदस के घोलट गए थे खेत में बेहोश। जल्दी में अब बुलेरो और मारुति कहाँ से लाते? बराती थोड़े जाना था? उठाए आपको और बोगो बाबू अपना ट्रैक्टर दे के भेजे हैं। हमलोग बोगो बाबू का बोडीगार्ड हैं।" एक ने लगभग विस्तार से बता दिया। ये दोनों बोगो महतो के अपने निजी अंगरक्षक थे।

"बोडीगार्ड? वाह अरे बाप रे, तुम्हीं लोग हो? तो कहाँ थे तुमलोग? आज बोडी खत्म ही हो जाता बोगो बाबू का। फिर कौन बात का बोडीगार्ड हो? जब मालिक मरा ही जाता। खाली ग्राहक से ही पैसा छीनते हो और जब कोई आज दुकान में घुस के मारने लगा तो फरार?" क्रोध पर नियंत्रण रखने की कोशिश करते हुए भी क्रोधित स्वर में बोले जा रहे थे नगीना बाबू।

"अरे मास्टर साब, तो हमलोग का चौबीसों घंटा ड्यूटी थोड़े है? ड्यूटी टाइम से पहले या बाद में कोई हमला हो जाता है तो हमलोग क्या करेंगे?" दूसरे वाले अंगरक्षक ने कहा।

"आज खतम था बोगो महतो। अरे हम चिल्ला दिए तो जान बच गया उसका। अभी यही ट्रैक्टर पर बोगो महतो जाते पोस्टमार्टम कराने अपना।" जितना संभव था, बोल रहे थे नगीना बाबू।

"देखिए मास्टर साब, कोई मरेगा-जिएगा अपना करनी से और अपना किस्मत से। जब जाने का लिखा होगा तो कोई नहीं रोक पाएगा। हमलोग तो कुछ नहीं हैं। आपको कौन बचाया? बच गए न किस्मत से?" पुनः पहले वाले अंगरक्षक ने कहा।

"ड्यूटी टाइम में भी चल ही जाएगा एक दिन गोली, काम ही ऐसा है बोगो महतो का। देखना न, तुमलोग भी कुछ नहीं कर पाओगे। ठीक है, हमको पहुँचा दिए, बहुत आभार कहेंगे। जरा गाँव घुसते बता देते कि जिंदा ही है मास्टर तो यहाँ इतना भीड़ तो नहीं होता। खैर... " नगीना बाबू ने बेमन से दोनों अंगरक्षकों को धन्यवाद कहते हुए भी बोगो महतो को तो शाप दे ही दिया।

"हे सुनिए मास्टर साब, हमलोग कोई ट्रेनिंग वाला कमांडो थोड़े हैं। हमलोग लोकल बोडीगॉर्ड हैं। क्योंकि थोड़ा खा-पी के, दौड़-दाड़ के बोडी बनाए थे तो लग गए हैं बोडीगाडी में। दू रोटी का जुगाड़ हमलोग को भी तो करना है सर। उसमें भी देखिए न, हमलोग कोई हथियार थोड़े रखते हैं। हाथ में लाठी ले के रहते हैं, इससे गोली वाला से क्या सकेंगे? वही बात सच है कि मेन हमलोग दुकान का वाजिब बकाया उधारी उठाते हैं लोग को हड़का के। गलत काम कुछ नहीं करते हैं।" अंगरक्षक ने इस बार भारतीय ग्राम्य परम्परा में ग्रामीण और कस्बाई बाहुबलियों द्वारा रखी जाने वाली बॉडीगार्ड व्यवस्था की अवधारणा को सूक्ष्मता से समझा दिया था। ऐसे बॉडीगार्ड का वस्तुतः बॉडी से कुछ लेना-देना ही नहीं होता था बल्कि ये अंगरक्षक अपने स्वामी के लिए तंबाकू, गुटका लाने और कभी-कभार की यात्राओं के दौरान देह हाथ गीला होने पर दौड़ के तौलिया, गमछी देने का काम करते थे।

"केतना पैसा मिलता है भाई जी बोडीगाडी में?" मौजूद भीड़ के बीच से एक जिज्ञासु सज्जन ने प्रश्न उछाल दिया।

क्योंकि पूरी भीड़ अपनी बाँह पकड़ बड़े ध्यान से एक बॉडीगार्ड की आत्मकथा सुन रही थी।

कुछ अपनी बाँह फुलाए ये भी जानना चाहते थे कि बॉडी से मिलने वाले इस नये रोजगार में और कितने लोगों की बहाली की संभावनाएँ हैं? बॉडी को दाना-पानी देने भर भी पैसा मिलता है या नहीं?

"कोई तय थोड़े है सर जी। हमलोग दिन भर पैसा वसूल कर के ला के

देते हैं लेकिन कितना महीना से तो हम ही लोगों को नहीं मिला है पैसा। अब गाँव के बगल के हैं, क्या ही बोलेंगे बोगो बाबू को? वही बस भरपेट खा के लगे हैं वसूली में।" एक ने बॉडीगार्डी व्यवस्था की वेतनशैली पर टॉर्च मार आगे की व्यथा सुनाई।

"जिंदगी में कभी अपने बाल-बच्चा को बोडीगार्ड नहीं बनने दीजिएगा कोई भाई। हम तो यही कहेंगे।" दूसरे वाले ने तो व्यथा की कथा का उपसंहार सुना दिया था।

फिर सबने मिल-पकड़ के ट्रैक्टर में बँधी मोटरसाइकिल को रस्सी खोलकर उतारा। नगीना बाबू ने सबसे पहले तुरंत ढक्कन खोल के टंकी चेक किया, "कहीं तेल तो नहीं निकाल लिया कोई मेरे बेहोश होने के बाद?"

अंदाजा लगाया कि करीब ढाई सौ एमएल तेल, जितना होना चाहिए था, वो सुरक्षित था। इतने-से तेल को निकालने के लिए किसी चोर को जीभ से चाटनी पड़ती टंकी। इसलिए इस कौशल से वंचित इलाके में नगीना बाबू की मोटरसाइकिल से तेल निकालना असंभव ही था। नगीना बाबू ने मन ही मन ये सोचकर थोड़ी राहत महसूस की कि अच्छा हुआ कि पहले ही तेल नहीं भरवाया, लौटते वक्त ही भराने का सोचा था। आगे भी यही करूँगा।

तभी ट्रैक्टर का चालक जो पूरे घटनाक्रम में अपनी सीट से हिला ही नहीं था, वो चिल्लाया, "अरे अब चलिए जल्दी। काम-धंधा पर भी जाना है। दिन भर ट्रैक्टर मत फँसाइए। साला जिंदा आदमी को छोड़ने में इतना देर? इतना में दस ठो मुर्दा फेंक आते हम शमशान में!"

"क्या लैंग्वेज है? बोगो महतो का ड्राइवर है? है न?" ट्रैक्टर चालक की आवाज सुन नगीना बाबू ने व्यंग्य और क्षोभ भरी मुस्कान के साथ कहा।

"हाँ, बोगो बाबू के गोतिया का भाई ही है। आ रहे हैं... आ रहे हैं... बस तुरंत... ओह।" बॉडीगार्ड ने इधर से कहा।

"ओ तभी तो, उतने ही हरामी बुझा रहा। बोगो से कम नहीं।" भीड़ से एक बुजुर्ग ने कहा और लाठी टेकते हुए पलट के चल दिए।

ये जयनाथ साह थे। बोगो के सामने उसके सबसे बड़े भक्त। सड़सठ-अड़सठ साल पुरानी कृशकाय काया, घुटने तक चढ़ी मैली धोती पर पॉलिस्टर का लंबा घियाई रंग का कुर्ता, तेल घिसी चमचम खोपड़ी के चारों तरफ बचे हुए गिनती के बाल वाले जयनाथ साह, ऐसे नहीं थे पहले, जवानी के दिनों

में खूब रंगीले थे। परचून की दुकान थी और दिन भर लेना-देना लगा रहता था इनका। आज तक गाँव के किसी धार्मिक आयोजन में आठ आने का चंदा नहीं दिया था जयनाथ साह ने, चाहे दुर्गा पूजा हो या काली पूजा। लेकिन जब भी गाँव में कोई ऑर्केस्ट्रा और नाच जैसे पुनीत कार्य के लिए सहयोग माँगने जाए तो ये न केवल चंदा देते थे बल्कि सबसे ज्यादा देते थे और ये गारंटी लेते थे कि उन्हें स्टेज पर चढ़ के नर्तकियों की प्रतिभा को प्रोत्साहित करने हेतु पैसा उड़ाने की भी सुविधा दी जाएगी। ऑर्केस्ट्रा आयोजन समिति के सक्रिय सदस्यों को चाय पिला के घंटों अपनी दुकान पर बिठा जयनाथ साह उनसे आने वाली नृत्यांगनाओं की विशेषताओं की सूक्ष्म जानकारी लेते। आखिरकार जवानी का हिसाब बुढ़ापे में हुआ। दो बेटे थे और सालों भर घर में कुछ न कुछ बँटवारा चलता रहता था। इसी साल बीच आँगन में दीवार दे के दोनों बेटों ने घर बाँट लिया और जयनाथ साह को जगह मिली बरामदे पे पड़ी एक चौकी पर। उसी बरामदे में चौकी पर चौबीसों घंटे एक मच्छरदानी तनी रहती। किसी दिन बड़े बेटे से तो किसी दिन छोटे बेटे से भोजन मिल जाता। तन पर कपड़े की बहुत ज्यादा जरूरत थी नहीं। एकाध धोती-कुर्ता काफी था अब तो। कुल मिलाकर जयनाथ साह बची उम्र जीने के लिए अभिशप्त थे। लेकिन जवानी का मसाला इस बूढ़े शरीर से भी पूरी तरह झड़ा थोड़े था। दिन भर गाँव घूमकर चकल्लस करना आज भी प्रिय दिनचर्या थी जयनाथ साह की।

जयनाथ साह की प्रतिक्रिया पर दोनों अंगरक्षकों ने बहुत ध्यान देते हुए ध्यान ही नहीं दिया, उल्टे मुस्कराकर एक–दूसरे को देखते हुए आँखों ही आँखों में यही कहा, "जो साला हमलोग कह नहीं पाते हैं, उ एकदम मन का बात, ई बुढ़वा बोल दिया।"

दोनों अंगरक्षक अब अपने कपड़े, हाथ वगैरह झाड़कर जाने की मुद्रा में आए।

"चलते हैं सर, तो फिर जाएँ हमलोग? कुछ चाय–पानी का दीजिएगा क्या? सवेरे–सवेरे जान बचाए आपका। बड़ा मुश्किल से बचाए हैं, नहीं तो ऊ लोग हो सकता था कि वापिस लौट के गोली मार देता माथा में। खैर चलिए बचा लिए आपको। यही खुशी है। खुशी से कुछ दीजिएगा तो ठीक, नहीं तो कोई बात नहीं।" बॉडीगार्ड ने असली व्यथा तो अब चलते-चलते में कही थी।

नगीना बाबू अभी कुछ सोच ही रहे थे कि तभी अचानक से "अरे हम देते हैं न भैया, ई लीजिए पाँच सौ रुपया। जान से बड़ा नहीं है पैसा। रखिए आप। हमरे लिए भगवान हैं आपलोग" कहते हुए वीणा देवी ने बिना नगीना बाबू की तरफ देखे-पूछे, सीधे गेठी से पैसा निकाला और बहुत भावुक स्वर में आभार प्रकट करने के भाव से पैसे दिए उनको।

दोनों खुश हो गए थे, फिर कभी ऐसे ही सेवा का मौका देने की बात कह पुनः नगीना बाबू को दहलाते हुए वे लोग ट्रैक्टर पर चढ़ निकल गए।

"कुछ ज्यादे नहीं दे दिए? पाँच सौ?" नगीना बाबू ने अपनी जान की कीमत के हिसाब से कहा।

"आप सब दिन अपने को दस रुपया का ही आदमी मानते रह जाइएगा। ठीक है, लेकिन हमारे लिए तो आप सब कुछ हैं न! इसलिए दे दिए।" वीणा देवी ने भी वास्तविक कीमत का बिना निषेध किए ही कहा।

इधर सबसे ज्यादा अफसोस में थी कुछ सनसनीखेज और मार्मिक देखने के लिए जुटी भीड़।

ट्रैक्टर में पार्थिव शव होने की अभिलाषा लिए जो लोग संवेदना और श्रद्धांजलि के पुष्प लिए उसके पीछे दौड़ते हुए नगीना बाबू के दरवाजे तक आए थे, वे सब अब निराश हो चुके थे।

गाँव के खबरनवीसों का उत्साह ठंडा पड़ गया था।

गाँव के लोगों को लगा ब्रेकिंग न्यूज टाइप मिलेगा, पर यहाँ उस संभावित न्यूज पर ब्रेक लग गया था।

कुछ खबरीलाल फोन पर दूसरे वाले को गरिया रहे थे, "अबे ई तो जिंदे था, बिना बढ़िया से लाश देखे तुम भेज दिए हमको यार। हम दौड़े आए हैं उतना दूर से। यहाँ कुछ नहीं। मूड ही खराब हो गया भाई।"

एक तो मोबाइल पर किसी को मना कर रहा था, "अरे मत आना पिंटू भाई यहाँ, कुछ नहीं है। नहीं मरा है। बेहोश था बस। साला जिंदे है। और हाँ गोली चला है कर्जापट्टी में, लेकिन वहाँ भी बोगो महतो जिंदे है। लेकिन वहाँ चल सकते हैं, पुलिस आया है। मजा आएगा थोड़ा। गोली जहाँ लगा है शीशा में, ऊ छेद तो देख ही लेंगे। लेकिन जल्दी चलो फिर।"

कुछ लोग लौटते में दर्पण शुक्ला को उसकी दुकान पर जाकर गरिया

रहे थे।

"अब तो दर्पण भी गलत दिखाने लगा!" जयनाथ साह क्षण भर दुकान के सामने रुके और व्यंग्य बाण चला के लाठी टेकते हुए आगे की ओर निकल गए।

"ऊ आईना होता है, दर्पण नहीं। बकचोदी से आपको फुर्सत नहीं।" दर्पण ने आईना से खुद को एकदम अलग करते हुए लाठी टेक-टेक जा रहे बूढ़े जयनाथ साह की पीठ पर पीछे से शेर फेंक के मारते हुए कहा।

"पंडी जी पर्यायबाची पढ़े थे स्कूल में? दर्पण, शीशा, आईना, मिरर सब एक्के होता है पंडी जी।" दूर से ही व्याकरणीय गाली दी जयनाथ साह ने और पुनः पलट के निकल लिए।

"हाँ बुढ़ऊ, मिरर हिंदी है? जा साले।" बुजुर्ग के सम्मान में थोड़ा धीमे ही कहा दर्पण शुक्ला ने।

ठीक तभी जलेश्वर यादव अपनी मोटरसाइकिल लिए दर्पण शुक्ला की गुमटी में घुस ही जाता। जोर के ब्रेक से रगड़ाते हुए मोटरसाइकिल मात्र कुछ इंच के फासले पर ही रुक गई।

"अरे, अरे रोक काहे दिए जादब जी, चढ़ा देते न! ऊपर गुमटी पर ही खड़ा करते मोटरसाइकिल। नीचे माटी लग जाएगा।" अचानक से उड़ी धूल और अचंभे से झल्लाए दर्पण शुक्ला ने हाथ में कत्थे का चम्मच पकड़े हुए ही कहा।

"हीं हीं हीं क्या शुक्ला जी, अच्छा बताइए, केतना मेहनत कर के, जोर लगा के रोक दिए न, ई आप नहीं देखे? नहीं तो सच्चे चढ़ जाता। चोट–घाँट लग जाता। हा हा गोसाइए गए पंडी जी आप तो। देखिए, बिरेक है ही नहीं गाड़ी में। देखिए न, जिस दिन भी बन जाएगा संजोग, तो बनवा लेंगे।" जलेश्वर यादव ने बड़े ही साफ मन से कहा था।

गाँव में लोग कुछ भी बनवाने से पहले संयोग बनाते थे, सीधे कुछ नहीं बनवा लेते थे। संयोग बना तो दाढ़ी बनवा ली। संयोग बना तो खीर बन गई घर में। संयोग बना तो शौचालय बनवा लेंगे। संयोग बन गया तो दशहरा में पैंट-शर्ट बनवा लिया। यहाँ कुछ भी निश्चित नहीं, सब कुछ संयोग पर था। गाँव भी बस संयोग से ही बचे हुए थे। जिस दिन संयोग बनता, उसे उजाड़ के चौड़ी सड़क बना दी जाती और उखाड़ के कारखाने की चारदीवारी।

"लीजिए जादब जी, पान खा लीजिए। शुभ होता है। क्या पता संयोग बन जाए जल्दी।" दर्पण शुक्ला ने मुस्कराते हुए एक खिल्ली पान जलेश्वर यादव की तरफ बढ़ाते हुए कहा।

"यही तो आपका स्टाइल है लभ देने का। ही ही ही।" जलेश्वर यादव ने लपक के पान लेते हुए कहा।

"लब–पब नहीं है, जान बचाना है हमको। हम चाहते हैं जल्दी बिरेकवा बन जाए आपका जादब जी।" दर्पण शुक्ला ने भी मुस्की दबा के कहा।

दुकान पर कुछ और भी ग्राहक आ-जा रहे थे। दर्पण शुक्ला सबको पान बना के दे रहा था। जलेश्वर वहीं खड़ा, पान को चबाते हुए बाजार की चहल-पहल देख रहा था। वैसे भी जलेश्वर यादव एक ऐसा आदमी था जो या तो कुछ पूछने–जानने के लिए बाजार घूमता था या फिर कुछ बताने के लिए।

करीब पाँच मिनट की लंबी चुप्पी के बाद पता नहीं उसे क्या सूझा।

"अच्छा एक बात बताइए पंडी जी, सोचिए आप बराहमन हो के पान बेच रहे हैं। कलजुग का आना इसी को न कहते हैं। कलजुग में और क्या–क्या होगा अभी ? है कि नहीं ? आजकल कोय भी कुछ करे, कोई मर्यादा और बंधन नहीं रहा न ? तो ई हमलोग का देश पीछे नहीं जा रहा ? घनघोर कलयुग है कि नहीं ? महराज सनातन धरम तो खतम हो जाएगा ऐसे में। क्या ? गलत बोल रहे हैं हम क्या ? गलत बोल रहे हों तो टोकिएगा। आपलोग बराहमन हैं, आपको अधिकार है टोकने का।" जलेश्वर यादव ने कलयुग की काली वेला में धर्म पर अधर्म की विजय की आशंका को ध्यान में रखते हुए कहा।

"आप जादब जी हो के दूध खरीद के खा रहे हैं। है कि नहीं। ईहो कलयुगे में संभव था। आपका तो नाम ही जलेसर है, बताइए नाम में ही पानी, दूध में कितना होता, अगर आप दूध बेचते तो।" दर्पण ने कलयुग के रंग को और गाढ़ा करते हुए कहा।

"हुँ हुँ बात तो सही बोले। यही तो हम बोल रहे हैं। कि कुछ सोचिए धरम के रक्षा का। हमलोग को जागना होगा। ये अंग्रेज और मुगल लोग ही हमारा धरम को नष्ट कर दिया। इसलिए आज ई हालत है।" जलेश्वर यादव ने धर्म की रक्षा के लिए एक स्वधर्मी साथी को तैयार होने को कहा।

कहा, जागिए।

"हम भोरे पाँच बजे जग जाते हैं जादब जी। जागिए आप। साला हम मुगल के कारण पान बेच रहे हैं? एमएससी हैं बॉटनी से, अरे नौकरी नहीं लगा तो बेरोजगारी के कारण बेच रहे हैं पान। और एक बात और सुनिए, यहाँ देश के राजा कहता है कि ठेला लगाओ, कोई काम छोटा नहीं, इस पर तो आपलोग ताली पीटते हैं इसी बाजार में। अब यहाँ एक पंडित पान बेच रहा तो छाती कूट रहे हैं? कलयुग ला रहे हैं! अभी जिला का कलेक्टर कौन है?" दर्पण ने बोलते-बोलते पूछा।

"कौन है? कोई नया आया है न? कोई कलेक्टर ही है शायद?" जलेश्वर यादव ने सामान्य ज्ञान दुरुस्त करने के लिहाज से तुरंत पूछा।

"अरे गजब मूर्ख वाला बात! कोई कलेक्टर ही न होगा कलेक्टर, बस का कंडक्टर थोड़े होगा। नाम है संजय कुमार निषाद। एडीम है पवन चौरसिया। जा के इनसे कहिए न कि ये कलयुग आ गया, निषाद कैसे कलेक्टर हो गया? चौरसिया जी से कहिए कि आप पान काहे नहीं बेच रहे? अरे युग बदल गया है, जो पढ़ेगा, बढ़ेगा। लेकिन दुःख तो अब इस बात का है न कि अब तो नौकरी का सीट ही नहीं निकल रहा। तो पढ़ के फिर पंडित और चौरसिया दोनों पान ही बेचेगा। उपाय क्या है? पढ़ के भी बढ़ नहीं रहा स्टूडेंट लोग।" दर्पण ने जितना भी कहा था, जलेश्वर यादव ने बस सुन लिया, उसे समझने के लिए उसने दिमाग पर जोर देना उचित नहीं समझा।

जलेश्वर यादव ने इधर-उधर सिर घुमा के फिर गर्दन दर्पण की तरफ करते हुए कहा, "ये सब छोड़िए पंडी जी, लेकिन आज के टाइम में हमलोग को बस एकता से रहना है, नहीं तो और सत्तर-पचत्तर साल के बाद यहाँ मात्र दू परसेंट ही हमलोग बचेंगे अपना धर्म वाला। तब क्या करिएगा? बताइए, पान भी बेच सकिएगा इस तरह से खुलेआम?" उस ने मृत्यु के बाद की सावधानी बरतने के लिए आगाह करते हुए कहा। क्योंकि अभी उसकी उम्र पचास–पचपन की थी और दर्पण की वही पैंतीस-सैंतीस।

"बेटा क्या कर रहा है अभी आपका? पढ़ता–उढ़ता है कि नहीं?" दर्पण ने जानबूझ के विषय की नोक को जलेश्वर यादव की तरफ मोड़ते हुए कहा। जबकि जलेश्वर का बेटा तो दर्पण की ही मित्रमंडली का हिस्सा था। जलेश्वर भी ये बात भली–भाँति जानता ही था। लेकिन जब कपार पर बहस का सांड चढ़ता है तो बाकी चीजें उतर जाती हैं।

"अरे एकदम! पढ़ाई? अरे देश के लिए तैयार कर रहे हैं, और हो गया है तैयार। बॉडी देखे हैं उसका? अंगद नाम है तो देंह भी वैसा ही दिया है ऊपर वाला। एक भैंस का दूध रोज खरीद के देते हैं पीने। जाएगा सेना में। उसको ये सब ऑफिस में बैठ के घूसखोरी वाला नौकरी हम करने ही नहीं बोले हैं। बोले हैं खाओ-पीओ, बॉडी बनाओ, सेना जाओ, टेरेनींग लो और पाकिस्तान घुसो, चीर के छाती झंडा गाड़ दो।" जलेश्वर यादव ने पूरी योजना बता रखी थी पुत्र को। अपनी ओर से हरसंभव देशभक्ति का पूरा पाठ्यक्रम भी रख दिया था सामने।

जलेश्वर यादव की आँखों में नक्शे में दिखने वाले पड़ोसी देश जान की भीख माँगते दिख रहे थे, जलेश्वर यादव उन्हें आँख मीच-मीच मसल दे रहा था।

दर्पण ने उसकी बातें सुनते-सुनते दुकान के काउंटर पर सामने रखी कैंची उठा ली थी। कुछ क्षण कैंची हाथ में ले सोचता रहा और फिर मन ही मन कुछ बुदबुदा के उससे पान काटने लगा।

"ठीक है। ठीक बात है। लेकिन थोड़ा-सा बच्चा से भी उसका मन जरूर पूछ लीजिएगा। पाकिस्तान से झगड़ा आपको है, तो अपना दुश्मनी का बदला लेने में लड़का को मत ओझरवा दीजिएगा।" दर्पण ने एक-एक पान के दस-बीस टुकड़े कर उसे साग की तरह काट के किनारे फेंकते हुए कहा।

"अरे जबरजस्ती? हा हा लीजिए, अरे खुद इच्छुक है भाई। रोज ई ग्राम सेवक साहेब ब्रम्हा बाबू के लड़का चीड़मय के साथ कसरत, दौड़, सब करता है। जलेश्वर जादब का खून है, बोडर जाने से थोड़े डरेगा! और जब डरपोके हो जाएगा तो पान बेचेगा ऊ भी। ही ही ही।" जलेश्वर यादव ने अब तक की सबसे खराब बात कह दी थी। हालाँकि वो इससे बिलकुल अनजान था। वास्तव में!

"मने हम कायर हैं? इसलिए सेना में नहीं गए? यही न? हम देशभक्त नहीं हैं, मतलब यही न? हमको देश से कोई मतलब नहीं? देशद्रोही हैं हम, यही न? अरे लो अभी जाते हैं सेना में, भेजो, भेजो हमको, है नौकरी? करो बहाली? नौकरी है... ? अरे है नौकरी?" दर्पण शुक्ला बोलते-बोलते पहले गुमटी से नीचे कूद गया था और आखिरी वाक्य तक आते-आते चिल्लाने लगा था।

जलेश्वर यादव तब से मोटरसाइकिल में बैठे-बैठे ही बातें कर रहा था लेकिन एकाएक दर्पण को उग्र होता देख थोड़ी–बहुत अकबकाहट में वो भी मोटरसाइकिल से नीचे उतर आया।

"आपको देश का द्रोही हम बोले हैं पंडी जी? आप उल्टा काहे सोच रहे हैं? हम तो आपको समझा रहे हैं कि आने वाला नसल को बचाना है तो थोड़ा सावधान रहिए। आप तो पढ़े–लिखे हैं न? फिर तो आप जानते ही हैं न कि हमारा देश पहले कितना आगे था! लेकिन यहाँ का ही कुछ लोग का गद्दारी से जब मुगल लोग घुसा भारत में तो सबसे पहले क्या तोड़ा? पांडव का महल, फिर समूचा दशरथ जी का राज तोड़ा। हमलोग के पास दुनिया का सबसे पहला हवाई जहाज था न जी? पुस्पक बिमान? उसको नष्ट किया। सारा अस्त्र-सस्त्र फेंक दिया समुंदर में। और आज वही लोग का वंशज फेर से चुनाव लड़ के कुर्सी पर कब्जा चाहता है। बोलिए, रोकना होगा कि नहीं ई गद्दार लोग को? धार्मिक एकता कितना जरूरी है।" जलेश्वर यादव को प्रतिदिन देश और धर्म–संस्कृति बचाने की जो योजना मिलती थी, उसे कंठस्थ कर रखा था उसने। इतिहास के एक–एक नुकसान का हिसाब और उसके दोषी का चेहरा उसके दिमाग में छाप दिया गया था। जलेश्वर यादव बल्लोपुर में रहते हुए भी हर पल सतर्क था। वो हर क्षण सावधानी से गुजारता था, पूरी जागरूकता के साथ कि कहीं उसके आस–पास पुष्पक विमान नष्ट करने वाले के वंशज कोई नया षड्यंत्र तो नहीं रच रहे। जलेश्वर यादव के मस्तिष्क को ये स्पष्ट निर्देश था कि ध्यान रखना है, तराइन या पानीपत के युद्ध में बचा कोई विरोधी सैनिक यहाँ बल्लोपुर में प्रधानी तो नहीं लड़ रहा!

"भक्क्, पागलचोदी! आप जाइए यहाँ से महराज। आपसे साला बात ही नहीं करना था हमको। अनपढ़ आदमी से दिक्कत नहीं है, आपलोग जैसा मूर्ख से दिक्कत है, कुछ भी बकलोली बक देना है। कभी–कभी लगता है कि ई देश का सबसे बड़ा घोटाला, बुद्धि घोटाला है साला। चारा घोटाला, कोयला घोटाला, कफन घोटाला, अलकतरा घोटाला, व्यापम घोटाला, ई सब एक तरफ। सबसे बड़ा घोटाला, बुद्धि घोटाला, इसमें आदमी का बुद्धि ही गोल कर दिया गया है। साला पूरा खोपड़ी का सिस्टम ही हैक है।" दर्पण में एक नया घोटाला दिखा।

लेकिन इधर जलेश्वर यादव को तो दर्पण की ही बुद्धि पर तरस आ रहा था।

इस बार जलेश्वर यादव ने दर्पण की अज्ञानता पर दया करते हुए पूरी सहानुभूति के साथ कहा, "एक फैक्ट बात बोलें पंडी जी? आपको याद होगा जब आप बच्चा होंगे, हमरा भी तभी शादी होने ही वाला था, एक नारा दिया था सरकार कि हम दो हमारे दो। याद है न? इसका साला इतना परचार किया, इतना परचार किया कि हमलोग सरकारी परचार और बहकावे के चक्कर में दो ठो में रुक गए और आज के समय तो दिमाग ऐसा भ्रष्ट हुआ है आदमी का कि एक ठो कर के चुप बैठ जाता है। लेकिन दूसरा तरफ देखिए, अरे देखिए न दूसरा तरफ, ऊ लोग को तो फूल सपोट था कि जितना मन उतना करो, दो में नहीं रुकना। चौदह करो, पंद्रह करो, कोई नहीं रोकने वाला। आज नतीजा देख लीजिए कि हमलोग का जनसंख्या मायनस में चला गया न? ऊ लोग प्लस में प्लस जोड़ रहा है रोज।"

"तो? तो क्या करें? पहरा दें? आपको अब कोई रोक है? अब तो छुट्टा सांड हैं न आप? तो करिए कंपीटीशन। यही कंपीटीशन अब निकालेगा युवा। इसमें नहीं फेल होगा।" दर्पण ने दाँत कटकटाते हुए कहा।

"अरे तो हम में क्या दम कम है? लेकिन एक ठो बस अंगद कर के शांत हो गए, काहे कि छोटा परिवार, सुखी परिवार। अरे हमको तब कोई बुद्धि देने वाला होता न, तो अंगद छोड़िए, कौरव सेना पैदा कर देते महराज। बड़ा परिवार, सुरक्षित परिवार। ई होता न जी नारा।" जलेश्वर यादव ने अपनी पूरी शारीरिक क्षमताओं के बावजूद भारत भूमि को अपनी ओर से रामायण में महाभारत मिश्रित कर के एक पूरी रेजीमेंट तैयार कर के न दे पाने के अफसोस के साथ कहा।

जलेश्वर यादव ने इतिहास की ऐसी-ऐसी जानकारियाँ दी थीं कि अपनी अज्ञानता से उपजे क्रोध के कारण दर्पण शुक्ला की आँखों में आँसू और खून दोनों एक साथ फेंटाकर तैर रहे थे। उसकी इच्छा हो रही थी कि या तो खुद के कान में कैंची घोंप ले ये सब सुनने के बाद या सुपारी काटने वाले सरौते से जलेश्वर यादव की जीभ काट ले।

"हे हो जादब जी, आप उमर में बड़ा हैं, लिहाज कर रहे हैं। हाथ जोड़ते हैं कि चले जाइए अब। अफसोस है कि इसी स्टेट में साला रामदत्त जादब

बाबू जैसा विद्वान मुख्यमंत्री भी हुआ था कभी और उसी समाज से आज एक आपके जैसा प्योर लंठ और गोबराधिराज को भी देखना पड़ रहा है। यही वाला प्रकार आजकल पंडितों और ठाकुरों में भी खूब आ रहा है। अकेले ये खाली आपका हाल नहीं है।" दर्पण ने दोनों हाथ जोड़ते हुए वास्तव में अब जाने का अनुरोध करते हुए कहा। कुछ ग्राहक भी गुमटी का लोहा पकड़ के लदक के खड़े हो विमर्श का आनंद ले रहे थे, क्या पता फिर पान लेते कि नहीं। वे तो इस उम्मीद में तब से लदके खड़े थे कि सिर्फ बात ही होती रहेगी या बात, बात से आगे बढ़ेगी?

"भक्क साला, लो जाते हैं भाई शुक्ला। यार साला इतना समझाए पूरा हिस्ट्री लेकिन एक भी बात नहीं घुसा दिमाग में। तब न बेरोजगार रह गए। ऐसा जड़ बुद्धि को नौकरी देगा सरकार? क्या पढ़े हो पंडी जी, खाली नाम का एम्मेसी? इतिहास का क नहीं जानते हो रे मर्दे!" इस बार जलेश्वर यादव भड़क गया था और दर्पण के प्रति वर्षों का आदरणीय वाला संबोधन त्याग के उसके बेरोजगार रहने के असली कारण पर मुहर लगा दी। दर्पण को जलेश्वर यादव की तरफ से कम–से–कम इस तरह की टिप्पणी की उम्मीद तो नहीं ही थी।

लेकिन अगले क्षण जो हुआ उसके लिए जलेश्वर यादव भी कतई तैयार नहीं था।

दर्पण ज्वालामुखी की तरह फटा और उसने दोनों हाथों से जलेश्वर यादव की कॉलर पकड़कर उसे पीछे की ओर धकियाया।

"भोंस... हट्ट साले पागल मूर्ख। तब से हमारा शिक्षा देख रहा रे? साले खुद सातवाँ फेल और हमारा एमएससी का डिग्री को चैलेंज कर रहा साले। अब हमलोग लड़ें जा के मुगल और तुर्क से? इतिहास पेल रहा? कहाँ है ई लोग? कब देखा तुम इसको सरकार में रे? तुम्हरे पास मुगल अपना वंशावली छोड़ के गया था? साले बेरोजगारी, दलिद्री और महँगाई से नहीं लड़ें? लड़ें अकबरवा से, हिसाब लें शाहजहनवा से कि ताजमहल में कितना पैसा लगा? मनरेगा के रेट पर मजदूरी का भुगतान किया कि नहीं? यही पूछें? उससे पूछें कब्रिस्तान जा के?" दर्पण ने इतना बोलते-बोलते ही जलेश्वर यादव को ठेल के जमीन पर गिरा दिया था। वहाँ खड़े पान खाने आए ग्राहकों ने भी दृश्य निर्माण में कोई बाधा नहीं डाली, सब कुछ स्वाभाविक होने दिया।

उपस्थित लोग दो कदम पीछे हट गए और गिर के फैलने की जगह बना दी। इतना स्थान खाली कर दिया कि अगर अब एकबारगी पटका-पटकी तक की नौबत आई तो जगह की कमी न हो, मतलब कि स्थान की कमी के कारण उठा–पटक टल न जाए।

तभी संयोग से प्रभाकर के साथ कृपालु राय आधे दिन का स्कूल कर कोई कागज पहुँचाने ब्लॉक मुख्यालय को निकल रहा था। मोटरसाइकिल प्रभाकर चला रहा था। दर्पण की गुमटी के सामने उट्ठम-पटकी देख कृपालु राय ने मोटरसाइकिल रुकवाई। जल्दी से नीचे उतरा और दौड़ा।

"लिहाज भूल गए हो शुकुल तुम?" जमीन पर गिरे जलेश्वर यादव ने कॉलर छुड़ाने की कोशिश करते हुए कहा।

"पहले कौन भूला? चाचा न बोलते थे हम यादव जी आपको?" दर्पण ने छाती पर झुकते हुए कसकर कॉलर पकड़े कहा।

"अरे, अरे दर्पण भैया छोड़िए महराज। हटिए जलेसर चाचा। अरे छोड़िए कालर आपलोग। क्या दर्पण भैया, आप कैसे उग्र हो गए हैं इतना? जलेसर चाचा से इतना बढ़िया आपका संबंध! क्या हो गया?" कृपालु ने दोनों को अलग करते हुए दर्पण की शर्ट के बटन ठीक किए और फिर जलेश्वर यादव की खुल के फिंक गई चप्पल को उठाकर उसे पहनने के लिए दिया।

"वाह, वाह देखिए एक पंडित लड़ रहा था तो एक भूमिहार आ के बचा लिया। तुमलोग सबर्ण लोग कैसे इतना एकता से रहते हो? लेकिन हम धरम के नाम पर जात–पात से ऊपर हट के एकता रखने बोले तो मेरे साथ मारपीट किया? ओबीसी पर हाथ उठाए हो न? देख लेंगे। ई बात तो अब उठेगा समाज में शुक्ला जी। भूमिहार–पंडित एक। तुरंत आ गया बचाने। हुँह हुन्ह।" जलेश्वर यादव ने अचानक एक प्रशिक्षित और अनुभवी नेता की तरह कौशल दिखाते हुए, दो लोगों के बीच पान दुकान पर हुई हल्की–सी झड़प को क्षण भर में एक नयी सामाजिक लामबंदी के रूप में स्थापित कर दिया था।

दर्पण तो जलेश्वर यादव की मनोग्रंथि को अब बहुत हद तक समझ चुका था लेकिन कृपालु राय तो हक्का-बक्का रह गया।

"हें, मर्दे पागल हैं क्या आप? क्या बक रहे हैं? आपको चाचा बोलते हैं हम और आप हमको...? हम अपना दोस्त और चाचा का हाथापाई देख

के रुके थे चाचा, ब्राह्मण, यादव देख के नहीं। छि:-छि: क्या आदमी हो आप?" कृपालु ने भरे आश्चर्य के स्वर में कहते हुए सिर को दूसरी तरफ कर लिया था।

"अब समझे कि काहे इसको दिए दस मुक्का हम? जहर भर गया भाई इसके खोपड़ी में, जहर।" दर्पण ने टूटे हुए बटन को शर्ट की ऊपरी जेब में रखते हुए कहा।

"हाँ ई तो आदमी के लायक रहा ही नहीं, ई तो विधायक-सांसद का क्वालिटी डबलप कर लिया है। हम आदमी बूझ रहे थे इनको।" कृपालु अभी भी उतने ही आश्चर्य में बोल रहा था।

इतनी देर में खड़े होकर अपना कुर्ता-पाजामा झाड़, बाल वगैरह को सीधा कर, जलेश्वर यादव मोटरसाइकिल चढ़ चुका था।

पर जाते-जाते भी भड़क नहीं गई थी।

जैसे ही उसने मोटरसाइकिल स्टार्ट की, उसकी प्रभाकर पर नजर गई।

"वाह, एक तुम है लड़का! तुम इन लोगों के साथ खड़ा हो के बड़ा आदमी बनता है? एक ओबीसी लात खा रहा और दूसरा देख रहा है! लानत है तुम्हारा अहीर होने पर रे। जात को लात खाते देख के भी फोरवड के साथ खड़ा है। ओ हाँ याद आया, तुम तो हुआ प्रभाकर माँझी, जादब तो है नहीं।" इतना सुना के मोटरसाइकिल निकल चुकी थी।

"आँय, क्या-क्या बक के गया ई सनकी? माँझी काहे बोल रहा तुमको यार प्रभाकर?" कृपालु ने अब एक और नये आश्चर्य के हवाले से कहा।

प्रभाकर ने बताया, "अरे क्या सुनते हैं भैया इस पागल आदमी का? ई हमको ताना मार रहा था। ई हमारा दूर का रिश्तेदार ही है। मेरी एक चचेरी बहन लव मैरेज शादी की है, बहनोई माँझी है, धनंजय माँझी। तो उसी से ये पूरे समाज में घूम के कहता है कि अब इन लोगों को जाति से बाहर निकालो।"

"जाति से ही तो बाहर नहीं निकल पा रहा कोई। निकालो न, सही में कोई निकले तो जाति से बाहर।" बीच में हल्का-सा मुस्कराते हुए कहा था दर्पण ने।

"तो उसी कारण हमलोग के पूरा परिवार को अब ई माँझी ही बोल के चिढ़ाता है। इसका यही सब काम है। लेकिन हमलोग क्यूँ चिढ़ेंगे! कहीं बिहा

शादी में भी जाएगा तो लोग को जमा कर के पाकिस्तान से लड़ने का, कैसे धरम बचाना है, यही सब प्लान बताते रहता है। हमलोग का तो रिश्तेदार लोग भी परेशान है इसके दिमाग से।" प्रभाकर ने जलेश्वर यादव की यश-कीर्ति पर प्रकाश डालते हुए बताया।

"यार ये तो उस बच्ची का भी जीना मुहाल करवा देगा। उसको तो डिप्रेशन में भेज देगा?" दर्पण के मुँह से निकला।

"कपार डिपरेशन में भेजेगा! सिस्टर हमारी ऊ बैंक पीओ है। उसको इससे तिल भर फरक नहीं पड़ता। ऊ उल्टे इसको जहन्नुम भेज देगी अगर ई पकड़ा जाए तो। उसको नहीं मतलब इस सब मूर्खता से। अपना फस्ट किलास जिंदगी जी रही है। घर-परिवार में कोई टेंशन नहीं। ई साला जलनखोर है और बेटी तो ई देख ही नहीं सकता। उसका प्रगति क्या बर्दाश्त करेगा? देखते नहीं हैं, ई बोलते रहता है न कि इसको बस एक ठो बेटा है। इसको बेटा होने का ही गुमान रहता है, इसका एक-से-एक किस्सा है भैया। अब क्या सुनाएँ। सुनाएँगे कभी फ़ुर्सत में।" प्रभाकर ने कुछ सुनाया और कुछ छोड़ दिया बाद के लिए।

"लेकिन ई इतना कट्टर कैसे हो रहा? कहाँ उठता-बैठता है आजकल? पहिले नहीं था ऐसा।" कृपालु ने थोड़ा पहले का ही सोच के कहा।

"अरे ई कहीं नहीं, इसके घर आजकल बैठते हैं कुछ विद्वान् नेता और कंडिटेट लोग। ई आजकल बना है जन कर्तव्य दल, जेकेडी वालों का अनुयायी। ये कर्जापट्टी गाँव वाले अचंभित दुबे का चेला हुआ है आजकल, और एक है चंचल मंडल, दोनों रोज बैठते हैं वहाँ। अवध बिहारी मंडल का टिकट काट के चंचलवा चाहता है चुनाव लड़ना और अचंभित दुबे चाहता है कि चंचलवा के जगह वही हो जाए जेकेडी का जिलाध्यक्ष। करते रहता है बैठ के गणित। ई दोनों जादव जी को बनाया है भोंपू, लाउडस्पीकर अपना। यही दोनों पंडित-तेली मिल इसको जगा दिए हैं। अब मानव बम बन के घूमता रहता है।" दर्पण ने नवजागरण के स्रोत के बारे में बताया।

"हाँ ठीक बोले दर्पण भैया आप। अभी बेटा को सेना के तैयारी में लगा दिया है। अंगदवा टेंशन में सूख रहा भीतर से। इतना ज्यादा ही बॉडी था कि अभी भी स्वस्थ ही लगता है देखने में। बोल रहा था कि जल्दी बिहा भी कराएगा बाप हमारा।" प्रभाकर ने बताया।

थोड़ी देर हो चुकी थी। दर्पण का मिजाज अब थोड़ा शांत होने को था। देख के लेकिन लग रहा था कि कंठ सूख रहा। कृपालु ने गुमटी से ही पानी निकाल उसे पीने के लिए दिया और फिर जब वापस वह गुमटी में चढ़ बैठ गया, ये लोग भी निकल गए अपने काम से। ये अभी निकले ही थे कि तभी एक और मोटरसाइकिल आ के खड़ी हुई गुमटी के आगे।

"प्रणाम दर्पण भैया, हा हा, सुने आप तो आज मार दिए नगीना मास्टर साब को?" चिन्मय ने मोटरसाइकिल पे बैठे-बैठे ही चुहल वाले अंदाज में पूछा।

अभी जलेश्वर यादव द्वारा लगाई गई दर्पण शुक्ला के भीतर की आग पूरी तरह से बुझी भी नहीं थी कि इस घटनाक्रम से अनजान चिन्मय ने एक बार फिर से तीली मार दी थी।

"हाँ तुम नहीं थे न तभी, इसलिए नहीं मरा। जाग गया। बोला, चिन्मय आ जाता तो मर लेते। हो गया? सुन लिए न? अब अभी जाओ यार। बाद में बात करेंगे।" अपने क्रोध और चिढ़ को लगभग सँभालते हल्की-सी झल्लाहट लिए स्वर में कहा दर्पण शुक्ला ने।

"हें हें हें... आप गुस्सा हैं भैया शायद। क्या भैया... हर जगह सब बोल रहा है कि शुक्ला जी ही तो खबर उड़ाए। हम झिकुली गाँव से वही सुन भैया हवाई जहाज जैसा उड़ते आए हैं। आखिर थे तो हमारे मास्टर ही न। हड़बड़ाते उनके घर चले गए। जाते ही उनका बेटा से हम पूछ दिए कि, पापा को जलाने आप नहीं गए क्या दीप भाई? इसी बात को सुन भीतर से डायरेक्ट नगीने मास्टर चप्पल लिए बाहर आ गए। फालतू में बहुत गाली-गलौज करने लगे। भागे हैं साला हम वहाँ से। इधर आपके पास आए तो आप भी उल्टा हम ही पर गुस्सा हैं।" चिन्मय ने पूरी ईमानदारी से अभी-अभी हुई अपनी बेइज्जती के बारे में खुलकर बताया।

"अरे हो गया भाई गलती से एक मिस्टेक... इसका अब क्या करें? सुबह से साला मुहूर्त ही खराब है मेरा। अब तुम अभी जाओ, नहीं तो हम से भी सुनोगे गाली। तुमसे बोले थे न रेलवे वाला फार्म का पता करने? किया बे तुम?" दर्पण अब शायद सामान्य हो गया था।

"उसमें आपका ओभर एज हो गया होगा भैया शायद? उसमें लास्ट पैंतीस तक डाल सकते थे। आपका सच में अभी मुहूर्त ही खराब चल रहा।

हीं हीं हीं, बेकार में फिर हम गाली सुनेंगे आपसे। निकलते हैं अभी।" इतना बोल हल्के से छेड़ते, हँसते मोटरसाइकिल बढ़ा ली थी चिन्मय ने।

दर्पण ने सुनते ही उचककर एकाध गाली दी और हल्की मुस्कान के साथ सामने रखा सरौता उठा सुपारी काटने लगा।

एक बात लेकिन अभी दिमाग में अटक गई थी, "आपका ओभर एज हो गया होगा भैया... " ये ही बात लगातार सोचते हुए वह सरौते पर हाथ चलाए जा रहा था। इस वक्त उसे लग रहा था जैसे सुपारी नहीं, उम्र काट रहा है।

वनस्पतिशास्त्र से स्नातकोत्तर आदमी अगर कलम चलाना छोड़ पान की गुमटी खोल वनस्पति में ही चूना-कत्था चला रहा हो, ऐसी उम्र काटी भी जाए तो उम्र कटती कहाँ थी इतनी आसानी से?

इतिहास पता नहीं इस दौर को किस तरह दर्ज करता लेकिन सत्य यही था कि जब प्रतिभा गुमटी में बैठ चूना लगाए तो समझिए देश अपनी ही प्रतिभा को चूना लगा चुका है।

आज बल्लोपुर में पूरा दिन उथल-पुथल वाला ही रहने वाला था। अभी चिन्मय को निकले पंद्रह-बीस मिनट ही हुए थे कि बल्लोपुर उच्च विद्यालय के शिक्षकों का गैर शिक्षण कर्मचारियों समेत पूरा जत्था सड़क पे आता हुआ दिखा। उनके हाथों में कुछ तख्तियाँ थीं।

"हत्यारों को तुरंत गिरफ्तार करो"

"मृत शिक्षक को न्याय दो"

"शिक्षक की विधवा को मुआवजा दो"

"शिक्षक को पुलिस सुरक्षा दो"

"स्कूल में पीने का पानी दो"

"स्कूल में पूरा बिजली दो।"

"रसोइया को वेतन दो"

"चुनाव में ड्यूटी लगाना बंद करो"

आने-जाने वाले प्रत्येक व्यक्ति की निगाहें इस पैदल मार्च और उनकी तख्तियों पर थीं। जो लोग सुबह ही सब समझ चुके थे वो तो अभी कुछ समझ ही नहीं पा रहे थे।

"हो ही गया क्या आखिर में? ट्रैक्टर से तो जिंदा ही उतरे थे मास्टर साब। उतरने के बाद फिर हाट अटैक हुआ क्या? हाय भगवान।" एक आदमी ने पूछा।

"हाँ तब न जा रहे हैं आंदोलन करने। पहले शिक्षामंत्री जी के पैतृक घर पर जा के उनके चचेरे भाई को ज्ञापन देंगे, फिर वहीं से मृत शिक्षक जी के यहाँ जाएँगे।" सबसे ज्यादा चिचिया के नारा लगाकर नेतृत्व दे रहे वरिष्ठ शिक्षक सुधीर सिंह ने आंदोलनकारियों के मार्ग विवरण की पूरी जानकारी देते हुए कहा।

"ये नया तरह का आंदोलन देख रहे हैं इस गाँव में भाई! ये मौत के मुआवजा और हत्यारा के साथ बिजली-पानी के डिमांड का क्या संबंध है बंधु?" वहीं बगल सड़क से गुजर रहे एक कार सवार ने गाड़ी रोक के अपनी जिज्ञासा का शमन करने के उद्देश्य से पूछा।

अगर वो न पूछता तो जीवन भर यही सोच-सोच के छटपटाता। क्योंकि वास्तव में मौत, हत्यारा और बिजली-पानी का ऐसा कॉम्बो आंदोलन उसने नहीं ही देखा होगा ज्ञात-अज्ञात किसी भी संसार में।

"भाई जी, शिक्षक का कर्तव्य है पढ़ाना। हमलोग रोज आंदोलन नहीं कर सकते सड़क पर। शिक्षण कार्य प्रभावित होगा। इसलिए जब हमें अभी एक आंदोलन का अवसर प्राप्त हुआ तो हमने उसी में अपनी और जरूरी माँगें जोड़ दी हैं। विभाग और सरकार सब पर समग्रता से विचार कर लेगी। हत्या के कारण थोड़ा सरकार और विभाग भी दबाव में होगा अभी। इसी से अगर छात्रों को समुचित सुविधा मिल जाए तो दिवंगत शिक्षक की आत्मा को मुक्ति ही मिलेगी, उनको अच्छा ही लगेगा।" सुधीर सिंह को पीछे धकेलते हुए इस ऐन मौके पर हिंदी के शिक्षक छविरंजन बाबू ने मोर्चा सँभालते हुए कसी हुई हिंदी में बेहद तार्किक उत्तर से कार वाले भैया को क्षण भर में अपना कार-सेवक टाइप बना लिया था।

कार वाला नीचे उतरा और दोनों हाथ-पैर जमीन पर छितरा के दंडवत हो गया। वो भी शायद पका हुआ ही खेलाड़ था।

"हे अध्यापकों, संपूर्ण क्रांति, संपूर्ण क्रांति कहिए। बचपन में बस पढ़े थे खाली संपूर्ण क्रांति के बारे में, लेकिन देखे आज! यही तो है संपूर्ण क्रांति। सारी माँगों को मिला के छात्र, शिक्षक और शिक्षा, सबके हित में इतना

व्यापक माँग का सोच रखने वाला मनुष्य मंडली खोजना ही मुश्किल है। धन्य है ये गाँव, धन्य ये मिट्टी, धन्य वो स्कूल जिसे मैं देख न सकूँगा दुर्भाग्य से, क्योंकि हमको थोड़ा जल्दी जाना है, और धन्य हैं वो छात्र जिनका भविष्य आपलोग जैसे कारीगर गढ़ रहे हैं। अब मुझे आज्ञा दें।" मन भर बोली का बाँस ठेल के वो आदमी कार ले के निकल गया। एक शिक्षक ने उचक के आगे कार की खिड़की तक मुँह कर के स्कूल चल के देख लेने की पेशकश की लेकिन तब तक वो सज्जन पैर एक्सीलरेटर पर दाबे हाथ से निकल चुका था।

वो इससे भी जल्दी निकलना चाहता था।

नारेबाजी का हल्ला सुन दर्पण अपनी गुमटी से निकल खड़े हो कर देखने लगा। जैसे ही उसकी नजर रैली की एक तख्ती पर गई तो सुबह का अपना ही किया-धरा याद आ गया, जो एक मिनट भी भूला नहीं था बेचारा। उसने माथा पीट लिया। लेकिन साथ ही उसने मन में सोचा, 'एक बार नगीना मास्टर के मरने की खबर बता के पाप तो कर दिया, अब अभी कम-से-कम जिंदा होने की सही बात बता के प्रायश्चित्त तो कर लूँ थोड़ा।'

"अरे ऐ मास्टर साब लोग। अरे रुकिए। दिमाग पूरा गाँव का आज खराब है क्या? नगीना बाबू जिंदा हैं। फेंकिए ये सब तख्ता-तख्ती।" दर्पण ने जोर से ऊँची आवाज में कहा।

सारे आंदोलनकारी ठिठक गए। लगा किसी ने आंदोलन पर बम फेंक दिया।

एक शिक्षक तो आंदोलन सफल बनाने की प्रतिबद्धता को लेकर इतने समर्पित और भावुक थे कि उनके मुँह से सुनते ही निकला, "अरे? अरे नहीं-नहीं... ऐसा न कहिए दर्पण जी। आप ही ने तो कन्फर्म किया है भाई!"

"अरे सर, माफ कर दीजिए, पूरे दुनिया से माफी माँगते हैं, हमसे गलत खबर फैल गया था। नगीना मास्टर एकदम ठीक हैं... घर पर हैं भाई।" दर्पण अपने भीतर के सारे अपराधबोध को समेट अपनी भावनाओं में फेंट के एकदम कारुणिक स्वर में बोला। जैसे कि अब वो ही दुनिया की इस उलझाऊ दुनियादारी से छुटकारा माँग रहा हो।

"इतनी बड़ी गलती हो जाती। क्या मास्टर साब?" हेडमास्टर साब ने अपने एक साथी शिक्षक की ओर अजीब-सी नजर से देखते हुए कहा।

"अरे सर अब कोई बोला कि जिंदा है और कोई बोला मर गए। कोई एक बात बोले तब न? किसका बात विश्वास करते, तो लॉजिक लगाए कि गोली चला है तो मर ही गए होंगे। इसलिए आपलोग को बोले कि चलिए। अब क्या बोलें अगर गलत ही जानकारी दे दिया कोई। कृपालु राय से भी तो पूछे थे, वो भी कभी हाँ कभी ना कर रहा था।" भूगोल मास्टर ने सबको पृथ्वी का बेकार में चक्कर लगवाने के बाद कहा।

"अब निकले हैं तो एकदम बेकारे नहीं लौटेंगे, कुछ तो काम का बात कर के ही जाएँगे। चलिए कम-से-कम पानी-बिजली वाला ज्ञापन दे देते हैं मंत्री जी के चचेरे भाई को।" वरिष्ठ शिक्षक सुधीर सिंह ने हत्या वाली तख्ती को नीचे कर अब पानी-बिजली माँग वाली तख्ती को हवा में लहराया।

सलाह सबको उचित लगी। साथ चल रही, स्कूल में मध्याह्न भोजन बनाने वाली दो महिलाओं ने अपनी तख्तियाँ सीधी कर दिखाईं। उन्होंने अपने वेतनमान की प्रार्थना लिखवाई थी उन में।

आखिर में तय कर के शिक्षक जत्था शिक्षामंत्री अवध बिहारी मंडल के पैतृक निवास पहुँचा। वहाँ पर पहुँचते ही दरवाजे पे ही मंत्री जी का भाई मिल गया। उसने उँगली से ही कुर्सी, बेंच और खाट की तरफ इशारा कर उन्हें थोड़ी देर बैठने को कहा। असल में वो लुंगी और सैंडो गंजी में ही दुआर पर बैठा हुआ था और फोन पर किसी से गरजा-गरजी कर रहा था।

"ऐ सुनो, तुम हमको चचेरा भाई समझ के हल्के में ले रहे हो क्या जी? सहोदर से भी ज्यादा लगाव है मंत्री जी से हमारा। हमारा अपमान मंत्री जी का ही अपमान है, याद रखना। और ये घर तो मंत्री जी का ही है न, तब क्यूँ इतना लेट हो रहा? सुधार कर लीजिए रवैया में आपलोग। बता दे रहे।" तब से किसी को फोन पर हुड़की दिए जा रहे थे मंत्री जी के चचेरे भाई कमल बिहारी मंडल। साथ ही खुद को मंत्री जी का वैध और प्रिय भाई बताने की कवायद भी चल रही थी मोबाइल पर।

उधर भी कोई छँटा हुआ माहिर कर्मचारी ही था फोन पर।

वो उधर से बोल रहा था, "अरे मंत्री जी से तो सबको लगाव होता है सर, उ मंत्री जी हैं। मंत्री जी का आपसे क्या टियूनिंग है, कितना लगाव है, ये बताइए न आप?"

"कैसा भाषा बोलता है रे बेहूदा तुम? एंटी पाटी का भोटर है क्या रे?

सरकारी पद पर काम करते हुए एंटी पाटी को सपोट करेगा रे? अब ज्यादा न गरमाओ मेरा दिमाग, दिमाग घूम गया तो ठीक नहीं होगा। हम अब मंत्री का भाई होने का परमाण दें रे? साअलाला... ई दिन आ गया कमल बिहारी मंडल का? अरे बूथवा पर कमल बिहारी मंडले ही चुनाव जीतता है, समझे!" इतना बोल गुस्से में फोन काट दिया था मंत्री जी के अपने और प्रिय चचेरे भाई ने। पैर पटकते और कुछ विशुद्ध भदेसी गालियाँ बुदबुदाते हुए अंदर गया।

मंत्री जी को ईश्वर ने एक चचेरा भाई दिया ही इसलिए था कि वो गाँव रह के ज्ञापन लेने की जिम्मेदारी सँभालता रहे। न आज तक मंत्री जी ही गाँव आए थे बीस साल से और न ही अपनी पूरी जिंदगी में इनका चचेरा भाई कभी शहर जा सका था।

थोड़ी देर में वो भीतर से पाजामा–कुर्ता पहनकर बाहर आया। दो सफेद पाजामा–कुर्ता मंत्री जी के फंड से ही बनाकर कमल बिहारी को समर्पित कर दिया गया था। क्योंकि ज्ञापन लेते वक्त फोटो भी खिंचवानी होती थी। और असल में उसे किसी ने उसकी ही फोटो दिखाते हुए कभी समझाया था कि "देख लीजिए न कमल बाबू, लुंगी–गंजी में लुक सुंदर नहीं आता है आपका।"

पूरा गाढ़ा रंग और तोंद के बाल फोटो की अधिकतर जगह घेर लेते थे और तस्वीर में केवल सफेद गंजी ही दिखती थी, जो तोंद के ऊपर चढ़ के मुड़ी हुई रहती थी। तब से बिना विधायी परिधान पहने फोटो नहीं खिंचवाता था कमल बिहारी।

"अरे हम तो थोड़ा बिजली को लेकर परेशान हैं, ई साला बिजली का तार उड़ गया है। अब पाँच दिन से बिजली नहीं है घर में। वही थोड़ा डाँट रहे थे हम बिजली बिभाग को। अब देखिए कब तक लगाता है। आपलोग का क्या माँग है? लिखे हैं न पिटिशन में? चलिए जो भी होगा, भेज देंगे मंत्री जी को, मंत्री जी को ही न देखना होगा। हम देखते भी नहीं।" मंत्री जी के चचेरे भाई ने अपनी ही व्यथा सुनाते हुए पूछा। इसके घर खुद पाँच दिन से बिजली नहीं थी। वो ज्ञापन को अंग्रेजी में चाबुक मारते हुए उसे पिटिशन कह रहा था। वैसे भी बेचारा ज्ञापन देख ही सकता था, भले उसे पिटिशन ही कहे। भाग्य का ही इतना बली था कि निरक्षर रहा और आराम से खाते–पीते

हुए शरीर से बजरंगबली बना, चुनाव में बूथ का वोट प्रबंधन देखता था। इस पुनीत दायित्व में साक्षरता की जरूरत भी नहीं थी। यानी कि वह पूरी तरह से लोकतांत्रिक व्यवस्था में चुनाव जैसे महत्वपूर्ण प्रयोजन को समर्पित था। लोकतंत्र ऐसे ही बूथ पर यूथ के पक्के समर्पण से टिका हुआ था वरना धुन के पक्कों को कहाँ फुरसत होती थी कि लोकतंत्र बचाने के लिए लाठी ले के बूथ-बूथ योगदान देते चलते।

"जी हाँ, अब वही खुद पढ़ लेंगे। जो भी है सब जेनविन डिमांड है। आप बस मेमोरेंडम को भिजवा दीजिएगा जरूर मंत्री जी के पास।" हेडमास्टर साहेब कहते हुए खड़े हुए।

"आँय... क्या रंडम–मंडम ? देखिए हम इसमें कुछ नहीं करेंगे, हाँ सीधे हम पिटीशन आपका भेजवा देंगे। ठीक है ? बाकी इसमें कौन रेंडम है नहीं है, आपलोग जानिए भाई।" कमल बिहारी ने मेमोरेंडम का खुलेआम पोस्टमार्टम करते हुए कहा और ज्ञापन को मोड़कर सामने की मेज पर पड़े अखबार के नीचे दबा के रख दिया।

ये मेमोरेंडम से निकले रंडम को एक बार तो सामने खड़े शिक्षक भी नहीं समझ पाए कि आखिर ये क्या बोल रहा कमल बिहारी मंडल ? सभी शिक्षकों ने बस एक–दूसरे को देखा और हेडमास्टर साहेब की आँखों का इशारा मिलते ही वहाँ से अब जत्था सीधा नगीना मास्टर के घर की तरफ निकला। यद्यपि कुछ घंटे पहले जिस जोश से ये जत्था निकला था, अब वो उत्साह, वो ऊर्जा वो आवेग और वो संवेदनशीलता नहीं झलक रही थी प्रतिनिधिमंडल में। किसी घायल से मिलने जाने और सीधे किसी की मृत्यु पर ही पूरी संवेदना के साथ अश्रुपूरित नयनों से श्रद्धांजलि देने जाने की मनोदशा में अंतर तो आ ही जाता है। पूरी तैयारी ही बदल जाती है। अब जब केवल घायल से मिलने जाना हो तो थोड़े लापरवाह और ढीले होने की छूट तो ले ही लेते हैं लोग। वही थोड़ी लापरवाही और ढीलापन दिख रहा था जत्थे में। कुछ शिक्षक थोड़ा हँस ले रहे थे, कुछ मैडम की साड़ी की तारीफ कर ले रहे थे। मतलब कुछ घंटे पहले शुरुआत में शोकाकुल परिवार से मिलने और उनके लिए कुछ करने के लक्ष्य के प्रति जो समर्पण और प्रतिबद्धता थी, अब वो नहीं थी। अब जो भी अपने परिवार के लिए करना था, नगीना झा को ही करना था। क्योंकि वे जीवित बच गए थे।

शिक्षकों का प्रतिनिधिमंडल पहुँचने को था। गली में चहल की आवाज से चौंके नगीना मास्टर ने खिड़की से झाँक, दूर से ही सभी शिक्षकों को अपने घर की ओर आता देखा। उस समय आराम से चौकी पर खैनी रटा रहे थे नगीना बाबू।

इतने वर्ष के अनुभव से नगीना बाबू इतना तो भाँप ही गए कि 'बच जाने का सुन के तो ये लोग घर न आते देखने, लगता है सुबह वाला अफवाह में ही लटपटा के निकल आए हैं सब।'

शिक्षक कितने अनुभवी होते थे। काश, देश में मौसम विभाग भी अगर मौसम का इतना ही सटीक अनुमान लगा पाता तो सुनामी से होने वाले नुकसान को कम भी किया जा सकता था।

फिर नगीना बाबू ने तुरंत मन में सोचा कि 'एकदम से मुझे ठीक ही देखेंगे तो बुरा लगेगा इनको। कम-से-कम लेट ही जाता हूँ जरा चौकी पर, तब थोड़ा तो ठीक लगेगा आने वाले को, हाल-चाल लेने वालों को। आने का कोई तो वाजिब मतलब होना चाहिए।'

नगीना झा ने फटाक खैनी को बिना झाड़े मुँह में फाँका और हड़बड़ा के तकिए पे सिर की जगह पैर कर के लेट गए। अब ये अचक्के में ही एक असाधारण-सी 'रोगियाहा' मुद्रा बन गई थी। तकिए पर मुँह की जगह पैर देख कोई भी एक बार तो जरूर सोचेगा कि अरे, क्या हुआ!

नगीना झा ने मुँह को भी जल्दी-जल्दी में ऐसा बनाया कि जैसे पूरा बदन दर्द से टीस रहा हो।

तब तक शिक्षकों की पूरी टोली इनके प्रवेश द्वार तक पहुँच ही गई थी।

"पिता जी कहाँ हैं बेटा? ठीक हैं? हालत? होश में हैं न?" बाहर बरामदे में ही बैठे बेटे दीप से हेडमास्टर दयानंद बाबू ने एक बीमार को देखने आए शुभचिंतक की भाँति अपने स्वर में चिंता का छींटा लगा के पूछा।

"जी, या... नमस्ते... एक मिनट... आइए न... यहीं इसी कमरे में हैं। जी अभी तो थे होश में ही।" संसार का अधिकतम भोलापन अर्जित कर यह कहते हुए दीप अपनी कुर्सी से उठा और सबको अंदर ले आया।

"पापा, ये आपके सारे कलीग्स आए हैं मिलने। अरे? क्या हुआ पापा?

इतना बेचैनी क्यों दिख रहा? आप लेट गए? अचानक कोई दिक्कत? तभी आपके कलीग्स पूछ थे कि आप होश में हो या नहीं? अभी तो ठीक ही थे?" नगीना बाबू की त्वरित बनाई योजना और उसके क्रियान्वयन से अनजान बेटे दीप ने परेशानी के स्वर में पूछा। उसने तो देखा था कि सब कुछ अभी सामान्य ही था।

"हाँ अचानक उठा है दर्द बेटा। घबराओ नहीं, ठीक हो जाएगा। तुम अंकल लोगों के लिए पानी लाओ। और देखो अगर मम्मी की तबियत ठीक हो तो चाय भी बनवाओ। तबियत ठीक हो तब ही, देख लेना। ओह ऊ भी बेचारी सदमा से पकड़ ली है पलंग।" नगीना मास्टर ने चाय के लिए लगभग मना ही करते हुए बेटे को पानी लाने के लिए कहा।

"क्या नगीना बाबू, क्या हो गया ई अचानक से एकदम अनहोनी? हमलोग तो अकबका गए। दौड़े आए हैं। खबर ही लेट मिला। स्कूल पहुँचे। दो घंटी पढ़ाई हो गया, तब पता चला।" हेडमास्टर दयानंद जी ने सभी शिक्षकों की चिंता और अकबकाहट का नेतृत्व करते हुए हालचाल लेने का शुभारंभ किया।

इसके बाद एक-एक कर सभी ने लिया।

इसी बीच नगीना बाबू ने मन ही मन सोचा, 'साला हम एक दिन स्कूल नहीं गए, इतना परिवर्तन हो गया क्या? पढ़ाई होने लगा? वो भी दो-दो घंटी? ये साले मेरे ही स्कूल की बात कर रहे हैं या कहीं दूसरे स्कूल ट्रांसफर करा लिए ये सब?'

उसी में किसी एक ने कहा, "चलिए कुछ हुआ नहीं। ठीक लग रहे हैं आप।"

"ठीक? नहीं, कहाँ ठीक? अंदरूनी चोट बहुत है। हम पर तो लगातार फायर किया न। वही बचने में फेंका गए, माथा में चोट लगा, बेहोश हो गए। जब हम बेहोश हो गए तब वो क्रीमनल लोग सटने का हिम्मत किया और फिर हमको लात से मार के पूरा शरीर थूकच दिया है शायद, शायद कह रहे हैं, जैसा कि बोडी के पेन से लग रहा है। गोली तो मेरे कान को छुआ, माथा टच किया, एक कमर से निकला।" नगीना बाबू अपने वीरगति होने की संभावना में अपनी वीरता को गूँथकर अपनी जाँबाजी के किस्से सुना रहे थे। मानो ईंट खरीदने में बेहोश हो के नहीं, तालिबान के जबड़े में घुस बामियान

से बुद्ध की मूर्ति बचा के लाने में गोलीबारी से मुठभेड़ कर के आए हों।

ये सब सुन कोई भी हैरान हो ही जाता। लेकिन इन शिक्षकों में कोई नहीं हुआ। सब वर्षों से शिक्षक-साथी थे एक-दूसरे के।

"तब बर्दाश्त कैसे कर ले रहे हैं आप इतना पेन को महराज? कहीं बाहर दिखाइये। पैसा चाहे जो लगे, चिंता नहीं करिए, बाहर दिखाइए।" स्कूल के नवनियुक्त गैर शिक्षण कर्मचारी लिपिक प्रणय घोष ने बिना किसी चिंता के सुझाव देते हुए कहा। वैसे भी, पैसे की चिंता घोष जी को नहीं, जरूरत पर नगीना झा को करनी थी।

"परिवार के लिए करना ही होता है। इनलोग के सामने नॉर्मल रहना पड़ता है। नहीं तो नरभस हो जाएगा ये लोग। जाएँगे बाहर दिखाने। बाद में, थोड़ा-सा सच में नॉर्मल हो जाएँ।" नगीना बाबू ने परिवार के लिए अपने बदन का सारा दर्द पी लेने की बलिदानी जानकारी देते हुए कहा।

इसी बीच विज्ञान वाले शिक्षक महोदय के मुँह से कुछ सकारात्मक निकला, "नगीना बाबू, कुछ भी कहिए, भगवान का कृपा है न कि आप एकदम जिंदा हैं। नहीं तो हम अनर्थ सुने थे। यहाँ तो जब बाजार पहुँचे तब राहत का बात सुने। नहीं तो हमलोग तो दूसरे ही उम्मीद से आए थे।"

"दूसरे ही उम्मीद? क्या उम्मीद? इसमें उम्मीद का बात था कुछ? उसको उम्मीद कहते हैं महराज?" सिहर गए नगीना बाबू।

सबने विज्ञान के शिक्षक की तरफ देखा।

इमोजी से मनोभाव प्रकट करने वाली पीढ़ियों के इस दौर में भाषायी क्षरण कोई अजूबा नहीं था जहाँ हर दिन एक शब्द मर रहा था और शब्दकोश दरिद्र होते जा रहे थे।

विज्ञान के शिक्षक ने हिंदी का जानलेवा इस्तेमाल करते हुए मौत को उम्मीद का नाम दे दिया था।

7

"हेल्लो, हाँ हेल्लो... क्या सुने रहे हैं मास्टर जी! टीचर हो के ऐसा क्या कुकांड कर दिए हैं कि आदमी खेला खतम करने आ गया आपका? बच गए आप मास्टर साब। हा हा हा। क्या हुआ था? हम तो जस्टे अभी सुने खबर।" ये आवाज थी विलायती सिंह की।

विलायती सिंह कुर्सी पर पीछे की ओर जाते हुए इत्मीनान से कान में मोबाइल सटाए ढिमलाते हुए बोल रहा था।

"हम? हमको कोई काहे मारेगा! सरकारी स्कूल का मास्टर रहे और आज तक एक बच्चा का जिंदगी नहीं बना सके हमलोग विलायती बाबू। साला हमलोग तो खुद ही लाज से मरे हुए लोग हैं, कोई दूसरा क्या मारेगा?" इधर से जयकिशुन मिसिर थे फोन पर।

"हा हा, हाँ ई भी सही ही कह रहे हैं आप। फ्री का सरकारी पैसा खा के थोड़ा लाज तो आना भी चाहिए। मास्टर लोग को अनाप-शनाप पैसा भी तो देती है सरकार। बिना कोई काम का पैसा।" विलायती सिंह ने सामान्य शिष्टाचार में भी जयकिशुन मिसिर की बातों को नहीं काटा। मास्टर साहेब की शर्मिंदगी को जस-का-तस रहने दिया।

"अब रिटायर हो गए हैं। अब हुजूर उतना भी एकदम से बेशर्मी वाला ही

बात नहीं है। एकाध छात्र तो योग्य निकाले ही होंगे हमारी क्लास से। पैंतीस साल पढ़ाया हूँ, एकाध का भी जिंदगी नहीं बना होगा? अच्छा, छोड़िए ये सब बात। ई बताइए कि आपको इतना देर से कैसे मालूम हुआ ई सुंदर काण्ड?" जयकिशुन मिसिर ने शैक्षणिक जीवन की यादों के झुरमुट से निकलते हुए पूछा।

"क्या पता चलेगा! कोई खुशखबरी थोड़े था?" विलायती सिंह ने शायद हिंसा के प्रति दु:ख प्रकट करते हुए कहा था।

"हाँ, हाँ विलायती बाबू। बड़का घटना हो जाता। बोगो महतो को समझिए जीवनदान मिला है।" पूर्व शिक्षक जयकिशुन मिसिर ने भी प्रतिचिंता के स्वर में सकारात्मक पहलू पर ध्यान दिलाते हुए कहा।

"एकदम नया-नया लौंडा लोग था क्या? निशाना खराब था क्या? या कि मौका ही नहीं बन सका सीधे सट के फायर करने का?" विलायती सिंह के ये कहने से अब स्पष्ट हुआ कि वह असल में देश में निशानेबाजी के भविष्य को लेकर चिंतित था और उसे उन लड़कों के खराब प्रदर्शन का अफसोस था जो उसके स्वर में महसूस किया जा सकता था।

"अरे महराज, अब हम क्या जानें प्रभु। नया खिलाड़ी था कि पुराना, हमें क्या पता? हम तो सिर्फ इतना जानते हैं कि बोगो महतो का किस्मत अच्छा था। अच्छा ही तो हुआ न कि निशाना चूक गया। हमारा भी जान बचा। अंधाधुंध फायरिंग हुआ नहीं, नहीं तो हम भी ठोका जाते।" जयकिशुन मास्टर अभी के अभी, तत्क्षण ही माथे पे आए पसीने को थोड़ा-सा झुक के धोती से पोंछते हुए बोले थे इधर से।

"कितना दिन बचिएगा मास्टर साब। ई दोस्ती आपको महँगा न पड़ जाए एक दिन। रोज जा के बैठिएगा अगर बोगो महतो के दुकान में, लात-गोड़ चढ़ा के लाट साहेब के जैसा, तो जिस दिन बढ़िया निशानबाज भेंटा गया, काम खतम उस दिन।" विलायती सिंह ने तो जैसे मास्टर साब की सुपारी ही देते हुए कहा था।

"हे बिलायती बाबू, देखिए हमारा कोई दोस्ती नहीं है। अरे ईंटा छड़ सीमेंट खरीदने खातिर जाना, बैठना कोई दोस्ती नहीं होता। संयोग से उसी दिन घटना हो गया।" इधर से इस बार थोड़ा अटके हुए स्वर में बोल रहे थे मास्टर जयकिशुन मिसिर।

“हाँ ईंटा छड़ सीमेंट तो खाली बोगवा ही बेचता है न? बिलायती सिंह तो रुई–रस्सी बेचता है? क्या बढ़िया बात बताए आप तो।” इस बार विलायती सिंह के भीतर से विलायती बाबू नहीं बल्कि एक आहत दुकानदार का क्षोभ बोला था।

“हे हे आप तो गुस्सा हो गए हैं बिलायती बाबू। देखिए न अब बल्लोपुर से ईंटा–सीमेंट लाना थोड़ा मुश्किल नहीं हो जाएगा? यहाँ तो कर्जापट्टी में लोकल में ठेला पर बाँध तुरंत पहुँचा देता है। अकेला आदमी हैं तो दौड़ नहीं पाते हैं बिलायती बाबू। बस इसलिए बोगो का माल लेना पड़ा है। एक भी पैसा छोड़ता थोड़े है साला। मजबूरी का नाजायज फायदा उठाता है उल्टे।” पूर्व मास्टर जयकिशुन मिसिर ने भी एक ग्राहक की ही व्यथा सुनाई थी।

तब तक शायद फोन कट चुका था।

“क्या हुआ महराज? कहाँ खोए हैं? परेशान बुझा रहे हैं क्या?” अचानक कंधे पर पीछे से किसी ने हाथ रखते हुए हाल-चाल लेने के लिहाज से पूछा।

“अरे, आप हैं उजागर मियाँ! ओह, हम तो समझे कौन है। अरे क्या बताएँ उजागर भाई, साला...अरे बल्लोपुर वाला बिलायती सिंहवा का फोन था। साला आलतू–फालतू बात बोलने लगता है फोन पर। बोलता है कि एक दिन मारे जाएँगे बोगो महतो के साथ ही।” जयकिशुन मिसिर ने मध्यम खीझ के साथ कहा।

“हा हा तो उससे ईंटा–सीमेंट नहीं लीजिएगा तो बेचारा और क्या आशीर्वाद देगा? आपका भी तो बोगो महतो से लगाव ही इतना है कि लोग आपका मौत भी उसी के साथ उम्मीद कर रहा।” उजागर मियाँ ने भी एक चरण और आगे की बात कह दी।

उजागर मियाँ की इस बात पर एक साथ दोनों के ठहाके गूँजे।

“गाँव में तो एक चर्चा ये भी चल रहा है कि बोगो महतो पर गोली बिलायती सिंह ही चलवाया है। ई लोग का धंधा का कंपीटिसन है न, इसलिए लोग तो यही बोल रहे हैं।” डाक कर्मचारी रहे उजागर मियाँ चर्चाओं के बाजार से सबसे गर्म खबर की डाक निकालकर लाए थे।

“तब तो फिर अब बिलायती सिंह पर भी चलेगा गोली? एक कांड और होना तय ही समझा जाए न फिर!” जयकिशुन मिश्र ने उजागर मियाँ की कही बात से एक नयी आशंका निकालते हुए कहा।

ये किसी आदमी की अपने समय के प्रति गहरी समझ थी शायद, ये अनुमान नहीं था। जैसे कल सुबह सूरज निकलेगा, रात तारे दिखेंगे, ठीक वैसे ही! गोली के बदले गोली चलेगी।

गरीबी खत्म होगी, दुनिया सुंदर होगी, जात–पात मिटेगा, धर्म की लड़ाई बंद होगी, आतंक मिटेगा, ये सब अनुमान थे। पर लोग लड़ेंगे, एक–दूसरे को मारेंगे, लूटेंगे, दंगे होंगे, घर जलेंगे, दुनिया उजड़ेगी, ये थी अविचल, अटल, अपरिहार्य भविष्यवाणी, एक निश्चय घोषणा।

"हाँ भाई, बोगो भी कोनो चुप रहने वाला आदमी थोड़े है। बस परहेज रखिए और इंतजार करिए। होना तो है ही कांड।" उजागर मियाँ ने भी यही कहा।

"पुलिस आई है न शायद वहाँ बोगो के यहाँ? अब पुलिस जाँच भी होगा ही। साला हमको भी बुलाएगा ही पूछताछ के लिए। सबसे ज्यादा घनचक्कर में तो फँसेगा वो बल्लोपुर वाला मास्टर नगीना झा। बेचारा ईंटा लेने आया था, कपारे पड़ गया ईंटा समझिए उसके तो।" जयकिशुन मिसिर ने कुछ याद आने पर कहा।

विलायती सिंह, बल्लोपुर से ही लगे, मात्र दो किलोमीटर दूर गाँव बैंगनफुल्ली के पुराने जमींदार बलहरन सिंह का छोटा बेटा। बड़े बेटे किफायती सिंह की एक सड़क दुर्घटना में मौत हो गई थी। तब किफायती की शादी भी नहीं हुई थी और विलायती हाई स्कूल में पढ़ता था। एक समय इनकी पाँच सौ बीघे की जमींदारी थी और ये बल्लोपुर के राजा बाबू ही कहाते थे। बैंगनफुल्ली असल में इनके महलनुमा घर के विशाल अहाते का नाम था जिसके बारे में किस्सा मशहूर था कि एक बार बलहरन सिंह के दादा लाठो सिंह की बैंगन की सब्जी खाने की इच्छा हुई। सेवकों ने पूरे गाँव–इलाके में बैंगन खोजा, संयोग ऐसा कि नहीं मिला। इससे गुस्सा हुए लाठो सिंह ने सौ बीघे जमीन में केवल और केवल बैंगन के पौधे लगवा दिए थे। तब से इस अहाते से सटे पूरे इलाके को लोग बैंगनफुल्ली कहने लगे थे।

पंचायत बल्लोपुर ही लगता था बैंगनफुल्ली का।

मात्र सौ ग्राम बैंगन नहीं मिलने पर गुस्से में मुँह फुलाए सौ बीघा जमीन बैंगनी कर देने वाले उसी लाठो सिंह के पुत्र बलहरन सिंह ने अपने पुत्र का नाम विलायती रखा जिससे कि वो गाँव में आस-पास के बच्चों के साथ गुल्ली

खेलते, कादो-कीचड़ में लोटते और बाल्यावस्था में छुप के बीड़ी पीते, खैनी फाँकते हुए भी देशी न लगे।

ये आजादी के बाद के दशकों का दौर था जब बचे-बचाए सामंत-जमींदार आजाद देश की हवा में बची हुई शान-ओ-शौकत को अपनी-अपनी कोशिशों से बचाते, भोगते हुए सांस्कृतिक उछाल लेने की अभिलाषा में घर बैठे वैश्विक होने का सूत्र ढूँढ़ रहे थे और बच्चों का विदेशज नामकरण उनके लिए सबसे सरल और सस्ता रास्ता था इस आनंद की संतुष्टि तक पहुँचने का।

इस दौर में भारतीय मध्यम वर्गीय जनता के चित्त का बिंब सबसे पहले रुपहले पर्दे पर उतरा और फिल्मों के डॉली, जॉनी, बॉबी, राज और जूली के नाम मध्यम वर्गीय घरों तक पहुँचने लगे।

इन्हीं की देखा-देखी गाँव-देहात के इलाकों में तो सीधे अमरीका प्रसाद, रसियन लाल जैसे नाम रखे जाने लगे।

विलायती सिंह उसी दौर के उत्पाद थे। गठीले बदन के विलायती सिंह की उम्र यही कोई पचपन के आस-पास होगी अभी। गौर वर्ण, खड़ी नासिका, भूरी आँखें, काली मेहँदी लगे बचे हुए बाल जो नकली रंगों की रासायनिक अभिक्रिया के कारण अब ललहाइन हो चले थे। शरीर के बीचो-बीच फेंके हुए एक छोटे द्वीप-सी तोंद। गले में स्वर्ण और चाँदी के मिले-जुले उलझे हुए आभूषण और सदैव ऊपर से नीचे तक झक्क सफेद शर्ट और पैंट में दिखने वाले विलायती सिंह पर वास्तव में ये नाम फबता भी था।

विलायती सिंह और उसके बड़े भाई में रंग का बड़ा फर्क था। किफायती गहरे गाढ़े रंग के थे जबकि विलायती सफेदी में सने। असल में किफायती और विलायती दोनों को अपनी-अपनी माँ का रंग मिला था।

दरअसल बलहरन सिंह की दो पटरानियाँ थीं, एक परिवार के लिए उनकी मर्जी से लाई गईं और दूसरी अपने लिए अपनी मर्जी से।

बलहरन सिंह जब अपनी पहली बरात ले के गए थे तभी ही मंडप पर जीजा-जीजा बोलकर चंचल चुहल करती एक साली पर उनकी नजर पड़ गई थी।

वो दुल्हन की दूर की बहन थी रिश्ते में।

बलहरन सिंह तो मंडप पर ही हृदय बेकल कर बैठे।

लेकिन हृदय के डोलने से लेकर अपनी इच्छा बोलने में दो-ढाई साल लग गए।

और आखिर में दूसरी वाली डोली भी उठकर आ ही गई बलहरन सिंह के महल में।

पाँच सौ बीघे की जमींदारी इस पीढ़ी तक आते-आते अब सौ बीघे रह गई थी लेकिन अन्य जमींदार खानदानों की तुलना में विलायती के खानदान का भूमि-बेचन और रुतबा-क्षरण का औसत बहुत किफायती ही था।

दशक-दर-दशक बढ़ रही महँगाई के दौर में प्रति पीढ़ी कम–से–कम सौ बीघा तो बेच खाएगी ही। इसे अय्याशी की जगह आराम से जीना कहा जा सकता था।

अय्याशी जैसे बड़े और आनंदभोगम मुकाम इतने सस्ते में तो नहीं ही पाए जाते थे। अय्याशी इतनी धीमी रफ्तार से नहीं चलती। अय्याशी बैशाख की दुपहर में आई आँधी और तूफान है, समृद्धि का तंबू कब और कैसे उड़ जाता है, पता भी नहीं चलता।

इस हिसाब से विलायती सिंह का जीवन संयमित और भविष्य को लेकर काफी योजनाबद्ध ही था।

जब कभी नर्तकियों के नृत्य देखे तो भावना में बह के पूर्वजों की तरह पायलों की झंकार पर जमीनें नहीं बिछाईं बल्कि सरकारी टकसालों में ढले मिश्रित धातुओं के सिक्कों की पोटली ले के बैठे और एक-एक सिक्का घुँघरुओं पर मार-मार घंटों उससे ध्वनियाँ निकालीं, उछले-कूदे, आनंद लिया और कई बार सिक्के वापस भी बटोर के चले आए।

शराब भी पी तो मित्रों की महफिल में जहाँ दूसरों की दरियादिली का हमेशा इंतजार किया। ये नहीं कि चौकी पर बेसुध बेसब्र उलटे हुए खुद की जेब फाड़ के दौड़ाते रहे चेलों को गुमटी की तरफ बोतल लाने के लिए। पीने वालों के बीच इसे ही संयम का पालन कहा जाता है।

जब भी जुआ खेला, फटे–कटे नोटों के सदुपयोग के लिए। गाड़ी खरीदी तो द्वार की शोभा के लिए, सड़कों के दोहन के लिए नहीं, न ही पर्यवारण को नुकसान पहुँचाने के लिए। बाल-बच्चे सार्वजनिक वाहनों से चलते थे और

स्वयं के लिए दादा लाठो सिंह के जमाने से रखी 246 सीसी की एक येज्दी रोडकिंग मॉडल जावा मोटरसाइकिल रखी ही हुई थी अब तक।

भविष्य के प्रति भी सजग रहते हुए विलायती सिंह ने प्रतिष्ठा के अनुरूप व्यवसाय चुनते हुए ईंट भट्ठे का कारोबार शुरू किया और अब साथ ही छड़, सीमेंट, टाइल्स इत्यादि बेचने का भी व्यवसाय स्थापित कर लिया था।

बल्लोपुर में पड़ी अपनी पुश्तैनी जमीन पर एक बड़ी–सी दुकान खोल ली थी जहाँ से व्यवसाय संचालित होता था।

दूधमंगला नदी के इस पार विलायती सिंह और नदी के उस पार बोगो महतो का धंधा था। दोनों चूँकि एक ही धंधे में थे तो प्रतिस्पर्धा स्वाभाविक थी और ये स्वस्थ नहीं हो सकती थी, ये भी वाजिब बात थी।

इसी कारण जब भी बोगो के साथ कुछ उल्टा–पुल्टा होता तो विलायती सिंह का नाम आ जाता और जैसे ही विलायती सिंह के साथ कुछ उन्नीस-बीस घटित होता, षड्यंत्रकारी के रूप में बोगो महतो का नाम उछलता।

लेकिन अभी तक दोनों की सीधी कोई आमने–सामने की मुठभेड़ नहीं हुई थी। ये बताता था कि पुश्तैनी तौर पर व्यापारी परिवार से न आने के बावजूद दोनों ने एक व्यापारी होने की समझ को साधे रखा था। व्यापारी सामने से लड़ते नहीं थे, पीछे से खत्म करते थे। किसी की हत्या तो एक दुर्घटना थी, लेकिन किसी को खत्म करना एक अनुशासित और सघन प्रक्रिया। व्यापार इसी प्रक्रिया का अनुसरण करता है जो बल और छल के संतुलित, आनुपातिक कौशल से चलता है।

बोगो महतो के साथ हुए गोलीकांड में विलायती सिंह का नाम उछला था इसलिए थोड़ी सावधानी तो बनती थी उस के लिए। आज विलायती सिंह रोज की भाँति बाजार की तरफ नहीं निकला था।

उसने फोन कर कुछ गप्पबाजों को घर पर ही आने को कहा था। कुछ आ गए थे और कुछ आने वाले थे।

गोधूलि की वेला रही होगी। जल्दी ही रात होने से पहले ट्यूशन पढ़कर बैंगनफुल्ली गाँव के कुछ बच्चे साइकिल में पैडल मारे घर की ओर लौट रहे थे। सड़क के किनारे–किनारे एक बड़े झुंड में मवेशी बेहद अनुशासन में कतारबद्ध हो के चले जा रहे थे। पीछे–पीछे उन्हें हाँकने वाले तीन लोग हथेली में तंबाकू रगड़ते हुए चल रहे थे। मवेशियों के गले की घंटियों के स्वर

जब टन–टून करते हुए एक–दूसरे की ध्वनि से टकराते तो लगता जैसे गाँव संझा-बाती की आरती कर रहा हो।

ठीक इतने में लगा कि एक मोटरसाइकिल आई और बेहद जोर से लगे ब्रेक से फिसलते हुए मवेशियों के झुंड में घुसते–घुसते बची, असल में खुद बची नहीं बल्कि मवेशियों ने ही अपनी-अपनी दुलत्ती झटककर मोटरसाइकिल को अंदर झुंड तक घुसने का रास्ता ही नहीं दिया। मोटरसाइकिल का हेंडिल मवेशियों के पीछे चल रहे हरवाहों की कमर को लगभग रगड़ते हुए निकला।

"ऐ, कहाँ जी? ऐ कहाँ ले जा रहे हो ई जानबर लोग को?" बाइक से जैसे–तैसे हड़बड़ा के उतर किसी तरह से खुद को सँभाल के खड़े हुए व्यक्ति ने जोर से पूछा।

उसकी कड़ी आवाज और तरेरी गईं, गोल–गोल लाल हुईं आँखों को देख तंबाकू मल रहे दो हरवाहों ने तो हथेलियों को झटक पहले तंबाकू ही फेंक दिया नीचे जमीन पर और एक ने अकबका के बिना ठीक से झाड़े उसे गुँह में फाँक लिया।

"हमलोग मवेशी बेपारी हैं सर! फूलमारा हाट ले जा रहे हैं मवेशी को। आधा रात तक पहुँच जाएँगे, भोरे हटिया है वहाँ का।" एक हरवाहे ने बड़े दबे स्वर में बताया।

"साले होशियार बनता है? तुमलोग हटिया जा रहे? समूचा एनीमल को लेकर बाँग्लादेश जा रहे हो और बोल रहे हो फूलमारा हटिया का नाम? रोको जानबर लोग को। कसाईखाना में बेचने ले जा रहे हो रे?" इतना बोलते हुए तो कमीज की कॉलर पकड़ ली गई थी एक हरवाहे की और तुरंत ही बिजली की गति से एक जोर का तमाचा भी लगा उसके गाल पर। मवेशी ले जा रहा वो कृशकाय हरवाहा ठीक कान के नीचे लगे तमाचे से सन्नाया वहीं बैठ गया सिर पकड़ के। आदमी क्या था, हड्डियों के ढाँचे पर जैसे चमड़ी की एक पतली–सी परत चढ़ी हुई थी, क्षीण–जर्जर काया वाले बदन में मांस कहाँ था, ये दिखना मुश्किल था उस ढलती हुई वेला में। थप्पड़ लगने के बाद वो अभी किसी भी प्रतिक्रिया की अवस्था में नहीं था। उसका फाँका गया तंबाकू अभी मुँह से बाहर आ उसकी हथेली पर था।

"मर जाएगा उ हुजूर। टीभी का बीमारी है उसको। हुजूर मार–पीट काहे कर रहे हैं? हमलोग छोटा–मोटा व्यापारी हैं। आप बात कर लीजिए न

फूलमारा बस्ती में। हमलोग बीस साल से आते हैं ये हाट में मवेशी बेचने।" एक दूसरे हरवाहे व्यापारी ने हाथ जोड़े हुए कहा।

"अरे साला, तुमलोग पैसा के लिए लक्ष्मी का बध करता है। सब मवेशी को साला बाँग्लादेश बॉर्डर पर ले जा के उस पार टपा दोगे। हम नहीं जानते हैं क्या ?" इस बार दूसरे हरवाहे व्यापारी की कॉलर पकड़ के कहा गया था।

"अरे हुजूर हमलोग कोई बाहरी नहीं हैं। लोकल हैं। लक्ष्मी पूजने वाला ही हैं। हमलोग महादेव का भक्त आदमी हैं। सारा दुधारू जानवर है, उसी के लिए खरीदता है लोग हटिया में। आप सुनिए न, हम नाम बताते हैं न लोकल आदमी का। हमको याद आने दीजिए। मारपीट मत करिए सर। पैर पकड़े हैं। देखिए हल्ला-गुल्ला में मुहमेंट बन गया और भीड़ जुट गया तो मरा जाएँगे। हे हुजूर, हल्ला नहीं करिए, पैर पकड़ते हैं, आदमी जुट जाएगा, सब गड़बड़ हो जाएगा।" उस दूसरे हरवाहे ने सीधे पाँव पर गिरते हुए कहा।

"मूमेंट तो बनेगा बेटा। पाप का पैसा पचेगा नहीं, याद रखना। अभी तो हम अकेले काफी हैं तुमलोग का इलाज के लिए। ज्यादा नाटक करोगे तो सच्चे में जुटा लेंगे अभी पूरा गाँव को। अरे रोको, रोको समूचा जानबर को। बात समझ नहीं रहा क्या तुम ? आगे नहीं बढ़ने देंगे।" मोटरसाइकिल सवार ने पुनः बाँह का कुर्ता चढ़ाकर कहा। तब तक गिरा हुआ हरवाहा उठ खड़ा हुआ और बिना कुछ बोले सिर को पकड़े, मवेशी-झुंड की तरफ बढ़ने लगा। मवेशी उस मोटरसाइकिल वाले व्यक्ति की पशुधनरक्षा भावना को समझ ही नहीं पा रहे थे, वे मस्त घंटी बजाते चले जा रहे थे। मोटरसाइकिल अब पीछे खड़ी छूट गई थी। बाकी के दोनों हरवाहे भी बहस करते हुए बढ़ ही रहे थे क्योंकि एक उम्मीद ये जरूर थी कि अब अँधेरा होगा तो शायद इस मोटरसाइकिल वाले गुस्सैल भाई साहेब से पीछा छूटे।

"हेलो, हेलो, हाँ चंचल बाबू। अरे हम जलेश्वर जादब बोल रहे हैं। बल्लोपुर से फूलमारा वाले रोड पर, बैंगनफुल्ली के पास गौ तस्कर को पकड़ लिया हूँ। तीन लोग है। सब कसाईखाना ले जा रहा है जानबर लोग को। जरा थाना फोन कर दीजिएगा क्या ?" अब जलेश्वर यादव और सक्रिय हो उठा।

"अरे साला। पकड़िए पकड़िए... कितना गौमाता है ?"

"बहुत सब भैंस है खाली। सबको बचाना होगा चंचल बाबू। आप जरा

करिए न थाना में कॉल। हमारा बतवा जरा देर से सुनेगा। आप करिए न, थोड़ा एक्शन लेगा जल्दी। जल्दी करिए, हम पकड़ के रखे हैं। गौ माता का बात है, तुरंत एक्शन हो जाए बस चंचल बाबू।" इधर से एक हाथ से व्यापारी के कुर्ते की कोर और दूसरे हाथ में मोबाइल पकड़े जलेश्वर यादव ने तुरंत पुलिस बुलाने की जरूरत के साथ कहा।

"अरे हुजूर कहाँ है गौ माता? सब तो भैंस है। आप गलत बात काहे फैला रहे हैं। झूठ तो मत बोलिए सर।" बीच में एक हरवाहे व्यापारी ने हाथ जोड़ते हुए कहा। ये सुनते ही जलेश्वर यादव ने उसकी कॉलर पर पकड़ को थोड़ा और कसा।

"अरे हेलो, हाँ जलेश्वर जी। अरे महराज बोलिए, क्या हुआ? खाली भैंस है? गाय नहीं है क्या एक भी?" सब कुछ सुनने के बाद उधर से पूछा था समाजसेवी और अनुभवी नेता चंचल मंडल ने।

"बताए न चंचल बाबू! पूरा बात तो बताए आपको कि गौ तस्कर भैंस ले जा रहा है। अब क्या हिंदू-मुस्लिम के जैसा गाय और भैंस में भी अंतर करेंगे? बताइए, ऐसे तो पूरा जानवर समाज बँट जाएगा। है कि नहीं? दोनों ही तो भारत माता की संतान हैं चंचल बाबू।" पूरे जोश के साथ बोलते-बोलते एक ही साँस में ओजपूर्ण तथ्य से भावपूर्ण तर्क तक की यात्रा कर ली थी जलेश्वर यादव ने।

"दोनों भारत माता की संतान? कौन हिंदू-मुस्लिम?" चंचल मंडल ने थोड़ा ठहरकर पूछा।

"नहीं, गाय-भैंस।" एक क्षण में तपाक से कहा जलेश्वर यादव ने।

"ओ, ह्म्म्म हाँ, हाँ सही बात। लेकिन भाई जादब जी, अब भैंस को गाय जितना पूजनीय तो नहीं माना जाता न। धरम गाय के लिए बोलता है, भैंस के लिए थोड़े। गाय तो धनलक्ष्मी से लेकर सुखलक्ष्मी, बललक्ष्मी सब देने वाली है न।" चंचल मंडल ने भैंस की तुलना में गाय का तकनीकी महत्व बताते हुए कहा।

"लेकिन चंचल बाबू, गलत तो गलत है। चलिए, गौ तस्कर भैंस ले जा रहा है, ये कैसे साला? ई भी तो घपला है। इसी बात पर अभी जुर्माना ठोकवाइए कम-से-कम। सबक तो सिखाना ही होगा इन लोग को चंचल

बाबू।" जलेश्वर यादव ने चिकचिकाए स्वर में गलत को सही तरीके से न करने के कारण झल्लाते हुए कहा। उसका अब कहना था कि कम-से-कम गलत काम तो सही नियम से हो, गौ तस्कर भैंस क्यों ले जा रहा?

"हम्मम बड़ा खराब युग आ गया है भाई। अरे सही बात, ये तो और बड़ा क्राइम है महराज, तुम हो साला गौ तस्कर और ले जा रहे हो भैंस! ई तो और बड़ा कांड है। गाय के नाम पर भैंस भी बेचाएगा बाँग्लादेश में। और गाय-भैंस दोनों है तो एक ही बंश का न जी। बताइए लोग क्या हैवान हो गए हैं, ये पैसा के लिए गौ वंश को मार रहे पापी। अरे दूध-दही लो न भाई गाय-भैंस से। लेकिन साला कुछ लोग को तस्करी ही अच्छा लगता है। अब हमलोग तो मुस्तैद रहते ही हैं लेकिन कितना रोकेंगे? जब तक कि कोई ठोस कानून नहीं आ जाए, बहुत मुश्किल हो रहा। हमलोग अभी पिछले मीटिंग में इस मुद्दे को रखे भी थे। हेलो, हेलो सुन रहे हैं न जलेश्वर जी।" चंचल मंडल ने अपने कार्यकर्ता के मन की बात को सम्मान देते हुए कहा।

"हाँ सुन रहे हैं चंचल बाबू। देखिए अँधेरा हो रहा है, फिर निकल जाएगा ई लोग। हम अकेला हैं अभी। आप पहले पुलिस को भेजिए जल्दी।" जलेश्वर यादव अपने मिशन के प्रति ईमानदार था। लक्ष्य पर केंद्रित था।

"तब आप अभी तक पुलिस को जाने ही नहीं हैं। अरे पुलिस तो उल्टे पैसा ले के बॉर्डर पास करा देगा जलेश्वर भाई। पुलिस चाहता तो होता गौ तस्करी? आप भी किस पर भरोसा कर रहे मर्दे? फोन तो हम अभी कर दें, लेकिन अभी आप ही के सामने पैसा लेगा, उल्टा आपको हड़काएगा और आप ही से पूछेगा कि गाय के तस्कर के पास भैंस कहाँ से आया? गाय कहाँ गया बताओ? फिर क्या जवाब देंगे हमलोग? बताइए न। एकाध भी गाय होता न तो अभी साले को रस्सा से बँधवा के थाना में डलवा देते। आप जानते ही हैं फिर हमारा काम करने का स्टाइल। है कि नहीं।" चंचल बाबू ने तस्करी के तार्किक पहलुओं की मजबूरी से मजबूर आवाज में तस्कर और रक्षक के गठजोड़ की गाँठ के हवाले से कहा।

"तो फिर क्या करें? फिर होने देते हैं पाप! आँख के सामने गौ माता के बंश भैंस को कसाईखाना ले जाने देना होगा न? क्या आएगा राम राज? जब पुलिसे मिला हुआ है तो हमलोग क्या करेंगे? ऐसे तो देश का स्वर्ग बनना मुश्किल है चंचल बाबू। और अब रोकेंगे क्या? सब मबेशी तो ठेल के

निकलले जा रहा है।" इतना बोलते हुए जलेश्वर यादव के हाथ ढीले हो गए थे और उसकी पकड़ से व्यापारी की कॉलर छूट चुकी थी। जलेश्वर यादव ने बेहद धीमे स्वर में प्रणाम बोल के मोबाइल कान से हटाया कि तभी उसे अपनी हथेलियों में कुछ गर्म-सा महसूस हुआ।

"ई क्या है रे? साला हमको रिश्वत? हम खाएँगे गौ माता के तस्करी का पैसा? अरे यदुवंशी हैं, असली वाला। भागता है कि नहीं? निकलो यहाँ से।" झटके से अपना हाथ झाड़ के पीछे कर जोर से गरजा जलेश्वर यादव।

"हुजूर देखिए हमलोग तो लोकल हाट वाला व्यापारी हैं इसलिए बहुत पैसा तो दे नहीं सकते, लेकिन करें क्या? अब वाजिब काम में भी पैसा खाने का नियम है तो दे रहे हैं, लेकिन इसलिए कम ही दे पाएँगे। अभी पाँच सौ से ज्यादा नहीं कर सकेंगे। ई भी तीनों पाटनर मिल के उठाए हैं, तब दे रहे हैं आपको।" जमीन पे गिरे पैसे को वापस उठाते हुए बड़ी निश्छलता से कहा उस बेचारे मरमराहे-से मवेशी व्यापारी ने।

जलेश्वर यादव ने इस पर अब कुछ नहीं कहा। चुपचाप एक लंबी साँस ली और अपनी खड़ी मोटरसाइकिल के पास पहुँच उसे स्टार्ट करने लगा। अभी सीट पर बैठा ही था कि दूर से दो बड़ी-बड़ी पीली बत्तियाँ आँखों और चेहरे पर पड़ीं। जलेश्वर यादव जब तक आँख मीच कर गाड़ी का अंदाजा लगाता तब तक वो गाड़ी पास आ चुकी थी।

"ऐ क्या हो रहा जी? काहे खड़ा हो रोड पर? क्या मस्ती चल रहा यहाँ? और आगे किसका जानवर जा रहा जी रोड पर। और तुम रुको अभी यहीं। क्या चल रहा यहाँ तीन नंबर काम?" थाने की जीप के भीतर से एक कर्तव्यपरायण ध्वनि बाहर निकली।

"हमारा नहीं है। हम तो अपना रस्ता जा रहे।" इतना बोलने के बाद आगे कुछ सुनने को वहाँ रुका ही नहीं जलेश्वर यादव। तुरंत किक मारी और साँय से निकला वहाँ से। अब तक दो नंबर काम के बारे तो सुना था, पहली बार जब कान में तीन नंबर का काम गया तो जलेश्वर यादव समझ गया कि अगर इसमें ओझराए तो निकलना मुश्किल हो जाएगा। तुरंत लगभग गायब ही हो गया वहाँ से वह।

इधर दो हरवाहे व्यापारी मवेशियों को सीधे हाँकने के लिए दौड़े और इधर खड़े एक व्यापारी ने तुरंत ही पुलिस जीप के पास धीमे से सट के इधर-उधर

देखते हुए हौले से अपने हाथ को गाड़ी की खिड़की के भीतर किया और अक्षत जैसा कुछ छोड़कर वापस ले लिया।

"जाओ, जाओ, जल्दी निकलो भाई। रोड को किलियर रखिए। यातायात प्रभावित नहीं होना चाहिए। जल्दी–जल्दी हाँको।" पुलिस जीप से एक वर्दीधारी ने गर्दन निकाल के हाथों का इशारा किया।

अब तीसरा व्यापारी भी मवेशियों के पीछे दौड़ चुका था। इतनी देर की रुका-रुकी में कुछ भैंसें भी इधर-उधर खेतों में घुस के अब पगुराते हुए निकल रही थीं। तीनों हरवाहे व्यापारी लाठी से हुरकुचकर उन्हें सड़क पर ला रहे थे।

तभी फिर से पुलिस की जीप खेत के सामने सड़क पर आ कर खड़ी हो गई।

"अरे, ई दू सौ रुपया कौन फेंका था जी गाड़ी में? घूसखोरी को बढ़ावा के केस में अभी डाल देंगे उठा के। पुलिस को क्या समझे हो बे? साले सौ, दू सौ में बिक जाएगी? कुछ भी चवन्नी–अठन्नी फेंक के चले जाओगे? पैसा लो अपना इधर आ के। बेहूदा कहीं का। कहाँ जा रहा गाय?" चवन्नी-अठन्नी में नहीं बिकने वाले ईमान के सच्चे सिपाही धनीमन चौबे भैंसों के झुंड की तरफ देखते हुए चिल्लाए।

"भैंस है हुजूर, फूलमारा हटिया जा रहा है हुजूर।" खेत से निकल जीप के पास आ गए एक हरवाहे व्यापारी ने सकपकाए स्वर में कहा। इतना बोल उसने हाथ जोड़े। फिर नजर नीचे कर उसने देखा तो वही पैसे पड़े थे जो उसने जीप में चुपके से टपकाए थे बतौर नजराना। पुलिस ने अपनी जेब में गिरा पैसा वापस कर के इतिहास तो रच ही दिया था। जीप अब थोड़ा आगे बढ़ गई थी।

पुलिस को दिया गया पैसा वापस पुलिस द्वारा लौटा देना, सती के पति के यमराज द्वारा प्राण लौटाने से ज्यादा अचंभित कर रहा था अभी उन तीनों हरवाहे मवेशी व्यापारियों को।

वे तो ये सोच रहे थे कि आज ये देश की आबो-हवा को हुआ क्या है? चारों तरफ घूसखोरी क्यूँ बंद है? न क्रांतिकारी नेता, न पुलिस, कोई भी आज रिश्वत क्यों नहीं ले रहा?

सब ठीक तो है न देश में?

"देखो कहीं नोटवा ही तो नकली नहीं?" साथी हरवाहे के ये बोलते ही

दूसरे ने हाथ में पकड़ा नोट अलट–पलट के देखा।

"भरसटाचार को क्या हो गया है आज भाय? हमको तो डर लग रहा है। अगर ऐसा हाल हो गया तो काम कैसे करेगा आदमी? कल कुछ उन्नीस–बीस हो गया जिंदगी में और कोई पुलिस या अफसर पैसा ही नहीं लेगा तो कमवा कौन करेगा फिर? आम आदमी तो नियम और कानूने निभाने में मर जाएगा हो भाय।" साथी हरवाहे ने नोट के असली होने की पुष्टि होते ही कहा।

तीनों इस वक्त इस तरह से अचानक भ्रष्टाचार के गायब होने पर जिस भयावह भविष्य की कल्पना कर रहे थे उसमें आम आदमी का जीवन निश्चय ही दुष्कर हो सकता था।

रिश्ते तो पहले ही खत्म हो गए थे मानवीय जीवन से और अब रिश्वत भी खत्म हो जाती तो आदमी भला अपने काम किससे कराता? कौन बचता फिर इस जटिल व्यवस्था और दुरुह तंत्र में आम आदमी का तारणहार!

न रिश्ते रहे न अब रिश्वत, तो आदमी को सँभालेगा कौन?

बहुत महीन से समझने में तो सार यही समझ आ रहा था कि भ्रष्टाचार सिस्टम को तो खाता है लेकिन सिस्टम में फँसे आम लोगों को बचाता है।

आम आदमी तो सुगठित दृढ़ व्यवस्था की जटिल वैतरणी को भ्रष्टाचार की नौका से ही पार कर सकता था।

नियम कहाँ किसे पार लगा पाया था आज तक! नियम के पार जाकर ही पार लगा जा सकता था।

"जाओ, पाँच सौ ही दे दो अब। क्या ही करें? पहले तो सौ रुपया में मान ही जाता था। हमलोग कोई गलत काम तो करते नहीं हैं।" पुलिस द्वारा दो सौ की राशि वापसी का असली कारण समझ में आते ही एक हरवाहे व्यापारी ने कमर की कसी लुंगी में लिपटे पाँच सौ के नोट को निकाल अपने साथी को देते हुए कहा।

दूसरा वाला नोट लेकर पुनः जीप की ओर दौड़ा जो आगे जाकर खड़ी ही थी यथावत।

"सर बस आपका आशीर्वाद लेने वास्ते आते हैं हमलोग, आपलोग के सामने मजाल है क्या कि कोई एक रुपया भी घूस का निकाल दे। लेकिन ई

यही समझकर रख लीजिए कि बस एक भक्त फूल–बेलपतर चढ़ा रहा है अपने देवता को।" इस बार कितनी समझदारी से शब्दों का चयन किया था उस अनुभवी हरवाहे ने।

रिश्वत अगर देते समय रिश्वत न लगे तो रिश्वत थोड़े होती है।

घूस का भी एक संस्कार होता था। सभ्य तो कोई भी हो सकता था लेकिन घूसभ्य होना, सबके बस की बात नहीं थी।

आदमी घूसभ्य हो तो घूस उपहार है। ये हमारे तंत्र की पुरातन घूसभ्यता और घूसंस्कृति थी।

"ओह, अरे ठीक है। ये सब ठीक नहीं लेकिन। चलो रखो, रखो, ये फूल–बेलपत्तर उधर ही रखो, ये सब हमलोग हाथ नहीं लगाते हैं। ड्राइवर के हाथ में दे दो, दो फटाक और जल्दी निकलो पहले यहाँ मेन रोड से। यातायात को डिस्टर्ब नहीं करो। जल्दी हाँको अपना भैंस पहले। निकलो, निकलो।" बढ़ी हुई राशि को सम्मानपूर्वक बिना छुए स्वीकार करते हुए कहा सिपाही धनीमन चौबे ने।

इस दौरान बल्लोपुर थाना क्षेत्र के थाना प्रभारी माधव राम पूरे समय जीप में स्थिर भाव से बैठे रहे थे। न पहले लौटाए हुए दो सौ देख के चिढ़ और गुस्सा और न वापस स्वीकार किए गए पाँच सौ से कोई हर्ष या तुष्टि। वे मोबाइल में गर्दन गोते लगातार भोजपुरी गानों की रील में इस कदर ध्यानस्थ समाधि की अवस्था में पहुँचने के निकट थे जहाँ कोई साधक द्वैत-अद्वैत का अंतर मिटा चैतन्य से एकाकार हो जाता है। जैसे ही स्क्रीन पर भोजपुरी का सांड सदृश नायक, देहकांति से दीप्त नायिका के गात्रविन्यास पर अपनी गिद्धदृष्टि से अवलोकन करता हुआ बाज जैसे पंजे फेरता, दारोगा माधव राम आँखें बंदकर सीट पर थोड़ा और पीछे की ओर धँस जाते। जैसे ही नायिका की चंद्रप्रभा को भी लजा देने वाली कटि स्निग्धा पर बौराया हुआ नायक फिसलकर एक बार उरोज मधुरिमा की तरफ जाता और वापस फिसलकर नाभि–प्रदेश की समचक्रवर्तिता में घूम-घूम गुलाटी मारने लगता, दारोगा माधव राम बुद्ध की तरह निर्विकल्प समाधि की चित्तवृत्तिनिरोध अवस्था में पहुँच जाते।

किसी क्षण जब लहर के उठी नायिका के यौवन का गात कमल मादक पवन में लयमय होकर डोलता तो माधव राम कभी-कभार बुद्धस्थ से भी

आगे की अवस्था पकड़ लेते। फिर सड़क के कुएँ जैसे खड्डे में जब जीप उछलकर पटकाती और मोबाइल हाथ से छिटक के निकल सिपाही मनधनी चौबे की जाँघ पर गिरता, तब ही वापस उस अवस्था से निकल थाने के भौतिक संसार में आ पाते थे दारोगा माधव राम।

ये अमर टिकाऊ सरकारी जीप और राज्य की प्राचीन ऐतिहासिक सड़कों से ही संभव था कि एक दारोगा एक ही उछाल में सीधे बुद्धस्थ से थानास्थ हो जाता था।

"क्या चंचल जी, अरे ई तो हटिया बाजार वाला लोकल व्यापारी था महाराज। वो आपका पार्टी तो आधा रात के बाद ही निकलेगा। आप जैसा आदमी गलत सूचना दे के दौड़ा देगा पुलिस को, तो कैसे चलेगा फिर सिस्टम? बताइए। कितना बढ़िया अभी मुर्गा छिला ही रहा था थाने में कि आप दौड़ा दिए। थोड़ा जानकारी रखा कीजिए। सुनिए, अब निकल आए हैं तो यहीं ढाबा पर रुकेंगे थाना प्रभारी महोदय। तो यहीं कुछ व्यवस्था करवा दीजिए। थोड़ा फोर्स लोग भी है साथ में, एकाध शीशी बढ़वा के ही भेजिएगा।" सिपाही धनीमन चौबे ने सीधे ग्राउंड जीरो की रिपोर्ट दी थी नेता चंचल जी को और व्यवस्था दुरुस्ती के निर्देश भी।

"अरे सब हो जाएगा। जरा देखिए कि वो हमारा कार्यकर्ता, पगलवा जलेश्वर यादव हटा वहाँ से? ऊ गड़बड़ न कर दे? वही साला तो टेंशन दिया तो हम जल्दी से थाना प्रभारी जी को लगाए फोन। हम सोचे कि कहीं हमारा वाला ही झुंड तो नहीं धरा गया? जब बोला कि खाली भैंस ही है तब हम जाने कि चलो अपना वाला पार्टी नहीं है ई। लेकिन हम सोचे कि कन्फर्म हो लेते हैं।" चंचल जी का चंचल हो उठा मन अब थोड़ा स्थिर हुआ था।

"हाँ तो कन्फर्म हो गया न। ई तो हटिया में जाने वाला भैंस का झुंड था, लोकलवा वाला था। यहीं गाँव-देहात में ही बेचता-खरीदता है सब। सब दुधारू था। और आपका उ देशभक्त सिपाही तो एक्के झटका में उड़ा है यहाँ से। जैसे हम गरजे हैं कि फरार बेचारा। अरे ई कार्यकर्ता लोग बेचारा भोला आदमी होता है। टिकेगा एक्को मिनट ई सब पोलटिक्स में?" सिपाही चौबे जी ने ठहाका लगाते हुए ठोस जानकारी दी।

"हाँ साला चैन मिला। लेकिन सुनिए न, अरे हमारे वाले झुंड के साथ जाकर सारा माल बॉर्डर टपा के आना होगा आपको, चाहे सुबह हो जाए।

पैसा का भी चिंता जरूर होगा आपके दरोगा जी को, तो कहिए कि निश्चिंत रहें। रोज का काम है हमारा। जब से बाँग्लादेश बना है, तब से मवेशी बेच रहा है हमारा खानदान वहाँ। यहाँ से बोडर तक जिसका जो हिस्सा है, अधिकार है, उसमें कभी देर या दिक्कत नहीं किया हूँ। हाँ, एकाध कलम कभी लेट भले ही हो गया है, अब वो भी नहीं होगा।" चंचल मंडल ने अपनत्व के स्वर में पुलिस पर अपनी प्रेमिल साधिकारिता के साथ कहा।

"हम्मम अरे हाँ नेता जी, माल तो टप ही जाएगा। ओ अच्छा! मने आपलोग शुरू से ई किए हैं? हाँ हमलोग भी पहले सुने थे कोई मंडल परिवार था एक, इस बिजनेस में बड़ा दबदबा था एक टाइम। हमलोग का बहुत सेवा भी करता था लेकिन भाई वो लोग। बहुत सीधा और भला व्यापारी लोग था भाई उस टाइम। कभी महीना में कोई रुकावट नहीं।" सिपाही धनीमन चौबे ने अपनी शुरुआती नौकरी के सुनहरे दिनों को याद करते हुए नियमित मासिक धर्म के निभने वाले युग के बारे में यादों के हवाले से कहा।

"जी, जी, उसी सीधा-भला परिवार से हैं हम। हा हा शिबू मंडल, पूँछी मंडल, उन्हीं का हम गोतिया भतीजा हैं। गाय का व्यापार का सबसे बड़ा नाम था महराज। एक टाइम दूध भी बेचते थे, ऐसा नहीं है कि खाली मवेशी ही हमेशा।" चंचल मंडल ने अपनी विरासत और परंपरा पर गर्व करते हुए बड़ी मधुर आवाज में कहा।

"अरे आप तो पुराने जजमान हैं भैया चंचल जी। निश्चिंत रहिए।" सिपाही धनीमन चौबे ने श्रद्धा सने स्वर में कहा।

"पुराना से क्या होगा सिपाही जी, अब नया लोग आ के कंपीटिशन बढ़ा दिया है न थोड़ा। हमलोग पुश्तैनी वाले का ही काम नहीं रहा अब ई। बोगो महतो जैसा राक्षस भी आ गया है धंधा में। उसका भी झुंड निकलता है। लोकल हाट में खरीदारी करने ही नहीं देता है साला दूसरे व्यापारी को। सब औने-पौने दाम में जबरदस्ती खरीद लेता है और दस गुना दाम में बेचता है। हमलोग दुधारू मवेशी कम निकालते हैं बोडर पार, बोगो महतो बछड़ा समेत ट्रक पर लोड कर देता है। बताइए कैसा पापी वाला आचरण है साले का! क्या मानेगा ये लोग अपने धर्म को? आप तो पंडी जी हैं, बताइए दुधारू पशु को इतना मात्रा में बेचना चाहिए क्या कारखाना के लिए?" मन में पशुधन के लिए श्रद्धा और दया लिए दुधारू मवेशियों की अधिकाधिक संख्या में बिक्री

के विरोध की पुरजोर भावना के साथ धंधे में एक दूसरे धनपशु के आगमन की खबर सुनाई थी चंचल मंडल ने।

"हमम्म हाँ सही बात... इतना मात्रा में तो नहीं बेचना चाहिए। हम्मम अरे उसका तो ईंट, छड़, सीमेंट का धंधा है। ठेकेदारी भी कर लेता है। साला तब भी गाय बेचना जरूरी है क्या? एक बार लेकिन लाठी हूरे हैं हम उसको। पूछिएगा कभी कि चौबे जी का डंडा याद है जी? हो सकता है याद नहीं हो, बहुत पहले का बात है, रात का भी बात था।" चौबे जी ने अपने शौर्यगाथा के महासागर से बस छटाँक भर वीर रस निकाला और पता नहीं क्या सोच झट उसे भी वापस ले पी गए।

"उसका बहुत सब धंधा है। जो भी आदमी कोई धंधा कर के चार पैसा कमा रहा, बोगो महतो का वही धंधा हो जाता है। भाई मवेशी का भी तो संख्या सीमित है न चौबे जी। अगर हमलोग पशुधन की रक्षा नहीं करेंगे तो कल भविष्य क्या होगा पृथ्वी का? हमारी पार्टी और विचारधारा इसलिए हमेशा पर्यावरण और जीव के लिए टेंशन में रहती है, चिंतित रहती है मतलब। मतलब चिंतन करती है। जैसे ही स्टेट में हमारा फेबरेबुल सीएम आया, वैसे ही तुरंत कड़ा कानून बनवाएँगे, पशु का तस्करी रुकना चाहिए। हर आदमी पशु बेचेगा तो एक दिन दूध-दही के लिए तरस जाएगा आने वाला पीढ़ी।" चंचल मंडल फोन पर ही भावुक हो गए थे। बिना एसटीडी या आईएसडी कॉल लगाए ही पूरी पृथ्वी की चिंता में रुँधे हुए गले से बोले जा रहे थे चंचल मंडल। पशुओं के प्रति करुणा में एक आँख से मानो दूध और दूसरे से दही निकल आने को था। चंचल के स्थिर मन की सबसे बड़ी चिंता यही कि सभी लोग तो मवेशी न बेचें! जो बेच रहे थे, भाई बस उन्हें ही बेचने दें। असल में बोगो महतो ने चंचल मंडल के तीन पुश्त पुराने धंधे में कूदकर इसका व्यापार तो सुस्त कर ही दिया था।

"हाँ सही बात, सबको नहीं बेचना चाहिए। सरकार तो आप ही के पार्टी का है। लेकिन सही बात है, ई सीएम किसी का फेबरेबुल नहीं है। चलिए आप अपना बेचिए गाय, बकरी, भैंस। टेंशन नहीं लीजिए। बोगो महतो तो साला संपर्क भी नहीं किया है थाना से। इतना कनफीडेंस? थाना को बाय पास कर के चल रहा। साला विधायक समझता है क्या अपने आप को? इसका तो अब किसी भी दिन झुंड का झंड करवाते हैं, रुकिए।" चौबे जी

थाने की अस्मिता को खतरे में देखते हुए एकदम कड़क स्वर में बोल रहे थे।

"अरे हाँ बस, बस आप जल छींट दीजिए न कमंडल वाला, और इधर आशीर्वाद देते रहिए तो ई चंचल मंडल का कल्याण होता रहेगा।" चंचल के स्वर में मंडल-कमंडल की समरसता और एक–दूसरे के प्रति सहयोग और श्रद्धा की भावना अपने चरम को छू रही थी। जिस सामाजिक ताने-बाने के ढाँचे को राजनीति ने बाँटे रखा था, भैंस-गाय की पूँछ उसे एकदम से जोड़ दे रही थी। शास्त्रों में ऐसे ही पूँछ पकड़ के वैतरणी पार करने की चर्चा नहीं है। पूँछ भरोसा था। इसी पूँछ ने लंका भी जला दी थी।

पूँछ का अपना महत्व था। एक पूँछ आदमी की भी होती थी। ये सामान्य दृष्टि के लिए अदृश्य होती थी, इसे बस दिमाग की आँख से देखा जा सकता था। अब ये कोई लोकाचार का मुहावरा या शाब्दिक मरीचिका नहीं थी बल्कि आदमी का मनोविज्ञान और उसका आचरण ये सदा से सिद्ध करता आया था कि दिमाग में भी एक आँख तो होती है। आँखें तो हृदय की भी होती थीं, लेकिन नयी सदी की प्रगति और बुद्धि के आवरण से ढके हृदय ने शायद ही इसका उपयोग करते हुए कभी अपनी पलकें खोली हों।

बहरहाल, दिमाग की आँख सर्वदा खुली रहती थी और वो देख सकती थी कि दुनिया में जिसकी पूछ हो उसकी पूँछ पकड़कर चलना है और अपनी दुम दबा के रखनी है।

जिनकी पूछ घटी, उनकी पूँछ कटी। ये बड़ा निष्ठुर नियम था प्रकृति का, जिसे कतई प्रकृति ने नहीं बनाया था।

कल–कारखाने लगाने वाले कुबेर संविधान बना रहे थे और जनमत बनाने वाले रहनुमा उनके लिए जमीन।

8

"महराज पाँच दिन से हमारा ऑफिस एकदम सील किए हुए हैं आपलोग, खोलने ही नहीं दे रहे हैं। ये अपराधी को पकड़ने की जगह हमी को परेशान क्यों किया जा रहा है ?" बोगो महतो ने दारोगा माधव राम से साझा किए बिना ही एक सिगरेट जलाई और एक बार जोर का कश लेने के बाद धुआँ छोड़ता हुआ बोला।

"सील नहीं, घटना स्पौट को सुरक्षित रख के जाँच कर रहे हैं। आप ही का काम कर रहे हैं। आप ही के लिए इतना महीन जाँच कर रहे हैं। इतना लगे हुए हैं अपराधी को पकड़ने का कोशिश में। देखिए, पुलिस जाँच में एक-एक पहलू को देखना होता है। एक-एक चीज को हमलोग देख रहे हैं इतना माइक्रो नजर से, और आप उकता रहे हैं ? ऐसे थोड़े चलेगा महतो जी।" कपार के केश जलाती गर्मी में धनिया पत्ते से मिलता-जुलता हरे रंग का कोट-पैंट पहने दारोगा माधव राम ने जासूस करमचंद की भाँति दीवारों पर उँगली फेरते हुए कहा। असल में दारोगा अपने साले के बेटे की शादी में शामिल होने बाहर गए हुए थे और आज सुबह जब लौटे तो उसी फूफास्वरूप विराट रूप में ही कर्तव्य पथ पर चलते हुए बिना वर्दी के, कोट-पैंट में ही सीधे यहीं आ गए थे।

बोगो महतो वास्तव में घटना वाले दिन से ही परेशान था क्योंकि पुलिस ने जाँच के नाम पर पिछले पाँच-छह दिनों से उसकी दुकान पर अपना ताला

लटका रखा था। बोगो महतो ने तो खुद ही ये हुज्जत बुलाई थी। खुद पर हुए हमले को उसने जान पर कम और इज्जत पर ज्यादा बड़ा हमला समझते हुए इसकी शिकायत एक स्वजाति नेता को पकड़, ऊपर अपनी जाति के एक मंत्री से कर आया था। वहाँ जाकर भावुक फरियाद कर आया था। उसने विश्वास दिलाया था कि उसकी असली चिंता अपनी हत्या हो जाने की नहीं है, बल्कि अपनी जान जाने से आसपास के क्षेत्र में चुनावों के समय पार्टी की तरफ से होने वाले बूथ प्रबंधन का काम थोड़ा ढीला न हो जाए, इसके लिया जीना चाहता है वो। पार्टी के प्रति अपनी इस चरम स्तर की घिघियाई हुई निष्ठा जताने के बाद फिर अतिरिक्त श्रद्धा के तौर पर मंत्री जी के जूते पर लुढ़क–लुढ़क रोया था और बार-बार बोला था, "पार्टी के लिए बचा लीजिए सर, पकड़वा दीजिए क्रिमिनल लोग को।"

मंत्री जी ने दल के प्रति अपने इस वफादार के ईमानदार प्रदर्शन पर फोन उठाया और जिले के पुलिस अधीक्षक को ये आदेश दे दिया कि अनुसंधान गंभीरता से होना चाहिए, भले कितने भी दिन लग जाएँ। उसी का नतीजा था कि पुलिस पिछले पाँच दिनों से रोज सुबह यहाँ जाँच को आती और साँझ को जाती, फिर अगले दिन आने का वादा कर के, भले कितने भी दिन लग जाएँ। मंत्री जी का आदेश ही यही था।

हालाँकि मंत्री जी ने पैरवी करते वक्त बोगो महतो को ये ताना भी मारा था कि "तुम्हारे तो एरिया का विधायक भी खुद मंत्री है जी, उससे फोन-फान करने काहे नहीं बोलते हो? अपना ही पार्टी का तो मंत्री जी है। चुनाव में जब तुम पार्टी का हेल्प करते ही हो, तो लाभ तो तुम्हारा एरिया का मंत्री लेता है भोट में, और काम कराने हमारे पास आते हो? ई तो बिचित्र बात नहीं है? बताइए!"

"हुजूर, उ बस अपना जात को देखते हैं। हम भी फिर कहाँ जाएँगे? अपना जात का दुआर पर तो भीख भी माँग सकते हैं हाथ जोड़ के, तो आ जाते हैं आपके पास। और हम तो आपके कारण ही पार्टी को मदद करते हैं। ई तो हम अपने विधायक को कई बार बोल चुके हैं। हमरा नेता हमारा जात का है हुजूर, आप हैं, मंत्री अवध बिहारी नहीं, मंत्री जोगेश्वरी महतो है हमारा नेता।" बोगो महतो ने लोकतंत्र, भारतीय जनतंत्र की सुंदरता को सुंदर ढंग से चित्रित करते हुए दल के प्रति अपनी निष्ठा के मूल पर प्रकाश डालते हुए

मंत्री जोगेश्वरी महतो की चरण पादुकाओं पर अपनी श्रद्धा के फूल चढ़ाए। क्योंकि अभी मंत्री जी पैर मोड़ के बैठे थे और नीचे सोफे के सामने किसी परदेसी कंपनी की महँगी पादुकाएँ ही दिख रही थी रखी हुईं। विदेशों में इस पादुका को शायद अंग्रेजी नाम स्लीपर के नाम से जाना जाता था। इसे समृद्ध लोग घर में पहनते थे।

बोगो महतो द्वारा अपनी असीम श्रद्धा रखने के बाद मंत्री जी अंदर और बाहर दोनों से खुश होते हुए वहाँ बैठे अन्य लोगों की तरफ देखते हुए बोले थे, "वो तो सही बात है कि सब अपना जात का तो देखेगा ही। लेकिन पार्टी ई बात समझे तब न कि कौन किसके कारण पार्टी को साथ दे रहा। अब देखिए हमारे चलते बोगो जैसा युवा जान दे रहा न पार्टी के लिए। ये क्रेडिट कहाँ देता है आजकल पार्टी? पार्टी सोचता है कि एक ठो चेहरा पर भोट मिल जाता और सरकार बन जाता है। अरे भाई ऐसा नहीं है, उसमें हमारा जात का भी खून–पसीना लगता है जो हमारे कारण बहाता है हमारा आदमी लोग।"

ये सुन वहाँ मौजूद सभी लोगों ने सहमति में मुस्कराते हुए सिर हिलाया था। बोगो महतो का जातीय अनुरोध और उसकी जातिनुपाती श्रद्धा काम कर गई थी। मंत्री जी ने फोन लगाकर अच्छे से पैरवी कर दी थी फिर।

इसी कारण आज बोगो महतो भी अतिरिक्त आत्मविश्वास के साथ दारोगा माधव राम से बतिया भी रहा था और बीच-बीच में हल्का गरमा भी जा रहा था।

"आखिर आप रोज यहाँ क्या देखते हैं? कोई मर्डर थोड़े हुआ है यहाँ! यहाँ बैठने से क्या मिलता है आपको जाँच में? हम रोज काम–धंधा बंद कर के पूरा थाना का आवभगत करने में लगे रहते हैं यहाँ। आपलोग एक्सन लीजिए न। एक्सन काहे नहीं लेते हैं?" थोड़ा–सा गरम होचुका बोगो महतो अब अधीर हो चला था।

"गजब बात है भाई। अरे मर्डर नहीं हुआ तो उसमें हमारा क्या गलती है? जो हुआ है, उसका जाँच कर रहे हैं।" दारोगा माधव राम के मुँह से यही निकला तपाक से।

ये सुन के तो बोगो महतो को एकबारगी लगा कि चक्कर न आ जाए।

"आँय... क्या बोले आप? मतलब हमारा मर्डर चाहते थे आप?" बोगो महतो ने स्वाभाविक प्रतिक्रिया में कहा।

"अरे महतो जी, हमने ये नहीं कहा। हम बोल रहे हैं कि देखिए मर्डर केस में जाँच अलग तरीका से होता है। उसमें थोड़ा काम भी आसान होता है क्योंकि जाँच करने के लिए पचास आइटम भी तो होता है। लाश होता है, खून है, विपन खोज लेते हैं हमलोग घटनास्थल से। उसमें बहुत तरह का सुविधा होता है न। इसमें तो अटेम्प्ट टू मर्डर है, आपके अनुसार। ये बड़ा हार्ड चीज होता है। इसमें खाली किरीमनल का प्लान नहीं फेल होता है बल्कि पुलिस का भी माथा फेल हो जाता है। क्योंकि इसमें हमलोग को बिना कोई एभीडेंस के षड्यंत्र का पर्दाफाश करना होता है।" दारोगा माधव राम ने सुगम जाँच में आने वाली संसार की सबसे वीभत्स सामग्रियों की सूची पर प्रकाश डालते हुए, विशेष इस केस की जाँच में आ रही बाधाओं पर भी रौशनी छींटते हुए कहा।

"तो कब करेंगे परदाफास?" इस बार बिलकुल छोटा वाक्य बोला था बोगो ने।

"मनीटरिंग का नाम सुने हैं। हमलोग फस्ट में वही करते हैं ऐसे केस में। एक्शन तो अब शुरू हुआ समझिए। अभी तो एक-एक आदमी को उठाना होगा और पूछताछ करेंगे जो-जो उस दिन आपके साथ था, कौन आपका करीबी दोस्त है? कौन बॉडीगार्ड रखे हैं आप? वो जो मास्टर लोग था, उन सबसे पूछताछ होगा अभी। निश्चिंत रहिए। पकड़ के निकालेंगे भाई।" दारोगा माधव राम ने बोल के निश्चिंत करते हुए कहा।

"मतलब जिसने हमला किया है, उसको छोड़ के बाकी सबसे पूछताछ करिएगा? तब तो हमसे भी कर ही लीजिए, क्या पता कहीं हम खुद अपने ही पर गोली न चलवा दिए हों।" स्वर में तल्खी स्पष्ट थी बोगो महतो के।

"वाह, फिर तो आप सब जानते ही हैं। फिर ऊपर से फोन काहे करवाए हैं महराज महतो जी? यही तो दिक्कत है। खुद ही दरोगा तो मत बनिए न भाई। हमको लीगल तरीके से करने दीजिए न काम।" इस बार केवल माधव राम नहीं, दरोगाई भी बोली थी अंदर से।

"इतना तो पता है ही कि आप जिनका भी नाम लिए इसमें से एक भी नहीं है इस वारदात में। उस समय बस दो ठो ग्राहक था हमारे ऑफिस में। बाकी ये हमारे करीबी आदमी का काम नहीं है। ऐसा होता तो हम जिंदा नहीं होते दरोगा जी आज। हमारा तो एक-एक कदम पता रहता है हमारे आदमी लोग

को। यहाँ बचे तो बाहर कहीं ठोकवा देता।" बोगो महतो ने तो वास्तव में बड़ी गहनता से अपने जिंदा बचे रहने का रहस्य खोज लिया था, साथ ही अपनेपन के सच्चे मर्म को भी बड़े सच्चे और ईमानदार अर्थों में रखा था। अपने लोगों को लेकर इतनी प्रामाणिक आश्वस्ति कलयुग की दिव्यता से ही संभव थी। अपने लोगों से अपने संबंधों को लेकर उसे कोई संदेह या दुविधा ही नहीं थी।

मन ही मन तो वो ये भी सोच रहा था कि 'हमारे आदमी को तो ये तक भी पता है कि ये जो मैं कमर में चोरका देशी पिस्टल खोंसे चलता हूँ, उसमें गोली भी नहीं होता है।'

"अच्छा, महतो जी, अभी आप थोड़ा देर पहले कोई ऑफिस का नाम लिए थे। अब ये ऑफिस कहाँ से आ गया? और भी कहीं हुआ है गोलीकांड क्या आप पर?" दारोगा माधव राम ने बहुत बारीकी से हर बात सुनते हुए अचानक कुछ ध्यान आने पर जरूरी सवाल पूछा।

"अरे गजब बात करते हैं, यहीं का बात कह रहे थे हम। ये हमारा ऑफिस ही तो है।" बोगो ने दोनों हाथ नचाते हुए कार्यालयीन स्वर में कहा।

"ओ... अरे गजब तो आप कर रहे। अब यहाँ लोग दुकान को ऑफिस बोलते हैं, हमको थोड़े पता था।" दारोगा माधव राम भी एक रत्ती भी कम नहीं पड़ रहे थे।

"अरे छोड़िए न सर, हम दुकान को ताजमहल बोलें, हमरा मन। मेन बात पर आइए न। हम बोल रहे हैं न कि कोई अपना होता तो पक्का मारकर ही जाता हमको।" बोगो महतो ने अपनी झल्लाहट को सँभालते हुए कहा।

"पुलिस इससे बहुत आगे सोचती है महतो जी ह ह ह हम्मम... क्या पता कि वो लोग मारने आया ही नहीं हो, उनका टारगेट हो कि बस डराया जाए पहले! सारा एंगिल देखते हैं हमलोग।" दारोगा ने एसपी के स्तर की सोचते हुए कहा।

एक बार हुआ कुछ यूँ था कि यहाँ के स्थानीय थाने में औचक निरीक्षण के दौरान दारोगा माधव राम को जिले के पुलिस कप्तान ने किसी केस की लापरवाही से क्षुब्ध हो भारी डाँट लगाते हुए कह डाला था कि तुम तो दारोगा हो ही नहीं, तुम खुद को एसपी समझ के थाना डील कर रहे हो। उस दिन, उस क्षण पूरे थाने में सन्नाटा था। लोग एक शब्द भी नहीं बोल रहे थे उस दौरान। दो वर्ष बाद उस एसपी साहेब का स्थानांतरण हुआ, तब माधव राम

निश्चिंत हुए और आज मोबाइल में रील देख पाते थे इत्मीनान से। लेकिन आनंद और मौज लेने वालों को तो बस मौका चाहिए था। एक बार माधव राम के सीनियर साथी ने उन्हें डीआईजी साहेब कह दिया। तब तो माधव राम भी इस मौज पर खूब हँसे लेकिन ये अब उस थाने और इलाके में सामान्य आनंद की बात हो गई थी कि कभी भी, कोई भी उन्हें एसपी या डीआईजी कह के बुला देता और उनका दायित्व समय-समय पर बढ़ाता रहता। अब माधव राम बेचारे करते भी क्या, दुनिया का सामना तो करना ही होता था। माधव राम ऐसे मौकों पर बहुत अधिक मात्रा में शर्म को किनारे कर दाँत चिहार के बेहद संतुलित निर्लज्जता के साथ कहा करते थे कि, "चलिए जनता से मिला सम्मान औपचारिक पद और वेतन से कहीं ज्यादा बड़ी चीज है साहेब। जिस जगह पर लोगों ने कभी दारोगा को दारोगा नहीं समझा, वहीं हमें उससे कहीं आगे का इज्जत दिया।"

और ये कहते हुए वे हाथ जोड़ते हुए भावुक हो जाते थे, मजाक में सही लेकिन जब भी किसी दारोगा का भाव एसपी, डीआईजी के समकक्ष पहुँच जाए तो भावुक होना लाजमी ही था।

लोग भी उनके जुड़े हुए हाथ पकड़कर कहते, "आपके होने से माधव बाबू, थाना, थाना नहीं घर लगता है। छोटा–मोटा आदमी भी खुद से ही जाकर मैटर को दिखवा सकता है।"

जनता ठीक ही कह रही थी।

माधव राम दारोगा जी ने अपनी कर्मठता और उदार शैली से थाने की पहुँच को आम आदमी तक के लिए सुगम कर दिया था। सीधी सेवा दी जाती थी, बीच के बिचौलिए का कलंक ही मिटा दिया गया था। अब जनता और पुलिस के बीच की दूरी को गांधी छाप सेतु सीधे ही बड़ी आसानी से जोड़ देता था।

फिलहाल अभी की परिस्थिति ये थी कि चूँकि बोगो महतो थोड़ा अक्खड़ किस्म का काइयाँ आदमी था जिसका अपने दस तरह के उल्टे-सीधे धंधे में रोज पुलिस से वास्ता पड़ता रहता था। थोड़े–बहुत राजनीतिक संपर्क भी थे। ठीक-ठाक स्थानीय दबंग भी था ही। और इस बार उसी पर हमले की घटना थी, ऊपर से पैरवी भी आ गई थी। इसलिए दारोगा माधव राम की तो मजबूरी थी कि जब तक मंत्री जी का संतुष्टि वाला फोन न आ जाए, तब तक मामले

को टहला–घुमा के जाँच का माहौल बनाए रखना है। ऊपर से दारोगा का अनुभव किसी भी पैरवी या परिस्थिति पर भारी रहता था। उसने मात्र पाँच दिनों में अभी स्थिति ऐसी कर दी थी कि खुद बोगो को लगने लगा था कि अब जल्दी इस मामले से पिंड छूटे। पुलिस भी तो बेचारी ऐसे छोटे-मोटे असफल हमले पर यही सोचती थी कि इतने बड़े देश में कट्टा से पटाखा छोड़ के भागे टटपुँजिया अपराधियों को खोजने कहाँ जाएँ!

"सर, जो एंगिल पकड़ना हो, आप पकड़िए। अपराधी पकड़ाए तो थोड़ा उ भी पकड़ने का कोशिश करिए। कृपा कर के अब बस हमारे ऑफिस को फ्री करिए। अब तो सब देख चुके न यहाँ? हमको अब धंधा–पानी शुरू करने दीजिए। पाँच दिन से शटर ऐसा गिरा है जैसे सच में हमारा राम नाम सत्य हो चुका हो।" बोगो महतो ने शायद विनती के ही स्वर में कहा था।

"बोगो बाबू, हम तो आज फ्री कर दें आपका दुकान, लेकिन ऊपर से प्रेशर है न पुलिस पर, कि जाँच में ढिलाई नहीं होना चाहिए। इसलिए लगे हुए हैं। फिर हमलोग पूछताछ का प्रक्रिया शुरू कर देंगे। सारा लिस्ट हम बना लिए हैं। आपके कुछ रिश्तेदार का भी डिटेल चाहिए। आपका थोड़ा फोन भी चाहिए होगा आगे जाँच में सहयोग के लिए। आप निश्चिंत रहिए, पकड़ेंगे, पकड़ेंगे अपराधी को।" दारोगा ने मामले की गंभीरता को बनाए रखते हुए कहा।

"ऐ सर, पहला बात कि आप हमारे ऑफिस को बार–बार दुकान दुकान मत बोलिए, ठीक है! हम कोई बनिया बेपारी नहीं हैं। अरे लोहा पत्थर ईंटा का बिजनस है। ये लोहा पत्थर जैसा आदमी ही कर सकता है। और दूसरा बात कि अब हम नहीं चाहते हैं कोई जाँच–फाँच, ठीक है। हमको नहीं देना फोन और नहीं देना रिश्तेदार का नाम पता। साला बेमतलब का काहे घसीट रहे हैं उन लोग को? हमको अब ऑफिस खोलना है, आपलोग को नमस्ते अब। हम देख लेंगे जो भी होगा। आने दीजिए अबकी क्रीमनल को। लोहा को अब लोहे काटेगा।" बोगो महतो ने अपने तेवर वाले अंदाज में कहा जो बहुत देर बाद समेट के लाया था अपने स्वर में।

"उ सब ठीक है। लोहा को लोहा काटते रहे, हमको क्या लेना? जनता जब पुलिस से सुरक्षा या न्याय माँगती है तो हमलोग का कर्तव्य है वहाँ पहुँचना। इसलिए हमलोग लगे हैं। आपको नहीं पसंद तो क्लोज कर देंगे

मैटर। लेकिन आप ही तो ऊपर से प्रेसर दिलाए हैं। एसपी साहेब से जा के कह दीजिए न ये सब बात। बोल दीजिए जा के वहाँ कि जाँच बंद करना है।" इतना बोल दारोगा माधव राम अपने निजी वाहन स्विफ्ट कार तक आ गए थे। तेवर उनके भी कमतर नहीं थे इस बार।

"ठीक है, वो हम देख लेंगे। आप बंद करिए जाँच। हम खोल रहे हैं अपना ऑफिस, बता दिए आपको।" इतना बोल बोगो भी सामने रखी प्लास्टिक कुर्सी पर जा बैठ गया था।

"ह ह हा हा अरे ऐसे मुँह से बोलने से जाँच कैसे क्लोज हो जाएगा मर्दे। ठीक है, हम बात पहुँचा देते हैं। आगे आप समझिए और ऊपर के वरिष्ठ अधिकारी। अभी तक का रिपोर्ट जो भी है, हम दे देंगे भाई। चलिए प्रणाम।" इतना बोलते-बोलते अपनी कार चालू कर निकल भी चुके थे दारोगा माधव राम।

बोगो महतो दाँत पीसते हुए उसे जाता देख रहा था। साँस तेज-तेज चल रही थी। मुट्ठी बँध के तनी हुई थी। अंदर के क्रोध का सारा भार बाहर चेहरे पर साफ महसूस हो रहा था।

बोगो महतो ने अब फोन कर के अपने कुछ कर्मचारी बुला लिए जो कार्यालय को पहले जैसा झाड़–पोंछकर सँवार दें, जिससे अब उसकी बंद दुकान पुनः गतिशील हो सके।

अब कुछ घंटे बीतने के बाद साँझ की दीया–बाती का समय हो चला था। दारोगा माधव राम थाने में भुट्टा सिंकवा के खा रहे थे।

तभी मोबाइल की घंटी बजती है।

"हाँ हेल्लो, जी बताया जाए।" दारोगा ने भर मुँह भुट्टे के दाने को चबाते हुए कहा।

"अरे अचानक प्रोग्राम बना है। पंचायत भवन में मंत्री जी का आगमन है। ग्रामीण का मीटिंग लेंगे। सिक्यूरिटी लगना है। ठीक न?" उधर से शिक्षामंत्री अवध बिहारी मंडल के निजी सचिव कुलभूषण जी की आवाज थी।

"जी, अरे! ओ एकदम अचानक से। बल्लोपुर पंचायत भवन में न?" नमक में मिर्च बोर के आँख मूँदते हुए कोने के दो दाँतों से मिर्ची को काटते हुए पूछा दारोगा माधव राम ने।

लेकिन फोन तब तक कट चुका था। ये केवल सूचना थी। गपशप नहीं।

"साला, पुलिस का नौकरी में बैठ के चार ठो भुट्टा भी नहीं खा सकते हैं शांति से। मंत्री जी आ रहे हैं। अरे चौबे जी, अरे पता करिए न जरा कि बल्लोपुर वाले पंचायत भवन में आ रहे कि कर्जापट्टी में? आधे बात बोलता है न ये पीए लोग, साला चूल्हा से ज्यादा तावा गरम रहता है आजकल।" तीन भुट्टे खा चुके दारोगा माधव राम ने मोबाइल रखते ही बायें हाथ में चौथा भुट्टा लिए दाहिने हाथ से जल्दी-जल्दी उसका दाना छुड़ाते हुए कहा।

तभी एक बार और घंटी बजी। ये चौबे जी के ही मोबाइल पर बजी थी।

"लीजिए न, फोने आ गया पगलवा का भी।" मोबाइल के चमचम पटल पर उभरे नाम को देखते ही चौबे जी ने कहा और कॉल उठाया।

"क्या हाल हो चौबे जी?" उधर से आवाज आई।

"जी प्रणाम कमल बिहारी बाबू, सब आशीर्वाद है। कहा जाए।" चौबे जी ने इतना मीठा अभिवादन किया कि लगा ही नहीं कि किसी पगलवा का फोन है।

"अरे कहाँ रहते हैं आपलोग? और हैं कि नहीं आपके थाना प्रभारी जी?" मंत्री जी के भाई कमल बिहारी मंडल ने पुलिस का पता पूछते हुए कहा।

"अरे लीजिए, हा हा हा कहाँ रहेंगे कमल बाबू! आपके हाथ से बाहर थोड़े हैं कभी भी। आदेश करिए न।" पुलिस ने भी अपना स्थायी पता बताते हुए कहा।

"भाई साहेब आ रहे हैं, हमारे भाई साहेब। मने मंत्री जी। बल्लोपुर पंचायत हमलोग पहुँचे हुए हैं, यहाँ अभी तक अता-पता नहीं है किसी का। जल्दी आइए महराज। अब टेबुल-कुर्सी भी हम लगाएँगे जी? नाश्ता-पानी, ई सब मतलब के देखेगा मर्दे। आपका दरोगा जी तो एकदम सुस्त आदमी है क्या हो? आइए जल्दी।" इतना बोल फोन कट चुका था, ये भी एक सूचना ही थी।

"हाँ बल्लोपुर ही है। वहीं व्यवस्था के लिए बोला है। थोड़ा जल्दी ही चला जाए सर। एक तो सिक्यूरिटी का सरकारी ड्यूटी होता है, ई साला कमला मंडल, हर बार बाकी बेबस्था भी थाने पर फेंक देता है।" संतुलित

झल्लाहट को भी और सलीके से सँभालते हुए चौबे जी ने दारोगा माधव राम की तरफ देखते हुए सूचित किया। तब तक माधव राम हाथ पोंछ, वर्दी को हाथों से झाड़ जीप पर बैठ भी चुके थे। दौड़कर आए बाकी सिपाहियों समेत चौबे जी भी कूदकर बैठे। रास्ते में फोन पर दारोगा माधव राम, भूनीलाल साव की दुकान पर नाश्ते के प्लेट की गिनती भी लिखवाते जा रहे थे।

कुछ ही मिनट के बाद अब जीप पंचायत भवन के सामने थी। माधव राम ने ये देख राहत की साँस ली कि कोई उच्च अधिकारी उनसे पहले नहीं पहुँचा था। जीप से उतरते ही थाने ने मोर्चा सँभाल लिया था। कुछ सिपाही, वहाँ मौजूद कार्यकर्ताओं का कुर्सी वगैरह सजाने में सहयोग करने लगे। कमल बिहारी मंडल हाथों से इशारा कर दारोगा माधव राम को किनारे ले गया, तैयारी का जायजा लिया और जरूरत की कुछ और चीजें नोट कराईं। इतने में प्रखंड के अधिकारी बीडीओ भी पहुँचे। उनकी गाड़ी से सामग्रियों की आठ-दस बड़ी पॉलीथिन उतारी गईं। कुछ फूल, माला और गुलदस्ते भी थे।

"ये एकदम अचानक से आगमन! हम तो छुट्टी पर थे, जैसे पता चला, सामान वगैरह खरीदे और दौड़े हैं।" प्रखंड विकास अधिकारी साहेब ने कमल बिहारी मंडल को सामने देखते ही अपनी पूरी ऊर्जा से बेहद चहके स्वर में अपने समर्पण और जीवटता की लघुकथा सुनाई।

"अरे उनका मन है भाई। अपना गाँव से लगाव है। जब मन सनका, चल देते हैं।" कमल बिहारी ने मंत्री जी के अपने गाँव की मिट्टी के प्रति लगाव को देशी स्वर देते हुए कहा।

"हाँ, लेकिन इस बार बहुत साल बाद सनका।" एक खड़े कार्यकर्ता ने अचानक से कहा। उसे शायद पिछली सभा की तिथि याद नहीं आ रही थी। हालाँकि उसकी भाव-भंगिमा से पता चल रहा था कि वो याद करने की कोशिश कर रहा था कि पिछली बार कब मंत्री जी अपने गाँव आए थे? मस्तिष्क ने साथ नहीं दिया, उतनी पुरानी बात नहीं आई याद बेचारे को।

अब गाँव का बेचारा समर्पित कार्यकर्ता अपने छोटे-से कामचलाऊ मस्तिष्क से घर-गृहस्थी की कमाई और खर्च का हिसाब याद रखे कि मंत्री-विधायक के आगमन-दुरागमन का ब्योरा।

गरीबी के दौर में दौरा उठने से बेहोश हो जाने वाले वफादार कार्यकर्ता, भला मंत्री जी के दौरे कहाँ से याद रख पाते।

"चलिए सब रेडी हो गया न?" कमल बिहारी ने खड़े-खड़े लगी मजलिस को भंग कर तैयार मंच की तरफ बढ़ते हुए कहा। चार चौकी से तैयार मंच पर तीन कुर्सियाँ रखी हुई थीं और सामने दरी पर सफेद चादर बिछा के एक साफ-सुथरा बेहद शालीन माहौल तैयार कर दिया गया था। कुछ ग्रामीण आ कर दरी पर बैठ भी गए थे। एक ने खैनी खा के सफेद चादर में हाथ पोंछते हुए बगल वाले से पूछा भी, "बहुत देर है क्या अभी मंत्री जी को आने में? इतना में तो हम आ जाते हैं थोड़ा–सा मार के।"

लेकिन बगल वाले ने तुरंत उसकी बाँह खींच उसे बिठाए रखा। वो जानता था कि तीर मारने जा रहा आदमी तो लौट भी आएगा लेकिन महुआ और ताड़ का नीर मारने जा रहा कार्यकर्ता शायद ही समय पर लौट पाए। इसलिए उसने उसे उठने नहीं दिया।

उसी समय पंचायत भवन के बाहर एक लंबी कार आकर रुकी, उसमें से जिला अध्यक्ष चंचल मंडल उतरा। उसे भी मंत्री जी के साथ मंच पर होना था। उसकी कार के ठीक पीछे जलेश्वर यादव की मोटरसाइकिल थी।

इस बीच आठ-दस युवाओं की एक टोली भी मंत्री जी के आगमन की खबर सुन आ चुकी थी जिसमें चिन्मय, दर्पण, अंगद, प्रभाकर, कृपालु वगैरह भी थे। ये सब दरी से किनारे हो खड़े थे। व्यवस्था सँभाल रहे एकाध कार्यकर्ता ने उन्हें बैठने का भी इशारा किया पर वे लड़के खड़े ही रहे। अंगद ने अपने पिता को देख लिया था इसलिए वो विशेष रूप से सबसे पीछे ओट लेकर खड़ा था।

तभी सायरन के साथ विशिष्ट काफिले की आवाज सुनाई पड़ी। दूर उड़ती धूल से वहाँ हलचल मची। लोग उत्साह में अपनी-अपनी जगह से दौड़े।

तब तक तो गाड़ियों का रेला पंचायत भवन के अहाते से सट भी गया।

मंत्री जी की गाड़ी की तरफ लोग दौड़े। कुछ सुरक्षाकर्मियों ने केहुनी मार उन्हें सही जगह पर ठेल दिया। कमल बिहारी ने मंत्री जी के उतरते ही माला पहना स्वागत किया। बाकी अधिकारियों ने गुलदस्ता देकर सिर झुका बेहद श्रद्धालपेटी अभिवादन किया। बीडीओ साहब कमर तक झुके। चेहरे से दिख रहा था कि उन्हें शरीर में शायद कोई कष्ट अनुभव हो रहा था, थोड़ा कराहते–से दिखे वो।

उन्होंने तुरंत ही बगल में खड़े मंत्री के भाई कमल बिहारी और जिला अध्यक्ष चंचल मंडल से सटते हुए हाथ जोड़ बेहद अफसोस भरे स्वर में कहा, "भगवान भी पता नहीं क्या सजा दे रहे हैं कि नौकरी के पीरियड में ही पीठ में दर्द रहने लगा है। पहले जितना मन उतना झुक लेते थे। अब थोड़ा नस में दिक्कत है, इस कारण आजकल इससे ज्यादा झुक नहीं पा रहे हैं। लेकिन मन में श्रद्धा ज्यादा से ज्यादा है, मंत्री जी को पता है।"

बीडीओ साहब ठीक ही कह रहे थे।

नैतिक रूप से पूरी तरह झुक चुका आदमी अगर शारीरिक अवस्था के कारण भौतिक रूप से थोड़ा कम भी झुके तो अनुभवी राजनेता ये सब चीजें समझते थे।

"बैठक को जल्दी शुरू करवाओ। देरी होने पर आदमी भागेगा, समझे! फूल–गुलदस्ता हो गया अब। फट से पहले चाय चलवा दो सब में।" चार कदम चलते ही कमल बिहारी के कान में मंत्री जी का अनुभव बोला।

तभी एकदम से भीड़ से उचककर तीन–चार करीबी कार्यकर्ताओं को ठेलते हुए दारोगा माधव राम ने भी अपना चेहरा दिखाते हुए अपनी घनघोर सक्रियता की उपस्थिति दिखाई मंत्री जी को। मंत्री जी ने कनखी से देख भी लिया कि कैसे मुस्तैद दारोगा नाश्ते के पैकेट बँटवाने को कह रहा था।

इतने में मंत्री जी लपककर चौकी वाले मंच पर पहुँच माइक पकड़ चुके थे।

"बहुत-बहुत अभार है कि आप सब हमको असीरबाद देने इहाँ आए। तो ई बताइए कि नाश्ता कर लिया जाए या हम अपना बात को रखें? और पहले ई बताइए कि चाय–नाश्ता ठीक है न?"

"अभी हमलोग को तो मिलबे नहीं किया है सर। खाली पीछे बाँटा है।" सामने दरी पर बैठे एक व्यक्ति ने बेहद सशंकित स्वर में कहा।

"अरे भाई आगे भी दो न। चाय–नाश्ता में इतना देरी काहे करता है भाई? मीटिंग का कोई अनुसासने नहीं समझता है तुम लोग। क्या मतलब है फिर मीटिंग का?" मंत्री जी ने मीटिंग में ईटिंग के महत्व को समझते हुए झल्लाकर कहा।

"सर, मीटिंग स्टाट करिए न। पहले मीटिंग जरूरी है।" एक आदमी ने

नाश्ते का पैकेट मिलते ही हाथ उठाकर जोर से कहा।

"ठीक है। चलिए सबको मिल रहा है धीरे-धीरे। दे रहा है पीछे से आगे। देखिए भाइयों, आज हम ई जो मंत्री-विधायक हैं इतना साल से, ये सब आपका ही कृपा है। ई तो मेरा गाँव है। अगर हमको गाँव से, घर से ही सपोट नहीं मिलता तो हम आज ईहाँ तक पहुँचते जी? कभी नहीं। देखिए आज हम अपना गाँव आए हैं। आपलोग बहुत दिन से सोचते होंगे कि मंत्री जी तक आपका बात पहुँच रहा है कि नहीं? हम इसलिए कमल को यहाँ एकदम बिठाकर रख दिए हैं। कोई दिक्कत हो तो इसको पकड़ के हमको कागज भेजवाइए।" मंत्री जी खुली घोषणा करते हुए कहा।

"बल्लोपुर स्कूल में पानी-बिजली का इंतजाम थोड़ा एक जरूरी चीज है मंत्री जी, उसको अगर कर दिया जाए तो एक बड़ा अच्छा काम हो जाएगा।" उसी स्कूल से एक जमाने में बिना पढ़े निकल चुके एक बुजुर्ग ने बेहद जरूरी माँग कर दी। मंत्री जी ने उसकी ओर देखा तो पहचान लिया कि ये तो स्कूलिया टोला वाला अधीर चौधरी था। मटमैली धोती पर बाँह वाली सफेद गंजी, उम्र साठ-पैंसठ साल, चेहरे पर हल्की सफेद दाढ़ी, धँसी हुईं आँखें और हथेली में सदैव रगड़ खाती हुई खैनी। ये बल्लोपुर के स्कूल वाले मोहल्ले के बाशिंदे थे और कुछ लोग कहते थे कि बचपन में स्कूल के ही समय मंत्री जी को खैनी खाना इन्होंने ही सिखाया था।

"देखिए केतना वाजिब बात किया है अधीर भाई। ई हमरा किलास फ्रेंड रहा है, पता है कि नहीं सबको? ई अभी थोड़ा-सा दूसरा पाटी में जाते-आते रहता है। लेकिन हमारा दोस्त है। और अरे बाप शुरू से इसका अलग ही दिमाग रहा है। क्या हाल अधीर भाय?" माहौल एकदम मित्रवत और भावुक हो गया था मंत्री जी की इस सादगी पर। बातों-बातों में मंत्री जी ने विपक्ष के प्रति भी स्नेह प्रदर्शित कर दिया था!

"सब ठीक्के है मंत्री जी। अब आप कहाँ, हम कहाँ? हम कहाँ कोई पाटी जाएँगे मंत्री जी? हमको क्या काम राजनीति से? हमरे हाथ कोनो भोट है? लेकिन हाँ, हम अपने लिए कुछ कब्बो नय माँगे मंत्री जी। हम त अभी भी समाज का ही डिमांड रख रहे हैं।" मंत्री जी के कक्षा मित्र भोले-भाले अधीर चौधरी ने बिना किसी अधीरता के हाथ जोड़े बड़ी विनम्रता के स्वर में कहा।

"एकदम अधीर भाय, काम हो के रहेगा। भोट किधरो जाए। अब देखिए

संयोग कैसा है कि बिजली और पानी, दोनों विभाग हमारा नहीं। है कि नहीं! अब दोनों काम के लिए हमको बोलना होगा दूसरा मंत्री जी को। हाथ भी जोड़ना होगा तो जोड़ेंगे गाँव के वास्ते। तो थोड़ा-सा लेट होना तो नेचुरल है ही। है कि नहीं! लेकिन हो जाएगा। अपना कलम से होने वाला काम होता तो अभी तुरंत होता। है कि नहीं! उसका मजे अलग है। है कि नहीं!"

मंत्री जी ने पूछा तो लोगों ने एक आवाज में कहा-

"हाँ, है। बात तो सही है।"

थोड़ी-बहुत ताली भी बजी।

"आपका सर शिक्षा विभाग है। तो सर अपने ही गाँव-इलाके के कई प्रतिभाशाली छात्र का करियर भँवर में फँसा हुआ है सर, जो लोग संविदा पर शिक्षक हैं। सबसे पहले तो निवेदन है कि उसको स्थायी कर दिया जाए। मानदेय को बढ़ाया जाए सर। समान कार्य के लिए समान वेतन तो मिलना ही चाहिए।" एकदम पीछे से एक आवाज गूँजी।

"तुम कौन हो जी? क्या करते हो बाबू?" मंत्री जी ने उस नौजवान की तरफ देखते ही पूछा।

"छात्र ही हैं सर। तैयारी कर रहे हैं।" उस नौजवान ने दृढ़ता से कहा।

"ह हाहा ह ह अरे मर्दे ई लुंगी में कौन छात्र होता है जी? कितना एज हो गया? लुंगी काहे पहने हो?" मंत्री जी ने हँसते-हँसते पूछा। मंत्री जी के इस सस्ते विनोद पर मंच से सट खड़े कुछ और लोग भी हँस दिए।

"सर पान बेचते हैं। दर्पण शुक्ला नाम है। गुमटी में जींस पहन के बैठा नहीं जा सकता दिन भर सर, इसलिए लुंगी पहनते हैं। प्रतियोगी परीक्षा का तैयारी करते हैं।" दर्पण के स्वर में आत्मविश्वास का परिचय था और परिचय में आत्मविश्वास।

"तो पान बेचने वाला भी प्रतियोगी परीक्षा का तैयारी करने लगा है?" मंत्री जी ने बड़ी मोटी बात समझते हुए एक सपाट प्रश्न पूछ दिया।

"नहीं सर, प्रतियोगी परीक्षा का तैयारी करने वाला पान बेचने लगा है।" दर्पण ने उतनी ही सूक्ष्म बात समझाते हुए बड़ा तीक्ष्ण उत्तर दिया था।

ये उत्तर चाहे कितना भी सही हो, मंत्री जी को सही नहीं लगा था। उनके चेहरे के अचानक बदले भाव को देख तो यही लग रहा था।

"सर, सरकार नया वैकेंसी नहीं ला रही। जो एक्जाम हो रहा है, वो भी कैंसिल हो जा रहा है। किसी का पेपर लीक हो जा रहा है। इसमें कब सुधार होगा सर?" एकाएक चिन्मय ने हाथ उठाते हुए कहा। आँखों की पुतली को ऊपर-नीचे कर अभी मंत्री जी कुछ जवाब सोच ही रहे थे कि एक और आवाज आई पीछे से।

"हम सर फिजिक्स से एमएससी हैं और गदहा के जैसा स्कूल में मजदूरी कर रहे, नाम का एक संविदा शिक्षक हैं। लेकिन दिन भर तो ब्लॉक दौड़ने में, फील्ड दौड़ने में जिंदगी जा रहा। न बच्चा को पढ़ा पा रहे हैं न अपना ही करियर का कोई गारंटी है। परमानेंट भी हो जाते तो समझते कि एक आसरा मिला।" इस बार कृपालु राय बोल पड़ा था।

"हम लोग का एज पार हो रहा है सर और नौकरी ही नहीं है। एक भी परीक्षा बिना धाँधली के नहीं हो रहा। सीट ही बिक जाता है।" इस आवाज पर मंत्री कम, मंच के किनारे खड़ा जलेश्वर यादव छाती पर हाथ रख उछल पड़ा था। उसने दाँत पीसकर बेटे को आँख गड़ाकर देखा। उसकी मुट्ठी तन गई थी, उसका मन कर रहा था कि अभी जाकर बेटे पर दस-बीस मुक्के बरसा दे।

"अरे शांत भाई शांत। एक-एक कर के बोलो न। सब एकदम नौकरी के लिए ही जमा हुए हो क्या यहाँ? हलुआ–पूड़ी है नौकरी? थोड़ा आवाज को नीचे कर के बात को रखो न। आपलोग स्टूडेंट हो, थोड़ा तरीका को भी सीखो। एक साथ सब सियार के जैसा हुआँ–हुआँ काहे कर रहे हो?" मंत्री जी पर नैतिक दबाव बनता देख मंच से ही चंचल मंडल ने मोर्चा सँभाला।

"बहुत बढ़िया बात। पहले तो हमको यही खुशी है कि हमारे इलाके में इतना शिक्षित युवा लोग है। अब रहा सवाल... "

अभी मंत्री जी ने इतना ही बोला था कि बीच में फिर एक आवाज गूँजी, "सर, लेकिन बेरोजगार भी तो है।"

"ऐ लुंगी, तुम बीच में काहे टोक रहे जी? इसका मतलब कि हमको ठीक इनपुट मिला था। उस दिन मुख्यमंत्री जी जब सभा कर के हमारा सम्मान कर रहे थे, बीच सभा में घुसकर कौन हंगामा मचाया था जी? पक्का हो गया एकदम, तुम्हीं लोग था न?" मंत्री जी ने एकदम से मिजाज बदलते हुए असली सवाल पूछा था।

"हाँ सर, हमलोग थे, दर्पण भैया नहीं थे। लेकिन हंगामा थोड़े किए थे। हमलोग तो आपस में परीक्षा और वैकेंसी का बात कर रहे थे। आप ही का पार्टी का लोग मार-पीट करने लगा सर, बेमतलब।" चिन्मय एकदम से बोल पड़ा।

"आ, वाह, देखिए, मिल गया। खबर पक्का था मतलब हमको। बताइए हमारे ही गाँव के लड़के हमारा ही जनाधार तोड़ने में लगे हैं। मुख्यमंत्री के सभा में विरोध कर हमको ही बदनाम और कमजोर करने में लगे हैं। और हम बल्लोपुर के लिए पानी-बिजली माँगते फिरें? क्या अधीर भाय? देख रहे नौजवानों को? आप ही का इशारा था क्या?" मंत्री जी अब तमतमा-से गए थे। आवाज में गुस्सा और चेहरे पर तनाव था। मुख्यमंत्री ने खुद बुलाकर इनकी खासी क्लास ली थी। इनको बताया गया था कि अगर अपने क्षेत्र से नियंत्रण खो रहे हैं तो आगे टिकट मिलने में ही दिक्कत होगी। मुख्यमंत्री की सभा में मंत्री के ही गाँव के लड़के हंगामा करेंगे तो सरकार का इकबाल कहाँ जाएगा? ये सब बातें जब मंत्री जी को बुलाकर खरी-खरी सुनाई गईं तब आज सात वर्षों बाद अचानक अपने गाँव बल्लोपुर पहुँचे थे मंत्री जी।

"हम कमजोर पर काहे गरमा रहे हैं मंत्री जी। अरे ई तो पूरा देश के छात्र नौजवानों का माँग है कि पढ़े-लिखे को नौकरी मिले, परीक्षा में धाँधली बंद हो। ये सब कोई राजनीति का बात है? युवा का जरूरत है। जायज और जरूरी माँग है।" अधीर चौधरी ने तो मुखपत्र ही खोल दिया था छात्रों की तरफ से।

"हाँ तो सब हमी से माँगेगा? हमारा ही जड़ खोदेगा? ये अधीर चौधरी तो बुढ़ा गया, मैट्रिक भी पास नहीं हुआ था। इसका राजनीति में मत फँसो। ये तो अपने गाँव का है, यही बोल हम कभी कुछ नहीं बोलते हैं। लेकिन खबरदार, बता दे रहे हैं कि चार अक्षर पढ़ के ढेर क्रांतिकारी मत बनो जी तुम लोग। हमको ये सब बर्दाश्त नहीं कि बल्लोपुर में, कर्जापट्टी में, बैंगनफुल्ली में ही विपक्षी पाटी अपना जाल बिछाए। तुम लोग चार पैसा में मत बिको। गाँव के साथ रहो।" मंत्री जी क्रोध पर बिना किसी नियंत्रण के बोले जा रहे थे।

"पहला बात कि हमलोग का ई अधीर बाबा से कोई लाग-लपेट ही नहीं, दूसरा बात कि पैसा से कोई नहीं खरीद सकता हमलोग को सर।" दर्पण के इतना कहते ही लगा कोई उसकी तरफ झपटा।

"अरे खबरदार जो मुँह चलाया।" मंत्री जी के मुँह से इतना निकला ही था कि दारोगा माधव राम के लिए कर्तव्य की घड़ी साक्षात् आ गई थी।

"अरे बकचोद लड़का, बिना बुद्धि का आदमी। पान बेचते हो न, सब कत्था–चूना दिमाग में पोत लिए हो क्या ? किससे मुँह लगा रहे हो ? हटो यहाँ से। ऐ चौबे जी, बिठाइए तो ई सब लड़का को जीप में।" दारोगा ने दर्पण की कॉलर पकड़ घसीटते हुए कहा।

ये सुनते ही मंच से घुट्टी सटा के खड़ा जलेश्वर यादव अब तो एक छलाँग में मंच पर कूद पड़ा। मंत्री के सुरक्षाकर्मियों ने दौड़कर उसकी गर्दन पकड़ी। उसी अवस्था में गर्दन को किसी तरह मोड़ते हुए उसने चंचल मंडल की तरफ इशारा किया, जो मंच पर ही दूसरी कुर्सी पे बैठा था। चंचल मंडल ने हृदय की विशालता दिखाते हुए सुरक्षाकर्मियों के हाथ जोड़े और खुद उठ के घसीट के नीचे कर दिए गए जलेश्वर यादव के पास आया।

"चंचल बाबू, उ लाल शर्ट वाला गोरका लड़का हमारा है, उसको बचा लीजिए। थाना न ले जाए पुलिस।" जलेश्वर यादव ने लगभग चीखते हुए बताया।

"ओह, बाप–बेटा सब ही तूफानी है एकदम। ऐसा संगत में रखना चाहिए लड़का को ? अभी जाने दीजिए, कुछ नहीं होगा। हम अभी जा के छुड़ा देंगे थाना से। ठीक है ? अभी सभा को चलने दीजिए।" चंचल मंडल ने कहा और वापस कुर्सी पर जाकर बैठ गया। जलेश्वर यादव को कुछ समझ नहीं आ रहा था कि क्या करे ? मन में भयंकर उधेड़बुन मची हुई थी। अगर कार्यक्रम छोड़कर जाता तो उसे ये डर था कि चंचल मंडल या मंत्री जी बुरा न मान जाएँ। यहाँ खड़ा रहता तो बेटे के लिए परेशान रहता। फिर उसे लगा कि आखिर अकेले थाने जाकर भी क्या होगा ? दारोगा उसके कहने पर तो बेटे को छोड़ेगा नहीं, इसलिए यहीं साथ रहता हूँ चंचल मंडल के सामने ही, तब बाद में फोन करवा छुड़ा लाऊँगा।

अब पुन: एक समर्पित कार्यकर्ता और मजबूर बाप चुपचाप मंच से सट के खड़ा हो गया था, मंत्री जी के सुदर्शन मुख के तेज को निहारता हुआ।

मंत्री जी ने तब तक पानी पीकर खुद को थोड़ा स्थिर किया और पुन: माइक पर बोले, "देखिए, बेरोजगारी पूरे विश्व का समस्या है, पूरे विश्व का, अकेले बल्लोपुर का नहीं। नौकरी लगता है जब आप खूब मेहनत से

पढ़-लिख के कोई परीक्षा पास करते हैं। ये लड़का लोग राजनीति कर रहा है, तो लगेगा कभी नौकरी? अरे पढ़ो-लिखो, हमसे उसमें माँगो मदद। हम जरूर देंगे। अब देखिए न जैसे यहाँ का समस्या है कि बिजली-पानी चाहिए स्कूल में, हम कर ही देंगे समाधान। लेकिन ये बच्चा लोग को सोचना होगा कि खाली विपक्षी पार्टी से पैसा ले के सभा में हंगामा करने से तो नौकरी लगेगा नहीं। नौकरी के लिए तो पढ़ना होगा, परीक्षा पास करना होगा। है कि नहीं! और ये लड़का लोग साला पोलिटिक्स में उतर गया है पढ़ाई-लिखाई छोड़ के। बोलिए साला, पान वाला नौकरी का बात बोल रहा? ये बदमाशी नहीं तो क्या है?" मंत्री जी ने अपनी समझ में उपस्थित लोगों को ये बताने में सफलता पा ली थी कि वे युवा बदमाश थे और एक गहरी साजिश के तहत राजनीति कर रहे थे।

तभी अचानक जलेश्वर यादव ने पार्टी और मंत्री जी का नाम ले जोर-जोर से नारा लगाना शुरू किया। भीतर का बाप रो रहा था और बाहर का कार्यकर्ता नारों में चीख रहा था। उसका उत्साह देख नाश्ता कर चुके बाकी लोग भी चीखने लगे नारों की शक्ल में। अब जाकर वातावरण अनुकूल लगा मंत्री जी को। उन्होंने मुस्कराते हुए शांति रखने का इशारा किया। अपने लिए लगा जिंदाबाद का नारा मन को हरा तो कर ही देता है।

अब मंत्री जी ने अंग्रेजी का कूल होते हुए घोषणा की, "सुनिए सब लोग, हम कोई अभी नहीं जाने वाले हड़बड़ी में। हमको आज आपलोग का प्रेम देख के बहुत अच्छा लगा। रात को गाँव में ही रुकेंगे। और सुनिए, आज रात का भोजन हमारे आवास पर ही रहेगा सबका। आप लोग के साथ खाएँगे आज हम। बोलिए, क्या खाने का मन है? दोपाया या चौपाया?"

"हुजूर, मजे आ जाएगा अगर दोनों हो जाए।" सामने दरी पर बैठ खैनी रगड़ रहे एक युवा मतदाता देवता ने बड़ी निश्छलता से कहा।

"ओ, दोनों? चलिए ठीक है, दोनों बनवाते हैं। जनता का बात हम कभी काटे ही नहीं हैं। और सुबह हम खेत के तरफ निकलेंगे। थोड़ा अपने किसान भाई लोग से मिले भी बहुत दिन हो गया। अभी किसान लोग मीटिंग में हमको कम दिखा, शायद खेत से थका-मरा लौटा होगा इसलिए नहीं आया। लेकिन हम जाएँगे खुद भाई उनसे मिलने, मंत्री हैं तो क्या हुआ। बरसात का दिन है, सबसे खेते पर भेंट भी हो जाएगा।" मंत्री जी ने अपनी बात खत्म की, उससे

पहले ही उनके इस उदार उद्गार पर ताली बजने लगी थी।

जनता की माँग मान ली गई थी।

मुर्गा और बकरा, अब दोनों को अपनी कुर्बानी देनी थी एक स्वस्थ जनमत के लिए।

रात्रिभोज की घोषणा होते ही सारे अधिकारी इधर-उधर दौड़ने लगे थे। कुछ जिम्मेदार अधिकारी मोबाइल पर व्यस्त हो गए। एकाध घंटे में ही तीन–चार सौ लोगों के भोज की तैयारी करनी थी। उसमें भी मांसाहार का इंतजाम, थोड़ा कठिन तो था ही, लेकिन आज उससे नीचे में बात बननी भी नहीं थी। पेड़ अपनी जड़ में खाद माँगता है, नेता को अपनी जड़ में तेल–मसाला समेत मुर्गा, माँस, मदिरा, सब डालना होता है।

मंत्री जी का काफिला अब उनके पैतृक आवास की तरफ निकला। आज पूरी रात बल्लोपुर में हलचल रहनी थी।

मंत्री जी ने कर्जापट्टी से भी विशेष लोगों को बुलवा लेने को कहा था। कमल बिहारी सबको एक-एक कर फोन लगा रहा था। बोगो महतो को भी निमंत्रण दे दिया था उसने।

करीब नौ बजे से रात्रिभोज प्रारंभ हुआ जो रात के करीब एक बजे तक चलता रहा। मंत्री जी कुछ पाँत में खुद मांस की बाल्टी ले के टुकड़ा देते नजर आए थे। कुछ लोग पेट भर जाने के बाद भी मंत्री जी के इस स्नेह को न नहीं बोल पा रहे थे। श्रद्धापूर्वक उन्होंने हथेली पर ही मांस के टुकड़े को लिया और उसे सामने ही चूस रहे थे।

भोज लगभग समाप्ति की ओर था। आखिरी पाँत में मंत्री जी अपने करीबी साथियों और कुछ पुराने कार्यकर्ताओं के साथ बैठे। मंत्री जी कुछ हल्का ही ग्रहण करना चाह रहे थे, इसलिए उनके लिए जिला कृषि पदाधिकारी महोदय खुद से मछलियों का राजा कहाने वाली हिलसा मछली खरीद लाए थे। जबकि मछली जल की रानी थी।

"इसको खाया जाए और थोड़ा हुजूर, इसमें प्रोटीन, प्लस इसमें ओमेगा थ्री फैटी एसिड, प्लस भीटामीन ए और डी होता है सर बहुत मात्रा में। ये सर एक तो फेस का लाइटिंग बढ़ाता है सर, दूसरा मेमोरी को बढ़ाता है।" पढ़–लिखकर राज्य सेवा की परीक्षा पास कर कृषि पदाधिकारी बने नौजवान अधिकारी ने ली हुई शिक्षा का बेहद सार्थक सदुपयोग करते हुए मंत्री जी

से आग्रह किया। नौकरी धीरे-धीरे शिक्षा का उपयोग, अपने लिए सदुपयोग सिखा ही देती है।

"नहीं भाई, हो गया, हो गया अब। बहुत खा लिए। अब और कितना लाइट और जलाएँ भाई चेहरा पर। बीस साल से हूँ विधायक, उसमें नौ साल से मंत्री।" मंत्री जी ने बायें हाथ से अपना गाल स्पर्श करते हुए मुस्कियाकर कहा।

"सर का मंत्री बनने के पहले से ही ऐसा लाइटिंग फेस है, ई सब नेचुरल है सर का। पच्चीस साल से तो हम देख रहे हैं। जब हम सर्विस में थे भी नहीं।" एक अन्य अधिकारी को आगे बढ़ता देख प्रखंड विकास पदाधिकारी ने तत्क्षण अपने हिस्से की श्रद्धाछलाँग अर्पित की। मंत्री ने इस बात पर बस गर्दन हिलाकर हल्की–सी, न दिखने वाली प्रतिक्रिया दी। अब वो शायद नहीं चाहते थे कि लोग उनके गहरे गाढ़े श्याम रंग युक्त गोटीदार चेहरे पर इतना लाइट मारें।

"अरे बहुत बच गया है भाई मछली। थोड़ा-थोड़ा मछली भी चला दो इन लोगों को।" मंत्री जी ने बड़े भगोने को पेटभरे ढंग से ठेल के किनारे करते हुए कहा।

मंत्री जी द्वारा ठेलते ही टेबल पर उस भगोने को लेने के लिए सात-आठ हाथ एक साथ बढ़े। सभी को लगा कि मंत्री जी का छुआ और छोड़ा हुआ हिस्सा मतलब खाली मछली थोड़े न हुआ, लोकतंत्र का प्रसाद है।

"थोड़ा-थोड़ा कर के सबको मिल जाए, इस हिसाब से बाँटिए चंचल बाबू।" भगोना चंचल मंडल के हाथ देख जलेश्वर यादव के मुँह से निकला जो ठीक पीछे दूसरी टेबल पर खा–पी के अब पापड़ के इंतजार में बैठा था। बेचारे को लग रहा था कि शायद इसी प्रसाद से बेटे की मुक्ति का फल मिल जाए। जलेश्वर यादव को भोजन धँस थोड़े रहा था। वो तो हर आधे घंटे पर हाथ जोड़ चंचल मंडल की तरफ देखता और देखता कि चंचल मंडल मंत्री जी की तरफ देख रहा।

"चलिए अब बीसराम किया जाए। सुबह खेत के तरफ भी तो निकलना है। धनरोपनी का समय है, जरा किसान–विसान से भी तो मिलना जरूरी है भाई।" मंत्री अवध बिहारी मंडल ने कुर्सी से उठते हुए कहा। मंत्री जी को उठता देख कुछ लोग हड़बड़ा के सम्मान में खाने की प्लेट हाथ में लिए ही

उठ गए।

मंत्री जी ने एक बार पुनः बड़ा हृदय दिखाते हुए उन्हें पहले स्थिर से खा लेने को कहा और आवास के अंदर चले गए। बोगो महतो भी अभी तक दाँत गड़ाए हड्डी से मांस छुड़ा ही रहा था। इसी तन्मयता में वो तो सम्मान में उठ भी नहीं पाया। लेकिन वो भोजन के बाद मंत्री जी से कुछ बातें करना चाह रहा था। यही सोच आया ही था रात्रिभोज में शामिल होने। परंतु तब तक तो मंत्री जी सोने को जा चुके थे।

आजकी सुबह खादी में लिपटी हुई आई थी। जानफेंकू कार्यकर्ता भोरे से ही जुट गए थे। मंत्री जी ने तय किया कि खेत की तरफ कार से नहीं जाएँगे। आज मोटरसाइकिल से चला जाए। मंत्री जी तैयार हो मोटरसाइकिल पर पीछे बैठ के बाहर निकले।

उनके पीछे सारा जमाना। कार और जीप का काफिला चल रहा था पीछे-पीछे। नारे लग रहे थे। तब तक हल्की बूँदाबाँदी भी होने लगी थी। सरकार, कार से उतरकर त्याग का आकार ले चुकी थी। जनतंत्र का इसी से तो उद्धार होना था। मंत्री जी को मोटरसाइकिल जैसे आम जनवाहन पर देख लग रहा था कि सम्राट अशोक रथ त्याग पैदल ही कलिंग से पाटलिपुत्र की तरफ जा रहे हों।

"रोको रोको, यहीं रोको।" एक खेत में भरा हुआ पानी और रोपनी देख मंत्री जी ने मोटरसाइकिल चला रहे कार्यकर्ता की पीठ ठोंककर गाड़ी रुकवाई।

"किधर गया जी कैमरा वाला? यहीं से लो न जी सीन सब। मंत्री जी कैसे बाइक से उतरे! कैसे मेढ़ धर के खेत में पहुँचे। यही सब चीज न वायरल हो जाता है।" पीछे की कार से उतरकर दौड़े चंचल मंडल ने तुरंत पके हुए निर्देशक की भाँति कैमरामैन को समझाते हुए कहा।

मंत्री जी ने जैसे ही पगडंडी पकड़ी, आप्त सचिव कुलभूषण जी ने दौड़ के उनका पाजामा मोड़कर ऊपर की ओर कर दिया।

मंत्री जी को देख खेत में काम करने वाले किसान एकबारगी खुशी में अकबकाने लगे थे। खेतिहर महिलाएँ तो मारे लाज के छिटक के किनारे हो गई थीं।

"क्या हाल है जी आप लोग का? देखो हम भी आज धान रोपने आ

गए। इससे बड़ा कोई काम कहीं होता है जी। आप लोग को प्रणाम करता हूँ। किसान तो धरती का भगवान होता है।" मंत्री जी ने सुंदर–सा रेडीमेड अभिवादन किया।

ये सुनते ही एक भगवान ने अपनी खुशी सँभालते हुए धान के बिरवे का एक गुच्छा मंत्री जी को पकड़ाया।

"इसको, बिरवा को ले के माटी में खोंसते जाना है सर।" एक भगवान ने मंत्री जी को दाँत चिहार के हाथ में बिरवा लेकर खड़े–खड़े मुस्कराता देख रोपण की विधि बताई।

"हुजूर, इसमें थोड़ा झुकना होगा।" एक किसान ने बेहद विनम्रता और अपार झिझक के साथ कहा।

झुकना होगा! ये शब्द जैसे ही कानों में गूँजा, मंत्री जी एकाएक ठिठक गए, अधरों पर एक स्थिर–सी मुस्कान लिए कुछ क्षण मौन रहे।

फिर अचानक से कुछ सोचा और जोर से हँस के धान रोपने को झुके, इतने में तैनात एक सुरक्षाकर्मी ने मोबाइल पर तत्कालीन दृश्य से मिलान करता लोकगीत बजा दिया,

गोरी झुकी झुकी रोपे ले धान... हो हो, हो हो... गोरी झुकी झुकी रोपे ले धान...

राजनीति में तो कभी-कभार झुकना ही पड़ता है, यही सोचकर मन को समझा लिया था मंत्री जी ने।

मंत्री जी अब हाथ में धान का बिरवा ले एक-एक बिरवा रोपे जा रहे थे।

इस दृश्य से इस प्राचीन मान्यता को नवीन दृष्टि मिल रही थी कि जब आपके बीच आया सबसे प्रधान व्यक्ति भी कुछ मिनट कृषि जरूर करे तो प्रामाणिक रूप से आप एक कृषि प्रधान देश में हैं।

उपस्थित सारे लोग अभी मोबाइल से वीडियो बना रहे थे। खेत की मेड़ पहली बार इतनी चहल–पहल से गुलजार हुई थी। जिधर भी मंत्री जी बिरवा रोपने मुड़ते और झुकते, सात-आठ लोग उस दिशा वाली मेड़ की तरफ गिरते–फिसलते दौड़ जाते और तस्वीर खींचते। मंत्री जी ने दो-तीन मिनट की धुआँधार रोपाई के बाद दूर, दूसरी तरफ किनारे खड़ी खेतिहर महिलाओं को भी इशारा कर बुलाना चाहा। इससे तस्वीरों में थोड़ी लैंगिक समरसता दिखती,

समानता भी। तस्वीरें भी थोड़ी इंद्रधनुषी दिखतीं। लेकिन उन महिलाओं ने लाज के मारे पीठ के तरफ फेंकी गई साड़ी के हिस्से को सामने खींच घूँघट बना लिया था और मंत्री जी को खेत में उतरा देख, अपनी सखियों संग दाँत की कोर से घूँघट दबाए हँसे जा रही थीं।

"अरे इधर आइए आप लोग भी। लजाते काहे हैं हमसे? हम भी तो किसान का बेटा हैं। इसी गाँव का हैं।" मंत्री जी ने दूर से ही वार्तालाप कर उन महिलाओं को थोड़ा सहज करना चाहा। लेकिन वो महिलाएँ नजदीक आ ही नहीं रही थीं। अलबत्ता वो लजाने से ज्यादा हँस रही थीं। उनके लिए तो ये दृश्य दुर्लभ भी था और अनोखा भी।

"गाँव में लेडीज लोग में एजुकेशन का बहुत अभाव है। महिला को शिक्षा देना होगा।" मंत्री जी ने बिरवा बोते-बोते ही कहा।

जब बार-बार बुलाने पर भी महिलाएँ नहीं आईं तो ये मंत्री जी को थोड़ा बुरा भी लगा। लेकिन उन्होंने एक चिंतनशील जनप्रतिनिधि की तरह इसका कारण भी सोच निकाला। थोड़ा-सा सोचने पर मंत्री जी को शिक्षा का एक और महत्व पता चला।

उन्होंने तत्काल ही सोचा, 'शहर में तो खूब लेडीज लोग फोटो खिंचाता है हमलोग के साथ। वहाँ एजुकेशन है न, तो लाज नहीं है।'

इस पर मेड़ पे खड़े एक युवा सुरक्षाकर्मी ने, जो स्नातक था और प्रतियोगी परीक्षा की भी तैयारी कर रहा था अपने किसी तरह बचे हुए समय में, मन ही मन सोचा, 'मने साला शिक्षा बेशर्म भी बनाती है क्या? ई क्या बोल रहा है मंत्री जी?'

तब तक मंत्री जी ने धान रोप दिया था। एक सुरक्षाकर्मी दौड़कर कार से मिनरल वाटर की तीन-चार बोतलें ले आया, मंत्री जी के हाथ और पैर धुलाए। पैर धोने में एक बोतल का आधा पानी बच गया तो मंत्री जी ने बोतल पीछे मुड़ अपने पीए कुलभूषण जी को थमा दी। कुलभूषण जी वो पानी पी गए, गर्मी बहुत थी असल में।

स्थानीय पत्रकार भी जुट चुके थे। धान रोपाई का सफल कार्यक्रम संपन्न हो चुका था।

देश में बुद्धिजीवी तो वर्ष भर ज्ञान का धनिया बोते थे। इधर कुछ वर्षों में बरसात के पानी के साथ ये फैशन भी धरती पर उतरा था, धान बोने का।

राजनेता घुटने तक फुलपैंट और पाजामा मोड़ खेतों में उतर धान रोप रहे थे और किसान दुःख काट रहा था।

बोने/रोपने और काटने की इसी प्रक्रिया को खेती कहा जाता था।

9

जलेश्वर यादव सुबह-सुबह मंत्री जी के धान रोपाई कार्यक्रम में शामिल नहीं हो पाया था। वो तो बेचारा तब से ही बेचैन था जब चिन्मय, दर्पण और कृपालु समेत बेटे अंगद को भी थाने वाले अपनी जीप में उठा ले गए थे।

जलेश्वर यादव रात को घर नहीं गया था। रात्रिभोज के बाद वहीं दो घंटे मंत्री जी के आवास पर कुर्सी पर बैठा रहा था। चंचल मंडल ने रात एक बजे के करीब जलेश्वर को समझाया कि "सीधे कमल बिहारी का गोड़ पकड़ लो, फोन कर देगा दरोगा को। उसका बात नहीं उठाएगा दरोगा, छोड़ देगा तुरंत बेटे को आपके। क्योंकि मंत्री जी का मामला है, हमसे लजा जाएगा दरोगा।"

जलेश्वर यादव ने अक्षरशः यही किया। जब सभी कार्यकर्ताओं को विदा कर सुबह आने का निर्देश दे कमल बिहारी भी सोने को जाने लगा तब आखिर में बचे जलेश्वर यादव ने पाँव पर झुकते हुए अपनी फरियाद रखी।

"अरे ? आपका भी बेटा था उसमें ? क्या जादब जी, आप हमारा आदमी हो के कहाँ उल्टा-सीधा काम में घुसाए हुए हैं जी बेटा को ?" कमल बिहारी ने चौंकते हुए कहा था।

"बस अब से नहीं दिखेगा उ हुजूर उस संगत में। उ पान वाला शुक्ला ही है सबसे बड़ा हरामी। वही सब सिखाता रहता है कि फलना फारम भरो,

फलना कोचिंग चले जाओ, फलना एग्जाम में बैठ जाओ। साला दिमाग खराब कर दिया है हमारे लड़का का। जबकि हमारा लड़का पढ़ने में बढ़िया है कमल बाबू। बस फारवर्ड लोग का चक्कर में फँस गया हमारा लड़का।" जलेश्वर यादव ने पुत्र के सवर्णचक्र में फँसने की कथा सुनाते हुए एक भावुक याचना की।

कमल बिहारी मंडल इतना सुनने को इच्छुक था ही नहीं। उसमें भी जब आज मंत्री जी खुद गाँव में थे, तो उसने आज तय कर लिया था कि आज तो उतना भी दिमाग नहीं लगाऊँगा जितना ज्ञापन ले के फिर फोटो खिंचाने में लगाता हूँ। वो आज दिमागी तौर पे बड़े आराम से था।

"अरे भाड़ में जाए फारवड–झारवड, फेंक देंगे एक दिन उखाड़ के पान का गुमटी उसका। रुकिए, फोन कर देते हैं दरोगा को। आप लेकिन अपना बच्चा को थोड़ा कंट्रोल में रखिए, बस।" इतना बोल कमल बिहारी मंडल ने दारोगा माधव राम को फोन कर अंगद को छोड़ देने की पैरवी कर दी थी।

वहीं से निकल उसी समय जलेश्वर यादव थाना पहुँच चुका था। देखा कि बरामदे में बेंच पर एक ही पंक्ति में सारे लड़के बैठे हुए थे। उसने अंदर पहुँचते ही सबसे पहले अपने बेटे को एक जोरदार तमाचा जड़ दिया। अंगद ने बिना हिले–डुले चुपचाप वो थप्पड़ पी लिया।

थप्पड़ और जलेश्वर यादव की आवाज सुन दारोगा माधव राम अपने कक्ष से बाहर आ गए थे और उन्होंने आगे बढ़ जलेश्वर को पीछे की ओर खींच कुर्सी पे बिठा दिया।

सुबह के आठ बज चुके थे। सब लोग अभी भी थाने ही में थे। जलेश्वर यादव अपने बाल नोच-नोच क्रोध में अभी भी थाने के बाहर टहल रहा था।

"बताइए अब इसमें क्या करें हमलोग? आपका बेटा जब जाना ही नहीं चाह रहा थाना से तो करें क्या? जबरदस्ती घर से थाना लाती है पुलिस, जबरदस्ती थाना से घर थोड़े पहुँचाती है।" सिपाही धनीमन चौबे दाँतों में दातुन दबाए जलेश्वर यादव से लगातार बोल रहे थे। दारोगा माधव राम तो सुबह करीब पाँच बजे ही अपने आवासीय कमरे में जा के सो गए थे। अब बस जागने को ही थे।

"कुल का कलंक निकल गया है ई लड़का। बताइए, बोल रहा है कि अगर छुड़ाना है तो सब दोस्त को छुड़ाइए, हम अकेले नहीं जाएँगे थाना से।

अरे साला, चलो मान लिए, लेकिन हमारा औकात हो तब न सबको छुड़ा लें? हम तो रात भर हाथ–गोड़ जोड़ तुम्हारे लिए पैरवी कराए हैं। तो तुम तो चलो। ये लोग भी छूटेगा अपना बाद में। कोई फाँसी थोड़े हो जाएगा? किया ही क्या है ऐसा?" बोलते-बोलते असली और समझदारी की वो बात भी बोल दी जलेश्वर यादव ने, जो नहीं बोलना चाहता था शायद।

"अरे किया तो कुछ नहीं है, लेकिन वही मंत्री जी को कुछ बुरा लगा है। और शायद ई लोग विरोधी पार्टी का लोभ–लालच में पैसा लेकर हर सभा में दंगा कराना चाहता है नौकरी का नाम लेकर, यही सब किया है, और क्या। ये भी तो क्राइम ही है न। हर जगह आप नौकरी माँगने पहुँच जाइएगा? अब नेता शांति से रैली भी नहीं करे?" सिपाही चौबे ने अपनी ओर से खूब सोच–समझ के मेहनत कर किसी तरह से एक अपराध का प्रकार तैयार करते हुए बताया।

इधर पकड़े गए सारे मित्र सुबह से ही अंगद को समझा रहे थे कि वो घर चला जाए, उसके पिता परेशान हो रहे हैं।

"नहीं दर्पण भैया, बाप तो हमारा रोज परेशान रहता है। हम तब भी कभी उनका बात नहीं काटे। हमको जाना था बैंकिंग में नौकरी करने, हम साला इसलिए जिंदगी भर गणित लगाते रहे। लेकिन इसी बाप की खुशी के लिए आज सेना की तैयारी कर रहे न? लेकिन इसका ये मतलब थोड़े है कि अपना भाई दोस्त से भी संबंध तोड़ लें? क्या अपराध किए हैं हमलोग, जो पकड़ के ले आया थाना में हमलोग को पुलिस?" अंगद ने शायद पहली बार इतना बोला था। हमेशा चेहरे पर एक मुस्कान रखने वाला चुप्पा–सा सौम्य लड़का आज जब बोल रहा था तो जैसे थाने की दीवारें गूँज रही थीं।

"अरे चिल्लाओ मत, सेना में जाना ही होगा। बैंक में मुनीम बनाने के लिए पैदा किए हैं तुमको? ये करेगा लाला और बाभन–बनिया का बच्चा। तुम यदुवंशी हो, अरे कुरुक्षेत्र में चक्र चलाए हैं हमलोग। सीमा पर जाएँगे, देश के लिए करना है कुछ। उस डिसीजन में अगर कोई भी चेंज हुआ तो मेरा लाश देखेगा तुम। तुमको भी काट देंगे उसके बाद।" जलेश्वर यादव ने बाहर बरामदे से ही गरजते हुए पहले तो अपना अटल निर्णय सुनाया और फिर तुरंत अपने मरने के बाद की कातिलाना योजना भी बताई।

सिपाही धनीमन ने कंधे पर हाथ रख उसे थोड़ा जोर दे बिठाने को खींचा। एक सिपाही ने पानी लाकर दिया।

ये सब हंगामा-हल्ला सुन आसपास नींद भी किसे आ पाती भला।

"अरे हो गया दोस्ती, प्यार, मुहब्बत। क्या जी, तुम ही बनोगे यारों के यार ऑफ द ईयर क्या? काहे बाप को कुदवा रहे हो? चक्र-उक्र निकाल ले रहे हैं तुम्हारे पिताजी। बताओ, थाना में चला देंगे। चले जाओ न। क्यों महाभारत करवा रहे हो थाना में?" अचानक जम्हाई ले के कमरे से निकलते सीधे अंगद की तरफ निगाह कर के बोलते हुए आए दारोगा माधव राम।

"उ चक्रासुर हैं। नहीं होंगे शांत। हमसे ज्यादा उनको कोई नहीं जानता सर।" दर्पण शुक्ला के मुँह से निकल ही जा रहा था।

"शुक्ला जी, तुम तो चुप रहो पंडी जी। शुक्ला सीनियर है न थोड़ा तुम सब में? तो इसको तो बुद्धि-विवेक होना चाहिए। काहे उल्टा-पुल्टा बोलते रहता है। यही न फँसा दिया सबको।" दारोगा ने अंग्रेज की फूटनीति के तहत एक छोटी-सी कोशिश की। लेकिन सारे दोस्त मुस्कराते रहे।

"हाँ सर, सच में हमारे पिता जी को दर्पण भैया ही पहचानते हैं बढ़िया से।" अंगद ने माधव राम को निराश करते हुए कहा।

माधव राम ने फिर बाहर आ के जलेश्वर यादव से थोड़ा बरामदे से दूर हट जाने को कहा, जिससे लड़कों से अकेले में थोड़ी कड़क पूछताछ कर सके।

इतने में इनके मित्र शिवा और नीलकंठ हाँफते-दौड़ते थाने पहुँचे। साथ में प्रभाकर यादव भी था। अब करीब-करीब सारे मित्र थाने में जुट चुके थे।

"ये लोग कौन हैं?" दारोगा माधव राम ने सामान्य स्वर में ही पूछा।

"सब प्रतियोगी परीक्षार्थी ही हैं सर। छात्र हैं। मित्र हैं।" चिन्मय ने बहुत देर बाद कुछ कहा था। जब जलेश्वर यादव ने लाला-बनिया के मुनीम बनने की बात कही तब से उसको अपने पिता की बात याद आ रही थी जो चाहते थे कि उनका बेटा किसी भी तरह कोई कलम चलाने वाली सरकारी नौकरी पकड़ ले।

वो ये भी सोच रहा था कि 'आज पुलिस ने पकड़ लिया है तो छुड़ाने भी नहीं आए। पता भी नहीं लगाया कि बेटा कहाँ किस हाल में होगा। एक बाप जलेश्वर है, कितना भी खराब हो लेकिन बेटा के लिए तो सोचता-दौड़ता है न।'

"अरे चिन्मय, हमको तो रात में तुम्हारा घर जा के पता चला कि तुम लोग थाना में हो। तुम्हारा पापा सुन के ही छाती पकड़ बेहोश हो गए थे कल रात ही। मम्मी का हालत भी खराब। लेकिन टेंशन नहीं लो, हम और नीलकंठ रात भर वहीं थे। सब अब ठीक हैं। हमलोग बोल के आए हैं कि जा रहे थाना, कुछ नहीं होगा, उनलोग को शायद छोड़ देगा अभी पुलिस। यही बोलकर उनको आए हैं।" शिवा ने चिन्मय को देखते ही हाथ थामे बताया।

प्रभाकर ने भी कृपालु की तरफ जाकर सुनाया, "मम्मी को पता नहीं है कुछ। हम रात को ही बोल दिए तुम्हारे घर जा के कि आज ट्रेनिंग में जाना पड़ा है जिला मुख्यालय, तो कल आएगा कृपालु। सो तुम टेंशन नहीं लो। आज अभी सब्जी वगैरह खरीद के हम ला दिए थे चाची को।"

दारोगा माधव राम को पता भी नहीं चला कि वो ये सब देख के कब चुपचाप हो सब सुनने लगे थे।

लेकिन चुप्पी टूटी और मुँह से निकला, "और ई शुक्ला के घर का क्या हाल? इसका बताए कि नहीं तुम दोस्त लोग कि ये कैसे सुधरे?"

"हम तो बिना बाप का लड़का हैं सर। बाप होता तो पान बेचने देता सर? तब साला संघर्ष और बढ़ जाता सर। ब्राह्मण न पान बेच पाता न दो रोटी भी कमा पाता संघर्ष करने के लिए। हमारे लिए आप निश्चिंत रहिए, एक साल भी रख लीजिए थाना में, बस अब इनलोगों को छोड़ दीजिए।" दर्पण शुक्ला ने चेहरे पर बिना कोई भाव लाए बड़े स्थिर स्वर में कहा।

"अनाथ हो?" दारोगा ने पूछा, शायद कहा।

"कैसे सर? हमलोग मर गए हैं?" चिन्मय ने उतनी ही तेजी से बोला था। उसके कहे में मौजूद सारे मित्रों का स्वर कोरस में शामिल था।

दर्पण चुप रहा। एक बार आँखें नीची कीं और बाँह से माथे का पसीना पोंछ शांत बैठा रहा।

"ये लोग का जुर्म क्या है सर? आप तो दरोगा हैं, क्या इतना भी न्याय नहीं कीजिएगा कि किसी छात्र या युवा को बिना मतलब नहीं पकड़ा जाए।" नीलकंठ ने पूरी हिम्मत के साथ दारोगा माधव राम से कहा। सिपाही धनीमन चौबे हालाँकि बगल से ही आँख तरेर ये इशारा कर रहे थे कि थाने में थोड़ा कम बोलना है।

"जुर्म? इतना बड़का शब्द? जुर्म तो किया ही है न? तुम लोग हर जगह दंगा–फसाद करने पहुँच रहा है मंत्री और मुख्यमंत्री के सभा में। ये जुर्म नहीं? एक पिछड़ा वर्ग का आदमी मंत्री बना है, ये बर्दाश्त नहीं तुम लोग को। खाली जातिवादी समूह बनाकर बखेड़ा करते हो? तुमलोग को नौकरी चाहिए? तुमलोग आरक्षण विरोधी भी होगे पक्का। तुम लोग सवर्ण का गुट बनाया है जी?" दारोगा माधव राम अब मिले हुए निर्देश की तामील बजा रहे थे।

"कौन सवर्ण गुट? मुख्यमंत्री के सभा में हम थे, हरिजन हैं, ये दोस्त है शिवा, ये भी पिछड़ा दलित है, ये प्रभाकर है, ओबीसी है। हमको चाहिए नौकरी। करेंगे ही हर सभा में बवाल, अगर परीक्षा नहीं होगा समय पर तो। पेपर लीक हो जाएगा तो काहे नहीं करेंगे बवाल!" नीलकंठ ने कंठ से अमृत फेंकना शुरू किया।

"हाँ सर, भाड़ में जाए नेता का राजनीति, जब सब सीट ही बेच देगा सरकार तो दलित–पिछड़ा कौन–सा सीट पर नौकरी के लिए लड़ेगा? आरक्षण तो तब न, जब नौकरी का वैकेंसी निकले? नौकरी है अब सरकार के पास? आप तब दरोगा बन गए न दलित हो के? हम कैसे बनेंगे? फर्स्ट डिविजन हैं थ्रू आउट, लेकिन परीक्षा का जब पेपर ही बिक जाएगा तो मेरा टैलेंट किस काम का? बन पाएँगे हम पिछड़ा–दलित हो के अब अधिकारी? ये हम छात्र लोग आपको बैकवर्ड–फॉरवर्ड लगते हैं? हमलोग बस छात्र हैं।" शिवा ने जब लगातार बोलना शुरू किया तो लगा जैसे माधव राम अपनी कुर्सी पर धँसे जा रहे थे।

एक बार आँखें मूँद लीं और बहुत धीरे से एक प्रश्न पूछा, "तुम सब का क्वालीफिकेशन क्या है?"

प्रभाकर ने बताना शुरू किया। सारे स्नातक प्रथम श्रेणी, उसमें तीन स्नातकोत्तर भी प्रथम श्रेणी, उसमें दो विज्ञान संकाय से, दो कला और एक वाणिज्य से।

माधव राम कुर्सी से उठे। एक बेचैनी उनके कदमों की ताल में दिखने लगी।

"चौबे जी, देख रहे हैं? ये है देश? खैर, इनलोगों को चाय पिलवाइए थोड़ा। हम आते हैं दस मिनट में।"

थाने के सामने वाली दुकान से कुछ ही मिनटों में चाय आ गई थी।

"हम लोग दो–दो कप पिएँगे सर। रात से ऐसे ही बैठे हैं भूखे–प्यासे।" दर्पण ने पहला कप हाथ में लेते ही कहा।

"तीन पी लो भाई, फिर तो मंत्री जी तुम लोग का खून पिएँगे ही। पता नहीं क्यों तुमलोग छात्र हो के राजनीति में घुसे हो, हमको तो आश्चर्य होता है। और शुक्ला भाई, अरे ब्राह्मण हो के कहाँ फँसे हो ई सब पोलटिक्स में। भले पान बेचते हो, बुद्धि तो होगा न ब्राह्मण वाला। बुद्धि का इस्तेमाल करो।" अभी खाली समय का चौबे जी ने सदुपयोग करते हुए ब्रह्मबुद्धि के उपयोग के लिए विनम्र सुझाव देते हुए कहा।

सभी को चाय दिलवा सिपाही चौबे जी जब थोड़ा बाहर की ओर आए तो देखा कि वहाँ पहले से चहलकदमी कर रहा जलेश्वर यादव अनुपस्थित था।

"कहाँ गया यहाँ वाला आदमी जी? अरे जो भोरे अंधारे से यहाँ घूम रहा था।" चौबे जी ने एक कनिष्ठ सिपाही साथी से पूछा।

"अस्थिर खोपड़ी का आदमी था सर, पाँच घंटा तो मेरा माथा खा गया। कह रहा था कि हमारा लड़का सीधा है, फारवड लोग बिगाड़ दिया दोस्ती कर के। बोल के गया कि आते हैं जड़ ही उखाड़ के। पता नहीं फिर किधर निकला?" उस सिपाही ने बड़े राहत के स्वर में कहा, जैसे बेचारे का पिंड छूटा हो किसी समस्या से।

इतने में दारोगा माधव राम अपने आवासीय कमरे से वापस थाना कार्यालय वाले बरामदे की तरफ आते दिखाई पड़े। सिपाही धनीमन चौबे ने बढ़ कर बताया कि जलेश्वर यादव गया कहीं, कुछ उखाड़ने।

"उससे कुछ नहीं उखड़ने वाला चौबे जी। हमको पता है कि कहाँ गया होगा। उसको तो फिर यहीं आना होगा। भाई उ भी गजब का अक्खड़ इंसान है। इतना बैकवर्ड–फारवर्ड तो कभी साला हम भी नहीं सोचे हो। उ जैसा बोल रहा था न, हमको तो लगा कि थोड़ा देर में आपका–हमारा झगड़ा करा के थाना का ही भट्ठा न बिठा दे।" दारोगा माधव राम ने थाने की पुलिसिया समरसता के भंग होने की आशंका से सिहरते हुए कहा।

अनुभवी सिपाही धनीमन चौबे जी ही थाने की धुरी थे, उन्हीं के निरंतर प्रयास, येन–केन–प्रकारेण उद्यम से तो बल्लोपुर थाना एक लाभदायी संस्था बना था। दिन भर लोगों की आवाजाही के सूत्र ही सिपाही धनीमन चौबे जी थे। जब कभी बाजार निकलते तो चाय पीते-पीते चार घरों में जमीन के लिए

तनाव में चल रहे भाइयों के आपसी संबंध में अंतिम फैसला कर ही लेने का ऐसा जोश भर के आते कि इनके थाने पहुँचने से पहले उन घरों के लोग आपस में मारपीट कर थाना पहुँच जाते थे।

दारोगा माधव राम ने भी वर्ण व्यवस्था का पूरी श्रद्धा से पालन करते हुए लक्ष्मी के अर्जन, पूजन और ग्रहण का सारा जिम्मा चौबे जी को दे रखा था।

बोलते थे, "आप पंडी जी हैं, दान–दक्षिणा पर आपका ही अधिकार है। आप ही देखिए ये सब।"

"सर बाथरूम है क्या थाना में? थोड़ा जाएँगे।" नींद से बेंच पर ही ढनमना रहे कृपालु राय ने सामने दारोगा माधव राम को आता देख पूछा।

"बाथरूम? सुनो जी सब लोग। अब बाथरूम जा के अपने-अपने घर करो।" दारोगा के ये कहते ही सारे मित्र एक–दूसरे को देखने लगे। कृपालु को तो लगा कि बाथरूम आया ही नहीं।

सभी बिना और कुछ सोचे एक साथ बेंच से उठे और देह–हाथ झाड़ने लगे।

"इन लोगों का मोबाइल ला के दे दीजिए चौबे जी।" दारोगा ने पुनः कुछ कहा। एक सिपाही अंदर जाकर कार्यालय से सभी के जब्त मोबाइल लेकर बाहर निकला और उन्हें सबके सामने बेंच पर ही रख दिया। सारे दोस्तों ने अपना–अपना मोबाइल पहचानकर उठा लिया।

"मतलब हम लोग जाएँ घर सर? हमलोग के लिए किसका पैरवी आ गया?" दर्पण शुक्ला ने एक चुभने वाली मुस्कान लिए पूछा ही दिया।

"शुक्ला जी, आप हैं लेकिन बहुत टेढ़ा। लेकिन एक बात है कि तुमलोग सबका दोस्ती पक्का है। मतलब इतना पक्का दोस्ती तो चोर–पुलिस में नहीं होता है जी। ह ह हा हा हा।" दारोगा माधव राम ने जोर का बोलते-बोलते जोर का ठहाका लगाया और ये सुनते ही सारे उतनी ही जोर से हँस पड़े थे।

ये शायद पहली बार था कि थाने में मौजूद सारे लोग एक साथ हँस रहे थे। वर्ना देश का कोई थाना हो, थाने की ध्वनि में अनिवार्यतः एक स्वर तो हमेशा सिसकी या रुदन का रहता ही था। आज वो व्याकरण ध्वस्त हो गया था। सब खुश थे, वो भी बिना कुछ लिए, बिना कुछ दिए।

"शुक्ला जी, किसी का पैरवी नहीं आया है। हम किए हैं सबका पैरवी।

देखिए, हम हैं तो पुलिस में। हमारा विभाग ही ऐसा दिया है भगवान कि जिस दिन पाप खत्म हो जाएगा धरती से, ई विभाग ही खत्म हो जाएगा। अब ऐसा जंजाल का कोठरी में रहते हुए हमलोग का भी तो मन करता है न कभी-कभी कि जाला तोड़ें, बाहर निकलें। आज हम बस वही थोड़ा-सा जाला तोड़े हैं, तुमलोग का दोस्ती देख के, तुम लोग का शिक्षा और क्वालीफिकेशन देख के, तुमलोग का लगन देख के, और सबसे बड़ा चीज कि तुमलोग का हिम्मत देख के।" दारोगा जी दस मिनट बाद जो लौटे थे, ये कोई दूसरा ही आदमी था। पहले वाला अदृश्य हो गया था।

"समाज जहरीला हो गया है।" आँख मीच के सिपाही धनीमन चौबे ने बड़े गंभीर स्वर में अपने विभाग से भी बीस बताते हुए कहा। चौबे जी ने ऐसा बातचीत के स्तर को और उठा देने के लिहाज से बोल दिया था बीच में, बिना मतलब के।

"सर, समाज में ही अमृत भी है। लोग को अगर शिक्षा मिलेगा तो अमृत और जहर का घड़ा पहचान पाएँगे। तब न दोनों में अंतर कर पाएँगे? तब सोच पाएँगे कि कौन-सा पीना है और कौन-सा छोड़ना है।" दर्पण के भीतर से क्षण भर लगा कि कोई दार्शनिक बोल गया था।

"ठीक है, अमृत, जहर पहचानते रहना बाद में। अब जल्दी जाओ सब, इसको बाथरूम भी लगा है। अब थाना में कुछ मत करो, इसलिए जल्दी छोड़ दिए।" इतना बोल दारोगा माधव राम ने मुस्कराते हुए सबको जाने का इशारा किया।

सारे दोस्तों ने भी अभिभावदन स्वरूप नमस्ते कहा और विदा हुए।

थाना गाँव की बसावट से थोड़ी-सी दूरी पर था। लगभग किलोमीटर पड़ जाता नापने पर। अभी सारे दोस्त थाने से बाहर निकल मुख्य सड़क पर आए ही थे कि कृपालु का मोबाइल बजा।

"अरे कहाँ हो बाबू? आज स्कूल नहीं खुलेगा क्या? तुम तो नौकरी खा जाओगे सबका भाई? तुम्हारा तो है ही नहीं, इसलिए कोई डर नहीं तुमको। इतना बड़ा जिम्मेदारी ले के कोई आदमी इस तरह से लापरवाही करता है क्या? सारे शिक्षक लोग खड़े हैं, हेडमास्टर साहेब खड़े हैं। एक नयी शिक्षिका आई हैं ज्वाइन करने, पहला दिन ही बताओ वो खड़ी है स्कूल के सामने। क्या तमाशा है भाई। ऊपर से फोन ऑफ रखे हो? अरे कुछ दिमाग

है कि नहीं?" उधर से एकदम ज्वालामुखी की तरह फटे पड़े थे नगीना बाबू।

"अरे दूसरा का भी तो समस्या सुन लीजिए न सर। आपको पता है कि क्या हुआ है? हम कहाँ थे?" कृपालु ने अभी इतना ही कहा था कि दर्पण ने हाथ पकड़कर कुछ और नहीं बोलने का इशारा किया। कृपालु एकदम से रुक गया वो बोलते-बोलते, जो बोलने वाला था।

"तो स्कूल खुलेगा आज? क्या बताएँगे शिक्षा अधिकारी को, कि आज कृपालु के साथ कुछ स्पेशल हुआ है, इसलिए राष्ट्रीय छुट्टी था बल्लोपुर स्कूल में?" नगीना झा और फूटते हुए बोले।

"अरे आ रहे हैं सर। शांत रहिए, दस मिनट में आ रहे। वहीं आ रहे सीधे। बस चाभी तो लेने दीजिए घर से।" कृपालु राय ने इतना बोल फोन काट दिया था।

"मने, बाथरूम नहीं ही कर पाएँगे आप कृपालु भैया?" चिन्मय ने जैसे कहा, सारे उछल के हँस पड़े।

"सही बात, देख लिए न संविदा वाले मास्टर का हाल? नहीं है भाई टाइम बाथरूम तक करने का। देखो न, चढ़ा हुआ है न माथा पर पूरा स्कूल। अभी जैसे स्कूल खुलेगा, हमको कोई रिपोर्ट बनाने में, कोई सर्वे करने में भेज देगा। बताओ, कब जाएँगे बाथरूम?" कृपालु ने एक बाथरूम के दृश्य से एक संविदा शिक्षक की पूरी फिल्म दिखा दी थी।

"हाँ, और मान लो कि इस बीच ये कर भी लिया बाथरूम, तो नैतिक रूप से तो इसे काम के बीच का कामचोरी माना जाएगा। क्योंकि इसको समय तो जरूरी काम का दिया गया, जिम्मेदारी काम की दी गई और बताइए ये उस टाइम का दुरुपयोग बाथरूम करने में कर रहा। स्कूल में बहुत भ्रष्टाचार है भाई।" दर्पण ये बोलकर हँसा तो साथी लोटपोट हो रहे थे।

तीन दोस्त, अपनी मोटरसाइकिल लेकर आए ही थे। प्रभाकर ने कहा कि वो कृपालु को स्कूल छोड़ देगा, उसे भी अपने स्कूल जाना ही था। दर्पण और चिन्मय को नीलकंठ ने बिठा लिया और शिवा ने अंगद को।

"अंगद, घर जाओगे कि सीधे अब सीमा पर? क्योंकि घरवा पर पिता जी तुम्हारे तो साक्षात् काल बनकर ही इंतजार कर रहे होंगे।" चिन्मय ने चलते-चलते हँस के कहा।

इस बात पर भी हँस तो सभी दिए थे लेकिन बात उतनी भी हँसी वाली थी नहीं। अंगद थोड़ा चिंतित तो था ही।

"चलिए आज का सबसे अच्छा बात ये है कि कोई नयी शिक्षिका आई है बल्लोपुर, और बताइए पहला ही दिन खड़ी होगी बेचैन कि अब बस कृपालु आ जाए, कृपालु आ जाए। बताइए जिसने इसे अभी देखा तक नहीं, वो भी इसका माला जप रही होगी! हाहाहा।" दर्पण के ये कहते प्रभाकर मारे हँसी के मोटरसाइकिल को गिरा पड़ा।

"शाप दे रही होगी। हाहाहा। चलो जल्दी यार प्रभाकर। नगीना फिर डसेगा अभी कॉल कर के।" कृपालु ने पैर से सँभालते हुए मोटरसाइकिल सीधी करने में मदद की।

अब सभी अपने-अपने रास्ते निकले।

इधर अंगद घर पहुँचा तो देखा कि पिता जलेश्वर घर पर भी नहीं थे। माँ ने अंगद को देखते ही गले लगाया और सिर पर हाथ फेरते हुए सिर्फ इतना बोली, "पता है न, रात भर पापा भी परेशान रहे तुम्हारे। ऊ तो घर नहीं आए हैं अभी तक। तुमको नहीं मिले क्या ?"

"रात भर परेशान भी किए हैं। हमको नहीं, पूरे थाना को। रात तो वहीं थे। गए होंगे कहीं। हम तो सोचे कि घर आ गए होंगे।" अंगद के मुँह से निकला।

"अब हम क्या बोलें रे अंगद... हम उनसे हार गए हैं... हम क्या-क्या सहे हैं बेटा... खाली हम ही जानते हैं। लेकिन बेटा, तुम गोस्सा नहीं करो, बाप ही है न... जैसे सब उल्टा चीज हम बर्दास्त किए न अपने मरद का! करना चाहिए बेटा तुमको भी अपने बाप का।" अंगद की माँ जैसे सदियों की जमा मजबूरी को शब्दों में ढाल वाक्य बना रही थी।

"अरे मम्मी, करते तो हैं ही। उन्हीं के शांति के लिए दौड़ रहे हैं न रोज भोरे उठ के। एक दिन उन्हीं के शांति के लिए चले भी जाएँगे हम कहीं हिमालय-उमालय पर, देख लेना।" इतना बोलते हुए अंगद आँगन के पार बाथरूम की तरफ जा चुका था।

"मारेंगे दू चमाटा अभी। जाओ पहले जल्दी मुँह धो के आओ, नाश्ता निकाल रहे हैं।" माँ ने इधर रसोई के दरवाजे से ही कहा।

जलेश्वर यादव जिस प्रकार की सनक को अपने मस्तिष्क में लेकर

चलता था, उसके साथ किसी स्त्री का निबाह करना एक कठिन तपस्या ही थी, जिसे अभी तक अंगद की माँ ने पूर्व जन्म का कर्मफल मानकर भुगता था। जलेश्वर ने कभी शरीर को चोट नहीं पहुँचाई थी अपनी पत्नी के, लेकिन आत्मा को छलनी करने में कभी कोई कसर भी नहीं छोड़ी थी। एक तरफ वो पुरुष होने की विशिष्ट भावना से अभिशप्त था, दूसरी तरफ नारी उसके लिए कमजोरी का पर्याय थी।

कभी घर या बाहर में जब वो कहीं किसी से झगड़ता तो मुट्ठी तान के चिल्लाने लगता, "अरे हम चूड़ी नहीं पहने हैं।"

उसे हमेशा से लगता था कि जिन कलाइयों ने चूड़ी पहन ली, वे केवल रसोई में कलछुल ही उठा सकती थीं। जबकि वो एक राजनीतिक दल का जानफेंक समर्थक भी था, जिसमें वो झाँसी की रानी की जयंती मनाता था। वो बचपन से बोलता भी था अंगद से कि, झाँसी का रानी जैसा बीर बनना है।

लेकिन अर्थपूर्ण शिक्षा के अभाव और मानसिक संकीर्णता की स्थिति में आदमी इसी घालमेली वैचारिकी का शिकार हो जाता है। उसे वीर झाँसी की रानी पर गर्व भी होता है लेकिन कलाइयों में चूड़ी कमजोरी की निशानी भी दिखती है।

माँ तब तक अंगद के लिए एक थाली में चूड़ा, चीनी और भर कटोरी दही लेकर बरामदे की चौकी पर रख चुकी थी।

अंगद मुँह-हाथ धो, जल्दी से स्नान कर सीधे थाली पर बैठा था। रात भर की भूख थी। मात्र सात-आठ कौर में थाली साफ हो गई थी।

थाली से उठ अभी अंगद ने हाथ धोकर मुँह पोंछा ही था कि दरवाजे पर मोटरसाइकिल की आवाज सुनाई दी।

अंगद की माँ ने आवाज सुनी, और कुछ नहीं सोचा। सिर्फ इतना कहा, "अच्छा! अंगद नास्ता–पानी कर लिया न!"

"आ गया क्या घर हमारा कर्ण? अरे कर्ण बना है ये बल्लोपुर का, दुर्योधन लोग के दोस्ती खातिर जेल जाने तक तैयार था। बताइए हम इसको भीम बना रहे थे, और ई दुर्योधन का सेना में चल गया। हस्तिनापुर के साथ खड़ा हो गया है ई।" घर घुसते ही धार्मिक प्रसंग से प्रारंभ हुआ जलेश्वर यादव।

"अरे किसी दिन, एक्को घंटा तो महाभारत बंद करिए। हाथ जोड़ते हैं, इतना मत प्रेसर में रखिए बेटा को। न हमको। और आप खुद मत लीजिए अपने कपार पर दुनिया भर का लोहा टीन कबाड़।" अंगद से पहले माँ आ गई थी सामने।

लेकिन जलेश्वर कब रुका था जो आज चुप हो जाता।

"महाभारत? अरे महाभारत तो असली हम अभी दिखा के आ रहे हैं बुढ़वा चोट्टा अधीर चौधरइया को। वही तो किया सब कांड। वही है सबको उकसाने में। विरोधी का गोटी खेलता है और हमारे बेटा का मोटा दिमाग ऐसा कि फारबड लोग के खेल में फँस गया।" क्रोध के कारण जलेश्वर के गर्दन की नसों पर दबाव पड़ा दिख रहा था बोलते वक्त।

"क्या हो गया अब नया महाभारत? रोज तो आपका कुछ न कुछ रहता ही है। कभी समाज खतरा में, कभी देश खतरा में। ई सब करते-करते कब घर खतरा में हो गया, पता चला आपको?" पत्नी के कहे का कुछ भी असर नहीं पड़ा जलेश्वर पर।

वो लगभग चीखने के स्वर में बोलता रहा।

"बताइए, गाँव के, ऊपर से मंत्री, उसका बिरोध करने का है कहीं? अरे बुद्धि-सुद्धि है कि नहीं? भैंस ही जन्मा है क्या तुम्हरे कोख से। पूछो न अपने जन्मे इस बैल से।" जलेश्वर बोलते-बोलते इससे भी आगे के स्तर तक जाता था जहाँ सुनने वाला अपनी आँखें नीची कर ले या इसकी गर्दन मरोड़कर नीची कर दे।

"तो अकेले हमी से जन्मा है? आपका भी तो कुछ पड़ेगा न असर इस पर? तो आप देखिए न कि क्या जन्मा है?" पत्नी ने जीव विज्ञान का सम्मान रखते हुए कहा। आज अंगद की माँ ने भी तय ही कर रखा था। शायद बहुत दिनों का भरा कुछ फूटा था। लेकिन माँ को इस तरह फूटते देख अंगद समझ गया था अब पिता और भड़केंगे।

"इसका छाती तोड़ देंगे हम एक दिन, बता दे रहे हैं तुमको।" जलेश्वर ने बँधी हुई मुट्ठी को दिखाकर दाँत पीसते हुए अपनी पत्नी से कहा।

"हाँ तोड़ दीजिए न, अरे तोड़ दीजिए। हमारा तो पहले तोड़ ही चुके हैं। कर दिए थे न दू टुकड़ा। अब ई टुकड़ा भी तोड़ दीजिए।" पत्नी ने हहरते स्वर में कहा था। फफकती हुई आवाज में जैसे कोई वर्षों पुरानी टीस थी जो

चेहरे से साफ व्यक्त हो रही थी।

"हम अधीर चौधरी को जानते तक नहीं हैं। कभी-कभार बस देखे हैं, वो भी तब जब बच्चा में स्कूल जाते थे। तब ई अपने खटिया पर लेटे रहता था।" माँ को इस तरह से सिसकते देख अंगद ने बीच में टोकते हुए आपस में भिड़ चुके माँ-बाप दोनों का ध्यान अपनी ओर लिया।

"अरे मूर्ख, अरे तुम मूर्ख लड़का, कहाँ से जानोगे उसको? उसको तो हम जानते हैं। वही खटिया पर बैठ के उ दूसरा का खटिया खड़ा करने का पलान बनाते रहता था। साला बेटी का कमाई खाता है। भगवान भी तो सब देखते हैं, तभी तो बेटा नहीं दिए एक भी। तीन-तीन ठो बेटी है खाली। खाली बेटी का भेजा पैसा से चूल्हा जलता है उसका।" जलेश्वर ने कर्कश स्वर में पुनः कहा।

"बेटी है तो क्या हुआ? बेटी कमाऊ तो है न? बेटी का शादी किया, तब भी खयाल रखती है न बाप का। बेटा त शादी के तुरंत बाद अलग रहा-रही करने लगता है। बेटी लेकिन बस कहने का पराई है। और वाह, बेटा का कमाई बड़ा मीठा होता है? तो बेटी का कमाई खाने में कौन-सा लाज का बात है? अरे बेटा तो जितना देता नहीं उससे ज्यादा तो हिसाब जोड़ता है। बेटी तो एक पाई नहीं पूछती हिसाब, बस भर झोला देती ही है।" अंगद की माँ भी कहाँ चुप रहने वाली थी।

"हमको बोल रही हो क्या अब? पिता जी से मन भर गया तो हम पर भड़क रही! हम अभी कमाए हैं? हम तो अभी न कुछ दिए ही हैं। तो हम पर ई आरोप काहे मम्मी?" अंगद ने मौका मिलते ही होंठों पे हल्की-सी अनदेखी मुस्कराहट के साथ बहस की सुई खुद की तरफ मोड़ने की कोशिश में पुनः कहा।

"तुम्हारे बाप को लगता है कि बेटा ही स्वर्ग देगा जीते जी। हमको क्या है, नहीं चाहिए कोई कमाई तुम्हारा। जाओ न, नौकरी लग भी जाएगा तो बाप से देना-लेना, हमको फरक नहीं बेटा-बेटी से।" माँ की आवाज का स्वर थोड़ा-सा मध्यम हुआ था अभी।

पत्नी को एकदम से हर बात पर आज डटा देख जलेश्वर भी अब थोड़ा नरम हो गया था। लेकिन ये नरमी भी बस थोड़ी अंगद के लिए ही थी। अधीर चौधरी के लिए तो अभी भी कुछ न कुछ बड़बड़ा ही रहा था।

"चलो अब हटो वहाँ से, जाओ कसरत–बयाम करो। बैठ के खाली बाप का भाषण सुनने से होगा? ऐसे बनोगे सेना में जाकर के सिकंदर?" माँ ने अपने तरीके से अंगद को बाप के सामने से हटाते हुए कहा।

"खबरदार, सिकंदर नहीं, खबरदार, शिवाजी बनना है इसको, शिवाजी। एक बिदेशी हमला करने वाला आतंकी का नाम लेती हो? सिकंदर हमारा नहीं, ये दूसरे पार्टी वाला सब पूजता है सिकंदर को। यही तो दिमाग से खेलता आया है ये पुराना लोग। शिवाजी को भुला दिया, सिकंदर को हीरो बना दिया। यही तो दिमाग को सही करना है।" जलेश्वर तो जैसे द्वार पर खड़े प्रहरी की भाँति बोलते हुए उछला था। जलेश्वर इस वक्त अपने पाजामे से नाड़ा खोलते हुए इस तरह से सजग था कि जैसे वो पोरस की सेना का सेनापति हो और एकदम से चौकस हो ये देख रहा है कि कहीं अगल-बगल से कोई सिकंदर हमला तो नहीं कर रहा।

नाड़े का एक छोर दाँतों में फँसाए नाड़े को ही इस तरह पीस रहा था कि जैसे सिकंदर को चबा रहा हो। साँसें ऊपर-नीचे हो रही थीं गुस्से के कारण।

"अरे कोई इनका दिमाग ठीक कराओ रे। अभी महाभारत कर के आए और अब शिवाजी और सिकंदर में जुद्ध हो रहा।" माथा पीटते हुए धीमे से बुदबुदाई थी पत्नी। कितना बेहतर समझती थी अपने पति को एक पत्नी।

अंगद अब अपने कमरे में जाकर लेट गया था। दरवाजे को भिड़का के सटाया भर था। माता-पिता दोनों बड़बड़ाए जा रहे थे। ये सिर और आँख पर बाँह रख सोने की कोशिश में था। रात भर जगा भी तो था थाने में।

उधर बल्लोपुर स्कूल में कृपालु जब हाँफते, जल्दी-जल्दी में पहुँचा तो वहाँ का दृश्य देख खाँसने भी लगा। हेडमास्टर साहब रुमाल बिछाकर बरामदे के पिलर से टेक ले बैठे थे। एक शिक्षक बंद कक्षा के सामने चुकुमुकु अवस्था में बैठ खैनी लगा रहे थे। बाकी के शिक्षक नगीना झा जी के नेतृत्व में एक घेरा बना के खड़े थे, शायद किसी को घेरे खड़े थे। कृपालु ने मोटरसाइकिल रोकते ही सीट से ही उचककर देखा तो गोले में नयी आई शिक्षिका खड़ी थी। अभी वो शिक्षिका को ठीक से देख भी नहीं पाया था कि नगीना झा उसे देखते ही झल्लाए, "मोटरसाइकिल से आ रहे हो, तब क्यों हाँफ रहे हो?"

"अरे सर, टेंशन में सोचते आ रहे थे कि मोटरसाइकिल से भी आगे-आगे

चल इससे भी पहले पहुँच जाएँ।" कृपालु ने कहा एकदम सही था, लगा भले व्यंग्य था। नयी आई शिक्षिका पहली बार मुस्काई थी ये सुनते ही, वर्ना तब से नगीना बाबू, सुधीर बाबू समेत सारे शिक्षकों ने घेरा बना के गप्प सुनाते हुए उसकी पाँचों इंद्रियों को सुन्न कर दिया था।

"अरे भाई खोलोगे अब ताला? अरे कोई उठाएगा हमको खींच के हाथ?" एकदम से हेडमास्टर साहब की उकताई हुई आवाज ने उठाने की विधि समेत पुकारा।

कृपालु ने आवाज सुन सबसे पहले हेडमास्टर साहब के ही कार्यालय का ताला खोला। दो शिक्षकों ने अपने विद्यालय प्रधान को खींचकर उठाया और चलने के लिए हाथ छोड़ा। मोटापे के कारण हेडमास्टर साहब को बस बैठने-उठने में ही सहायता की जरूरत पड़ती थी, बाकी चल लेते थे खुद से।

कृपालु ने फिर एक–एक कर सारी कक्षाओं के ताले खोले। तब तक कुछ विद्यार्थी भी आ चुके थे। ताला खुलते ही सारे बच्चे अपनी-अपनी कक्षाओं की तरफ दौड़ने लगे। आठवीं के बच्चे थोड़े गंभीर थे, थोड़ा धीमे दौड़े। तभी अचानक एक शिक्षक चिल्लाए।

"अरे बदमाश लोग, तुरंत क्या खजाना लूटने जा रहा है किलास में? पहले झाड़ू तो लगने दो।" ये बोलते हुए नगीना झा ने कृपालु की तरफ देखा।

पहली बार कृपालु को लगा था कि वो बर्फ–सा जम गया हो एकदम। उसके हाथ से चाबी का गुच्छा गिर पड़ा लेकिन उसके कदम वहीं बिना हिले खड़े थे।

"सर, सर, थोड़ा इधर सुनिए न।" कृपालु ने खड़े-खड़े ही कहा। लेकिन जैसे ही नगीना झा उसकी तरफ बढ़े, कृपालु तेजी से और आगे बढ़ बरामदे के दूसरे छोर की तरफ जा खड़ा हो गया।

"क्या हुआ? हम इधर आए तो तुम उछल के उधर काहे जा रहा? झाड़ू मारो जल्दी। तुम तो आज एक शिक्षक का सारा कर्तव्य ही भूल गए हो कृपालु। देर से आए, सारा सीनियर खड़ा रहा आधा घंटा। अब झाड़ू नहीं लगा रहे? क्या गंदगी में पढ़ेंगे बच्चे?" नगीना बाबू ने एक ही साँस में कहा।

"सर, सुनिए न, आज हम नहीं लगाएँगे झाड़ू। थोड़ा आप बात को समझिए न। थोड़ा प्लीज सर।" कृपालु ने आज तक की सर्वश्रेष्ठ कोमलता उतार दी थी अपने स्वर में।

"अरे? क्या बोल रहे हो यार? मतलब अब तुम्हारा सीनियर लगाए झाड़ू? हम तुमको पढ़ाए भी हैं कृपालु। अब अपने गुरु से लगवाओगे झाड़ू? अपना संस्कार और ड्यूटी दोनों खतम कर रहे तुम। अब क्या हेडमास्टर साहेब से लगवाएँ झाड़ू?" नगीना बाबू भड़क तो गए थे, उससे ज्यादा सकपका भी गए थे। उन्हें लगा कि कहीं ये कृपालु का विद्रोह तो नहीं।

"अरे सर, गजब बात करते हैं आप सर, ये मेरा कोई ड्यूटी थोड़े है? शिक्षक काहे लगाएगा झाड़ू? हम संस्कार के कारण ही तो आप सीनियर की जगह खुद लगाते ही हैं झाड़ू।" कृपालु ने थोड़ा-सा सख्त लहजे में कहा।

"हाँ, तो आज क्या हुआ संस्कार को?" नगीना झा संस्कार खो जाने की भरपूर चिंता वाले स्वर में बोले।

"अरे सर, सर आज छोड़ दीजिए न। कल से हम फिर जल्दी आ के, ये सब कर देंगे। आप थोड़ा समझिए न।" कृपालु पुनः नरम होते हुए बिना बात कहे बात समझाने की कोशिश कर रहा था। नगीना झा भी बिना बात सुने बात समझने को तैयार ही नहीं थे।

"अरे भाई चलिए न सब कोई अंदर चैंबर में हेडमास्टर साहब के। लाबनिया जी को ज्वाइन करा रहे हैं हेडमास्टर साहेब। आइए मिठाई खाया जाए। बुला रहे हैं सर भीतर ही।" भूगोल वाले शिक्षक ने पूरे स्कूल के ग्लोब में घूमते हुए सारे शिक्षकों से कहा।

"अरे हाँ, ओह नाम कितना सुंदर है!" नगीना झा के सुंदर मन से निकला।

"सर, भीतर ई झाड़ू और पोंछा का चर्चा मत शुरू कर दीजिएगा। कल से सब ऑन ड्यूटी मिलेगा आपको। ठीक न!" कृपालु ने चलते-चलते में लगभग हाथ जोड़ते हुए कहा।

"ओ तो ई बात है। ह ह ह बाप रे। गजब करते हो तुम भी कृपालु। अरे तो इसमें इतना लजाने का क्या बात है भाई। चलो अब आज क्या ही बोलें। आजकल का लड़का लोग, बताइए नया मास्टरनी देख लिया तो लाज लगने लगा झाड़ू उठाने में। ओह। ह ह। हमारे भी यंग एज में बहुत मास्टरनी थी इसी स्कूल में। हमलोग तो कभी नहीं नरभसाए नया मास्टरनी देखकर।" नगीना झा पहले से ही सब समझ रहे थे, पर अब जा के समझने का अभिनय करते हुए होंठों पर एक कंटीली हँसी लिए कहा। बेहद कुटिल मुस्कान के साथ

कृपालु को देखते हुए अब नगीना झा भी हेडमास्टर के कक्ष की तरफ बढ़े। कृपालु भी था पीछे-पीछे।

"अरे आइए नगीना बाबू। आप अब क्या बुढ़ापे में झाड़ू–पानी में उलझे रहते हैं भाई। नयी शिक्षिका आई हैं। आइए इनको योगदान कराया जाए। और देखिए कितना मिठाई लेकर आई हैं।" हेडमास्टर साहब ने तो देखते ही उल्टा झाड़ू नगीना झा के ऊपर दे मारा था जैसे। कहाँ तो इससे बचने की कोशिश कृपालु कर रहा था और यहाँ झटका नगीना झा को लगा। नगीना झा तो इसके लिए कतई तैयार नहीं थे। उन्होंने जैसे–तैसे खुद को सँभाला और एक बार कृपालु की तरफ देखा। ऐसा लगा कि जैसे नगीना झा कुछ बोल ही न दें, लेकिन तभी किसी और शिक्षक के मुँह से निकली आवाज ने विषय ही बदल दिया।

"परमानेंट नौकरी का खुशी ही अलग होता है। सरकारी नौकरी आज के युग में मिलना, वो भी इतना कम उमर में। ये कितना गर्ब का बात है।" ये शिक्षक सुधीर बाबू थे जिन्होंने शिक्षिका की उम्र गणना समेत कहा था।

ठीक इसी समय एक बार सारे सरकारी स्थायी शिक्षकों ने कृपालु की तरफ बेहद चुभती हुई सहानुभूति की दृष्टि डाली, सिवाय उस शिक्षिका के।

आज पहले दिन योगदान देने आई ये शिक्षिका थीं लावण्या पटेल। गुलाबी और औटाए हुए दूध के रंग के संयोजन से रँगा सूट जिस पर ऐसी महीन कढ़ाई उकेरी गई थी मानो जुलाहे ने महीनों चाँदनी से चाँदी उधार लेकर बुनी हो। चाल में श्रद्धा की गति जैसे किसी मंदिर की चतुर्दिक परिक्रमा हो और लचक ऐसी जैसे राग यमन की पहली तान खिंची जा रही हो। आँखें ऐसी जैसे सामवेद का पहला पन्ना, गहरी, जहाँ शब्द और स्वर मिलते तो लगता जैसे अनकहा मंत्र तैर रहा हो और जहाँ अर्थ और अनुभूति का अंतर ही मिट गया हो।

नाक बहुत नुकीली तो नहीं थी लेकिन सजी हुई थी, ठीक वैसे जैसे किसी प्राचीन मंदिर का कलश, कलश भी ऐसा जैसे किसी राग का आरोह। कमर में ऐसा समत्व जैसे कोई मृदंग नाभि पर टिका हुआ हो।

चेहरे पर चंचलता और शांत गरिमा का ऐसा संतुलन कि जैसे इसका गणितीय अनुपात सीधे शुल्वसूत्र से लिया गया हो।

योग्यता, देश के सबसे प्रतिष्ठित विश्वविद्यालय से हिंदी में स्नातक

करते हुए फिर स्नातकोत्तर, फिर बीएड और विश्वविद्यालय में स्वर्ण पदक विजेता। यूजीसी नेट की पात्रता परीक्षा में सर्वोच्च रैंक। पुनः ब्रिटिश काउंसिल से अंग्रेजी भाषा में डिप्लोमा।

जब से लावण्या पटेल ने स्कूल के बरामदे में पाँव रखे थे, लगा जैसे कितना कुछ बदल गया हो। पुराने तेलचट्टा रजिस्टर से जैसे फूल झड़ने लगे थे और चूना झड़ती दीवालों पर जैसे कोई नया आवरण चढ़ गया हो।

आज वास्तव में वातावरण बदला हुआ था। रोज चुहल मचा के हलकान कर देने वाले बच्चे एकदम शांत अपनी कक्षा में बैठे थे और शांत दिख रहे शिक्षक अभी तक भीतर से स्थिर नहीं हो पाए थे, भीतर ही भीतर चित्त की चंचलता लाल निशान से ऊपर थी।

ये गँवई बच्चे थे, गाँव के बच्चे, चाहे जितने खुराफाती हों लेकिन गँवई संकोच उनका एक कीमती आभूषण होता था। इस गँवई संकोच का अपना एक लालित्य था, संस्कार था। एक ऐसे युग में जहाँ शर्म ने शर्म से आत्महत्या कर ली थी, वहाँ गाँवों में अभी भी लाज बची हुई थी। लाज, संसार का सबसे निश्छल भाव है और इसके सुयोग्य धारी सारे निश्छल बच्चे ही हो सकते थे। बच्चों ने अपने भीतर लाज रख के, अभी तक इस दुनिया की लाज रखी हुई थी।

आज स्कूल में सारी कक्षाएँ ऊर्जा से भरी हुई थीं, क्योंकि आज शिक्षक इतनी ऊर्जा ही फेंक रहे थे कि उखड़े हुए गिट्टी–सीमेंट की छत पर टिका और चूना झड़ रही दीवारों से घिरा अध्ययन कक्ष जगमग था। जब संग में दीप्तलता–सी शिक्षिका खड़ी हो तो शिक्षकों का मुखमंडल प्रभा–विलसित हो जाना स्वाभाविक ही था।

हेडमास्टर साहेब ने खुद कक्षा में जाकर बच्चों से नयी शिक्षिका के रूप में लावण्या पटेल का परिचय कराया था।

"नयी मैडम आई हैं, इनको देख रहे हो न?" हेडमास्टर साहब ने अब बच्चों से भी पूछा।

"हाँ, सर, देख रहे हैं।" एक कोरस में ध्वनि गूँजी। इससे निश्छल उत्तर क्या होता!

"खाली देखना नहीं है, पढ़ना भी है मैडम से।" इससे चंचल टिप्पणी क्या होती!

नगीना झा जी ने तुरंत ही नयी शिक्षिका की तरफ देखते हुए छात्रों से कहा। कुछ मौकों पर आदमी के आगे-पीछे, दायें–बायें हर तरफ आँखें उग आती हैं। नगीना बाबू अभी कहीं से भी देख सकते थे।

देखते–बोलते बल्लोपुर स्कूल में आज का दिन बहुत ही सुंदर बीत गया था।

चार बज रहे थे कि सारे शिक्षक अब निकलने को खड़े थे।

"आपलोग निकल जाएँ सर, मेरे एक रिश्तेदार हैं, चाचा जी हैं। वो आते ही होंगे मोटरसाइकिल ले के। वही छोड़ेंगे मुझे बस स्टैंड तक। फिर मैं चली जाऊँगी वहाँ से कोई भी बस लेकर।"

"मैडम, यहीं डेरा लेने का सोचिए, रोज–रोज आना–जाना बहुत हेकटीक हो जाएगा आपको। थक जाइएगा तो पढ़ाइएगा कैसे फिर ?" बच्चों के भविष्य की चिंता में शिक्षक सुधीर बाबू ने दाँतचिहारण स्वर में एक बेहद जरूरी सलाह देते हुए कहा, जिसका सभी शिक्षकों ने निर्विरोध, अपनी गर्दन, देह हिलाते हुए लगातार दो मिनट तक हुँ हुँ हुँ हुँ कर के समर्थन किया।

"ठीक है सर, आज तो जाएँ हम ? मतलब आज छोड़ें डेरा वाला बात ?" लावण्या पटेल ने मुस्कराते हुए बात छोड़ दी।

"हाँ, हाँ आज तो जाइए ही। लेकिन थोड़ा जल्दी देखिए डेरा। हमलोग भी देखते हैं, बढ़िया वाला मिल जाए कहीं।" एक साथ, एक ही समय में, बिलकुल एक जैसे भाव से एक ही वाक्य, वो भी इतना लंबा वाक्य... पहली बार संपादित हुआ था। सारे शिक्षक ये कीमती सलाह दे निकले भी एक साथ थे।

लावण्या की पूरी शिक्षा शहर के स्कूल से हुई थी। पिता शहर में ही चिकित्सक थे, बड़ा–सा नर्सिंग होम था उनका। बेटी को भी लिहाजा डॉक्टर ही बनाना चाहते थे। छोटा हो या बड़ा, नर्सिंग होम इस देश में पुराने राजा–महाराजाओं के साम्राज्य का ही एक प्रकार था जिसके लिए हर चिकित्सक को अपना उत्तराधिकारी चाहिए होता था जिसकी गर्दन में छाती तक धड़कन मापने वाला आला लटका हो, वो सफेद पोशाक पहने हो, हाथों में दस्ताने हों। उसके बदन से टिंचर, फिनाइल और सैनिटाइजर की खुशबू आती हो। हर नर्सिंग होम वाला डॉक्टर ऐसे ही योग्य और दूरदर्शन उत्तराधिकारी की आकांक्षा रखता था जो उसके बाद उसका नर्सिंग साम्राज्य सँभाल सके।

लावण्या उस कसौटी के हिसाब से अयोग्य निकली। उसने चुना मानविकी की पढ़ाई को।

पिता उदार रहे, बेटी को स्वतंत्र निर्णय, ऐच्छिक चयन का माहौल दिया। लावण्या ने साहित्य को चुना।

अंग्रेजी और हिंदी दोनों भाषाओं पर पकड़ बनाई। गाँव उसके जीवन में पहली बार तब आया जब यूनिसेफ जैसी वैश्विक संस्था के साथ काम करते हुए वो पूर्वांचल के दो राज्यों में छह महीने घूमती रही। ग्रामीणों से मिली, उन्हें और उनके जीवन की जटिलता, उनके कठिन संघर्ष को जाना।

यहीं से उसके शहरी मन में गाँव उतरा और अवचेतन में जाकर बैठ गया। उसे लगने लगा कि इस देश के लिए कुछ योगदान देना है तो उसके लिए सबसे जरूरी है गाँव में कुछ करना।

हर बार सब छोड़ के त्यागकर निकल जाना ही वैराग्य नहीं होता, प्राप्त सुविधाओं को किनारे कर किसी के लिए कुछ करने का संकल्प भी वैराग्य है। लावण्या ने अपने घर और शहर में प्राप्त सुख का राग त्याग सेवा का वैराग्य चुना।

उसे जैसे ही संयोगवश एक फॉर्म भरने का मौका मिला, योग्यता से परीक्षा उत्तीर्ण कर गाँव के किसी सरकारी स्कूल में शिक्षिका बनने का, उसने वो मौका गँवाया नहीं।

पिता ने प्रोत्साहित ही किया, रोका नहीं गाँव जाकर पढ़ाने से।

लावण्या ने पिता से कहा भी था, "मैं चिकित्सक नहीं बनी पापा, लेकिन परिवर्तन की वाहिका जरूर बन रही हूँ, अध्यापिका बन रही हूँ न।"

ऐसे समय में जब ये सरकारी प्रशासन का तंत्र स्कूल के मास्टर को पठन-पाठन संबंधी क्रियाकलापों से दूर ले जाकर रिंगमास्टर बना दे रहा था, एक शिक्षिका खुद को बदलाव का माध्यम बता आई थी, ये बल्लोपुर के लिए एक महत्वपूर्ण अवसर था। एक अवसर, कि बच्चे स्कूल का अर्थ पढ़ने-लिखने वाले स्थान के रूप में स्वीकार कर सकें, उसे वास्तव में विद्यालय समझ सकें।

सभी शिक्षकों के चले जाने के बाद लावण्या बाहर बरामदे की कुर्सी पर बैठ अपने रिश्तेदार चाचा का इंतजार कर रही थी। बैठने के दौरान उसने

अपने बैग से हिंदी का एक उपन्यास निकाल लिया था और उसी के पन्ने पलट रही थी।

उसे सिर नीचे पन्ने में झुकाए हुए ही महसूस हुआ कि कोई झिझके कदमों से बरामदे में चहलकदमी कर रहा।

"आप संकोच क्यों कर रहे हैं? कुर्सी चाहिए न अंदर करने को? लीजिए न, हम तो खड़े वेट कर लेंगे। आप स्कूल बंद कर लो न। प्लीज।" लावण्या ने कृपालु को चाबी लेकर खड़ा देखते ही सिर उठाकर रहा।

"अरे प्लीज नहीं, नहीं, ऐसा कोई बात नहीं। अरे वो असल में सभी सीनियर ही न हैं हमसे, तो हम ही खुद अपने मन से ये जिम्मेदारी ले लिए हैं कि हम ही स्कूल बंद कर देंगे अभी कुछ दिन। अभी थोड़ा स्टाफ भी कम है न। ई तो अपना स्कूल है न, अपना स्कूल का जिम्मेदारी तो लेना ही चाहिए।" कृपालु लाज में गिरते शब्दों को इधर-उधर से सँभालते, उठाते बोले जा रहा था, जो उससे पूछा ही नहीं था बेचारी ने।

"हाँ, हाँ बिलकुल। इसमें क्या दिक्कत! शिक्षक हैं तो ये करने में कोई शर्म थोड़े है। लाइए न हम भी मदद कर दें आपकी। दीजिए चाबी। मैं उस कोने से कक्षाओं में ताला लगा दूँ?" लावण्या ने खुद कुर्सी उठाकर अंदर करते हुए कहा।

कृपालु इस पर पहले बिना कुछ बोले आगे बढ़ा और लावण्या के हाथ से कुर्सी ली। उसे पहली बार शरीर में झुरझुरी का अहसास हुआ। ये एक ऐसा अहसास है जो एक ही बार होता है किसी भी मनुष्य के जीवन में, कृपालु के जीवन में ठीक अभी ही घटित हुआ था वो। झुरझुरी, सनसनाहट, फरफराहट, गनगनाहट, दनदनाहट, कँपकँपाहट, झनझनाहट, भनभनाहट, इत्यादि से कई प्रकाश मील दूर की अवस्था है। इन सब से बिलकुल अलग, नितांत अनोखी और अपनी तरह की एकनिष्ठ अवस्था जिसमें उठने वाली तरंगें केवल इसी वाले अहसास में उठती हैं।

झुरझुरी में कृपालु को ऐसा लगा जैसे उसने किसी से प्लास्टिक की कुर्सी नहीं ली, किसी ने गुलाब दिया हो उसे।

"हम शिक्षक कहाँ हैं लावण्या जी? संविदा पर हैं। सुने नहीं सुबह आप, परमानेंट का बाते अलग होता है न।" कृपालु ने बेहद संजीदा-सी एक सँभली हुई मुस्कराहट होंठों पे लाते हुए कहा।

“पहले तो आपको धन्यवाद, आपका आभार कृपालु जी कि आप वो एकमात्र व्यक्ति हैं जिन्होंने हमको हमारे सही नाम से पुकारा, क्योंकि आखिर आप शिक्षक जो हैं। वरना बाकी तो सुबह से मुझे लाबनिया, लाबनिया पुकार के सिर दर्द दे दिए हैं।”

“ई लोग तो अगर ये भी थोड़ा टफ लगा न तो फगुनिया भी बुला सकते हैं। हा हा हा।” कृपालु बोलते हुए लोटपोट हो गया था।

लावण्या ने भी सुनते ही मुँह ढक लिया और जोर से आई हँसी को दबाए, हँसी जा रही थी। चेहरे से हथेली हटी तो दिखा कि नाक के आगे का हिस्सा टुस–टुस लाल हो गया था।

“आप तो बड़ा मजेदार... मतलब फनी... आई मीन... ओह ही ही ही ही।” लावण्या ने पूरा कहा। कृपालु ने पूरा समझा भी।

“आप भी एकमात्र हैं जो हमको कृपालु बोली हैं, नहीं तो हम यहाँ आज तक कीरपालू ही हैं। लगता है कोई कुत्तापालूँ टाइप बोल रहा है या कीड़ापालू... इसी तरह से सुनाई पड़ता है कान में।”

“चलिए इस हिसाब से तो दो शिक्षक हुए न बल्लोपुर स्कूल में?” ये बोल पुन: खुलकर हँसी थी लावण्या।

कहते हैं कि दुनिया बदलने के लिए एक आदमी काफी होता है, बल्लोपुर स्कूल में दो लोग खड़े थे अभी। एक स्कूल को कुछ तो उम्मीद करनी ही चाहिए अब तो, कुछ तो साझा हुआ था दोनों के बीच।

सरकार ने फिलहाल कोई बहाली नहीं निकाली थी। लेकिन इस साँझ दो शिक्षक बहाल हो रहे थे, बदलाव के लिए।

10

सुबह-सुबह चारदीवारी के भीतर ठक–ठक की आवाज आई। लगा जैसे कोई लाठी टेके मुख्य दरवाजे की ओर आ रहा हो। आवाज सुनते ही दरवाजा खुला।

"क्या बात साह जी, एतना भोर में नदी टप के यहाँ?" देखते ही बोगो महतो ने भारी आवाज में पूछा, शायद मुँह में तंबाकू का चूर्ण दबाए हुए था।

"नदी में अब पानी कहाँ है बोगो बाबू?" वस्तुनिष्ठता जयनाथ साह की विशेषता थी।

"अरे तो आप ही लोग का बाप–दादा न पी गया सब पानी। सुखा दिया नदी। अब न हमलोग आए हैं।" बोगो ने लगा जैसे कि पर्यावरणीय चेतना के स्वर में कहा हो।

"आप बालू उठा लीजिए बोगो बाबू। जिसको जो मौका मिला। अब हमारा बाप–दादा के है? आप ही जैसा कोई मातबर न है हमारे जैसा गरीब के लिए।" जयनाथ साह एकदम निशाने पे बात रखता था।

"पहले तो बनिया बेपारी ही राज किया है न हमलोग पर। साला सब कारोबार–बेपार पर एकछत्तर राज। मजदूरी में दू साँझ भात मिलने से पहले चार गाली और बात सुनना पड़ता था साह जी। कम अन्याय सहे हैं जी

हमलोग? अब देखिए कैसे धोती उठा के आना पड़ता है न कोयरी के दुआर पर। समय-समय का बात है साह जी।" बोगो ने ऐसे कहा जैसे कोई प्रतिबद्ध वाममार्गी मार्क्स मीमांसा बाँच रहा हो।

बोगो महतो तो जयनाथ को देखते ही इतिहास की वर्ण आधारित शोषण व्यवस्था पर हुरकुच के टॉर्च मारने लगा था।

लेकिन जयनाथ इतने के लिए तो सोचकर आया था।

"क्या बोगो बाबू? मने चुनाव-फुनाव लड़ने वाले हैं क्या? नहीं तो भला ऐसा सब भारी-भरकम बात ऐसे काहे बोलेगा आदमी?" जयनाथ ने भारी बात पूछ दी थी।

"चुनाव कोई लड़ता है मर्दे? जनता लड़ाती है। समझे! जनता चाहेगी तो कभी भी, किसी को भी, कहीं भी पहुँचा सकती है। बोगो महतो का जुबान और जीबन हमेशा जनता के लिए है।" बोगो ने प्रश्नानुसार अपेक्षित उत्तर दे दिया था।

मन ही तो था, जयनाथ ने निशाने पे कंकड़ फेंक उसे दोलायमान कर दिया था।

"हम प्रजा ही तो हैं बोगो बाबू। बैठने भी बोलिएगा कि खड़े भगा दीजिएगा दुआर से?" जयनाथ ने नस पकड़ ली थी बोगो की।

जयनाथ ने जैसे ही खुद को प्रजा कहा, बोगो के भीतर का विशाल हृदयी राजा कूद के बाहर निकल आया।

"अच्छा छोड़िए बाप-दादा का कहानी, अपना काम बताइए? क्या काम से आए थे?" बोगो ने चुनाव जीत चुके जनसेवक विधायक की भावना से सराबोर स्वर में कहा।

"आपसे उम्मीद रहता है इसलिए दौड़े आए हैं, दतूअन भी नहीं किए हैं।" जयनाथ साह ने अभी भी काम न बताते हुए कहा।

"नाश्ता करने आए हैं? दतूअन दिलवा दें? बेटा लोग देता नहीं है क्या? दु बेटा है न, तो दु टाइम दिन-रात का भोजन तो हो जाता होगा, नाश्ता का दिक्कत होगा? वही करवा दें?" बोगो महतो वापस से बोगो महतो होते हुए बोला।

"बस, बस, हीं हीं अंतरयामी हैं आप बोगो बाबू। नास्ते का तो इंतजाम

करना है। वही तो छीन रहा मेरा बैरागी लोग। ई जो मंटू बैरागी, लखी बैरागी है न, साला हमारा खेत दाबे हुए है। कहीं जाइए, कोई फैसला नहीं हो रहा। थक-हार के आपके पास आए हैं।" जयनाथ साह ने अब असली कारण बताया था आने का।

"अरे महराज, आपलोग बंगाली-चंगाली से भी नहीं सकते हैं फरीयाने? थोड़ा-बहुत तो बाप-दादा का इज्जत रखिए साह जी। दो बेटा आपका भी है, सब मिल के होंक दीजिए बैरागी लोग को।" बोगो सिंह ने एक ही वाक्य में ललकारा और पुचकारा।

"बेटा हमारा ठीक होता तो फिर कष्ट ही क्या था! जबकि हम दोनों बेटा को बिठा के, इतना बढ़िया से बँटवारा कर दिए। बिना कोई मार-पीट, बिना गाली-गलौज। लेकिन फिर भी साला हम पर ध्यान नहीं देता है। अपना-अपना हिस्सा ले के निश्चिंत हो गया है दोनों। हमको बरामदा में खटिया दे दिया है। किसी दिन एक बेटा, एक साँझ दे देता है खाना, किसी दिन नहीं भी देता है। दोनों की औरत भी इतना खरकच्ची आई है कि पानी तक नहीं पूछती है। उ लोग हमारा नहीं सोचेगा लेकिन हम तो अपना कुछ सोचेंगे न।" जयनाथ की आवाज में इस बार एक बँटा हुआ बाप हिस्सों में टूटकर बोल रहा था।

"आपका बेटा है, आपसे बीस ही निकला। दोनों दोगला है क्या? सुने थे कि छोटका थोड़ा ठीक है?" बोगो ने भी सब सुन रखा था।

"हाँ, छोटा वाला थोड़ा ठीक है, क्योंकि थोड़ा कम पीता है। बड़का भोरे से लेने लगता है।" जयनाथ साह ने बोगो के सुने को गलत नहीं कहा।

"का करिएगा साह जी, सबको अपने करम का भोग के जाना है।" बोगो कर्मफल सिद्धांत पर भी बोल ले रहा था।

"हाँ बोगो बाबू, सही बोले, सबको भोग के जाना है।" जयनाथ ने बस बोगो के सामने उसी की बात को दुहरा दिया।

एक क्षण बोगो महतो ने इधर-उधर देखा और फिर तंबाकू चूर्ण की नशीली लार गटकते हुए बोला, "बँटवारा में किसको बुलाए थे?"

"वही ठगवा बिलायती सिंह को। साला ऐसा बँटवारा किया कि हमारा तो बंटाधार कर दिया।" जयनाथ साह जानता था कि विलायती सिंह का नाम लेने के बाद उसको गाली भी देनी है, कोसना भी है उसके नाम को।

"तो अब यहाँ का पकड़ने आए हैं? जाओ ठकुरे के दुआरी। अपना जमीन बाँटने में विलायती सिंह को पंच बनाते हो, और झंझट वाले मामले में हमको बुलाते हो?"

बोगो प्रत्याशा से ज्यादा चिढ़ गया था। लेकिन जयनाथ साह उतनी ही निर्लज्जता से, संयम को साधे अड़ा था।

पुश्तैनी सोना, चाँदी तो सब बिक चुका था, धैर्य ही एकमात्र गहना था जो खूब बचा हुआ था जयनाथ साह के पास।

"लीजिए, अरे बोगो बाबू, एकदम सही बात है न, लोग झंझट में ही तो मजबूत आदमी पास जाता है न? हमारा दोनों लड़का टिकुली छाप लौंडा मिजाज डरपोक, लचकू आदमी है एकदम। मेहरारू का पल्लू से बँधा हुआ करमहीन है साला। इसलिए उसको पसंद पड़ता है हड्डी का खोखला, घुँघरू छाप तीन नंबर आदमी बिलाती सिंह। करवा लिया उससे बँटवारा। तभी तो हम विरोध किए।" जयनाथ नस दबाना जानता था, बोगो की सही नब्ज टटोल ली थी लगभग।

"अरे साह जी, अब हम का करें इसमें?" बोगो भर मुँह तंबाकू चूर्ण थूकते हुए बोला।

"देखिए हम हैं पुराना पानी का आदमी। हम सोच लिए थे कि अब आगे कोई दिक्कत हुआ तो हम तो बोगो महतो पास जाएँगे। हमारा भोट आपको, आप खड़ा होइए या नहीं होइए चुनाव में।" जयनाथ साह ने मतदान करते हुए कहा। मत सही जगह पड़ भी गया था।

"रंग देखे हैं बिलाती सिंह का, दूध जैसा गोरा, झक्क सफेद, साला मरद लगता है? लगता है कि दिलरुबा थिएटर का नचनिया है।" बोगो अब जयनाथ की जद में था।

"मरद का रंग होना चाहिए काँसा के तलवार जैसा। जो आपको दिया है पीपलेश्वर बाबा ने।" जयनाथ साह ने गाँव के ही पीपल पेड़ पर संभावित रहने वाले स्थानीय देवता को ही श्रेय देते हुए कहा।

"कहाँ जमीन दाबा है आपका ई साला बैरागी लोग?" बोगो अब मुग्ध था अपने काँसा चढ़े यौवन पर।

जयनाथ साह अब जाकर कुर्सी खींच के बैठा।

"वहीं नदी किनारे, जखेश्वर बाबा के ही बगल में। अब तो रेत भर गया है। लेकिन अगर मान लीजिए कल लखी बैरागी तरबूज रोपना चाहे, ककड़ी उगाना चाहे और हमारा खेत तरफ भी दस हाथ दाब दे, तो तभी के लेगा गारंटी? रेत में दबा खेत का तो ठीक से कोई अंदाजा भी नहीं लगा सकता न। लेकिन हमको तो उसके मन का पाप और अपने खेत के सीमांकन, दोनों का पता है। उ साला लखी बैरागी तो नदी किनारे रोज भोरे ऐसा जाकर गाता है, बैठता है, पूरा नदी पर ही दखल रखा है अपना। दुनिया को तो यही लगेगा न कि पूरा जमीनवा उसी का है।"

"अरे पागलचोदी वाला बात। उ तो पूरा नदी का रेत भर गया है खेत में। बैरागी सब का तो पूरा जमीनवा ही चला गया भीतर रेत के। दो हजार नौ वाला बाढ़ में। अब उसमें कौन रोप रहा खीरा-ककड़ी मर्दे? कैसा बात उठाकर लाते हैं आप साह जी?"

"रोपेगा, अभी रोपेगा। यही तो पता चला हमको। तबे तो आए हैं। बिलायती सिंह पूँजी देगा, ऐसा सुने हैं। अब आपके रहते ई दोनों एक अनाथ बुजुर्ग पर अत्याचार करे, सह पाइएगा आप?" जयनाथ ने बोगो के भीतर बैठे न्याय के देवता शनिदेव को छू दिया था।

बोगो महतो तो कुर्सी से खड़ा ही हो गया था इस बार।

"बिलायती सिंह से पूँजी? लखीया का उससे क्या गाँठजोड़?" बोगो ने अनायास ही पूछा।

इस पर दाँत निपोर के मुँह टेढ़ा किया था जयनाथ साह ने। अब होंठों पे कँटीली घिनही-सी मुस्कान लिए एक लंबी साँस लेने के बाद बोला, "लीजिए, अरे लट्ठा सटा है लट्ठा! दिलजोड़ हुआ है। विलायती का नजर है लखी के बहिन पर। तो चारा फेंक रहा है, बेच दिया साला लगता है बहिन को ई लखिया। बिलायती का बाप बलहरन सिंह भी कम रसिक थोड़े था। हमसे का छुपा है बोगो बाबू? हम तो पूरा जीबन सादगी से काटे, देखते रहे बड़े लोगों का पाप।"

"हमम्मम्मम्मम हाँ, उ है तो एक नंबर। उस पर हमारा भी नजर पड़ा था एक दिन। साला आप भी पुराना खच्चर हैं। नजर बुढ़ापा में भी बहुत दौड़ता है आपका।" बोगो इस वक्त यहाँ नहीं देख रहा था। कहीं जा के गड़ी हुई थीं आँखें, किसी की आबरू पर, उसे नोचने को तैयार।

बोगो अभी सामने रखा लोटा उठा के कुल्ला करने लगा। उसे लगा कि जैसे कोई नशा चढ़ा हो सिर के ऊपर।

"अरे, वहाँ तो सबसे पहला हक आप ही का तो है महराज। उसके घर पर तो अधिकार है आपका। तभी तो कह रहे हैं कि आप ही के हाथ से होगा लखी बैरागी का फैसला।"

जयनाथ के मुँह से ये निकलना था कि ठहाका फूटा।

विद्रूपता जब हँसी में ढल जाए तो वो विकृत अट्टहास में बदल जाती है। ऐसी हँसी गूँजती नहीं है, चुभती है।

"अच्छा पहले रोपने तो दीजिए ककड़ी, तरबूज। उ तो पगला जैसा नदी के पास गाँजा पी के भोरे-भोर गाना गाता है। वहाँ क्या दखल करेगा साह जी? और नदी अब है कहाँ? पानी है वहाँ? बिना पानी ककड़ी, तरबूज क्या रोपेगा? थोड़ा-सा भी तो पानी चाहिए न जी।" इस तरह बोगो ने अब जयनाथ साह को जाने का इशारा कर दिया था।

"ठीक है, जब करेगा बरजोरी खेती, तब आपको सँभालना होगा। लेकिन देखिएगा, विलायती सिंह कर्जापट्टी गाँव में घुसकर सेंध मार दिया है। मजा के बहाने आएगा और रोज आपका धंधा-पानी पर भी काला नजर रखेगा। इस पर थोड़ा सीरियस हो के विचार करिए बोगो बाबू।" जयनाथ ने जाते-जाते अपनी छोड़, बोगो की समस्या बता दी।

"अरे छोड़िए, हमको क्या देखेगा? बोगो महतो खाली दुकानदार नहीं है, जात का नेता है। राजपूत कितना घर है जी कर्जापट्टी और बल्लोपुर मिला के, मुश्किल से पंद्रह घर। इतने में हमसे फरिया लेगा कोई? और पैरवी का घमंड है उसको? हमरे जात का भी तीन, तीन मंत्री बैठा है ऊपर। और जब तक मंत्री जोगेश्वरी महतो हैं, हमको भी कोई फिकर नहीं है। जाइए न आप निश्चिंत हो के।" बोगो ने छाती उचका के कहा था।

"अरे वाह वाह, बहुत सुंदर, बहुते सुंदर... अहा वाह।" बोलते हुए जयनाथ साह अपनी लाठी टेक कुर्सी से उठा और चारदीवारी के दरवाजे की तरफ जाने लगा।

अभी जयनाथ ने अपने पाँव चारदीवारी से बाहर रखे ही थे कि इधर बोगो महतो ने लुंगी में कसा अपना मोबाइल निकाला।

"का हाल सर? कैसे हैं मास्टर साब? अरे मिसिर जी बोल रहे हैं?" सम्मान देने के अवरोही क्रम में बोला बोगो महतो।

"हेलो, हाँ हेलो... कौन भैया? अरे बोगो बाबू बोल रहे हैं क्या? आवाजवा बड़ा पतला लग रहा था आपका आज। इसलिए पहचान नहीं पाए। बोलिए, बोलिए। पैसा तो सब दे दिए हैं हम शायद? कुछ बकाया है क्या?" उधर से सेवानिवृत्त शिक्षक जयकिशुन मिसिर की आवाज आई।

"आवाज हमारा वही है, आजकल आपका कान मोटा हो गया है।" बोगो ने भरसक इस बार आवाज को भारी करते हुए कहा।

"हाँ, हाँ, जी. .. ह ह हा हा जी बोलिए।" जयकिशुन मिसिर ने मान ही लिया तत्काल।

"उधारी के लिए नहीं किए हैं फोन। फोन तो इसलिए किए हैं कि आजकल आप इधर उधारी लेने आ नहीं रहे हैं, क्या बात है? आजकल आपका चेला लखी बैरागी नदी दखल कर लिया है, खेती करेगा ककड़ी, तरबूज का। ऐसा सुन रहे हैं। उधर ही आप भी व्यस्त हैं क्या?" बोगो ने अभी बात बस शुरू ही की थी।

"अहो भगवान, हय, क्या बात करते हैं आप बोगो जी! लखिया हमारा चेला काहे रहेगा। जैसे सब हमसे पढ़ा है बचपन में, वैसे उ भी। अब उ नदी दखल किया है, ई एकदम नया बात सुन रहे हैं। भोरे मर–मैदान करने जाता है नदी, ई जरूर देखते हैं रोज।" जयकिशुन मिसिर ने बात न समझते हुए अपनी बात कही।

"अरे जाइए, आपका सह मिले बिना उ संविदा शिक्षक वाला में अपना दावा ठोकता? हमारा भतीजा के कंडीडेट रहते साला कोई बैरागी–फिरागी डालेगा अपना फारम? उसका औकात है?"

"बोगो जी, औकात तो नहीं ही है, डिग्री है, इसलिए ठोक दिया दावा। आपका भतीजा से उसका नंबर थोड़ा ज्यादे ही था इसलिए गलती से डाल दिया दावा। लास्ट में लेकिन सलेक्शन किसका हुआ? आपके भतीजा का ही न! उसका सब सर्टिफिकेट रिजेक्ट हुआ, हमलोग भी कोई ऑब्जेक्शन किए? सब तो आप ही के सपोटर हैं बोगो बाबू। कौन आपका दिमाग में फालतू सब बात भरता है बताइए। ओह।"

"फालतू नहीं, आजकल बहुत कुछ गलत हो रहा है कर्जापट्टी में। घर

के बहू–बेटी का इज्जत बेच रहा कुछ लोग यहाँ। इससे गाँव का संस्कार कहाँ जाएगा? कोठा खुला है क्या कर्जापट्टी में? या तो सुधरे या गाँव छोड़ना होगा। हम पूरा समाज जुटाएँगे।" बोगो महतो ने समस्या बताए बिना समाधान बता दिया था।

"कहाँ खुला कोठा? कुछ बताइए भी न कीलीयर थोड़ा।" जयकिशुन मिसिर अंदर से झल्ला रहे थे।

"अरे बिलायती सिंह आता है लखी बैरागी के घर। उसकी बहिन पर रिझाया है। लखिया साला पैसा के लिए बताइए बहिन का सौदा कर दिया। लखिया को बिलायती सिंह पूँजी दे रहा है कि नदी किनारे खीरा, ककड़ी, तरबूज रोपे। बेचारा बल्लोपुर वाले जयनाथ साह का खेत भी दाब रहा है लखिया, इसलिए वहीं बैठ गाना गाता है रोज। पहले रेत दाब दिया उसका खेत, अब लखिया दाब लेगा। हम तो न अन्याय होने देंगे न अत्याचार।" बोगो ने न्यायप्रियता में सीधे युधिष्ठिर को चुनौती दी थी।

"हम्मम, अब ई तो एकदम बिचित्र बात है हमारे लिए। ऐसा कभी बिलायती सिंह को देखे तो नहीं हैं हम उसके मोहल्ले भी। और नदी में पत्थर पर बैठ गाना गाने से जमीन, खेत या नदी दखल हो जाता है, ई भी पहला बार ही सुन रहे हैं। खैर, आप बोल रहे हैं तो एक हजार परसेंट सही होगा तब ही बोल रहे हैं आप। एक सौ परसेंट में तो आप खुद विश्वास नहीं करते।" जयकिशुन मिसिर ने असल में परसेंट की लाज रखी।

अब तो जयकिशुन मिसिर, बोगो के अगले कथन का इंतजार कर रहे थे जिसका उन्हें पूरा भान भी था।

"तो मास्टर साब? कर्जापट्टी में बाई नाच होगा अब? हमलोग दलाल हो जाएँगे?" बोगो ने समाज की अस्मिता को समेटा।

"अब इसका समाधान बोगो बाबू?" ये पूछते ही जयकिशुन मिसिर ने बोगो के भीतर सेंध लगा दी थी।

"समाधान यही है कि गाँव के बेटी को बिलायती सिंह के गंदा नजर से बचाना होगा। लखी आपका बात सुनता है, आप उसको समझाइए, बहन को चाहिए सुरक्षा और सम्मान। हमरे घर से बढ़िया सुरक्षा कहाँ होगा? दिन भर यहीं रहे, थोड़ा–बहुत काम में हाथ बँटा देगी, मनचाहा पैसा मिल जाएगा। पढ़ाई–लिखाई का भी बेबस्था करवा देंगे। अब क्या करें, आप ही बताइए?"

बोगो ने हृदय के पट खोल दिए थे।

"आपके घर? बोगो बाबू, उ अपना बहिन को काम करने काहे भेजेगा? अभी इंटर में पढ़ती है बच्ची। मुश्किल है।" जयकिशुन मिसिर ने अपने स्तर से ही टालना चाहा।

"क्या मुश्किल? देखिए मास्टर साहब। अब हमारे ध्यान में आ गई है बहिन उसकी, गाँव का इज्जत हम ऐसे तो नहीं जाने देंगे। जैसे समझे, वैसे समझाइए। पैसा का तो बोल ही दिए हम कि जो माँगेगा, देंगे। खेती का पूँजी हम ही से ले ले साला। लेकिन घर का इज्जत तो घर ही रहे। हमारे घर में दिक्कत क्या है?" बोगो पर नारी की सुरक्षा का भूत सवार था।

"उसका जवान बहन है, किसी के बहन और बेटी के लिए हम कैसे ई बात बोलेंगे महराज उससे। हम शिक्षक रहे हैं बोगो बाबू।" जयकिशुन मिसिर ने पहली बार स्पष्ट न कहा था।

"ए मास्टर साब, मतलब बिलायती सिंह मिट्ठा और हम तीत्ता? उसका सेटिंग करवा दिए? हम इज्जत से घर रखने बोल रहे तो नाटक बतिया रहे आप? लखिया किसका जन्मा है? हमारा बात उठा देगा साला?"

"अब बात को यहीं खत्म करिए बोगो जी।" इस बार मास्टर की आवाज में अलग तरह का ताव था।

"अरे बात क्या खतम? बोगो महतो ऐसे बात नहीं करता है खतम, उसको ऑफिस में रख लेते हैं, रिसेप्शन पर रहेगी। हमारे साथ ही बैठेगी, टिप–टॉप से एकदम। अरे इतना बड़ा ऑफर बिलायती सिंह नहीं देगा। हम खुलेआम रखेंगे ऑफिस में, बढ़िया महीना देंगे। इज्जत, पैसा सब, अब का चाहिए इंटर पास लड़की को। हमको सहयोग करेगी तो और आगे तक जाएगी।"

"सुनिए, हम शिक्षक हैं, दलाल नहीं। आपको पता है कि क्या बोल गए हैं आप? आप एक शिक्षक को भड़वा समझे हैं क्या? झुकते हैं, रेंगने थोड़े लगेंगे?" इस वक्त जयकिशुन मिसिर के दिमाग की नसें तड़क रही थीं। मोबाइल मुट्ठी में कसा हुआ था। ऊपर के दाँत नीचे की कतार को पीस रहे थे।

"ऐ मास्टर... हेलो हेल्लो... अरे इतना बड़ा बात जी... हेल्लो। बहुत हिम्मत कर गए हो मास्टर।" बोगो को इसकी उम्मीद नहीं थी। फोन कट

चुका था।

बोगो महतो ने कान से हटाए मोबाइल को हाथ में सामने रख एक बार देखा और उसे जोर से अपने पलंग पर पटकते हुए फेंका।

क्रोध में साँसें फूल रही थीं। पहली बार बोगो को ऐसा लगा जैसे शेर के आगे बकरियों के झुंड ने विद्रोह कर दिया।

बोगो के मस्तिष्क में अभी सबसे जरूरी बात चल रही थी कि लड़की अगर नहीं लाए उठा के तो कमजोरी का मैसेज जाएगा इलाका में। फिर राजनीति कपार करेंगे जब एक बार डर खतम हो गया तो। साला एक मिसिरवा जैसा रिटायर मास्टर हमसे शान दिखाकर फोन काट दिया? ई विरोध नहीं है, सीधे चैलेंज है। अभी तो माहौल बना था हमारा पार्टी में, जात का मंत्री मिला था, और हम अभी ही सब गँवा देंगे? खतम करवा देंगे अगर नौबत आया ऐसा तो।

बोगो बेचैन हो के आज अपनी चारदीवारी में ही घंटों टहलता रहा। बीच में एक बार कमरे में जाकर अपनी देशी चोरकी पिस्तौल भी निकाली, उसे हाथों में लेकर देखा और वापस बक्से में रख दिया था।

इधर बल्लोपुर थाने में कमल बिहारी मंडल और पार्टी के जिलाध्यक्ष चंचल मंडल की गाड़ी खड़ी थी।

"आपको तो ई सब हम फोन पर ही बता देते कमल भैया। यहाँ परेशान होने क्यों आए? आप हमको ही बुला लेते।" दारोगा माधव राम ने पर्दे के किनारे से ही मंत्री जी के भ्राता को आता देख कुर्सी से उठ कक्ष से बाहर आते हुए कहा।

"अब जब आप एक बात नहीं ही माने तो शंका हुआ कि ये बात भी नहीं माने तो? कहीं बोल दें कि नहीं आऊँगा। इसलिए भैया को हम थाना ही लेकर चले आए।" कमल के बदले चंचल ने कहा।

"कौन बात नहीं माने?" दारोगा माधव राम ने आश्चर्य जैसा मुँह बनाकर कहा।

"आपको क्या कहा गया था? केवल वो हमारे कैडर, वो पगला का बेटा को छोड़ना है। बाकी को अभी रखिएगा थाने, भैया का अगला आदेश आने तक। लेकिन आप तो सब को छोड़ दिए। जब एक दलित दरोगा के रहते,

सारे फोरवड छूट ही जाएँगे थाना से और हम मजे नहीं चखा पाए तो फिर काहे का संबिधान? फिर तो हर हाल में सबर्न ही न राज करेगा देश में? फिर दलित और पिछड़ा के सत्ता में रहने का क्या फायदा? लोकतंत्र ही खत्म करवा दीजिएगा आपलोग।" चंचल मंडल ने बोलते हुए कई महत्वपूर्ण बातें कह दी थीं इतने में ही।

अपने कैडर को पगला कहा था, दारोगा को दलित कहा था, थाना को सजास्थल कहा था, मजा चखाने को संविधान कहा था और लोकतंत्र को सत्ता भोगने का साधन।

और ये सब बस कहने की बात नहीं थी, चंचल के मुँह से निकले ये सारे शब्द मौजूदा लोकतंत्र को समझने के सूत्रवाक्य थे। ये सब सत्ता के असली शब्दकोश का हिस्सा थे।

चंचल की बातें आज के समाज का पूरा नक्शा था। वो नक्शा जिसमें जनता के अधिकार को किसी सूक्ष्म द्वीप की तरह ढूँढ़ना पड़ता।

"एक बार हम मंत्री जी के भाई साब से बात कर लें? आप फिर बोलते रहिएगा चंचल जी। आपको तो रोज फिर हम सुनेंगे ही, आपसे मिलना थोड़े छूट जाएगा। एक मिनट जरा अपना बात हम कमल भाई साब के सामने रख दें।" दारोगा ने चंचल को कुछ ध्यान दिलाते हुए कहा था। चंचल मंडल शायद समझ भी गया था।

बेचारे का रोज का धंधा था, वैध-अवैध, सब थाना से ही चलना था। आज मंत्री के भाई के साथ थाना आया तो अतिउत्साह में बहुत बोल गया था लेकिन दारोगा माधव राम ने अपने तरीके से उसे भान करा दिया था कि ये उत्साह घातक भी साबित हो सकता है।

"हम तो भाई बहुत भरोसा किए यार आप पर। अब हम जवाब क्या दें मंत्री जी को, ये बताओ न। आप मर्दे छोड़ दिए लड़कों को। उ लड़का लोग कितना खतरनाक सब कांड करने का हिम्मत किया है, आगे और भी करेगा। चुनाव है अभी, उसमें और भी मन बढ़ेगा। बहुत कुछ सोचकर न भीतर करवाए थे।" कमल बिहारी मंडल ने एक जननेता के स्थानीय सौम्य प्रतिनिधि की ही तरह बड़ी विनम्रता से कहा।

क्योंकि दारोगा हर बार उसकी बात सुनेगा ही, इसी बात का तो भरोसा नहीं रहता था कमल बिहारी मंडल को।

"हमलोग को कोई दिक्कत नहीं है, असली बात है कि मंत्री जी को क्या जवाब देंगे हमलोग? ऊपर से बोलेंगे कि दो दिन बाद बता रहे हैं।" चंचल ने अपने उत्साह वाली गलती पर थोड़ा–सा मलहम घिसना चाहा।

लेकिन दारोगा माधव राम उसकी तरफ अब भी दाद-खाज की नजर से देख रहा था।

दारोगा माधव राम ने कमल बिहारी मंडल की तरफ देखते हुए बोलना शुरू किया, "आप परेशान नहीं होइए कमल भैया, आप हमको ले चलिए न मंत्री जी के पास। अरे हम मंत्री जी के भला के लिए ही छोड़े सारा लड़का लोग को। उसमें सब फॉरबर्ड नहीं था न, चार लड़का तो दलित और ओबीसी था। अब कोई केस तो नहीं ही न बनता उन सब पर। कितना दिन थाना में रखते? अभी पत्रकार आ जाता और लिख देता कि मंत्री के कहने पर दलित–ओबीसी छात्र गिरफ्तार। तब?"

"अरे बाप, ई तो और भी ज्यादा खराब हो जाता।" कमल बिहारी के मुँह से निकला।

चंचल चुप ही था, लेकिन भीतर ही भीतर कुछ बोलने को बेचैन।

"हाँ, पूरा फैमिली को पोलटिकल नुकसान हो जाता न। सब कहता कि नौकरी माँग रहे दलित छात्र को जेल भिजवाया मंत्री जी ने।" दारोगा माधव राम ने मंडल परिवार के राजनीतिक श्राद्ध की सुदृढ़ संभावित रूपरेखा खींचते हुए कहा। कमल बिहारी तो इतने में बेहोश भी हो जाता लेकिन साथ में चंचल जैसे चित्त वाला सेवक साथ था इसलिए वो दारोगा के कहे को सीधे अपने दिमाग पर ले भी नहीं रहा था, सारी बातों को अब हाथों से इशारा कर चंचल की तरफ सरकाने लगा।

"पान वाला शुक्ला, एक ग्रामसेवक लाला जी का लड़कवा, एक टेंपोरेरी ठेका वाला मास्टर भूमिहार लड़का... इनमें दलित कौन था दारोगा बाबू?" चंचल ने तुरंत आँख मटकाते हुए पूछा।

"किधर गए चौबे जी? आइए जरा बताइए हमारे जिला मवेशी रक्षा समिति के अध्यक्ष चंचल मंडल जी को लड़का लोग का जात और क्वालीफिकेशन।" दारोगा माधव राम ने जिलाध्यक्ष होने के अलावा चंचल मंडल के अतिरिक्त प्रभार वाले पद को भी उतने ही सम्मान से याद किया।

"ये पढ़ लीजिए, नीलकंठ दास, प्रभाकर यादव, शिवा कुमार, सब

स्नातक प्रथम श्रेणी। सरकारी नौकरी का खोज, वर्तमान में बेरोजगार। थाने में अपने दोस्तों के साथ आए, बताया कि मुख्यमंत्री जी वाले कार्यक्रम में हमलोग खड़ा थे, कोई शुक्ला या राय नहीं।" चौबे जी ने एकदम बताने जैसा बताया।

"समझ गए, पोलटिक्स हो गया। यानी बाद में विपक्ष का लोग भेजा दलित और ओबीसी छात्रों को थाना, मामला को गड़बड़ बनाने के लिए। मंत्री जी के पीछे लगा है सब। भीतरघात भी हो रहा है। ठीक हुआ, छोड़ दिए। हम्ममम समझ गए।" चंचल मंडल बोलते हुए उठ खड़ा हुआ। संसार भी विचित्र है, आदमी समझाने पर बैठ जाता है, समझने पर खड़ा हो जाता है।

"मने दरोगा जी बचा लिए? सड़यंत्र को फैल कर दिए! अरे ई तो फिर बढ़िया ही न किया इस आदमी ने मर्दे?" कमल बिहारी ठीक से समझने के बाद ही खुशी व्यक्त करना चाह रहा था।

"कमल बाबू, सबसे पहले मंत्री जी के पास चलिए। सारा स्थित को रखना होगा उनके सामने।" चंचल ने बिना क्षण गँवाए कहा।

"फोन पर बताना होगा। लेकिन बताना क्या है? हम उतना दिमाग नहीं लगा सकेंगे यार।" कमल मंडल ने भविष्य की पीढ़ी के लिए अपना दिमाग बचाते हुए कहा।

चंचल मंडल ही इन दिनों कमल मंडल का दिमाग था। एक तो स्वजाति, ऊपर से धूर्त। अवध बिहारी मंडल ने कमल मंडल के रूप में एक लाठी और चंचल मंडल के रूप में एक टॉर्च छोड़ रखा था बल्लोपुर में। अब जब चुनाव नजदीक आने वाले थे, मंत्री अवध बिहारी ने पिछले साल ही चंचल को जिलाध्यक्ष बनवा दिया था तिकड़म भिड़ा के। बाद में अपने जुगाड़ और जरूरत से मवेशी रक्षा समिति का भी जिला अध्यक्ष बन गया था चंचल।

इससे चंचल के मवेशी वाले धंधे के पुनरुत्थान में मदद मिली। दादा-परदादा की आत्माओं ने ऊपर से फूल बरसाए होंगे चंचल के। पुरखों का धंधा फिर से चल पड़ा था।

गाँव-देहात से मवेशियों की सस्ती खरीद कर सीधे बाँग्लादेश बेचने में जिले का अव्वल व्यापारी था इन दिनों वह।

इसी कारण अभी कमल बिहारी के भी खर्चे-पानी का जिम्मा उसी को दे रखा था मंत्री अवध बिहारी ने।

तब तक चाय आ गई थी। चाय पी के अभी दोनों थाने से वापस कमल बिहारी यानी मंत्री जी के पुश्तैनी आवास आ गए थे।

कमल बिहारी, चंचल को बिठा के यही समझ रहा था कि मंत्री जी को फोन पर कहना क्या है, क्योंकि अवध बिहारी बल्लोपुर से बाकी और कोई फोन शायद ही उठाते थे।

मंत्री जी ने भले ही चंचल को चुनावी जरूरत के कारण थोड़ा बढ़ावा दिया था लेकिन न शहर अपने आवास पे आने की इजाजत दी थी और न फोन पर बतियाने की।

मंत्री अवध बिहारी ने इसी पद्धति से अब तक सफलतापूर्वक क्षेत्र संचालन किया था जिसमें उनको जनता का न सीधे आक्रोश झेलना पड़ा था, न ही किसी को आज तक किसी काम के लिए सीधे न कहना पड़ा था। जब मंत्री जी से बात होगी, तब तो हाँ या न होगी?

अभी साँझ ढलने को थी। दुकानों के बल्ब जल गए थे। बाजार में ठीक-ठाक चहल–पहल थी। रोजाना की तरह दर्पण की दुकान पर ग्राहक पान ले रहे थे। इधर दुकान की बायीं ओर, थाने से आने के बाद पहली बार मजलिस लगी हुई थी सारे दोस्तों की। चिन्मय हमेशा की तरह एक पान मुँह में भरे हुए था। कृपालु मीठी सुपारी चबा रहा था और अंगद, प्रभाकर और नीलकंठ दास भी दर्पण से लेकर मुँह में एक-एक आम वाली कैंडी डाले हुए थे।

"दलपन भैया, आज मोल्चा बना दिया जाय क्या?" चिन्मय ने जब ओठों को सिकोड़कर फूले हुए गाल से कहा तो शब्द स्पष्ट नहीं निकल रहे थे।

"पहले पान थूक लो बे! मोर्चा को कुलचा और बेलचा बोल रहे हो।" दर्पण ने गुमटी में बैठे-बैठे ही हँसते हुए कहा।

चिन्मय ने तब तक एक पीक फेंक दी थी। होंठों के किनारों से एक लाल लकीर झाँक रही थी।

"सीरियसली इसका गठन जरूरी है। अभी कुछ सुने? राज्य लोक सेवा आयोग के अध्यक्ष ने प्रेस कॉन्फ्रेंस कर कहा कि प्रीलिम्स का परीक्षा कैंसिल। पेपर लीक हुआ है। पता चला व्हाट्सप्प पर, टेलीग्राम पर पेपर पहले ही लीक हो गया था। एकाध सेंटर पर मारपीट भी हुआ है, लड़का लोग पेपर फाड़ दिया, यानी शंका सही निकला। एक राजस्व अधिकारी और पुलिस का

अधिकारी धराया है।" कृपालु ने एकदम ताजा जानकारी दी।

कान में कृपालु की बात पहुँचते ही दर्पण सबसे ज्यादा चौंका। जिस पान पर कत्था लगा रहा था, उसे सामने लाल कपड़े पर रख दिया उसने।

"क्या बोल रहे हो भाई? अभी जो हम दिए थे प्रीलिम्स? वो कैंसिल हो गया?" दर्पण ने गुमटी की छोटी खुली खिड़की से झाँकते हुए पूछा।

"पहले पनवा दे दीजिए शुक्ला जी, फिर बनते रहिएगा न डिप्टी कलेक्टर, पूरा रात बचा है अभी। पान लगाइए जल्दी। आप गप्प में फँसा रहिएगा तो ग्राहक कौन देखेगा महराज।" सामने खड़े एक ग्राहक ने हल्की झल्लाहट में कहा। यह सुनते ही लुंगी को समेट दर्पण वापस मुड़ा और चेहरे पर एक बुझी-सी हँसी लिए पान लगाने लगा।

"अब का बनेंगे भैया? अरे फिर परीक्षा गया पानी में। खैर, हाँ बस लीजिए न, तुरंत दे रहे। गुस्सा मत होइए भैया।" दर्पण ने न जाने संयम के कितने बाँध बाँधे उसी बुझी हँसी को होंठों पे लिए झटपट पान लगाकर सामने वाले ग्राहक को दिया।

ग्राहक पान खा, पैसे देने के बाद जैसे ही निकला, चिन्मय से रहा नहीं गया।

उसने पानी की एक बोतल ली, मुँह में अटके पान को कुल्ला कर साफ किया और बचा पूरा पानी गटकने के बाद बोला, "आप कैसे बर्दाश्त कर लेते हैं दर्पण भैया ई भोंसड़ी वालों का टोंट? कौन था ये? मार काहे न देते हैं कपार पर सरौता फेंक के? आप बोलिए न, इसको अभी दिखा दें कत्था-चूना का रंग? साला कोई क्या पढ़े, क्या एक्जाम दे, भाई इससे इन छछूँदरों को क्या लेना-देना यार?"

"क्या ही अब बोलें मेरे भाई। अरे बाबू, नहीं न कर सकते हैं ऐसा। देखो, मेरा ओभर एज होने को चला। अब कितना एग्जाम देंगे? अब तो जिंदगी भर ही पान बेचना है हमको चिन्मय। इसलिए ग्राहक से बिगाड़ नहीं कर सकते न। अब तो परमानेंट कस्टमर बनाना होगा। इसके लिए चार गाली बात भी सुनना ही पड़ेगा ग्राहक का। हम तो बस चाहते हैं अब कि तुमलोग साले निकलो ई सब चक्कर से।" दर्पण के चेहरे का दर्पण इस वक्त इतना धुँधला था कि उसके होंठों पर ठहरी मुस्कराहट भी स्पष्ट दिख नहीं रही थी। एक बिना खुशी की निर्जीव-सी हँसी रखी हुई थी होंठों पर। दर्पण आने

वाले ग्राहकों को पान लगा के देता जा रहा था, और भी मन से चूना–कत्था घिसता हुआ।

ये परीक्षा उसकी उम्मीदों का सबसे बड़ा किला था जो अभी-अभी रद्द होने की खबर के साथ ही ढह गया था। उसने डेढ़ सौ में एक सौ बत्तीस उत्तर सही दिए थे और वो मुख्य परीक्षा के लिए बिना किसी संशय के लगा था। शुरुआत से प्राथमिक परीक्षा ही उसके लिए बाधा साबित होती रही थी, लेकिन इस बार उसने ये बाधा पार कर ली थी। पर दुर्भाग्य से यह परीक्षा भी रद्द हो गई।

दुकानदारी कर घर चलाते हुए खुद को फिर से एक दुरूह परीक्षा के लिए तैयार करना, क्रिकेट विश्व कप के अगले मैच के लिए खुद को तैयार करने जितना आसान नहीं था।

जब उम्र बढ़ती है तो बस एक छात्र नहीं करता खुद को तैयार, उसके लिए एक आदमी को तैयार होना पड़ता है, जिसके ऊपर न जाने कितनी जिम्मेदारियों का बोझ होता है।

परीक्षा रद्द होने की इस खबर ने मानो डूबते से तिनके का सहारा छीन लिया था। दिमाग काटी गई उम्र गिन रहा था और मलता हुआ हाथ जैसे जली हुई उम्र की राख महसूस कर रहा था। भीतर एक शून्य जल रहा था। जैसे सपने के मंदिर ने अपना देवता खो दिया हो।

दर्पण शुक्ला, इक्कीसवीं सदी के युवाओं की उस पीढ़ी का चेहरा जो ज्ञान और डिग्री से सुसज्जित होने के बावजूद रोजगार, पहचान और आत्मसम्मान से वंचित रह गई।

लेकिन अर्थशास्त्री, समाजशास्त्री और राजनीतिशास्त्री का गठजोड़ पान बेचने को भी प्रतिष्ठित शास्त्रीय रोजगार मानता था इसलिए दर्पण शुक्ला जैसे युवाओं को कम–से–कम राष्ट्रीय आँकड़ों में बेरोजगार कहना राष्ट्र का अपमान माना जा सकता था।

सन् दो हजार आठ में तिलका माँझी विश्वविद्यालय से स्नातक करने के बाद उसकी पहली कविता एक राष्ट्रीय अखबार के परिशिष्ट में छपी थी :

लोकतंत्र एक बेल है

एक लाठी लो और चढ़ा दो

जब मन चाहे काटो छाँटो

जब मन चाहे और बढ़ा दो

झूठ-लोभ की डालो खाद,

फिर देखो इसका उत्पाद।

आज नहीं तो कल देगा,

अगले चुनाव में फल देगा

सत्ता के गमले में रोपो

और वहीं कुर्सी को टिका दो।

लोकतंत्र एक बेल है

एक लाठी लो और चढ़ा दो।

उसके एक सहपाठी ने तब भी कहा था, "शुक्ला, यार सोचते बहुत हो। देखो तुम डिप्टी कलेक्टर या प्रोफेसर नहीं बनोगे, बनोगे साला लेखक, लेकिन ज्यादा सोचोगे तो भूखे मरोगे।"

दर्पण सच में लेखक कतई नहीं बनना चाहता था, और उसने ये होना संपन्न किया, नहीं बना लेखक। वो डिप्टी कलेक्टर भी बहुत बाद में बनना चाहता था। उसकी पहली पसंद थी कि प्रोफेसर बने, इसलिए फिर सिद्धू कान्हु विश्वविद्यालय से स्नातकोत्तर की परीक्षा भी पास की।

उसका सपना था कि एक कक्षा हो और उसी कक्षा के अक्ष पर हाथ में चॉक और डस्टर लेकर वो ब्लैकबोर्ड के सामने घूमता रहे... सामने बैठे छात्रों को कराता रहे ज्ञान-विज्ञान के संसार की सैर। लेकिन नियति ने उसे पान की गुमटी में ला के बिठा दिया था।

पिता तो महज चौदह साल की उम्र में गुजर गए थे। अगले साल ही मैट्रिक की परीक्षा दी थी। धन्य थी माँ पार्वती शुक्ला जिन्होंने ये आईना टूटने न दिया, सँभाले रखा और उसे अपनी कोशिशों तक खूब चमकाए भी रखा।

दर्पण ने जितनी भी बार नेट की परीक्षा दी, धाँधली और घपले ने परिणाम खा लिया। कुछ चुनिंदा अभ्यर्थियों को ही फायदा मिला। बाद में जब जाँच हुई और घपले का पर्दाफाश हुआ तो उम्र सीमा निकल गई थी। कई चयन वर्षों तक लटके रहे।

अंत में जब एक मौका हाथ लगा भी तो पैनल में ही भ्रष्टाचार हुआ और किसी की रिश्वत और पैरवी ने वो सीट छीन ली। इसकी योग्यता आखिरी मेरिट लिस्ट में आई ही नहीं।

आगे घर चलाने की मजबूरी और अर्थाभाव ने पीएचडी न करने दिया। थक–हारकर सिविल सेवा एक रास्ता था जो आज एक और परीक्षा के रद्द होने के साथ बंद होने को था।

"निराश नहीं होइए दर्पण भैया। आप कुछ बढ़िया ही करिएगा।" ये मीठी आवाज अंगद की थी।

"नहीं रे बाबू, हम निराश होते हैं कभी? इसलिए तो देखो न, हम गुमटी में क्या रखे हैं! श्रीरामचरित मानस और अंबेडकर का जीवनी। देखो, एक सेल्फ में ये रखा हुआ है। इसको पढ़ने वाला क्या ही निराश होगा।" नरम आवाज में बोला था दर्पण।

"बताइए भैया, आपकी गुमटी में इतना बढ़िया चीज रखा हुआ है लेकिन आदमी को तो चाहिए सिगरेट, पान और खैनी ही।" चिन्मय ने ये कहा तो सब हँस पड़े।

"सही बात है, जैसा पात्र आता है वैसा चीज देते हैं। हम रखते तो सब हैं चिन्मय। अच्छा चीज का सेवन खुद करते हैं, क्या करें।" दर्पण ने मुस्करा के किताबों की ओर देखते हुए कहा।

"हमलोग हैं न भैया, अच्छा चीज का सेवन करने वाला ग्राहक। हमलोग को तो दीजिए कुछ।" कृपालु ने कहा।

"बेटा कृपालु, ये ज्ञान है, ग्राहक को नहीं, ग्रहणशील को मिलता है।" दर्पण के इस एक वाक्य का कितना गहरा मर्म था। पूरा का पूरा दर्शन था जैसे इसमें।

ग्राहक तो वह है जो केवल मिलने या लेने की इच्छा रखे। लिए हुए ज्ञान को आत्मसात करने की इच्छाशक्ति या क्षमता थोड़े होती है ग्राहक में।

लेकिन ग्रहणशील वह जो खुले मन से ज्ञान को स्वीकार करे, उसे लगन से समझने की कोशिश करे और उसे अपने भीतर ढालने का प्रयास करे।

दर्पण ने इस एक वाक्य से गुमटी में श्रीरामचरित मानस के होने की सार्थकता और औचित्य दोनों साबित कर दिया था।

दर्पण के हाथ भले चूना लगा रहे थे लेकिन प्रतिभा को कभी चूना नहीं लगता, न ही उसमें कभी जंग लगता है। अगर आदमी खुद को किसी भी परिस्थिति में रोज माँजने की ठान ले तो प्रतिभा न कभी पुरानी होती, न ही कुंद होती है।

"जब आपका नौकरी नहीं हुआ दर्पण भैया, तो हमको तो सोच के ही टेंशन हो जाता है कि हमलोग का क्या होगा?" प्रभाकर ने खुद को व्यक्त किया।

दर्पण पालथी मार गुमटी की खिड़की से ही बतिया रहा था।

"अरे देखो बुड़बक को, निराश होने का नहीं कभी। पढ़ा-लिखा कभी निराश होता है जी?

सुनो एक बात बताते हैं।

देखो, मानस में जब हनुमान समुद्र पार करने निकले, तो उनके मन में भी संदेह आया था कि हमसे होगा या नहीं? तब जामवंत उनका शक्ति याद दिलाए। तब हनुमान जी बोले, रामकाज करिबे को आतुर।

यानी जब काम सही हो तो संदेह का कोई जगह नहीं बचता।

यही बात बाबा साहेब अंबेडकर के भी जिंदगी में देखो न, उ भी अपने समय के सबसे बड़े समुद्र से जूझ रहे थे न? अपमान और भेदभाव के समुद्र से। स्कूल में उनको तो पानी तक छूने नहीं दिया जाता था। हमलोग तो फिर भी इतना बढ़िया हाल में हैं। हम तो खैर ब्राह्मण ही हैं।

लेकिन देखो, बाबा साहब अंबेडकर ने कहा, शिक्षित बनो, संगठित रहो, संघर्ष करो।

सोचो तुमलोग जरा, जैसे हनुमान जी खातिर समुद्र लाँघना असंभव था, अंबेडकर खातिर इतना ऊँचाई तक पढ़ना और संविधान लिखना। दोनों ने असंभव को संभव किया, एक ने भक्ति से, दूसरे ने शिक्षा से।" दर्पण की गुमटी अभी गुरु वशिष्ठ की कुटिया जैसी आभा से भीगी हुई लग रही थी।

"बात में दम है दर्पण भैया। आज से पान लेना बंद, आपसे यही सब लेंगे।" चिन्मय ने कहा तो भी माहौल अभी भी उसी गंभीरता के आवरण में लिपटा हुआ था। सारे मित्र इस वक्त खड़े होकर दर्पण को एकटक देखते हुए सुन रहे थे।

"अब हम किस बात पर रुके हैं? हमारे सामने भी बेरोजगारी, अपमान और गरीबी का समुद्र है। लेकिन हमें भी वही करना है, हनुमान जी की तरह साहस और बाबा साहब अंबेडकर की तरह शिक्षा से सब संभव करना ही है।"

"हमलोग करेंगे भैया अपना सपना पूरा, लग के मेहनत से।" प्रभाकर की आवाज में अब थोड़ी ताकत आई।

"हाँ, हम साला अगर बैठ गए न तो हमारी कहानी कोई लेखक नहीं लिखने वाला। लेखक साले वासेपुर के टुच्चे गैंग की दुनिया लिखेंगे लेकिन बल्लोपुर के बेरोजगार युवाओं की फौज का दर्द नहीं दिखाने वाले। हत्याओं पर वेब सीरीज बनेगा लेकिन भीतर ही भीतर घुट के मर रहे युवाओं की त्रासदी पर नहीं बनेगा सीरीज। हमारे मरने में कोई मसाला ही नहीं है यार और न युवाओं का मरना यहाँ कोई मसला है। इसलिए मरना नहीं है, उठ खड़ा हो जाओ और पढ़ो भी, लड़ो भी।" दर्पण ने उपसंहार करते हुए वास्तव में अपने मित्रों को आंदोलित कर दिया था।

बात ठीक खत्म ही हुई थी कि एक बाइक गुमटी से एकदम सट के रुकी। दर्पण ने तब तक किताब की शेल्फ में हाथ डाल दोनों किताबें निकाल ली थीं। दोनों किताबें अभी हाथ में थीं।

"देखो, एक चीज दिखाते हैं तुमलोग को किताब में। बहुत सारा फैक्ट तो अंडरलाइन भी किए हैं।" दर्पण बाइक वाले की तरफ ध्यान दिए बिना गुमटी से उतरने को मुड़ा और अपना एक पाँव नीचे की ओर करना चाहा।

ठीक तभी "अरे ए शुक्ला जी, एक सिगरेट दे दीजिएगा क्या?" बाइक चला रहे पहले सवार ने कहा। पीछे एक और सवार बैठा था, दोनों ने हेलमेट पहन रखे थे।

दर्पण हाथ की किताब अभी रख पाता और सिगरेट लेने को गुमटी के पिछले कोने की तरफ सरकता कि तभी बाइक पर पीछे बैठे शख्स ने एक देशी कट्टा निकाल के लहराया। उसने बिजली की गति से उसे दर्पण की तरफ ताना। दो बार ट्रिगर दबाया लेकिन गोली चली नहीं। इतने में दर्पण ने हाथ की दोनों किताबों को उस पर दे मारा।

धाँय... चिट चिट...

किताब सीधे कट्टे वाले हाथ में लगी और कट्टा छूटकर जमीन पर

गिरा। एक गोली तब तक चल चुकी थी।

सारे मित्र एकबारगी चिल्लाए।

"अरे गोली मार दिया हो।" कृपालु झपटकर दर्पण की तरफ कूदा।

"अरे साला, अरे साला रे... हट साले... भोंसड़ी वालों... " वहीं पड़ा एक ईंट का टुकड़ा उठाकर जोर से बाइक की तरफ फेंका चिन्मय ने।

अंगद और प्रभाकर आँख मूँद बाइक की तरफ झपटे। तब तक बाइक थोड़ी आगे बढ़ चुकी थी।

चिट चिट धाँय... कट्टा उठाकर भागते हुए एक गोली और चला दी थी बाइक सवार बदमाशों ने।

ये सब कुछ बस कुछ ही क्षणों में घटित हो गया था। मिनट भर के बाद वहाँ एक सवालिया सन्नाटा था। सारे मित्रों ने एक-दूसरे को देखा। दोनों गोलियाँ विफल रही थीं। पहली गोली से गुमटी का काँच फूटा था और दूसरी जमीन पर लग के छिटक गई थी।

"आज किताब ने ही बचा लिया।" दर्पण ने जोर-जोर से साँस लेते हुए कहा। उसके कहते ही सबके मुँह से यही बात निकली।

ये बात दुनिया क्यों नहीं समझती कि किताब ही बचा सकती है!

11

दर्पण की पान गुमटी में ऐसी भीड़ कभी न जुटी थी। और वास्तव में भीड़ ही थी, उसमें एक भी ग्राहक नहीं था। सारे दर्पण की गुमटी में वो फूटा हुआ शीशा झाँक रहे थे जिससे बदमाशों द्वारा चलाई गई गोली जाकर टकराई थी।

अगले दिन पूरा गाँव ही जुटा पड़ा था गुमटी पर। लोग घटना स्थल का मुआयना कर अपनी-अपनी तरह से प्रतिक्रिया दे रहे थे। कोई बदमाश को कच्चा निशानेबाज बता रहा था तो कोई दर्पण को फुर्तीला बताकर जान बचने की बधाई दे रहा था। दर्पण वहीं गुमटी के बाहर बेंच पर बैठा लोगों की जिज्ञासाओं का शमन कर रहा था। चिन्मय, प्रभाकर और नीलकंठ वहीं साथ खड़े थे। कृपालु भी आने ही वाला था, क्योंकि रात को भी देर तक दर्पण के साथ ही था।

कुछ बुजुर्ग दर्पण को छूकर देख रहे थे और मुड़ के लोगों को बता रहे थे कि, हाँ, जिंदा ही है।

भीड़ में ही जलेश्वर यादव भी गुमटी से थोड़ी दूरी पर खड़ा था और सारी गतिविधियों को गौर से देख रहा था। जयनाथ साह भी अपनी लाठी टेके गुमटी तक पहुँच गया था और लोगों से घटना की बारीकी से जानकारी ले रहा था।

"कैसे बच गया? लीला कहिए भगवान का... ऊपर बाला अभी नहीं

चाहता था, तब ही कोई बचता है ऐसे। चलिए भगवान बढ़िया काम किए।" फूटे काँच के टुकड़ों में झाँक अपना चेहरा जोड़ते हुए जयनाथ साह ने नेक कार्यों के लिए भगवान को प्रोत्साहन देते हुए कहा।

"कितबवा चला के मारा है शायद, उसी से पिस्टलवा फेंका गया क्रिमिनल के हाथ से।" एक युवा ने बगल से बताया।

"कौन किताब था?" जयनाथ साह ने किसी घनघोर पाठक जैसी जिज्ञासा से पूछा।

"वही रखा तो है गुमटी में। शायद रामायण था, नहीं, रामचरितमानस था। था ऐसा ही कोई किताब।" उस लड़के ने जयनाथ साह की जिज्ञासा को शांत करते हुए कहा।

"बाप रे, मानस को फेंक के मारा? मानस को? मने समझ रहे हैं कुछ? मानस खाली किताब है? पूरा... हमारा धर्म का मेन चीज है। इतना पबित्र किताब को फेंकना चाहिए क्या? भले प्राण चला जाता मेरा, हम तो नहीं फेंकते?" जयनाथ साह ने अपनी बलि की मंजूरी देते हुए धर्म की तरफ से चिंता व्यक्त की।

"लेकिन चाचा, ये तो सोचिए कि उसी से जान भी तो बचा।" उस युवा ने जयनाथ साह से कहा।

"धर्म से बड़ा जान नहीं है बेटा। तुमलोग आजकल का लौंडा-लफाड़ी लोग, धरम को खेल समझ लिए हो। बताइए, ये सब चीज गुमटी में रखने का है क्या? धार्मिक किताब को जब मन तब पढ़ने का है क्या? इसको पढ़ने का भी एक बिधान होता है। तब तो सब कोई बिद्वान नहीं हो जाता? फिर तो कोई भी पढ़ लेगा, तो फिर मतलब क्या रह जाएगा धार्मिक किताब का?" जयनाथ साह ने शास्त्र को अपना शस्त्र बनाते हुए चला दिया था।

इतना भारी-भरकम आरोप सुनते ही उस लड़के ने जयनाथ साह के आगे हाथ जोड़े और मिनटों में वहाँ से खिसक लिया। उसने शायद इस वक्त इतने संवेदनशील माहौल में किसी बूढ़े-बुजुर्ग को मुँह न लगाना ही उचित समझा था। क्या पता जमा भीड़ किस बात पर किस ओर मुड़ जाए और पकड़ के सिर मूँड़ड़ दे?

इतने में जयनाथ साह की नजर गुमटी के पीछे की तरफ थोड़ा हट के खड़े जलेश्वर यादव पर पड़ी।

जयनाथ साह लाठी टेक पैरों को घसीटता हुआ फटाक से उसके करीब पहुँच गया।

"क्या जलेश्वर? तुम काहे इतना दूर खड़ा है? तुम्हारा तो शुकलवा से बढ़िया पटता था, तुम्हारा बेटा तो इसका चेला है एकदम। कहाँ है तुम्हारा बेटा? दिख नहीं रहा कहीं भीड़ में?" जयनाथ साह ने अपने स्वाभाविक अंदाज में पूछा।

"हमारा बेटा काहे रहेगा यहाँ? ताला में बंद कर के आए हैं घर से। उ है पढ़ने-लिखने वाला लड़का। अभी पुलिस आएगा, पूछताछ होगा, यही सब राजनीति में डाल दें बेटा को? ई दर्पनवा को तो करना है पोलटिक्स, उसमें हमारा बेटा को भी सान रहा। एक दिन साला हमसे भी बहस कर लिया। एक दिन इसके चक्कर में अंगद थाना भी हो आया।" जलेश्वर यादव ने बिफरते हुए बताया।

"बात तो वाजिब है। ई पाँच-छह लड़का है न, पूरा गाँव का माहौल खराब कर रखा है। सोचता है कि खैरात में बँट रहा नौकरी। खाली राजनीति बतियाता है। पान दुकान इसका सेंटर है। तब न सेंटरे पर गोली चल गया।" जयनाथ साह ने जलेश्वर को बाहर से समर्थन देते हुए कहा।

"जो भी लड़का सरकारी नौकरी का रट लगाए हुए है, समझिए पढ़ना-लिखना है नहीं, बस राजनीति करना है। भाई सरकार सबको नौकरी कहाँ से देगा?" बगल में खड़े एक आदमी ने थोड़ा और नजदीक होते हुए अपना जोरदार समर्थन दिया। तब तक उस विमर्श में दो-तीन लोग और खड़े हो गए और अब उन लोगों से एक गोल घेरा-सा बन गया था। आते-जाते लोग कुछ क्षण वहाँ रुककर बस घेरे में अपना सिर घुसाते और बहस में शामिल हो जाते। एक-दूसरे की झाँव-झाँव, चिल्ल-पों से वातावरण संगीतमय हो गया था। लोकतंत्र का संगीत ऐसा ही मधुर होता था।

"अरे आपलोग पागल हैं क्या? जो पद खाली है, कम-से-कम उसको भरेगा कि नहीं सरकार? उसको तो भरे? सबको कहाँ दे रहा सरकार नौकरी? और सब कहाँ माँग रहा सरकारी नौकरी?" भीड़ से एक एकदम बिफरी हुई आवाज निकली। सड़क पे हो रहे लोकतांत्रिक विमर्श की यही सबसे खूबसूरत बात थी कि कहीं से भी, किधर से भी घुस के, कोई भी अपनी एक बात रख बहस को एक और कोण दे सकता था। संसद भले आवारा हो

जाए, सड़कें कभी खामोश नहीं रही थीं दुनिया में। जब नीतिनिर्णय के विशाल वैभवपूर्ण महल में ताला लग जाता है, उस रात में भी सड़कों की हलचल लोकतंत्र को जिंदा रखती है।

"पागल हैं हम दोनों? आप कौन हैं भाई जी? आपके पास तो जैसे पूरा खाली पद का हिसाब है? बिना सिर-पैर का बात को मत रखिए यहाँ। बल्लोपुर में थोड़ा-सा सोच के बोलिए।" अचानक एक तीसरे आदमी के अलग ही बात बोलने पर जयनाथ साह गरमा गया था। लाठी टेक के मुड़ते हुए बोलने लगा।

"ज्यादा गरम मत होइए। हमको नहीं पहचानते हैं न आप? तो हम भी नहीं पहचानेंगे। यहीं अभी बता देंगे सब खाली पद का हिसाब। साला वहाँ एक छात्र पर गोली चला है और आपलोग सरकारी नौकरी का इच्छा को भी राजनीति बोल रहे हैं?" वो आदमी भी पीछे नहीं हट रहा था।

तभी गुमटी की तरफ से आवाज आई।

"अरे मामू आइए न इधर। कहाँ फँसे हैं उधर। कल समझिए खेला खतम था आपके भांजे का।" चिन्मय ने दोनों हाथ उठाकर बोलते हुए अपनी ओर आने का इशारा किया।

ये आदमी था मन्नू, मनोज श्रीवास्तव। ब्रह्मदेव बाबू का साला। रात गोली की बात पे घबरा कर बहन ने उसे भी फोन कर दिया था। क्योंकि गुमटी पर तो घटना के वक्त चिन्मय भी खड़ा था। रात को बहन की घबराहट देख आज सुबह मन्नू बल्लोपुर पहुँचा और अभी बस से उतरकर सीधे घटनास्थल की तरफ ही आ गया था।

सात-आठ वर्ष बाद फिर आना हुआ था बल्लोपुर। इस कारण जयनाथ और जलेश्वर दोनों एकाएक पहचान नहीं पाए थे मन्नू को। एक जमाना था जब अक्सर आया करता था अपने ब्रह्मदेव बहनोई के यहाँ। बाद में जब खुद की भी शादी हो गई, अपनी जिम्मेदारियाँ हो गईं तो सगे-संबंधियों के यहाँ आना-जाना छूट गया था। बीच में जब ब्रह्मदेव बाबू का अपने भाइयों से जमीन को लेकर थोड़ा विवाद हुआ तो बहनोई की तरफ से मामला सँभालने मन्नू एकाध बार आया भी तो गाँव में लोगों से नहीं मिल पाया था। उम्र ने चेहरा और चाल दोनों बदल दिए थे। कभी बरसात के दिनों में लंबे बालों को लहराते हुए लंबी टाँगों से गाँव में बच्चों संग फुटबॉल खेलने वाला खिलाड़ी

आज सफेद दाढ़ी और उजाड़ सरपट गंजा सिर लिए दाहिने पाँव से लँगड़ा के चलते हुए भला किसे पहचानने में आता।

"ई लँगड़ा जयनाथ था न? साला हमको नहीं पहचाना। एक समय खड़ा रहता था अँग्रेजी पीने के लिए हमारे पीछे।" अपने पाँव की लँगड़ाहट भूल नजदीक आते ही चिन्मय से पूछा मन्नू ने।

"हाँ वही है बुड्ढा। आपका भी पाँव में क्या हो गया हो मामू? तभी तो बस से उतरते आपको जयनाथ साह से भेंट हो गया।" चिन्मय ने अपने मामा को लँगड़ाते हुए देख लँगड़ी मारते हुए पूछा। वैसे भी मामा-भांजा एक-दूसरे की खींच-खाँचकर आनंद लेते रहते थे।

"अरे भांजा, क्या बताएँ। गिर गए थे पिछले साल ही मोटरसाइकिल से। अब परमानेंट दिक्कत हो गया घुटना में। चल लेते हैं, यही बहुत है। ऐसा चूर हुआ था हड्डी कि पूछो नहीं। तुम्हारा माँ और तुम्हारे बाप, नहीं ही आए देखने।" लगे हाथ शिकायत की पोटली भी खोल दी मन्नू ने।

"अब ई सब घर जा के फरियाइएगा अपने बहिन और बहनोई से। हमको पता होता तो जरूर आते। पापा तो सोचे होंगे कि अब साला बचेगा कि नहीं। अगर नहीं बचेगा तो एक्के बार जाएँगे। आप बच गए तो नहीं गए। इसलिए हमको बताए भी नहीं होंगे।" ये बोल खिलखिलाकर हँसा था चिन्मय। मन्नू भी काटी चिकोटी पर हँस दिया था।

"हाँ उ छोड़ो। ई बताओ कि क्या-क्या होने लगा जी बल्लोपुर में? दिन दहाड़े गोली-बम?" मन्नू ने दर्पण के बगल में बैठते हुए पूछा।

चिन्मय ने विस्तार से पूरा किस्सा सुनाया। तब तक एकाध लोग मन्नू को पहचानते हुए मुस्कराकर मिले। मन्नू उनसे भी बोलने-बतियाने लगा।

इधर जयनाथ और जलेश्वर की चर्चा में एक और तूफानी आदमी शामिल हो गया था। विमर्श में भाग लेने हेतु उसके चेहरे की गंभीरता ऐसी थी जैसे पूरी मानसिक तैयारी से आया हो।

"सवाल गोली का नहीं है। आप पढ़े-लिखे इंसान हैं तो क्या आपको धर्म के फजीहत का लाइसेंस मिल जाता है? आपका हो या मेरा, हर मजहब का सम्मान होना चाहिए। हमलोग अलग नहीं हैं। गंगा जमुना एक है। ये मैटर

तो ऐसे नहीं छोड़ेंगे।" सफेद टोपी पहने उस आदमी ने इस तरह से कहा था कि लगा जैसे वो बहस को एकाध मिनट के बाद मारपीट की तरफ ले जाने का इच्छुक हो।

"एक नंबर बात! देखिए, दूसरे धर्म के आदमी को इतना समझदारी है लेकिन खुद एक पंडित के बच्चा को धर्म के मान–मर्यादा का ज्ञान नहीं। चरितमानस जी को फेंक के चला दिया? ओह हे भगवान!" जयनाथ साह भी जैसे किसी गोपनीय अभियान के गुप्त क्रियान्वयन में हो, इस कदर लगा हुआ था इस विषय को प्रकाशित करने में।

"ज्यादा पढ़ाई, बुद्धि भ्रष्ट करता है। दिमाग ही खराब चीज है। सबसे अच्छा है कि सरकार काम भर ही पढ़ाए। ढेर पढ़ा देता है न, उसी में ज्यादा बुद्धि खुल जाता है ई लौंडा लोगों का।" उस आदमी ने ज्यादा पढ़ाई और अधिक बुद्धि से होने वाले नुकसान के प्रति आगाह करते हुए तुरंत पढ़ाई–लिखाई पर कठोर नियंत्रण की वकालत कर दी।

जयनाथ साह सहमति में मुस्कराते हुए उस आदमी के कंधे पर हाथ रख अपना आधा वजन उस पे डाल, अपनी एक टाँग उठा के खड़ा रहा।

असल में बहुत देर तक लाठी टेके खड़े रहने के कारण दूसरी टाँग पर जोर पड़ने से थोड़ी थकान हो गई थी। इसलिए जैसे ही एक समर्थक दिखा, उस पर लद गया।

"तुम्हारा लड़का कैसे मान गया है जो घर में है अभी तक? उ तो भेटरन दोस्त है ई सब लड़का का। लेकिन दूर रखो ऐसा संगत से... एकदम दूर।" लदके हुए जयनाथ साह ने घुटने को थोड़ा आराम मिलते ही जलेश्वर के हित में सोचते हुए कहा।

"दूर कर दिए समझिए। अब मंत्री जी का हमसे संबंध तो आप जानते हैं, कितना भरोसा करते हैं बेचारा हम पर। अब हमारा ही बेटा उनके खिलाफ वाला राजनीति में रहेगा तो ये नमकहरामी नहीं हो जाएगा? बताइए?" जलेश्वर ने गाहे-बगाहे कभी मंत्री जी द्वारा आहूत किसी रैली या बैठक में मिले पूड़ी–सब्जी के पैकेट के नमक का हक अदा करते हुए कहा।

"हाँ भरोसा और ईमान ही तो सबसे बड़ा चीज है भाई। अब हमारे–तुम्हारे जैसे आदमी के पास इसके सिवा है ही क्या? अब बेचारा मंत्री ने भरोसा किया है तो निभाना पड़ेगा भाई। जब भी आता है गाँव तो हमको भी

खोजता तो है बेचारा।" जयनाथ साह ने भी मंत्री को दो बार बेचारा बताते हुए कहा। साथ ही ईमान और भरोसे के बचे एकमात्र प्रतिष्ठान का भी पता बताया।

"हम तो यहाँ देखने आए हैं कि पुलिस आ के क्या करता है? ई लोग कहीं अंगदवा को न फँसा दे बयान-फयान के चक्कर में। वही सब वाच कर रहे हैं।" एकदम चौकीदार वाली मुस्तैदी के साथ कहा जलेश्वर यादव ने।

पुलिस के अधिकारी आने ही वाले थे। चिन्मय ने रात ही किसी छात्र नेता से फोन कर मामले की गंभीरता बता इसे जिला पुलिस के संज्ञान में ला दिया था। प्रभाकर ने अपने कुछ पत्रकार मित्रों को फोन कर दिया था। इससे पत्रकार भी सक्रिय हो गए थे। छात्र पर गोली चली थी। आस-पास के स्थानीय लोग गुस्से में भी थे और अचरज में भी। खासकर बाजार के दुकानदारों में डर और रोष दोनों था। वे बयान दे रहे थे कि अगर बाजार में ऐसे अपराधी खुलेआम गोली चलाएँगे तो कभी भी लूटपाट कर के जा सकते हैं। फिर हम किसके भरोसे रहें?

घटनास्थल के सबूतों को सुरक्षित रखने के लिहाज से बल्लोपुर का स्थानीय चौकीदार लोगों से गुमटी के नजदीक न जाने की विनती कर रहा था, लोग चौकीदार को ही दूर ठेल दे रहे थे। दर्पण को भी अभी अपनी गुमटी में चढ़ने की इजाजत नहीं थी।

इधर लोग अपने मोबाइल से एक तस्वीर दर्पण की खींचते और दूसरी गुमटी के फूटे काँच की। तीसरी तस्वीर वहीं गुमटी में पड़े खाली खोखे की खींच रहे थे। फिर तीनों तस्वीरों को एक साथ संलग्न कर अपने-अपने व्हाट्सएप समूह में भेजे जा रहे थे।

स्थानीय मोबाइल पत्रकारों ने समाचार बनाया– 'इसी गोली के नहीं लगने से बचा पान दुकान वाला दर्पण शुक्ला'।

एक पत्रकार तो बहुत ही साहित्यानुरागी निकला। उसने लिखा– 'शीशा टूटा, बच गया दर्पण'।

"बच कैसे गया? हा हा सब यही बात पूछ रहे हैं ग्रुप में दर्पण भैया?" एक युवा ने अपनी भेजी तस्वीर पर आई त्वरित प्रतिक्रिया से उत्साहित होकर हँसते हुए दर्पण को बताया।

"अरे भकचोनहर, बच गया तो इससे दिक्कत किसको है रे? क्यों? नहीं

बचना था क्या? तुमको और मसाला चाहिए ग्रुप में भेजने के लिए? ये साले व्हाट्सप्प ग्रुप वाला सब कमीना, हटो यहाँ से, नहीं तो अभी उठा के पटक देंगे और साले मोबाइल तोड़ देंगे तुम्हारा। बता दे रहे।" चिन्मय ने अचानक तीखे स्वर में हड़काते हुए कहा।

इतने में जमा भीड़ थोड़ी इधर–उधर हुई। हल्की–सी अफरा–तफरी हुई। सामने से तीन–चार गाड़ियों का काफिला आता दिखाई दिया। दारोगा माधव राम की गाड़ी सबसे आगे थी। गाड़ियों के दिखते ही लोगों के कानाफूसी के स्वर सुनाई पड़ने लगे।

"अरे बाप, एसपी साहेब ही आ गए, लीजिए।" ये बोल स्थानीय चौकीदार दौड़ते हुए काफिले की तरफ बढ़ा।

दारोगा माधव राम सबसे पहले गाड़ी से उतरे और दौड़कर गुमटी के आस-पास के स्थान को एकदम खाली करा दिया। बेंच पे बैठा दर्पण उठा और उसने आगे आकर दारोगा को नमस्ते किया। पीछे उसके सारे दोस्त भी खड़े थे।

सफेद इनोवा कार जैसे ही गुमटी के सामने आकर रुकी, धूल की एक परत हवा में उठी और एक सन्नाटा–सा पसर गया अचानक। दरवाजा खुला और बाहर उतरे जिले के पुलिस कप्तान तेज–तर्रार युवा आईपीएस अधिकारी अमित सिंह। ऊँचा कद, चाल में दृढ़ता, आँखों में अडिग धैर्य।

उत्तर प्रदेश की मिट्टी से निकला एक युवा जिसने संघर्ष को अपनी पूँजी और मेहनत को अपनी सीढ़ी बनाया और आज इस ऊँचाई तक पहुँचा था। कदमों में न कोई दंभ न दिखावा, चेहरे पर सिर्फ एक अधिकारी की मौन गरिमा।

आँखों से निकली दृढ़ता मानो तरुणाई के रंग लिए चेहरे को अग्निमय उजास दे रही थी। चेहरा निःसंदेह मासूम था लेकिन उस पर अनुभव की लौह रेखाएँ खिंची हुई प्रतीत हो रही थीं। चेहरे पर वर्दी का खाकी रंग धूप में चमक रहा था और मस्तक पर चमकती हुई दृढ़ संकल्प की रेखा। बूट की ठक–ठक ने पूरे माहौल को एक अदृश्य अनुशासन में बाँध दिया था। भीड़ का शोर अब थम चुका था। जिसने भी देखा, उसकी रीढ़ खुद–ब–खुद सीधी हो गई।

दारोगा माधव राम ने दाहिना पाँव पटकते हुए जय हिंद किया और एक प्राथमिक रिपोर्ट देने को आगे बढ़े।

अमित सिंह ने कागज हाथ में लेते हुए एक पैनी निगाह चारों तरफ डाली।

बिखरी हुई गुमटी, टूटे शीशे, बिखरे सामान। आस-पास एकाध टूटी चप्पल। और वहीं गुमटी पे रखा हुआ देशी कट्टा, एक जला हुआ कारतूस और लोगों के चेहरे पर दबी हुई दहशत। हर चीज को बारीकी से देखा था अमित सिंह ने।

"कौन हैं इसमें दर्पण शुक्ला ?" एक रोबीली-सी लेकिन नरमी से निकली आवाज ने चुप्पी तोड़ी। अमित सिंह ने भीड़ की तरफ देखते हुए पूछा था।

"जी प्रणाम सर, हम हैं सर।" दर्पण ने एक कदम आगे आकर बताया।

"कितने बजे की घटना है ? आप गुमटी में बैठे थे या नीचे उतरे खड़े थे ? कितनी दूरी से फायर किया ?" पुलिस कप्तान ने पूछा।

"छह-सात बजे के करीब सर, अँधेरा बस होने को ही था। लाइट जल गया था दुकान में। एकदम सामने से चलाया। तभी तो हम किताब फेंक के मारे तो कट्टा हाथ से निकल गया उसके।" दर्पण ने याद करते हुए बताया।

अमित सिंह ने तब तक आगे बढ़ गुमटी में पड़े खोखे को उठाया, उसे हथेली में पलटा और फिर देशी कट्टे को उठाया और उसे भी सख्त निगाहों से देखते रहे।

"दारोगा बाबू, गोली तो प्वाइंट तीन सौ पंद्रह बोर है। नजदीक से मारने की कोशिश की गई है। सीरियस अटेम्प्ट था। एफआईआर कायदे से लिखिए। श्योर मर्डर अटेम्प्ट था।" पुलिस कप्तान ने जला कारतूस और कट्टा माधव राम को देते हुए कहा।

"दिन दहाड़े हो गया सर, बीच चौराहा पर। अब तो जीना मुश्किल हो जाएगा।" भीड़ में से किसी दुकानदार ने हिम्मत कर बोल दिया।

"ये गोली नहीं चली है, कानून को चुनौती दी गई है। हमारे रहते तो ये बर्दाश्त नहीं होगा। निश्चिंत रहिए आप लोग।" बोलते हुए पुलिस कप्तान की नजर सीधे दर्पण की तरफ गई। दर्पण की आँखों में एक हलचल-सी हुई। उसे पहली बार लगा कि उसकी पीड़ा को सुनने वाला कोई है, निगाहें कह रही हों कि अब डरो नहीं।

सारे साथियों की आँखों में अभी डर नहीं, हिम्मत और उम्मीद की चमक थी। चिन्मय धीरे से फुसफुसाया, "सही एसपी आया है।"

"हुजूर, थोड़ा धार्मिक भावना पर भी गौर किया जाए। आप अपराधी तो पकड़ लीजिएगा, लेकिन ये दर्पण शुक्ला जो है, ये बताइए एक धार्मिक ग्रंथ को पान दुकान में रखता है, उसको कल गंदा में फेंक दिया, चला के फेंक दिया एक पापी पर। एक अपराधी पर। ये कहाँ का मर्यादा है? धर्म का कोई मर्यादा होना चाहिए कि नहीं?" भीड़ से एक बुजुर्ग-से दिख रहे व्यक्ति ने एकदम से जोरदार आवाज में बिना किसी हिचक के कहा।

ये एक बिलकुल अलग ही आवाज थी। तुरंत दर्पण का माथा ठनका। उसे लगा कि बोलने वाले इस व्यक्ति को कहीं तो देखा है।

चिन्मय और प्रभाकर समेत सारे साथी इस वक्त चौंकते हुए नजदीक आ गए थे दर्पण के। उन्हें यही नहीं समझ आया था कि क्या ये भी किसी के विरोध का कोई कारण हो सकता है? मुद्दा ही बड़ा मौलिक उठा दिया था उस आदमी ने।

"क्या हो गया आपकी धार्मिक भावना को?" एसपी अमित सिंह ने इस अप्रत्याशित सवाल पर बेहद संयमित तरीके से पूछा।

तब तक सात-आठ लोग और आगे आ गए अचानक। उनमें कुछ कर्जापट्टी और कुछ आसपास के गाँवों के थे। अब दर्पण ने उनमें से एकाध को स्पष्ट पहचान लिया था। चिन्मय से दर्पण की आँखें मिलीं तो ये भी पुष्ट हो गया कि ये लोग तो दिन-रात मंत्री जी के आवास पर बैठे चकल्लस काटते रहते हैं।

"सर, हमलोग धरम का अपमान नहीं सहेंगे। ये शुक्ला पहले किताब को हटाए दुकान से।" आगे आए उन लोगों ने लगभग एकसाथ कोरस के स्वर में कहा।

कप्तान अमित सिंह को अब ये समझते देर न लगी कि ये लोग एक समूह में हैं और एकमत हैं, इनकी पूरी तैयारी है इस मुद्दे को उठाने की। इसलिए इन्हें अब बेहद संवेदनशीलता और सावधानी से ही नियंत्रित करना था।

"आप लोगों को दिक्कत किस से है, शुक्ला से या किताब से?" अमित सिंह ने पूछा।

"सर, अमर्यादित व्यवहार से, धार्मिक बिधान का अपमान करने से।

अनैतिक आचरण से विरोध है। सौ करोड़ बहुसंख्यक आबादी के भावना से खेलने से दिक्कत है हमलोगों को।" एक बुजुर्ग ने भाषायी लालित्य के साथ कहा।

"आपको लगता है कि एक किताब को फेंक के मारने के कारण किसी आदमी का जीवन बच गया तो ये धार्मिक भावना को ठेस पहुँचाने का काम हो गया?" कप्तान ने अभी भी बेहद नियंत्रित स्वर में पूछा।

"हुजूर, ये हमारे भाई लोग बात एकदम जायज बोल रहे हैं। अल्लाह का शुक्र है कि शुक्ला जी की जिंदगी महफूज है लेकिन धार्मिक किताब किसी भी मजहब की हो, हम उसका इकबाल नहीं खत्म होने देंगे। अल्लाह का कलाम हो या भगवान का वचन, दोनों को जमीन पर गिराना गुनाह है।" उसी सफेद टोपी वाले ने अब सामने आकर कहा। उसे देखते ही एसपी अमित सिंह अब पहले से ज्यादा सजग हो गए।

मन में ही सोचा, 'आज के समय में इतनी समरसता? ये दृश्य इतना भी सामान्य नहीं।'

"रामचरित मानस हमारे लिए भी एक मुकद्दस और काबिले-एहतराम किताब है सर। आज किसी ने अपने मजहब का अपमान किया, कल हमारे का करेगा। ये तो दंगा भड़काने वाला सोच है।" भीड़ में से एक और सफेद टोपी सामने आई और बोलते हुए खड़ी हो गई।

"बल्लोपुर तो बड़ा धर्मनिरपेक्ष और धार्मिक मेलमिलाप वाला गाँव है भाई। सच्चा भारत तो यहीं है। देखिए कितना सम्मान है एक-दूसरे के धर्म के प्रति यहाँ। वाह!" एसपी अमित सिंह ने हल्की मुस्कान के साथ चारों तरफ नजरें नचाते हुए कहा।

"आप अपना फर्ज जरूर अदा करेंगे सर। आपसे खास उम्मीदगी है।" पहले वाले ने बढ़े उत्साह में जैसे ही ये कहा कि इधर से एक कड़कती हुई आवाज आई।

"चुप, अब चुप रहो एकदम। अब तुम मुझे फर्ज बताने लगे? हमें फर्ज और उसको निभाने का तरीका सिखा के भेजा है एकेडमी ने, ठीक है न!" कप्तान अब सख्त हुए थोड़ा।

"हुजूर, माफी चाहता हूँ।" अचानक सहम-सा गया वो आदमी और इतना बोलकर पीछे भीड़ की तरफ सरक गया।

"एक धार्मिक किताब के कारण किसी आदमी की जान बच गई, ये अच्छा हुआ कि बुरा?" कप्तान अमित सिंह का स्वर इस बार मधुर नहीं था।

"हमलोग होते तो जान दे देते लेकिन अपना धार्मिक किताब को नहीं करते अपवित्र?" एक ने बिलकुल भारी आवाज में सीना फुलाते हुए कहा।

अमित सिंह जैसे ईमानदार, सक्षम और सख्त छवि वाले पुलिस कप्तान के पास इस वक्त दो विकल्प थे। एक तो उन्हें डाँट-डपट के भगा देना और दूसरा, वहाँ मौजूद लोगों को एक सार्थक संदेश देना। अमित सिंह ने दूसरा वाला विकल्प ही चुना। इस दौरान दर्पण और उसके सारे दोस्त मुट्ठी भींचे चुपचाप खड़े ही रहे। एक भी शब्द कंठ से नहीं निकलने दिया था। उन्हें ये तो दिख ही गया था कि एसपी अमित सिंह ने खुद ही समूह की मानसिकता को भाँप लिया है।

"क्यों जान दे देते भाई? ये जो किताब है धार्मिक, ये ईश्वर के लिए है या आदमी के लिए? तुम्हें क्या लगता है कि इसकी जरूरत ईश्वर को है? अरे बताओ भाई कोई भी। आदमी को है इसकी जरूरत। और यदि कोई किताब जब आदमी के ही जीवन से ऊपर हो जाए तो फिर जीवन किसके लिए?" अमित सिंह बोल रहे थे।

"मने उसी आदमी द्वारा कुछ मर्यादा का पालन भी नहीं हो सर?" तब से एक बुजुर्ग-सा दिख रहा आदमी लगातार प्रतिवाद कर रहा था।

"भाई, किसी भी शास्त्र की मर्यादा यही कि वो मनुष्यों के प्राण और विवेक को पोषित और संरक्षित करे, समझे। अगर कोई धार्मिक या कैसी भी किताब किसी आदमी की जान बचाती है तो उसमें पवित्रता का नाश नहीं भाई, बल्कि यही उसका असली अर्थ है।" कप्तान अमित सिंह ने उस पुस्तक का नहीं बल्कि किसी भी पुस्तक के होने का सार समझाया था।

"एकदम चलिए आपका बात को मान लिए हुजूर। लेकिन हुजूर एक बात बताया जाए कि क्या पान का गुमटी में, कोई मिठाई के दुकान में रखेगा धार्मिक किताब को तो ये ठीक बात है?" एक ने आखिरी कोशिश करते हुए कहा।

"ये तो कितनी अच्छी बात है। मैं हिंदी साहित्य पढ़ कर बना था आईपीएस, समझे आप लोग। हमारे तो पाठ्यक्रम में थे भाई मानस के कई भाग। बिना नहाए भी पढ़ते ही थे।" कप्तान ने चेहरे पर सख्त मुस्कान लाते

हुए कहा।

"एकदम सही बात सर।" भीड़ के पीछे खड़े मन्नू की आवाज थी ये।

"और जान लो, जब तक विधि-विधान के खजाने में लगा ताला नहीं तोड़ोगे तब तक धर्म और ज्ञान मुट्ठी भर लोगों का हथियार रहेगा। ज्ञान जनसुलभ होना चाहिए भाई। सब पढ़ें, जैसी मर्जी वैसे पढ़ें। जहाँ मन वहाँ पढ़ो और समाज का मार्गदर्शन करो। चलिए अब सब भीड़ हटाइए। पुलिस को काम करने दीजिए अपना।" इतना बोल एसपी ने बहस करने वाले समूह को नमस्ते किया और हाथों से इशारा कर जाने को कहा। वापस मुड़कर गुमटी से जाँच के लिए जरूरी चीजें निकलवाईं और सबसे गुमटी के आस-पास से भीड़ हटाने को कहा।

"चलिए अब इसे दुकान चलाने दीजिए, हमने जरूरी चीजें कलेक्ट कर ली हैं। जल्द ही सुलझा लेंगे मामला।" अमित सिंह ये बोलते हुए अपनी गाड़ी की तरफ बढ़ चुके थे।

"आपका बहुत-बहुत धन्यवाद सर, आज आप नहीं होते तो बहुत मुश्किल हो जाता हमारे लिए। सर हमलोग तो चाहेंगे कि आप थोड़ा हमारे साथियों का मार्गदर्शन करें सर, जो भी युवा लोग तैयारी कर रहा है प्रतियोगी परीक्षा का।" दर्पण ने दोनों हाथ जोड़ते हुए गाड़ी के करीब जाकर निवेदनपूर्वक कहा। सारे दोस्तों ने भी हाथ जोड़कर नमस्ते कहा।

"देखो थोड़ा सावधानी तो रखनी होगी अब। एकदम से लापरवाह मत रहो और दुकान पर चौकन्ने रहो थोड़ा।" बोलते हुए अमित सिंह ने मुस्कराते हुए दर्पण के जुड़े हुए हाथों को पकड़ा और आश्वस्त किया कि परीक्षा संबंधी किसी भी तरह का सहयोग जरूर मिलता रहेगा।

गाड़ियों का काफिला अब निकल रहा था। इधर दारोगा माधव राम ने चलते-चलते लड़कों को बाद में मिलने खातिर आने का इशारा किया और अपनी गाड़ी में बैठ गए।

इधर दूर खड़े जलेश्वर यादव और जयनाथ साह सारा दृश्य देख रहे थे।

"ई एसपी ही खतम है यानी! उल्टे गाँव के सबसे लफंगे लड़कों का ही मन बढ़ाकर चले गया।" जयनाथ साह ने सीधे एसपी की ही जाँच करते

हुए कहा।

"पढ़ा–लिखा है न, धरम बिरोधी दिमाग हो गया है। धार्मिक किताब को खिलौना समझ रहा है, कोई भी उठा ले, कहीं भी रख दे। अजब जुग आ गया है।" जलेश्वर ने शास्त्रीय व्याख्या करते हुए बताया।

इधर जैसे ही एसपी साहेब निकले, दर्पण ने अपनी गुमटी से टिकी साइकिल उठाई और उसी समय थाने को निकला। माधव राम तो पहुँचकर तब तक कुर्सी पर आरामदेह तरीके से स्थिर हो भी चुके थे।

"आइए पंडी जी। पान लेकर नहीं आए?" दारोगा माधव राम ने दारोगा की तरह अभिवादन किया।

"अरे नहीं सर, अभी गुमटी में बैठे ही कहाँ? जस–का–तस पड़ा है। आप इशारा किए तो हम तुरंत निकल आए।" दर्पण ने थोड़ी देर पहले के बाद पुनः अभी दूसरी बार नमस्ते करते हुए कहा।

"तब! बच गया न जान? चले ही जाते समझिए तो। हो ही गया था कांड। क्या सबक लिए इतना बड़ा दुर्घटना से?" दारोगा ने पहेली की तरह पूछा।

"यही कि थोड़ा सावधान रहना होगा। अब दस दुश्मन हो गया है समाज में।" दर्पण ने पहेली नहीं बुझाई।

"मतलब सुधरना नहीं है?" माधव राम की आवाज में थोड़ी तल्खी थी इस बार।

"क्या सुधरना सर? हम किए क्या हैं?" दर्पण ने वास्तव में पूछा था।

"ये रोजगार संघर्ष मोर्चा कौन बनाया है? इसका मीटिंग कर रहे थे न गुमटी पर? प्रदर्शन का योजना था न जिला कार्यालय में? ये सब राजनीति नहीं तो क्या है शुक्ला जी? पढ़ने–लिखने वाले आदमी का यही काम है? हम तो एक बार बचा दिए थे न? अब गोली से कौन बचाएगा? क्यों जान देना चाहते हो?" माधव राम बोल तो रहे थे बेहद चिढ़ी हुई आवाज में लेकिन एक शुभचिंतक भी बैठा हुआ था उस स्वर में।

"सर, एक मोर्चा तो चाहिए न छात्र हित के लिए। बस अपना हित का बात रखने के लिए हमलोग एक संगठन सोच रहे थे। इसी का पहला प्रदर्शन जिला स्तर पर करते। देखिए न, फिर एक परीक्षा का पेपर लीक होकर

परीक्षा ही कैंसिल हो गया। एक परीक्षा का सुबह नोटिफिकेशन आया है जिसमें एग्जाम का डेट ही नहीं है। एक ही फारम को दो-दो बार भरवा के दो बार फीस लेता है आयोग। बताइए परीक्षा का मजाक बना दिया है। इसके खिलाफ बोलना कोई मंत्री जी के खिलाफ बोलना है क्या?" दर्पण शुक्ला ने एक साँस में कहा।

"अरे यार, तुमलोग से बात कर के लगता है कि संसार में परीक्षा और नौकरी से बड़ा कोई समस्या ही नहीं।" दारोगा माधव राम वास्तव में चिढ़ गए थे।

"हाँ, एकदम सही बात। दुनिया का नहीं पता लेकिन अभी हमारे देश में तो यही है ही सबसे बड़ा समस्या। इसमें क्या गलत बात है? देश का युवा से पूछिए न? युवा खातिर इससे बड़ा क्या मामला हो सकता है इस वक्त देश में? देश का सबसे सक्षम और योग्य वर्ग यानी युवा ही रोजी-रोटी खोजने में बेहाल है, इससे बड़ा समस्या क्या होगा है?" दर्पण ने दारोगा की चिढ़ पर मुहर लगा दी।

"शुक्ला जी, ये सब गप्प वाला आँकड़ा और चोंचला देश का समस्या होगा, बल्लोपुर का थोड़े है? हमको देखना है बल्लोपुर। फिर आ जाएगा अगला चुनाव। अगर सच में छात्र हो तो राजनीति से एकदम दूर रहो। मर्दे सीधे मंत्री के नजर में चढ़े हो उस दिन सभा में मुँह लगा के। अब जान बचाओ और चुपचाप पान बेचो। हालाँकि तब भी कोई गारंटी नहीं ले रहे हम, क्योंकि दुश्मन हजार बना चुके हो पंडी जी।" दारोगा ने अनहोनी की गारंटी लेते हुए कहा।

"सर, हमारा तो माथा खराब हो रहा ई सोच के कि आखिर कब हम राजनीति कर दिए? मंत्री जी को पता नहीं क्या बात चोट कर गया है? अगर कोई युवा अपने परीक्षा प्रणाली में सुधार का बात बोल देगा किसी सभा में, तो उसको गोली मार दीजिएगा? घर चलाने के लिए हमको तो गुमटी पर बैठना ही होगा, चाहे जान जाए या रहे।" दर्पण के स्वर में एक थकान थी। डर शायद पी गया था वो। थोड़ा-बहुत एसपी अमित सिंह के आश्वासन और थोड़ी अपने पेट की जरूरत ने दर्पण को काम भर का ठोस तो कर ही दिया था।

दर्पण थाने से वापस गुमटी जाने के बजाय आज घर चला गया था। वह

इतना तो समझ चुका था कि एक-एक कर के अभी सारे दोस्तों तक संदेश जाएगा। दारोगा माधव राम ने यद्यपि डराया तो नहीं था लेकिन भविष्य को लेकर एक डर तो दे दिया था।

अब दोपहर का सूर्य ढलान पर था।

ब्रह्मदेव श्रीवास्तव प्रखंड कार्यालय से लौटकर भोजन करने के बाद अभी बिस्तर पर लेटने ही गए थे।

"कोई है भीतर? किधर हैं लाला जी? सुन रहे हैं?" बाहर बरामदे की खिड़की से सीधे अंदर आवाज आई।

ब्रह्मदेव बाबू ने आवाज सुनी और बिस्तर से उठकर खिड़की के करीब गए। झाँककर देखा तो एकाएक सन्न रह गए। तुरंत ही दिमाग में न जाने क्या-क्या आ गया था। भीतर पंखा चलने के बावजूद माथे से दर-दर पसीना गिरने लगा था।

"अरे लाला जी, दरबाजा तो खोलिए। आराम से, अकबकाइए मत।" बाहर खड़े सिपाही धनीमन चौबे ने बड़े ही आराम से कहा। इतने में दरवाजा खुल चुका था। सिपाही चौबे को अंदर बुलाने की जगह खुद ही हड़बड़ाते हुए बाहर आ गए थे ब्रह्मदेव बाबू।

"क्या बात हुआ अब चौबे जी? लड़का तो घर ही में है अभी हमारा।" किसी होनी–अनहोनी की आशंका से पूरी तरह परेशान ब्रह्मदेव बाबू ने माँगने से पहले सबूत देते हुए कहा।

"अभी कुछ नहीं हुआ है। हुआ है अभी दर्पण शुक्ला पान वाला के साथ। सुने न गोलीकांड। अब यही सब होगा गाँव में। आपका लड़का पढ़ा–लिखा तो है न? फिर काहे बर्बाद करने पर तुला है अपना जिंदगी? इसको नौकरी चाहिए कि राजनीति करेगा बल्लोपुर में?" चौबे जी चिंता देने वाली बातें बड़े आराम से बता रहे थे।

"हमारा लड़का अलग है उस घटना से सिपाही जी। घर में ही है। इसका बहुत दोस्ती थोड़े है।" एक पिता अपने पुत्र के लिए बोल रहा था।

"यही तो दिक्कत है गार्जियन लोग का। बच्चों को समझाने के बजाय सह देते हैं गलत करने में आप लोग। अरे आपका लड़का घर में नहीं है अभी,

अभी मीटिंग चल रहा उसका। रोजगार मोर्चा बनाया है। गोलीकांड का बिरोध होगा अभी। मंत्री जी के खिलाफ धरना प्रदर्शन का तैयारी चल रहा वहाँ शुक्ला के पान दुकान पर।" चौबे जी ने रोजगार मोर्चा को उपद्रव समूह के समानांतर मानते हुए आगामी षड्यंत्र के बारे में बताया।

ये सब सुन अंदर से चिन्मय की माँ भी चौखट पे आकर खड़ी हो गई थीं।

"नौकरी के लिए पढ़ना, दौड़ना, ई कोई राजनीति है क्या सिपाही जी? एक भी फारम का परीक्षा ठीक से नहीं पूरा करता है सरकार। तो लड़का लोग बिरोध करेगा कि नहीं? इसमें मंत्री जी का बिरोध कहाँ है?" एक माँ खड़ी होकर बोल रही थी।

"अरे दीदी जी, लड़का फारम भरे, पढ़े लगन से, तो एक दिन हो जाएगा नौकरी, जैसे और सब का हो रहा है। लेकिन ये पान वाला शुक्ला और कुछ दलित लड़का के चक्कर में अपना भविष्य खराब कर रहा है। बताइए, जेनरल का लड़का है, इसका दलित दोस्त तो आरक्षण में पा जाएगा नौकरी, ई तो बस हल्ला और प्रदर्शन में रह जाएगा।" चौबे जी ने दोस्ती और संघर्ष की सुस्पष्ट जातियाँ और उसके परिणाम बताते हुए सहानुभूति के साथ कहा। चौबे जी का ये भावुक विश्लेषण चिन्मय की माँ पर तो नहीं, पिता ब्रह्मदेव बाबू पर जरूर असर कर गया था।

"अरे कहीं नहीं जाएगा धरना प्रदर्शन में। आप दरोगा जी को निश्चिंत कर दीजिएगा। गोली दर्पण शुक्ला पर चला है, उसका क्या कारण है, किसे पता है? किस चीज का चक्कर है, कौन जाने भीतर का बात। इस मैटर में हमारा बेटा का क्या मतलब?" ब्रह्मदेव बाबू ने एकदम वही कहा जो एक सामान्य और सिर्फ बाप जैसा सच्चा आदमी कह सकता था। केवल बाप बचा हुआ आदमी इतना ही मजबूत होता था। उनसे इससे ज्यादा की उम्मीद होनी भी नहीं चाहिए थी।

"आप तो पढ़े-लिखे आदमी हैं। प्रतिष्ठा के हिसाब से लड़के को समेटिए। लाला जी का लड़का लहेड़ा होना चाहिए? शुक्ला का तो नौकरी का उम्र हो गया खत्म। कोई भी पोलटिकल पार्टी से पैसा लेकर इन बच्चों को उकसा के, फँसा के रैली में हंगामा करवा रहा। रोज धरना प्रदर्शन के लिए उकसाता है। उससे बचाइए बच्चे को।" चौबे जी ने ब्रह्मदेव बाबू को लाला होने का ध्यान दिलाते हुए लाला समाज के लाल की तरह पूरे अपनत्व के

साथ समझाया।

"हम तो यही बात बचपन से सिखाते आए हैं बेटे को, कि कहीं भी किसी कीमत पर कलम से लिखने वाला एक नौकरी पकड़ लो। हमलोग का तो वही मेन चीज रहा है। लेकिन कहाँ मानता है? सेना में जाने किए दौड़ रहा है। दौड़े, बस गाँव के राजनीति से दूर रहे। हम उसको ठीक करते हैं।" इतना बोल ब्रह्मदेव बाबू ने आवाज धीमी कर ली थी, सिर नीचा था।

"हमको तो ई सब बात ही नहीं समझ आ रहा। अरे बच्चा लोग अपना भबिष्य वास्ते चार बात बोल रहा, नारा लगा दे रहा तो ई कौन–सा पहाड़ टूट गया भाई सरकार पर? या कौन–सा कुर्सी हिल गया कोई मंत्री जी का? बोलिए गोली–बंदूक चलने लगा। दर्पण पर गोली काहे चल गया? उ इतना बड़ा आदमी तो नहीं है कि बेचारा पर गोली चले?" पत्नी बबिता देवी बोल रही थीं, ब्रह्मदेव बाबू समझ रहे थे।

भावना बोल देती है, मस्तिष्क सोचता है।

ब्रह्मदेव बाबू को भी पता था कि चिन्मय या दर्पण जैसे लड़के उस तरह से दोषी ही नहीं, जिस तरह से अभी पूरे बल्लोपुर की स्थानीय राजनीति उन्हें दिखा रही थी और थाना उन्हें समझा रहा था। लेकिन एक पंचायत में कार्यरत रोजगार सेवक करे भी क्या? चिन्मय या उसके मित्रों ने कोई बगावत थोड़े की थी, अपने लिए नौकरी के अवसर माँगे थे।

युवाओं ने जब भी अपने बेहतर भविष्य की खातिर रोटी और रोजगार माँगने को हाथ फैलाए, सत्ता को वो अपने खिलाफ तनी हुई मुट्ठियाँ दिखने लगीं।

सविनय निवेदन का स्वर बगावत का शोर सुनाई पड़ता रहा है सत्ताओं को।

बल्लोपुर के समाज और राजनीति में तिनका–सा स्थान रखने वाला बाप अभी मजबूर था। सिपाही चौबे जी के जाने के बाद पत्नी बबिता देवी खूब भड़की थीं ब्रह्मदेव बाबू पर।

"आप पूछे काहे नहीं कि कौन जुल्म किया है लड़का हमारा। इधर रोज उसको आप नौकरी के लिए कोसते हैं, जब सरकार ही नहीं लेगा कोई भी परीक्षा बढ़िया से, बिना घपला–घोटाला के, तो लड़का को नौकरी कैसे मिलेगा? बताइए, तभी तो आपका मुँह में दही जम गया था। लगा कि पान

खा के बैठे हैं, आवाजे नहीं निकलता है किसी के सामने आपका। खाली बेटा पर गरजते हैं आप।" बबिता देवी एक मर्द को चुनौती दे रही थीं, लेकिन ब्रह्मदेव बाबू तो एक पिता भी थे, पति भी। और उससे भी ज्यादा एक गृहस्थ जिसे घर चलाना था।

घर चलाने निकले आदमी को शाम तक घर लौट के आना ही पड़ता है, सिवाय मौत के कोई भी उसका रास्ता रोके, कमाने गए गृहस्थ को लौटना ही होता है।

मौत तो किसी के हाथ नहीं, हाथ में थी बाकी की रुकावट जो रास्ता रोक सकती थी, ब्रह्मदेव बाबू जैसे निम्न मध्यम वर्गीय लोग अपनी चुप्पी से ही तो उस रुकावट को काटते आए थे।

मजबूर अपनी चुप्पी को ही काम लायक भोथरी धार बनाता है, उसी से काटता है रास्ते की बाधाओं को, उसी से काटता है दिन भी।

दिन भर कमा के साँझ को आदमी का चुपचाप लौटना उसकी विशेषता नहीं, उसका अभ्यास है। दुनियादारी की आपाधापी से सामंजस्य बिठाने का अभ्यास। संघर्षों की हर सँकरी गली से रोज आने-जाने का अभ्यास। ऊँच-नीच सहने का अभ्यास, भला-बुरा पीने का अभ्यास।

"बोल के फँसे, और ज्यादा बोल के क्या मिलेगा? आज थाना–पुलिस हो रहा, आज गुमटी पर गोली चला। कल कहीं भी खोज के मार देगा गोली। यही होगा ज्यादा बोलने से। तैयार हो इसके लिए? कैसे समझाएँ बेटा को? जब सबका नजर में दर्पण शुक्ला का पान दुकान एक राजनीति का सेंटर बन गया है तो वहाँ जाना जरूरी ही क्या है चिन्मय को? ये बात काहे नहीं समझा रही बेटे को तुम? हमारी तो बात ही कब सुना है?" ब्रह्मदेव बाबू ने बेहद चिड़चिड़े स्वर में कहा और कहते ही लगा कि जैसे रो देंगे। पत्नी बबिता देवी को पति की आँखों से नहीं छलका आँसू शायद दिख गया था। बिना किसी प्रतिवाद के बिलकुल चुप रही थीं इस क्षण बबिता देवी।

पूरा वातावरण शांत था। चुप्पी जैसे पाँव में बँधा हुआ पत्थर हो, चाहकर भी अभी पाँव नहीं उठा पा रहे थे ब्रह्मदेव बाबू। वहीं आँगन में खड़े थे।

तभी सन्नाटा टूटा।

"देखो कौन आया है? मम्मी देखो तो आकर बाहर।" बाहर की ओर से चिन्मय यही बोलते हुए मुख्य दरवाजे तक आया। अंदर से कोई आवाज

नहीं आई।

"क्या बात है ? इतना शांति काहे है घर में ? क्या हुआ मम्मी ?" घर घुसे चिन्मय ने दो छोर पे खड़े माँ-बाप को देखते ही पूछा।

"कुछ नहीं बेटा।" दोनों छोर से आवाज आई।

चिन्मय ने भी एकाध क्षण दोनों की तरफ देखा और अपने कमरे की तरफ चला गया। कितना कुछ कह सकते थे इस वक्त बेटे से वे दोनों, लेकिन इतना जानते थे कि अभी इस वक्त जितना वे खुद को कमजोर और लाचार महसूस कर रहे थे, वो लाचारी बेटे को तो न छुए।

इस वक्त मौन ही ढाल लगा था एक माँ और बाप को। ये मौन इस युग का मौन था। वो मौन जो झूठ को जानता है, उसे टोकता नहीं। वो मौन जो सत्य को जानता है, उसे बोलता नहीं।

12

एक साथ बहुत दिनों के बाद इकट्ठे बैठे थे ब्रह्मदेव बाबू घर में। किसी मेहमान के घर आ जाने से आज भी ये कई घरों में संभव हो सकता था। अन्यथा रोज का नियम तो यही बँधा हुआ था कि ब्रह्मदेव बाबू सबसे पहले खाकर निकल जाते थे, चिन्मय की दिनचर्या में दोपहर तक तो नाश्ता आता था और सबसे आखिर में बबिता देवी बैठती थीं नाश्ते और दोपहर के भोजन में बिना कोई अंतर किए।

पता नहीं कितने दिनों के बाद तो आज सुबह–सुबह सभी चौकी के चारों ओर कुर्सी लगाकर एक साथ नाश्ते को बैठे थे। बबिता देवी की भी थाली लगी हुई थी।

मन्नू का पसंदीदा नाश्ता बना था। रसोई से आ रही घी लगे पराठे की महक और आलू के भुजिया की सोंधी गंध, स्टील के बर्तनों की खनखनाहट, गाँव–कस्बे के किसी घर में अगर संयोग से कोई सुबह बड़ी खुशनुमा हो तो उसका संगीत ऐसा ही होता था।

“एक डिब्बा मिठाई तो ले आता कम–से–कम। अब तो बेगार भी नहीं रहे। कमाने–धमाने तो लगे ही।” बबिता देवी ने हल्की–सी हँसी लिए भाई की थाली में नरम और फूले हुए पराठे से पहले गर्म उलाहना डालते हुए कहा।

“अरे बेगार भी थे तो कब नहीं लाए थे दीदी? क्या बताएँ, दिन भर तो

चिन्मय के साथ वही सब मामला में उलझ गए, दिमागे से उतर गया खरीदने को।" लाज में मुस्कराकर मन्नू ने पराठे का कोना तोड़ते हुए कहा।

"क्या मामू! यहीं खरीदना था क्या? बंशीगंज से ही नहीं लिए आते? मन नहीं था तो बहाना मत बनाइए।" मौका देख भांजे ने थाली में मिर्च डालते हुए कहा। मन्नू चुपचाप मुस्की मारे पराठा घुमा रहा था मुँह में। नाश्ता करते हुए सब हँस–बोल रहे थे। एक साथ गरम-गरम कुछ और पराठे ले आईं बबिता देवी भी अपनी थाली लिए बैठ गई थीं।

"किस बात का मिठाई ले आता? कौन–सा खुशी का बात होता है इस घर में?" ब्रह्मदेव बाबू ने गिलास उठाकर पानी पीने के बाद कहा। ये कहते ही हँसी-हँसी का माहौल जैसे क्षण भर में बोझिल–सा हो गया।

"तो सब मिठाई दुकान बंद करवा दीजिए, काहे कि रोज गाँव में खुशी कहाँ से लाएगा लोग?" बबिता देवी ने भी ठीक उसी अंदाज में कहा।

ब्रह्मदेव बाबू अभी पराठे से ज्यादा दाँत पीस रहे थे। अब लगा कि सुबह कड़वी न हो जाए।

तभी चिन्मय और उसके मामू मन्नू की नजरें मिलीं।

चिन्मय ने बात घुमाते हुए पूछा, "एक बात बताइए हमको आपलोग, मन्नू मामू का एक्सीडेंट हो गया था, टाँग–हाथ टूट गया था, मरने की स्थिति में चले गए थे... "

"अरे भक्क! खाली टाँग टूटा था... मरने की स्थिति नहीं थी यार।" मन्नू ने सरकते हुए बीच में ही टोका।

"अरे हाँ मतलब नहीं मरे। लेकिन बताइए हमको कोई बताया तक नहीं। लेकिन कम–से–कम आपलोग देखने तो जाते। बताइए मामू को छोड़ दिए संकट में आपलोग।" चिन्मय ने जोर से आ रही हँसी को दबाते हुए कहा।

"अच्छा? ओ छोड़ दिए थे?" बहन बबिता देवी ने आँखें तरेर कर तंज की दृष्टि से मन्नू की तरफ देखा।

"ये पहले आग लगाना छोड़ दे।" इस बार ब्रह्मदेव बाबू के मुँह से निकला।

मन्नू अबकी जोर से हँस पड़ा था। चिन्मय को कुछ समझ नहीं आया।

"क्या हुआ? अरे बताइए न?" चिन्मय ने पूछा।

“जीजा जी ही पैसा भेजे थे उस टाइम इलाज के लिए। अरे स्टील लगा न पैर में, तो खर्चा बहुत हुआ बेटा। दीदी भी फिर बाद में कुछ और पैसा भिजवाई। अस्पताल आए थे जीजा जी एक दिन। घर पर नहीं आया कोई, हम तो ये कह रहे थे। तुम चिन्मय बदमाश लड़का है।” मन्नू ने सिर झुका के हँसते हुए लजाते–सकुचाते स्वर में कहा।

“हे भगवान, एकदम आप तो शकुनि मामा हो मामू। हमको बोले कि तुम्हारा बाप और माँ हमको छोड़ दिया।” चिन्मय ने जैसे ही कहा, सब हँस पड़े। नाश्ता कर सब अब उठ चुके थे।

बबिता देवी रसोई में चाय चढ़ाने को गईं।

चिन्मय ने सारी थालियों को उठाकर आँगन में नल के पास रख दिया था।

मन्नू और ब्रह्मदेव बाबू वहीं चौकी के पास कुर्सी पर बैठे थे।

“अरे चाय पी लो, तब खैनी रगड़ना न।” ब्रह्मदेव बाबू ने मन्नू को चुनौटी निकालता देख एकदम विशुद्ध बहनोइयाई स्वर में कहा।

तभी चिन्मय ने अपना मोबाइल उठाया। उसे व्हाट्सप्प पर कोई संदेश आया था।

“लीजिए, बताइए क्या होगा मामू, युवा का भविष्य। यहाँ लगा हुआ नौकरी छूट रहा है।” चिन्मय ने मोबाइल में आए संदेश को पढ़ते हुए कहा।

“क्या हुआ?” मन्नू ने उत्सुकतावश पूछा।

“अरे सचिवालय सेवा का एक परीक्षा लिया आयोग। रिजल्ट दे दिया। नौकरी दे दिया। और अभी आया है कि उसमें घपला हुआ है, कोर्ट ने रिजल्ट को ही अवैध घोषित कर दिया।” चिन्मय ने बताया।

“तो... तो फिर... ” ब्रह्मदेव बाबू ने ध्यान देते हुए पूछा। आवाज में लेकिन थोड़ी बेचैनी–सी दिखी।

“फिर क्या! गया नौकरी। सारे बर्खास्त हो गए। तीन साल नौकरी कर के भी खतम सब। फिर से बेरोजगार।” चिन्मय ने मोबाइल में आई खबर से कोर्ट के आदेश की कॉपी को पढ़ते हुए बताया।

“कब का एग्जाम है?” ब्रह्मदेव बाबू ने थोड़ा और ध्यान देते हुए पूछा। उनके स्वर में तनाव बढ़ता ही जा रहा था। असल में परीक्षा सचिवालय सेवा की थी। इसी कारण दो बार अटक कर, रुककर टोका था ब्रह्मदेव बाबू ने।

अभी चिन्मय समाचार को पुनः ध्यान से पढ़ ही रहा था कि ब्रह्मदेव बाबू के मोबाइल पर घंटी बजी।

"हेलो हेलो, अरे क्या हुआ बेटा? अरे...अरे रो क्यों रही हो? हेल्लो हेलो... हाँ, अच्छा, हाँ... वही वाला है? भगवान! हमको तो तुरंत हुआ शंका। बेटा, बेटा घबराओ नहीं। सुनो। किशोर जी कहाँ हैं?" ब्रह्मदेव बाबू अपने काँपते पाँव और थरथराते स्वर को सँभाले बोल रहे थे।

चिन्मय पिता को फोन पर बोलते सुन जहाँ खड़ा था, अभी वहीं स्थिर हो गया। मन्नू ने तुरंत ही आगे बढ़ते हुए ब्रह्मदेव बाबू को थामा और कुर्सी पर बिठाया।

बबिता देवी रसोई से दौड़ी बाहर आईं और जैसे ही पति की तरफ देखा, आँखों से झर-झर आँसू निकलने लगे।

"वही वाला एग्जाम था पापा? जीजा जी वाला?" समझ जाने के बाद भी मन नहीं माना तो पूछ लिया चिन्मय ने।

पिता के झुके कंधे और माथे से बह रहे पसीने से उत्तर भी मिल गया था उसे।

प्रकृति का ताड़ के पेड़ पर बिजली गिराना एक प्राकृतिक घटना है लेकिन जब नियति किसी के भाग्य पर वज्रपात करती है, तब जा के त्रासदी घटित होती है।

अचानक पूरे परिवार पर कड़क के बिजली गिरी थी।

कुमार किशोर की पक्की नौकरी एक झटके में चली गई थी।

"भगवान कैसा कठिन परीक्षा ले रहे हैं जी? अब क्या करें? बिटिया क्या बोल रही थी? उसको सँभालना होगा न? जरा फोन लगाइए न।" बबिता देवी ने खुद को सँभालते और समझाते हुए पति से कहा।

"क्या करोगी अभी बात? रहने दो अभी फोन-फान। बात करेंगे हम बाद में। समझाए तो हैं कि रोओ मत। निकलेगा कोई उपाय।" ब्रह्मदेव बाबू के सूखे होंठ आपस में ठीक से सट भी नहीं रहे थे बोलते वक्त। भीतर की सारी वेदना आवाज में ढल रही थी। हृदय अंदर से फट रहा था लेकिन चेहरे पर एक पिता की दृढ़ता बनाए रखने की नाकाम कोशिश कर रहे थे ब्रह्मदेव बाबू।

"ये साला गबरमेंट का सिस्टम है? क्या खिलवाड़ है ये किसी के भी लाइफ से? मजाक बना दिया है जिंदगी को।" मन्नू के मुँह से निकला।

"मतलब अब सरकारी नौकरी का भी गारंटी नहीं? खिलवाड़ कर रहा है सरकार जिंदगी से। कितना का परिवार को तबाह कर दिया न एक झटका में।" बबिता देवी अपनी आँखों के बाँध बाँधे बोलने लगीं।

घर का शोक अभी और गहरा हो रहा था। ब्रह्मदेव बाबू कुर्सी से उठ चौकी पर लेट गए।

"अरे तकिया तो ले लीजिए।" पत्नी ने पति को ऐसे बेसुध लेटता देख कहा। मन्नू झट से उठकर कमरे से तकिया ले आया और ब्रह्मदेव बाबू के सिर को उठा उसके नीचे लगाया।

एक बार फिर बुदबुदाए ब्रह्मदेव बाबू, "निकलेगा कोई उपाय। सरकारी नौकरी ऐसे तो नहीं जाना चाहिए। निकलेगा कुछ... देखते हैं।"

ब्रह्मदेव असल में खुद को एक कोरी सांत्वना दे रहे थे।

"कोई उपाय नहीं निकलेगा। कौन–सा उपाय निकला है आज तक? हम पढ़ते हैं, मेहनत करते हैं, मर–खट के कितने कठिनाई से नौकरी पाते हैं और ये लोग घोटाला कर के हमारा जिंदगी बर्बाद कर देते हैं। कब तक सहेंगे ऐसा हमलोग? छात्र के भविष्य का कोई माई–बाप ही नहीं।" चिन्मय शोक की लहर से निकल आक्रोश की आग में जल रहा था।

उसकी आवाज तेज होती जा रही थी। शब्द तीर की तरह निकल रहे थे।

चिन्मय की साँसें तेज–तेज चल रही थीं।

"साला जो बैल होगा लेकिन बाप को पैसा होगा, पैरवी होगा तो पेपर खरीद के वही नौकरी करेगा। जिसके पास बस मेहनत है, बेरोजगार बन के समाज में घूमते रहिए निकम्मा का कलंक लगा के।" चिन्मय पूरे आक्रोश में चीख रहा था।

मन्नू सिर झुकाए स्तब्ध और चुप था। बबिता देवी सिसक रही थीं और ब्रह्मदेव बाबू की आँखों में अब बेबसी के आँसू छलक आए थे।

चिन्मय की आवाज बाहर दरवाजे तक जा रही थी।

उसका आक्रोश पूरे तंत्र से सवाल कर रहा था।

चिन्मय को इस वक्त घर की दीवारें जैसे काटने को दौड़ती प्रतीत हो रही

थीं। वो गुस्से और घुटन में था। उसने तभी कमरे में जा के शर्ट पहनी और बाहर खड़ी मोटरसाइकिल में चाबी लगाकर बैठा।

दर्पण की गुमटी अभी कुछ देर पहले ही खुली थी। एकाध ग्राहक पान ले रहे थे।

जब तक चिन्मय वहाँ पहुँचता, उससे पहले चार जगह लोगों ने रोककर उसके जीजा जी के बारे में पूछताछ कर ली थी।

"पूरा गाँव दिवाली मना रहा है क्या दर्पण भैया? साला सब हमको रोककर यही कन्फर्म कर रहा कि हमारे बहनोई का नौकरी चला गया न?" गुमटी के ठीक सामने मोटरसाइकिल खड़ी कर उसी पर बैठे चिन्मय की आवाज में खीझ और तल्खी स्पष्ट थी।

"पूरा नहीं, लेकिन दस–बीस लोग तो होंगे ही न समाज में ऐसे मजे लेने वाले। तुम काहे इनसे बात ही करते हो? परेशान न होओ। अब क्या ही बोला जाए ऐसे अन्याय पर?" दर्पण ने गुमटी से उतरकर चिन्मय के कंधे पर हाथ रखते हुए कहा।

"भैया, रोजगार मोर्चा का पहला प्रदर्शन अब आज होगा। हम जुटाते हैं छात्र लोग को। आज जिला मुख्यालय घेरेंगे। इस परीक्षा के घोटाले का विरोध करेंगे। आखिर सारे कंडीडेट का क्या दोष? जो घोटाला कर के बना, उसको पकड़ो। सारे लोगों का नौकरी कैसे छीन रहे?" चिन्मय पूरी तैयारी के साथ बोला था।

"लोकतंत्र का यही तो निराला खेल है। यहाँ चुनाव बचे हैं, इम्तहान मर गए। लेकिन याद रखना कि लड़ते रहना है। ये भर्ती में घोटाला और आयोगों का भ्रष्टाचार ही बताता है कि हमारी मेहनत इनसे बड़ी है। हाँ, चलो आज प्रदर्शन करेंगे जिला मुख्यालय पर।" दर्पण ने होंठों पर गंभीर मुस्कराहट लिए पूरे आत्मविश्वास के साथ कहा।

"क्या लोकतंत्र भैया? इसके चारों खंभे पर कुकुर मूत दिया है। सब कुछ भस्म हो गया है यहाँ सिस्टम का लगाया आग से।" चिन्मय के स्वर में गुस्सा फूट रहा था।

दर्पण ने फोन निकालकर कुछ साथियों से संपर्क किया। चिन्मय भी लगातार फोन कर दोस्तों से, संपर्क के छात्रों से बात करने लगा।

तय हुआ कि दिन के तीन बजे तक पहुँचकर जिलाधिकारी कार्यालय के सामने प्रदर्शन करते हुए ज्ञापन सौंपा जाएगा।

जले हुए स्वप्न की राख से भी उम्मीद की लौ निकालने की जद्दोजहद ही युवाओं की सबसे बड़ी शक्ति थी। इसी जिजीविषा से वे हर संघर्ष में और ज्यादा उत्साह के साथ लड़ने को तैयार रहते थे।

प्रदर्शन की योजना गुप्त तो थी नहीं। सार्वजनिक प्रदर्शन की तैयारी ने स्थानीय थाने के कान खड़े कर दिए।

आधे घंटे बाद ही दर्पण को दारोगा माधव राम ने फोन कर योजना के बारे में पूछा और अपनी ओर से उचित सलाह देते हुए इसे टाल देने को कहा था।

लेकिन दर्पण ने इसे बड़े स्तर पर छात्रों का मुद्दा बता बड़ी विनम्रता के साथ प्रदर्शन टालने से मना कर दिया था।

इधर कमल बिहारी मंडल के दरवाजे पर चंचल मंडल और अचंभित दुबे भी पहुँच गए थे। शकील मियाँ भी संग हो आया था।

"अब तो खुल्लम-खुल्ला उतर गया है लड़का लोग? आज परदर्शन करने जा रहा जिलाधिकारी के पास।" चंचल मंडल ने विषय रखा।

"मंत्री जी के नाम का मुर्दाबाद भी लिखा है तख्ती में। आश्चर्य है कि कैसे इतना हिम्मत कर रहा? गोली चल गया साले पर लेकिन राजनीति नहीं छूट रहा।" अचंभित बाबा ज्यादा अचंभित भाव से बोल रहे थे।

कमल बिहारी बस चुपचाप बैठ सभी को सुन रहा था। वो संभवतः इससे ज्यादा करता भी क्या?

"गोली लगा कहाँ?" कमल बिहारी ने बहुत सोचने के बाद यही बोला।

"हाँ, नहीं लगा। अब क्या बताएँ? किस्मत था उसका।" चंचल ने ऐसे बुझे स्वर में कहा कि जैसे निशाना उसी के हाथ से चूका हो।

"ई मियाँ राम को भी भेजे थे न बवाल करवाने? ई भी तो कुछ दिमाग नहीं लगा पाया।" कमल बिहारी मंडल ने शकील मियाँ की तरफ धिक्कारती नजरों से देखते हुए कहा।

"कमलू भैया, अल्लाह जानता है कि हमने तो जान लगा दी थी मामले को उठाने में। मैं तो कुछ और टोपी वाले भाई को ले गया था। हम सबने बोला कि पवित्र किताब की बेइज्जती से समाज में दंगा-फसाद होगा। लेकिन वो

नया एसपी आया था न, वही जाहिल निकला। बात ही नहीं समझ रहा था।" शकील मियाँ ने वफादारी के स्वर में कहा।

"एसपी को हटवाइए कमल बाबू।" अचंभित बाबा ने एक और अचंभित बयान दिया।

"मंत्री जी से कहिए न। हम कैसे हटा देंगे? हमको दिमाग नहीं लगाना इतना। बहुत राजनीति-राजनीति हो रहा गाँव में साला।" कमल बिहारी ने बात को सीधे अपने हृदय पर लेते हुए कहा।

"अरे आप तो ऐसा बात करते हैं, भविष्य का छोड़िए न कि कब हटेगा एसपी। अभी ये लड़का लोग का विरोध तो मंत्री जी का रेपुटेशन को चोट पहुँचाएगा कि नहीं?" चंचल मंडल ने मुख्य बिंदु पर केंद्रित होते हुए कहा।

"तो फिर एक बार गोली चल सकता है कि नहीं शुक्ला के दुकान पर?" कमल बिहारी ने दिमाग नहीं, सीधे ठिकाने लगाने की बात कह दी थी।

"नहीं चल सकता। एसपी खोज के ठोकेगा अबकी। बहुत सीरियस है इस मैटर पर एसपी। ये साले लड़के पता नहीं कैसे उसको पकड़े हुए हैं अपने पक्ष में। ये दर्पणवा तो कल से आज तक में सात बार फोन पर बात कर लिया है एसपी से। तभी तो कनफीडेंस में है इतना।" अचंभित बाबा ने सीधे-सीधे बताया।

"ठहरिए फिर, लीजिए फोन लगाते हैं मंत्री जी को। फोन उठा लिए तो सारा बात बताइए उनको। परदर्शन को तो रोकना होगा।" कमल बिहारी ने न चाहते हुए भी दिमाग लगा के कुछ कहा और मोबाइल निकाल सीधे मंत्री जी का नंबर मिलाया।

"दस बार से कम में तो फोन उठा ही नहीं है आज तक। अभी छह बार हुआ है।" लगातार घंटी कर रहे कमल बिहारी ने चिढ़ छुपाने की नाकाम कोशिश के साथ कहा।

"छोड़ दीजिए, छोड़ दीजिए। कोई मीटिंग में होंगे साहब। बाद में करिएगा कमल भैया।" चंचल ने बीच में हाथों से इशारा करते हुए टोका।

"एक बार आप भी लगाइए चंचल भाय। लगाइए न, कम-से-कम रिंग तो कर दीजिए आप भी। ये तो रहेगा न कि हमलोग सब परेशान थे, फोन लगा रहे थे।" अचंभित बाबा ने अपनी ओर से कर्तव्यनिष्ठा का पालन करने

की सलाह देते हुए कहा। अचंभित बाबा ने अपने हिस्से की निष्ठा का पालन भी चंचल के ही मार्फत करा लेना चाहा।

चंचल को भी बात ठीक लगी इसलिए बहुत कुछ सोचा नहीं और मोबाइल निकाल मंत्री जी के नंबर पर घंटी बजा दी।

"हेलो, हाँ जी क्या बात है चंचल? बताओ।" उधर से मंत्री जी की अलसाई-सी आवाज आई।

"हेलो, जी, जी, जी, जी, परणाम सर... बड़ा एक जरूरी बात था सर। आप सो रहे थे क्या? बाद में करें क्या फोन?" चंचल ने जी जी से प्रारंभ करके आखिरकार वाक्य पूरा करते हुए कहा।

"अरे बताओ न। सोए नहीं हैं, मसाज करवा रहे थे, इसलिए आवाज थोड़ा रिलेक्स है, तुम बताओ, बताओ जल्दी। आह... अरे जाँघ पर ओयल दो न थोड़ा। दम लगाओ जरा। और तुम जरा गर्दन को जोर से पिछाड़ो न, सहलाने से होगा खाली?" मंत्री जी ने चंचल को फोन पर खड़ा रख इधर मालिश संबंधी कुछ खास अंगविन्यास के आरामबिंदु पर जोर लगाने का निर्देश देते हुए कहा। इससे नसों में रक्तप्रवाह थोड़ा तेज होता और मंत्री जी जनता के लिए कार्य करने हेतु बेहद ताजगी और सक्रियता के साथ उपलब्ध होते। जनता के लिए ये सब मेहनत करनी ही होती थी नेताओं और अधिकारियों को। वर्जिश और मालिश लोकतंत्र को और अधिक क्षमतावान बनाती थीं। लोक के सेवक और लोक के प्रतिनिधि का मसाज लेना कोई निजी सुख नहीं था, लोकतंत्र में ये तो सार्वजनिक दायित्व था। देश के लिए दिन-रात काम कर रहे जनप्रतिनिधियों को जनता सिर से पाँव तक अगर बोझिल देखेगी तो निराश हो जाएगी। कौन उठाएगा फिर जनाकांक्षाओं का भार? जनप्रतिनिधि की थकान उतरेगी, तभी तो वे राष्ट्र का भार उठा पाएँगे।

मसाज लोकतंत्र की रीढ़ को मजबूत करता है और अंगों में तेल का सांद्रण लोकतंत्र में लोककल्याण की लचक पैदा करता है।

चंचल ने फोन पर उधर की सुखमय ध्वनि और आनंददायी निर्देश को सुन इधर से फोन काट दिया था। असल में काटा नहीं बल्कि चंचल सुनी गई ध्वनि को कल्पना में लाते ही विचलित हो गया और फोन खुद से कट गया।

"आपका फोन तो उठ गया। वाह देखे, अरे मंत्री जी का ध्यान तो रहता ही है बल्लोपुर पर। क्या बोले? सूत रहे हैं क्या? जरूरी बात तो बोले ही नहीं

आप।" अचंभित बाबा ने फोन कटते ही कहा।

लेकिन इस वक्त सबसे जरूरी बात उधर बताने की नहीं थी, सबसे जरूरी बात तो इधर सामने घटित हो चुकी थी।

कमल बिहारी का चेहरा पहली बार इस तरह कसैला पड़ा था, मानो अचानक किसी ने उसके आत्मसम्मान पर गरम तेल उड़ेल दिया हो। वो अपने मस्तिष्क पर अभी भी कोई जोर नहीं दे रहा था पर पता नहीं उसे सहज ही ये लगा कि जैसे किसी ने हृदय को तीर से छलनी कर दिया हो।

जिस आदमी ने जीवन भर अपने भाई के आदेश को ही जीवन का लक्ष्य माना, आज उसी के द्वारा उसके फोन को नजरअंदाज करना गड़ गया था कमल बिहारी के सीने में।

बिना दिमाग लगाए भी, पहली बार अपमान का अर्थ महसूस हुआ था कमल बिहारी को।

कमल बिहारी के चेहरे पर जो रंग उभरा, वह साधारण क्षण का रंग न था। वह अपमान का गाढ़ा, कसैला रंग था, जिसमें आदमी भीतर से टूटकर भी बाहर से और कठोर हो जाता है। यह वही क्षण था जब भीतर की नदी दिशा बदलती है, जब आदमी के मन में विश्वास की जगह अविश्वास की पहली फाँस पड़ जाती है।

"अरे उ मसाज ले रहे थे भाई, आह–उह कर रहे थे आनंद में। इस बीच में कैसे एक टेंशन वाला बात बता दीजिएगा? कोई भी समय होता है न बात रखने का।" चंचल ने मसाज की मर्यादा को ध्यान में रखते हुए बेहद संवेदनशीलता के साथ कहा।

लोकतंत्र में जब जनता ही इतनी सजग और संवेदनशील हो जाए तो मालिश का तेलतंत्र लोकतंत्र को और भी आनंददायी बना ही देता है।

कमल बिहारी पहली बार इस तरह की बेचैनी में था। हाथ में मोबाइल पकड़े चुपचाप उठा और वहीं टहलने लगा।

वह कुछ बोल भले नहीं रहा था लेकिन इस वक्त कुछ बहुत जोर से गूँज रहा था वहाँ।

चंचल और अचंभित एकटक कभी कमल बिहारी को देखते तो कभी पलकें झपका के एक–दूसरे को।

इधर तीन बजने को थे। प्रत्याशा से अधिक संख्या में छात्र जिला मुख्यालय में जमा हो चुके थे। सबसे रोचक बात तो ये हो गई थी कि शहर में हलचल देख शहर के ही कुछ ऐसे साथी भी प्रदर्शन में शामिल होने आ गए थे जो अभी-अभी रद्द हुई सचिवालय सेवा परीक्षा के शिकार हुए थे। उनके आने से मीडिया भी कायदे से जुट गया था। मीडिया के लिए आवश्यक चीजें उन्हीं नौकरी खो चुके पीड़ितों के पास थीं, जैसे बहते आँसू, हताशा की हद, छलनी करने वाली पीड़ा।

एक महिला जिसकी नौकरी अभी–अभी गई थी, वो प्रदर्शन के दौरान हताशा में बार-बार बेहोश हो रही थी। वो बेहोश होकर जमीन पर लुढ़कती, मीडिया माइक लेकर उसके ऊपर।

माइक पकड़े एक पत्रकार ने कैमरे के सामने बोलना शुरू किया-

"क्या सचिवालय सेवा भर्ती घोटाले की जड़ हमारे शहर भी पहुँची है? क्या ये जो महिला जमीन पर गिरी रो रही है, ये निर्दोष है या इसने भी खरीदे होंगे प्रश्नपत्र?...

क्या नौकरी खरीदने वाले छात्र भी दोषी नहीं हैं परीक्षा प्रणाली को ध्वस्त करने के? इन सवालों के जवाब के साथ मिलेंगे आज रात आठ बजे।"

"अबे साले, जिसने बेचा है प्रश्नपत्र, उस पर भी तो आज रात बात कर लेना। एक निर्दोष महिला जो तीन साल नौकरी करने के बाद उसे खोने की हताशा में मरी जा रही है उसको बदनाम कर रहे बिना किसी सबूत के?" दर्पण उस पत्रकार को लगभग धकेलते हुए चिल्लाया।

इस पर पत्रकार ने भी दर्पण को उँगली दिखाते हुए कड़े शब्दों में चेताया कि उनको उनका काम करने दे।

चिन्मय, प्रभाकर और नीलकंठ मिलकर किसी तरह अकेले ही प्रदर्शन में शामिल होने चली आई उस महिला को सँभालने की कोशिश में लगे थे। लेकिन उसकी हालत गंभीर थी। वो अवचेतन अवस्था में थी और शायद नौकरी खोने के सदमे से इतनी आहत थी कि उसका खड़ा रहना मुश्किल हो रहा था।

महिला गिरती थी, मीडिया गिर जाता था।

कैमरे पर जिस घपले का दोषी चेहरा भर्ती आयोग या सरकार के जिम्मेदार व्यक्ति का दिखाना चाहिए था, उस चेहरे की जगह एक निर्दोष पीड़ित महिला को ही घोटाले का चेहरा बना दिखाने लगा था मीडिया।

वे कैमरे पर लगातार उस महिला को दिखाते जा रहे थे जिसे ये पता ही नहीं कि किसने पेपर खरीदे, किसने बेचे और किसके भ्रष्टाचार के कारण उसकी अपनी योग्यता से लगी नौकरी चली गई।

मीडिया ने अपने करिश्माई कौशल से पीड़िता के ही आँसू को षड्यंत्र के संशय वाले कटघरे में खड़ा कर दिया था। क्योंकि फिलहाल न आयोग के सदस्य उपलब्ध थे और न जिम्मेदार सरकार के मंत्री। न ही कोई जिम्मेदार अधिकारी ही मौजूद था वहाँ, फिर मीडिया के पास तत्काल दिखाने को था ही क्या ? वही लोग जो गलत का विरोध करने जुटे थे, अभी मीडिया को उन्हीं का सदुपयोग करना था अपने मसाले के लिए।

जो सरकार को घेरने आए थे, अपनी जरूरत के लिए मीडिया ने उन्हीं को घेर लिया था।

माननीय उच्च न्यायालय ने पूरी परीक्षा प्रक्रिया को सिर से पाँव तक भ्रष्टाचार में संलिप्त पाते हुए कहा कि ये "fraud vitiates everything का मामला है और इसलिए इसे रद्द करना ही उचित है। क्योंकि इस परीक्षा की शुद्धि अब असंभव है, इसलिए इसे रद्द ही किया जाए। इसने युवा प्रतिभा और उनके भविष्य को तार–तार कर दिया।"

माननीय कोर्ट ने इस घपले में शामिल जिन शुरुआती जिम्मेदार लोगों के नाम लिए थे, उनकी चर्चा ही नहीं थी यहाँ आज मीडिया के कैमरे पर।

वो आज सुबह के अखबार की खबर थी और कुछ ही घंटे में बासी हो गई थी। ये खबर भी गायब थी कि कुल नौ सौ सीटों में करीब ढाई सौ सीटों की बिक्री का संदेह था और उसके शुरुआती प्रमाण मिल गए थे।

पूरा परिसर न्याय माँगते नारों से ध्वनित हो रहा था।

छात्रों, युवाओं के अलावा और भी लोग परिसर के भीतर जमा थे। कलेक्टर साहब ने मिलने से मना कर दिया था। उनकी दलील थी कि ऐसे अचानक हुए प्रदर्शन को वो ठीक तरीका नहीं मान सकते विरोध का। ये तो मनमानी है युवाओं की।

उन्होंने पुलिस के द्वारा चेतावनी दिलवा दी थी कि जल्द से जल्द परिसर को खाली कर दें ये प्रदर्शनकारी।

इधर कृपालु राय के संग लावण्या पटेल भी दिख रही थी वहाँ। कृपालु ने बहुत समझाया था कि "वहाँ केवल बेरोजगारों या अस्थायी बँधुआ सरकारी सेवकों का प्रदर्शन है, आप क्या कीजिएगा जाकर? आप तो परमानेंट हैं लावण्या जी।"

लावण्या ने कहा था, "बस परमानेंट शिक्षिका ही नहीं हूँ, परमानेंट दोस्ती भी कोई चीज होती है। कम–से–कम उस नाते तो चलने दीजिए साथ में।"

प्रदर्शन में संख्या बढ़ने लगी थी। परीक्षा प्रणाली में सुधार हो, पेपर लीक से बर्बाद हुए छात्रों के भविष्य की सुध ली जाए, कोई भी भर्ती परीक्षा रद्द होने से प्रभावित और पीड़ित वैसे छात्रों के साथ न्याय हो जो इस पूरी प्रक्रिया में निर्दोष होते हैं, ऐसी माँगों के साथ जब प्रदर्शन शुरू हुआ तो शहर के वैसे युवाओं का हुजूम भी वहाँ जुटने लगा जिन्हें इस प्रदर्शन की सूचना भी नहीं थी। ये मामला ही ऐसा था कि इससे प्रभावित युवा स्वत: बिना किसी पूर्व सूचना इकट्ठे होने लगे।

कलेक्टर कार्यालय के सामने आनन-फानन में पुलिस बल लगाया गया। पुलिस ने एक बड़ी–सी रस्सी खींचकर युवाओं से उसके भीतर रहने की अपील की। लेकिन युवाओं की धक्कामुक्की और गहमा–गहमी के बीच सड़क पार कार्यालय की तरफ जाते हुए अचानक भीड़ की एक टुकड़ी एक–दूसरे को पीछे से धकियाते आगे बढ़ी। उसी भीड़ के साथ चल रही लावण्या का थोड़ा–सा संतुलन बिगड़ा ही था कि कृपालु का हाथ उसकी हथेली से टकराया। अगले ही क्षण दोनों की उँगलियाँ आपस में अटक गई थीं। लावण्या ने एक झटके से उसकी ओर देखा पर हथेली का स्पर्श लौटाया नहीं। उधर नारे गूँज रहे थे और इधर लावण्या के कानों में जैसे किसी और स्वर की थिरकन उतर आई थी। लावण्या की हथेली में पसीने की नमी ने उँगलियों की कसावट को और पुख्ता कर दिया था। कृपालु के भीतर ऐसी हलचल हुई जैसे किसी पुराने शांत कुएँ के जल में किसी ने कंकड़ फेंक दिया और तली से बुलबुले उठने लगे।

अभी दोनों की हथेलियाँ ऐसे कसी हुई थीं जैसे बहती नदी में दो नाविकों ने एक–दूसरे की पतवार पकड़ ली हो। अब ये हथेलियाँ अलग नहीं हो रही

थीं, अंदर की गर्माहट जैसे एक मौन संवाद रच रही थी।

प्रदर्शन की भीड़ के लिए वे केवल दो संख्या थे लेकिन उँगलियों की कसावट में पूरा बीजगणित पनप चुका था।

जैसे किसी खेत की मेड़ पर अनायास ही उगी घास की कोमल कोंपल सबकी नजरों से बची रह जाती है लेकिन मिट्टी जानती है कि जीवन का एक नया बीज फूटा है।

नारों की गूँज से कलेक्टर कार्यालय का परिसर धमक रहा था। सरकारी कार्यालयों की छतें धम-धम कर रही थीं।

एक लड़का बिना ढपली लिए गा रहा था-

जिनसे किस्मत रूठ गई
लगी नौकरी छूट गई
उस घपले का जवाब दो
फूटी आँखों को ख्वाब दो
जिसने तंत्र को खाया है
पेपर लीक कराया है
जो सीट खरीद के पाया है
योग्य के भाग्य को खाया है
दोषी को भले कयामत दो
हम निर्दोषों को राहत दो...
हम निर्दोषों को राहत दो...

प्रतियोगी छात्रों का एक समूह गगनछेदी नारे लगा रहा था-

पारदर्शी परीक्षा माँग रहे हैं
जो हक था भिक्षा माँग रहे हैं...
हक नहीं तो भिक्षा दे दो
पारदर्शी परीक्षा दे दो... .

इधर पुलिस परिसर खाली करने का दबाव बनाने लगी थी।

तभी दर्पण ने माइक सँभाला। उसकी नजर तभी ही कृपालु पर पड़ी।

उसे इशारा कर आगे बिछी दरी की तरफ बुलाया जहाँ से माइक ले भाषण देना था।

कृपालु, लावण्या का हाथ पकड़े उधर पहुँचा।

"महराज, पाँच मिनट हथवा छोड़ भी दीजिए भैया।" चिन्मय ने नारे लगाने के बीच में ही कृपालु से सट के कान में फुसक दिया और ठहाका मारकर हँसा।

मारे लाज के लाल हुए कृपालु ने तब भी पकड़ ढीली नहीं की।

"अरे टाउन की लड़की है, हमलोग के समर्थन में आ गई है। परमानेंट नौकरी के बावजूद इतना रिस्क उठा के आ गई है यहाँ भीड़-भाड़ में। सोचो कुछ हो गया उन्नीस-बीस तो? इसलिए जिम्मेदारी है यार हम सबका, कि इसको कुछ न हो भीड़-भाड़ में।" कृपालु ने काटने लायक अकाट्य तर्क दिया और दिमाग की इस बेइमानी पर दिल से मुस्करा दिया।

"रिस्क तो उठाए ही हो तुम मेरे भाई। मान गए!" बगल से केहुनी मारते हुए मित्र प्रभाकर ने भी चुटकी ली।

अब माइक पर दर्पण ने मोर्चा सँभाला।

"आज की भीड़ इतिहास रच चुकी है साथियों। लेकिन हम यहाँ भीड़ दिखाने नहीं बल्कि अपने समय के हजारों-लाखों युवा साथियों के आक्रोश और उनकी पीड़ा को दर्ज करने आए हैं। हम राजनीति करने नहीं, राजनीति से अपना वाजिब हक माँगने आए हैं।...

हमारे गाँव-कस्बे के शिक्षित युवाओं की प्रतिभा शहर की फैक्ट्री, ठेला, खोमचा और पान के गुमटी में खप रही है और उधर परीक्षा का सीट बेचा जा रहा। हम सिर्फ इतना कहते हैं कि पढ़ाई और मेहनत का सम्मान करे सरकार। हमें नौकरी दो, भीख नहीं। जय हिंद, जय भारत।"

अब माइक चिन्मय ने पकड़ा। चेहरे पर गुस्सा और होंठों पर हल्की-सी कँपकँपाहट थी। माइक पर बोलने का अभ्यासी तो था नहीं चिन्मय। लेकिन आज बोलने के कौशल को नहीं बल्कि बेचैनी को अभिव्यक्त होना था।

"युवा चुप नहीं बैठेगा। पढ़ेगा तो नौकरी भी माँगेगा सरकार से। मंत्री जी धान रोपते हैं खेत में और हम लोग किताब के जगह खाली कटोरा ले के खड़ा हैं नौकरी का भीख माँगने के लिए। ये अन्याय नहीं चलेगा। आयोग

मुर्दाबाद, सरकार मुर्दाबाद। जय हिंद, जय भारत। वंदे मातरम्।" चिन्मय ने एक ही साँस में गरजते हुए कह दिया।

अब कृपालु की बारी थी। लावण्या ने हाथों को ढीला किया और कृपालु को माइक की तरफ जाने का इशारा कर खुद सामने आ के बैठ गई। थोड़े संकोच के साथ आगे बढ़े कृपालु ने काँपते हाथों से माइक सँभाल बोलना शुरू किया।

"मैं फर्स्ट क्लास पास एमएससी हूँ। टॉपर रहा विश्वविद्यालय में और अभी संविदा पर शिक्षक हूँ। सोचिए कि जब खुद शिक्षक असुरक्षित रहेगा तो छात्रों का भविष्य क्या सुरक्षित करेगा? हमारी माँग साफ है कि भर्ती परीक्षा पारदर्शी हो। नौकरी स्थायी हो। जो लोग का भर्ती घोटाला में नौकरी छूटा है, उन निर्दोषों को न्याय मिले। रोजगार और शिक्षा पर राजनीति बंद हो। जय भारत।"

अचानक पीछे कुछ उथल–पुथल हुई। सीटी की आवाज सुनाई दी और लगा कि पीछे की सबसे आखिरी कतार पर आग का गोला बरसा हो। एकाएक लड़के एक–दूसरे पर कूदने–गिरने लगे। सब हक्का–बक्का थे। पुलिस ने हाथ खोल दिए थे। पहली लाठी हवा को चीरती हुई गिरी... ठप्प.. और किसी की पीठ में धँस गई।

अब तो हवा में लगातार डंडों के झटके की हूँ–हूँ सुनाई देने लगी। लोगों के कंधे सिकुड़ गए और सिर झुक गए जिस पर हथेली रख इधर-उधर बिखरने लगी भीड़।

कृपालु ने पीछे से आती भीड़ को अचानक आगे की तरफ भागता देखा। उसने माइक को छोड़ दौड़कर पहले लावण्या को उठाया दरी से और उसे ले किनारे की ओर आया। तब तक तो पूरा परिसर धूल के गुबार से भर चुका था। चारों तरफ कोलाहल और चीख मचने लगी। पुलिस ने बेछूट लाठी बरसाना शुरू कर दिया था। कौन किधर भाग रहा था, पता नहीं चल पा रहा था। नारे नहीं थम रहे थे। धूल से सने परिसर में पुलिस की गालियाँ और लाठी की फटाक–फटाक की आवाज से दिशा का अंदाजा लग रहा था, लड़के उसकी विपरीत दिशा में भाग रहे थे। कुछ लड़के जो नारा लगाते हुए वहीं जम गए, पुलिस ने उनके कपड़े खींच के फाड़ दिए थे और बिना किसी नरमी के निर्दयता से लाठी बरसा रहे थे। पुलिस ने गर्दन गरगोंत के झुका दी थी लेकिन

झुके नहीं थे वे छात्र। पीठ को कठोर कर, दाँत सटा के, मुट्ठी भींचे सह रहे थे सरकारी लाठी।

दर्पण दो–चार लाठी खाने के बाद भी अंदर परिसर में बचते–बचाते ये देखने की कोशिश में था कि कोई साथी अंदर फँसा तो नहीं। असल में पुलिस गिरफ्तार भी कर सकती थी छात्रों को। पुलिस की योजना अभी शायद भीड़ को तितर–बितर करने की ही थी। क्योंकि दर्पण ही अभी उनके हाथ नहीं आया था।

तभी अकस्मात उसकी नजर परिसर की दीवार पर गई।

वहाँ अंगद, कृपालु और लावण्या को खींचकर दीवार से बाहर निकाल रहा था।

दर्पण दौड़कर दीवार पर चढ़ा और टप कर उस पार पहुँचा।

"अरे यार अंगद! तुम आए थे? हमलोग तुमको फोन नहीं किए, सोचे पिता जी बवाल करेंगे तुम्हारा। इसलिए नहीं बोले तुमको यार।" दर्पण ने जैसे ग्लानि के स्वर में कहा था।

"अरे दर्पण भैया, अंगद भला रुक सकता है क्या धर्मयुद्ध में? हम आ गए न बहाना कर के। एक बात भी बताना है। पहले निकलिए यहाँ से।" अंगद ने कृपालु को इस पार नीचे उतारते हुए कहा।

लावण्या अभी भी दीवार पर खड़ी थी। उधर पुलिस ने परिसर लगभग खाली करा लिया था। एक पुलिस वाला उधर से दीवार की तरफ ही लाठी पटकता आता दिखाई दिया। कृपालु तो सिपाही को देखते ही इधर से जोर से चिल्लाया, "देखिए सर, इधर दीवार पर लाठी मत चलाइएगा। ये मैडम परमानेंट नौकरी वाली हैं, हमलोग के चक्कर में फँस के यहाँ आ गई हैं।"

वो सिपाही ये बातें बिन सुने दूसरी तरफ जा चुका था। इधर दीवार पर खड़ी लावण्या थोड़ी–सी झेंप गई और सिर को दूसरी तरफ घुमा के मुँह को दाबे हँसने लगी।

तभी कृपालु ने दीवार से सटकर खड़े हो लावण्या को पाँव अपने कंधे पे रखने को कहा और उसकी कमर को पकड़ उसे दीवार से नीचे की तरफ उतारा। दीवार के उस पार भगदड़ थी, इस पार एक नरम–सी हलचल। कृपालु की हथेली ने जैसे ही लावण्या की कमर को छुआ तो सीने में लगा

जैसे लोहे पर कोई चिंगारी फूट गई हो। एक जुलूस निकल पड़ा था अंदर ही अंदर, जो पाँव से नहीं, धड़कनों से चल रहा था।

दीवार से केवल लावण्या नहीं उतरी थी, कुछ अनकही, कुछ आधी, अनजानी तृप्ति साथ उतरी थी।

अगले ही क्षण सब वहाँ से तेजी से चले और सड़क को पार कर परिसर से दूर निकल आए।

लावण्या ने देखा, दर्पण नंगे पाँव था। भगदड़ में चप्पल कहीं छूट गई थी।

"अरे दर्पण भैया के लिए चप्पल लेनी होगी।" लावण्या ने पाँव की तरफ नजर जाते ही कहा।

"अरे नहीं, नहीं, अभी चलते हैं न। बल्लोपुर में ले लेंगे। एक बार पहले चिन्मय को बोलते हैं, वापस जाकर देख आएगा कि कहीं मिल जाए छूटा हुआ। हमसे इतना बार बदमाशी पर चप्पल खाया है कि तुरंत पहचान जाएगा मेरा चप्पल।" ये बोलना था कि सब हँस पड़े।

"अरे नहीं भैया, काहे चिन्मय को फँसा रहे हैं... हाहाहा। पकड़ा गया तो सबके बदले वही तोड़ा जाएगा थाने में।" कृपालु ने भी मजे लेते हुए कहा।

"यही तो बताना चाह रहे हैं हम। अब अभी तो नहीं मारेगा उसको कोई थाना में। और शायद हमको भी नहीं।" अंगद ने उत्सुकता ही बढ़ा दी थी ये बोलकर।

"आँय... अरे हाँ... क्या बता रहे थे तुम अंगद? बताओ न।" दर्पण ने ध्यान आते ही पूछा।

"भैया, हमारा और चिन्मय का शौर्यवीर के लिए सेना में चयन हो गया है। आज दोपहर में पता चला, उसी कारण तो पापा खुशी में रोके नहीं हमको। हम निकल आए।" आज कई दिनों बाद अंगद की आवाज में खुशी के स्वर थे।

वह वास्तव में बहुत प्रसन्न था। क्योंकि आज उसने पहली बार अपने पिता को इतना खुश देखा था। वो पिता जो पूरी उम्र बेटे को कोसता रहा था, आज वह बेटे को गले लगाकर रोया था खुशी से।

सरकार ने पिछले ही वर्ष सेना में भर्ती के लिए 'शौर्यपथ भर्ती योजना' शुरू की थी। इसके तहत सेना में तीन साल के लिए भर्ती की जा रही थी और

इन सैनिकों को शौर्यवीर का नाम दिया गया था। उनकी उम्र सीमा पच्चीस वर्ष तक की रखी गई थी और सेवा काल में उन्हें वेतन, बीमा और प्रशिक्षण मिलता। तीन साल के बाद केवल बीस प्रतिशत सैनिकों को स्थायी तौर पर रख के बाकी अस्सी प्रतिशत को सेवा मुक्त कर दिया जाना था।

अब ये चयनित चिन्मय और अंगद किस वाले प्रतिशत में आते, ये तो भविष्य ही जानता था लेकिन फिलहाल ये उनके लिए खुशी का अवसर लेकर आया था।

"अरे, अरे वाह भाई... ये तो गजब समाचार दिए मेरे भाई। चिन्मय को पता है कि नहीं? नहीं पता होगा। देखो, लगाओ उसको फोन। बताओ उसको जल्दी।" दर्पण ने अंगद को गले लगाते हुए कहा।

"चलिए शुभ है आपलोगों का आंदोलन। आज शुरुआत होते ही दो लोगों के लिए शुभ समाचार आ गया। चलिए बधाई हो अंगद भैया।" लावण्या ने हाथ बढ़ा के बधाई देते हुए कहा।

"अरे? आप कह रही हैं आपलोगों का आंदोलन? सबसे ज्यादा तो दीवार आप ही कूदी हैं। ये आंदोलन बस हमलोगों का है?" कृपालु अलग ही दुनिया में था आज।

इस पर लावण्या ने कुछ कहा नहीं, बस सिर घुमाकर हँस पड़ी।

तभी कृपालु को खयाल आया कि सामने अंगद है।

"आओ गले लग जाओ भाई। बधाई। चलो कम-से-कम पापा तुम्हारे चैन से जिएँगे अब, बेटा सेना में जा रहा।" कृपालु ने गले मिलते हुए कहा।

तभी दर्पण का मोबाइल बजा। देखा तो चिन्मय का ही फोन था।

"अरे हेलो दर्पण भैया। अरे गाँव पहुँचे कि नहीं? गुमटी पहुँचिए। हम तो पहुँच गए। जरा अंगद को निकलवाइए घर से। उसके बाप से कह दीजिए कि बेटा ने कर दिखाया। शौर्यवीर हो गया है। और हम भी भैया।" बेहद खुश लग रहे चिन्मय ने एक ही साँस में कह डाला। उसका तो सपना था सेना में जाने का।

"अरे वाह! पहुँच भी गए शौर्यवीर तुम? रुको तुरंत आते हैं दूसरे वाले सूरमा शौर्यवीर को ले के।" दर्पण ने उतनी ही खुशी के साथ कहा।

लावण्या को उसके आवास पर छोड़, पूरी मित्र मंडली और रोजगार

मोर्चा के साथी अभी दर्पण की गुमटी पर मौजूद थे।

दर्पण ने खुशी में सबको गुलकंद डाल के मीठा पान खिलाया।

आज अंगद और चिन्मय की आँखों में एक अलग ही चमक थी। अंगद ने भले कभी मन से सेना में जाना न चाहा हो लेकिन जब उसने आज पिता को इस तरह हर्षित देखा और एक बार सैनिक हो जाने के एहसास से गुजरा तो उसके भी रक्त में जैसे माटी की सेवा का रंग बहने लगा। इधर चिन्मय का चयनित होना ब्रह्मदेव बाबू सहित पूरे परिवार लिए दामाद की छिनी नौकरी वाले जख्म पर मलहम जैसा था।

शौर्यवीर में चुना जाना केवल एक नौकरी भर नहीं था बल्कि मानो तिरंगे के नीचे अपने नाम की मुहर का लग जाना हो।

इस वक्त चिन्मय और अंगद अपने सपनों की पतंग को नील गगन में उड़ता देख रहे थे। पतंग कितनी दूर जाएगी? डोर कितनी मजबूत है? इस डर से मुक्त वो अभी की उड़ान देख रहे थे।

अभी उन्होंने अपने जेहन में इस सवाल को उठने ही नहीं दिया कि जब वे तीन वर्ष बाद वर्दी उतारकर आएँगे तो उनका गाँव या उनका समाज उसे कैसे देखेगा? एक वीर या एक बेरोजगार कहेगा?

अभी सब कुछ किनारे था। इस घड़ी उम्मीद का पलड़ा भारी था। भविष्य के सवाल उम्मीद के टीले के नीचे दबे हुए थे। अभी उन्हें तसल्ली थी कि किस्मत ने उन्हें ये मौका दिया है खुद को साबित करने का। एक मौका मिला है देश के लिए वर्दी पहनने का, वतन के झंडे के नीचे गर्व से सीना चौड़ा कर खड़े होने का।

यही आशा, यही गर्व और थोड़ी-सी अनिश्चितता इस नयी पीढ़ी का भाग्य बनने जा रही थी। कल को कल पे छोड़ दर्पण की गुमटी आज का घोषणापत्र पढ़ रही थी जहाँ चिन्मय और अंगद की उम्मीदें मुट्ठी बाँधकर बोल रही थीं कि आज हमारा है।

13

फोन पर मंत्री अवध बिहारी मंडल चीख रहे थे, "तुम करते क्या हो गाँव में बैठ के ? बस कागज पकड़ के फोटो खिंचवाना ? यही काम है तुम्हारा ?"

"बल्लोपुर में कुछ थोड़े हुआ है भाई साहब ?" कमल बिहारी ने खुद को नजरअंदाज करने की टीस छुपाते हुए कहा।

"थोड़ा भी खोपड़ी नहीं है क्या ? बल्लोपुर का लड़का लोग शहर जा के बवाल काटा। पुलिस को लाठी चार्ज करना पड़ा। सरकार मुर्दाबाद का नारा लगा। हमारा विरोध हुआ। ये सब तुम होने दिए ?" मंत्री अवध बिहारी ने गर्माते हुए पूछा।

"आपको फोन तो लगाए ही हम। आप उठाए नहीं। फिर चंचलवा लगाया, तो आप मसाज करवा रहे थे। कुछ औरत लोग का आवाज सुन चंचलवा भी फोन रख दिया। आपको बताने के लिए ही तो फोन किए थे।" कमल बिहारी ने अपनी खीझ धीरे-धीरे निकालनी शुरू की।

"ओ लेडीज और जेंस का आवाज सुनते हो तुमलोग अब मोबाइल पर ? ठीक है। ये चंचलवा साला खाली गाय और भैंस बेच अपना धंधा चलाने के लिए बैठा है वहाँ ? ये जिलाध्यक्ष है साला और इसे ही पता नहीं कि इसके जिला में क्या कांड होने वाला था ?

“हम फोन किए तो थे, आप नहीं उठाए न?” कमल बिहारी के शब्दों में हृदय की कचोट थी।

“तुम्हारा उठा के क्या ही करेंगे? दिन भर में तुम्हारा ही पंद्रह फोन उठाएँगे तो जनता का सेवा कब करेंगे? कुछ सोचते–समझते हो राजनीति को?” मंत्री अवध बिहारी ने बेहद तल्ख लहजे में कहा था भाई से। इसके बाद फोन काट भी दिया था।

समझदारी जैसे गुण से बहुत समझदारीपूर्वक दूर रहने वाले कमल बिहारी को इधर कुछ दिनों से थोड़ी–बहुत राजनीति समझ में आने लगी थी।

इन दिनों अचंभित बाबा और चंचल मंडल ने भी बहुत सारी छोटी-छोटी चीजों पर कमल बिहारी का ध्यान दिलवा उसे समझदार बनाने की कोशिश करने में कोई कमी नहीं छोड़ रखी थी।

अभी दोपहर का खाना खाने के बाद कमल बिहारी घर के दरवाजे पर बैठ बड़ी तन्मयता से खैनी मल रहा था। तभी मोटरसाइकिल की आवाज से ध्यान टूटा।

“प्रणाम कमल भैया। बड़ा अकेला बैठे हैं गाछ के नीचे।” चंचल ने दरवाजे पर खड़े कदंब के पेड़ की शांति भंग करते हुए कहा।

“अरे आओ। कुछ नहीं! बस खैनी लगा रहे थे।” कमल बिहारी ने प्रश्न के आलोक में उत्तर देते हुए कहा।

“हम भी घर में आराम ही कर रहे थे कमल भैया। लेकिन मंत्री जी ने एक बड़का जिम्मेदारी दे दिया है फोन कर के।”

“ऐसा क्या दे दिया? कितना बड़ा? ई घर–दुआर अब तुम्हीं को दे दिए क्या?” कमल बिहारी मंडल ने खैनी और जोर से रगड़ते हुए तंज में कहा।

“कैसा बात करते हैं कमल भैया। महराज, आपके बिना कुछ हो सकता है क्या पूरे एरिया में? आप रीढ़ हैं, रीढ़ हैं मंत्री जी का।” चंचल ने कमल बिहारी की शान में रीढ़ प्रत्यारोपण करते हुए कहा।

“चलो भाय चंचल, अब सुतने जा रहे हैं हम। खाने के बाद नींद आ रहा है।” कमल बिहारी घनघोर उदासीनता दिखाते हुए कुर्सी से उठ खड़ा हुआ।

“अरे, अरे मेन बात तो रह ही गया। अरे मंत्री जी आपको बड़का जिम्मेदारी दिए हैं, बैठिए न।” चंचल ने अकबका के, अपनी ली हुई जिम्मेदारी

को एक ही वाक्य में कमल बिहारी पर डाल दिया।

"बोलो, बोलो। आजकल सब बात तुम्हीं को बता रहे हैं मंत्री जी।" कमल बिहारी ने चिकोटी काटते हुए कहा।

"कमल भैया, मंत्री जी ने कहा है कि अगले सप्ताह बल्लोपुर में नवाह परायण यज्ञ कराना है। नौ दिन तक चलेगा। बोले कि जाकर कमल भैया से मिल लो और तुरंत तैयारी में लग जाओ।" चंचल ने दायित्वपूर्ण चेहरा बनाते हुए कहा।

"यज्ञ? ई किसलिए होगा?" कमल बिहारी के लिए ये बिलकुल नयी सूचना थी और नया आयोजन भी।

"लीजिए। अरे मंत्री जी धार्मिक स्वभाव के आदमी हैं। बल्लोपुर के कल्याण के लिए, धर्म को थोड़ा और मजबूत करने के लिए करवा रहे हैं। आज के समय में बिना किसी स्वार्थ के कौन सोचता है इतना धार्मिक चीज, बताइए कमल भैया।" चंचल ने बड़े भावुक स्वर में टेक लेते हुए समाप्त किया वाक्य को।

"चुनाव आ रहा है। इस बार मन-मिजाज अलग हो रहा लोगों का। उनको टाइट करने के जगह ये यज्ञ कर रहे हैं? यज्ञ से चुनाव जीत जाएगा आदमी।" कमल बिहारी ने भोलेपन के चरमोत्कर्ष को छूते हुए कहा।

"धर्म से बड़ा चुनाव नहीं होता कमल भैया। और जो धर्म पकड़ लेता है फिर उससे बड़ा कोई नहीं होता है। फिर चुनाव का क्या औकात? और आपके रहते कभी कोई दिक्कत हो ही नहीं सकता चुनाव में।" चंचल ने लोकतंत्र में धर्म एवं कमल बिहारी की भूमिका एवं उसके महत्व को रेखांकित करते हुए कहा।

लेकिन कमल बिहारी के सपाट मस्तिष्क पर ये सब रेखा-वेखा खींचने का कोई बहुत फायदा था नहीं। वह मोटी-मोटी चीजें समझने और कहने में विश्वास रखता था।

"देखो, हमको क्या मतलब भाई, मंत्री जी जो कहे हैं, करना है। कब से शुरू होगा यज्ञ? साँझ को बीडीओ साहब और दरोगा के साथ बैठक कर लेते हैं। तैयारी कर लो फिर तुरंत।"

"अरे हाँ हाँ, ई तुरंत का ही मामला है। शाम में आते हैं हम। स्थान

स्कूल वाला मैदान रहेगा। शाम में बीडीओ को बोल देंगे। थोड़ा नौ दिन स्कूल बंद करवाना होगा।" चंचल ने कहा और तत्काल वहाँ से निकलने को मोटरसाइकिल पर बैठा।

"अरे स्कूल तो हो ही जाएगा बंद। जब गाँव में मेला–ठेला लगेगा तो बेकार में स्कूल खोल के क्या फायदा होगा भाई। पढ़ाई–लिखाई शांति का चीज है।" कमल बिहारी ने मेले के दौरान पढ़ाई से नहीं होने वाले फायदे का ध्यान दिलाते हुए कहा।

"कर्जापट्टी में ठीक जगह पर है स्कूल। एकदम शांति वाला जगह पर, शमशान के पास। यहाँ बीच गाँव में है साला। पुराना आदमी लोग को उतना दिमाग भी तो नहीं था। स्कूल बनने दिया बीच गाँव में।" स्कूल के वास्तु शास्त्र को लेकर चंचल ने सारगर्भित टिप्पणी करते हुए कहा।

"अरे अस्पताल, शमशान, स्कूल, ई सब चीज होना ही चाहिए गाँव के बाहर। चलो हम सुतने जा रहे। साँझ में आओ।" कमल बिहारी बोलकर सोने ही चला गया।

वैसे भी ऐसी अर्थपूर्ण बातें एक ऊँघता हुआ आदमी ही कर सकता था। नींद की आमद आदमी को इतना निर्मल कर देती है कि बड़बड़ाते हुए मन का मैल शब्दों के रास्ते बाहर आ जाता है।

गाँव कर्जापट्टी में वास्तव में स्कूल नदी के किनारे था जिसके महज पच्चीस-तीस हाथ की दूरी पर ही श्मशान था। चिता जलती, तो कई बार धुआँ कक्षाओं में भर जाता था। बच्चे और शिक्षक खाँसते हुए अंतिम सत्य का वायुपान करते थे।

यहाँ शिक्षक छात्रों की बदमाशी पर पीटते या डाँटते नहीं थे, गर्दन पकड़ खिड़की के पास ले जाकर खड़ा कर देते और जलती चिता दिखाते हुए बताते कि "देख लो, मेहनत करो, कुछ कर लो जीवन में अच्छा, वरना एक दिन ऐसे ही धुआँ हो जाओगे। भविष्य राख हो जाएगा रे निकम्मों एक दिन।"

लेकिन यहाँ के छात्र संसार के सबसे निश्चिंत छात्र थे। वे जानते थे कि परीक्षा में फेल हों या पास, एक दिन सब को धुआँ होना है।

जब पूरे पंचायत और प्रखंड के स्कूलों से पैसे वसूल कोई शिक्षा अधिकारी यहाँ तक पहुँचता था तो वो खुद खिड़की पर खड़ा होकर ये सोचने लगता था कि "आखिर किसके लिए कमा रहा हूँ। यही है अंतिम ठिकाना।

जलाने में भी काम तो लकड़ी को आना है नोटों को नहीं।"

उसे महसूस होता कि कोई अदृश्य उँगली उसके पाप गिन रही, एक साथ भक्ति, श्रद्धा, मोक्ष की आकांक्षा, सारे भाव दिमाग में कूदने–दौड़ने लगते। पसीने से नहाया अधिकारी वहीं टेबल पर उल्टे कुछ पैसे रखकर जाता।

"कुछ पैसे आपलोग रख लेना मास्टर साब और कुछ की बच्चों को टॉफी मँगा देना भाई।" ये बोलकर जाते यहाँ से अधिकारी।

एक बार जिले के एक बड़े अधिकारी ने निरीक्षण के दौरान इस स्कूल के एक छात्र से पूछा था, "बेटा, बड़े होकर क्या बनोगे?"

"सर, मिट्टी! कुछ भी बनने का सोचें लेकिन लास्ट में बनेंगे तो मिट्टी ही न सर।" बच्चे ने इशारे से खिड़की के बाहर की तरफ दिखाते हुए जब ये उत्तर दिया तो ये सुन अधिकारी का कलेजा धक्क कर गया था।

उसने चलते वक्त हाथ जोड़कर कहा था, "आईएएस, डॉक्टर, इंजीनियर से कोसों दूर, यहाँ बुद्ध, महावीर, ओशो जरूर बन जाएगा कोई।"

शिक्षकों को भी पढ़ाने में कई व्यावहारिक सुविधाएँ थीं। जब विज्ञान का शिक्षक पूछता कि "कार्बन चक्र क्या है जी?"

बच्चे धुएँ की तरफ इशारा कर देते।

फिर शिक्षक चहकते हुए खिड़की की तरफ इशारा कर उसी धुएँ से सार बताते, "यही है बेटा कार्बन चक्र।"

बच्चे अपनी कॉपी में झट लिख लेते, जीवन = धुआँ + राख।

इस बीहड़ विराट युग के लायक बिलकुल सार्थक और अर्थपूर्ण मॉडल था इस विद्यालय का। विद्या का लक्ष्य क्या केवल नौकरी है? मूल लक्ष्य है मोक्ष! कर्जापट्टी स्कूल वही दे रहा था।

एक बार एक कोई जाँच अधिकारी स्कूल आया तो उसकी आवभगत में एक मास्टर ने जल्दबाजी में बगल की जल चुकी चिता की बची लकड़ी के कोयले पर पतीला चढ़ा चाय बनवा ली थी। चाय पीने के बाद जब अधिकारी को चिता के कोयले पर रखा पतीला दिखा के उस शिक्षक की सराहना की गई, जो जल्दी–जल्दी में चाय बना लाया था, तो वो अधिकारी अपनी ही गर्दन पकड़ वहीं गिर गया था सदमे में।

बाद में पता चला कि अधिकारी ने तो जिला छोड़ ही दिया बल्कि काशी

जा के लाखों रुपए उसने पूजा–पाठ में खर्च कर, वहीं के एक तांत्रिक द्वारा बताने पे महीने भर गोमूत्र पी अपने को सामान्य अवस्था में लाया।

कुल मिलाकर कर्जापट्टी गाँव वाले स्कूल के विद्यार्थी और शिक्षक, छात्र और शिक्षक भर नहीं थे, बल्कि चलते-फिरते मोक्षदूत थे।

कहना मुश्किल था कि श्मशान में स्कूल था या स्कूल में श्मशान।

बोगो महतो का भतीजा इसी स्कूल में संविदा पर शिक्षक था। एक बार किसी की शिकायत पर एक अन्य अधिकारी उसकी जाँच के लिए पहुँचा। उसने स्कूल पहुँचकर जब बोगो के भतीजे के बारे में पूछा तो देखा कि वो चिता जलने के बाद बची आग में भुट्टा सेंक के खा रहा था। वो जाँच अधिकारी ये दृश्य देख बेहोश होते–होते बचा और उसे लगा कि उसने साक्षात् यमराज देख लिया हो। एक तो बोगो के भतीजे का लंबा–चौड़ा शरीर, गहरा रंग और पसीने से नहाई हुई देह। उस पर सफेद सैंडो गंजी और फुलपैंट को ठेहुना तक मोड़े हुए, चिता के पास पालथी मार के बैठकर दाँतों, कपड़े और सिर में कोयले की राख लगा भुट्टा छुड़ा–छुड़ा के खाने का दृश्य अपने आप में हृदय को कंपित कर निष्क्रिय कर देने वाला था।

कहते हैं कि वो जाँच अधिकारी प्रेत–प्रेत चिल्लाता हुआ भागा था स्कूल से।

कर्जापट्टी में बैठे–बैठे बोगो महतो को भी जिला मुख्यालय में हुए छात्रों के प्रदर्शन के बारे पता चला था। उसने तत्काल ये सूचना अपनी जाति के मंत्री को भिजवा दी थी। असल में ये बताने के लिए कि अब मंत्री अवध बिहारी मंडल का इलाके से नियंत्रण घटता जा रहा है।

उधर से बदले में बोगो को ये निर्देश मिला था कि ऐसे युवाओं पर थोड़ी नजर रखे जो ऐसे हिम्मत कर लड़ने और बवाल करने वाले हैं।

राजनीति को कुछ करने वाले युवा नहीं, कुछ भी कर लेने वाले युवा बहुत जरूरी लगते थे। क्योंकि राजनीति को भरोसा होता था कि उनसे कुछ भी करवाया जा सकता था।

इधर प्रदर्शन के बाद जिला पुलिस बहुत सक्रिय हो गई थी। मंत्री अवध बिहारी मंडल ने अपने पूरे हाथ खोल लिए थे और सीधी योजना थी कि कैसे भी कर के इन छात्रों-युवाओं का मनोबल तोड़ना ही है।

चिन्मय, कृपालु, दर्पण के भाषण देते वीडियो उपलब्ध थे पुलिस के पास। किसी साथ के ही छात्र ने रिकॉर्ड कर वो वीडियो सीधे चंचल मंडल को भेज दिए थे। और चंचल ने वही किसी अन्य के द्वारा मंत्री जी के पीए कुलभूषण जी को भिजवा दिए थे।

चिन्मय के घर जब पुलिस पूछताछ के लिए पहुँची तो पिता ब्रह्मदेव ने उसकी अभी लगी नयी-नयी नौकरी शौर्यवीर की दुहाई देकर उसके लिए थोड़ी राहत माँग ली थी दारोगा माधव राम से।

अभी दर्पण और कृपालु के घर कोई पुलिस नहीं पहुँची थी।

लेकिन नीलकंठ और शिवा तथा प्रभाकर के घर वालों को जरूर थाने से सूचना मिली थी कि अपने बच्चों को सँभालकर रखें अन्यथा ये किसी बड़े संकट में फँस जाएँगे।

दर्पण ने आज गुमटी नहीं खोली थी। चिन्मय और अंगद को अगले सप्ताह तक सेना के कार्यालय में योगदान कर प्रशिक्षण के लिए रवाना होना था। अंगद के घर तो अकेले पिता जलेश्वर यादव ने ही त्योहार के जैसा माहौल बना रखा था। चिन्मय भी खुश तो था ही लेकिन घर पर पुलिस आने के कारण थोड़ा परेशान भी था।

उसने तब ही दर्पण को फोन कर ये बात बताई थी।

इस पूरे सप्ताह दर्पण की गुमटी बंद रही थी।

अब आज चिन्मय और अंगद को रवाना होना था, अपने जीवन की एक नयी यात्रा पर।

आज सारे दोस्त चौक पर उन्हें स्टेशन के लिए बस पकड़वाने को जमा थे। बहुत दिनों के बाद जलेश्वर से दर्पण की भी सामने से देखा–देखी हुई थी। दोनों एक–दूसरे को देख मुस्करा भर दिए थे।

ब्रह्मदेव बाबू भी चिन्मय का एक छोटा–सा बैग कंधे पर लिए खड़े थे, बाकी सामान वहीं सामने भूनीलाल साव के दुकान की बेंच पर रखा हुआ था।

चिन्मय कुछ देर सारे दोस्तों से खड़े-खड़े बतियाने के बाद दर्पण को थोड़ा किनारे ले गया।

"भैया, ई गुमटी क्यों बंद रखे हैं आप एक सप्ताह से? कोई बात है क्या?" चिन्मय ने बस आने का समय देखते हुए कहा।

“अरे कोई बात नहीं। बस ऐसे ही रखा है। समझो कि दस दिन आराम करने का सोच लिए थे। इसलिए बंद कर दिए।” दर्पण ने मुस्कराकर चिन्मय के सिर पर हाथ रखते हुए कहा।

“नहीं, नहीं, आराम साला कहाँ है आपके तकदीर में? आराम के लिए आप गुमटी नहीं बंद कर सकते। हम जानते हैं न आपको। आप बताइए न, हमारे सिर का किरिया रहा आपको।” चिन्मय ने अपने सिर पर रखा दर्पण का हाथ पकड़कर तुरंत कहा।

“ओह साधारण–सा बात है। तुम अभी अपना ध्यान लगाओ ट्रेनिंग पर। बढ़िया से करो लगन से नौकरी और जल्दी बीस परसेंट वाला में आ जाओ, जिसको परमानेंट करेगा सरकार।” दर्पण की औपचारिक बातचीत और उसकी नपी–तुली हँसी से लग रहा था कि कुछ तो छिपाया जा रहा था।

तभी अंगद, प्रभाकर सहित और भी मित्र नजदीक आ गए और सब के सब इसी बात को जानने पर तुल गए कि आखिर एक सप्ताह से पान की गुमटी क्यों बंद है?

“अरे भाई, इतना बड़ा बात ही नहीं है। बस हमको एसपी साहब का फोन आया था। बोले कि अभी बंद रखो दुकान। हम जब बोलेंगे, तब खोलना। एसपी के पास हमलोग का वीडियो भेज केस ठोकने का भी दबाव बना था। लेकिन एसपी साहब नहीं होने दिए केस।” दर्पण ने बेहद धीमे स्वर में जल्दी-जल्दी बताया।

“ई बात तो समझ गए लेकिन इस तरह कितना दिन बंद रहेगा? आखिर पैसा–कौड़ी भी तो एक चीज है दर्पण भैया।” चिन्मय के स्वर में हल्की–सी चिंता बोल रही थी।

“सब ठीक है। इस बार एसपी सही मिला है जिला को।” दर्पण ने मुस्कराकर कहा।

तभी दिखा कि स्टेशन को जाने वाली बस चौक वाले स्टैंड पहुँच चुकी थी।

“अरे दौड़ो न। जल्दी आओ।” जलेश्वर यादव ने अंगद को आवाज लगाई।

ब्रह्मदेव बाबू भी बैग और एक रखा हुआ सूटकेस लेकर बस के करीब

आए।

अंगद और चिन्मय, दर्पण से गले लगकर तेजी से दौड़कर बस में चढ़े।

नीचे खड़े मित्र हाथ हिलाते हुए दोनों को विदा कर रहे थे। पहली बार उन मित्रों की आँखें नम हुईं, वो भी बिना उनके चाहे।

बल्लोपुर रोजगार संघर्ष मोर्चा समिति की पहली खेप बस पकड़ चुकी थी।

"दर्पण! जरा इधर सुनना। एक मिनट आना इधर जरा।" बस स्टैंड से निकलते में पीछे से आवाज आई।

"हाँ चाचा, बताइए न।" दर्पण ने पीछे मुड़ने पर ब्रह्मदेव बाबू को आवाज देता देख कहा।

"तुम अखबार पढ़ते हो? देखे हो सात दिन पहले का अखबार? जिस दिन तुमलोग प्रदर्शन किए थे, उसका खबर पढ़े?" ब्रह्मदेव बाबू ने अपने कुर्ते की जेब से अखबार का एक मुड़ा हुआ पन्ना निकालते हुए कहा।

"क्या हुआ चाचा? इतना पुराना बात हो गया ई तो।" दर्पण ने बहुत ज्यादा चौंकते हुए नहीं कहा।

"पढ़ो, जिलाधिकारी परिसर में उपद्रव मचाने वाले छात्रों की होगी पहचान और की जाएगी उचित कार्रवाई। ये खबर था। इसका अंदाजा है तुमको? ये कितना सीरियस बात है? अभी कुछ उन्नीस-बीस हो गया तो चिन्मय और अंगद के नौकरी पर भी बात आ जाएगा कि नहीं।" ब्रह्मदेव बाबू एक चिंतित बाप की तरह ही थोड़े चिंतित स्वर में बोले।

"हम्मम्म हाँ चाचा, हमको कोई और बताया था। लेकिन चिंता मत कीजिए। अब कोई जाँच या केस नहीं होगा। एसपी साहब बड़ा सपोर्ट किए हैं हम छात्रों को। केस नहीं होगा। सो चिन्मय के नौकरी पर कोई दिक्कत नहीं होगा। इतना पक्का है। बाकी सब भगवान पर।" दर्पण ने एक पिता की चिंता दूर करने के पूरे प्रयास के साथ कहा।

"तुम लेकिन अब थोड़ा सावधान रहो। देखो दो दोस्त सेट हो गया न? बाकी दो पढ़ा रहा है संविदा पर। एकाध और है तो कहीं न कहीं सेट हो जाएगा। तुम भी अपने काम-धंधा पर फोकस कर के उसको और बढ़ाओ। ये मोर्चा-फोरचा छोड़ दो बेटा। ई राजनीति गंदा चीज है।" जाते-जाते ब्रह्मदेव

बाबू ने पुत्रवत ही समझाते हुए अपनी ओर से उचित सलाह दी।

दर्पण ने मुस्कराकर सहमति में सिर हिलाया और अब वहाँ से अपने घर को चला आया।

असल में प्रदर्शन के बाद तो मुश्किल आनी ही थी लेकिन पुलिस कप्तान अमित सिंह ने वास्तव में बहुत कुछ बचा लिया था।

प्रदर्शन की रात ही जिलाधिकारी ने एसपी को कार्रवाई के लिए कहा था।

लेकिन जिलाधिकारी के भी अपने ही बैच का होने के कारण पुलिस कप्तान ने उन्हें समझा–बुझाकर मना लिया था।

उसके तुरंत बाद लेकिन एसपी अमित सिंह ने अपनी ओर से दर्पण को कुछ पैसे भिजवाते हुए गुमटी बंद रखने को कहवाया था।

उन्हें लगा था कि अभी गुमटी बंद होने से दर्पण के लिए तो रोटी–दाल की समस्या हो जाएगी। इसलिए उसका जुगाड़ जरूरी था।

एसपी ने उस दिन अपने कई कनिष्ठ अधिकारियों के सामने फाइल टेबल पर पटकते हुए साफ कहा था, "अभी परिस्थिति इतनी गंभीर है और इसमें ऐसे–ऐसे लोग शामिल हैं कि पता नहीं साला हमारी ही पलटन कब पलट जाए?"

ये सुन कमरे में सन्नाटा छा गया था। कनिष्ठ अधिकारियों और मौजूद सिपाहियों ने कप्तान का तंज और चेतावनी वाला इशारा समझ लिया था।

"पुलिस को सही और कमजोर का साथ देना चाहिए। ये बात ध्यान में रख पाएँगे न आप लोग?" एसपी अमित सिंह ने कड़े अंदाज में कहा था।

"छात्र और सरकार में कौन कमजोर है, ये तो पता ही होगा सबको?" उस दिन की मीटिंग यही बोलकर समाप्त की थी कप्तान ने।

इधर मीडिया पूरी तरह प्रदर्शनकारी छात्रों को अराजक और उपद्रवी दिखा चुका था। छात्रों को जिलाधिकारी परिसर में तोड़–फोड़ का आरोपित माना था अखबारों और कुछ स्थानीय चैनलों ने। इस कारण समाज में भी बहुत नकारात्मक छवि बनकर उभरी थी छात्रों की।

कई स्थानीय चैनल लाल पट्टियों में लिखा चला रहे थे- 'देखिए, कल के भविष्य आज कैसे सरकारी संपत्ति को नुकसान पहुँचा रहे!' आधे फ्रेम में दर्पण की तस्वीर दिखाई दे रही थी।

दर्पण चूँकि इनका नेतृत्व कर रहा था इसलिए इस वक्त वही खलनायक की तरह चुभ रहा था गाँव और समाज को।

ब्रह्मदेव बाबू जैसे अभिभावक भी अंदर ही अंदर ये मान रहे थे कि दर्पण के कारण पढ़ने–लिखने की जगह लड़के राजनीति के अखाड़े में कूद गए।

जलेश्वर ने तो दर्पण के बारे में पूरा नकारात्मक माहौल बना ही रखा था।

"पहले पान बेचता था, अब नेता बन रहा।" जलेश्वर जहाँ रुकता, यही कहता।

लगे हाथ जयनाथ साह जैसे लोग भी थे समाज में जो पढ़ाई–लिखाई या नौकरी के संघर्ष की बात को उतनी गंभीरता से समझने की जरूरत ही नहीं समझते थे और इसे गाँव-समाज की वर्चस्ववादी राजनीति से जोड़ लोगों के बीच वैमनस्य फैलाने का अभ्यास किए फिरते थे।

"बताइए, ऐसे लगता है नौकरी? पढ़ाई छोड़ के गुंडई करने से?" जयनाथ यही कहता फिर रहा था।

चौपाल और चौराहे पर लोग बतिया रहे थे, "बताइए, ये पढ़–लिख के कैसा रस्ता पकड़ लिया पान वाला शुक्ला गैंग।"

इधर अभी जलेश्वर यादव बेटे को बस में छोड़ने के बाद सारा काम छोड़ सीधे चंचल मंडल के पास पहुँचा जहाँ पहले से अचंभित बाबा भी बैठे हुए थे।

"आइए जादब जी। लीजिए बाबा, आपका आशीर्वाद लग गया जलेश्वर भाय को। बेटा हो गया धरती माँ का सिपाही।" जलेश्वर यादव को देखते ही चंचल मंडल ने एक खाली कुर्सी को लात से ठेल बैठने के लिए देते हुए कहा।

"आओ, आओ भाई। वाह–वाह। सुनते हैं उ लाला ब्रह्मदेबो के लड़के का भी हुआ है क्या उसी में?" अचंभित बाबा ने अपने अचंभे वाले भाव में ही पूछा।

"बाबा प्रणाम, हाँ, हो गया है उसका भी। दौड़ता–फौड़ता था तो उसका भी हो गया है। कोई खास बॉडी नहीं है लड़कवा का। खैर भगवान का दिया फल समझिए, लाला का लड़का सेना में।" जलेश्वर यादव ने अचंभित बाबा के पाँव छूते हुए लाला जी के लड़के की संयोग से लगी नौकरी पर भारी

प्रकाश डालते हुए कहा।

"हाँ, हाँ सही ही बात है। और आप जानते हैं कि नहीं? शुक्ला पान वाला का सबसे बड़का चेला वही लड़का है साला। मंत्री जी तो जो फायर हैं कि पूछिए मत। खैर लग गया नौकरी, गया अब गाँव से। तो समझिए जान बचा लाला जी का।" चंचल मंडल ने अचंभित बाबा को विस्तार से बताया।

"अच्छा जाने दो साला को। ए जलेश्वर, तुम अब सबसे पहले शादी-बिहा करो लड़का का।" अचंभित बाबा ने एकदम से अभिभावक वाले अंदाज में पारिवारिक विषय उठाते हुए कहा।

"अब जो करिए आप बाबा। हमारा तो सपना पूरा हो गया। बेटा को देश के सेवा में भेज दिए। कहता है सब कि परमानेंट नौकरी नहीं है, अरे अगर एक भी दुश्मन का गर्दन काट लिया न, तो हमारा दूध वसूल हो गया समझिए।" अधिकाधिक गर्व के कारण जलेश्वर यादव की झुकी कमर अचानक सीधी हुई और छाती बाहर निकल आई बोलते हुए।

"अच्छा, अच्छा, हम भी सुने। ई बस तीन साल के लिए है क्या? फिर भगा देगा शायद? ई तो गड़बड़ नहीं है बाबा?" चंचल ने जलेश्वर के गर्व को किनारे कर अपनी जिज्ञासा को प्राथमिकता देते हुए कहा।

"अरे भय...भक्क... तुमलोग यार सरकार के भक्त होते हुए भी उसकी भावना को नहीं समझते हो। अरे तीन साल बाद सबको भगाएँगे क्या? नहीं? जो साला यही लाला जी के बेटा टाइप होगा, जो करेजियस नहीं होगा, उ निकलेगा।" अचंभित बाबा ने शौर्यवीर की मूल भावना का उद्‌घाटन करते हुए कहा।

"हाँ बाबा सही कह रहे हैं। अस्सी परसेंट को निकाल देगा, बीस परसेंट करेजगर लड़कों को रखेगा परमानेंट में।" जलेश्वर यादव ने बाबा की बात को पुष्ट करते हुए बताया।

"और तुम्हारा बेटा नहीं है जी करेजगर? फिर क्या फायदा जादब होने का? मने लाला और जादब में कुछ फर्क है कि नहीं? सुनो, बढ़िया से बिहा करो अब। दान-दहेज लो। अपना बाकी का जीवन थोड़ा सुख का जियो यार जलेश्वर।" अचंभित बाबा ने एक सुरम्य ग्रामीण जीवन की धारणा के साथ कहा जिसमें शादी-ब्याह, दहेज, पोता, पोती, पतोहू, उसके द्वारा सेवा जैसे स्वर्णिम तत्व होते हैं।

"कर देंगे बाबा शादी। लेकिन वही डर लगता है कि परमानेंट नौकरी नहीं है तो दान-दहेज क्या ही मिलेगा?" जलेश्वर ने वाजिब चिंता में कहा।

"अरे तुम पागल है क्या? अभी से नगेटिभ सोचता है? सरकार एक जिम्मेदार चीज है, हमारे-तुम्हारे जैसा नहीं लेती है डिसीजन। अरे लाखों लड़कों को हथियार और सेना का ट्रेनिंग दे के अचानक छोड़ देगा तीन साल बाद सड़क पर बेरोजगार बन के घूमने के लिए? तुमको लगता है?" अचंभित बाबा ने तार्किक बात कही थी।

"हाँ ठीक बात अचंभित बाबा। कम-से-कम अभी का सरकार तो इतना मूर्ख नहीं। दस साल पहले के सरकार का बात अलग था। ई सरकार ऐसा गलती नहीं करेगा। ई गब्बरमेंट सबको परमानेंट करबे करेगा।" चंचल ने सरकार की तरफ से समझदारी की गारंटी लेते हुए कहा।

"हमारे नजर में है एक जजमान। रुको करवाते हैं शादी। दहेज परमानेंट नौकरी वाला दिलवाएँगे। लड़की भी एक नंबर है। मने समझो गंगा नहा लिए तुम। निश्चिंत रहो। कल ही बात करते हैं। बाकी इसके बदले हमारा जो भी सेवा करोगे, नहीं करोगे, तुम्हारा श्रद्धा है भाई। हमारा काम है कल्याण करना, जाओ तुम्हारा भी किए।" अचंभित बाबा ने लगभग अभी ही कल्याण करते हुए कहा।

इतना सुनते ही जलेश्वर यादव ने कुर्सी पर बैठे-बैठे ही बाबा की टाँग पर चढ़ी टाँग पर आप अपना सिर दे रखा। दोनों टाँगों के बीच में सिर जाने से गर्दन बाबा की उड़ रही धोती में लजबजा गई थी, चेहरा भी ढक गया था। जलेश्वर धोती को चेहरे से हटाए बिना लगातार दो मिनट तक लंबा आशीर्वाद लेता रहा अचंभित बाबा से। बाबा लगातार उसकी पीठ पर मुक्के से आशीर्वाद बरसाए जा रहे थे। जलेश्वर यादव ने धोती से मुँह निकाला तो आँखें डबडबा गई थीं। रीढ़ पर सीधे मुक्के का आशीर्वाद पड़ने के कारण भावुक हो गया था जलेश्वर यादव।

अभी तक उसने केवल देश सेवा और सीमा पर गर्व से सीना चौड़ा किए पुत्र की ही कल्पना की थी। अब अचंभित बाबा ने एक सुखमय परिवार की तस्वीर ही खींच के दिखा दी थी उसे। आज पहली बार जलेश्वर यादव के लिए सुख के अर्थ को विस्तार मिला था।

इस देश के गाँव-गाँव घूमा जाता और सुख का मतलब पूछा जाता तो

अधिकतर के लिए यही सुख होता था कि एक बेटा ही जन्मे, उसको एक नौकरी हो, उसकी एक शादी हो, शादी में दहेज हो, एक सुंदर बहू हो, बहू परिश्रमी हो, उससे एक सुंदर पोता हो और पोता ही हो।

बेटा ही हो से शुरू होकर पोता ही हो तक की अवधारणा को सुखी परिवार कहते थे।

इनके बेटे के लिए बहू बनने वाली बेटी कहाँ हो, किसके घर हो, ये किसी की चिंता नहीं थी।

यहाँ प्राय: बेटे इच्छा और आकांक्षा से पैदा होते थे, बेटियाँ संयोग और अनिच्छा से।

इतिहास साक्षी था, भगवान बेटियाँ ही देते थे, बेटे तो माँगे जाते थे आदमियों द्वारा।

चूँकि उपहार उसी को कहा जाता है जो किसी के द्वारा उसकी इच्छा से दिया जाए, बिना माँगे मिले। इसलिए वस्तुत: बेटियाँ ही ईश्वर का उपहार थीं। भगवान ने पता नहीं कभी स्वयं बेटा दिया या नहीं दिया, लेकिन इतना तय था कि हर बार उसे माँगा गया था।

ये भी क्या रोचक विडंबना थी कि बेटियाँ भले न माँगी जाएँ, बेटों के लिए अच्छी बहुएँ जरूर माँगी जाती थीं ईश्वर से।

भगवान को भी आदमी के लिए कई काम अनिच्छा से ही सही, करने ही पड़ते थे। अनिच्छा से पैदा की गई बेटी को किसी की इच्छा के लिए एक अच्छी बहू बनाना पड़ता था।

ईश्वर पहले कारीगर था, फिर मजदूर बना।

14

बल्लोपुर का कोना-कोना आज नयी ऊर्जा और तेज से नहाया, दमक रहा था जैसे। आज सुबह की लाल किरणों ने अपनी तेजमय नुकीली सींकों से जैसे समूचा बल्लोपुर बुहार के स्वच्छ कर दिया हो।

ग्राम के चारों कोनों पर लगे बड़े-बड़े लाउडस्पीकर से निकल रहे भजनों के बोल ने रगड़-रगड़कर जैसे सारा मैल धो दिया हो। भजन भी कैसे ? मानस की चौपाइयों, दोहों और सोरठा के गायन से सजे भजन।

बल्लोपुर एकदम नूतन रंग में रँगा हुआ था... रामनामी गेरुआ रंग में रँगा हुआ रामरस का पान करता, संकीर्तन में लिप्त-संतृप्त, श्रद्धा में डूबा हुआ ग्राम।

आज से ही बल्लोपुर स्कूल मैदान में नवाह परायण महायज्ञ का आयोजन प्रारंभ हुआ था।

इसे आज से नौ दिवसों तक चलना था।

मंत्री अवध बिहारी मंडल लाल रंग के रेशमी कुर्ते पर पीली धोती पहने, सपत्नीक पंडाल के भीतर बने मुख्य चबूतरे पर एकदम चमचमाते भव्य राम दरबार के ठीक सामने बतौर जजमान पालथी मार के बैठे हुए थे।

चबूतरे के एक तरफ थोड़ी ऊँचाई में बने व्यास पीठ पर अयोध्या जी से पधारे व्यास मलंगनाथ जी महाराज विराजमान थे और नीचे चौकी पर पीली

धोती में इक्यावन पंडित कतारबद्ध बैठे मानस पाठ कर रहे थे।

बल्लोपुर, कर्जापट्टी, आस-पास के गाँवों सहित पूरी विधानसभा से श्रद्धालु आए हुए थे। पंडाल भरा हुआ था। गर्मी बढ़ी हुई थी। पंडाल के चारों तरफ सुगंधित रिमझिम फव्वारे फेंकने वाले पंखे लोगों को राहत दे रहे थे। श्रद्धालु रह-रह के बीच में जब भी राम जी का जयकारा लगा श्रद्धा में हाथ उठाते, ऊपर चबूतरे पर बैठे मंत्री जी इधर से हाथ हिला के जनता का अभिवादन स्वीकार कर लेते। लोग थोड़ा जोर से जयकारा लगाते तो मंत्री जी मुस्कराते हुए धोती समेट खड़े हो के अभिवादन करने लगते। इस पर जनता और जोर से चिल्लाती, क्योंकि इससे श्री सीताराम जी की प्रतिमा ढक जाती थी। बेचारे पंडी जी ये बात समझ मंत्री जी को विनम्रतापूर्वक बैठने का इशारा भी करते लेकिन मंत्री जी पंडित जी का हाथ झटक के जनता का अभिवादन स्वीकार करने खड़े हो ही जाते। उन्हें भक्तिभाव के कारण ये ध्यान ही नहीं रहता कि ठीक उनके पीछे सीताराम जी की भव्य प्रतिमा थी।

पंडाल के चारों तरफ कमल बिहारी के नेतृत्व में यज्ञ समिति ने सुरक्षा के लिहाज से कई कार्यकर्ताओं को लगाया हुआ था। वे लाल टी शर्ट और सफेद पैंट पहने हुए थे। वे हाथ में डंडा लिए श्रद्धालुओं के अतिरिक्त जोश को नियंत्रित करते थे और बीच-बीच में मंत्री जी के कल्याण और उत्साह के लिए उनके नाम का भी जयकारा लगाते। जयकारा लगाते हुए वे कार्यकर्ता डंडे से इशारा कर श्रद्धालुओं को भी प्रेरित करते इस जयकारे में कोरस भरने के लिए।

"देख रहे हो? हमको लगता है कि पूरा पंडाल में मंत्री जी का बिरोधिए सब भर के बैठ गया है। मंत्री जी की जय बोलने में एक ठो भी आदमी का मुँह खुलता है? एक का भी नहीं।" एक कार्यकर्ता ने हँसते हुए एक श्रद्धालु की तरफ डंडे से इशारा करते हुए कहा।

"हाँ साला, उल्टा हँसता है साला सब। देखो न, हम लोगों को देखकर हँसता है। अब यज्ञ का पंडाल है तो क्या ही बोलें? रैली में यही लोग साले गला फाड़कर जिंदाबाद-जिंदाबाद चिल्लाते हैं, खाली एक डिब्बा नाश्ता मिलने पर। यहाँ खाली सीताराम-सीताराम कर रहा।" दूसरे कार्यकर्ता ने अपनी लाठी को काँख के सहारे टेक के खड़ी करते हुए कहा।

लेकिन ये रैली वाली भीड़ तो थी नहीं।

असल में गाँव–देहात के होने के कारण वे श्रद्धालु किसी यज्ञ पंडाल में सिवाय भगवान के नाम के अन्य किसी का जयकारा लगाने को तैयार ही नहीं होते थे। वे बस हँस देते।

इस देश के गाँवों, देहातों और छोटे कस्बों में आज भी श्रद्धालु और जनता का अंतर थोड़ा–सा बचा हुआ था। लोग अपनी सामाजिक, आर्थिक और जातीय स्थिति-परिस्थिति के कारण भले नेता और अधिकारी को माई–बाप मान लेते थे लेकिन भगवान मानने में अभी पूरी तरह सहज नहीं हुए थे। खासकर बहुत बुजुर्ग और प्रौढ़ लोग, जिन्होंने अपनी पूरी जिंदगी कोई विधायक, मंत्री या सांसद देखा ही नहीं था।

नयी पीढ़ी के लोग थोड़े आधुनिक और व्यावहारिक चेतना के थे इसलिए कब किसको माई–बाप मानना है, कब मालिक और कब भगवान, ये अभ्यास था उन्हें।

मंत्री जी इन सब मामलों में खुद ही एक समाजविज्ञानी की तरह पकड़ रखते थे। उन्होंने नयी पीढ़ी की सफलता के लिए व्यावहारिक ज्ञान का विज्ञान खोजते हुए नारा ही गढ़ रखा था कि

"काम पड़े तो बाप भी कहना, और कहो भगवान। काम हो गया कौन हैं आप, नहीं है हमको ध्यान।"

खाली डंडा चला के यहाँ तक थोड़े पहुँचे थे मंत्री जी। सिर्फ डंडा चलाने वाला या तो कार्यकर्ता बनता था या कमल बिहारी मंडल।

यज्ञ की सारी व्यवस्थाएँ उसी के कंधों पे थीं। उसका दिमागी सहयोग करने के लिए मंत्री जी ने चंचल को लगाया था।

चंचल और कमल बिहारी को नौ दिन पंडाल में ही सोना-जागना था।

चारों तरफ अनुशासित पवित्र भक्तिमय माहौल सुनिश्चित करने के लिए दिन-रात लगा हुआ था कमल बिहारी मंडल।

अकेला आदमी था उस पूजा परिसर में जो दोपहर तक मुँह में बबूल का दातुन लिए सैंडो गंजी पर गमछी लपेटे घूम रहा था सारी व्यवस्थाओं को देखता हुआ।

आज चौथा दिन गुजर गया था उसके बिना नहाए और ढंग से कपड़ा पहने। जबकि कपड़े तो पहले ही दिन उसने भी मँगा के रखे थे पंडाल में,

अभी कपड़े वाली पॉलीथिन को कूलर के नीचे दबा के रख दिया था। वहीं चंचल मंडल ने अपनी चप्पल भी दबा के रखी थी। क्योंकि यज्ञ के पहले ही दिन कोई उसकी नयी चप्पल पहन के चल दिया था। तब से दूसरी चप्पल खरीद के ला, उसे कूलर के नीचे दबा अब नंगे पाँव घूम रहा था चंचल मंडल। इससे पाँव और चप्पल दोनों सुरक्षित थे उसके। बीच-बीच में हर एकाध घंटे पर चंचल मंडल कूलर की तरफ एक बार नजर मार आता और कमल बिहारी को बता देता कि "कुर्ता–पजामा है वहीं, टेंशन का बात नहीं कोई।"

पहले दिन से आरंभ हो आज चौथे दिन भी संध्या में व्यास मलंगनाथ जी महाराज जी का प्रवचन होना था।

उसके ठीक पहले व्यवस्था में लगे कार्यकर्ताओं के मूड फ्रेश के लिए कमल बिहारी कुछ देर फिल्मी गाने लगवाता था पंडाल में। वो इन्हीं सब उदारता के कारण तो विधानसभा के युवा कार्यकर्ताओं में लोकप्रिय भी था।

अभी पंडाल में गाना बज रहा था– "तुड़ुक तुड़ुक तू तारा र, तुड़ुक तुड़ुक तू तारा र... ओ साइडे नाल हो हो साइडे नाल।"

यज्ञ मेले की व्यवस्था सँभाल रहे सारे धार्मिक कार्यकर्ता नृत्य कर रहे थे, पूरे भक्तिभाव और मनोयोग से। तकनीकी तौर पे इससे दिन भर की थकान मिटती थी और रात्रि समेत दूसरे दिन की सुबह के लिए वे तरोताजा महसूस करते थे।

मंत्री जी रोज सुबह की पूजा के बाद शहर निकल जाते थे। लेकिन आज तय हुआ था कि संध्या प्रवचन भी सुनेंगे। यद्यपि एक प्रिय कार्यकर्ता ने तो ये प्रस्ताव रख दिया था कि आज संध्या में मंत्री जी ही धर्म पर कुछ बोलें, क्योंकि श्रद्धालु जनता उन्हीं को सुनना चाहती है, किसी व्यास या आचार्य को नहीं।

इस पर मंत्री जी ने मुस्कराते हुए उस कार्यकर्ता के हाथ जोड़ उसे बिठाया और फल वगैरह दिलवाए थे प्रसाद में। बाद में अपने साथ चाय भी पिलवाई थी।

"अरे यज्ञ है, अपना-अपना कर्म है। करने दीजिए पंडितों को। क्यों उसके पेट पर लात मारें? है कि नहीं! बेचारा दो रोटी पाता है इसी से। करने दीजिए। हम बोलेंगे कभी और।" मंत्री जी ने बड़ा हृदय दिखाते हुए

विनम्रतापूर्वक इस प्रस्ताव को तत्काल स्थगित कर दिया और व्यास को ही प्रवचन जारी रखने का संदेश भिजवाया।

व्यास मलंगनाथ जी महराज मंत्री जी की इस सहृदयता से अभिभूत थे।

इधर मंत्री जी, अपने उस कार्यकर्ता की भावना से भावुक थे।

जब कोई आदमी किसी मैट्रिक फेल लगभग तोतले आदमी को व्यास से अधिक धर्म का ज्ञाता बताते हुए जनता की तरफ से प्रवचन का अनुरोध करे, मार्गदर्शन प्रदान करने का अनुरोध करे, तो उस कार्यकर्ता के प्रति अपार स्नेह से भीगना तो स्वाभाविक ही था।

लोकतंत्र में भी प्रजा होने के सतयुगी आनंद को ऐसे कार्यकर्ताओं ने ही बचाकर रखा था।

वैसे भी प्रजा, सदैव जनता की अपेक्षा सुखी रहती आई थी। इतिहास के किसी भी कालखंड के पन्ने पलटें, कई बार लिखा हुआ मिल जाता है... "उस राज्य की प्रजा बहुत सुखी थी।"

लेकिन आजादी के बाद से अभी तक के इतिहास के किसी भी दस्तावेज में ये लिखित नहीं मिला है... "उस राज्य की जनता बहुत सुखी थी।"

इसलिए पढ़ी-लिखी होशियार जनता हमेशा प्रजा होने के अवसर ढूँढ़ती रहती थी। जहाँ मौका मिलता, थोड़ा प्रजा हो लेती।

लोकतंत्र में भी जनता ने अपने प्रजा होने की संभावनाओं को सदैव बनाए रखा था।

संध्याकाल व्यास गद्दी पर व्यास मलंगनाथ जी महराज विराजे।

सामने गद्देदार सफेद सोफे पर मंत्री जी को स्थापित किया गया।

पीछे मंत्री जी के सारे परिजन, आमंत्रित मित्र और कुटुंबी बैठे थे। उसके पीछे दरी पर पूरी जनता जनार्दन।

"आज बड़ा विशेष हर्ष का विषय है कि स्वयं मंत्री जी सामने विराजमान हैं कथा का रसपान करने हेतु। धर्म के प्रति, ब्राह्मणों के प्रति इतनी विशालहृदयता और कृपालुता दुर्लभ है आज की राजनीति में। हमने बड़े-बड़े नेता देखे हैं लेकिन ऐसे धर्म के प्रति, अपने जनता के प्रति समर्पित नेता बहुधा नहीं देखे।" व्यास मलंगनाथ जी महराज ने उन्हीं पंक्तियों के साथ कथा की विधिवत शुरुआत की, जिनसे की जाती है।

स्वयं मंत्री जी ने एक विधायक के निमंत्रण पर जहाँ पहली बार व्यास जी को सुना था, वहाँ भी इन्हीं पंक्तियों के साथ प्रारंभ किया गया था कथा को। तभी व्यास जी से प्रभावित हो अपने यहाँ का आमंत्रण दिया था मंत्री जी ने।

वहाँ तो जजमान केवल विधायक था, यहाँ तो मंत्री भी। इसलिए यहाँ के लिए और भी उत्कृष्ट, प्रशस्त तैयारी के साथ आए थे व्यास जी।

"आज की कथा का केंद्र मैं युवाओं को रखने वाला हूँ। उनकी चिंता बहुत होती है। वे ही देश के भविष्य हैं। लेकिन उनकी गलत दिशा देख पीड़ा होती है। मंत्री जी से बात हुई, ये हृदय से व्यथित रहते हैं युवाओं की समस्या को लेकर। दिन–रात युवाओं, छात्रों के लिए तपस्या में लगे रहते हैं।" व्यास जी ने प्रसंग छेड़ा ही था कि पंडाल के सामने खड़े कुछ युवा नतमस्तक हो श्रद्धा से जमीन पर बैठ गए। प्रवचन में उनकी ही चिंता हो रही थी।

"लेकिन देश का भविष्य केवल सरकारी नौकरी के पीछे भाग रहा। ये अधीर युवा हैं, जो तुरंत बस एक नौकरी चाहते हैं। ये आलस्य के बाण से घायल युवा हैं जो कोई व्यवसाय नहीं करना चाहते, श्रम नहीं करना चाहते। बस इन्हें तश्तरी में परोस के सरकारी नौकरी दे दो आनंद भोगने के लिए। न कोई पुरुषार्थ, न कोई उद्यम। अरे ऐसा युवा नहीं चाहिए राष्ट्र को। ये युवा नहीं दीमक हैं। इनसे समाज भी सजग रहे।" व्यास जी ने एक ही प्रसंग में कई तीर चला दिए थे और उस तीर की नोक पर मंत्री जी की दबी हुई मुस्कान बँधी थी। एक झटके में सरकारी नौकरी की चाह को अपराध और किताब पढ़ने वालों को दीमक करार दे दिया गया था।

लोग फुसफुसाने लगे, "केतना वाजिब बात बोल रहे हैं महराज जी।"

वहीं पंडाल के बाहर खड़े होकर दर्पण के मित्र नीलकंठ और शिवा भी प्रवचन सुन रहे थे।

"देख रहे हो? ये मंत्री जी का भाषा बोल रहा। धर्म के मंच से गाली दिलवाया जा रहा यूथ को। मतलब पढ़ना और नौकरी माँगना आलसी का काम है?" व्यास जी की बातों पर बुदबुदाते हुए टाँग पटकते दोनों वहाँ से चल दिए।

व्यास जी ने आगे की कथा कही, "अरे युवाओं, कुछ अलग करो। सहस्त्र क्षेत्र हैं यश पाने के, उधर जाओ। और यहाँ तो भाग्यशाली है वो जनता जिसे अवध बिहारी ही विधायक और मंत्री मिले। बताइए अवध बिहारी कौन

थे? मतलब आपको साक्षात् प्रभु राम के ही स्वरूप में अवध बिहारी मिले। बोलिए अवध बिहारी लाल की जय।"

श्रद्धालुगण व्यास जी के साहित्यिक लालित्य में उलझे, श्रद्धा से भरे उछल पड़े जय-जय का जयघोष करते हुए। ये काम कार्यकर्ता नहीं करवा पाए थे लाठी दिखा के, हल्ला कर के।

मंत्री जी तो व्यास जी के मुख से श्रीवचन सुन और उनके कारनामे देख विमुग्ध रह गए। मंत्री जी हाथ जोड़े भावविह्वल हो रहे थे।

"यहाँ बैठी जनता से आज एक वचन लूँगा। बोलो आप दोगे वचन? प्रभु के सामने समाज कल्याण के लिए, राष्ट्र के कल्याण के लिए, परिवार के कल्याण के लिए एक वचन दोगे?" व्यास जी ने कथा को कल्याण के शिखर तक विस्तार देते हुए कहा।

श्रद्धालु जनता एक साथ हुँकार लगाते हुए चिल्लाई- "हाँआअआअआअअअएआ।"

इतनी एकमत तो जनता प्राचीन वैशाली गणतंत्र की प्रथम बैठक में भी नहीं हुई थी। सभी वचन देने को आतुर थे।

अब व्यास जी ने कहना शुरू किया, "देखो सज्जनों एवं हमारी माता-बहनों, जीवन में अपना मत हमेशा एक रखना और लत बदल देना।"

जनता स्तब्ध! बात नहीं समझी।

व्यास जी ने स्पष्ट किया, "हमेशा अपना मत एक अच्छे प्रतिनिधि यानी अवध बाबू को ही देना। दूसरी बात कि जिनको भी कोई बुरी लत हो, उसे बदल देना आज से। पान, गुटका, शराब जो भी लत हो, बदलना है।"

मंत्री जी इस महाकल्याणकारी वचन को सुनते ही सोफे से खड़े हो ताली बजाने लगे।

आखिर बात ही ऐसी थी, मंत्री का कल्याण, जनता का कल्याण, सबका कल्याण था इस वचन में तो।

मंत्री जी को खड़ा देख उनके लोग खड़े हुए, फिर देखा-देखी पूरा पंडाल खड़ा हो गया। जयकारा लगने लगा।

व्यास जी सुदर्शन मुस्कान लिए मंत्री जी की तरफ देख रहे थे और मंत्री जी हाथ जोड़े श्रद्धापूर्वक कंधा एवं गर्दन थोड़ी नीची किए व्यास जी को

निहार रहे थे।

"अभी आप लोग खड़े ही रहें। चलिए शपथ लीजिए कि आज से मैं आजीवन कभी भी शराब नहीं पियूँगा।" व्यास जी ने भक्ति और श्रद्धा से रँग चुके माहौल को जनकल्याण हेतु सदुपयोग में लाते हुए शपथ दिला दी।

खड़े सारे श्रद्धालुओं ने शब्दशः शपथ ले ली। ताली बजी और इस तरह से आज की कथा का समापन होने का समय हो गया।

मंत्री जी की उपस्थिति के कारण आज व्यास जी ने भले शुरुआत युवाओं से की लेकिन बाद में कथा को श्री राम जी के अवध बिहारी स्वरूप पर ही केंद्रित रखा, उन्हीं पर बोला।

मंत्री जी आह्लादित और आनंदित भी थे व्यास जी के विशेष परिश्रम से।

"चलिए आज की कथा का सार्थक परिणाम निकला कि आपके गाँव बल्लोपुर और उसके आसपास अब कोई शराब नहीं पिएगा। मंत्री जी को इसकी बधाई और धन्यवाद। इस यज्ञ को पूरा करने में मंत्री जी के एक भाई भी लगे हुए हैं बड़े मनोयोग से। क्या नाम है? हाँ कमल बिहारी बाबू। उनको भी धन्यवाद।"

"हाँ, चचेरे भाई, चचेरा भाई है।" नीचे से मंत्री जी ने दो बार कहा।

व्यास जी ने मंत्री को सोफे से सरककर बोलता देख गर्दन उचका के सुना और तुरंत माइक से कहा, "जी माफ करिएगा, चचेरे भाई हैं कमल बिहारी जी।" इस बार संबोधन में भी थोड़ा संशोधन कर लिया था व्यास मलंगनाथ महराज जी ने।

कमल बिहारी की चर्चा सुन अभी उसकी ओर ध्यान गया मंत्री जी का। उन्होंने सोफे से बैठे-बैठे ही लस्सी पीते हुए इधर-उधर नजर घुमाई।

नजर पड़ी कि पंडाल के बाहर लाठी लेकर टहल रहा था कमल बिहारी। मंत्री जी ने उसको आवाज देकर बुलवाया और उसे शर्ट पहन लेने को कहा।

आदेश पाते ही कमल बिहारी ने दौड़कर पंडाल में टाँग के रखी अपनी पसीने से भीगी शर्ट पहन ली। अब वो गमछी पर शर्ट पहन थोड़ा चचेरे भाई की तरह दिख रहा था।

आजकी कथा का समापन होते पंडाल तो थोड़ा शांत हो गया लेकिन दूसरे दिन सुबह से ही बल्लोपुर और आस-पास गहमागहमी बढ़ गई।

"ये क्या मजाक है धर्म का? ई पंडित साला कल सब लोग को दारू नहीं पीने का कसम खिलवा दिया। अब बताइए कोई मानेगा कि जीवन भर दारू नहीं पीना है? और पिएगा तो पाप लिखेगा कि नहीं? फिर काहे जानबूझ के ऐसा बंधन में बाँधना?" जयनाथ साह की इस बात से एक-एक आदमी सहमत था। कल के एकमत से भी ज्यादा एकमत आज थे लोग। लेकिन एक विशेष बात ये थी कि भले लोग व्यास के खिलाफ हो रहे थे लेकिन क्या मजाल कि जा के शपथ की अवहेलना कर शराब पी लें। ये थी धर्म के धागे की गाँठ। आदमी छटपटा तो रहा था, लेकिन तोड़ नहीं रहा था। गाँव–देहात में अभी भी ये धागा बहुत मजबूत था।

"बात तो सही है, हम तो शिक्षक हैं, तब भी ये बात कह रहे हैं। ये शपथ नहीं दिलवाना था। आप लोगों को ज्ञान दीजिए, मार्गदर्शन करिए, प्रेरित करिए कि दारू छोड़ दें। लेकिन आप किसी को धार्मिक रूप से बाँध के जबरदस्ती कैसे कर सकते हैं?" बहुत दिनों के बाद आज बाजार में हलचल देख नगीना मास्टर भी निकल आए थे खोजबीन की जिज्ञासा के वशीभूत बाजार घूमने के लिए।

चंचल अलग भड़क रहा था। बाजार के लोग तो खुद को कोस रहे थे कि उस वक्त खड़े ही क्यों थे हम पंडाल में? काश कल नहीं गए होते।

दिन भर में बात इतनी फैल गई कि साँझ होते-होते पूरा एक वातावरण तैयार हो गया व्यास जी के खिलाफ।

सबसे ज्यादा तो यज्ञ समिति में दिन–रात मेहनत से श्रद्धापूर्वक लगे पार्टी और मंत्री जी के कार्यकर्ता गुस्से में थे।

उनका कहना था कि हमने इतनी सेवा की और अंत में व्यास जी ने हम लोगों का ही ऊर्जा स्रोत छीन लिया?

आजकी संध्या कथा में पंडाल लगभग खाली था। केवल कुछ महिलाएँ ही पहुँची थीं। एक भी पुरुष पंडाल में नहीं था। व्यास जी ने भी ये दृश्य देखा तो आश्चर्यचकित थे कि ऐसा क्या हुआ आज?

सारा पुरुष समाज तो एकत्रित होकर मंत्री जी के आवास पर पहुँच गया था।

"क्या बात हुआ जी? इतना काहे परेशान और उग्र हैं भाई सब लोग?" मंत्री जी ने भीड़ को देखते ही बाहर अपने बरामदे वाली कुर्सी पर बैठते हुए

पूछा।

"हुजूर, एक निदान करिए। एक भी आदमी खुश नहीं है कल उ दारू वाला शपथ से।" सबसे आगे खड़े चंचल मंडल ने विषय रखते हुए कहा। भीड़ में नगीना झा जी भी पीछे थे, एकाध और शिक्षक भी आ गए थे इस महत्वपूर्ण क्षण में साथ देने। गाँव के कुछ बुजुर्ग थे, और खासकर पूरे समाज से नौजवान साथी लोग आए थे।

"हम सर, शिक्षक होने के बाद भी कहते हैं कि ई गलत हुआ। सोचिए सर, अभी चुनाव आने वाला है। जनता इतना नाराज हो जाएगी तब क्या होगा चुनाव का? गाँव का मिजाज बदला हुआ देख हमारे जैसा साधारण मास्टर को आना पड़ा आपसे निवेदन करने सर।" इस अभियान में नगीना मास्टर और उनके इस अकाट्य तर्क को देख मंत्री जी हैरान थे।

"मास्टर साहब आप? आप तो यहीं के स्कूल में हैं न? क्या तो नाम है? नागो?" मंत्री जी ने पूछा।

"नागेश्वर, नागेश्वर झा नाम है सर। आना पड़ा सर। सबसे बड़ा बात है कि आपके हित का बात था। आप हैं तो हमलोग शान से नौकरी करते हैं। बिना किसी हिचक के। गाँव का मंत्री हैं, हमारा कर्तव्य है सर कि आपके साथ खड़ा रहें हमलोग।" नगीना मास्टर ने मौका मिलते ही मास्टरीपूर्वक बात रखी।

"अरे बैठिए सब लोग। बैठिए, बैठिए। अरे परेशान तो हम खुद ही हैं यार रात से ही। अरे गाँव में पीने से पाप लिखेगा कि पुण्य, ई छोड़िए न, असली बात कि हम साला कार्यकर्ता लोग को क्या जवाब देंगे? भोटर बेचारा जब कुछ माँगेगा चुनाव में, तो उस बेचारा को क्या देंगे? भोटर और कार्यकर्ता का क्या दोष रे भाई? ई व्यास तो ऐसे भट्ठा बिठा देगा हमारा रे भाय।" मंत्री जी ने लोकतंत्र में तरलता की अनिवार्यता को सामने रख लोकतंत्र की रक्षा की चिंता में मुचमुच करते हुए कहा।

"फिर क्या सोचे आप अवध बाबू?" साथ में आए और आज तक शराब को हाथ तक न लगाने वाले अचंभित बाबा ने सीधे पूछा।

"सोचना क्या है? हम तो कल चुप रहे। लेकिन आज जनता का रुख देख लिए न हम। हम सही सोच रहे थे। व्यास और आचार्य का यही काम है? जबरदस्ती किसी को धर्म का किरिया धरा के दारू पीने से रोक देना?"

मंत्री जी अब व्यास जी के प्रति कठोर होते हुए बोले थे।

"और ये सब तो मनुष्य के अपने बुद्धि-विवेक पर है। देखिए न हमको, मेरा मन नहीं है तो नहीं ही पीते हैं। जबकि रोज साला पियक्कड़ों के ही साथ उठना-बैठना होता है हमारा। फिर भी आज तक नहीं छुए।" अचंभित बाबा जब बोल रहे थे तब चंचल मंडल उनकी तरफ ही आँख गड़ाए देख रहा था।

"ई चुनाव में सपोर्ट क्या करेगा, उल्टे पब्लिक को भड़का देगा दारू बंद कर के। ई पंडित लोग को लगता है कि खाली यज्ञ और पूजा से ही रामराज्य आ जाएगा? अरे उसके लिए लगना पड़ता है हमलोग को। कई तरह का डिमांड पूरा करना होता है। तब हमलोग जीतते हैं और तब न कोशिश करते हैं कि रामराज्य आ जाए।" मंत्री जी ने सतयुग वापसी की पूरी प्रक्रिया का चरणबद्ध विवरण देते हुए बताया कि कैसे बोतल के रास्ते सतयुग आएगा।

सुरंगों से रेलगाड़ियाँ गुजर रही थीं, लोकतंत्र बोतल की नली से ही होकर गुजरता था।

"कहीं साला विरोधी पार्टी से माल तो नहीं पकड़ लिया? ऐसा उल्टा-पुल्टा काम कर ही रहा है व्यास।" एक आदमी भीड़ से बड़बड़ाया।

मंत्री जी ने हाथों से नहीं का इशारा किया। मतलब मंत्री जी कम-से-कम इस बात को लेकर आश्वस्त थे कि व्यास जी मूर्ख हो सकते हैं लेकिन धोखेबाज नहीं होंगे।

"कहाँ भाई कुलभूषण? अरे जरा व्यास को फोन लगाइए। बैठ गया होगा क्या आज प्रवचन में?" मंत्री जी ने हाथ उठा के जम्हाई लेते हुए अपने निजी सहायक से कहा।

व्यास मलंगनाथ जी महराज व्यास गद्दी पर आज खुद ही ऊँघ रहे थे।

और जब भी ध्यान आता तो लगातार ये ही सोच रहे थे कि आज श्रद्धालुगण गए कहाँ आखिर?

"जी, सियाराम जी की जय... बताएँ। आज मंत्री जी का आगमन नहीं हुआ? आज प्रातः भी नहीं दर्शन हुए उनके? आज यहाँ केवल महिलाएँ ही आई हैं कथा के रसपान हेतु। समस्त पुरुष कहाँ गए ग्राम के?" व्यास जी ने मोबाइल पर घंटी बजती देख कथा के बीच में ही फोन उठाकर कहा।

"अरे आप सुनिए, यहाँ साला मदिरापान का मैटर चल रहा और आप

वहाँ महिलाओं को रसपान करा रहे? लीजिए मंत्री जी बात करेंगे।" निजी सहायक कुलभूषण जी ने बेहद संक्षिप्तता के साथ खीझे स्वर में कहा और मोबाइल मंत्री जी के सामने ले गए।

"अरे हाँ... व्यास जी? अरे व्यास जी क्या बवाल कर दिए आप महराज। यहाँ पब्लिक भड़क गई है। ये तो उल्टा पड़ जाएगा यज्ञ हमको।" मंत्री जी ने संयमित स्वर में शिकायत रखते हुए कहा।

"जी, अरे प्रभु आप आदेश करें न। क्या विषय हुआ? थोड़ा प्रकाश डालें न। मैं संभवत: अवबोधन नहीं कर पा रहा विषय का। जरा मुझे तात्पर्य समझाएँ न प्रभु। निवेदन है।" व्यास गद्दी पर बैठने का प्रभाव ऐसा था कि व्यास जी ने इतनी कड़ी हिंदी दे दी इधर से।

"आँय...क्या? क्या बोल रहे? आँय? अरे भाई फोन लो न तुम, ई क्या तो बोधन-खोदन बोल रहा और उधर से। इसको सीधे समझाओ न कि दारू चालू कराए तुरंत भाई।" मंत्री जी ने इतनी हिंदी सुन लगभग विचलित होते हुए मोबाइल को कान से हटाया और बड़बड़ाते हुए मोबाइल को निजी सचिव कुलभूषण जी के हाथ थमा दिया।

कुलभूषण जी ने तत्क्षण मोबाइल पकड़ा और किनारे जाकर विशुद्ध हिंदी में व्यास जी को पूरा मामला समझाया।

व्यास मलंगनाथ जी महराज पहले तो तनाव में आ गए अपना अच्छा-खासा माहौल बिगड़ने का सुन के।

फिर उन्होंने अपनी ओर से मंत्री जी को फोन लगाया और उन्हें आश्वस्त किया कि कल वो इसका सुमार्ग निकालकर देंगे, निश्चिंत रहें।

आज सुबह व्यास जी का पूजन और मानस पाठ में कम ही मन लगा। जैसे-तैसे संध्या की वेला हुई। आज तो भीड़ सब दिन से ज्यादा आई हुई थी।

व्यास जी ने जब अपार जनमानस को पंडाल से बाहर तक भरा हुआ देखा तो यही सोचा मन ही मन, 'साला शपथ लेने से ज्यादा तो शपथ तोड़ने के दिन लोग आए हैं। पूरा इलाका आ गया है शायद आज।'

वास्तव में आज तिल रखने की जगह नहीं थी पंडाल में। महिलाओं को तो आज बाहर से ही वापस जाना पड़ा था, अंदर स्थान ही नहीं था बैठने हेतु खाली कोई।

मंत्री जी भी अपने पूरे बल–दल के साथ मौजूद थे। शपथ तो उन्हें भी तोड़नी थी। एक ही दिन में छाती में दर्द उठ गया था, रात नींद नहीं आई थी कुछ भी तरल नहीं ग्रहण करने के कारण।

अचंभित बाबा तो बता रहे थे कि “आधा इलाका नहीं सो पाया था कल, ये व्यास अनिद्रा देकर न चला जाए हमारे इलाके को।”

“आज का दिन और भी विशेष है। प्रभु कृपा से आपकी इतनी भारी उपस्थिति ही प्रमाण है कि आज कुछ और विशेष होना है। हमलोगों ने जो परसों शपथ ली थी, उसमें थोड़ा भावनाओं का अतिरेक था, व्यावहारिकता का थोड़ा–सा अभाव था।” व्यास जी ने अपनी पहली पंक्ति से ही उदारतापूर्वक अपनी भावनात्मक गलती को स्वीकार कर श्रद्धालुओं की नजर में और ऊँचा दर्जा कर लिया था।

“बोलिए बाबा व्यास जी महराज मलंगनाथ जी महराज जी की जय।” नीचे से दस–बीस तैयार कार्यकर्ताओं ने जयकारा लगाया। व्यास जी ने गंभीर मुस्कराहट के साथ उनका अभिवादन किया।

“शास्त्र कहते हैं कि कोई भी व्यक्ति जब अपनी अंतरात्मा की आवाज पर स्वतंत्र हो के अपनी इच्छा से कोई निर्णय लेता है तो वो उसका जीवन भर पालन करता है।” व्यास जी ने आशीर्वादी मुद्रा में ह.थ उठाते हुए पुनः बताया।

“इसको और खोल के बताइए, थोड़ा और।” नीचे से मंत्री जी अधीर स्वर में बोले।

“जी, जी, बस खोल ही रहा। देखिए श्रद्धालुजनों, मैं आज प्रभु को साक्षी मान वो शराब वाली शपथ आप सब से वापस लेता हूँ। आप जब तक यज्ञ हो रहा, बस बचे हुए इन तीन दिन शराब को छोड़ने की शपथ... .” अभी व्यास जी ने जीवन भर की शपथ अवधि को घटा के यज्ञ के बचे हुए तीन दिन में जैसे ही परिवर्तित करना ही चाहा था कि नीचे से मंत्री जी गरज पड़े। व्यास जी पूरा वाक्य तो बोल भी नहीं पाए थे।

“अरे हट्ट, अरे महराज, अरे पागल हैं क्या? अरे उसको एकदम खतम करिए। एकदम से हटाइए। क्या फिर तीन दिन, चार दिन? आज से चालू करिए भाई एकदम।”

"कह रहा था मैं कि बचे हुए तीन दिन भी छोड़ने की शपथ... मत लीजिए। अगर आपका मन कहे, तब छोड़ना इस लत को। देखो यही है हमारे धर्म की ताकत। हमलोग बहुत लचीले हैं। हमलोग दूसरे धर्म के जैसे कट्टर नहीं हैं। हमलोग अपना कोई भी निर्णय, प्रण या संकल्प परिवर्तित कर सकते हैं। लेकिन यही दूसरे धर्म के लोग इतने कट्टर होते हैं कि एक बार जो सोच लिया, उसके लिए किसी की गर्दन काट लेंगे।" व्यास जी ने अपनी ओर से इस बार ऐसा अचूक दाँव चल दिया था कि इसने तो मुद्दे की दिशा ही बदल दी।

और व्यास जी अब हो चुके थे दिशापति।

लोग तालियाँ बजाकर जयघोष कर रहे थे। मंत्री जी खुद हाथ उठा–उठा के जयकारा लगा रहे थे।

"साला आदमी तो तेज है। बचा भी लिया और एक नया चीज भी दे दिया। बिद्वान आदमी का लक्षणे दूसरा होता है। देखिए कैसे सुंदर तरीका से बात को मोड़ा।" मंत्री जी ने तुरंत अपने अगल–बगल के शुभचिंतकों से कहा।

शपथ के विलोपित होते ही करीब एक घंटे के बाद कमल बिहारी के नेतृत्व में यही कुछ पचास–साठ कार्यकर्ता आए और व्यास जी को सीधे कंधे पर उठा जुलूस की शक्ल में बाजार निकल गए। पीछे-पीछे और लोग शामिल हो गए थे नारा और जयकारा लगाने के लिए।

व्यास जी ने पहले तो कंधे से उतरने की कोशिश की। लेकिन जब उन्होंने अपनी टाँग पर उन कार्यकर्ताओं के हाथों की सर्पपाश वाली कसी हुई पकड़ देखी और उन्हें झूमते हुए मदमस्त नृत्य और शोर करता देखा तो समझ गए थे कि शपथ टूट चुकी है। अभी पिंड छुड़ाना मुश्किल था।

व्यास जी अब बस उन सबकी अंतरात्मा की पुकार का इंतजार कर रहे थे। उन्हें प्रभु पर भरोसा था कि जल्द किसी न किसी की तो अंदर वाली आत्मा उन पर तरस खाएगी और ये उनको कंधे से नीचे उतार कमरे पर छोड़ देंगे।

वे अभी एक ही बात सोच रहे थे कि जल्दी कोई अंतरात्मा पुकारे, तो ये लोग मुझे कंधे से उतारें।

15

यज्ञ को हुए करीब तीन महीने बीतने को थे। यज्ञ आयोजन में सबसे ज्यादा मेहनत की थी कमल बिहारी ने लेकिन फल की प्राप्ति विलायती सिंह को हो गई थी।

"इससे बड़ा अन्याय तो कुछ नहीं हो सकता कमल भैया। मतलब पहली बार, पहली बार ये अब हमको बोलना पड़ रहा है कि मंत्री जी हमलोग को चूतिया समझते हैं शायद?" चंचल ने भैया कमल के लिए कराहते हुए कहा।

"शायद क्यों? कन्फर्म काहे नहीं?" इतना छोटा और प्रभावी वाक्य अचंभित बाबा ही बोल सकते थे।

"विलायती सिंह को किस हिसाब से दिलवा दिए मलाई भाई? हम साला पूरा जीवन जिस भाई के लिए बलिदान कर दिए, उसी से ये धोखा मिला रे चंचल?" कमल बिहारी को अभी तक विश्वास नहीं हो रहा था।

आगामी चुनाव को देखते हुए बल्लोपुर स्कूल और पंचायत भवन तथा अस्पताल के जीर्णोद्धार के लिए करोड़ों का टेंडर निकला था। इसके लिए कमल बिहारी, बोगो महतो और विलायती सिंह ने टेंडर डाला था। टेंडर का मिलना मंत्री जी के हाथ में था पूर्णत:।

इसलिए कमल बिहारी के लिए संशय की तो कोई बात ही नहीं थी।

लेकिन जब परिणाम आया तो पता चला कि टेंडर विलायती सिंह ले उड़ा

था। ये अचानक विलायती सिंह पर मंत्री की कृपा का हो जाना अप्रत्याशित और किसी भी अनुमान से परे था।

"आज तक विलायती को देखे हैं मंत्री जी के दुआर पर?" कमल बिहारी बोलते हुए तो लग रहा था कि जैसे रो ही देगा।

"राजपूत वोट चाहिए मंत्री जी को। काहे कि बोगो महतो और कोयरी के भोट पर विश्वास नहीं रहा अब मंत्री जी को। उसको राजपूत से मेकप करना चाहते होंगे। अरे तो फिर आप हम ब्राह्मण को तो कभी नहीं जोड़े कि चुनाव जितवा दो।" बाबा अचंभित ने लगभग ठीक ही विश्लेषण करते हुए बताया था।

"अरे आपको कोई काहे भोट के लिए पूछेगा हो बाबा? संख्या ही केतना है? पूरा विधानसभा में दु हजार, अधिक से अधिक तीन हजार। उसमें भी दो सौ नेता पंडितों के। सब साला बिसखोपड़ा।

आपका कीमत है बुद्धि के कारण, भोट के कारण नहीं बाबा।" इतना सटीक कभी-कभार ही बोल पाता था कमल बिहारी मंडल।

"सही बात। आप दिमाग के कारण इज्जत पाते हैं बाबा। भोट-भाट के किए कोई नहीं पूछता पंडितों को। खासकर इस विधानसभा में तो एकदम नहीं।" चंचल ने कमल बिहारी के शोध पर मुहर लगाते हुए कहा।

"अरे तो बुद्धि ही लो न।" अचंभित बाबा ने बुद्धि खोल दी ये बोल के।

"तो दीजिए न!" चंचल के मुँह से निकला।

"तो सुन लो! अरे भाई कमल बिहारी को लड़ना चाहिए चुनाव अब। क्या है मंत्री अवध बिहारी, माइनस कमल बिहारी देखिए अगर तो?" ये सुन कुछ क्षण तो एकदम सन्नाटा छा गया था।

"हमारे मन का बात छीन लिए आप। बहुत सह लिए अब। कमल भैया, जरा सोचिए न, अरे बूथ लूटते हो आप। जनता का चिट्ठा-पतरी या गुस्सा आग सब झेलते हो आप? कार्यकर्ता को जोड़ते हो आप। लोग आते हैं सब आपके पास। और विधायक-मंत्री बनकर मिसरी-मलाई खा रहे अवध बाबू!" चंचल ने न जाने कब से दबी इच्छा को शब्दों में ढाल दिया था।

"साला हम शादी-बिहा तक नहीं किए। पूरा जीबन बलिदान दे दिए मंत्री जी के लिए। लेकिन हमको क्या मिला? खाली कुत्ता के तरह बेइज्जत होते

हैं।" कमल बिहारी पहली बार इस तरह से व्यथित स्वर में बोल रहा था।

"और गदहा के तरह खटते हैं। ये भी तो देखिए। और मिलता है बदला में बस तीन टाइम भोजन और चार पीस कुर्ता-पजामा।" अचंभित बाबा ने दुःख में दो आइटम और जोड़ते हुए कहा।

कमल बिहारी मुट्ठी भींच के कुर्सी से खड़ा हो गया। लगा कि बदन का सारा खून ऊपर चढ़ के नथुनों पर जमा हो गया है। आँखों में भी इस वक्त पानी नहीं था। एकदम लाल थीं आँखें।

"अरे हमलोग गुलाम की तरह तो रहे हरदम। लेकिन दू पैसा भी कमा लेंगे तो बड़का अपराध हो जाता? हमको छोड़िए, कमल बिहारी जैसा भाई मिलता है क्या कलयुग में? इनको भी चार पैसा नहीं कमाने देते मंत्री होकर भी? टेंडर दे दिए किसी विलायती इलायची को।" चंचल ने टेंडर की टीस को स्वर देते हुए कहा।

असल में इस टेंडर में वही कमल बिहारी का साझीदार था। पहले भी उसने कमल बिहारी को ही अपने पाले में लेकर कई ठेके लिए थे। आज पहली बार पिरामिड ही एकदम उलट गया था।

"भाई का क्या ही इज्जत रहा? बताइए न? किस मुँह से जाएगा आदमी भोट लेने? मंत्री के भाई का जब इज्जत ही नहीं कोई, तो काहे पूछेगा कोई?" अचंभित बाबा बस मुख्य बिंदु पर दबाव देते थे।

"भाई? हुह्ह ह ह..सुने नहीं क्या? हम तो जब से सुने, तब ही समझ गए थे कि हम क्या औकात रखते हैं मंत्री जी के लिए।" कमल बिहारी कुछ कहना चाह रहा था।

"क्या? नहीं सुने हमलोग। बताइए, बताइए!" अचंभित बाबा उत्साहित स्वर में बोले।

"अरे सुने नहीं? वहाँ यज्ञ पंडाल में जब व्यास हमको बोला कि मंत्री जी का भाई हैं कमल बाबू, तो मंत्री जी तुरंत टोके कि अपना भाई नहीं है, चचेरा भाई है। इनके मन का काला तो हम उसी दिन पकड़ लिए बाबा।" स्मृतिविहीन मस्तिष्क वाले कमल बिहारी के भीतर लेकिन ये बात गहरे बैठ गई थी। कमल बिहारी सब कुछ भूल जाता था लेकिन उसने ये बात अभी तक याद रखी थी।

"अरे सही, सही, सही बात याद दिलाए। हाँ, बताइए ये बात बोलने का है सबके सामने? मतलब हमलोग भी ये बात उसी दिन जाने कमल भैया, झूठ नहीं बोलेंगे। अरे दुनिया आपको सगा भाई जानता है मंत्री का।" चंचल ने उछलते हुए कहा।

"क्या बोल रहे हैं? आप सच में चचेरा भाई हैं मंत्री जी का? लीजिए, अरे बाप रे! भगवान। अरे हम तो अभी जाने। उस दिन ध्यान नहीं दिए होंगे।" अचंभित बाबा कभी भी अचंभित होने का मौका नहीं छोड़ते थे।

असल में ये बात तो सही ही थी कि आज तक लोग कमल बिहारी को मंत्री जी का अपना भाई ही जानते थे। रंग-रूप, कद-काठी, पढ़ाई-लिखाई, लंठई, इत्यादि में वे इतने समरूप भी थे कि कोई भी सगा ही समझता। कमल बिहारी भी खुद को मंत्री जी का सहोदर भाई ही बताता आया था। क्योंकि उसको लगता था कि स्नेह भी इतना ही देते थे मंत्री जी, एकदम सहोदर वाला। कमल बिहारी खुद अपने को सहोदर स्वरूप ही समर्पित रखता था। मंत्री जी की सेवा से ध्यान न भटक जाए, इसलिए अविवाहित ही रहा था आज तक।

वास्तव में सहोदर हो या कोई भी उदर, ऐसा भाई मिलना तो दुर्लभ था ही आज के समय में।

"इस अपमान के बाद अब भी कुछ बचा है कमल भैया?" चंचल ने कमल बिहारी की ओर देखते हुए निर्णायक सवाल दागा।

"अब क्या बचा है? या तो लड़ाई लड़िए या गुलामी करिए।" अचंभित बाबा ने बिना कमल बिहारी की तरफ देखे उत्तर दे दिया।

"लड़ेंगे हम। हम नहीं रहेंगे अब गुलाम।" कमल बिहारी के मन का फोड़ा आखिरकार फूट गया था।

इधर टेंडर जाने से बौखलाए बोगो महतो ने मंत्री जी के निजी सहायक कुलभूषण जी को फोन कर के उल्टा-सीधा बोल दिया था।

"हम आपको पैसा दिए थे न काम कराने का? फिर क्यों नहीं हुआ हमारा टेंडर?" बोगो महतो ने कुलभूषण से सीधे पूछा था।

"अरे भाई, अलग परिस्थिति हो गया थोड़ा। आखिरी डिसीजन तो मंत्री जी का ही होता है न। हम बहुत कोशिश किए तुम्हारे लिए बोगो भाई। क्या हुआ? अगला बार मेकप कर देंगे न। कोई सब कुछ थोड़े खतम हो गया

है।" कुलभूषण जी ने बड़े संयमित और धैर्यपूर्ण तरीके से समझाने की पुरजोर कोशिश की थी।

"हाँ, सब कुछ खतम ही समझिए अब। मंत्री जी को बता दीजिएगा। साला कोई कर्जा नहीं माँग रहे थे। कमीशन देते हैं, उसके बदले ठेका लेते हैं। ऊपर से इनके लिए भोट भी समेटते हैं। अब देखते हैं हम कैसे मंत्री जी घुसते हैं हमारे क्षेत्र में।" बोगो ने खुलेआम चुनौती दे दी थी।

"अरे बोगो भाई, कम गुस्सा करो। अभी भविष्य का सोचो। क्या हो गया अगर एक टेंडर चला गया तो? आगे का भी सोचो न। और तुम मंत्री जी को एकदम चूतिया समझे हो क्या? एक काम नहीं दे सकते किसी को उ अपना मन से? इसके लिए उनका ही आदमी कूदने लगेगा विरोध में जी?" इस बार आवाज में एक ढकी हुई धमक थी कुलभूषण के।

लेकिन तमतमाया हुआ बोगो ये समझने में शायद विफल रहा था।

"ए कुलभूषण भैया। आप पीए हैं, पीए रहिए। हम आदमी नहीं हैं अवध बिहारी का, बोल दीजिएगा। काम देता था तो बदला में मदद करते थे। किसी का गुलामी आप करिए, बोगो गुलामी नहीं करता है। हम औकात दिखा देंगे अपना। बोल दीजिएगा।" बोगो ने बोल दिया।

"बहुत बोल गए रे बोगो। क्या था तुम पाँच साल पहले ई याद नहीं? साले तुम्हारा बात हम मंत्री जी को सुनाएँगे? इतना खराब दिन आ गया मंत्री का? अब तुम दिखा ही दो औकात। पहले देखें कि क्या औकात है तुम्हारा।" कुलभूषण के तेवर मंत्री के निजी सहायक जितने ही थे, उससे कतई कम नहीं।

कुलभूषण ने सारा गुस्सा और अपमान पी के फोन काट दिया था। क्योंकि अचानक बोगो उधर से भद्दी गालियाँ बकने लगा था।

कुलभूषण ठीक उसी समय मंत्री जी के पास पहुँचा था। उसने साथ में विलायती सिंह को भी बुलवा लिया था।

मंत्री अवध बिहारी धोती को लुंगी की तरह बाँधे एक कुर्सी पर बैठे, दूसरी पर टाँग चढ़ाए मोबाइल पर कुछ देख रहे थे। अगल-बगल प्लास्टिक की कुर्सी पर करीब आधे घंटे से कुलभूषण और विलायती सिंह बैठे हुए थे।

इस बीच एक घरेलू कर्मचारी ने पानी का गिलास लाकर दिया था, दोनों

पानी पी के चुपचाप बैठे मंत्री जी की तरफ शांत भाव से देख रहे थे। मंत्री जी चश्मे को बीच-बीच में ऊपर–नीचे कर लगातार मोबाइल देख रहे थे।

कुलभूषण किसी क्षण इधर–उधर आँखें कर सहयोगी कर्मचारियों से इशारे में हाल ले लेता और फिर उसी श्रद्धा भाव से मंत्री जी की तरफ देखने लगता।

विलायती सिंह केवल साँस ऊपर–नीचे करते हुए बैठा हुआ था। उसका तो मंत्री आवास ही पहली बार जाना हुआ था। इससे पहले बस कुलभूषण के ही मार्फत चार–पाँच बार मंत्री अवध बिहारी से बात हुई थी।

"हूँहूँहूँ अभी कौन भोजपुरी हीरोइन लोग का बाजार गरम है? किसको बुलाया जाए? एक प्रोग्राम दशहरा में करवा देते हैं बल्लोपुर में। बढ़िया डांसर खोजो कुलभूषण।" करीब पौने घंटे के बाद मोबाइल मेज पर रखते हुए पहला वाक्य बोला था मंत्री जी ने।

"जी सर, अभी ही करवा लेंगे बुक। है बहुत है। बढ़िया–बढ़िया है। सब आपकी फैन है हीरोइन लोग। जिसको बोलेंगे, वही आएगी।" कुलभूषण ने तमाम अभिनेत्रियों की तरफ से मंत्री जी के प्रति बेताब मुहब्बत का इजहार करते हुए कहा।

"हा हा हा हमरा फेन काहे रहेगी मर्दे? हर बात में पीए जैसा बोलना जरूरी थोड़े है कुलभूषण जी। बताइए क्या बात विलायती सिंह जी?" मंत्री अवध बिहारी एकदम ताजा मिजाज में बैठे थे शायद आज। विलायती सिंह के कान में आवाज जाते उसका ध्यान टूटा। बैठे-बैठे झपकी आने लगी थी उसे।

"वही सर, बोगो बहुत उल्टा–सीधा, गाली–गलौज किया कुलभूषण बाबू को। कह रहा है कि टेंडर कैंसिल करा देगा अपने जाति के किसी महतो मंत्री को बोलकर। यही सब चल रहा है।" विलायती सिंह ने उतना ही कहा जितना सोचकर आया था।

"हम्ममम इसकी जात की धनिया काटूँ, साला महतो मंत्री! हमारा दिया टेंडर कहीं कैंसिल होता है पृथ्वी पर? ये सब छोड़िए न। ई बताइए कि इसका मन इतना कैसे बढ़ गया? ई कुत्ता से शेर काहे समझने लगा खुद के?" मंत्री जी ने वस्तुनिष्ठ प्रश्न पूछा।

"पैसा। सबसे ज्यादा मन यही बढ़ाता है मंत्री जी। ऊपर से उसको उसके जात के मंत्री का सपोर्ट मिल रहा है।" विलायती सिंह ने मोटा–मोटी समझ

में आने वाला कारण बताया।

"इतना ही नहीं। कह रहा कि चुनाव लड़ेगा आपके खिलाफ। मतलब क्लियर है कि भितरघात हुआ है। महतो मंत्री ही पीछे से कोयला दे रहा है ई चूल्हा को।" कुलभूषण ने स्थिति थोड़ी और स्पष्ट कर दी थी।

"अगर बुरा नहीं मानिए तो एक बात बताएँ। असल में हम सुने अभी कि कमल बिहारी जी भी बहुत नाराज हुए टेंडर नहीं मिलने से। यही बात बोगो को पता चला है। तो उ घर फूटने का मजा लेना चाहता है। उस बेहूदा को लग रहा कि इससे कमल बिहारी मंत्री जी से विरोध कर के उसको सपोर्ट कर देंगे।" विलायती सिंह ने एक अलग ही बत्ती सुलगा दी थी। लेकिन फिर भी पूरी बात नहीं पहुँची थी अभी।

"आप ठेकेदारी करिए। सब ठीक हो जाएगा। पहले जनता का काम करना है। फिर इनलोगों का भी कर देंगे।" इतना बोल कुर्सी से उठ सीधे अंदर चले गए मंत्री जी।

कुलभूषण और विलायती सिंह अभी एक–दूसरे को देखते हुए वहीं बैठे ही रह गए थे।

इधर कमल बिहारी मंडल, चंचल मंडल और अचंभित बाबा की तिकड़ी के गदर का उत्साहजनक समाचार गाँव में फैल गया था। मुँहा–मुँही जब ये खबर किसी और अन्य माध्यम से मंत्री जी के कान तक पहुँची तो उन्होंने उसी रात अपने एकाध विश्वसनीय सूत्रों को लगाया पूरी बात पता करने की खातिर।

अब मंत्री जी पूरी तरह जान चुके थे कि चंचल मंडल ने अपनी सीमा रेखा लाँघ दी है।

उन्हें ये बात नागवार गुजरी थी कि उनके ही दरवाजे पर बैठ उनके ही भाई को उसने चुनाव तक लड़ने की हिम्मत दे दी!

करीब पंद्रह दिन तो यूँ ही गुजर गए थे।

न कमल बिहारी ने मंत्री जी को फोन किया था, न इस बीच मंत्री जी ने ही उसे फोन किया। अब बल्लोपुर में जरूरत की कोई बात होती तो मंत्री जी विलायती सिंह को फोन लगा के उसका सदुपयोग कर लेते थे।

राजनीति वह धर्म है जहाँ निष्ठा का मूल्य उस फूल के समान है जो

प्रातः काल देवता पर अर्पित होते हुए पवित्र और पूजनीय होता है किंतु साँझ ढलते-ढलते मुरझा के अपनी शोभा खो देता है और बुहारकर बाहर कर दिया जाता है। उसका महत्व तभी तक है जितनी देर तक उसकी ताजगी सत्ता की वेदी को सुशोभित कर रही होती है।

राजनीति में वफादारी होती ही है, क्षणिक, उपादेय और अंततः त्याज्य।

धर्म मनुष्य से आस्था माँगता है लेकिन राजनीति आस्था की उसी जमीन पर सदैव संशय बोती है। यहाँ प्रत्येक सुबह का सूरज एक नये देवता के मुकुट पर चमकता है। राजनीति का आकाश दृढ़ स्थिर नहीं, डोलता हुआ नभमंडल है जहाँ अनीश्वर सूर्य का नहीं बल्कि क्षणिक मुकुटों का दर्पण है।

यहाँ सूर्य का प्रकाश किसी विज्ञान के सिद्धांत से नहीं बल्कि प्रभुत्व के प्रभाव से संचारित होता है।

मंत्री जी ने इधर कुछ दिनों से कमल बिहारी के मन में उठती महत्वाकांक्षा की लहरों को महसूस कर लिया था।

उन्होंने पहले भी चंचल के द्वारा उनके खिलाफ कुछ आपत्तिजनक चर्चाओं को सुन रखा था। लेकिन फिर भी चर्चाओं और कुछ अवसर पर खीझ और गुस्सा व्यक्त करने से अलग, अभी तक कमल बिहारी और चंचल मंडल ने अपना सौ फीसदी प्रयास मंत्री जी के प्रति ही समर्पित कर रखा था।

लेकिन सनद रहे कि राजनीति तो वो जीवित विशालकाय राक्षस है जो अपने ही उपासकों को निगल जाता है।

कमल बिहारी ने अपने भाई के लिए सर्वस्व न्योछावर कर दिया था, वो समर्पण अब मंत्री जी की दृष्टि में कमजोरी लगने लगी थी। और चंचल की चतुराई जो कभी मंत्री जी के लिए बिछी बिसात को जीतने की गारंटी हुआ करती थी, आज चालाकियों का जाल लगने लगी थी जिसमें मंत्री जी को लगातार फँसने का भय लगा हुआ था।

मंत्री अवध बिहारी की घ्राण शक्ति से किसी भी श्वान को ईर्ष्या हो जाए। उन्होंने बहुत कुछ पहले ही भाँप लिया था। उनको लगने लगा था कि एक ही कंधे के भरोसे बैठकर चुनाव की वैतरणी बार-बार पार नहीं होनी। एक दिन कंधा थक जाए और फिर जिम्मेदारी और वफादारी का भार कहीं बोझ न बन जाए और वही बोझ विद्रोह में न बदल जाए, इस संभावना का आभास तो महीनों पहले हो गया था मंत्री जी को।

मंत्री जी ने दशकों से कमल बिहारी को गाँव में रख छोड़ा था। खुद गाँव से दूर ही थे लगभग। ऐसे में उन्हें लगता रहता था कि हर काम में दिमाग की जगह पसीना लगाने वाले कमल बिहारी की वफादारी जिस दिन किसी के बहकावे में आई तो मेरे प्रति जमा सारी श्रद्धा सरकारी पुल की तरह बह जाएगी। और चंचल मंडल को तो हमेशा एक धूर्त लोमड़ी की भाँति देखा था अवध बिहारी ने।

वो कहते थे, "जहाँ लाभ देखा, फिसल जाएगा और अपना हिस्सा झपटकर निकल लेगा।"

इसलिए सत्ता के शतरंज में सबसे सुरक्षित खेल था कि प्यादे बदलते रहें। विलायती सिंह वही नया प्यादा था। मंत्री जी जानते थे कि एक दिन ये पीठ भी अकड़ जाएगी और ये वफादारी भी धुँधली पड़ जाएगी। लेकिन उन्हें अभी तत्काल नया कंधा चाहिए था, वो पीठ चाहिए थी जो पहले से ज्यादा झुकी रहे।

राजनीति में तो जो सबसे नजदीक है, वही सबसे नजदीकी खतरा है। यही राजनीति की त्रासदी है, यही सबसे बड़ी विडंबना। इसलिए तो धर्म के देवता पत्थरों से गढ़े जाते थे लेकिन राजनीति के देवता हर दिन मिट्टी से गढ़े जाते हैं और तोड़ दिए जाते हैं।

"क्या कमल भैया? अरे मंत्री जी का कोई फोन-टोन आया क्या?" आज बहुत दिनों बाद फोन कर के पूछा था चंचल मंडल ने।

"नहीं, कहाँ आया? अरे तो हमको मतलब भी नहीं। जो करना है, करे अपना। हमको लड़ना है अब चुनाव।" कमल बिहारी का जोश ढीला ही नहीं हुआ था अभी तक।

"अरे उ सब ठीक है कमल भैया। आज ही थोड़े है चुनाव? पहले चुनाव के लायक बनाना भी तो होगा सब कुछ। अभी एकदम से मंत्री जी को दुश्मन थोड़े बना लेना है? धीरे-धीरे घात करना है।" चंचल ने चंचल मन को स्थिर करते हुए अपनी चाल बताई।

लेकिन वस्तुतः ये चाल थी ही नहीं। ये बेचारे चंचल के मन का डर था। अतिउत्साह और टेंडर जाने के क्षोभ में उसने कमल बिहारी से मंत्री अवध बिहारी के बारे में उल्टा-सीधा बोल तो दिया लेकिन बाद में उसे महसूस हुआ कि कमल बिहारी की बुद्धि का ठिकाना नहीं, या तो जोश में मंत्री जी से उलझ

जाए और मेरा नाम आ जाए उसको उकसाने में, या दूसरा सबसे बड़ा डर था कि कहीं ये मिनटों में पुनः समर्पण न कर दे मंत्री जी के चरणों में। तब तो फिर पूरा दाँव ही उल्टा पड़ जाता। इसलिए अब वह कमल बिहारी के जोश को ही थोड़ा कम करना चाह रहा था।

और असल में रह-रह के कुछ भी बोलकर चिंता में तो अचंभित बाबा डाल देते थे।

उन्होंने कुछ दिन पहले चंचल से बड़ी गंभीरता के साथ कहा, "देखो चंचल, तुम कमल बिहारी को सनका तो दिए, हम भी थोड़ा उसको बारूद भरे, लेकिन जरा सोचो कि बेंग के पोखरी किनारे बैठ के टर्राने से पोखर सूखा है आज तक?"

ये बात सुनने के बाद से ही चंचल के चंचल तंत्रिका तंत्र में शिथिलता आने लगी थी। वो उसी रात से बेचैन था और अब तो कई दिन गुजर चुके थे। उसे किसी ने ये भी बता दिया था कि "उड़ती खबर तो मंत्री जी तक पहुँच ही गई है कि कमल बिहारी अपना गुट तैयार कर रहा चंचल मंडल के साथ।"

इधर कुछ दिनों से चंचल ने खुद कोशिश कर मंत्री जी के मन–मिजाज की टोह लेने के लिए उन के निजी सहायक कुलभूषण से बात करने की कोशिश की। इस दौरान उसे लगा था कि कुलभूषण भी पहले की तरह बहुत कायदे से बात नहीं कर रहा था।

तभी तो चंचल अब सोच-सोच के परेशान होने के बाद कमल बिहारी के पास पहुँचा था।

लेकिन कमल बिहारी का मिजाज एकदम खिलकर प्रत्याशी बनने का बन चुका था। अब वो पहले की तरह दरवाजे पर लुंगी और सैंडो गंजी में नहीं बैठ रहा था। धुला हुआ सफेद झक–झक कुर्ता–पाजामा पहने मिल रहा था लोगों से।

लोकतंत्र में नेता बनने की सबसे प्राचीन और पारंपरिक विधि थी भी यही।

पहले तो एक साफ-सुथरा कुर्ता–पाजामा धारण करना। फिर उसके ऊपर गैंडे की खाल ओढ़ना क्योंकि आलोचना, विरोध और साजिश से बचने के लिए चमड़ी का मोटा होना अनिवार्य है। और जब यह अभ्यास हो जाए तो सियार की चौकसी और धूर्तता के लिए सियार का खोल पहनना। हर सुर में सुर मिलाने की कला। और अंतिम सोपान था शेर की खाल धारण करना,

ताकि भीड़ को लगे कि सामने कोई शेर खड़ा है, कोई पराक्रमी योद्धा खड़ा है जो बड़ी–से–बड़ी बाधाओं को अपनी दहाड़ से परास्त कर देगा। जबकि उसके भीतर का प्राणी वही सियार ही होता था और उसके वही सैयारा दाँत होते थे जो बस मुर्गी के पंख नोचने के अभ्यासी होते हैं।

यही संकर जीव कुर्ता-गैंडा-सियार–बाघ–लोकतंत्र का सबसे सफल प्राणी था। जनता उसे कभी साधु मानकर माथा टेकती, कभी योद्धा मानकर जयकारा लगाती, और कभी डरकर अपना रास्ता बदल लेती।

"चंचल, अब एकटीभ हो जाओ। अपने से एरिया घूमो तुम भी। पब्लिक को बताओ कि अवध बिहारी से ज्यादा काम करने वाला आदमी कमल बिहारी है। मेरा काम दिखाओ आदमी को। अब ई बात हम खुदे से कहेंगे तो बढ़िया थोड़े लगेगा? एक ठो परचारक चाहिए न।" कमल बिहारी ने चंचल की सोच से भी आगे जा के अपने चुनाव प्रचार का फीता काट दिया और उसकी कमान चंचल को दे भी दी।

चंचल अंदर से खुद हवा में हिलते फीते की तरह हिल रहा था।

अचंभित बाबा तो अब राजनीति पर बात ही नहीं कर रहे थे कुछ दिनों से। बहुत बोलने पर बस धरती माता की जय बोल देते।

अभी कमल बिहारी से मिलकर आने के बाद आज तीसरा दिन था। चंचल के घर हल्की–फुल्की चहल–पहल थी आँगन में। पत्नी साड़ी की कोर से माथे का बहता पसीना पोंछ आँगन में ही सिलबट्टे पर कच्चा मसाला पीस रही थी।

सिलबट्टे की गरड़-गरड़ की आवाज से कभी लगता कि जैसे आँगन से रेलगाड़ी गुजर रही हो। कभी लगता कि कोई आदिम धुन निकल रही हो सिलबट्टे के साज से, और अदरक लहसुन जीरा और हरी मिर्च की गमक उसी आदिम राग का आरोह–अवरोह हो जिसकी खुशबू हवा में तैरती तो जैसे भूख की नसों को जाग्रत करने लग रही थी। गाँव के किसी भी छोर पर बैठा आदमी बता सकता था कि आज किस दिशा के कौन–से घर में मांस बन रहा है। सुबह ही चंचल मंडल का बेटा बढ़िया बकरे का मांस कटवा लाया था। आज चंचल मंडल की शादी की सालगिरह थी।

गाँव के पुराने लोग ऐसे मौके को क्या ही उत्सव कहते लेकिन नयी पीढ़ी की जिद और पसंद के आगे पच्चीस-पच्चीस साल पुरानी शादियों के जोड़े को

भी उस दिन थोड़ा जोड़ा लगना ही पड़ता था।

कई बुजुर्ग तो खिसियाते हुए कहते थे, "एक बार हो गया बिहा तो हो गया संजोग से, अब क्या रोज-रोज इसका ढोल पीटें? ई रोज करने का चीज है क्या? बरमाला एक बार पड़ता है, जीवन भर वही निभाना पड़ता है। बरमाला नहीं बदला जाता साल के साल।"

एक बाबा ने अपने बच्चों की चुटकी लेते हुए कह दिया था, "देखो दुल्हिन बदल दो तो भैया फिर बरमाला बदलने का कोई मतलब है।"

ये सुनते ही घर भर ठहाकों से गूँज गया था।

चंचल मंडल की उम्र के लोग चेहरे पर संकोच, झिझक और लाज लेकिन मन के भीतर कहीं कोने में गुप्त उल्लास लिए नहा-धो के तैयार हो जाते थे साँझ में एक-दूसरे को माला पहना के केक काटने के लिए।

ये उन्नीसवाँ साल था शादी का। और उत्सव का तीसरा साल। यानी जब बच्चे बड़े हो गए, पहले बाहर गए, फिर घर आए, तब दीवार पर टँगे कैलेंडर को देख उन्हें लगा कि ये बस तारीख नहीं है, एक उत्सव भी हो सकता है।

असहज तो होता ही है पहले-पहल ये सब करना, लेकिन धीरे-धीरे आदत हो जाती है और यही आदत आगे जाकर संस्कृति।

बच्चे शाम को घर सजाने के लिए बैलून वगैरह भी ले आए थे।

चंचल अभी स्नान कर कहीं निकलने वाला था। तभी फोन की घंटी बजी।

"हेलो, जी, जी, कब? हमारा? नहीं महराज! अच्छा। ओ। हाँ। सुनिए न, सुनिए न। कोई उपाय? सब कुछ है आपके हाथ। कोई उपाय? हम तो बर्बाद हो जाएँगे।" चंचल लगातार अटकते हुए बोल रहा था।

"कोई उपाय होता तो हम क्यों नहीं करते मंडल जी। इस बार उपाय ही तो नहीं है। आपको बस एक राहत दे रहे हैं हम। कहीं तुरंत निकल लीजिए। अभी तो एकदम। नहीं तो हमको मजबूरी में उठाना ही होगा। प्रेशर खतरनाक वाला है।" उधर से दारोगा माधव राम की आवाज स्पष्ट आ रही थी।

चंचल के सिर पर आसमान आ गिरा था। तस्करी कर बाँग्लादेश ले जाई जा रही उसकी करीब डेढ़ सौ गाय-भैंस की खेप को पुलिस ने जब्त कर किया था और मवेशियों को ले जा रहे हरवाहों ने चार लाठी पड़ते ही चंचल

का नाम बोल दिया था।

पुलिस ने सीधे चंचल के खिलाफ केस दर्ज कर वारंट निकाल दिया था।

"बाबा, बाबा, बाबा हम बर्बाद हो गए। सब पूँजी ही खतम और ऊपर से केस, जेल। सब गड़बड़ा गया है बाबा। कोई जुगाड़ कर मंत्री जी से संपर्क करिए।" चंचल ने बदहवास अवस्था में अचंभित बाबा को फोन लगा के बिलखते हुए कहा।

"लो, मेरा भविष्यवाणी हो ही गया सच।" अचंभित बाबा ने तत्काल अपनी तांत्रिक विद्या क्षमता के सम्मान में खुश होते हुए कहा। लेकिन अगले ही क्षण उन्हें चंचल के दु:ख की भयावहता का भान हो आया।

"अरे चंचल, लेकिन ई तो बड़का कांड हो गया जी भाई। जिला अध्यक्ष का ही मवेशी पकड़ा जाना, मतलब गोटी ऊपर से सेट हुआ है। हो गया बवाल। मंत्री को बोलने का फायदा नहीं। सुनेगा ही नहीं।" अचंभित बाबा ने तुरंत दु:ख प्रकट किया और काम भर का निराश भी हुए।

"कमल बिहारी का बात सुनेगा दरोगा?" चंचल ने बिना कुछ सोचे ही कह दिया था।

"कमल बिहारी का? उसी के चक्कर में ई सब हुआ। उसका सुनेगा? और दरोगा को तो तुम नचाते थे? आज क्या हो गया ऐसा?" अचंभित बाबा ने पुन: अपने मूल स्वभाव में यानी अचंभित होते हुए पूछा।

"दरोगा तो बस आदेश बजा रहा ऊपर का। एसपी पकड़ा है बाबा। वारंट है हम पर।" चंचल लगभग रो दिया बोलते हुए।

"वारंट? अरे मर्दे तो तुम! ओह! कहाँ से बात कर रहे हो अभी। सुनो न, अभी हमसे मिलने के फेरा में मत रहना। सेफ रहो तुम पहले।" अचंभित बाबा ने चंचल को बचने का सुझाव देते हुए सबसे पहले खुद को सुरक्षित किया।

"ई एसपी बहुत खराब है बाबा। साला पैरबी भी नहीं सुनेगा अभी कोई। दरोगा माधव राम जवाब दे दिया है। चौबे सिपाही तक फोन नहीं उठा रहा। पता कैसे चला इतना सबेरे–सबेरे निकल रहा था मवेशी लोग? उस टाइम रोड भी खाली रहता है।" चंचल एक साथ हर तरफ सोचते हुए बोले जा रहा था।

"बिलायती सिंह का करामात। उसका ठेका वाला काम में दो ठो लड़का

लोग एकदम चार बजे भोरे जाता है बालू उठवाने। वही लोग लुतरी लगाया होगा। अरे एक बात... ध्यान दिया तुम? अभी याद आया। शुक्ला का गुमटी खुल गया है फिर। जैसे खुला, ई कांड हो गया।" अचंभित बाबा ने सनसनी वाले आवाज में कहा।

"मने एसपी ही किया है क्या सब खेल बाबा? मंत्री जी वाला मैटर नहीं भी हो सकता है क्या बाबा?" चंचल ने एक नया कोण पकड़ा था।

"कुछ भी हो सकता है। दर्पण शुक्ला तो एसपी के पास आता-जाता है ही। देखो न तीन-चार महीना से कहाँ गायब था? अभी आया और गाँव अशांत हो गया। हो सकता है कि मंत्री जी न हों इसमें। उ दिल का गंदा आदमी नहीं हैं।" अचंभित बाबा ने भी अंदाजा लगाते हुए कहा। उन्हें विश्वास था कि मंत्री जी दिल के इतने साफ हैं कि तस्करी पकड़वाने जैसी हरकत तो नहीं ही करेंगे।

चंचल ने अब फोन काट दिया था।

तभी एक मैसेज उसके मोबाइल पर चमका- "घर पर हैं क्या चंचल जी? क्या हाल है? चाय पीते हैं अभी थोड़ा देर में आपके घर।"

नंबर अनजाना था। लेकिन सूचना स्पष्ट थी और अंदाज भी जाना हुआ। चंचल ने तत्काल घर फोन कर सबसे मांस खाने को कह दिया था।

करीब दो घंटे के बाद। अचंभित बाबा अपने दुआर पर माथा पकड़े बैठे थे। दस-बीस आदमी उन्हें घेरे हुए खड़े थे। घर को चारों तरफ से पुलिस ने घेर लिया था। मोबाइल की तात्कालिक स्थिति पता करने पर स्थान अचंभित बाबा का घर ही आ रहा था।

चार पुलिसकर्मी छत पर चढ़े और पानी वाली टंकी के भीतर से चंचल मंडल को बरामद किया। ऊपर से नीचे तक पूरी तरह भीग चुका था चंचल मंडल।

ज्यों ही पुलिस द्वारा चंचल को बाँह पकड़कर छत से नीचे बाहर लाया गया, अचंभित की कुर्सी के पास खड़ी भीड़ चंचल मंडल के पीछे दौड़ी।

अचंभित बाबा अभी भी कुर्सी पर चुकुमुकु बैठे गमछे से मक्खी उड़ा रहे थे।

ठीक अभी घर के सामने से ही गाँव में ही घर, दुआर सफाई का काम

करने वाला एक मजदूर जा रहा था।

"अरे बुल्लू, बुल्लू रे। अरे बाबू आओ न जरा हमारा पानी टंकी साफ कर दोगे? पंद्रह मिनट लगेगा।" अचंभित बाबा ने मक्खी उड़ाते हुए उसे पुकारा।

"क्या? चूहा मरा है क्या टंकी में? नहीं बाबा, चूहा, कौवा नहीं छुएँगे मरा हुआ।" उसने सीधे मना किया।

"अरे आदमी घुस गया था भाई। इसलिए करवा रहे साफ। आओ जल्दी, फटाक कर दो।" अचंभित बाबा ने गमछा झाड़ते हुए बुलाया।

अब टंकी साफ हो रही थी। टंकी के ठीक सामने चंचल मंडल की चप्पल रखी हुई थी। आदमी इतनी परेशानी और तनाव में भी कुछ चीजें कभी नहीं भूलता। जैसे ही टंकी पर चढ़ा था चंचल, उसे सहसा याद आया कि अचंभित बाबा की टंकी है। उसने चप्पल उतारकर टंकी में प्रवेश किया था। उसी चप्पल ने पकड़वा भी दिया था। पंडित जी का घर हो या टंकी, नियम तो नियम था। चंचल बेचारे ने अपनी ओर से तो भरपूर कोशिश की थी लेकिन फिर भी अचंभित बाबा को टंकी साफ करवानी ही पड़ी।

16

समय चुपचाप अपने कदम धरते-धरते निकल रहा था। पेड़ों पर आई नयी पत्तियाँ पीली होकर गिर गईं। रोपनी, खटनी और कटनी का एक और चक्र पूरा हो गया था। बरसात की झमझम, जाड़े की कड़कन और फाल्गुन की बहार, सब अपनी-अपनी बारी निभाकर चले गए थे।

महीनों के पहिए ऐसे ही घूमते जा रहे थे।

चंचल मंडल को ऐसी उम्मीद नहीं थी कि होली और दिवाली दोनों जेल में बीतेगी। लेकिन सारे पर्व–त्योहार वहाँ मना के अब कुछ दिन पहले ही रिहाई हो गई थी।

अभी तक ये पूरी तरह से स्पष्ट नहीं था कि आखिर किसके इशारे या षड्यंत्र के कारण चंचल को जेल प्रवास करना पड़ा था। चंचल मंडल ने भी अब ये जानना नहीं चाहा कि उसे इस तरह जड़ से उखाड़ने के पीछे कौन था। उसने जेल से आने के बाद न ही कमल बिहारी से संपर्क किया और न ही अचंभित बाबा से आगे के शांतिपूर्ण जीवन के लिए आशीर्वाद लिया।

जिस दिन जेल से निकला था, सबसे पहले उधर से ही घर आते वक्त रास्ते में सम्राट मीट सेंटर नाम की दुकान पर गाड़ी रोक, अपने सामने बकरा कटवा के, अपनी पसंद के अंगों को पॉलीथिन में रखवाकर करीब तीन किलो मांस लेते हुए आया था घर।

बिना नहाए पहले भरपेट मांस खाया था उसने। यही छोड़कर तो गया था जेल।

अब मवेशियों के व्यापार का मामला मुश्किल हो गया था। साल भर में पूँजी हिल गई थी और उसके व्यापारिक साझेदार भी किनारा कर चुके थे। पुनः मवेशियों की बिक्री का कामधाम शुरू करना फिलहाल कठिन था। पूँजी से ज्यादा मामला अब इस व्यापार के प्रबंधन का था। दारोगा बदल चुका था। जेल जाने के कारण साख जा चुकी थी। मंत्री जी का आदमी होने की मुहर भी फीकी हो गई थी।

उसने नया रास्ता निकाला। बाजार में एक कमरे वाली छोटी–सी दुकान खरीद रखी थी वर्षों पहले। बंद ही पड़ी थी।

चंचल मंडल ने जैसे–तैसे इंतजाम कर उसमें मवेशियों का चारा बेचने की दुकान खोल ली।

'गोवर्धन डेयरी सप्लायर्स' के बोर्ड के नीचे गद्देदार आसन पर चंचल बैठने लगा था। गोवर्धन उसके दादा का नाम था। परिस्थितियाँ बाप-दादा की याद तो दिला ही देती हैं।

आते-जाते लोग रुककर चंचल से कहते, ये काम सही किए चंचल, पुण्य का काम किए, गाय बेचने की जगह गाय का चारा बेचने लगे।

इधर कमल बिहारी महीनों गाँव से बाहर था। पता चला कि कई महीने से ससुराल में रह रहा था।

अब ये बात जैसे ही गाँव वालों को पता चली, किसी को यकीन ही नहीं हुआ। उसने तो शादी ही नहीं की थी।

मंत्री अवध बिहारी मंडल को भी जब ये पता चला तो तीन दिन फटी हुई धोती के टुकड़े को माथे से बाँधकर सोए, इतना दर्द करने लगा था माथा, ये आश्चर्यजनक समाचार सुन के।

मंत्री ने तो ये सुनते ही कमल बिहारी को फोन लगाया था। लेकिन फोन लगे तब तो! कोई संपर्क ही नहीं हो पाया कमल बिहारी से।

बाद में मंत्री जी ने अचंभित बाबा को लगभग उठवा लेने के अंदाज में जब आवास पर बुलवाया तब जाकर ये भेद खुला कि करीब डेढ़ बरस होने को थे शादी के।

अचंभित बाबा ने ही बाबा बैद्यनाथ के मंदिर में जाकर चुपचाप शादी संपादित करवाई थी। लड़की अपनी पसंद से खोजकर लाया था कमल बिहारी, ऐसा ही बताया था अचंभित बाबा ने।

उन्होंने मंत्री जी के सामने हाथ जोड़ बड़े ग्लानि भाव से ये बोलते हुए स्वीकार किया कि "हाँ अवध बाबू, हम भी इतना दिन छुपाए आपसे उसका शादी का बात। अब क्या ही बोलते हम? हम कमजोर आदमी, जैसे आज आप उठवा के ले आए, एक दिन इसकोरपियो ले के आया और डायरेक्ट हमको उठा के बाबा धाम ले गया। उसी गाड़ी में लड़की भी थी बैठी पहिले से। बोला कि शादी करवाइए, ई राजनीति के चक्कर में हम अपना जबानी जंग लगाएँगे क्या? मंत्री जी तो सब मजा लिए जिंदगी में, हम शादी-बिहा भी नहीं करें? हम क्या बोलते? ब्राह्मण आदमी हैं, दे दिए आशीर्वाद।"

ये सुन बरामदे में बैठे मंत्री जी ने बस कुर्सी को उठा के इधर से उधर पटका और भीतर चले गए थे आवास के।

ये मंत्री से अचंभित बाबा की आखिरी भेंटवार्ता थी।

इस समय चक्र के साथ गाँव बल्लोपुर भी उतना ही बदला था, जितना कोई गाँव बदलता है।

मसलन, कुछ पेड़ गिर गए, कुछ काट लिए गए थे, बचे हुए पेड़ों की लंबाई थोड़ी ज्यादा हो गई थी। नदी में पानी कम हो गया था। रेत की परत छिल गई थी।

कुछ घरों में इस बीच सफेद चूने की पुताई हो गई थी और कुछ के छप्पर से खपड़े उतर गए थे।

एकाध महीने पहले जिले से एसपी अमित सिंह का स्थानांतरण हो चुका था और उन्हीं के साथ के जिले के पुराने कलेक्टर भी बदले जा चुके थे।

इधर कृपालु के स्कूल के भी पुराने हेडमास्टर साहब सेवानिवृत्त हो चुके थे।

इधर लावण्या और कृपालु ने मिलकर बल्लोपुर स्कूल की थोड़ी-बहुत तस्वीर बदलने की कोशिश जरूर की थी।

लेकिन नगीना झा और सुधीर मास्टर जैसे शिक्षकों ने ये बात फैला रखी थी कि स्कूल में शिक्षक और शिक्षिका को थोड़ी मर्यादा से रहना चाहिए।

नगीना झा का हमेशा से ये आरोप था कि स्कूल की छुट्टी के बाद भी कृपालु और लावण्या क्यों रुक जाते हैं घंटे भर के लिए, कुछ बच्चों को एक्स्ट्रा पढ़ाने के बहाने?

एक दिन इसी बात पर कृपालु की नगीना मास्टर से बहस हो गई। कृपालु का कहना था कि "जो बच्चे पढ़ने में बेहद कमजोर हैं, उन्हें एक घंटे का अतिरिक्त समय दे देना क्या गलत है?"

लावण्या ने कहा था कि "जब स्कूल बंद करने की जिम्मेदारी कृपालु को दे रखी है, उसे सब कुछ समेटने में करीब एक घंटा तो लग ही जाता है। सारे शिक्षक तो कुर्सी को बरामदे और बाहर मैदान तक में निकालने के बाद वैसे ही छोड़कर चल देते हैं। इसी एक घंटे में रुककर मैं कुछ बच्चों को पढ़ा देती हूँ अतिरिक्त, तो इसमें मर्यादा कहाँ से भंग हो रही समाज की? ये कोई बहाना है क्या हमारे रुकने का। स्कूल में रुकेगा कोई? शहर नहीं देखा है हमने क्या? होटल नहीं देखे हैं क्या?"

ये सुन सारे शिक्षकों के तो कान टीस गए थे और हक्का-बक्का सा मुँह लिए सब एक-दूसरे को देखने लगे थे।

"बाप रे, आजकल के नौजवान लड़का-लड़की का सोच देखिए? सीधे होटल बुकिंग का मानसिकता?" नगीना बाबू ने मुँह पर हाथ रखते हुए अपनी पूरी क्षमता से चौंकते हुए एकदम हतप्रभ स्वर में कहा था।

आखिरकार कुछ दिनों की रस्साकशी के बाद एक दिन नगीना झा ने स्कूल बंद करने और खोलने की जिम्मेदारी खुद ले ली थी।

वो दिन कृपालु की तालाबंदी से मुक्ति का दिन था। उसके दूसरे दिन कृपालु ने शहर जाकर लावण्या को दावत दी थी इस खुशी में।

अब लावण्या और कृपालु स्कूल खुलने से एक घंटे पहले आ जाते थे और उन बच्चों को बाहर बरामदे में बिठाकर पढ़ा देते थे।

इधर नगीना झा ने खुद से ही कपार पर गुच्छा भर चाबी ले सिरदर्दी ले ली थी। स्कूल की छुट्टी होते ही उनके प्रिय साथी शिक्षक भी उनके लिए एक मिनट नहीं रुकते।

नगीना झा अपनी पत्नी से कभी-कभार रात को माथा धुनते हुए बोलते भी थे, "बहुत बेइज्जती का काम पकड़ लिए ई हम। कितना खराब लगता है

साला चाबी ले के ताला खोलना, बंद करना। कुर्सी समेटना। इस एज में ये सब बहुत अपमानजनक है। नजर छुपा के चलना पड़ता है अब गाँव में।"

"तो आपको कौन बोला था तोता–मैना के बीच में गिद्ध बन के घुसने?" पत्नी भी आखिर नगीना झा जी की ही थीं।

इधर लेकिन स्कूल में नये प्रधानाध्यापक के आने के बाद कम–से–कम कृपालु को कक्षा में पढ़ाने का अवसर मिलने लगा था। प्रभाकर भी बगल के स्कूल में पहले की ही तरह पढ़ा रहा था संविदा पर ही।

अब लेकिन इन मित्रों का आपस में मिलना पहले जितना नहीं था। दर्पण की गुमटी का बंद होना मतलब उस केंद्र का ही समाप्त हो जाना था जहाँ युवाओं, मित्रों के सुख–दुःख आकर साझा होते थे।

इधर नीलकंठ ने बेरोजगारी के मारे विलायती सिंह के यहाँ ठेकेदारी में साइट मैनेजर का काम पकड़ लिया था। पहले शिवा भी साथ ही काम करता था। लेकिन बाद में बोगो महतो ने कुछ ज्यादा पैसे का लालच दे उसे कर्जापट्टी में अपने ईंट भट्ठे का जिम्मा दे दिया था।

इस कारण शिवा की नीलकंठ से भी कम ही बात हो पाती थी।

कभी–कभार इन लोगों को चिन्मय का फोन जरूर आता था और वो अपने प्रशिक्षण, दिनचर्या वगैरह के बारे में बताता रहता था।

चिन्मय अपने घर पे तो फोन बहुत कम ही करता था। मौका ही कम मिल पाता था व्यस्त प्रशिक्षण पाठ्यक्रम के कारण।

लेकिन जब भी करता, बस माँ से बात कर थोड़ा–बहुत भावुक हो लेता, कभी बहुत याद आने पर रो के हल्का हो लेता।

लेकिन एक दिन उसने कृपालु को फोन लगा के बहुत मायूसी के साथ कहा था, "कृपालु भैया, मन एकदम नहीं लगता है। यहाँ अधिकतर लोग का यही हाल है। सब दिन–रात यही बतियाते रहते हैं कि परमानेंट होगा कि नहीं। ऐसा मेंटल स्थिति में कैसे रहेगा आदमी?"

"कल का बात आज काहे सोचते हो? हो जाएगा तुम्हारा परमानेंट। अच्छा से ट्रेनिंग करो न। घर–गाँव का टेंशन छोड़ दो, यहाँ सब ठीक है। तुम अपना परफॉर्मेंस पर फोकस करो। लक्की बीस परसेंट में आना है। और अंगद का क्या हाल है?" कृपालु राय ने अपने हिसाब से खूब समझाते हुए

कहा और ध्यान आने पर अंगद का भी हालचाल पूछा।

"अंगद का सब ठीक ही है कृपालु भैया। उ दूसरा यूनिट में है। मन उसका भी नहीं ही लगता है। उसका तो मन भी नहीं था सेना में आने का। उसका शादी भी होने वाला है शायद जल्दिए ही। उसके बाप को जान ही रहे हैं, बाँस किए हुए है शादी के लिए। एकाध महीना में निपटा देगा।" चिन्मय ने अंगद के बारे में अद्यतन जानकारी देते हुए बताया।

"ओ अच्छा। चलो तब तो बराती जाएँगे जल्दी ही। अगर जलेश्वर यादव बरात ले जाए तो! तुम्हारा भी हिसाब-किताब लगाना होगा अब। नौकरी हो गया तो अब शादी भी करना होगा न। हा हा हा चलो तुम्हारे पिता जी से बतियाते हैं।" कृपालु ने हँसते हुए विनोदपूर्वक कहा।

"हा हा हा हम अभी बच्चा ही हैं भैया। पहले आप चढ़िए घोड़ी, हमलोग नागिन डांस करेंगे।" चिन्मय ने भी मजे-मजे में कहा था।

"संविदा पर बैल बनकर खट रहे हैं। अब देखो बैल कब घोड़ी चढ़ेगा? देखे भी हो कभी ऐसा? हा हा हा।" कृपालु ने रोने वाली बात को हँसी-हँसी में कहा था।

इधर आज राजधानी में सुबह की खिली हुई धूप में बैठे मंत्री अवध बिहारी जी देह में सरसों तेल घिसवाने के बाद मसाला चाय सुड़क रहे थे।

"अरे भाई कुलभूषण किधर है? अरे जरा कमलवा का फोन ट्राई करिए तो।" मंत्री जी ने दोनों हाथ ऊपर की ओर उठा जम्हाई लेते हुए महीनों बाद पुनः कमल बिहारी की याद आने पर अपने निजी सहायक से फोन लगाने के लिए कहा।

आवाज सुनते ही वहीं बरामदे से ओट ले किसी से बात कर रहे कुलभूषण जी तपाक से मोबाइल निकाले दौड़े।

"एक बार हम अपने मन से भी लगाए थे सर, उठता ही नहीं है फोन।" दौड़ते हुए आए कुलभूषण जी ने मोबाइल पर कमल बिहारी का नंबर डायल करते-करते कहा।

"अपना मन से नहीं लगाना है पीए साहब। जब हम बोलें तब ही लगाइए।" मंत्री जी ने तुरंत टोक दिया था।

"जी जी सर, जी एकदम। हाँ, जी रिंग जा रहा है, नहीं उठा रहा। और

आज तो अपना रिंग टोन भी बदल लिया है कमल जी ने। वो सर जो पुराना वाला था न, अपना वाला रिंग टोन... बोलिए अवध बिहारी लाल की जय वाला... उसके जगह क्या उखाड़ेगा जमाना हमारा... ये लगाया है गाना। पता नहीं किस फिलिम का है। मेलोडियस है।" कुलभूषण जी ने परिवर्तन के चिह्न पकड़ते हुए कहा।

"ये सब भी गाना है? हाँ तो हमारा भी कोई कुछ उखाड़ तो नहीं ही सकता है। गाना लगाने से होता है? गाना तो है कि हम हैं सिकंदर, तो इसको लगाने से छछूँदर सिकंदर हो जाएगा?" अचानक से थोड़ा गुस्सा हो गए थे मंत्री जी। ऐसी बात ही सुना दी थी निजी सचिव कुलभूषण ने।

मंत्री जी के आस-पास रहते कर्मचारी और उनके कृपापात्र, सभी लोगों के मोबाइल में एक विशेष गीत ही रिंग टोन था, जो मंत्री अवध बिहारी के प्रति श्रद्धा, स्नेह और सहयोग की भावना को मजबूत करता था। कमल बिहारी ने रिंग टोन बदलकर वो भावना ही तोड़ दी थी।

"ई आखिर रहता किधर है? आखिर इसका ससुराल, ससुर-असुर का भी तो कोई पता-ठिकाना होगा? कि कोनो कोठा वाली से कर लिया है बिहा? तब तो खोजना मुश्किल होगा, जहाँ-जहाँ ट्रक जा रहा होगा थियेटर का, कमलवा साथे जाता होगा, क्या जी कुलभूषण जी? यही बात है क्या?" मंत्री जी ने दाँत पीसते हुए बेहद तल्ख लहजे में एकदम से एक अपमानजनक कथा बनाते हुए कहा था। उनके व्यंग्य में व्यंग्य नहीं, सीधे गंदी गाली सनी हुई थी।

"हम्मम जी सर, अरे नहीं सर... शादी तो बिरादरी में ही किए होंगे भाई साहब। आप गार्जियन हैं। बस वही गार्जियन के डर से, आपके डर से थोड़ा फरार हैं, बस यही बात होगा। कितना भी होगा सर, आपका दिया हुआ संस्कार है, खराब तो हो ही नहीं सकता। थोड़ा संकोच में नहीं आ रहे होंगे सामने।" कुलभूषण जी ने एकदम सावधानी से एक भाई के सामने दूसरे भाई की बात रखी। मन ही मन ये सोचते हुए कि 'क्या पता साला, कब एक हो जाएँ दोनों। हम काहे किसी के आगे खराब बनें?'

"अरे तो आखिर इतना महीना से साला खर्चा-पानी कहाँ से लाता होगा? इसका मतलब है कि गाँव में रहते हुए धुरचक पैसा भी बनाया होगा गलत-सलत कर के। हमारे नाम का नाजायज फायदा उठाया है इसका मतलब?

मंत्री अवध बिहारी ने भरसक अंदाजा लगाते हुए कहा।

कुलभूषण जी को बार-बार संतुलन साधना पड़ रहा था, "जी सर, हाँ वहाँ तो खैर आपका नाम और इकबाल ही इतना बड़ा है सर कि किसी का भी किस्मत बन जाए खाली नाम भर लेने से। उनको तो पूरा फ्री हैंड ही था। अब क्या ही बोला जाए सर। कमल जी से ज्यादा भरोसा का आदमी भी कौन ही था और।"

"आपको पता था क्या वहाँ का हाल–बेहाल? कौन–कौन माल बनाया है बल्लोपुर में? अब सब कुछ साला खुल रहा है तो ई भी खोल ही दो भाई।" मंत्री जी ने अबकी दूसरी नजर से देखा कुलभूषण जी की तरफ। और कुलभूषण जी ने दूसरी तरफ।

"जी सर, नहीं सर, हमारे पास क्या ही जानकारी रहेगा सर... हम तो आपके पीए हैं। दिन–रात यहाँ लगे रहते हैं। वहाँ गाँव में एक–से–एक लोग हैं पार्टी का मजबूत लोग। कमल बाबू हैं वहाँ। हम तो सेवक हैं सर।" सीधे-सीधे हाथ जोड़ते हुए कहा था कुलभूषण ने।

"हम्मम जरा उसको लगाइए तो फोन।" मंत्री जी ने कुछ सोचते हुए कहा। सुनते ही कुलभूषण जी फोन निकाल लगाने भी लगे।

"अरे किसको? समझे? किसको लगाने लगे?" पहले तो बिना नाम बताए लगाने बोला और पुनः खुद ही झिड़कते हुए टोक भी दिया मंत्री जी ने।

"वही सर, जिसको आप बोले।" असली पीए थे कुलभूषण जी। असली पीए होता ही वही है जो इशारा पाए और हरकत में आ जाए। मंत्री जी ने बिना नाम का कॉल लगाने बोला तो कुलभूषण जी बिना नाम का कॉल लगाने भी लगे थे।

"अरे मर्दे, उ पंडी जी को लगाइए। बुढ़वा को, अचंभा बाबा को।" मंत्री जी ने सम्मानपूर्वक ही नाम लिया।

कुलभूषण जी ने तुरंत नंबर लगाकर मोबाइल मंत्री जी की तरफ बढ़ा दिया।

"क्या अचंभा बाबा! अरे कब्बो इधर भी दर्शन दीजिए। नहीं हो तो एकाध बिहा हमारा भी करवा दीजिए। आजकल आते काहे नहीं हैं आवास पर? कमल बिहारी के ही साढ़ू हो गए हैं क्या? साथे रहते हैं?" आज तक शायद

ही किसी ने इस तरह से हाल–चाल लिया था अचंभित बाबा का।

पहले तो अचंभित बाबा को अपने कानों पर विश्वास नहीं हुआ कि ये मंत्री अवध बिहारी का फोन है। फोन पर जिस अंदाज में जैसी बात कही थी मंत्री जी ने, उस पर भी शुरुआत में यकीन करना मुश्किल था। लेकिन जैसे ही आवाज पहचानी, लेटे हुए बाबा खटिया पर ही उठकर बैठ गए थे।

"हुजूर, हमारा आना–जाना क्या है, आपका आदेश है सब। आप जब आदेश करिए, ब्राह्मण आदमी हूँ, हाजिर हूँ।" उधर से अचंभित बाबा ने मुस्कराकर बोलने की कोशिश के साथ कहा।

"अरे ई... कमला कहाँ रहता है? कहाँ की लड़की थी? बिहा करने के बाद कहाँ छोड़े थे दोनों को? पता–ठिकाना है कि नहीं? देश में है कि नहीं? कि नेपाल–उपाल भाग गया जी।" मंत्री जी ने सीधे-सीधे पूछा।

"हुजूर, अब हम क्या ही बोलें? बस एक बात पूछना जरूरी है, फिर हम सब बताते हैं। ये.. अ.. अ..मतलब...कमल बिहारी से एकदम अलगा–अलगी हो गया क्या अवध बाबू? मतलब हो गया तो फिर हम कुछ बताएँगे जरूरी बात। सो पहले थोड़ा–सा ई वाला संशय को खतम किया जाए। हेल्लो।" अचंभित बाबा ने तो और ज्यादा सीधे और साफ-साफ पूछ लिया था।

"अलगा–अलगी क्या होगा हो पंडी जी? किसी के बाप का खरीदा संपत्ति का बँट रहा है क्या यहाँ? कौन चीज अलग होगा? उ साला भैंसा को खिला–पिलाकर एक ठो जीने का ठिकाना दे दिए थे तो इसका मतलब कि सीधे बराबरी करेगा क्या? दुआर पर दाना–पानी पाने वाला भिखारी से अलगा-अलगी होता है? कैसा बकचोद वाला बात करते हैं आप भी अचंभा बाबा? हट्ट, आपको तो हम होशियार आदमी समझते थे मर्दे!" मंत्री जी ने एकदम वही कहा जो अचंभित बाबा जानते थे।

"नहीं, नहीं, बस बस हो गया किलीयर, एकदम हो गया ही... बात सही है। एकदम सही बात।" अचंभित बाबा एकदम हड़बड़ा के समझते हुए उतने ही अकबकाए स्वर में बोले थे।

वैसे भी अचंभित बाबा थोड़े मुँहलगे तो थे ही मंत्री जी के। एक ही गाँव का होने के कारण अचंभित बाबा ने अवध बिहारी के बीते हुए दुर्दिन और आए हुए सुदिन, सब देखे थे। इसलिए तो बल्लोपुर का कोई भी आदमी एक

बार तो बोल ही लेता था मंत्री अवध बिहारी से। गाँव के कई बुजुर्ग तो आज भी मंत्री जी को लेधवा कह के बुलाते थे। ये मंत्री जी के बचपन का पुकार नाम था गाँव में, जब वे बाल्यकाल में थे और दिन भर नाक से पानी बहता था। एक हाथ से फटी हुई हाफ शर्ट के कोने से नाक पोंछते और दूसरे हाथ में जलेबी ले के दौड़ते थे भावी मंत्री जी। जलेबी वाले हाथ से रस टगरते हुए बाँह तक जाता और लेधवा फिर बाँह तक मुँह ले जा के रस चाट लेता।

पर किसे पता था कि बाँही तक ढरके हुए रस को चाटने वाला ये लेधवा एक दिन गुदड़ी का लाल मंत्री अवध बिहारी मंडल बन जाएगा।

लेकिन गाँव आने के बाद बचपन की स्मृतियाँ मंत्री जी को इस कदर बेचैन कर देती थीं कि उनका यहाँ पाँव टिकाना मुश्किल हो जाता था। यादों की गलियों में भ्रमण कर के आनंदित होने वाली कोई बात थी ही नहीं।

आधे गाँव की नजरें तो पुराने वाले लेधवा के नजरिये से देखती थीं और बाकी बची हुईं आँखें भाग्यशाली लेधवा के रूप में। बड़ी मुश्किल से उन्हें अब गाँव में सरे-आम लेधवा के संबोधन से मुक्ति मिली थी। मंत्री जी को खुद अपना शुभ नाम याद रखने में बड़ा समय लग गया था।

अब नया दौर था। नयी उम्र के बच्चों ने तो सदा उन्हें विधायक या मंत्री के ही रूप में देखा था।

उन्हें तो बताने पर भी मंत्री जी के ऐसे बीते दिनों का यकीन नहीं होता था। इसलिए मंत्री जी भी अब ज्यादा से ज्यादा युवाओं से जुड़ना चाहते थे। कमल बिहारी को इसलिए गाँव में बिठाकर सक्रिय रखा था। लेकिन इधर कुछ महीनों से मंत्री जी को लगने लगा था कि अब समय ऐसा है कि स्वयं ही सीधे तौर पर युवाओं से जुड़ना होगा। इसी कड़ी में उन्हें जब खुद अपने ही गाँव बल्लोपुर में, कर्जापट्टी में दर्पण, चिन्मय या ऐसे ही कुछ युवाओं के विरोध का भान हुआ तो वे बेचैन हो उठे थे। ये सीधे उनकी साख पर हमला था। और ये भी साफ था कि कमल बिहारी या चंचल मंडल जैसे लोग इस संकेत को इतनी गंभीरता से नहीं ले पा रहे थे। उल्टे उनकी ही महत्वाकांक्षा के पर पसरने लगे। ये सब हालात मंत्री जी को उद्वेलित करने के लिए पर्याप्त थे।

"तो अब बताना भी है या और कुछ पूछा-पूछी बाकी है अचंभा बाबा ?" मंत्री अवध बिहारी ने झल्लाए हुए स्वर में पूछा।

"हुजूर, लीजिए सब बात रख रहे हैं खोल के। आप गर्जियन आदमी

हैं। देखिए पहला बात कि लड़की आपका जात नहीं है। और उसका जो रिश्तेदार है, उसके बारे में क्या ही बताएँ हो प्रभु।" अचंभित बाबा ने रोमांच बढ़ा दिया, फोन पर ही।

उधर मंत्री जी के भी दाँत किटकिटा रहे थे फोन पर ही।

"बताइए दीजिए परभू। बहुत बात चबाते हैं आप। इतना नहीं खाइए बात को।" मंत्री जी ने इधर से खिन्न स्वर में कहा।

"अवध बाबू, लड़की ई बोगो महतो का भांजी है, अपना ममिया ससुर हो गया आपका बोगो महतो।" अचंभित बाबा ने अगले ही पल नये रिश्तेदार से परिचय कराया।

"क्या बोले? हमारा? मूत देंगे तो बह जाएगा, हमारा रिश्तेदार बनेगा उ? आप ही अपना इलाज कराइए। ई साला कमला सब घिना दिया। बताइए बोगोआ का भांजी से बिहा? ये सब चल रहा हमारे पीठ पीछे। हाय रे साला बोगो, अपना भांजी बेच दिया रे राजनीति के चक्कर में।" मंत्री जी फोन पटक देना चाह रहे थे बात करते-करते।

"नहीं, नहीं अवध बाबू। बोगो खुश नहीं है ई बिहा से। उ तो उल्टा कह रहा कि ई मंत्री जी का चाल है महतो जाति में भी अपना भोट बनाने का। बहुत बदमाश है बोगोआ।" अचंभित बाबा भरपूर अचंभित कर चुके थे अब तक।

"हमारा चाल? बोगो महतो नेता है महतो का? उसका बाप का गुलाम है क्या महतो भोटर लोग? साला बहुत मन बढ़ गया है इसका चार पैसा कमा के। सीधे भोटरे का मालिक बुझता है खुद को। साआल्ला।" मंत्री जी के लिए अब बोलना भी मुश्किल हो रहा था गुस्से में।

"क्या बोलें अवध बाबू। बड़ा गंदा राजनीति है। कौन किसके साथ है, क्या कर रहा है, क्या चाहता है, कुछ पते नहीं चलता है।" अचंभित बाबा ने एकदम से जैसे रो देने वाली आवाज में कहा था उधर से।

"आप सब बुझते हैं पंडी जी। अरे तो फिर इसका बिहा कराया कौन इस बूढ़ारी में? उ कोई लड़का है? उसको कोई लड़की मिली कैसे? बुढ़वा का शादी होता है जी संसार में?" मंत्री जी ने एक और तकनीकी सवाल पूछ दिया था।

"कलजुग अवध बाबू। लभ मैरेज है, लड़की भी करिया ही है। कोई

देखने–सुनने में टीप–टॉप थोड़े है। भगवान ही जोड़ी बनाए हैं। पता नहीं कहाँ से प्रेम बढ़ा, कैसे खोजा, ई सब बताता कहाँ है कोई अवध बाबू?" अचंभित बाबू ने बिना मतलब के अवध बाबू पर ही नस्लीय टिप्पणी कर दी थी। कमल बिहारी कोई खानदान से अलग थोड़े था।

"हेल्लो, हेल्लो हुजूर... अवध बाबू? सर... हेल्लो... " अचंभित बाबा को लगा कि अब भी मंत्री जी कॉल पर होंगे उस तरफ।

तत्क्षण अचंभित बाबा को खयाल आया कि शायद रंग ने वार्ता भंग कर दी।

मंत्री जी ने उधर से अभी फोन काट दिया था।

इधर बल्लोपुर स्कूल में आज हलचल मची हुई थी। स्कूल खुलते ही सूचना मिल गई थी कि आज जिले के कुछ उच्च अधिकारी जाँच के लिए आएँगे।

सुबह से दोपहर तक हेडमास्टर साहब ने माथा खजुआते हुए गुजार दिया था।

"क्या नगीना बाबू, आप कहते थे कि शिक्षामंत्री का गाँव है, आराम से नौकरी करिए। यहाँ कोई जाँच के लिए आता ही नहीं है। ई क्या हेडेक आ गया? देख रहे हैं?" नये आए हेडमास्टर ने नयी आई आफत के हवाले से कहा था।

"हाँ, ई तो हमारे लिए भी नया बात ही है सर। आप चिंता नहीं कीजिए। कुछ बात होगा जरूर भीतरी। अधिकारी का तो औकात नहीं कि बल्लोपुर में आ के पढ़ाई–लिखाई जाँच कर ले। देखिए न अब क्या करने आ रहा अधिकारी लोग? स्कूल इधर थोड़ा बदनाम भी तो हो रहा है, ये कुछ शिक्षकों के ज्यादा आधुनिक होने के कारण।" नगीना बाबू ने सीधे-सीधे इशारा कर दिया था।

दोपहर के सूरज की गर्मी के कारण अन्य दिनों में अधिकतर शिक्षक कुर्सी पर पिघल के पसर ही जाते थे। आज सब कमर सीधी कर, कुर्सी से टिककर कक्षाओं में बैठे थे।

ठीक तभी धूल सना एक झोंका स्कूल के बरामदे की तरफ उड़ता हुआ आया।

एकदम से तीन गाड़ियाँ गड़गड़ाते हुए गली में दाखिल हुईं और अगले ही क्षण स्कूल के बरामदे के सामने थीं।

हेडमास्टर साहब चौथी कक्षा में ब्लैकबोर्ड के सामने खड़े थे। बाकी शिक्षक भी अपनी-अपनी कक्षा में ब्लैकबोर्ड पकड़े हुए थे।

दो अधिकारी सफेद शर्ट और गहरे नीले पैंट में जूते पटकते हुए सीधे प्रधानाध्यापक के कक्ष में घुसे। पीछे से दौड़ते हुए हेडमास्टर साहब घुसे।

"प्रणाम सर। हम हैं सर प्रभारी प्रधानाध्यापक यहाँ के।"

"ओके ओके, क्लास चलिए। सारे टीचर प्रेजेंट हैं? कोई छुट्टी पे या बिना बताए गायब? जल्दी बताइए।" अधिकारियों ने बिना रुके चलते हुए दनादन पूछा था।

"सब सर, सब हैं। एक भी कम नहीं। सारे छात्र भी। मतलब जो भी सुबह था छात्र, अभी भी सारा है। हमारे यहाँ सारा घंटी पढ़ाई होता है।" हेडमास्टर साहब ने जैसे-तैसे साँस लेते हुए कहा।

"शिक्षामंत्री जी का गाँव है सर, यहाँ हमलोग बहुत अच्छा से पढ़ाते हैं। कोई चीज का कमी नहीं है सर।" पीछे से पूरे आत्मविश्वास के साथ नगीना मास्टर ने विशेष जानकारी दी।

"क्या नाम है आपका? इधर आगे आइए। आगे आइए आप।" एक अधिकारी लगभग गुर्राते हुए पलटा।

नगीना मास्टर को तो लगा कि जैसे हृदयाघात न हो जाए।

"सर, मतलब मैं बोल रहा था कि बहुत अच्छा से स्कूल चलता है यहाँ। नागेश्वर झा नाम है सर।"

"और कौन-कौन हैं शिक्षक यहाँ? सब को एक कक्षा में लाइए बुला के।" दूसरे अधिकारी ने आदेश दिया।

नगीना मास्टर ने बिना इशारा दौड़कर सारे शिक्षकों को बगल वाली कक्षा में, जिसमें कृपालु पढ़ा रहा था, वहाँ जमा किया।

अब एक वहीं कुर्सी पर बैठ गए और दूसरे ने कक्षा में प्रवेश किया।

कुर्सी पर बैठे अधिकारी के पास तुरंत नगीना मास्टर सट गए।

"कुछ चाय-पानी ले आते हैं सर।" नगीना मास्टर ने मुस्कराकर भी डरते हुए कहा।

कुर्सी पर बैठे अधिकारी ने भी मुस्करा कर राहत और सहमति दोनों दे दी नगीना मास्टर को।

"क्या नाम है भाई आपका?" अधिकारी ने कक्षा में प्रवेश करते ही कृपालु से इसी अंदाज में पूछा।

"गुड आफ्टरनून सर, सर मेरा नाम कृपालु राय है। यहाँ संविदा पे हूँ अभी। परमानेंट नहीं हूँ।" कृपालु ने अपना परिचय दिया।

"ओ परमानेंट नहीं हो? आजकल संविदा वाले का बहुत शिकायत सुन रहे। एक भी योग्य नहीं है जो पढ़ाने के काबिल हो। बहुत वर्स्ट सिचुएशन है स्कूलों में। क्या पढ़ाते हो आप?" अधिकारी ने अपनी तरफ से अपनी राय देते हुए पूछा।

"मैं विज्ञान पढ़ाता हूँ। वैसे तो जरूरत पे हर विषय पढ़ा लेता हूँ।" कृपालु ने उम्मीद से बुरा जवाब दिया था। अधिकारी को तो उम्मीद थी कि एक विषय भी न पढ़ा पाएँ संविदा वाले।

"वॉव, साइंस? कितना पढ़े हो? व्हाट इज योर क्वालिफिकेशन?" विज्ञान सुनते अँग्रेजी में धमकाया अधिकारी ने।

"सर, एमएससी इन बॉटनी, यूनिवर्सिटी टॉपर।"

"चलो देख ही लेते हैं भाई टॉपर को। ये बताइए कि पौधा कार्बन डाईऑक्साइड लेता है और ऑक्सीजन छोड़ता है, ये स्टेटमेंट सही है तो इसे एक्सप्लेन करो। प्रोसेस बताओ।" अधिकारी ने अपनी ओर से एक सरल प्रश्न से शुरुआत की।

प्रबुद्ध अधिकारी वही पूछते थे जो कम-से-कम वो खुद जानते हों।

"सर स्टेटमेंट ही गलत है।" कृपालु ने साधारण और सही दिख रहे कथन को ही गलत कह दिया था।

"व्हाट? क्या गलत है इसमें?" अधिकारी पहले तो चौंका ही था।

"सर, पौधे केवल दिन में ऐसा करते हैं। प्रकाश संश्लेषण दिन में होता है। तो स्टेटमेंट तो सही होगा कि पौधे दिन में कार्बन लेते और ऑक्सीजन छोड़ते हैं। बच्चे यही तो छोटी-छोटी अवधारणात्मक गलती कर जाते हैं और सूक्ष्म प्रश्न का उत्तर गलत कर आते हैं।" कृपालु ने बेहद सूक्ष्म अपमान कर दिया था अधिकारी के सीमित ज्ञान का।

"मतलब? तो रात को क्या करते हैं पौधे? सोते हैं? मोबाइल चलाते हैं?" अधिकारी ने अब प्रतिप्रश्न में थोड़ा हास्य डालने की कोशिश की।

"नहीं, रात को हमारे जैसा हो जाते हैं। ऑक्सीजन लेते हैं और कार्बन छोड़ते हैं। और इसलिए लोकोक्ति में ये कहा भी जाता है कि रात को पौधे सोए हैं, वहाँ मत जाओ।" कृपालु ने अधिकारी के पौधे सुलाने पर प्रश्न नहीं उठाया।

"अच्छा ये बताओ कि पानी गर्म करने पर क्या होता है?" अधिकारी ने तपाक से दूसरा प्रश्न दागा।

कृपालु ने सहजता से कहा, "सर, ताप मिलने पर पानी के अणु गति पकड़ते हैं और... "

तभी अधिकारी ने बीच में ही हाथ उठाकर टोकते हुए कहा, "हाँ हाँ, वाष्प बन जाता है क्योंकि पानी का अणु टूट जाता है।"

कक्षा में कुछ बच्चों ने एक-दूसरे को देखा।

कृपालु कुछ क्षण मौन रहा, फिर शालीनता से बोला, "माफ कीजिए सर, अणु नहीं, अणुओं के बीच का बल ढीला पड़ता है। अणु तो नहीं टूटते।"

वातावरण एकदम जम गया। अफसर का चेहरा कस गया।

"आप कहना चाहते हैं कि मैं गलत हूँ?" अधिकारी ने आँखें ऊपर-नीचे करते हुए पूछा।

"नहीं सर, विज्ञान में कोई गलत नहीं होता, बस अधूरा होता है।" कृपालु ने मुस्कराकर विनम्रता से कहा।

"एक मिनट। पानी सौ डिग्री पर उबलता है। ठीक है? अब आगे पूछूँ इसमें एक बात?"

"स्टेटमेंट अधूरा है सर। पानी कितनी डिग्री पर उबलेगा, ये निर्भर करता है कि आप कितनी ऊँचाई पर हैं?

"क्या मतलब?" अधिकारी चौंक गए।

"अरे छोटा-छोटा बात नहीं पकड़ना चाहिए पढ़ाई-लिखाई में। बच्चों को सीधा-सीधा पढ़ाइए कृपालु जी। हर चीज में नीक-मेक निकालिएगा तो बच्चा पढ़ेगा क्या? फिर तो बदमाश हो जाएगा। हर सवाल में गलती खोजेगा? हर जवाब में गलती खोजेगा।" तुरंत हेडमास्टर साहब ने सीधी शिक्षा के पक्ष में

कूदते हुए बीच में टोका।

"थोड़ा देर चुप रहिए सब। हाँ कृपालु जी, बताइए आप। क्या मतलब इसका?" अधिकारी को अभी हेडमास्टर को सुन खुद पर थोड़ी-सी लज्जा आई शायद।

"मतलब यह सर, कि समुद्र तल पर पानी सौ डिग्री पर उबलता है, पर अगर आप पहाड़ पर हों, तो नब्बे पर ही उबल जाएगा। जितनी ऊँचाई, उतना कम दबाव, उतना जल्दी उबाल। इंसान भी वैसा ही है सर। जिसके ऊपर जिम्मेदारी का दबाव कम होता है, वो जरा-सी गर्मी में उबल जाता है।" कृपालु ने एकदम से विज्ञान के उत्तर में व्यक्ति के मनोविज्ञान का दर्शन गूँथ दिया और ये बात समझ में भी आसानी से आ गई थी कक्षा के।

कक्षा ठहाकों से गूँज उठी। अधिकारी के चेहरे पर एक इज्जत ढकने वाली बनावटी-सी हँसी छितर गई।

"मुँह मत चलाओ न कृपालु! साहब जो पूछ रहे हैं, बस उसी का जवाब दो। साहब से ज्यादा पढ़े-लिखे तो नहीं ही हो न?" पीछे से हाथ में चाय लेकर भीतर घुसे नगीना बाबू ने धीमे से समझाते हुए कहा।

"आप क्या पढ़ाती हैं मैडम?" अभी ही अंदर आए दूसरे अधिकारी ने अब मोर्चा सँभाला और लावण्या की तरफ देखते हुए पूछा।

"हिंदी पढ़ाती हूँ। मैं हिंदी साहित्य में स्नातकोत्तर हूँ, स्वर्ण पदक हासिल।"

"अरे वाह। आप भी संविदा पे हो?" अधिकारी ने पदक पर निशाना साधना चाहा।

"संयोग से नहीं। स्थायी हूँ।"

"चलिए बताइए कि आपकी नजर में शिक्षा क्या है?" अधिकारी ने एक प्रश्न उछाल दिया।

"शिक्षा वही जो मस्तिष्क को तार्किकता दे, हाथ को हुनर दे और हृदय को करुणा दे। जहाँ भय खत्म हो जाए और जिज्ञासा जन्म ले, वही शिक्षा है।" लावण्या ने दृढ़ स्वर में कहा था।

दोनों अधिकारी इस वक्त एक उधेड़बुन में उलझे हुए थे। वो नैतिक रूप से ये निर्णय नहीं ले पा रहे थे कि उन्हें कृपालु और लावण्या जैसे पढ़ाने वालों

को दाद देनी चाहिए या फिर दोनों को उनके द्वारा दिए गए प्रश्नों की धज्जियाँ उड़ा देने वाला विरोधी माना जाए? उन्हें पहली बार किसी विद्यालय में इतनी निराशा हाथ लगी कि जिस भी शिक्षक से जो भी प्रश्न किया, उन्हें उसका उत्तर मिल गया। उनके चेहरे पर जैसे एक मात खाए खिलाड़ी का दुःख था। जैसे वो आए ही थे सब कुछ जीतने को।

"हम्ममम बहुत बढ़िया उत्तर। वाह जिला का सारा नगीना यहीं इसी स्कूल में जमा हो गया लगता है।"

ये सुनते ही अब चुपचाप पीछे खड़े नगीना मास्टर के पाँव बिना कुछ बोले बढ़ने लगे।

"जी सर, हम हैं नगीना। हमारा नाम है।" नगीना मास्टर को जो समझ में आया, जल्दी से बोल दिया।

"अरे यार, नगीने की बात हो रही है, नगीने की। मतलब काबिल शिक्षक की। आपकी नहीं भाई। जाइए एक-एक कप चाय और पिला दीजिए आप पहले।" एक अधिकारी ने अपनी हँसी सँभालते हुए कहा।

इसके करीब पाँच मिनट बाद वे दोनों वापस निकल गए थे।

"चले तो गया ऑफिसर लोग लेकिन उनको भाई बुरा तो लगा ही होगा। सुनो कृपालु और लाबनिया जी, आपलोग स्कूल का भी थोड़ा खयाल रखिए। अधिकारी के हर बात का जवाब देना कोई बढ़िया बात नहीं है।" नगीना झा ने उत्तर देने की सीमा बाँधते हुए कहा।

"हमलोग दे रहे थे क्या एक भी प्रश्न का जवाब? कम-से-कम अधिकारी के मान-सम्मान को रखना तो सीखना ही चाहिए न।" तुरंत वहीं खड़े हेडमास्टर साहब ने भी उचित सलाह दे डाली।

कृपालु और लावण्या इस वक्त होंठों पर हल्की-हल्की मुस्कराहट लिए एक-दूसरे को देख रहे थे।

वे सोच रहे थे कि कैसे सही शिक्षा और समर्पित शिक्षण किसी अधिकारी के सम्मान की अवहेलना भी बन सकता है।

तभी कृपालु दो कदम आगे बढ़ा, उसने टेबल पर रखी सफेद चॉक उठाई और काली पट्टिका परमोटे अक्षरों से लिख दिया,

'बर्तन में रखा पानी उबाल माँगता है लेकिन समुद्र में जमा पानी ठहराव

सिखाता है।'

तभी लावण्या के भी होंठ हिले, "ज्ञान का असली मूल्य तो तब ही दिखता है जब परीक्षा लेने वाला ही परखा जाए।"

आज वही हुआ था।

17

अचंभित बाबा के जोड़ी जोड़ो अभियान का रथ सदैव चलायमान था। अभी कुछ दिन पहले ही तो कमल बिहारी मंडल के प्रौढ़ ब्रह्मचर्य को मुक्ति दिलाते हुए उसे गृहस्थ आश्रम में प्रवेश करा उद्धार किया था और अब जलेश्वर यादव के पुत्र हेतु कल्याण में भिड़ गए थे।

अचंभित बाबा का प्रण था, हर वक्त किसी न किसी के जीवन में अचंभा कराते रहना।

जिस व्यक्ति के भाग्य में ईश्वर भी विवाह लिखना भूल गए हों, अचंभित बाबा का काम था अपने प्रयास से ईश्वर की उस गलती को सुधारने में लग जाना।

गाँव में जहाँ भी कोई कन्या बालिग हुई या कोई लड़का रोजगार पकड़े हुए मिला, बाबा की आँखें वहीं टिक जातीं।

जैसे किसी किसान को खेत की मिट्टी की नमी भाँप लेने का अभ्यास हो, वैसे ही बाबा के पास चेहरे की उम्र, चाल में थकान और बातों में छिपे अकेलेपन की गंध पहचानने की कला थी।

इन सबके बीच जो सबसे बड़ा अचंभा था, वो ये था कि खुद अचंभित बाबा की आज तक शादी नहीं हुई। लेकिन उससे भी मीलों आगे का वास्तविक अचंभा तो ये था कि आज इस उम्र में भी वे निराश नहीं थे। इतने दशकों तक

अचंभित बाबा द्वारा किए जा रहे प्रयत्न के कारण प्रयत्न का प्र और य घिस गया था लेकिन फिर भी प्रयत्नशीलता में कोई कमी नहीं आई थी।

लेकिन अब बुढ़ापे में प्राथमिक उद्देश्य तो परमार्थ का ही था।

इसी दृष्टिकोण से अचंभित बाबा, जलेश्वर यादव के पुत्र अंगद के लिए बड़े मनोयोग से रिश्ता खोज-खाज रहे थे।

आखिरकार ये खोज पूरी हुई भूनीलाल साव की मिठाई दुकान पर जाकर।

बगल के पकड़ीपुर गाँव के सुबोधन यादव भूनीलाल साव से आधा किलो सफेद रसगुल्ला और आधा किलो लाल रसगुल्ला बाँध देने को कह रहे थे।

"अरे, अरे होय होय क्या हाल सुबोधन भाय! अरे बाप रे, खूब रसगुल्ला–उसगुल्ला खरीदा रहा है। कच्चा–पक्का दोनों रसगुल्ला का ओर्डर हो रहा है। क्या खुशखबरी है?" पीछे से कंधे पर दोनों हाथ मारते हुए अचंभित बाबा ने सुबोधन को लगभग धप्पा देते हुए कहा।

सुबोधन यादव के शरीर में एक क्षण के लिए चमकी–सी उठी, लगा देह सिहर गई हो।

इस उम्र में, वो भी बल्लोपुर जैसे दूसरे गाँव में इतनी यारी और दिल्लगी से कोई पीछे से मिलने आ जाएगा, ये सोच भी तो नहीं सकते थे सुबोधन यादव। इसलिए अचकचा गए थे।

सुबोधन यादव पहले तो झटके से पीछे मुड़े और फिर एकाएक कुछ क्षण स्थिर हकर अचंभित बाबा को गौर से देखा।

"अरे, ओ... पंडा जी।" सुबोधन यादव ने पहचानने की कोशिश करते हुए कहा।

"पंडा नहीं, पंडी जी। अचंभित बाबा! पहचान लिए? हाँ पहचान ही लिए तुरंत आप तो। वाह जादव जी।" अचंभित बाबा ने अपनी ओर से कोशिश पूरी करवाते हुए कहा।

"हाँ, हाँ, जी, जी!" ठीक से नहीं पहचानने पर इतना ही बोल पाए सुबोधन यादव।

"तब! कौन बात का इतना मिठाई लिया जा रहा है?" अचंभित बाबा मानो किसी रसगुल्ला निरीक्षण अधिकारी की भाँति पूछताछ करने पर तुल

गए थे।

"अरे कुछ बहुत बड़का बात नहीं। लेकिन हाँ, लड़की का बीएड हो गया। आज ही रिजल्टवा आया। तो वही बस घर जा रहे थे, सोचे थोड़ा-बहुत कुछ मिट्ठा-उट्ठा लेते जाएँ।" सुबोधन यादव ने जवाब दाखिल करते हुए कहा।

"लीजिए, लीजिए तो... वाह भगवान की कृपा। अरे मतलब लड़की तो सयान हो गई भाई। क्या सोच रहे हैं? घर बसाइए।" अचंभित बाबा ने अपने अभियान में एक नाम और जोड़ते हुए कहा।

"हा हा, अरे नहीं पंडी जी। अभी तो तुरंत बीएड हुआ है। कहीं सेट हो जाए मास्टरी में, तब ही करेंगे।" सुबोधन यादव ने फिलहाल इसे एक गैरजरूरी सलाह मानते हुए सिरे से ही खारिज कर दिया।

"सुबोधन भाई, ई सब चीज में गमछा बाँध के राह नहीं देखा जाता है। महराज, नौकरी लगने के बाद शादी करिएगा? नौकरी लगता है क्या आज के समय में टाइम पर? मतलब सयान लड़की घर बैठा के रखिएगा?" अचंभित बाबा ने नौकरी के अभाव के प्रति परम विश्वास के साथ कहा।

"हाँ, नौकरी का तो गारंटी नहीं ही है। उसमें भी लड़कियों का। लेकिन फिर भी सोचते हैं कि थोड़ा समय ले के देख लें।" सुबोधन यादव ने वही कहा, जो मन में था।

"एक बात बोलें सुबोधन? ई तुमसे हमारा मोटा-मोटी आठ-दस बरस बाद भेंट हो रहा न? तो ये संयोग थोड़े है जी। ईश्वर का प्रयोजन है, तब जा के ऐसा संयोग बैठता है।" अचंभित बाबा ने अब मामला ईश्वरीय कर दिया।

"हाँ भेंट हो गया, बढ़िया बात है। आपका आशीर्वाद मिलता रहे पंडी जी।" सुबोधन यादव अब लगभग चलने-निकलने की मुद्रा में रसगुल्ले का थैला समेटते हुए बोले थे।

"नहीं समझे तुम। आध्यात्मिक आदमी हूँ मैं, एक छोटा-सा भी इशारा समझता हूँ ऊपर वाले का। अरे सोचो न, कल बेटी की नौकरी लग गई और परसों अपने मन से कहीं बिहा कर ली बेटी, तब? तब जी पाओगे?" अचंभित बाबा ने नौकरी के नुकसान गिनाने शुरू कर दिए। नुकसान भी ऐसा कि जिसकी भरपाई न हो।

एक बार इज्जत चली गई तो फिर लौटती नहीं, समाज में यही इज्जत विज्ञान था। हालाँकि आज तक कोई भी ये पता लगाने में नाकाम रहा कि इज्जत जाने के बाद आखिर अंत में कहाँ तक जाती है कि फिर वहाँ से कभी वापस नहीं आ पाती।

"आप तो बाबा, खड़े–खड़े एक ठो टेंशन वाला बात बोल दिए महराज।" अभी तक एक हल्की–सी खिली हुई मुस्कराहट के साथ बात कर रहे सुबोधन यादव के माथे पर एक महीन–सी तनाव रेखा प्रकट हो ही गई। आँखों में अपने ठोस निर्णय और अपनी समझ का धुँधलका था।

अचंभित बाबा पूरे कौशल के साथ सुबोधन के मन की किलेबंदी करने में भिड़े हुए थे।

मन को टोहते–खँगालते आखिर हृदय के एक पल्ले पर दस्तक दे दी थी।

"उमर भी कोई चीज होता है सुबोधन। समाज सीधे मुँह पर बोलता नहीं है, लेकिन उमर का हिसाब तो रखता ही है। जरा भी उन्नीस–बीस हुआ कि लोग उल्टा–सीधा बात करने लगते हैं।" अचंभित बाबा ने समाजशास्त्र के मंत्र का मारक प्रयोग करते हुए कहा था। आखिरकार सुबोधन यादव वहीं दुकान की बेंच पर बैठ ही गए। अचंभित बाबा ने भीतर के कपाट का एक दरवाजा तो ढाह ही दिया, एकाध धक्के की और जरूरत थी।

स्त्रियों की उम्र और पुरुषों की उम्र में बड़ा अंतर था। पुरुषों के लिए कहा जाता था कि जैसे-जैसे उम्र बढ़ेगी, परिपक्व करती जाएगी। स्त्रियों के लिए उम्र जैसे क्षरण की प्रक्रिया... जैसे-जैसे उम्र बढ़ती, दुनिया को लगता कि स्त्री खत्म।

पुरुषों के लिए बढ़ती उम्र उनका मार्गदर्शक था। स्त्रियों के लिए गुजरने वाला एक-एक दिन जैसे उनका समापन नजदीक लाता हो। बेटियों के लिए पूरी जिंदगी, उनकी हँसी, उनकी आजादी, उनकी पढ़ाई, सब उम्र के बंधन में बँधी, किसी समय के पहरेदार की निगरानी में रही।

"बात तो आप बड़ा प्रैक्टिकले बोल रहे हैं। लेकिन वही जरा सोचता हूँ कि पढ़ाई पूरा हो जाए, नौकरी से सहारा और सम्मान दोनों मिल जाएगा। फिर शादी तो करना है ही न।" अचानक एक थकान–सी उतर आई थी सुबोधन यादव की आवाज में अभी।

इस देश में लड़की के लिए आर्थिक सुरक्षा हो, सामाजिक सुरक्षा हो, पारिवारिक सुरक्षा, सम्मान की सुरक्षा हो, सबके लिए एक कवच शादी थी।

ब्याह करा दो, ये किसी भी माता–पिता के लिए मुक्ति का मार्ग था और इसे संपन्न करा देना निर्वाण जैसा संतोष देता था।

"नौकरी करने के बाद क्या लड़की को सहारा नहीं चाहिए? कपार पर नौकरी का ताज पहन लेने से जीवन का राजपाट थोड़े चलता है सुबोधन।" अचंभित बाबा ने सहारा देने वाली स्त्री के लिए सहारा ढूँढ़ने की सदिच्छा के साथ कहा।

"हाँ बाबा, लेकिन अपने से पाया हुआ नौकरी और आत्मसम्मान से लड़की मजबूत हो जाए तो फिर शादी करना चाहिए हमारे हिसाब से।" सुबोधन ने अपने भीतर के सत्संकल्प को ही पुनः दुहराया।

"न, न, दु अलग चीज को एक–दूसरा में मत फेंटो। बिबाह अलग चीज है। अनिवार्य है और समय पर ही होने वाला संस्कार है। इसको लेट करना, पारिवारिक मूल्य को तिलांजलि देना समझो।" अचंभित बाबा ने हल्के से झटका दिया।

"अरे अब क्या इतना दिमाग लगाएँ? बढ़िया रिश्ता आता तो करिए देते, जाइए।" एकबारगी बोल दिया सुबोधन यादव ने। अचंभित बाबा की आँखें चमकीं।

"अरे वही तो कह रहे, समय पर, समय पर शोभता है ये चीज। लंबा वेटिंग और नौकरी के बाद शादी करने में कई बार अच्छा रिश्ता हाथ से निकल भी जाता है। अभी लेकिन प्रभु तुम पर सहाय हैं भाई। आहा क्या संयोग है।"

"क्या संयोग है? कोई बढ़िया लड़का है क्या नजर में?" सुबोधन यादव आखिर ढह गए।

"नजर में? अरे ई जेब में है समझो। जब कहो तब दे देंगे निकाल के।" अचंभित बाबा इससे कम उत्साह में तो बोलने वाले थे भी नहीं अभी।

"ठीक ही है फिर। फिर निकालिए जेब से एकाध लड़का। दिखाइए हमको भी। लड़की के लायक लड़का होना चाहिए ई ध्यान रखिएगा पंडी

जी।" अचंभित बाबा द्वारा कुछ देर की ही मशक्कत में सुबोधन यादव ने न जाने कब हामी भर दी, उन्हें खुद भी पता न चला।

"लड़का तो ऐसा देंगे कि महादेव को जल चढ़ाओगे खुशी में!" अचंभित बाबा ने चहकते स्वर में कहा।

"पंडी जी, हमको बहुत दूर शादी नहीं करना। इधर गाँव से नजदीक का ही देखिएगा।" सुबोधन यादव भी अब उतने ही गंभीर थे जितने तब से अचंभित बाबा।

सारी बातें खड़े-खड़े मिठाई की दुकान पर ही संपन्न होने को थीं। उधर तब से भूनीलाल साव अपने अन्य ग्राहकों को मिठाई वगैरह बेच रहा था लेकिन उसके कान लगातार इधर ही अटके हुए थे। वो पैसे लेते और मिठाई देते वक्त भले ही गर्दन ग्राहक की तरफ रख रहा था लेकिन रह-रह के अपनी आँखें तरेर उन्हें नब्बे डिग्री तक घुमा लगातार इन दोनों की तरफ भी झलकी मार ले रहा था।

उसके दिमाग में तो चल रहा था कि कब बात तय हो जाए और यहीं मिठाई का ऑर्डर बुक कर के एडवांस भी ले लूँ।

तभी तो उसकी दुकान के ठीक सामने खड़े होकर बातचीत के बावजूद वो उन्हें किनारे हटने नहीं कह रहा था। अलबत्ता उसका मन तो अचंभित बाबा को धन्यवाद कर यही सोच रहा था कि वर और वधू दोनों पक्ष के आसपास का ही होने के कारण दोनों तरफ के रसगुल्ले के ऑर्डर मेरे ही पास आने हैं। मतलब अभी उसकी दुकान में रखे लड्डू से ज्यादा लड्डू उसके मन में फूट रहे थे। इसी बीच दुकान पर कुछ ग्राहक और आ गए। सामने स्टैंड पर बस और ट्रक की आवाजाही का शोर भी थोड़ा बढ़ गया था। भूनीलाल को अब अचंभित बाबा और सुबोधन यादव की बातचीत थोड़ी अस्पष्ट सुनाई पड़ने लगी तो उसने ग्राहकों से पैसे का लेनदेन करने के लिए अपने कर्मचारी मंटू को इशारा किया और खुद अपने जूट वाले बोरे की गद्दी से उतर ठीक दोनों के बगल, नजदीक खड़ा हो गया।

नजदीक जाते ही उसे समझ आ गया कि अब बातचीत तो अंतिम चरण में चल रही।

"अरे बाबा प्रणाम, खाली–खाली मुँह सुखाए खड़ा हैं आपलोग तब से। इतना शुभ काम हो रहा है तो इस बीच में एकाध मुँह मीठा नहीं हो जाए?

शादी का बात चल रहा न? ऐ मंटू, दो-दो पीस रसगुल्ला दो न बाबा को और यादव जी को भी। गुलाबजामुन दो ताजा वाला।" भूनीलाल साव ने अपनी दुकान पर खड़े हो गप्प करने का किराया वसूलते हुए मंटू से गुलाबजामुन की प्लेट लेते हुए कहा।

"अरे हाँ हाँ, पंडी जी को दीजिए न। हमको भी ध्यान ही नहीं रहा। इतना दिन बाद मिले और हम पंडी जी को पानी भी नहीं पूछे। बाते करते में रह गए।" सुबोधन यादव ने एकदम से लजाते हुए कहा और बिना एक क्षण गँवाए भूनीलाल से प्लेट ले अचंभित बाबा की तरफ बढ़ा दी।

"हा हा अरे बस-बस, दो-दो प्लेट मत दीजिए भाई। दो पीस तुम भी खाओ सुबोधन भाई। असली खुशी तो तुम्हारे लिए है। हमारे लिए तो भाई पुण्य का काम है, किसी भी लड़की का शादी हो जाए, ये सबसे बड़ा पुण्य है। हम बस यही चाहते हैं।

इस बीच भूनीलाल वापस अपनी गद्दी पर बैठ ग्राहकों से लेनदेन में लग गया, वो तो नीचे उतरा ही था चार गुलाबजामुन बेचने।

"हम कह रहे थे जो बात, बीच में छूट गया था... अ लड़का आसपास का ही चाहिए पंडी जी। कि कम-से-कम समधी के घर तो आना-जाना हो पाए। आजकल बेटा-पतोहू हो या बेटी-दामाद, उनके साथ समय कहाँ मिलता है आदमी को रहने-बैठने का। सब तो कमाने और नौकरी के चक्कर में बाहरे रहते हैं परदेश में ही।" सुबोधन यादव ने पहले गुलाबजामुन का आधा टुकड़ा मुँह में डालते हुए कहा।

अचंभित बाबा की गति थोड़ी अधिक थी, वे तब तक दोनों निगल चुके थे।

"आस-पास भी काहे? यहीं इसी गाँव का हीरा दे रहा हूँ। जलेश्वर यादव जी हैं एक हमारे बहुत पुरातन मित्र। उनका लड़का है अंगद कुमार यादव। अहा! दिव्य सुदर्शन। अभी जस्ट गया है ट्रेनिंग के लिए। फस्टे चरण में शौर्यवीर में हो गया भाई। प्रतिभा को कौन रोक पाया है!" अचंभित बाबा ने अब अपनी गुमटी खोली।

लड़के के बारे में ऐसा बता रहे थे जैसे फल विक्रेता सेब, नारंगी का नमूना दिखाता है और किसी कंपनी के शो रूम में कोई कर्मचारी नयी गाड़ी की विशेषता बताता है।

शुक्र था कि लड़का-लड़की खुद सामने मौजूद नहीं हुआ करते थे, अन्यथा तौल के मांस और हड्डियों का वजन भी बताया जा सकता था।

"शौर्यवीर? अरे पंडी जी... आप भी क्या बात कर रहे? ई परमानेंट थोड़े है? तीन साल का नौकरी और फिर बेगारी घूमेगा। हमको काहे फँसा रहे।" सुबोधन यादव ने हाथ की प्लेट को बगल में टेबल पर सरकाते हुए कहा। आधा गुलाबजामुन उसमें बचा हुआ ही था।

अचानक सुबोधन का चेहरा ही उतर गया था। जैसे किसी ने गरम पानी से मुँह धो दिया हो।

"परमानेंट नहीं है? अरे आधा बात सुन के निष्कर्ष काहे निकाल रहे हो भाई?" अचंभित बाबा ने भी अभी आधा ही कहा।

"क्या निकालेंगे निष्कर्ष पंडी जी। हमको बेटी के शादी का न अभी कोई हड़बड़ी है न ही मजबूरी। हम काहे ई रिस्क लें?" सुबोधन यादव ने अब स्पष्ट कहा था।

"अरे अरे, गजब का हड़बड़ी में हो सुबोधन तुम, अरे किसने कह दिया कि शौर्यवीर परमानेंट नहीं है? उसमें बीस परसेंट तगड़ा और काबिल लड़कों को स्थायी किया जाएगा, उनका पक्का नौकरी होगा। और ई जो अंगद है न, ई बीस में तो छोड़ो, अगर एक आदमी का भी होगा न स्थायी, तो इसी का होगा। लड़का देखे नहीं हो न, इसलिए शंका कर रहे हो।" इतना बोलते हुए अचंभित बाबा ने अब प्रक्रिया को थोड़ा तेजी से बढ़ाना शुरू किया और अपना मोबाइल निकाला कुर्ते की जेब से।

"इधर आओ, आओ इधर, एक बार लड़का देख लो। ई जो कलाकंद रखा है न साव जी का, इससे ज्यादा दूधिया रंग है। लंबा-चौड़ा, सुदर्शन। अरे पहले चीज तो देखो भाई।" अचंभित बाबा ने मोबाइल की स्क्रीन पर दूल्हा कैटलॉग दिखाते हुए कहा।

"हम्मम लड़का तो ठीक है। लेकिन पंडी जी वही परमानेंट वाला दिक्कत। ऊपर से देखिए, हमको खेत-बाड़ी बेचकर ही शादी करना होगा। हम अपनी बेटी को शिक्षा के अलावा कुछ नहीं दिए आज तक और न ही दे पाएँगे।" सुबोधन यादव ने बिना किसी भाव को चेहरे पर लाए, बहुत सपाट-से स्वर में कहा था।

"अरे शादी-ब्याह में देना-लेना तो अपना आँगन का शोभा है सुबोधन।

गरीब–से–गरीब आदमी भी चाहता है कि भले खेत बेच दें लेकिन लड़की को भरापूरा कर के ही विदा करें। वो सब तो हो जाएगा।" अचंभित बाबा ने भारतीय विवाह परंपरा में लेनदेन की विरासत को बचाते हुए कहा। अन्यथा सुबोधन यादव जैसे लोग तो शिक्षा देने के नाम पर लेनदेन की पूरी स्वर्णिम प्राचीन व्यवस्था ही ध्वस्त कर देते।

"पंडी जी, अभी अब कुछ नहीं बोलेंगे। हमको भी थोड़ा–सोचना समझना होगा न। ऐसे मिठाई दुकान पर खड़े–खड़े बिहा थोड़े तय हो जाएगा।" सुबोधन यादव अब कुछ भी कर के वहाँ से निकलना चाह रहा था।

"बड़ा काम ऐसे ही होता है। बड़का टाट प्लान कर के काम नहीं होता। अच्छा सुनो, सबसे जरूरी बात जान लो लड़के का। एक भी बुरा आदत नहीं। इस जमाने में दारू नहीं पीता। कोई नशा नहीं। पढ़ने में गणित का आचार्य समझो। अरे जिस लड़के में आज के युग में नशा करने का आदत नहीं हो, चरित्रवान हो तो उसका परमानेंट और टेंपोरेरी नौकरी देखने का है? कुछ नहीं करेगा तो गणित पढ़ा के पच्चीस हजार महीना कमा लेगा। और क्या चाहिए जी फिर एक लड़की को!" अचंभित बाबा ने अस्थायी नौकरी के सामने एक गुणवत्तापूर्ण स्थायी उपाय रखते हुए कहा।

चरित्र से ही राष्ट्र निर्माण होता है। नौकरी से घर चलता है, राष्ट्र तो चरित्र से ही चलना था। अचंभित बाबा ने वही बताया था कि लड़के के पास भले फिलहाल घर चलाने का परमानेंट जुगाड़ नहीं हो, राष्ट्र निर्माण के तत्व तो थे।

सुबोधन यादव अब संशय और उलझन में उलझे थक रहे थे। अचंभित बाबा के अनुभव को भी समझ आ गया था कि आधा से अधिक काम निपट गया है। अब दूध में जमनी का जोरन दे दिया है, एकाध सप्ताह जमेगा तो दही हो जाएगा।

यही सोच अचंभित बाबा ने कहा, "ठीक है अभी तुम जाओ सुबोधन। हम आते हैं कल तुम्हारे घर। लड़की भी देख लेंगे। और ध्यान रखना, अरे भाई तुम कलेक्टर दामाद तो नहीं ही उतारोगे न खेत बेच के? जो आदमी का सीमा है उसमें ये कलेक्टर से एक पर्सेंट कम का चीज नहीं बताए हैं। खेती–बाड़ी से संपन्न परिवार है। लड़का गुणी है। कल को परमानेंट नौकरी भी तय है। भगवान ने खुद ये लड़का भेज दिया है, ज्यादा मत सोचना।"

सुबोधन ने धीमे से सिर हिलाया और चलने की अनुमति ली। जाते-जाते

खयाल आया कि चार गुलाबजामुन के पैसे देने हैं।

"अरे, अरे बाद में भी ले लेते यादव जी। ऐसा क्या हड़बड़ी था पैसा का। लड़का कौन बताए बाबा? अंगद यादव न? एक नमर लड़का है। सीधा गाय जैसा, बुद्धिमान और गोरानारा। सबगुण फीट लड़का एकदम। सेना में परमानेंट उसका नहीं होगा तो किसका होगा!" भूनीलाल ने पलक झपकते चार गुलाबजामुन का पैसा झपटते हुए आगे की व्यवस्था में अपना प्रयास करते हुए बोला।

अचंभित बाबा भी तब तक निकल चुके थे। उन्हें आगे भूनीलाल पर पूरा विश्वास था इसलिए थोड़ा जल्दी झटक के निकल गए थे।

लड़का-लड़की के बारे में गाँव-समाज के कहे का असर होता था। शादी–ब्याह की पूछताछ में समाज़ ही सबसे प्रामाणिक संस्था थी रेटिंग देने वाली।

समाज अगर एक टाँग के लड़के को धावक और एक आँख की लड़की को मृगनयनी हल्ला कर दे, मानना पड़ जाता था।

उसी तरह समाज अगर किसी धावक लड़के को अपंग, बिस्तर पर लेटा अक्षम घोषित कर दे और सुशिक्षित लड़की को आवारा–बदचलन बता दे तो फिर वही मान्य होता था।

सामाजिक मान्यताएँ आज भी दृष्टिगत वास्तविकता पर भारी थीं।

समाज इतना भारी शब्द है कि उसके आगे सत्य हमेशा वजन में हल्का रहा है।

आप चाहे कितना भी सत्य की जमीन पर खड़े रहे हों, समाज चाहे तो मिनटों में वो जमीन खींच सकता था।

समाज ही ऋग्वेद था, यही सामवेद का संगीत।

समाज राय को प्रमाण की तरह देता था और मान्यता को विधि की तरह।

लेकिन इसकी सबसे बड़ी विडंबना थी कि समाज ने जहाँ भी अपनी राय रखी, ठीक वहीं कभी जिम्मेदारी नहीं रखी।

समाज जिम्मेदारी से मुक्त एक रायबहादुर संस्था थी।

समाज विचार देता था, जिम्मेदार आदमी होता था।

सामूहिक निर्णय वाला समाज कभी सामूहिक उत्तरदायित्व के बोध से

नहीं बँधा।

यही लोकतंत्र की मूल भावना और जरूरत थी, हमारा समय और हमारी व्यवस्था यहीं चूकती रही।

इधर बल्लोपुर स्कूल में आज का दिन बड़े परिवर्तन का दिन था।

कृपालु बहुत हड़बड़ाता हुआ पहुँचा था। लावण्या आज अभी तक आई नहीं थी।

"बताइए लास्ट-लास्ट में तो समय पर पहुँचे मैडम।" नगीना मास्टर ने व्यंग्य में कहा।

"अब न भी पहुँचे तो क्या उखड़ना है सर?" कृपालु ने व्यंग्य का सहारा नहीं लिया कहने में। ऐसे कहा कि सीधे बुरा लगे नगीना बाबू को।

असल में अचानक लावण्या के स्थानांतरण का आदेश निकल गया था।

इस वक्त जैसे स्कूल के वातावरण का तापमान दो हिस्सों में बँट गया था। एक तरफ नमी थी जो कृपालु की आँखों में देखी जा सकती थी और दूसरी तरफ दबी हुई उष्णता जिसे बाकी शिक्षकों के हाव-भाव में महसूस किया जा सकता था। उनके बोलने और बैठने के अंदाज में झलक रही थी अंतर्निहित प्रसन्नता। सारे शिक्षक भले ऊपर से मुस्करा नहीं रहे थे लेकिन भीतर ही भीतर हृदय पर से जैसे कोई साल भर से रखा हुआ वजन उतर गया था। नगीना मास्टर हों या सुधीर मास्टर, सबकी दबी हुई साँस जैसे आज खुलकर निकली थी। लावण्या का रूप, उसका यौवन, उसकी कृपालु से निकटता, उससे मित्रता, उसकी पढ़ाई-लिखाई, उसका अनुशासन, उसका बच्चों को पढ़ाने के प्रति समर्पण, ये सब एक बोझ की तरह लगता था बाकी शिक्षकों को।

अगर आसपास योग्यता और अच्छाई हो तो वो अकर्मण्यता और मक्कारी पर एक अदृश्य दबाव बनाती है। क्योंकि कर्तव्यनिष्ठा और समर्पित क्रियाशीलता संग रहने वालों की लापरवाही, सुस्ती और ढीलेपन को नंगा कर देती है।

और ये नाकारापन अब कितनी बार अपने कपड़े सँभाले और खुद को कितनी तरफ से ढकता फिरे। आज स्कूल से वो आईना ही निकल रहा था जिसमें लापरवाही और अकर्मण्यता को अपना नंगा होना दिख जाता था,

उससे आज एक विशेष संतुष्टि का अनुभव हो रहा था साथी शिक्षकों को।

आज हेडमास्टर साहब ने समय से पहले चाय मँगवा ली थी। नगीना बाबू बिस्कुट का पैकेट खोलकर पसरे थे कुर्सी पर। जैसे मन के भीतर आतिशबाजी चल रही हो कई शिक्षकों के।

नये वाले हेडमास्टर साहब भी चुस्की के साथ गप्प कर रहे थे।

"सहयोग भी नहीं कर पा रही थीं मैडम यहाँ हमलोग को। चलिए आप काबिल हैं, आपमें योग्यता है, लेकिन आपको अपने साथी शिक्षकों के साथ मिलकर न काम करना होगा। कभी हमारे साथ पाँच मिनट बैठी नहीं महराज ऑफिस में। मैं किस बात का फिर हेडमास्टर ?" हेडमास्टर साहब ने चाय में बिस्कुट बोरते हुए अपना एक निजी दु:ख कह दिया था।

"ओह साथी शिक्षक! था न साथी शिक्षक, एक ही को बना ली थीं न साथी, उसी का सहयोग कर रही थीं। अरे क्या माहौल बना दिया था स्कूल का, ये सब अच्छा बात थोड़े था। खैर, अब स्कूल सुधरे थोड़ा।"

कृपालु आज स्कूल के खुलते ही चुपचाप कक्षा में जाकर बैठ गया था। सोच भी रहा था कि अभी तक लावण्या आई क्यों नहीं?

उसे पता था कि आज स्कूल के बाकी शिक्षक क्या बतिया रहे होंगे।

उसने उधर कान नहीं देना ही उचित समझा था लेकिन इधर कक्षा में भी आज उसे पढ़ाने की इच्छा नहीं हो रही थी। अभी स्कूल में बच्चों को पता नहीं चला था कि उनकी प्रिय शिक्षिका की यहाँ से विदाई होनी है।

बारह बजने को थे। लावण्या स्कूल के बरामदे चढ़ रही थी। कक्षा से ही कृपालु की नजर पड़ी। वो झटके से उठा और बाहर की तरफ आया।

लावण्या की तरफ नजर गई तो वो ऐसी लगी जैसे भीतर की धूप किसी ने खींच ली हो।

लावण्या की आँखें दूसरी तरफ थीं, शायद एक ही बार में पूरा विद्यालय देखना चाह रही थी वह।

"कहाँ रह गई थीं आप ? आज इतना देर करना था क्या ? अब तो मतलब एकाध दिन आना है आपको, उसमें भी इतना देर करिएगा ?" कृपालु बस फफक नहीं पड़ा बोलते हुए।

सँभाल रहा था खुद को।

"ऐसा नहीं है कृपालु जी। वो एक जगह हो गई थोड़ी देर। सबको पता चल गया न ट्रांसफर वाला। तो थोड़ा वही सब मिलने-बोलने में... खैर, मैं जा रही हूँ क्लास में। वो एक चैप्टर कल आधा ही कराया था। अपना काम तो पूरा कर के जाऊँ?" लावण्या ने जैसे नदी के बाँध को बाँधते हुए कहा था। इतनी भरी हुई थी कि टूट सकती थी।

"आइए, आइए मैडम। चलिए बधाई हो आपको, ये देहात के स्कूल से मुक्ति मिला। शहर में हो गया ट्रांसफर। बहुत तगड़ा पैरवी लगाई लेकिन आप? आपलोग शहर का कल्चर में रही हैं यहाँ पर निभाना मुश्किल तो था ही।" लावण्या को देखते ही नगीना बाबू ने कुर्सी से उठ लगभग दौड़ते हुए आकर बधाई दी।

"अरे सर, हमारा क्या पैरवी, शिक्षामंत्री आपके मित्र हैं, गाँव के हैं। आप जहाँ चाहें हम वहाँ चले जाएँगे। वैसे एक बात कहना चाहती हूँ, एक बढ़िया काम करवा के देखिए, इस देहात के ही स्कूल को शहर की टक्कर का बनवा के देखिए न? जब इतने संसाधन और पैरवी है, शिक्षामंत्री हों जिस गाँव के, वहाँ ये तो कर ही सकते हैं आप लोग।" लावण्या ने दुःखी कर दिया नगीना बाबू को।

"अच्छा! होगा! सब होगा। आइए, चलिए सारे शिक्षक बैठे हैं। प्रधानाचार्य के कक्ष में चलिए। सब आप ही के इंतजार में थे।" नगीना बाबू ने बड़ी विनम्रता के साथ आमंत्रण दिया।

"थोड़ा और इंतजार कर लीजिए सर, अभी तो मैं क्लास लूँगी। उसे कर के आती हूँ। और इस बीच आप लोग भी एकाध पीरियड पढ़ा लें तो ठीक ही रहेगा, बच्चों को थोड़ा लाभ ही मिल जाएगा। बैठे-बैठे बोर भी हो गए होंगे सुबह से आप लोग। थोड़ा मूड भी चेंज कर लिया करिए एकाध क्लास लेकर।" लावण्या ने नगीना बाबू के चेहरे पर जैसे डंक मारते हुए हेडमास्टर के कक्ष में संग बैठने की हेडमास्टर साहब की अंतिम इच्छा को अभी और लंबित कर दिया था।

लावण्या कक्षा में चली गई, वहाँ खड़ा कृपालु भी बगल की कक्षा में प्रवेश कर गया पढ़ाने को।

नगीना बाबू हेडमास्टर के कक्ष में चले गए। तब तक दालमोठ और निमकी भी रखी जा चुकी थी प्लेट में।

“बाप रे, जाते–जाते भी शिक्षित बल्लोपुर बना के जाएगी सर। पढ़ा के आ रही है।” नगीना बाबू ने भीतर घुसते ही इसी अंदाज में सुनाया लावण्या का कहा।

“अरे जाने दीजिए। ई जितना ज्यादा पढ़–लिख के लोग आया है न नौकरी में ये लोग बहुत ज्यादा नाटक में हैं। हमलोग ही ठीक हैं, कम–से–कम नौटंकी तो नहीं न करते हैं। ई साले दोनों सुग्गा–मैना बल्लोपुर स्कूल को बर्लिन स्कूल बनाने में लगे थे।” हेडमास्टर साहब ने आखिरकार संतोष करते हुए कहा।

“इनका बढ़िया से कल एक ठो विदाई समारोह रख दिया जाए सर। थोड़ा नाश्ता–पानी का इंतजाम कर दिया जाएगा। और एक शाल वाला चादर दे के एकाध पेन–वेन के साथ इनको विदा करिए विधिवत एकदम यहाँ से।” सारी बातों के बीच एक ठोस सलाह दी थी शिक्षक सुधीर बाबू ने।

इतने में स्कूल के बाहर लगा कि बहुत गिलफिल हो रहा। लगा कि बहुत सारे लोग एक साथ बोल रहे हैं।

“क्या हुआ जी? उठकर देखिए तो!” हेडमास्टर साहब ने एक शिक्षक से कहा।

तब तक तो सत्तर–अस्सी लोगों का समूह बरामदे से लेकर प्रधानाध्यापक महोदय के कक्ष तक में फैल चुका था।

“प्रणाम सभी को। क्या सुन रहे हैं मास्टर साहब लोग? बिना कोई मतलब का मास्टरनी को भगा रहे हैं आपलोग?” कमर में कस के साड़ी बाँधे ये जागो देवी थीं।

जैसे ही जागो देवी को सबसे पहले लावण्या से स्थानांतरण वाली बात पता चली, उन्होंने गाँव जुटा लिया था। औरतें ओढ़नी सँभालते हुए, कुछ किसान खेत से, कुछ नौजवान मोटरसाइकिल किनारे खड़ी कर जागो देवी के साथ आ गए थे स्कूल।

“अरे जागो दीदी, अरे हमलोग काहे भगाएँगे? ट्रांसफर हुआ है दीदी।” अकबकाए हुए हेडमास्टर साहब सामने की टेबल को लात से पीछे धकेलते हुए झटके में खड़े हुए थे बोलते–बोलते।

“क्या टांसफर? ई नगीना का काहे नहीं होता है? ई चितकबरा सुधीरवा

का नहीं हुआ? मास्टरनी का ही होगा? स्कूल पर समाज का हक है कि नहीं? कौन पढ़ाएगा हमारा बच्चा को, ये तो हमलोग देखेंगे न? जो पढ़ाता है, उसी को भेज दोगे आपलोग बाहर? हम देखते हैं कौन भेजेगा मास्टरनी को यहाँ से? बुलाओ अवध बिहारी को, बड़का मंत्री?" जागो देवी ने जगा दिया था बल्लोपुर को।

जागो देवी ग्राम पंचायत द्वारा बनाई गई समिति के माध्यम से बरसों से स्कूल की अनौपचारिक संरक्षक थीं। न तो पढ़ी-लिखी थीं, न ऊँचे दरजे की कोई नेत्री, लेकिन हक की लड़ाई में उनके आगे किसी की आवाज नहीं टिकती थी।

धीरे-धीरे पूरा गाँव जुटने लगा। सबका यही कहना था कि "मुश्किल से तो दो लोग ऐसे आए हैं जो पढ़ा–लिखा रहे हमारे बच्चों को, और इनको भी भगा दीजिएगा? ऐसा नहीं होने देंगे।"

तभी भीड़ में किसी का स्वर उभरा, "लाबनया मैडम का ट्रांसफर रद्द होना चाहिए!"

इतने में कोई दूसरा बोला, "ई स्कूल का नाम ही मैडम से उठा है। नहीं तो कितना बदनाम था स्कूल हमारे गाँव का। अभी बच्चा लोग दस अच्छा बात बोलने–पढ़ने लग गया है।"

जागो देवी आगे बढ़ीं। हाथ उठाकर भीड़ को रोका और स्कूल के फाटक पर खड़ी होकर बोलीं, "हमारा बच्चा लोग जब तक पढ़-लिख के कुछ बन न जाए, तब तक ई मास्टरनी का जरूरत है। अब सोच लीजिए आप लोग, अगर आज चुप रहे तो कल और भी कोई बढ़िया मास्टर आए, मास्टरनी आए, ई भगा देंगे। खबरदार।"

उनकी आवाज ऐसी थी कि चलने वाली हवा भी इस वक्त उन के कहे की लय में बह रही थी। जब बात न्याय के लिए हो तो पाँचों तत्व साथ होते हैं।

अंदर प्रधानाचार्य के कक्ष में दुबके बैठे शिक्षकों के चेहरे उतर गए थे।

कुछ को डर था, भीड़ का।

कुछ को ग्लानि भी थी जो लावण्या से छुटकारा पाकर खुश थे।

और कुछ यानी नगीना बाबू जैसों को तो चिंता ये थी कि भीड़ में उनका

नाम न उछल जाए।

कृपालु बाहर की आवाजें सुन रहा था। वो देख रहा था कैसे बच्चों की प्रिय मैडम आज गाँव की बेटी हो चुकी थी।

लावण्या भी कक्षा में स्वयं शांति से बैठी थी। पर आँखों में एक ऐसे भाव के साथ जिसमें उसने शिक्षा के माध्यम से दुनिया बदलने का सपना देखा था।

वह अपनी कॉपी टेबल पर रखकर खिड़की से बाहर देख रही थी, भीड़ को, जागो देवी को, कुछ जमा हो चुके बच्चों को, उस आसमान को जिसमें आज पहली बार उसने अपने अस्तित्व की गूँज सुनी थी।

भीड़ बढ़ती जा रही थी। नारे लगाए जा रहे थे।

जागो देवी सबसे आगे खड़ी थीं। कुछ लोग हाथ में लकड़ी की छड़ी लिए हुए थे।

"जब तक ई आदेश वापस नहीं होगा, हम स्कूल के बाहर से नहीं हटेंगे।" कोरस का स्वर गूँजा।

उस दिन, स्कूल के इतिहास में पहली बार एक ट्रांसफर आदेश के खिलाफ गाँव एकजुट होकर खड़ा था। यूँ कहा जाए कि पहली बार ही गाँव किसी मुद्दे पर एकजुट हुआ था।

शिक्षा का असली अर्थ अचानक एक समूह की चेतना के रूप में आकार ले चुका था।

लावण्या और कृपालु ने जो मेहनत की थी महीनों पढ़ाने और सिखाने में, उससे बदली हुई तस्वीर अब आकार ले रही थी।

वे दोनों अभी भी अपनी-अपनी कक्षा में बैठे पढ़ा रहे थे। दोनों वहीं से कुर्सी पर बैठे ये दृश्य देख रहे थे। वे जान रहे थे कि ये भीड़ लावण्या या किसी मास्टरनी के लिए नहीं जुटी है, वे देख रहे थे कि कैसे कोई गाँव, कोई समाज शिक्षा के हक में लड़ने को एकजुट हो रहा है।

सदियों से पूरी जिंदगी लाठी डंडा तलवार घुमाने वाला, बात–बात में खेत की मेड़ पर लड़ जाने वाला और खून बहा देने वाला गाँव बल्लोपुर पहली बार लड़ाकू बना था, असली लड़ाकू जो अपने मौलिक अधिकार के लिए, बच्चों के भविष्य के लिए लड़ना सीख रहा था।

18

ये गाँव में लगन का मौसम था। बरसात के मेंढक शहनाई की तरह बज रहे थे और जुगनू शामियाने में लगे बल्ब की तरह चमक रहे थे। इन दिनों देश में सब्जी भरी चढ़ी कड़ाही से ज्यादा हल्दी लगन चढ़े लड़के-लड़कियों की देह में घिसी मिलती थी।

लकड़ी की छोटी टेबल पर लाल में नीले धागे से बना फूल के डिजाइन वाला कपड़ा बिछा हुआ था। सामने कुर्सी पर अचंभित बाबा बैठे हुए। आज सुबह के जलपान के लिए जलेश्वर यादव ने खूब आग्रह किया था। इतना स्नेहिल आमंत्रण भला कैसे स्वीकार न करते अचंभित बाबा।

"बस जल्दी तैयारी कर लो शादी का अब। हमने अपना पुण्य काम कर दिया भाई जलेश्वर। बाकी तुम और तुम्हारा भाग्य जाने। शादी की तारीख तक तय कर आए हम। अब और क्या?" अचंभित बाबा ने पुण्य के बदले भोजन स्वीकार किया था।

"एकदम आपका कृपा है बाबा। बीच में पिछला महीना तो लगा कि बात खत्म हो जाएगा, नहीं होगा ई शादी। लेकिन फिर पता नहीं आप क्या मंतर मारे, सब कुछ फिक्स हो गया एकदम एक नंबर।" जलेश्वर मारे खुशी के चहक रहा था।

"दहेज भी देखो परमानेंट वाला दिलवाए हैं। बेचारा सुबोधन को खेत

तक बेचना पड़ा। बात ही हम ऐसा तरीका से बोले कि उ बेचारा अपना किडनी तक बेच देता शादी के लिए।" अचंभित बाबा अपने दहेजदिलावन कौशल पर खुद ही रीझते हुए बोल रहे थे।

"ऐसा क्या बोल दिए बाबा? हा हा, आप लेकिन चमत्कारी आदमी हैं, महापुरुष हैं आप बाबा।" जलेश्वर ने पर्याप्त लेने के बदले उचित सम्मान देते हुए कहा।

यद्यपि इस कठिन देनदारी को इतनी कुशलता के साथ संपन्न कराने वाले अचंभित बाबा को उम्मीद थी कि सम्मान के अलावा भी जलेश्वर जरूर उनकी इच्छा का कुछ खयाल रखेगा।

"बोलना क्या था! बोले कि मंत्री अवध बिहारी का सीधा हस्तक्षेप है, पैरवी है, शौर्यवीर में स्थायीकरण तय है। गाँव का लड़का है, मंत्री जी का मित्र है लड़का का बाप जलेश्वर, कैसे नहीं होगा?" अचंभित बाबा मंत्री जी को जलेश्वर का मित्र बता, उसकी संगति के स्तर को कुलीन और उच्चस्थ बनाते हुए उसकी हैसियत को दो-तीन ताड़ के पेड़ जितना खड़ा कर के उसे प्राप्त होने वाले दहेज के समानुपाती तो बना ही आए थे।

जलेश्वर ये सब सुन इतना प्रसन्न था कि बार-बार घर के भीतर जा ये देख आ रहा था कि आखिर थाली लगने में इतनी देर क्यों हो रही।

अभी मंत्री जी से दोस्ती और तय परमानेंट नौकरी वाली बात सुन वो भीतर गया और पत्नी को विशेष निर्देश देकर आया कि आटे के हलवे में चार चम्मच घी ऊपर से डाल देना।

थाली सजकर आ गई थी। गर्म पूड़ी, आलू-परवल की सब्जी और हलवा के अलावा आम और मिर्च के भरवाँ अचार से सजी थाली को देखकर ही मन तृप्त हुआ जा रहा था।

"ओह बाप रे, अरे ई सबका क्या जरूरत था जलेश्वर। सुनो न, पूड़ी तो खा लेंगे ई जो दे दिए हो थाली में लेकिन ऐसा करो न, थोड़ा चार-छह पीस ही एकदम प्लेन सादा तवा वाला रोटी बनवा दोगे क्या? बस वही खा लेंगे।" अचंभित बाबा ने छह पूड़ी खाते हुए केवल चार-छह रोटी बनवा देने का आग्रह किया।

"अरे आटा का कमी थोड़े है बाबा, अभी तो सना हुआ ही रखा है। रुकिए, रोटी भी बनवा देते हैं। पहले दो पूड़ी और दे दें?" जलेश्वर ने दिल

खोलकर पूछा।

"लाओ अब तुम्हारा निवेदन क्या मना करें। आटा सन गया है तो बर्बाद तो नहीं ही होने देंगे न।" अचंभित बाबा ने मुँह खोलकर हाँ कहा।

तब तक रोटी भी आ गई थी गरमा-गरम।

"हलुआ में थोड़ा चीनी और डलवा दो। चीनी कम है थोड़ा। ईश्वर की कृपा से अभी तक डायबिटीज नहीं ही हुआ हमको। नहीं तो हमारे उमर का आदमी हलुआ-खीर देख के खा कहाँ पाता है जी? बीमारी ही पचास ठो है आदमी को आजकल।" अचंभित बाबा बीच में बीमार लोगों के प्रति चिंता में चीनी लेते हुए बोले।

"सुबोधन यादव बाकी बचा हुआ पैसवा दे देगा न बाबा? लड़की को दिया उपहार का पैसा तो नहीं रखेगा कोई बाप। आपको क्या लगता है?" कटोरी में परवल की सब्जी देते हुए बोला जलेश्वर यादव।

"अरे खेतवा बेचा है। उसका भी पैसा रुका है। जैसे आया कि तुमको दिया समझो। अब क्या ही लोगे जलेश्वर, खून बचा है बस बेचारे के पास।" अचंभित बाबा नाश्ता करते ही करुणा से भरने लगे थे।

रिश्ता तय होने के करीब तीन महीने के बाद अब शादी की तारीख नजदीक आ गई थी।

कुछ ही दिनों में अंगद को भी गाँव लौटना था।

इधर दर्पण शुक्ला की गुमटी कभी खुलती तो कभी बंद रहती। लगातार दुकानदारी से एक नियत आय जो होती थी, अब वो भी बाधित थी। दर्पण का आर्थिक संघर्ष दिन-ब-दिन बढ़ता ही जा रहा था और मित्रों का साथ भी पहले जैसा तो था नहीं।

कृपालु अधिकतर समय लावण्या के साथ ही था। अन्य दोस्तों में नीलकंठ ने विलायती सिंह के यहाँ काम पकड़ लिया था और शिवा, बोगो महतो के पास था।

इन दोनों प्रतिभाशाली पढ़े-लिखे युवाओं की पढ़ाई पहली बार उपयोग में आई मैट्रिक पास विलायती सिंह के दफ्तर में और लगभग अनपढ़ बोगो महतो के गोदाम में।

शुरू-शुरू में तो उन्हें बड़ा अच्छा भी लगता था कि कम-से-कम एक

मजबूत आदमी के साथ काम कर रहे और दो रोटी गाँव में ही मिल जा रही। कहीं बाहर परदेश में धक्के खाने नहीं जाना पड़ा। ऊपर से अधिकतर समय मंत्री जी और अधिकारियों की चर्चा से घिरे रहने का गर्व अतिरिक्त संतुष्टि देता था।

"हम नेता जी के दायें-बायें बैठते हैं।" शिवा यही कहता था कभी-कभी जब बहुत मौज में होता तो।

गाँव के लोग अब पहले जैसी हँसी नहीं उड़ाते। उल्टा बताते कि यही तो हम समाज के लोग कहते थे कि कहीं काम पकड़ लो, दर्पण शुक्ला की गुमटी को छोड़ो।

शिवा का काम था बोगो के सीमेंट-ईंट गोदाम की उधारी वसूली, ट्रैक्टरों की रसीदें काटना, पंचायत में जरूरत पड़ने पर बोगो के लिए भीड़ खड़ी करना और कभी-कभार किसी गरीब द्वारा बोगो का कर्ज चुकाने में असफल होने पर उसके घर-दुआर को दखल करने में बोगो का सहयोग करना और बोगो के पक्ष में गवाही वगैरह देना। बोगो ने एक देशी कट्टा भी चुपके से दे रखा था शिवा को। काम करते रहने के बाद काम के जरूरी और सक्षम औजार तो उपलब्ध कराने ही होते हैं मालिक के द्वारा।

इधर नीलकंठ का काम था विलायती सिंह के यहाँ ठेकेदारी के कागज-पत्तर संबंधी चीजें देखना, कुछ वित्तीय जिम्मेदारी, RTI आवेदन, चुनाव का कागज, थाने में पैरवी के लिए मंत्री जी के पीए से लेकर थाने के सिपाही तक से तारतम्य बनाते हुए विलायती सिंह के लिए वातावरण बनाना समाज में। आजकल एक जिम्मेदारी सोशल मीडिया पर छवि निर्माण की थी, विलायती सिंह ने ये जिम्मा भी नीलकंठ को ही दे रखा था।

अपने-अपने विषयों में सर्वश्रेष्ठ रहने वाले स्नातक और स्नातकोत्तर किए युवाओं की पढ़ाई का ये सब भी सदुपयोग होगा, ये इतना सहज तो कभी नहीं था जितना आज के समय में लग रहा था।

कभी-कभी नीलकंठ और शिवा जब मिलते तो सोचते भी थे कि 'आखिर कागज की डिग्री से क्या ही मिला हमलोगों को। साला करियर तो हमारे अपने हुनर और कलेजा झोंकने से मिल रहा।'

मनोवैज्ञानिक पतन ढोल बजाता हुआ थोड़े आता है कि डिग-डिग डम-डम बजे और शोर मचा दे।

वह धीरे-धीरे भीतर पनपता है।

जैसे किसी कच्ची दीवार में दरारें पड़ती हैं, फिर काई जमती है। बहुत धीमी होती है ढह के गिरने की प्रक्रिया।

एक दिन विलायती सिंह ने अपना रोब दिखाने के चक्कर में ठेकेदारी वाले स्थल पर किसी मजदूर को गाली दे दी। गाली सुनकर मजदूर के मुँह से एक हल्का-सा प्रतिरोध निकला। ये बात इतनी चुभी विलायती सिंह को कि उसने नीलकंठ को उसे पीट देने को कहा। नीलकंठ ने आदेश पाते ही बगल में पड़ी लाठी उठाकर उसे भरपूर पीटा। पहले तो नीलकंठ ने आदेश का पालन कर लिया लेकिन फिर कुछ देर बाद जब अंदर से आवाज आई तो उसकी हथेली काँप उठी।

वह अपने ही बनने-बिगड़ने में फर्क नहीं कर पा रहा था।

उस रात पहली बार नीलकंठ ने अपने हाथ को देर तक देखा था।

"क्या ये वही हाथ हैं जिनसे कभी मैंने बल-ऊर्जा का सवाल हल किया था?" यही सब सोचता रहा था रात भर करवट बदलते हुए।

यही हाल शिवा का भी था। उसे तो करीब रोज यही सब करना पड़ता था उधार की वसूली और बोगो की दबंगई को स्थापित करने के उपक्रम में।

एक दिन एक निरीह जब ईंट और छड़ की उधारी नहीं चुका पाया तो बोगो ने ट्रैक्टर भेजकर उसकी बकरी और साइकिल, खाट, ये सब उठवा लिया था शिवा के जरिए।

वो गरीब आदमी शिवा के पैर पकड़ रोते-गिड़गिड़ाते हुए बहुत देर तक घिसटता रहा था। दिन में तो ये सब कर लिया शिवा ने, लेकिन जब रात बिस्तर पर गया तो लगा कि उस आदमी के रोने की आवाज उसे जगा दे रही है। उसे लगा था कि कोई उसके सिरहाने आकर गिड़गिड़ा रहा। वो चीखकर उठ बैठा था।

उसे पता भी नहीं चला कि जिन हाथों से उसने ज्यामिति के प्रश्नों का उत्तर देते हुए समाधान की रेखाएँ बनाईं और टॉप किया था, वही हाथ कब कमजोरों और गरीबों की कमर तोड़ने के हथियार बन गए थे।

ऐसे में दर्पण की पान गुमटी बहुत याद आती थी। दर्पण के शब्द कि "पढ़ाई औजार है दुनिया बदलने का। इससे हालत नहीं, दुनिया के हालात

बदलने हैं" भी याद आते थे।

दर्पण के कहे शब्द कई बार चाकू की तरह घूमते भीतर ही भीतर।

नीलकंठ और शिवा के पास आज रोटी थी लेकिन उसे शांति से खाने की वजह नहीं खोज पा रहे थे वे दोनों।

कुछ दिन और गुजर गए थे। शादी–ब्याह के गीत लाउडस्पीकर पर सुनाई पड़ने लगे।

आखिरकार आज वो दिन आ गया था जब साल-डेढ़ साल के बाद अंगद अपने गाँव वापस छुट्टी पर आ गया था। बड़ी मुश्किल से बस कुछ दिन की छुट्टी मिली थी विवाह के नाम पर।

अंगद के घर शादी की तैयारी चल रही थी। जलेश्वर यादव मारे खुशी के विवाह निमंत्रण का कार्ड लेकर घूम रहा था अपनी मोटरसाइकिल में।

कुछ कार्ड लेकर अंगद भी अपने दोस्तों के घर गया था।

"अरे, अरे आओ, आओ भाई आओ। अरे एकदम फौजी लगने भी लगा तुम तो। पूरा पर्सनालिटी ही चेंज हो गया रे अंगद तुम्हारा!" दर्पण शुक्ला ने अंगद को अपने आँगन में खड़ा देखते ही दौड़कर गले लगाते हुए कहा। अंगद पता नहीं क्यों बहुत देर तक लगा रहा दर्पण के गले।

तभी बहुत धीमे से एक आवाज निकली, "अभी बहुत जल्दी नहीं हो रहा हमारा शादी दर्पण भैया?"

"अरे! अरे पगला। अब क्या जल्दी! अब लग गया हल्दी! हाहा ये सब मत सोचो। अब उम्र उतना भी कम नहीं। मेरे जैसा बुढ़ा के करोगे क्या शादी? अब उस प्यारी लड़की का सोचो जो तुम्हारे भरोसे आ रही तुम्हारे घर।" दर्पण आज भी बड़ा भाई ही था।

अंगद को फिर दर्पण की माँ ने चाय पिलाई। दर्पण ने बताया, "अब गुमटी लगातार नहीं खोल पाता हूँ। कभी सप्ताह भर चलाया, कभी बंद।"

दर्पण ने लेकिन एक और बात बताई कि वो महीने के पंद्रह दिन शहर में एक साइबर कैफे में जा वहाँ से ऑनलाइन ट्यूशन दे रहा है कुछ बच्चों को। ये सुन अंगद को थोड़ी राहत मिली कि कम–से–कम दर्पण भैया कहीं और व्यस्त हैं और पढ़ा रहे हैं। कुछ पैसे भी आ ही जाते थे।

उधर सुबोधन यादव के घर भी पूरा वातावरण खुशियों के रंग में रँगा

हुआ था।

एक बाप अपनी बेटी के लिए जितना कुछ कर सकता था, सुबोधन ने वो सब कुछ किया था अभी तक, सिवाय इसके कि उसने ये नहीं पूछा था अपनी बेटी मालती से कि उसे अभी शादी करनी है या नहीं करनी है?

पिछले तीन महीने से मालती को जिसने भी देखा था, उसे यही लगा था कि ये वो लड़की ही नहीं थी जिसने किताबों को पंख बनाकर आसमान में उड़ने की जिजीविषा के साथ आज तक अपनी कोशिशें जारी रखी थीं।

उसने कई बार अपने पिता या माता से कहना चाहा था कि अभी इतनी जल्दी शादी के खूँटे में बाँधने की हड़बड़ी क्यों?

लेकिन हर बार उसके भीतर की चीख शादी तय होने के उत्सव के कोलाहल में दब गई।

इधर जलेश्वर यादव बेटे की बरात की भी तैयारी में भिड़ गया था। घर में हल्दी की गंध, ढोलक की थाप, और रिश्तेदारों का शोर मिलकर एक त्योहार ही रच रहे थे। ठीक उसी समय, मालती के घर में भी यही चहल–पहल थी।

नयी साड़ी की सरसराहट, रसोई में गूँजते चाची–मौसी द्वारा गाए जा रहे विवाह के गीत और माँ के चेहरे पर वह चमक जिसे देख बेटी की विदाई से पहले ईश्वर भी उसकी नजर उतारता है।

पर इन दोनों घरों की चौखटों के भीतर एक समान, अदृश्य–सा सन्नाटा पसरा था, अंगद और मालती के भीतर। उत्सव और उदासी साथ चल रही थी।

दोनों की उम्र में अभी दुनिया को देखने का दूधिया उत्साह खूब बचा हुआ था। दोनों अपनी-अपनी राहें ढूँढ़ना चाहते थे। अंगद जानता था कि शौर्यवीर से लौटने के बाद बैंक की नौकरी में भविष्य खोजना है। उधर मालती पढ़ाई पूरी कर किसी छोटी-मोटी सरकारी नौकरी का सपना देखती थी। उसे लगता था कि अब जब बीएड हो गया है तो मास्टरी की नौकरी बहुत दूर नहीं है। मगर सपनों के गाँव, गाँव में बस ही कहाँ पाते थे? गाँवों में सपनों का क्या? वहाँ माँ-बाप के निर्णय ही भाग्य-रेखाएँ बनाते थे और समाज उनकी पहरेदारी करता था।

इसलिए दोनों ने बिना शोर किए, बिना विरोध किए, बस अपनी-अपनी

जगह सिर झुका दिया था।

माँ-बाप की बात रख ली थी, जैसे खेत में बैल के साथ चलने वाला हल, जो चाहकर भी अपनी दिशा खुद नहीं चुन पाता। हल के पास ही दिशा चुनने की आजादी का हल नहीं होता।

लोग कह रहे थे, "देखिए, आज के युग में माता-पिता को इतना आज्ञाकारी संतान मिलना मुश्किल ही है। भाग्य है माँ–बाप का।"

पर अंदर कहीं कुछ चुपचाप बुझ रहा था। एक ऐसी लौ, जो घरों को रौशन करती है लेकिन खुद हवा नहीं पा रही थी।

शादी की तैयारी में हर कोई खुश था सिवाय उन्हीं दो लोगों के जिनकी जिंदगी बदलने वाली थी और जिनके कारण सब खुश थे।

अपने-अपने घरों में अंगद और मालती दोनों एक अजीब–सी मुस्कान चेहरे पर चिपकाए घूम रहे थे, वैसी मुस्कान, जो देखने में खुशी लगती है, पर जैसे भीतर की घबराहट पर चिप्पी साटने के लिए गढ़ी जाती है।

सबको लग रहा था कि दो घर बस रहे हैं, पर दोनों युवाओं को ऐसा लग रहा था जैसे उनके सपनों के सामान को बाँध के किसी ने किनारे रख दिया हो और एक अनचाहे यात्री के साथ बिना किसी सामान के यात्रा पर भेज दिया जा रहा हो।

जलेश्वर यादव शायद महीनों बाद आज चंचल मंडल से मिल रहा था। जब से चंचल मंडल जेल से वापस आया था और चारे की दुकान खोल ली थी, जलेश्वर से एकाध बार ही भेंट हुई होगी।

"आइए जादब जी, पता चला कि बेटा का शादी कर रहे हैं। वाह बहुत बढ़िया।" चंचल मंडल ने देखते ही संबोधन में कहा।

"हाँ, चंचल बाबू। वही कार्ड ही तो देने आए थे। अचंभित बाबा का ही कृपा से हुआ है। एकदम सनातनी परंपरा से, हिंदू विधि–विधान से कर रहे हैं बिबाह को।" जलेश्वर ने जैसे ही अपने राजनीतिक गुरु और पूर्व जिला अध्यक्ष को देखा तो भीतर का तेज जगमगा उठा।

लेकिन चंचल अब दुकान पर बैठ पशु आहार बेचने लगा था। उसे अब बातें पहले से ज्यादा समझ आने लगी थीं।

चंचल मंडल ने बस हल्के से पूछा, "आपका इस्लाम विधि से हुआ था

विवाह?"

"अरे नहीं, हे हे हे हीं हीं हीं आप लेकिन पहले जैसा ही मजकियल हैं चंचल बाबू। तनिको नहीं बदले।" जलेश्वर यादव ने झेंपते हुए कहा।

"अरे नहीं भाई। जैसा आप बोले, वैसा हम सोचे। जब पहले भी हिंदू विधि से हुआ तो इस बार नया क्या है जिसके लिए अचंभित बाबा का स्पेशल आशीर्वाद मिला है? हमको भी अचंभिते बाबा का आशीर्वाद है जिसके कारण हम यहाँ हैं आज। समझे।" चंचल मंडल का दबा दर्द छनकर बाहर आया।

"आप गाय का चारा बेचते हैं, हम दूध बेचते हैं, बाबा दूध पीने वाले हैं, उनका दर्जा बड़ा तो होगा ही न चंचल बाबू। हीं हीं हीं लेकिन आप गुस्साइल हैं बाबा पर, चलिए आपका प्रेम और आपका झगड़ा है, आपलोग दोनों पूजनीय हैं। हम नहीं बोलेंगे बीच में।" लगभग सब कुछ बोलते हुए कहा जलेश्वर यादव ने।

चंचल मंडल भी अब और नहीं ही बोलना चाह रहा था। तभी उसे कुछ ध्यान आया।

"आपका सुने हम कि पतोहू पढ़ी-लिखी किए हैं। गरीब परिवार है लेकिन दान-दहेज तब भी बढ़िया खींच लिए हैं आप, तब न अचंभित बाबा का भक्त हुए हैं आप! ई देखिए जादब जी, आजकल तो जादब की लड़कियाँ कमाल कर रही हैं भाई। ई बगल के बेलाडीह गाँव की लड़की डिप्टी कलेक्टर हो गई।" चंचल ने अखबार उठाकर जलेश्वर यादव को दिखाते हुए कहा। जलेश्वर यादव ने एक बार तो अनमने से देखा लेकिन अचानक बेलाडीह का नाम सुन आँखें अखबार पर गईं और उसने अखबार चंचल मंडल के हाथों से ले लिया और समाचार पढ़ने लगा।

एक पल के लिए समय ठहर गया।

अखबार जलेश्वर के हाथों से फिसलते-फिसलते बचा।

चेहरे से रंग उड़ गया।

"क्या हुआ भाई? तबियत तो ठीक न?" चंचल मंडल ने उसकी अचानक हुई इस असहज स्थिति को भाँपते हुए तुरंत पूछा।

पर जलेश्वर को कुछ सुनाई नहीं पड़ा।

उसके भीतर कोई पुरानी दरार फिर से बजने लगी।

"हम, हम, हम आते हैं चंचल बाबू। बाबू, ई अखबार रख लें? एक गिलास पानी होगा? अच्छा छोड़िए न पानी। हम, हम आते हैं।" जलेश्वर यादव ने एकाध पल में ही ये सब कुछ कर लिया और एक झटके में उठकर उसी तरह लड़खड़ाती आवाज में चंचल मंडल से विदा ले तेजी से मोटरसाइकिल स्टार्ट कर वहाँ से निकला।

अभी वो सीधे बेलाडीह के रास्ते था। करीब पंद्रह मिनट में जैसे-तैसे तीन किलोमीटर चलाने के बाद एक चापानल के पास मोटरसाइकिल खड़ी की।

लड़खड़ाहट जा नहीं रही थी। उसने जैसे-तैसे पानी चलाकर अपना मुँह धोया। जैसे एक आदमी होश में आने की कोशिश में पानी के छींटे मार रहा हो खुद ही के चेहरे पे। गर्दन को नीचे झुकाकर भरपेट पानी पिया।

वहीं कुछ देर बगल के पत्थर पर बैठ गया था जलेश्वर यादव।

जलेश्वर को अपना बाईस-तेईस साल पुराना कहा याद आ रहा था।

"लड़की कमजोरी हो जाएगी। लड़की पालेंगे? तो क्या ही दे पाएँगे देश को? लड़की कमजोरी है। हम भी जिंदगी भर कमजोर रहेंगे।"

जैसे-तैसे कर के पाँच साल गुजारे थे जलेश्वर ने और उसे याद आने लगा कि कैसे बेटे का जन्म होते ही माँ की गोद से बेटी को छीनकर अलग किया था इसी हाथ से।

उस हाथ को पत्थर पर रगड़ रहा था अभी जलेश्वर यादव। ये अखबार में छपी खबर भर नहीं थी, जैसे किसी खबर का खंजर बना के उसके सीने के भीतर उतार दिया गया था।

"नहीं, नहीं, उसका नाम तो फुलिया था। फूलमती। ई तो है, ई तो शैलवी कुमारी है। ई नहीं है।" सोचकर थोड़ी-सी हिम्मत बटोरी जलेश्वर यादव ने।

"बाप का नाम है बोध नारायण चौधरी, वो तो नाना है उसका। फिर होगा कोई और।"

यही सब सोचते हुए थोड़ा सामान्य हुआ था जलेश्वर यादव। मोटरसाइकिल को एक बार फिर स्टार्ट कर बेलाडीह की तरफ निकल पड़ा।

ऐसे ही नहीं जा रहा था जलेश्वर अब भी बेलाडीह की तरफ।

किस तरह से सामना करेगा अपने जीवन के सबसे अक्षम्य अपराध का, यही सवाल मथते हुए उसका सिर चक्कर खा रहा था।

जिस कमजोरी को बोझ समझकर फेंक दिया था, आज अखबार में वही कमजोरी काबिलियत और मेधा की रौशनी बनकर चमक रही थी।

जिस कलेजे के टुकड़े को टुकड़ा समझ फेंक आया था, आज वो आसमान की विराटता को पा चुकी थी।

वह जलेश्वर की लिजलिजी सोच से कई प्रकाश मील आगे निकल चुकी थी।

उसके नाम के आगे 'डिप्टी कलेक्टर' चमक रहा था।

उस लड़की के लिए 'पिता' शब्द एक सड़न की तरह रहा था।

केवल सात किलोमीटर की दूरी पर बाईस-तेईस साल में कभी कलेजा नहीं पसीजा था जलेश्वर का। कभी झाँककर देखने तक नहीं आया था। न जाने कितनी रात उसने अपनी पत्नी को इसलिए पीट–पीटकर अधमरा किया, क्योंकि वो चुपचाप नजर बचा के अपनी बेटी को दूर से देखने निकल जाती थी।

अब ठीक बगीचे के बाद उसे अपनी ससुराल दिख रही थी। बोध नारायण चौधरी का घर स्पष्ट दिख रहा था। बाईस-तेईस साल की दूरी अब चंद कदम के फासले पर थी, लेकिन अभी भी बाईस–तेईस साल जितनी ही दूर।

इस वक्त जलेश्वर का चेहरा बुझा-बुझा-सा ही नहीं था बल्कि लग रहा था कि किसी ने तेजाब फेंक दिया हो चेहरे पर। वो इस वक्त इतनी ही जलन महसूस कर रहा था अपने भीतर, अपने बाहर भी।

जब जन्म हुआ था बेटी का तो पहले छह महीने तो ठीक रही थी। जलेश्वर उसे लेकर उतना नहीं सोच रहा था।

लेकिन छह महीने बाद बच्ची धीरे-धीरे सिमटती जा रही थी। चेहरे पर हड्डी का नक्शा उभर आया था। जरा-सा दूध पीती, तो उल्टी में सारा बाहर। दिन में चार-चार बार पानी जैसे दस्त। शरीर में इतनी ताकत न बची कि रो सके। बस हल्की-सी हाँफ निकलती। जलेश्वर को लगता था मानो बच्ची उसकी हथेलियों के बीच रुई का एक पोटला बन गई हो।

गाँव में इसे 'दूध न पचने' की बीमारी कहा जा रहा था, पर असल में यह भूख, कमजोरी और बीमारी का जहरीला मेल था।

डॉक्टर से बहुत समझने पर जलेश्वर को यही समझ आया कि बेटा होता

तो आगे कुछ खिला–पिला बचाकर पहलवान बना लेते, कमजोर बेटी का क्या करूँगा?

आखिरकार एक शाम उसने बच्ची को नाना-नानी के घर छोड़ दिया। यह बताते हुए कि "यहाँ मौसी भी है, नानी भी है, मामा भी है, इतने लोग हैं तो सँभाल लेंगे, वरना अकेली पत्नी घबरा जाती है।"

उसने तब जो फुलिया को बेलाडीह में फेंका, फिर कभी दुबारा उसे देखने नहीं आया। नहीं देखने आया कि उस फूल का रंग कैसा है? वो खिलती हुई बच्ची खिल के अब कैसी दिखती होगी? वो रंग–बिरंगी तितलियों के पीछे भागती हुई कितनी प्यारी लगती होगी?

जलेश्वर को उसके पुरुष होने के अहंकार और खुद को मर्द समझने की बीमारी ने अंधा ही बनाए रखा।

जब भी पत्नी बोलती कि बेटी ला दो वापस तो तमाचा जड़ते हुए चिल्लाता कि "जिंदगी का पूरा कमाई इलाज में चला जाएगा उसके, अगर बेटी ही चाहिए था तो ऐसा बीमारी वाला मरा हुआ कमजोर लड़की काहे जन्माए?"

रोती–बिलखती पत्नी वहीं जड़ हुए खड़ी, साड़ी की कोर गिरा के चिल्लाती, "तो लो करो न पैदा मजबूत बच्चा। तुम ही न किए पैदा? अपना पैदाइश कमजोर लगता है? तो काहे डाले बीमार बच्चा हमारे पेट में? अरे बताओ न?"

इसका एक ही जवाब होता था जलेश्वर के पास... कुछ और तमाचे।

कमजोर लड़की नहीं थी।

कमजोर जलेश्वर जैसे पुरुष थे जो समाज के डर से, थोड़ी–सी गरीबी के दबाव से, और अपनी अधकचरी मर्दानगी से हार गए थे।

जलेश्वर इस वक्त बगीचे के ठीक इस पार खड़ा था। मोटरसाइकल वहीं खड़ी कर दी थी। उसे अभी सामने दिख रही बोध नारायण चौधरी की देहरी किसी अदालत की तरह लग रही थी और ये वो अपराधी था जिसे उस अदालत में तो हारना ही था।

पाँव उठ नहीं रहे थे। तेईस साल की दूरी पाँव से नापी भी तो नहीं जा सकती थी।

उसमें दिल लगना था, वो था नहीं जलेश्वर के सीने में। उसमें साहस लगना था, रत्ती भर नहीं बचा था जलेश्वर के पास।

इस वक्त बगीचे में जो पछिया हवा चल रही थी, उससे सवाल करती ही लग रही थी।

"क्यों छोड़ा था?"

"किस हक से आज लेने चले हो?"

जलेश्वर बेटी लेने आया था लेकिन उसकी आत्मा यही प्रार्थना कर रही थी कि बेटी से सामना न हो जाए बस। वो अपने ससुर बोध नारायण के पैर पकड़ना तो चाहता था लेकिन उसके भीतर से यही आवाज आ रही थी कि उनसे आँखें न मिला लेना, अपराध के बोध से दब के मर जाओगे।

इन्हीं सब उलझनों को बड़े पतित मन से काटते हुए पाँव आगे बढ़े जलेश्वर के।

जैसे ही दरवाजा खुला...

"बोध नारायण बाबू हैं क्या?" जलेश्वर ने बोल तो दिया लेकिन उसने महसूस किया कि जो दरवाजा खुला वो उतनी ही तेजी से बंद भी हो गया था। लगा कि दरवाजा खोलने वाली लड़की को बदबू का कोई झोंका लगा हो सामने से और उसने झटके में दरवाजा बंद कर दिया हो।

सहसा अगले ही क्षण उसने ध्यान से देखा, धुँधली-सी नजर से स्पष्ट दिखा कि दरवाजे पर खड़ी लड़की अंदर जा चुकी थी और दरवाजा खुला ही था।

"अब क्या छोड़ने आए हो जलेश्वर?" अचानक बगल के दरवाजे से एक आवाज आई।

बोध नारायण चौधरी लाठी टेकते हुए बाहर आ रहे थे।

जलेश्वर को लगा कि सीधे पैर पर गिर जाऊँ लेकिन फिर उसके भीतर के पुरुष ने उसे रोक लिया झुकने से।

तभी भीतर गई लड़की, बाहर पानी का गिलास लिए आई और उसने जलेश्वर की तरफ बढ़ाया।

वह न जलेश्वर को देखकर ठिठकी न ही चौंकी। उसने बड़ा सामान्य व्यवहार करते हुए विनम्रता से खाली गिलास को वापस लिया और भीतर

चली गई।

"देखो, देखो तुम हो तो भाग्यशाली। सदियों बाद आए इस दरवाजे पर, तो डिप्टी कलेक्टर तुम्हें पानी पिला रही।" बोध नारायण चौधरी उस पानी के नहीं थे जो जलेश्वर पीता था। उस बूढ़े ने सूखे हुए फूल को पारिजात बनाकर दिखा दिया था दुनिया को।

"यही थी... अ.. अ... बेटी मेरी..मेरी बेटी।" जलेश्वर से ज्यादा असहाय कोई नहीं था इस वक्त दुनिया में।

"खबरदार जलेश्वर। एकदम नहीं। ये सब नौटंकी एकदम नहीं करना। उसको कुछ पता नहीं है। तुम कौन हो? कहाँ से आए हो? ये सब उसने न कभी पूछा न हमने बताया। चुपचाप चले जाओ यहाँ से।" बोध नारायण चौधरी की आवाज में सिंह की दहाड़-सा गांभीर्य था।

"बेटा का शादी है। घर में शुभ-शुभ है सब। इससे बढ़िया क्या होगा बेटी के वापसी का दिन? गेरा गलती माफ कर नहीं सकते क्या आप? आप तो तरस खाइए। आप तो मेरे जितना कठोर नहीं हैं।" गिड़गिड़ाते हुए न जाने कितनी निर्लज्जता को बटोरकर इतना-सा बोल पाया था जलेश्वर यादव।

"शुभ? बेशरम आदमी। देखो मैं तुम्हें इसलिए इतनी देर तक इज्जत कर छोड़े हुए हूँ क्योंकि तुमने एक काम ठीक किया, कभी बेटी से मिलने नहीं आए। अपना चेहरा तक नहीं दिखाया। मैं सिर्फ इस बात के लिए जीवन भर तुम्हारा आभारी रहूँगा।"

"मैं बाप हूँ। मेरा कुछ तो अधिकार है?" जलेश्वर ने प्राकृतिक अधिकार की मान्यता के हवाले से हिम्मत कर दी थी बोलने की।

"मूर्ख, दुनिया में डीएनये के मिलान से कोई पिता नहीं होता, पिता-माता बनते हैं पालन-पोषण की तपस्या से। हम किए हैं तेईस साल वो तपस्या। अब जब तपस्या का देवता प्रकट हो गया, वरदान मिल गया तो तुम आया है वरदान बाँटने?" बोध नारायण चौधरी ने जिस दृढ़ता के स्वर में कहा, लगा जैसे हृदय को भेदे जा रही थीं ये बातें।

"हमारा कुछ अधिकार नहीं? बेटी नहीं दीजिएगा आप हमारी?" जलेश्वर से बहुत देर तक विनम्रता के खोल में नहीं रहा गया।

"ऐ पागल आदमी। बेटी? कौन बेटी? तुम जिसे छोड़कर गए थे न जलेश्वर, उसका नाम क्या था? अरे बताओ न?" बोध नारायण गरजे।

"फुलिया, फूलमती।" मुँह से तुरंत निकल गया जलेश्वर के।

"हाँ, तो सुनो, हमने पहले फूलमती को फूल से पत्थर बनाया, शैलवी नाम रखा उसका और फिर उस पत्थर को घिस–घिस के हीरा बनाया है। अब तुमको दे दें रे ये हीरा बेचने? चले जाओ यहाँ से। अगर वो जान गई कि तुम ही वो राक्षस हो तो उस बेचारी को बहुत दुःख होगा।" बोध नारायण चौधरी ने टेकी हुई लाठी हाथ में उठा ली थी।

"माफ नहीं होगा क्या गलती हमारा?" जलेश्वर ने पतित हुए मन को फिर से बटोरकर पूछा।

"गलती? अरे पाप किए हो तुम, और कुछ पाप का तो कोई प्रायश्चित्त भी नहीं होता है। तुम्हारा पाप उसी श्रेणी का है जलेश्वर।" बोध नारायण ने ये कहकर दरवाजा पकड़ लिया था।

जलेश्वर वहीं गड़ा हुआ खड़ा था।

वास्तव में बाप तो एक पल में बना जा सकता है लेकिन पिता बनने में पूरी जिंदगी लगती है। और पूरी जिंदगी तो जलेश्वर उस बेटी से दूर ही था, फिर पिता कैसा?

जलेश्वर ये नहीं समझ पा रहा था कि जिस लड़की ने अपने जीवन में माता–पिता के खालीपन को अपनी मेहनत, प्रतिभा और संघर्ष से भरा है, जहाँ वो खुद अपने लिए जगह बनाकर खड़ी हुई हो, उस स्थान को एक छूट चुके, सड़ चुके रिश्ते से क्यों भरना चाहेगी?

अचानक दरवाजा बंद हुआ। लगा भीतर का अँधेरा जैसे जलेश्वर की आत्मा पर आ गिरा हो।

जलेश्वर के भीतर लेकिन एक दरवाजा हमेशा के लिए टूट गया था।

19

इन दिनों एक साथ बहुत कुछ चढ़-उतर रहा था बल्लोपुर और कर्जापट्टी गाँव में। लावण्या मैडम का स्थानांतरण रद्द हो गया था। कृपालु चुपचाप जा के गाँव के बजरंगबली मंदिर में पाँच लड्डू और इक्यावन रुपया चढ़ा आया था। हाथ जोड़ के यही कहा था कृपालु ने, "बस एक सरकारी नौकरी वाला नहीं हो पा रहा आपलोग से भी हे भगवान! आसपास के सारा मंदिर घूम लिए पाँच-सात साल में।"

हेडमास्टर साहब ने ही लावण्या को फोन कर के भारी आवाज में भरे मन से खुशखबरी दी थी। जागो देवी और गाँव के दबाव में शिक्षकों ने ही शिक्षामंत्री को स्थानांतरण वापस लेने के निवेदन का पत्र लिखा। नगीना झा ने मंत्री जी के पीए कुलभूषण जी को गाँव के गुस्से और जागो देवी के आक्रोशित विरोध और आंदोलन के बारे में बता दिया था।

ऐसे शायद अपना ही निर्णय बदलना पड़ा था मंत्री जी को। वैसे भी अधिकारियों को पहला निर्देश कृपालु पर किसी तरह से कोई कार्रवाई करने का था। लेकिन कृपालु ने अपनी ओर से कोई कमजोरी दिखाई ही नहीं, तो अधिकारी मन-मसोसकर रह गए थे। लेकिन लावण्या को देख उन्हें लगा कि अगर कृपालु की इस शिक्षिका से जोड़ी टूट जाएगी तो ये सजा भी कम नहीं होगी उस के लिए।

ऊपर से नगीना झा का मंत्री के पीए को दिया जाता रहा गुप्त पुनर्भरण भी लावण्या के स्थानांतरण के लिए जमीन तैयार कर गया था।

फिलहाल कृपालु और लावण्या विजयी मुस्कान लिए अपनी-अपनी कक्षा में बच्चों को पढ़ा रहे थे। उन्होंने स्थानांतरण रद्द होने की सूचना को सुनना भी जरूरी नहीं समझा था और अब प्रतिदिन स्कूल के ठीक बाद दोनों साथ ही करीब-करीब हाथ पकड़कर निकलने लगे थे।

ये देखना बाकी शिक्षकों के लिए हृदयफटान, हृदयविदारक और हृदयाघाती तीनों था।

लेकिन कृपालु और लावण्या इससे कम वाला दर्द देना भी तो नहीं चाहते थे अपने साथी शिक्षकों और हेडमास्टर साहब को। एक दिन तो पूरे शिक्षकों की मंडली जागो देवी के ही घर पहुँच गई थी। उनसे लावण्या और कृपालु की शिकायत की कि, "सारा समाज बिगड़ रहा है। छोटा बच्चा सब यही देख के खुले आम लड़की का हाथ पकड़ेगा गाँव में। बताइए क्या किया जाए जागो दीदी?"

जागो देवी तो जैसे तैयार ही बैठी हुई थीं।

"दोनों का बिहा कराना होगा। जोड़ी एक नंबर रहेगा। ठहरिए, साँझ को हम बात करते हैं। दोनों लजाता होगा एक–दूसरा से कहने में।" जागो देवी ने तो उन उड़ते पंछियों को नये ही स्वप्न का आकाश दे दिया था।

"ये औरत तो और भी सब खराब कर देगी भाई।" हेडमास्टर साहब के भीतर से यही आवाज आई।

सब के सब शिक्षक तत्क्षण ही उल्टे पाँव वापस आ गए थे जागो देवी के यहाँ से।

निराश लौटी शिक्षक मंडली अब रोज कस के बँधे, नहीं छूटने वाले हथबंधन को देखने के लिए अभिशप्त थी।

"छोड़िए, उधर ध्यान ही नहीं देना है। काहे खून जलाना भाई ये सब देख के?" हेडमास्टर साहब ने बिलकुल प्रधानाचार्य की तरह सोचते हुए समाधान निकाला था।

इधर नियति जलेश्वर का कठिन इम्तिहान ले रही थी। जब से उसे अपनी बेटी के डिप्टी कलेक्टर बनने का पता चला था, वो सदमे और शर्म से बाहर

ही नहीं आ पा रहा था।

जलेश्वर उस दिन जब अपने ससुराल से बेटी को देख घर लौटा तो ऐसा लग रहा था जैसे किसी ने उसके भीतर से पूरा आसमान खुरचकर निकाल लिया हो। बाहर, गाँव में बरात की तैयारियाँ थीं। ढोलक की थापें, पकवानों की सुगंध और रंग-बिरंगी झालरों की रौशनी। पर जलेश्वर के भीतर न रंग, न तरंग और न उमंग। इतना बुझा हुआ कभी नहीं था वह। लाउडस्पीकर में बजते विवाह गीत कानों के द्वार से टकराकर वापस हो जा रहे थे। उसके चेहरे पर एक दबा हुआ–सा सन्नाटा था। जैसे वह अभी-अभी अपनी ही कोई पुरानी परछाईं दफन करके आया हो। उसे लग रहा था कि जैसे अपने घर में वापस वो नहीं, बल्कि कोई और आया है।

बेटे अंगद की बरात निकली। पूरा टोला उमड़ पड़ा। मर्द बीन की धुन पर नाच रहे थे, लड़के दौड़-दौड़कर पटाखे छोड़ रहे थे और औरतें मंगलगान कर रही थीं। लेकिन जलेश्वर भीड़ के बीच होकर भी जैसे भीड़ से बाहर खड़ा था। जो पिता इस दिन सबसे आगे रहता, वही आज आखिरी कतार में धीमे-धीमे चल रहा था।

"क्या बात है जलेश्वर? आज कुछ गति कम है तुम्हारी? नाच–उच भी नहीं रहे हो? समधी बनते ही गंभीर हो गए मर्दे एकदम।" अचंभित बाबा ने सुस्ती भाँप ली थी उसकी।

"नहीं बाबा, बस थोड़ा माथा भारी है।" जलेश्वर ने हल्के स्वर में बस इतना ही कहा।

असल में भारीपन तो अंदर था।

दूसरे दिन सुबह बरात नयी बहू को लेकर वापस बल्लोपुर लौट आई थी। जब बरात लौटते वक्त कर्जापट्टी गाँव से गुजर रही थी, ठीक उसी वक्त एक यात्रा अपने अंतिम पड़ाव की ओर जा भी रही थी। यात्रा में बोगो महतो भी दिखा था।

पता चला कि बोगो महतो के भतीजे की पत्नी ने आत्महत्या कर ली थी। बोगो का भतीजा कर्जापट्टी गाँव में संविदा पे शिक्षक होने का वेतन पा रहा था। शिक्षक होने का कोई गुण उसमें खोजना, कोयले की खान में कोयल खोजने जैसा था। लेकिन चूँकि वो बोगो का भतीजा और एक समय के दबंग बुलेटी महतो का बेटा था, इसलिए ग्रामसभा ने चुन लिया था मास्टर के रूप

में। चौबीसों घंटे शराब और जुए की लत थी। मनोरोगी इस कदर था कि उसे खुद पे ही हमेशा से ये संदेह रहता था कि उसके जैसे कुरूप पति की पत्नी जरूर किसी और को पसंद करती होगी। रोज बीवी को इस बात के लिए पीटता कि "उस आदमी का नाम बताओ जो तुम्हारे सपने में आता है ? कोई तो होगा न पसंद ?"

पत्नी सारे जुल्म सहती, रोज हाथ जोड़कर उसके माथे ये कलंक न डालने की गुहार करती। पिछले दिनों जब वह गर्भवती हुई तो उसने उसे ये आरोप लगाते हुए पीटा कि ये बच्चा दूसरे का होगा, मेरा तो नहीं है।

उसकी बेहूदगी और पागलपन को कुछ दिन तो बीवी ने सहा लेकिन एक दिन हिम्मत कर के बोल गई, "मेडिकल जाँच करवा दो मेरा, नहीं तो हम मर जाएँगे ये सब झूठा कलंक का भार ले के।"

लेकिन वो इतना सनकी था कि इसी बात पर तब तक पत्नी को पीटता रहा जब तक कि वो बेहोश न हो गई। बाद में पेट दर्द की शिकायत पर जब डॉक्टरी जाँच हुई तो गर्भाशय बुरी तरह क्षतिग्रस्त होने के कारण गर्भस्थ शिशु की मृत्यु हो चुकी थी।

एक तो अपमान और कलंक, ऊपर से पेट में ही बच्चे की मौत। और आखिर में जब उसे ये भी पता चल गया कि उसका पति किसी अन्य महिला के साथ संबंध में है और उससे शादी की भी तैयारी कर रहा तो मुश्किल हो गया था अब खुद को सँभालना। आखिरकार किसी क्षण सहनशक्ति की डोर टूटी और अनहोनी घटित हो गई। बताया गया कि जहर खा लिया लड़की ने।

अचंभित बाबा ने शव यात्रा को जब बरात वाली गाड़ी के करीब से गुजरता देखा, तब ही बुदबुदाए थे, "यही है लीला प्रभु की, ये माया का खेल निराला नहीं तो और क्या है ? एक तरफ नयी बहू की डोली आ रही गाँव में और दूसरी तरफ एक बहू की अर्थी जा रही गाँव से।"

कुछ बरातियों ने इसे बेहद शुभ बताया तो किसी ने बड़ी ही अजब घटना बता के मोबाइल से फोटो वगैरह खींचकर रख लिया। ऐसे विरोधाभासी दृश्य सोशल मीडिया के लिए वरदान होते थे, वायरल की गारंटी।

घर में अब नयी बहू मालती देहरी पर पाँव रख चुकी थी। चेहरे पर थोड़े संकोच की रौशनी थी और आँखों में बेचैनी की परछाईं। उसके पिता सुबोधन यादव ने बहुत कुछ जोड़-घटाकर, कर्ज लेकर, कई रिश्तेदारों से भी हाथ

जोड़कर दहेज का इंतजाम किया था। बस मालती के मन में एक छोटा–सा संतोष ये जरूर डाला गया था कि लड़का सीधा और सुंदर मिला है।

कमरे में अकेली बैठी वह अपनी मेहँदी वाली हथेलियाँ देख रही थी, जैसे उसीकी लकीरों में कोई रास्ता खोज रही हो।

एक आँगन भी कई दु:खों का अनकहा संगम हो जाता है कभी-कभी।

रात गहराई।

कमरे में जल रहे पीले बल्ब के नीचे पलंग पर बैठी मालती घूँघट ओढ़े उँगलियों से लाल चुनरी की कोर मरोड़ रही थी। अंगद ने धीरे से दरवाजा खोल धीमे से प्रवेश किया था। उसे लगा था कि थकी हुई मालती सो गई होगी। लेकिन वो जागी हुई अंगद का ही इंतजार कर रही थी।

"आप सोए नहीं हैं अभी तक?" अंगद ने बड़े सकुचाए हुए स्वर में पूछा।

"इतना समय तक तो पढ़ती रहती थी गाँव में। आदत है जागने की। आपको सोना है क्या?" मालती का पहला वाक्य था ये पति से संवाद का।

"नहीं, नहीं, हमारा तो बस ठीक है, जब नींद आ जाए।" शर्म और झिझक ने अंगद को कोई नियत समय ही नहीं बताने दिया सोने–जागने का।

"सेना में तो कड़ा डिसिप्लिन होता होगा? जब मन तब सोते, जागते हैं आप?" मालती ने मुस्कराकर बिस्तर से नीचे उतरते हुए पूछा।

"हा हा, वहाँ है। लेकिन यहाँ बहुत दिनों बाद आया हूँ न गाँव, तो यहाँ कोई टाइम ही नहीं बन पा रहा सोने–जागने का।" अंगद थोड़ा सहज हो रहा था अब।

"आप खुश तो हैं न?" अंगद ने बड़ी सहजता से पूछा था।

"जी, हाँ, क्यों नहीं रहूँगी खुश! आप इतने अच्छे हैं।" मालती भरे हाथों से कुछ चूड़ियाँ उतारकर टेबल पे रखते हुए चेहरे पे हल्की मुस्कान लिए बोल रही थी।

"मतलब हम ऐसे ही पूछ रहे थे। खाली हमारे अच्छा होने से नहीं होगा न।" अंगद ने ऐसे ही टटोलने के खयाल से नहीं पूछा था। बस कुछ तो बात करनी थी।

"नहीं, सब अच्छा है। इतना अच्छा घर–परिवार है। मेरे पिताजी ने अपना

खेत बेचकर ये घर–परिवार खरीदा है हमारे लिए, अच्छा ही होगा न।" मालती के चेहरे पर वही अटकी–सी स्थिर मुस्कान थी।

अंगद को नहीं पता था कि बात से बात निकलते हुए कोई भीतर से ऐसे छलक जाएगा।

इस वक्त अंगद को आगे के शब्द खोजे नहीं मिल रहे थे।

"थकान ऐसा है कि बैठते नींद आने लग रहा है। आप भी सो जाइए, दिन भर तो परेशान रहे आप भी, इतना लोग का आना–जाना, मिलना–जुलना।" अंगद ने जैसे–तैसे सँभाला था खुद को। आँखें मालती की तरफ तकने का हौसला ही नहीं बटोर पा रही थीं। अंगद धीमे से पलंग पर पहले बैठा और फिर एक किनारे लेट गया। मालती ने भी तब तक अपने कुछ और गहने वगैरह उतारकर कपड़े बदल लिए थे। एक जैसा भाव, वही ठहरी हुई मुस्कान लिए पलंग के दूसरी तरफ मालती भी लेट गई थी। दो किनारों पर दोनों आँखें मूँदे पड़े हुए थे, बीच में सैकड़ों प्रश्नों, बेचैनियों, असहमतियों, असहजताओं का जंगल था। उसे पार करना बहुत दुष्कर था।

एक पलंग पर सोए दो लोगों के बीच भी अपरिमित, अगाध दूरियाँ हो सकती हैं। विज्ञान और मनोविज्ञान में यही तो अंतर है।

आँगन में उत्सव चलता रहा, पर भीतर अंगद, जलेश्वर और मालती, सब अपनी-अपनी उलझनों से चुपचाप जूझ रहे थे। घर में एक अनदेखी, अनकही उदासी तैर रही थी। न दिखने वाली चीजें खत्म भी तो नहीं होती हैं। क्योंकि जो दिखे ही नहीं, उसे खत्म कैसे किया जाए!

करीब एक सप्ताह के बाद अंगद को लौटना था वापस अपने मोर्चे पर। घर से विदा लेते हुए ही शायद पहली बार गले मिले थे मालती और अंगद, बड़े धीमे से, बाँहों में ठंडापन था।

इधर जलेश्वर में भी कुछ सर्द–सा जम गया था। पहले वाली गर्माहट और फुर्ती नहीं रही थी। बेटे को विदा करते वक्त इस बार वो जुनून नहीं था, जो पहली बार बस में चढ़ाकर भेजते वक्त था। इस बार एक थका हुआ बाप आया था बस स्टैंड पर छोड़ने।

इधर जलेश्वर ने अपनी बेटी वाला किस्सा अभी भी किसी से साझा नहीं

किया था। कुछ लोग गाँव में ये बात जानते थे, लेकिन अब बाईस-तेईस साल बाद वे भी इसकी चर्चा भूल चुके थे। यद्यपि उनको अगर पता होता कि जलेश्वर यादव की छोड़ दी गई बेटी डिप्टी कलेक्टर बन चुकी, तो निश्चित रूप से ये महीनों चलने वाला मसाला था गाँव की चौपाल और चाय दुकान की बैठकों के लिए।

लेकिन जलेश्वर ने अभी तक ये बात अपने ही सीने में दबाए रखी थी। उसे असल में अब अपने ससुर बोध नारायण चौधरी का भी डर था। वहाँ से मिली चेतावनी ने भी मुँह पर पहरा डलवाए रखा था।

इधर महीनों बाद एक बार फिर से दर्पण शुक्ला ने अपनी गुमटी में थोड़ा रंग वगैरह चढ़वा के उसे साफ-सुथरा कर चमका लिया था। बहुत वर्षों से ऐसे ही चल रही पुरानी-सी टीन की गुमटी अब जंग खा चुकी थी। अभी ऑनलाइन ट्यूशन वगैरह से थोड़े पैसे आए तो उससे गुमटी को रँगा और सामान खरीद दुकान में भी थोड़ी पूँजी लगाई। साथ ही अब कोशिश करने लगा कि लगातार पान गुमटी खोल सके। इसी बीच संयोग से शहर के साइबर कैफे में उसकी मुलाकात एक लड़की से हुई जो वहाँ काम सीखने आती थी और पढ़ाई भी कर रही थी। लड़की कंप्यूटर वगैरह के इस्तेमाल में निपुण थी। जब लड़की ने बताया कि उसका घर कर्जापट्टी गाँव है तो दर्पण से भाई-बहन की तरह एक रिश्ता-सा बन गया। लड़की ने एक दिन दर्पण से बताया कि रोज शहर आना उसके लिए मुश्किल हो रहा है, ऐसे में न पढ़ाई ठीक से चल रही न ही किसी अन्य कैफे में काम करने के पैसे मिल रहे। असल में उस साइबर कैफे में कई बच्चे कंप्यूटर सीखने के नाम पर मुफ्त में काम करते थे। एक दिन दर्पण ने ही सुझाव दिया, "क्यों न तुम अपना एक कंप्यूटर सेंटर खोल लो गाँव में? काम सीख ही गई हो। एकाध और आदमी रख लेना लेकिन अपना काम शुरू करो।"

पहले तो ये बात असंभव लगी लड़की को लेकिन कुछ दिनों के बाद उसने कहा, "हमने घर वालों को मना लिया है भैया, हमारे घर वाले कुछ पैसे कहीं से उधार लेकर भी इंतजाम कर देंगे। मैं खोलूँगी साइबर कैफे।"

दर्पण ने फिर अपने एकाध परिचित से कुछ पुराने कंप्यूटर और मेज, कुर्सी का इंतजाम करा दिया। बहुत कम कीमत पर चीजें मिल गईं। पैसे उधार भी मान गए थे दर्पण के परिचित। बात हुई थी कि कमरा मिलते ही सामान

ले जाएँगे और पैसे दो महीने के समय पर दे देंगे।

लेकिन समस्या अब ये थी कि लड़की अपने गाँव में ये काम नहीं करना चाहती थी। उसने कहा कि "कर्जापट्टी गाँव में तो हमारे लिए साइबर कैफे में बैठना मुश्किल ही होगा। कुछ लोग ऐसे हैं कि राक्षस की तरह मुँह बाए रहते हैं। वहाँ ठीक नहीं।"

एकाध दिन सोचने के बाद दर्पण ने बल्लोपुर में ही साइबर कैफे खोलने का सुझाव दिया। लड़की के लिए भी यहाँ से कर्जापट्टी आना-जाना आसान था। दर्पण ने आश्वासन दिया था कि एक छोटा-सा कमरा बल्लोपुर में उपलब्ध हो तो वो भी वहीं से कक्षाएँ लेगा और कुछ पैसे इस निर्माण में वो भी लगा देगा। क्योंकि शहर जाने में दर्पण को भी बहुत किराया लग ही रहा था। उसने लड़की की मदद के लिए एक और परिचित लड़के को भी खोज लिया था जो बल्लोपुर के ही आसपास का था। अब बस दर्पण को बल्लोपुर में एक कमरा खोजना था लड़की के लिए।

ठीक दूसरे दिन दर्पण के घिसे हुए काठ जैसे मोबाइल में एक घंटी बजी। "हेलो, अरे बेटा हम मास्टर जयकिशुन मिसिर बोल रहे हैं। कर्जापट्टी स्कूल में थे हम हेडमास्टर एक टाइम। अब तो रिटायर हो गए।" उधर से आवाज आई।

"अरे प्रणाम सर। आपको कैसे नहीं जानेंगे सर! हम बचपन में आपके पास मैथ पढ़ने गए हैं, बोरा ले के, पैदल ही कर्जापट्टी।" इधर से दर्पण ने तुरंत ही पहचानते हुए अभिवादन किया।

"देखो बेटा, वो जो तुम लड़की को सपोर्ट किए हो न साइबर कैफे खोलने के लिए, इसके लिए बहुत साधुवाद भाई। तुम मुझे अपना अकाउंट नंबर दे दो। सारा पैसा भेज दे रहे हम तुमको। और जरा बल्लोपुर में ही कमरा देख लो। कर्जापट्टी में यहीं की लड़की साइबर कैफे में मालकिन बन के बैठेगी, ये गाँव को पचेगा ही नहीं।" जयकिशुन मिसिर ने इधर से कहा।

"वो बच्ची बहुत प्रतिभाशाली है सर, मेरी तो छोटी बहन ही समझिए। हमने इसलिए सारा सामान भी खरीद के रखवा लिया है। बस कमरा मिलते ही ले आएँगे। ये तो है ही सर कि, एक लड़की साइबर कैफे चला लेगी ये बात नॉर्मल नहीं हमारे सोसायटी के लिए।" दर्पण भी सहमत था।

बातचीत हो गई थी। जयकिशुन मिसिर और उजागर मियाँ ने पैसों का

इंतजाम कर दिया था। गाँव की एक बच्ची इतना साहस कर रही थी तो इनका उसे सहयोग और समर्थन करना बनता था।

गाँव में तो यह खबर ऐसे फैली थी जैसे किसी ने सूखे सरकंडों के बीच माचिस की तीली मार दी हो। चुपचाप एक पिट्ठू बैग काँख में दबाए रोज गाँव से शहर और शहर से गाँव जाने वाली, गँवई, शांत-सी लड़की साइबर कैफे खोलने वाली है, वह भी इस गाँव में नहीं, पड़ोस के कस्बे में। लोग पहले स्तब्ध हुए, फिर अविश्वास में हँसे, और अंत में चुप हो गए। एक उदासीन चुप्पी हमेशा वहीं उतरती है जहाँ मन के भीतर थोड़ी-सी ईर्ष्या और थोड़ी-सी दहशत साथ खड़ी हो।

लड़की ने यह रास्ता किसी आदर्श से नहीं चुना था। उसने बस देखा था कि उसका गाँव उसके लिए केवल जन्मस्थान है, मंजिल नहीं। वो चूँकि रोज उन गलियों और सड़कों से निकलती थी इसलिए जानती थी कि कितनी नजरें, किस नजर से रोज उसका पीछा करती थीं।

इसीलिए उसने गाँव से बाहर कदम रखा, जगह बदलने को नहीं, माहौल बदलने को। उसकी महत्वाकांक्षा की परिधि इन गंदी नजरों के घेरे से बड़ी थी।

कर्जापट्टी गाँव में जैसे ही कुछ लोगों तक साइबर कैफे खोलने की उसकी ये योजना पहुँची, कई तो सुनकर किसी अनजाने दबाव में थे। मानो उनको शांति से सोते वक्त किसी ने सिर पर भारी पत्थर धर मारा हो। उन्हें लग रहा था कि एक मामूली-सी लड़की ने बदलाव के इस जमे हुए विशालकाय पत्थर को हिलाने की हिम्मत कैसे कर दी। लड़की के चारों तरफ अदृश्य-सा कोलाहल था और लड़की... ?

वह अब भी वैसी ही शांत। पर उसकी शांति में भी एक ऐसा धैर्य था जो धीरे-धीरे इतिहास बनाता है।

इधर एक दिन सुबह-सुबह फिर जयनाथ साह, बोगो महतो के दुआर पर कुंडली मारकर बैठा था।

करीब आधे घंटे के बाद एक हाथ में चाय का कप लिए, दूसरे हाथ को पीछे लुंगी के अंदर डाले बोगो महतो नितंब खुजलाता हुआ बाहर आया।

जयनाथ साह बैठे-बैठे ऊँघता हुआ बरामदे की मोढ़े पर धूप सेंक रहा था।

"क्या बात साह जी? बढ़िया हुआ आप आ गए, हम आप ही को खोजवा रहे थे दु–चार दिन से।" बोगो महतो ने बहुत विनम्रता से नहीं कहा था।

"लजिए, आप पुकारिए और हम आएँ नहीं? आत्मा सुनता है हमारा, आपका बात बोगो बाबू। नहीं तो इस उमर में पैदल चल के बल्लोपुर से कर्जापट्टी आते?" जयनाथ साह ने बोगो का कड़कपन भाँपते हुए कहा।

"एक दिन आपका आत्मा ही रख लेने का सोच रहे हैं।" बोगो ने एक ही बार में पूरा कप सुड़क लेने के बाद कहा। सुन के आत्मा हल्की–सी तो जरूर काँपी जयनाथ साह की। लेकिन आदमी पका हुआ था, ऐसा कंपन–दोलन झेलता आया था भर जिंदगी।

"बाप रे! इतना प्रेम किस कारण बोगो बाबू? बूढ़ा आदमी का इतना पतला आत्मा ले के का कीजिएगा? हमलोग का आत्मा कोई आत्मा है?" कृशकाय आत्मा वाले जयनाथ ने मोढ़े से उठ हाथ जोड़कर, दाँत चिहार के नजदीक आते हुए कहा।

जयनाथ ने पहली बार आत्मा के भी स्वास्थ्य पर ध्यान दिला, प्राणी विज्ञान के क्षेत्र में मील का पत्थर गाड़ दिया। अभी तक के इतिहास में आत्मा के शुद्ध और अशुद्ध होने पर दुनिया भर के दार्शनिकों ने खूब अपना माथा खपाया था, लेकिन आत्मा के स्वास्थ्य और आकार को लेकर शास्त्र मौन थे। पर जयनाथ साह चुप नहीं रहा। उसने जो पाया, वो बताया।

"पतला है न? उसको निकाल के किसी दिन और छिल देंगे साह जी। आप साले बड़े होशियार बनते हैं।" बोगो ने अब साफ जाहिर किया अपना क्रोध।

"हीं हीं हीं ओ कोई कुछ सुनाया क्या बोगो बाबू? हमारे बारे में एकदम झूठ फैलाया है कोई?" बोगो के गुस्से का कारण समझ लिया था जयनाथ साह ने।

"झूठ फैलाया है? हमारे घर का इज्जत मतलब समझते हैं न? हर जगह बैठ के क्या गप्प मारते हैं आप मेरे भतीजा के वाइफ के बारे में? मर्डर हुआ है उसका? कौन मर्डर किया है? मर्डर देखे हैं साह जी कभी? कर के दिखाएँ मर्डर?" बोगो ने दाँत कीच के अपनी बड़ी-बड़ी आँखों को इस कदर तरेरकर कहा कि मर्डर हुए बिना ही कुछ क्षण वैसा ही महसूस किया जयनाथ साह ने।

"अरे हे भगवान! हमरा मर्डर करिएगा बोगो बाबू? मने आप मुर्दा में लाठी कोचेंगे?" जयनाथ साह के अंदर से मृतप्राय प्राणी की वाणी निकली।

"लाठी से कोंच के मुर्दा कर देंगे। खाली उल्टा-सीधा फैलाते हो साह जी तुम? जवान पतोहू मर गई हमारे घर में, तो साला बहुत लोग को लगता है कि इसी मामला में लपेट लेंगे बोगो महतो को। नहीं उखड़ेगा कुछ। बता देते हैं।" बोगो महतो ने उखड़ते हुए कहा।

"बताइए आपकी बहू, हमारी बहू नहीं थी? उसका नाम लेकर हम बदनामी करेंगे? बेचारी मरने वाली तो मर गई, अब हम तो कहते हैं कि फिर से भतीजा का घर बसवाइए। अभी बेचारा का उमर ही क्या है? उसका क्या दोष जो रंडुआ बन के पूरा जीवन काटे बेचारा।" ये जयनाथ साह के सहानुभूति के शब्द थे, एक शुभचिंतक के रूप में। ये सुनने के बाद उखड़ के उड़ते-उड़ते बचा बोगो महतो। उसने अगले ही पल ये अब ठीक से समझ लिया था कि जब मुँह के सामने ये बुड्ढा शुभचिंतक के रूप में इतना खतरनाक है तो पीठ के पीछे दुश्मन के रूप में बुराई करते वक्त ये कितना वीभत्स हो जाता होगा!

बोगो को अब महसूस हुआ कि चाय के नशे में बेकार ही ये प्रसंग छेड़ा। बोगो जैसे आदमी को भी जयनाथ साह ने विचलित कर दिया था। बोगो आगे-पीछे गर्दन घुमाकर ये देख रहा था कि किसी ने जयनाथ साह को बोलते सुना तो नहीं?

असल में मुँह के थेथर जयनाथ साह का अब करता ही क्या बोगो? जयनाथ साह ने बोला ही इतने अपनेपन और संवेदनाओं की गहराइयों से था कि ये सुन आदमी गहराइयों में चला जाए। स्पष्ट शब्दों में कहा जाए तो गहरे गड्ढे में चला जाए।

"मुँह के कारण एक दिन लात खा जाओगे साह जी। छोड़ो, काहे आ गए भोरे-भोर ई मनहूस थूथन लेके यहाँ? और हर बार सुबहे काहे आ जाते हैं यार साह जी?" बोगो महतो अभी इससे ज्यादा बोलने की स्थिति में नहीं था।

"क्या मार खाएँगे? मार खा-खा ऐसा मुँह हो गया है बोगो बाबू। अन्याय हो रहा मेरे साथ। आप कुछ ठोस फैसला कर दीजिए। बेटा हमारा आज भी मारा।" जयनाथ साह की आवाज में अचानक रुलाई वाला स्वर आ गया। उसे इसका अभ्यास था। एक अच्छे गवैये से ज्यादा सधा हुआ था उसके

स्वर का आरोह-अवरोह।

"अभी तो सुबह हुआ ही है। कब मार दिया?" बोगो महतो ने बरामदे में टँगी दीवार घड़ी को देखते हुए बिना किसी अचरज के ही कहा।

"लजिए, भोर है? मुर्गा जागने से पहले जग गया था बेटा साला, हमको खटिया से उठाकर मारा। सुबहे फैटा-फैटी हो गया, तब न दौड़े आए हैं आपके पास?" जयनाथ साह ने अपने घर के प्रात:कालीन सत्र के बारे में बताते हुए कहा।

"ठीक से नहीं मारता है क्या? आप कहाँ सुधरते हैं साह जी? मारता है कि मजाक करता है बेटा लोग आपका?" इस बार बोगो ने बहुत देर बाद बढ़त ले ली थी।

"हुजूर, सच में अन्याय हो रहा। देखिए हमने तो हरामजादों का बँटवारा कर दिया दु साल पहले ही। अब जो बरामदा पर हमारा खटिया चौकी लगा है उसको भी बेटा लोग भाड़ा पर लगा रहा। और मालूम उ पान वाला दर्पण शुक्ला किसी बाहरी लड़का को लाया है, उसी के साथ साइबर क्राइम खोल रहा है हमारे यहाँ, बताइए।" जयनाथ साह ने बड़ी मुश्किल से सारा दु:ख बटोर कर उसे शब्दों में ढाला।

"अरे साइबर कइफे होता है। कुछ जानना-वानना तो है नहीं। ये बताओ साह जी कि किराया पर दिए ही काहे फिर?" बोगो ने स्वाभाविक बात पूछी।

"हम काहे देंगे? हमारा बेटा को बहला-फुसला के साला उ पंडित पान वाला, दर्पण शुकलवा, वही दिलवा दिया।" जयनाथ साह ने पहली बार अपने बच्चों को भोला बताया था।

"तो इसमें क्या दिक्कत है? बढ़िया चीज है साइबर वाला कइफे।" बोगो को ये बात बहुत सीधी-सपाट लगी।

"दिक्कत? हमारा दिक्कत होता खाली तो हम क्यों आते? अरे हमारा तो सुतने-बैठने का भी जगह जाएगा। मतलब हम फिर सड़क पर रहेंगे? चलिए रह लेंगे। असली दिक्कत है कि उसका देखरेख का लखी बैरागी के बहिन को दे रहा जिम्मा। बताइए, ई सब क्या हो रहा है? दिन भर जबान लड़की, लड़का के साथ एक अंधार कोना में बैठेगी, तो क्या नहीं होगा! सब कुछ होगा न फिर।" जयनाथ जब मन तब बोगो के दिल की डोर खींचकर उसे नचा देता। उसने असल में उसकी सबसे बड़ी कमजोरी धर ली थी। उसने

साइबर कैफे वाली कहानी को भी अपने हिसाब से ढाला था। वो लड़की वास्तव में लखी बैरागी की बहन ही थी, लेकिन उस कैफे की कर्मचारी नहीं, उसकी मालकिन थी। लेकिन गलती से भी ये बात जयनाथ साह के हृदय को स्वीकार नहीं हो पा रही थी।

"कौन रखेगा? उ शुक्ला साला?" बोगो ने अचानक लुंगी ऊपर कर के कसी और तुनककर बोला।

"अरे नहीं, कोई बाहरी लड़का है। बाहरी लड़का को प्रश्रय दे रहा। शहर जाती थी न लखी की बहिन कॉलेज, वहीं दोस्ती सेटिंग हुआ। अब मन बढ़ा तो गाँव में मनचली करने का एक बहाना, एक अड्डा खोल रहा। मजा तो शुकलवा भी लेगा। कौन छोड़ता है बोगो बाबू!" जयनाथ साह ने हौले से आग भड़काते हुए कहा। उसने उस लड़के की चर्चा कर दी जिसे बस एक सहयोगी के तौर पर दर्पण ने खोजा था।

"ऐ साह जी। अब नहीं करेंगे बर्दाश्त, बता रहे हैं कि उठा लेंगे छोकरी को। आज, आज ही बताते हैं। जब साला सबको दोगी तो बोगो में क्या काँटा लगा है?" बोगो ने समाजवाद के हक में आवाज उठाई।

"अभागी है साली। दोनों भाई-बहिन अभागा है। आपका जिसको हाथ मिल जाता तो फिर कोई हाथ पकड़ पाता? खुदरा-खुदरा खेलने से अच्छा है कि एके बार खजाना में खेलो न। पहले आप काम रुकवाइए। बनने मत दीजिए साइबर को। आज आइए, नहीं तो देर हो जाएगा बोगो बाबू।" जयनाथ इतना बोलकर जाने लगा, उसे पता था कि अब बरामदे पर काम रुकवाना तो बोगो की जिम्मेदारी हो गई है।

"अरे आते हैं। कितना हुआ है काम?" बोगो ने गरमाते हुए पूछा।

"बरामदा घेर लिया, लकड़ी का फ्रेम बनवा रहा न। हम तो छोड़ दिए थे। लेकिन जब एक दिन हाथ में हाथ डाले लड़का के साथ लखिया का बहिन को देखे हम बरामदा में, तब मन तमतमाया मेरा।"

जयनाथ अपना उद्देश्य साध चुका था। उधर पिछले दो दिनों से उसके दोनों बेटे किसी काम से शहर गए थे। आज जब दोपहर तक वो वापस घर आए और उन दोनों को पता चला कि उनके पिता बोगो महतो को बुलाने गए थे काम रुकवाने के लिए, तो एकदम से हड़बड़ाकर उखड़ी हुई साँसें लेकर, दोनों भाई भागते हुए विलायती सिंह के पास पहुँच गए। उन्हें पता था कि शाम

जब बोगो महतो आएगा, उसके तांडव से बचने के लिए विलायती सिंह ही एक आसरा हो सकता है।

"क्या हुआ जी, हाँफ रहे हो एकदम? दोनों राहू–केतु कहाँ आए हो?" दरवाजे के सामने कदंब के पेड़ नीचे अपने कुछ लोगों के साथ लात पर लात डाल इत्मीनान से बैठे विलायती सिंह ने नवग्रह सरदार की भाँति ग्रहों से हालचाल पूछा।

दोनों भाइयों ने एक सुर में सारी बात बताई।

"यार तुम्हारा बाप ही शनिचरा है साला। यही मरवाएगा एक दिन बोगोवा को। देख लेना।" विलायती सिंह ने आरामकुर्सी पर थोड़ा पीछे सरकते हुए कहा।

इस बार वहाँ बैठे अन्य लोगों ने भी बिना पूछे सहमति में अपना सिर हिलाया।

"उसके पहले तो हमलोग को मरवा डालेगा।" एक बेटे ने बात को मुद्दे पे वापस लाते हुए कहा। विलायती सिंह दोनों हाथों को ऊपर उठा उन्हें पीछे अपने सिर पे टिका के कुछ देर दोलायमान आरामकुर्सी पर डोलता रहा।

"ह्ममम्म क्या लगता है? बोगो आएगा घर पर इसके? विलायती सिंह ने मोड़कर रखा हुआ एक पैर आरामकुर्सी से नीचे उतारते हुए साथ बैठे लोगों से पूछा।

"एकदम आएगा विलायती बाबू। क्योंकि उ जानता है न कि हमलोग तो आपके आदमी हैं, इसलिए जरूर आएगा। हमलोग को परेशान करने का मतलब है कि आपका बेज्जती! और आपका बेज्जती करने का कोई मौका उ नहीं छोड़ता है। आप अभी टेंडर लिए हैं बड़ा–बड़ा, उसको मिला नहीं। इसका गुस्सा अलग है उसको भीतर से। हमलोग के बँटवारा में भी आप ही का चला, हमारे बाप का नहीं, ये भी गुस्सा।" जयनाथ साह का बेटा आखिरकार उसी का बेटा था। उसने अब अपनी संभावित दुर्गति को विलायती की अस्मिता से जोड़कर बेइज्जती का प्रभाव क्षेत्र ही विशाल एवं विस्तृत कर दिया।

वहाँ बैठे लोगों ने भी पुनः सिर हिला के लगभग सहमति जताई जयनाथ के बेटे की बात पर। क्योंकि विलायती सिंह के साथ पहले से बैठे उसके लोगों और शुभचिंतकों में से अधिकतर इसी श्रेणी के थे और जो नहीं थे उनको ये

व्यवस्था सही लगी थी, अब हो जाते। वे भी अपनी कहीं हुई बेइज्जती को विलायती से ही संलग्न कर देते।

विलायती सिंह अभी भी कुर्सी पर झूलता यही सोच रहा था कि 'थोड़ी–बहुत इज्जत है, कितना रखूँ? कितना बचाऊँ? ऊपर से पता नहीं कि कहाँ-कहाँ कितने मेरे लोगों ने इसमें अपना भी हिस्सा डाल रखा है?'

वो ये भी सोच रहा था, 'साले इज्जत कमाने वाले लोग एक भी नहीं हमारे साथ, कि जिनकी बनी इज्जत से मेरी भी इज्जत बढ़े? सब के सब इज्जत जाने पर, उसका ही श्रेय देने वाले जुटे हैं मेरे साथ!'

"अच्छा! ह्म्म्म! अच्छा, हमसे क्या चाहते हो तुम दोनों भाई, बताओ।" बहुत देर सोचने के बाद ये पूछा था विलायती सिंह ने।

"बस आप चलिए और खड़ा रहिए हमारे दरवाजे पर विलायती बाबू। बोगो आएगा फिर तो उसको वहीं देखा जाएगा। आपको तुरंत फोन कर देंगे हमलोग जैसे उ आया, आप पहुँच जाइएगा न खाली, उसके बाद उसका तो हालत खराब हो जाएगा।" जगनाथ के छोटे बेटे ने खुद पीछे हट सीधे विलायती सिंह को मोर्चे पर टिकाते हुए कहा।

"न न न, ये बच्चों वाली बात। ये कोई तरीका थोड़े है। हमको डाइरेक्ट कर रहे हो? बोगो क्या है जी? मतलब उसको और हमको एक ही लाइन में खड़ा करना? मतलब कैसा मूर्ख वाला बात कर रहे हो यार? उसका औकात क्या है मर्दे? कोई लेवल होना चाहिए न डाइरेक्ट भिड़ने का?" विलायती सिंह ने अतुलनीय हैसियत के कारण प्रत्यक्ष हुज्जत से इंकार करते हुए कहा और फिर चारों तरफ देखा। उसने सबका मत लेना चाहा। वहाँ बैठे सभी लोगों ने फिर सहमति में सिर हिला दिया। हर बात पर सहमति में सिर हिला देने वाले ये लोग शुभचिंतक और मित्र कम, दुआर पर जयकारा लगा ढोल बजाने वाले ज्यादा थे। असल में जब से विलायती सिंह मंत्री अवध बिहारी का करीबी हुआ था, दो–चार बड़े ठेके हासिल कर लिए थे, उसके दरवाजे पर बाप–दादा के जमाने वाली थोड़ी–बहुत रौनक रहने लगी थी। चार आदमी को लगता था कि दो पैसे का काम मिल जाएगा, कुछ जुगाड़ हो जाएगा। इस कारण बैठकें जमती थीं आजकल विलायती सिंह के दरवाजे पर।

"अरे भाई, विलायती बाबू का जरा ओहदवा भी देखिए। जातीय गुण देखिए जरा, कहाँ ये वीर क्षत्रिय और उ साला तरकारी उगाने वाला? केतना

भी बोरा खाद डाल ले, ठाकुर साहब जितना इज्जतवा थोड़े उपजा लेगा?" वहीं बैठे एक ढोलकिया ने मुँह से ढोल बजाते हुए कहा। आवाज में वही चिकनाहट थी जो सदियों से दर्जा बाँटती आई थी।

"नहीं, नहीं, देखिए जाति–पाती का बात नहीं। मतलब दूसरा औकात का बात कर रहे हम। साला हम कहाँ दादा–परदादा जमाने से जमींदारी ही देखे आज तक, और कहाँ इसका दादा–परदादा तब के टाइम बैंगन रोपता था हमारे यहाँ। कोई तुलना है?" विलायती सिंह ने फिर एक मत जानना चाहा। सबने एक स्वर में कहा, "एकदम नहीं। कहाँ राजा भोज... कहाँ गंगू... "

"नहीं, देखिए, इससे भी बड़ा बात है कि वो है साला छोटा आदमी, घटिया आदमी। अभी हम जाएँ और वो दरवाजा पर हल्ला–गुल्ला शुरू कर दे, तो बड़ा ही खराब हो जाएगा। छोटा आदमी को इज्जत का फिकर नहीं न होता है महराज।" विलायती सिंह ने असली चिंता जाहिर की।

"हाँ, हल्ला नहीं, गाली–गलौज करने लगता है।" जयनाथ के बड़े बेटे ने पुष्टि की।

"तब! देखिए, तब? हम बोल रहे हैं न। बहुत ही घटिया आदमी है भाई।" विलायती सिंह ने फिर कहा।

"अरे भैया, गजब हो तुम दोनों भाई यार... विलायती भाई साहब को गाली सुनवाने ले जा रहे थे क्या?" एक शुभचिंतक ने बिना किसी पर्दे के सीधे पूछ दिया। पूछने से ज्यादा ये बताने जैसा ध्वनित हो रहा था।

"अरे नहीं भाई। किसकी माँ ने इतना दूध पिला दिया बल्लोपुर और कर्जापट्टी में किसी हरामजादे को, जो हमको गाली देगा जी?" विलायती सिंह की आवाज की घरघराहट से लग रहा था कि ये बात चुभ गई थी उसे। इस पर फिर वहाँ बैठे सारे लोगों ने सहमति में सिर हिला दिया। विलायती सिंह अभी उठ के चल ही देता जयनाथ के घर लेकिन अब जब से मंत्री जी की संगत में आन-जान बढ़ी, हृदय की जगह मस्तिष्क ने ज्यादा काम करना शुरू कर दिया था।

"अभी जाओ तुम दोनों भाई घर। बोगो महतो को आने दो। जैसे आए, हमको फोन करना। इसका हम इलाज कर देंगे। हम इनडाइरेक्ट में करवाते हैं बेबस्था इसका।" विलायती सिंह ने सीधी भिड़ंत टालते हुए अप्रत्यक्ष सबक का जिम्मा लिया।

उधर जयकिशुन मिसिर और उजागर मियाँ के सामने क्रोध से तमतमाया चेहरा लिए लखी बैरागी मचिया पर बैठा था।

"हम तो कुछ जानते भी नहीं थे। उसी ने हमको फोन कर के उल्टा-सीधा बोला। तुरंत गाली देने लगा और कहा कि इस बार लड़की उठेगी मास्टर।" जयकिशुन मिसिर भी उतने ही कुपित थे।

असल में बोगो महतो ने सुबह जयनाथ साह के जाने के बाद बिना आव-ताव देखे ही सीधे जयकिशुन मिसिर को फोन लगा दिया था। उसने लखी बैरागी को चेतावनी जयकिशुन मिसिर के द्वारा ही भिजवाई थी।

"हमसे साले बोगो महतो की लास्ट बातचीत हुई थी महीनों पहले, ठीक इसी बात पर बहसा-बहसी हुआ था। हमने तब बर्दाश्त किया और लखी को थोड़ा-बहुत इशारे में ही बताया। लेकिन आज फिर से कमीने ने मजबूर कर दिया कि अब सारा बात रखना ही होगा।" जयकिशुन मिसिर अब सब कुछ बोल देना चाहते थे।

"हमें तो उसकी नापाक मंशा पर हैरत हो रहा है। घर-गाँव की बहू-बेटियों के साथ कहीं ऐसा सलूक करने का कोई सोच सकता है क्या?" उजागर मियाँ ने जितनी हैरत में कहा, वास्तव में और भी ज्यादा हैरत में थे।

लखी हमेशा की भाँति कुछ बोल नहीं रहा था।

लखी के भीतर एक दहकती भट्ठी थी जिस पर धीमे-धीमे कुछ पक रहा था। संभवतः भुन रहा था।

इधर दिन भर जयनाथ साह, बोगो की राह देखता रहा। उसके दोनों बेटे भी हाथ में मोबाइल लिए चुस्त बैठे थे कि जैसे ही बोगो दस्ता हमला बोलेगा, ये विलायती सुरक्षा केंद्र में फोन लगा देंगे। जब शाम तक भी बोगो नहीं आया तो जयनाथ साह को याद आया कि दिन भर की तनातनी के चक्कर में आज का भोजन भी नसीब नहीं हुआ। क्योंकि गुस्से में उसने ऐसा माहौल बना रखा था कि दोनों बहुओं में से किसी ने भी दोपहर का खाना बना के नहीं भेजा। बँटवारे के कठोर नियम के अनुसार, जयनाथ को बरामदे के कोने में एक रैनबसेरा मिला था और दोनों बेटों को बारी-बारी से एक-एक दिन भोजन देने की जिम्मेदारी का बँटवारा हुआ था।

लेकिन पिता द्वारा पुत्रों के ही खिलाफ षड्यंत्र के मद्देनजर आज जयनाथ साह को भोजन ही नहीं मिला। दोनों बहुएँ भी आज दिन भर बैठ के घूँघट

निकाल के ससुर को बुदबुदाते हुए गाली ही दे रही थीं।

बहुएँ थोड़ी आध्यात्मिक प्रवृत्ति की थीं इसलिए वो जयनाथ साह को आधुनिक क्षणभंगुरी गालियाँ नहीं दे रही थीं, ससुर को रक्तपिपासु पिशाच बोल सीधे बाणासुर और अंधकासुर कह रही थीं।

साँझ ढलते ही पानी पीने के बाद एक खुराक खैनी खा के जयनाथ साह बाजार की तरफ निकला कुछ पता लगाने के लिए। रास्ते में उसे चौक पर अपनी चमचम गुमटी में बैठा दर्पण शुक्ला दिखा, बहुत दिनों बाद आज फिर दर्पण गुमटी खोल ग्राहकों को पान लगा रहा था। जयनाथ ने देखा कि प्रभाकर, नीलकंठ खड़े थे। ये दोनों भी महीनों बाद आज गुमटी पर आए थे।

जयनाथ साह ने ये मजमा देखते ही दो-तीन बार थूका और लाठी टेकते एक पहचान की दुकान तक पहुँच वहीं बैठ गया। उसी दुकान में कभी-कभार बोगो महतो भी आकर बैठता था।

"का भाई, आज बोगो बाबू का कोई खोज-खबर है क्या? आज बल्लोपुर आए थे?" जयनाथ साह ने उस दुकानदार से पूछा।

"अरे आज पहले अपना झंझट देखे बोगो बाबू, तब तो आए फिर आपका उद्धार करने।" दुकानदार ने भी बहुत भले आदमी की तरह नहीं बताया, उसका भी अपना एक अलग ही तेवर था।

"लो, क्या हुआ भाई? भगवान कसम जरा बताओ यार।" जयनाथ चौंकता बाद में था ऐसे मौके पर, पहले गुदगुदा जाता था।

दोपहर के ठीक बाद बोगो महतो की छड़, सीमेंट वाली दुकान पर माप-तौल अधिकारी ने दबिश कर दी। पता चला कि किसी गुप्त शिकायत पर ये औचक निरीक्षण वाली टीम आ पहुँची थी।

कर्जापट्टी में तो हल्ला हो चुका था कि बटखरा इंस्पेक्टर ने छापा मार दिया है। गाँव में लोग इसी नाम से बुलाते थे माप-तौल अधिकारी को।

शिकायत मिली थी कि तौल मशीन गड़बड़ है और रोज छड़, सीमेंट के तौल में ठगी हो रही।

बोगो ने इधर-उधर काफी फोन लगाया। पर बटखरा इंस्पेक्टर अपने कर्तव्यों का इतना खरा निकला कि जब तक कोई पैरवी या आदेश आता, उसने बोगो के सारे माप-तौल यंत्र जब्त कर लिए थे।

"किसके इशारे पर हो रहा है ई? ये मेरा सामान जब्त करिएगा तो बुरा होगा। हमारा मशीन एकदम सही है, आपलोग ठीक नहीं कर रहे हैं हमारा मशीन जब्त कर के।" बोगो ने दुकान की चौखट पे खड़े होकर उँगली दिखाते हुए कहा।

"चलिए, हटिए पीछे हटिए। आपका जो मशीन ठीक है, उसको नहीं छेड़ेंगे, जो खराब है वो उठा लिए हैं हम। जाँच में जाएगा।" बटखरा इंस्पेक्टर कड़क मन बनाकर आए थे।

इंस्पेक्टर ने बोगो को हल्का धक्का दिया और चौखट से किनारे कर अपने साथ आए सिपाहियों के हाथ में सामान देकर वापस निकलने लगा।

बोगो खुद को छुए जाने पर बिफर पड़ा। अंगारों की तरह दहकता हुआ। उसने अब दुकान में बैठे अपने कर्मचारियों पर गरजना शुरू किया।

"तुमलोग करते क्या हो फिर यहाँ बैठ के भोंसड़ी वालों? एक झाँट भर का बटखरा इंस्पेक्टर आया और तुमलोग सब किनारे हो के हमारा रास्ता ताक रहे थे?" बोगो किसी को नहीं बख्श रहा था।

"और साला तुम नपुंसक, क्या पढ़े-लिखे और बड़का टॉपर हो जब चार लाइन पुलिस से बहस नहीं कर पाए तो? तुमलोग को वेतन चाहिए पढ़े-लिखे वाला और दम है नहीं झाँट भर का।" बोगो ने सीधे शिवा को सुनाया था।

शिवा ने जिंदगी में कभी इस तरह से भला-बुरा सुना नहीं था, वो भी दस लोगों के सामने सार्वजनिक रूप से।

उसे बहुत बुरा लगा और उसने बेंच से उठते हुए कह दिया, "ऐ बोगो बाबू। देखिए हम स्टाफ हैं, आपका गुलाम नहीं। इस तरह हमसे बात करना ठीक नहीं। पढ़-लिख के हम गाली थोड़े सुनेंगे?" शिवा ने इतना कहा था कि उसे लगा कि कुछ चक्कर-सा आया और वो नीचे गिर जाएगा। बोगो ने एक जोरदार तमाचा उसके ठीक कनपटी के नीचे दे मारा था।

"साला गलती भी करता है और माफी भी नहीं माँगता, बहस हमसे? हमसे बहस?" बोगो महतो ने आदतन हाथ छोड़ दिया था।

दूसरे ही क्षण शिवा के कानों में बोगो की गालियाँ और तेज आवाज में सुनाई पड़ने लगीं।

वो तेजी से झटके में उठा और दोनों कानों में उँगली डाल दौड़ते हुए

दुकान से बाहर आया। उसने उसी हालत में अपनी मोटरसाइकिल स्टार्ट की।

शाम से ठीक पहले की घटना थी ये।

शाम को उधर से लँगड़ाता हुआ गुजर रहा जयनाथ चारों तरफ देखता जा रहा था। उसकी नजर जब दर्पण की गुमटी पर गई, वहाँ शिवा भी मौजूद था।

"तुम लोगों को मैं क्या ही बोल सकता हूँ। अब हो गया दो-तीन बरस, तुमलोग पैसा भी कमाने लगे, तो मैं कैसे बोलता कुछ बीच में? नीलकंठ और शिवा दोनों पढ़ाई छोड़ जिस रस्ते निकल गए हो वहाँ यही होगा रोज, लात और गाली।" दर्पण एकदम झल्लाया हुआ था और क्रोध में भी।

"नहीं भैया, कैसे सहेंगे ई बेइज्जत होना रोज? हमारा खून पानी कर दिया हरामजादे ने। अब हमको उपाय बताइए। हम ऐसे मार खा के बर्दाश्त कैसे कर लिए?" शिवा ने धीमे से ही कहा, लेकिन कहा।

"उपाय? तुम तो नौकरी करते हो न?" दर्पण ने तीखे स्वर में कहा था।

"भाड़ में जाए ऐसा नौकरी। जो भी होगा, देख लेंगे। और सच में देख ही लेंगे भैया। मोर्चा को सक्रिय करिए फिर से।" नीलकंठ ने शिवा की भी ओर से जमानत लेते हुए कहा।

"सरकार से लड़ाई तो है ही, पहले हमलोग को समाज में भी एकजुट होना होगा। एक लड़ाई यहाँ भी है। कोई भी हाथ छोड़ दे रहा? कोई मान-सम्मान नहीं पढ़ाई-लिखाई का? गाँव में जंगल राज चल रहा क्या?" प्रभाकर पहली बार इतना मुखर हुआ था।

"एक तो एजुकेटेड लड़कों से गुंडागर्दी का काम करवाता है। उस पर भी रोब दिखाता है। उसको लगता है कि दो रोटी तो हम ही दे रहे?" नीलकंठ ने भी शायद विलायती सिंह को विदा बोलने का मन बना लिया था।

"देखिए, इन गुंडे-माफियाओं को तो लगेगा ही कि दो रोटी का एहसान कर दिए। जब सरकार पढ़े-लिखे को नौकरी नहीं दे पाएगी, तब कहाँ जाएगा पढ़ा-लिखा लड़का बेचारा? अरे फिर इन्हीं माफियाओं के पास दिहाड़ी करने।" प्रभाकर आज लगातार गुस्से में बोल रहा था।

"जब माफिया के ही पास जाना है तो फिर... फिर काहे का पढ़ा-लिखा भाई? यही तो मैं समझना चाहता हूँ और समझाना भी चाहता हूँ कि आखिर हमारे पढ़ने-लिखने का क्या फायदा, जब गुंडों के लिए ड्यूटी बजाना है

तो?" दर्पण शुक्ला ने तीखी प्रतिक्रिया दी थी।

"वही सुधार करना ही होगा। चार पैसा का लालच सँभालना ही होगा। सही बात कह रहे आप भैया।" नीलकंठ ने आँखें थोड़ी-सी नीची कर स्वीकारोक्ति के साथ विनम्रता से कहा।

अभी बल्लोपुर में लग रहा था कि मौसम कुछ बदलने वाला था।

इस वक्त दर्पण की गुमटी में वही पुराना संगीत बज रहा था, वही जोश और वही तेज। ऐसा लगा कि जैसे कई सालों से बुझी हुई राख के नीचे अचानक कोई सुगबुगाहट शुरू हो गई थी।

20

नगीना बाबू कुर्सी पर पालथी मार के बैठे थे। बल्लोपुर स्कूल में वैसे भी कक्षा लेने की जिम्मेदारी अब तो स्पष्ट और आधिकारिक रूप से कृपालु और लावण्या के ही माथे डाल दी गई थी। अंदर देश के भविष्य पढ़ते थे और बाकी शिक्षक उन भविष्यों के भविष्य में होने वाली चिंता पर विमर्श करते हुए दुनिया भर की खबरें ला–लाकर चिंतित होते रहते थे।

आज मास्टर सुधीर बाबू एक ऐसी ही महत्वपूर्ण खबर लाए थे। कुर्सी खींचकर नगीना बाबू के बगल में बैठे और ताजी खबर को परोसा, "सुने कि नहीं नगीना सर? देश में प्राइवेट के फील्ड में बहुत नौकरी कटौती होने वाला है। बहुत लोगों का छँटनी हो रहा। बताइए, हमारे साढ़ू साहब के लड़का, आठ बरस से था कंपनी में। भाई बिना कोई नोटिस, बिना कारण बताए, फेंक दिया पहले ही।"

"प्राइवेट में भी तो योग्य–अयोग्य दोनों का भीड़ है। क्या ही करे बेचारी कंपनी? इतना बढ़िया आपको वेतन देती है, सारा सुविधा देती है, तो बदला में काम तो लेगी न सुधीर बाबू। आपके साढ़ू का लड़कवा कामचोर होगा तो निकाल दिया होगा।" नगीना बाबू ने साथी शिक्षक के साढ़ू के लड़के की नौकरी जाने के अभी तक के ज्ञात कारणों को किनारे कर, क्षण में नूतन और पुष्ट संधान करते हुए एक झटके में वास्तविक कारण रख दिया सामने।

जब गप्प में आप किसी की बात काटो तो बात और भी रोचक और विस्तृत हो जाती है। क्योंकि फिर दोनों ओर से चलने वाली थेथरई का दायरा विस्तृत होता जाता है और आनंद उससे भी कई गुना, अपार।

"अरे ऐसा नहीं है नगीना बाबू। बहुत सीनियर पद पर था। बहुत काबिल लड़का है।" सुधीर बाबू ने किसी तरह बचाव किया। नौकरी तो जा चुकी थी साढ़ू के लड़के की, इनको बस बात ही तो बचानी थी, कोशिश कर रहे थे बेचारे।

"तो कंपनी झाँटू पकड़ लिया होगा कोई। मल्टीनेशनल नहीं होगा। यही तो गड़बड़ होता है। कहिए कोई मल्टीनेशनल पकड़े। हमारा लड़का शुरू में ही, एकदम शुरू से ही मल्टीनेशनल पकड़ के चला। आज देखिए, शुरू में ही आगे जा रहा है। आज देखिए, सरकारी का कान काटता है सुविधा और वेतन में।" नगीना बाबू ने मल्टीनेशनल विचार देते हुए, सबसे पहले पूरी सावधानी बरतते हुए अपने बेटे की नौकरी सुरक्षित की।

"अरे महराज, जिसमें वो था, बड़की कंपनी है। छोड़िए खैर। आपका लड़का का बचा हुआ है न! ये अच्छा बात है। हम तो बताए ही इसलिए थे आपको कि ईश्वर कृपा से आपके बेटा का ठीक रहे।" सुधीर मास्टर ने अब जा के असली बात बताई थी। जिस उम्मीद से बात छेड़ी थी, वो पूरी न होने की निराशा के साथ बात को खत्म किया सुधीर बाबू ने। लेकिन उल्टा नगीना बाबू को मजा आ गया था सुधीर मास्टर के साढ़ू के बेटे की छँटनी का जान के, यानी जो सुख सुधीर बाबू लेना चाह रहे थे, वो उल्टा नगीना बाबू को प्राप्त हो गया था यहाँ।

"प्राइवेट क्षेत्र में प्रतिभा का एक हजार गुना ज्यादा प्रतिभा होना चाहिए। फिर देखिए प्रगति। उसी में से कोई बंबानी बनता है तो कोई बिड़ला। इसमें लचर-पचर आदमी नहीं चलता है बहुत दिन। इसमें चाहिए मेहनती और टेलेंट का खान।" नगीना बाबू ने निजी क्षेत्र की कसौटी और चुनौती को मुँह से फेंट के शर्बत बना के पीते हुए कहा।

"बाप रे, इस लेवल का है? तब क्या! जब इस लेवल का है लड़का आपका तो फिर कौन छँटनी करेगा महराज? अगर पूरा कंपनी में मात्र कोई एक आदमी का भी नौकरी बचना होगा तो इसी का बचेगा। स्वाभाविक है भाई।" सुधीर बाबू ने बल्लोपुर को बंबानी पैदा करने की भावुक बधाई देते

हुए कहा।

"हाँ, अब देखिए। लेकिन राइज तो करेगा बहुत। प्राइवेट में, आदमी का न, परसनाल्टी ही चेंज कर देता है। जब आता है न दीप घर, उसका उठना, उसका बैठना देखिए, बोलने का उ अलग ही एक तरीका, एकदम अलग ही। गंभीरता उसका, उसका अनुशासन और सबसे बड़ा बात कि हर काम को बहुत नियम से करने का डीसीपिलिन। पर उधर, सरकारी नौकरी में? आदमी ढीलुआ और कोढ़िया बन जाता है। उस भकचोंहर का कोई नियम नहीं, न काम में न जीवन में। बोलिए, एक भी बात गलत बोले हों हम, तो बोलिए।" नगीना बाबू अपने पुत्र दीपनारायण पर आदर्शपरायण निबंध बोलते हुए बहते गए। इतना बहे कि अनुशासन से डिसिप्लीन तक चले गए।

"नहीं, एक भी बात गलत है ही नहीं तो कैसे बोल दें! सब बात ही सही है। हम ही लोग खुद को देख लीजिए न। छोड़िए न, हेडमास्टर साहब को ही देख लीजिए।" सुधीर मास्टर ने पहले तो आईना नगीना बाबू के सामने रखा लेकिन फिर दोस्ती का खयाल आते ही एक झटके में उनके सामने से हटाकर उसे हेडमास्टर साहब के सामने रख दिया।

कोई भी बातचीत जिस बिंदु पर खत्म हो जाना माँगती है, अभी वही क्षण था इस वार्ता का।

"चलिए क्लास किया जाए?" नगीना बाबू ने एकदम से अप्रत्याशित कदम उठाकर कुर्सी से उठते हुए कहा।

"क्लास? हाँ ठीक है। चलिए, चलिए।" सुधीर बाबू ने भी सम्मान रखा विचार का। एक शिक्षक में ये सद्गुण तो होने ही चाहिए कि अगर किसी साथी शिक्षक ने कोई विचार रखा हो तो उसका कम-से-कम सम्मान जरूर करें। सुधीर बाबू ने नगीना बाबू को क्लास जाने दिया। नगीना बाबू छठी कक्षा के बाहर रखी कुर्सी पर जा बैठ गए। वहाँ बैठ अपना मोबाइल निकाला और मुड़ी गोते कुछ तस्वीरें देखने लगे। ये तस्वीरें दीपनारायण की थीं, रंग-बिरंगे कपड़ों में देश भर के पर्यटक स्थलों पर जा के खिंचवाई गईं तस्वीरें। दीप ने अपने पिता के मोबाइल में अपने नाम की एक दराज बना के उसमें अपनी सारी तस्वीरें दे रखी थीं। नगीना बाबू को जब भी मन होता, अपने साथियों को वो तस्वीरें दिखाते और कभी स्वयं निहारते रहते मोबाइल निकाल के। प्राइवेट क्षेत्र में सफलता प्राप्त पुत्र को निजी क्षणों में मोबाइल पर देखना एक

ठीक–ठाक सुख देता था।

लेकिन सुधीर मास्टर के साढ़ू के लड़के के लिए थोड़ा खेदभाव भी रखा था मन में। उससे अपने पुत्र की सफलता का आनंद महत्व में भी बदल गया था। अँधेरे के ठीक बगल में उजला देखना बस रौशनी ही नहीं देता है, संतोष भी देता है उजाला कर पाने का।

दीप अभी वही उजाला था पिता नागेश्वर झा के लिए।

स्कूल से छुट्टी के बाद सामान्यत: नगीना बाबू हल्का–फुल्का तरल लेने जाते थे। इससे शिक्षा देने की थकान थोड़ी मिट जाती थी। आज लेकिन बिना कुछ मिटाए सीधे घर पहुँचे थे।

"एक और झंडा गाड़ दिया अपना दीप।" चौखट के पार पाँव रखते ही उनका चहकता हुआ स्वर गूँजा भीतरी बरामदे में।

"काहे? अब क्या किया? किसको गाड़ दिया?" पत्नी ने आधा–अधूरा सुनते हुए एक मध्यम कद का प्रश्नवाचक चिह्न रख दिया पति के सामने।

"अरे झंडा भाई। झंडा गाड़ दिया। सारा कंपनी अभी बढ़िया से बढ़िया कर्मचारी को निकाल रहा न कंपनी से। पूरा बल्ड में अभी नौकरी खतम हो रहा प्राइवेट में। अभी सुधीर मास्टर के साढ़ू का लड़का को छाँट दिया, जबकि इतना मेहनती था और टेलेंटेड भी बेचारा ठीके था।" नगीना बाबू ने अभी पूरा नहीं किया था वाक्य।

"अरे भगवान हो। तब? दीपनारायण का? ईहो त प्राइवेट में ही है न? तभी बोलते थे हम कि बेटा सरकारी नौकरी पकड़ो। सरकारी नौकरी पकड़ो।" पत्नी ने व्याकुल होते हुए कहा।

"अरे धत्, सरकारी नौकरी बड़का? अरे सब को निकाला लेकिन दीप को नहीं। यही तो उसका टेलेंट है।" आधी बात को अब पूरा करते हुए बताया नगीना बाबू ने।

पत्नी की साँस में साँस आई। नगीना बाबू ने अपनी शर्ट उतारी और उसे खूँटी पर टाँगा। अब खैनी की पुड़िया टटोलने के लिए पैंट की जेब में हाथ डाला ही था कि दूसरी जेब में रखा मोबाइल बज उठा।

"बहुत दिन जियोगे बेटा, दु सौ बरस जियोगे। अभी बस तुम्हारा ही चर्चा कर रहे थे।" नगीना बाबू ने हमेशा की तरह बेटे के सामान्य कॉल को उठाते

ही आशीर्वाद दिया।

"क्या चर्चा कर रहे थे?" टोह लेने वाला स्वर था दीपनारायण का।

"अरे कुछ नहीं, वही कि सब कोई प्राइवेट में मारा जाएगा अब। सबका छँटनी हो रहा, तुम्हारा नहीं हुआ। यही सब बता रहे थे तुम्हारी मम्मी को। खुश है।" नगीना बाबू ने खुशी-खुशी बताया।

"हम्मम ठीक है पापा। पापा वो मैंने इसलिए कॉल किया था कि मैं थोड़ा घर आ रहा।" दीपनारायण ने अच्छी सूचना दी थी किसी भी माँ-बाप के लिए।

"आँय! घर? घर क्यों?" धक्क से बोले नगीना बाबू।

"अरे कुछ नहीं, थोड़ा तबियत डाउन है। वर्क फ्रॉम होम कर लूँगा। ओके बाय। टेक केयर।" ज्यादा नहीं कहा दीप ने।

उधर जलेश्वर दिन-रात एक अलग ही नयी परेशानी से ग्रस्त था। बेटे अंगद को फोन लगा के लगभग रो ही रहा था, "अरे भाई, तुम अपने वाइफ से बातचीत नहीं करते हो क्या? थोड़ा करो और समझाओ उसको। वो रोज कह रही कि पीसीएस के कोचिंग के लिए शहर जाना है। मतलब ये संस्कार है क्या?"

"पापा, बल्लोपुर से रोज सुबह-शाम कोई बस जाती है क्या शहर के लिए?" अंगद ने सीधे समाधान की तरफ बढ़ते हुए कहा।

"मतलब? अरे पागल हो क्या? घर का पतोहू रोज निकलकर कोचिंग जाएगी बस में और रात को आएगी फिर बस से? गाँव में जीने लायक रहेंगे हम? कोई बेटी है जो जाने दे दें बस से रोज कॉलेज-स्कूल?" हालाँकि जलेश्वर ने ईश्वर का दिया ये मौका भी गँवा दिया था, उसने तो बेटी ही गँवा दी थी।

"बस चलती है कि नहीं?" अंगद ने सिर्फ यही पूछा।

"नहीं चलता है कोई बस। लेकिन उससे क्या मतलब? तुम्हारा बीवी का अलग डिमांड है यार। कह रही है कि डेरा दिला दीजिए शहर में। बोलो ये बहू का लेंग्वेज है? इज्जत का तो कोई मोल ही नहीं।" जलेश्वर जले हुए स्वर में चीख ही रहा था लगभग।

"ठीक है, हम बात करेंगे कि थोड़ा दिन रहो अभी घर में। हम आएँगे तो

खोज लेंगे डेरा। जहाँ भी पढ़ना–रहना चाहेगी। अभी समझाते हैं।" अंगद ने बड़ी शांति से समझाया पिता को।

"क्या? अरे मेंटल हो गया क्या रे? अभी तो चार दिन सटा भी नहीं है औरत से, अभी से दिमाग खराब हो गया? बहू जाएगी बाहर अकेले रहने डेरा ले के? ई कौन पढ़ाई? कौन कोचिंग? हम बता दे रहे हैं, आग लगा देंगे घर में। समझा लो अपने औरत को। बस!" जलेश्वर की आवाज से जैसे अभी अंगार फूट रहा था।

"अरे आप शांत होइए न पहले, पापा। इस तरह से बात करिएगा क्या घर आई नयी बहू से? उसको आपका नेचर नहीं पता। ये तरीका सही नहीं आपका।" अंगद बड़ी स्थिरता से अपने पिता की खिन्नता, व्याकुलता और आक्रामकता को झेल रहा था

"कोई हमारे घर का सब इज्जत समेट कोचिंग चले जाए, हम तरीका देखें अपना? क्या बन जाएगी? यहीं पास के बेलापुर में है न एक लड़की, साला गाँव में रहकर बन गई डिप्टी कलेक्टर। बन के दिखाए न डिप्टी कलेक्टर तुम्हारी औरत। खाली अय्याशी के लिए छोड़ दें कोचिंग करने को।"

"लड़की नहीं, बहन है हमारी। चुप रहिए आप। आप क्यों मुँह खुलवाते हैं?" जलेश्वर के कान में तेजाब की बूँद गिरी।

अचानक कुछ पल के लिए दोनों छोर की हलचल बंद हो गई। केवल साँसों की आवाजाही थी, तेज-तेज, थोड़ी अटकते हुए।

"आ आँय, हेलो, बेटा, अंगद, तुम जानते हो क्या सब बात बेटा?" एक भरभराई–सी आवाज आई एक तरफ से।

"क्या नहीं जानते हैं हम? आप रहने दीजिए पापा।" अंगद का स्वर भी टूट रहा था।

"तुम मिले क्या बेटा उससे? उसको देखे क्या बेटा? हाँ, वो तो तुम्हारी बहन है। तुम मिल लो बेटा।" एक अधीर बाप का बिखरता हुआ स्वर निकला।

"कैसे मिल लें? हमारी बहन है न? आपकी बेटी तो नहीं न? फिर किस रिश्ते से मिल लेते?" अंगद बह गया था उस पार। आवाज के कंपन में जैसे एक भाई का वियोग सिसक रहा था।

जवाब में कोई जवाब क्या मिलता! ऐसी बातों का क्या जवाब होता है? कम–से–कम जलेश्वर के पास तो नहीं था।

"और आप सुनिए, उसको नाना ने पाँच साल शहर भेज पढ़ाया, कोचिंग दिलाया। अपने से जाते थे रोज दूध लेकर, खाना लेकर, काहे कि दीदी को खाना बनाना नहीं पड़े। रोज सत्तर किलोमीटर जाना और आना, अपनी नतिनी के लिए, बेटी के लिए। कर पाए आप? आप हमारे लिए एक दिन निकले घर से? आपके लिए हम दौड़े लेकिन, काहे कि सेना में जाना है। हमने सोच लिया कि अब जब बाप का मन है तो फिर जाना ही है। तो लीजिए आ गए सेना में।" अंगद ने कठोर होकर कहा तो लगा कि जैसे एक पहाड़ टूटा और शब्द भारी पत्थरों की तरह लुढ़कते हुए गिरने लगे। आँखों से नदी बह रही थी अंगद के। फोन के उस पार कोई सन्न होकर निर्जीव हो गया था। पलकें झपक नहीं रही थीं उसकी और धमनियों में खून जाम हो गया था। जम के काठ हो गया था जलेश्वर।

"हेलो हेलो। अरे बोलिए न?" अंगद बहुत बार इधर से बोला। मोबाइल जमीन पर पड़ा था और जलेश्वर सिर पकड़कर चौखट के सहारे खड़ा था।

इधर ठीक तीसरे दिन, नगीना बाबू इंतजार में ही थे। सुबह-सुबह उनींदे लेटे हुए थे। दरवाजे पर हल्की–सी दस्तक हुई। समझ गए कि दीपनारायण पहुँच गया शायद! हड़बड़ाकर बिस्तर से उठे और घर का मुख्य दरवाजा खोला।

दीप ने दरवाजा खुलते ही पहले पीठ पर रखा भारी बैग उतारा। उसे हाँफता हुआ देख नगीना बाबू ने बैग पकड़ा और उसे अंदर आने का इशारा किया।

दीपनारायण ने एक बार पीछे देखा और अंदर आ गया।

"अरे तो हमको फोन कर लेते न। हमें क्या पता कि इतना सामान लादे आए हो। क्या जरूरत है गाँव इतना सामान लाने का? यहाँ क्या नहीं है? सुविधा का हर चीज है ही। ये तुम्हारी मम्मी का आदत है कि हरदम कुछ न कुछ मँगाते रहो, बेमतलब भरते रहो घर। ओह। चलो पानी पियो पहले।" नगीना बाबू ने बैग रखने के बाद बाहर रखे दोनों विशालकाय सूटकेस को घसीट के अंदर करते हुए कहा।

तब तक अंदर से दीप की माँ पानी का गिलास लिए आईं। सुबह के पाँच

बज रहे थे। नगीना बाबू के लिए तो जागने का समय था ये, माँ वीणा देवी रात भर सोई ही नहीं थीं।

"हम काहे बोलेंगे जी कुछ लाने इतना दूर से ? क्यों बोलेंगे बोझा ढोने ? अपने मन से अब ले आता है तो क्या करें ? बढ़िया न है, इस पर गुस्साने का क्या बात है ?" माँ ने भारी बोझ का भारी बचाव करते हुए कहा।

"अरे गुस्सा नहीं कर रहे भाई, हम कह रहे कि हमें बता देता तो बस स्टैंड पर हम रहते न। वहीं से उठा ले आते। या कुली कर लेते।" नगीना बाबू ने दो पैसा कुली के लिए सोचते हुए कहा।

तभी पानी पीने के बाद सहसा दीपनारायण को याद आया कि उसने माता-पिता के पाँव नहीं छुए थे आने के बाद। तत्क्षण ही झुका चरण स्पर्श करने को।

"हो गया, हो गया। बस, बस, ये संस्कार को याद रखना बस। वही हम सोचें कि जश, पैसा, सुविधा और आधुनिकता के आँधी में संस्कार तो नहीं भूल गए न।" अभी तुरंत हुई चिंता से तुरंत आराग मिला नगीना बाबू को।

"क्या हुआ है तबियत को ? इतना खराब है कि छुट्टी लेना पड़ा ? ठीक तो लग रहे हो ?" नगीना बाबू ने उसे स्वस्थ देखकर फिर थोड़ा-सा चिंतित होते हुए पूछा।

"अरे गजब बाप हैं आप ? अगर बेटा ठीक है तो ई ठीक बात नहीं ? उसको पूछ रहे हैं कि तबियत ठीक काहे है ?" माँ ने पिता पर हमला बोलते हुए कहा।

"अरे मतलब छुट्टी लिया है न तबियत का बोलकर ? इसलिए पूछे।" नगीना बाबू को भी लगा कि थोड़ा असंवेदनशील प्रश्न था उनका। वो दीप के सूटकेस को इधर-उधर सरका के सेट करने लगे चौकी के नीचे।

"अरे आप भी जब छुट्टी लेना होता है त क्या बहाना बनाते हैं ? तबियत का ही न ? सब यही बनाता है। आ गया बना के घर तो क्या दिक्कत है ? चलो चाय बनाते हैं बेटा।" नगीना बाबू की ही तबियत की पोल खोल दी थी यहाँ उनकी पत्नी ने।

"हम अभी सोएँगे मम्मी। उठ के फिर बात करते हैं।" ये बोल दीप रुका नहीं, अपने बिस्तर की तरफ बढ़ा सीधे।

पीछे से ध्यान आते ही माँ उसका बैग, उसके कमरे में लेते आईं।

दोपहर बाद ही आँख खुली दीप की। पिता स्कूल गए थे। माँ खाना बनाकर तैयार बैठी थीं।

"जग गए? नौकरी में सोते नहीं हो क्या? प्राइवेट में तो गुलामी जैसा खटना पड़ता होगा न? अब कौन समझाए तुम्हारे बाप को कि अगर चार दिन बहाना कर आदमी घर नहीं आए तो मर जाएगा वहाँ मजदूरी करते-करते। है कि नहीं।" माँ ने दुनिया के कितने बेटों का दर्द बोल दिया था। ऐसा लगा जैसे दीप की माँ में दुनिया भर की माँ बोल रही हों इस समय।

"हाँ मम्मी। ऑफकोर्स। ये तो मैटर करता ही है, सो हार्ड एंड एग्जॉस्टिंग वर्क मम्मी। सो सो टीडीअस वर्क।" दीप ने दुनिया भर की माताओं को संबोधित करते हुए वैश्विक भाषा में प्रतिक्रिया दी।

"अभी चार दिन खाली खाओ। सुतो। बाप का रामकहानी भी मत सुनो। चलो मुँह धो आओ। खाना लगा रहे हैं।" माँ कहकर थाली लगाने रसोई में चली गईं।

इस बीच चार–पाँच दिन और निकल गए थे। नगीना बाबू को अपने दीप की दिनचर्या परेशान कर रही थी।

आज सुबह का अखबार पकड़े कुर्सी धरे हुए थे नगीना बाबू।

"जब भी पहले आता था, दिन भर कान में काला ढक्कन लगाए, हाफ पैंट में झूमता हुआ लैपटॉप लेकर बैठा रहता था। इस बार एकदम शांत और बढ़िया से है। न अंग्रेजी गाना सुन पागल जैसा हिलता है, न किसी से फोन पर अंग्रेजी में संस्कार भ्रष्ट करने वाला हँसी–मजाक कर रहा। कहीं कंपनी ने कम कर्मचारी के कारण सारा लोड इसी के माथे तो नहीं दे दिया?" दीप को देखकर अंदर ही अंदर लगातार यही सब सोच रहे थे नगीना बाबू।

"अब बात करना चाहिए घर में।" दीप कुर्सी पर बैठा मन ही मन यही बोल रहा था अपने आप से।

"अच्छा, बेटा, अरे बाबू इस बार तुम्हारा लैपटॉप वगैरह कहाँ है जी? और ये अटैची में क्या लाए हो भर के? खोल काहे नहीं रहे हो?" आज नगीना बाबू ने एकदम पकड़ लिया था।

"लैपटॉप? हाँ। एक बात बताएँ पापा। देखिए आप परेशान मत होइएगा।

पहले प्रोमिस करिए।" अभी यही कहा था दीप ने।

"आँय, परेशान? अरे साला, अरे भगवान। तुम भी... तुम्हारा भी? तुम सब समेट के घर... अरे बताओ न? यही न? महादेव..महादेव। त्राहिमाम।" लगा नगीना बाबू मूर्च्छित हो जाएँगे।

"हाँ, यही बात है। लेकिन ऐसा परेशानी का भी बात नहीं है। आप पूरा सुनते नहीं हैं और पैनिक हो जाते हैं। दूसरों को भी नर्वस कर देते हैं आप। अरे सुन लीजिए न।" दीप ने कोशिश की कि आराम से सारी बात बताए।

नगीना बाबू माथा धर वहीं चौकी पर बैठ गए।

"बताओ, अब क्या बताना है? सबका गया नौकरी। बोल रहा था सुधीर मास्टर सही ही। उसके साढ़ू का लड़का... सब सही बताया था।" काँपते स्वर में फफकने जैसा बोल रहे थे नगीना बाबू।

"अरे वो मेरा सीनियर बॉस था भाई। उसकी तो सबसे बाद में गई नौकरी। वो तो फिर कर ही लेगा कहीं गवर्मेंट जॉब, टैलेंटेड बंदा है वो पापा। हालत तो अभी हम सबकी चिंता वाली है। सालों ने अचानक से लैपटॉप जमा कराया बिना कोई शो कॉज नोटिस के, बिना एनी रीजन, सीधे धक्के दिए और बाहर। बहुत हल्ला बोला हमारे कलीग ने तो सबको एक एक्सपीरियंस लेटर थमा के, जाने बोल दिया। तीन महीने का वेतन देना था, एक ही महीने का दिया। दो महीना का नहीं दिया।" दीप प्राइवेट की स्थिति को सार्वजनिक करते हुए बोले जा रहा था।

"दो महीना का पैसा का कोई माई-बाप नहीं? और बिना मतलब निकाल दिया नौकरी से? बिना गलती?"

"हाँ, पैसे का क्लेम किससे करोगे पापा? ये कोई सरकारी जॉब तो है नहीं कि गारंटी हो। हर चीज का लीगल बैकअप हो। वो तो बोले कि ग्लोबल क्राइसिस है, हमें अपना कॉस्ट कटिंग करना है, इंडिया में अपने वर्कर्स को मिनिमाइज करना है। कर दिया। अमेरिकन कंपनी है, कहाँ जाऊँगा दो महीने का पैसा लेने?"

"अब क्या करोगे बेटा?" नगीना ने प्रश्न नहीं असमाधेय सूत्र पूछ दिया था। वो अबूझ सूत्र जिसे इस समय के लाखों करोड़ों युवा सुलझाने के लिए दिन-रात एक किए हुए थे देश में।

"कोई और जॉब खोज रहा पापा। देखो पापा, मैं अब इतना तो पेशेंस रखने से रहा कि गवर्मेंट जॉब की तैयारी करूँ, न इतना गट्स है मेरे में। भाई नहीं है गूदा सरकारी नौकरी क्रैक करने का। वो साले अलग ही मैटल से बने होते हैं पापा। अनमैचेबल पैशन एंड पेशेंस। उनकी बात अलग है। हमलोग देख रहे अभी कोई और ऑप्शन। सारे फ्रेंड लगे हैं।" दीप ने प्रतियोगी परीक्षा की तैयारी वाले छात्रों को प्राइवेट की सलामी देते हुए कहा।

"कैसे होगा रे बेटा? दीप! क्या हम बोलेंगे अब गाँव में?" नगीना बाबू को अचानक गाँव याद आया। सुधीर बाबू से भी मिलना था स्कूल में।

कहाँ तो बंबानी का पिता होना था, कहाँ तूफानी झटके से पानी-पानी हो गए थे नगीना बाबू।

"यार आपको गाँव की चिंता हो रही, मेरी नहीं? वैसे भी आपलोग किसी भी चीज को इतना बढ़ा-चढ़ा के पहले बोल ही देते हो कि बाद में शर्म आए और उसे डिफेंड करना मुश्किल हो। क्या हो गया था मैं एक प्राइवेट जॉब कर के? इस बात का इतना ढोल पीटना क्या जरूरी था?" दीप की झल्लाहट स्वाभाविक थी।

"हाँ, हाँ, हमको थोड़ा संयम से ही प्रचार करना था।" नगीना बाबू ने बेटे की बात पर हल्की सहमति जताते हुए प्रचार सामग्री फैलाने की हड़बड़ी और गति को लेकर अफसोस व्यक्त किया।

"लेकिन करना था प्रचार? उसमें नहीं मानना?" दीप ने दो-टूक पूछा।

"अरे गजब करते हो। अरे अगर बताएँगे नहीं कि लड़का जॉब कर रहा है तो कल बिहा-शादी के लिए लड़की वाले कहाँ से आएँगे? शादी के लिए रिश्ता डाक विभाग पहुँचा के देगा? थोड़ा प्रचार-प्रसार से ही तो आते हैं लोग दुआर पर रिश्ता ले के। हर चीज में मत ज्ञान दो। कुछ बुजुर्गों के अनुभव का भी कद्र करो। बिहा-शादी के लिए बढ़ा-चढ़ा के बोलना पड़ता है। लोको पायलट को पायलट बताना पड़ता है, समझे!" एकबारगी गरम हो गए नगीना बाबू। आखिर बाप भी तो थे।

"ठीक है अनुभव का लाभ लीजिए।" दीप और क्या ही कहता।

"तुम बताओ। अब तुम क्या करोगे? देखो बेटा, मेरा छाती बैठ रहा। कुछ बताओ हमको कि आखिर अब भविष्य क्या होगा तुम्हारे जैसे लड़कों का?" तनतना के शुरू हो फिर कोमल स्वर तक आ गए नगीना बाबू।

"कूल पापा, कूल! पापा, मैंने अभी एक लैपटॉप ऑनलाइन ऑर्डर किया है। उसे आने दो। फिर करूँगा अप्लाई कई जगह। बिना लैपटॉप नहीं होगा। और कुछ पैसे चाहिए अभी मुझे। मुझे फिर से सारी चीजें स्टैबलिश करने को मनी तो चाहिए होगी अभी। आप ऐसा करो, पर्सनल लोन ले लो। आप सरकारी जॉब में हो, आपको आसानी से मिल जाएगा। प्राइवेट वाले को बैंक भी चूतिया समझता है।" दीप ने अपनी आगे की योजना की परियोजना समझाते हुए नगीना बाबू के भीतर से प्राइवेट का दीप ही बुझा दिया था।

नगीना बाबू बस माथा पकड़े हूँ हूँ करते हुए सिर हिला रहे थे।

"पापा, यार हेलो, अरे आप इतना नर्वस क्यों हैं? अरे पापा नौकरी गई है, मैं नहीं! मैं हूँ अभी पापा। आपको पता है? कितने लड़के नौकरी के साथ चले गए पापा, उनका सोचिए न। मैंने खुद को बचाया न पापा।" दीप आज दीपनारायण झा हो गया था ये बोलते हुए। कितनी जरूरी बात कह दी थी उसने। दुनिया का कोई भी दार्शनिक इस वक्त इससे बेहतर कह नहीं सकता था।

नगीना बाबू की आँखों की कोर से पानी ढरका।

"लेकिन साला प्राइबेट बड़ा रिस्की चीज है बेटा। बहुत खराब है ई तो। हमलोग मिडिल किलास के लोग हैं बेटा, उससे भी नीचे के, एक प्लास्टिक का कुर्सी खरीदते हैं त गारंटी खोजते हैं। यहाँ साला कंपनी में पूरा जीवन झोंके हुआ रहता है आदमी, बिना गारंटी? बहुत जोखिम है ई प्राइबेट भाई।" बोलते हुए नगीना बाबू दोनों हाथों से आँखें मल रहे थे। हाथ से छूटे अखबार के पन्ने नीचे बिखरे पड़े थे। बीच-बीच में चल रही हवा से सारे पन्ने छितर गए थे।

वैसे भी सुबह का अखबार अब खबरों की तरह नहीं, एक बीमार आदमी की मेडिकल रिपोर्ट की तरह डरावना लगता था।

कहीं पंद्रह हजार कर्मचारियों की छँटनी, कहीं बीस हजार पद समाप्त, कहीं स्वचालन या यांत्रिकी के नाम पर कर्मचारियों की पूरी शाखा बंद। हर पेज पर एक घाव-सी खबर।

जब अखबार अपनी भाषा में लिखता कि कंपनी ने लागत घटाई, मुनाफा बढ़ा, तो इसका मतलब होता था कि कुछ और घरों में चूल्हे ठंडे पड़ गए। अर्थशास्त्र को इस सत्य पर कभी यकीन नहीं हो सकता था कि किसी का मुनाफा किसी का चूल्हा बुझाता भी है। कुछ विषय, विषय की सीमा से परे

थे।

अर्थव्यवस्था स्थिर थी। घरों की बुनियाद हिल जाती थीं, वैसे घरों की जिनके यहाँ अचानक बेरोजगारी पीछे से धप्पा बोलती।

सरकार हो या कंपनियाँ, कतार में खड़े युवाओं को बिठाने के लिए कुर्सियाँ नहीं थीं उनके पास। ये युवा लदे हुए थे, कंपनियों पर बोझ की तरह और सरकारों पर मजबूरी की तरह।

जबकि कार्यालय भी वही थे और कारखाने भी। पर ठीक वहीं अब मशीनें मुस्करा रही थीं और थक के छँट चुका इंसान जाते हुए आखिरी बार पसीना पोंछ रहा था।

बेरोजगारी का डर धीरे-धीरे इंसान की चाल बदल ही देता है।

पहले कदम सपनों की ओर बढ़ते हैं, फिर जिम्मेदारियों की ओर, और धीरे-धीरे तारीखों, ईएमआई और किराए की ओर जाते हुए खो जाते हैं।

संविदा पर नौकरी, दैनिक वेतन पर नौकरी, आउटसोर्सिंग नौकरी, मौसमी नौकरी, अतिथि नौकरी, इंटर्न प्रशिक्षु नौकरी, प्रोजेक्ट आधारित नौकरी ये सब नौकरियाँ नहीं थीं, ये व्यवस्था के द्वारा बेरोजगारी के चीथड़े उड़े कपड़े पर पैबंद साटने की कवायद थी और भीतर के आक्रोश पर पाबंदी का इंतजाम। व्यवस्था रफूगरी मॉडल पर रोजगार सिल के दे रही थी। उसका धागा उधड़ना तय था।

लेकिन ये पीढ़ी भी अलहदा धातु की बनी थी। परिस्थितियों से टूट भी रही थी लेकिन खुद को टूटने भी नहीं दे रही थी।

आँसू घोंट के पी जा रही थी। क्योंकि डरती थी कि कहीं आँसुओं की धार से आत्मसम्मान का किया गया कृत्रिम श्रृंगार धुल न जाए।

पर आज की पीढ़ी के मन पर जो खरोंचें पड़ रही थीं, उसके मनोवैज्ञानिक दुष्प्रभाव आने वाली कई पीढ़ियों तक जाने थे।

क्योंकि बेरोजगारी सिर्फ जेब से पैसे नहीं लेती थी, यह तो मन से सपनों की आवाज छीनती थी। जिद की जद से उम्मीद छीन लेती थी।

"अरे लो चाय पियो न, नौकरी गया है, आस नहीं न! आस मत छोड़ना कभी बेटा। गरीब का वही पूँजी है। ऐसा पूँजी जिसको कोई छीन नहीं सकता है। आस रखो और फेर प्रयास करो।" पीछे से गरमा–गरम चाय बनाकर लाई

माँ ने जैसे अबूझ सूत्र हल कर दिया था।

इसी बीच शिक्षामंत्री अवध बिहारी मंडल ने शिक्षा सुधार हेतु नयी क्रांतिकारी घोषणा कर दी, स्कूल अब पीपीपी मॉडल पर चलेगा। ले-दे की मशहूर अधिकारी जोड़ी ने खूब मेहनत और प्रयास से यही सुझाया था सरकार को। शिक्षा, इस देश का सबसे बड़ा बाजार था। इतने उपभोक्ता शायद ही और किसी क्षेत्र में थे। जीवन के लिए जितना जरूरी नमक था, उससे थोड़ा भी कम शिक्षा नहीं। इसलिए इस क्षेत्र में व्यापक सुधार का बाजार खोज निकाला था ले-दे की जोड़ी ने। पीपीपी मॉडल अभी शुरुआती दौर में आने वाला था। इसके लिए प्रयोग के तौर पर सबसे पहले मंत्री जी के ही गाँव के स्कूल का चयन किया गया। ये खबर ऐसे फैल गई जैसे कोई दवा मिल गई हो सारे दुखों की। लोग बोले, "अब टाउन जैसा स्कूल बन जाएगा! बहुत जरूरी था। सरकारी लोग बर्बाद कर दिया स्कूल को। अब प्राइवेट कंपनी एक नंबर बना देगी।"

कृपालु राय जैसे संविदा शिक्षक भी एक पल को चौंके, "शायद अब हमारे भी स्थायीकरण की बात चलेगी! कम–से–कम वेतन तो सम्मानजनक होगा ही प्राइवेट व्यवस्था के तहत।"

पर भीतर एक डर भी था। निजी हाथों के अपने खंजर भी तो होते हैं, पता नहीं किसको घोंप दिया जाए। निजी एजेंसी वाले आए, नये नियम लेकर। सबसे पहले उन्होंने वही किया जिसका डर था। संविदा शिक्षकों की सूची देखी गई। स्कूल के बुरे प्रदर्शन का उत्तरदायी सबसे कमजोर को ठहराया गया, अफसोस की बात ये थी कि सबसे योग्य को भी। प्रशासन हो तो जनता से डरे भी, अधिकारी हो तो शिकायत सुने भी, लेकिन यहाँ तो निजी कंपनी के मुस्टंडे थे, उन्होंने सबसे योग्य कृपालु राय को ही 'अयोग्य' बताकर हटा दिया। बाकी बचे एकाध शिक्षकों से नये करार पर हस्ताक्षर करवाए, कम पैसे, ज्यादा काम। पुराने मास्टर साहब लोगों को किनारे बिठा दिया गया। कहा गया, "आप अनुभव साझा कीजिए, प्रबंधन हम सँभालेंगे।"

कृपालु को इसकी आहट हो गई थी। इसलिए वो मानसिक रूप से तैयार भी था। उससे ज्यादा दु:ख लावण्या को हुआ था, इस बात को लेकर कि जब स्थानांतरण हुआ था, यहाँ से पहले ही चली जाती। लावण्या ने दूसरे ही दिन अपनी सारी सिफारिश यहाँ से स्थानांतरण के लिए लगवा दी थी।

वैसे भी, अब कृपालु अपनी बर्खास्तगी की शिकायत कहाँ ही करता? जागो देवी हो या गाँव, इनसे सरकार या अधिकारी तो थोड़ा-बहुत भयभीत रहते भी थे लेकिन कंपनी नहीं। कंपनियाँ केवल पूँजी के हिलने से डरती हैं, वोट हिलने से नहीं। पर गाँव को तब भी लगा था कि स्कूल बदल जाएगा। लेकिन बदलाव सिर्फ रंग और रिपोर्ट में दिखा। दीवारें थोड़ी-सी चमकीं, लेकिन भीतर का पाठ अभी भी अधूरा ही था। बच्चों के सपने वही थे, बस उनका हिसाब अब फाइलों में दर्ज होने लगा था।

गाँव ने भी जल्दी समझ लिया कि सुधार का वादा और सुधार की हकीकत, दोनों अलग चीजें होती हैं। स्कूल अब नया लग रहा था, पर उसके भीतर वही पुराने जंजाल थे, वही पुरानी कराह थी। लेकिन उसे सुनने वाली शिकायत की कोई खिड़की नहीं थी अब। मध्याह्न भोजन से लेकर कपड़े तक के प्रबंधन में मनमानी थी, उत्तरदायित्व किनारे लग गया था, जनता मूक थी। जनता को सरकारों के खिलाफ खड़े होने का तो अभ्यास था, कंपनी के खिलाफ नहीं। कंपनी के शासन के खिलाफ लड़ने वाली पीढ़ी तो दशकों पहले जा चुकी थी। स्वतंत्र देश के लोकतंत्र में ये याद भी रखना जरूरी थोड़े था! किसे पता था कि अगस्त में भगाई जा चुकी कंपनी कभी मार्च में लौट भी सकती है।

पर स्कूल से कृपालु का निष्कासन नगीना बाबू के पुत्राष्टक कष्ट हेतु एक वरदान बनकर आया। बेटा दीप शहर से आकर मन गिरा के बेरोजगार बैठ गया था। उसको पुनः जिजीविषा और उत्साह से भरने के लिए एक अवसर की खोज थी नगीना बाबू को। उन्होंने सप्ताह भर में ही कंपनी के कर्मचारियों को चारा-पानी देकर संविदा पर दीप का चयन अस्थायी तौर पर बल्लोपुर स्कूल में करा लिया। वैसे भी दीप का रंग-रूप और उसकी हिंदी में अंग्रेजी फेंटकर कंधा उचका के बोलने की उचक्का शैली किसी भी निजी कंपनी को लुभाने के लिए अनुकूल ही थी। बुझे हुए दीप को चुल्लू भर तेल मिल गया था।

इधर एक दिन जयनाथ साह एक बार पुनः बोगो महतो के पास गया। इस बार वो बोगो को ढूँढ़ता हुआ उसकी दुकान पर गया था। बोगो वहाँ बंद दुकान के बाहर कुर्सी लगा के बैठा मिला था। साथ में कुछ और चेले जैसे दिखने वाले लड़के भी बैठे थे कुर्सी का घेरा बना के। जयनाथ साह इस बार

ये बताने गया था कि आखिरकार बेटों ने साइबर कैफे वाला कमरा बना के दर्पण के परिचित लड़के को किराए पर दे भी दिया और लखी की बहन रोज कर्जापट्टी से बल्लोपुर उस साइबर कैफे में आती भी है काम के लिए। लेकिन बिना कुछ सुने, बस दूर से ही जयनाथ साह को देखते ही बोगो ने पाँव का जूता खोल फेंक के मारने के लिए उठा लिया। उसे इस बात का गुस्सा था कि जयनाथ बेटों के साथ अपने झगड़े के बीच विलायती-बोगो खेलता रहता है और उसी की प्रतिक्रिया में उसकी दुकान पर कुछ दिन से ताला लटक गया था। जयनाथ साह ने दूर से संकट को हाथ में उठा देख अपने हाथ उठा लिए थे और वहीं से प्रणाम करता हुआ, बोगो के नाम का जयकारा लगाता हुआ आया। अभी अपने नाम का जयकारा और जिंदाबाद सुनने का अभ्यास ही कर रहा बोगो मिनटों में पिघल गया। दो–चार गालियाँ देने के बाद फिर कुर्सी दी बैठने को। जयनाथ को लगा, बहुत दिया बोगो ने, उसकी अपनी उम्मीद से कुछ ज्यादा ही सम्मानजनक था ये। भावुक हो चुका जयनाथ उन अतृप्त लोलुप तृष्णातुर लोगों में से नहीं था जो जरूरत से ज्यादा या जरूरत भर इज्जत और मान चाहते हैं, ये उन लोगों में था, जिन्हें गलती से जरूरत भर इज्जत मिल भी गई तो उसका आधा हिस्सा ये अपनी हरकतों से तुरंत वापस कर देते हैं। और फिर भी किसी ने जबरदस्ती इज्जत दे भी दी, तो बेचारा रखता कहाँ? बेटों ने तो अब बरामदे का भी आधा हिस्सा दुकान बनाकर दे दिया था किराए पर। संसार से पानी, कोयला, बालू, पेड़, सब धीरे-धीरे खत्म हो रहे लेकिन इज्जत नहीं, क्योंकि ये जयनाथ साह जैसे लोगों के द्वारा अपने हिस्से की छोड़ी गई इज्जत थी। किसी को मिले, तब तो खत्म हो। सब इज्जतदार हो जाते तो इज्जत बचती कहाँ दुनिया में! इसलिए संसार जयनाथ साह जैसे लोगों का ऋणी था।

खैर, कुछ देर में सब सामान्य हो गया। जयनाथ साह ने बोगो महतो के प्रति सहानुभूति प्रकट करते हुए ये बताया कि "दुकान में बटखरा इंस्पेक्टर का आना बड़का साजिश है, इसमें बहुत ऊपर से खेला हुआ है।"

जयनाथ ने मोटा–मोटी पता लगा लिया था कि कैसे विलायती सिंह खुद उसके दरवाजे नहीं आया बेटों की तरफ से लड़ने, बल्कि उसने बोगो को ही परेशान करने के लिहाज से मंत्री जी के पीए कुलभूषण से संपर्क किया। उससे दारोगा माधव राम को कहलवाया कि बोगो को हड़काने का कोई बहाना खोजे और उसकी मनमानी पर लगाम कसे। चूँकि माधव राम

बल्लोपुर और कर्जापट्टी की स्थानीय राजनीति का छिलाया हुआ अनुभवी भुक्तभोगी था, इसलिए उसने सिपाही चौबे जी की सलाह पर कुलभूषण जी को समझाया कि इस मामले में सबसे बेहतर काम माप-तौल विभाग के अधिकारी करेंगे। कुलभूषण जी को सलाह उचित लगी। निर्देश मिलते ही विभाग के अधिकारियों ने माप-तौल का मामला बना बोगो को उलझा दिया और वो जयनाथ साह के बेटों के निर्माण कार्य में टाँग अड़ाने जा ही नहीं पाया। उल्टे उसकी ही दुकानदारी कुछ दिनों के लिए बाधित हो गई।

जयनाथ साह इन सब के लिए खुद को दोषी मानने आया था। अगर खुद नहीं आता तो बोगो किसी दिन पहुँच ही जाता और फिर ज्यादा कष्ट होता जयनाथ साह को। बूढ़ी हड्डी जब चटकती तो दर्द से रो-रो के दोष स्वीकार करना पड़ सकता था फिर तो। बोगो से ऐसी उम्मीद हमेशा रहती थी जयनाथ साह को।

"सब विलायती का खेल है बोगो बाबू। लड़की जो न कराए।" जयनाथ साह क्या ही और बोलता।

बोगो महतो ने बताया, "सब पता है। कर रहे हैं उपाय। पहले आज शाम दुकान खुल जाए।"

उसने फिर हमेशा की तरह भागदौड़ कर अपनी जाति के मंत्री जोगेश्वरी महतो से सिफारिश लगवा काम करवा लिया था। शाम तक सारी जब्त माप-तौल मशीनें मिल जानी थीं और दुकान की सील खोल दी जानी थी।

जयनाथ साह अभी भी इस भय में था कि कहीं बोगो महतो अपना ये अपमान याद कर गुस्सा न हो जाए। इससे बचने का पुख्ता इंतजाम चाहता था वो। इसलिए उसने सबसे पहले अपने लात खाने के डर को सम्मानित अपराधबोध में बदला, जिससे लगे कि वो हृदय से बहुत दुःखी है बोगो के लिए, और इसी के प्रायश्चित्त के लिए उसने बोगो महतो को एक इंद्रधनुषी प्रस्ताव दे डाला।

"बोगो बाबू, कम-से-कम हमारे दुआर पर आ के बैठा तो करिए दिन में एक बार। कुर्सी खरीद लेते हैं एक ठो, लगा देंगे एकदम बरामदा में अपने। आपको बढ़िया लगेगा, सच बोल रहे हैं। फिर वहाँ से जैसा मन होगा, वैसा डिसीजन लीजिएगा।" जयनाथ ने एक भद्दी-सी मुस्कान लिए लिजलिजे स्वर में कहा था।

बोगो ये सुनते दाँत निपोर के हँसा था। उसकी आँखों में इस वक्त एक घिनौना–सा चिपचिपापन उतर आया था।

जैसे कि एक वहशी पशु को शिकार के लिए भरा–पूरा जंगल उपहार में दिया जा रहा हो।

बोगो के मन में अभी से ही एक बर्बर विजय की आकांक्षा हिलोर मारने लगी थी। कहते हैं कि गिद्ध जिंदा बस्तियों में नहीं पाया जाता। यहाँ गिद्ध मँडराने को तैयार था। जयनाथ ने अपनी बस्ती को ही मुर्दा समझ किराए पर लगा दिया था।

जयनाथ ने अब विदा ली। जाते-जाते एक कुर्सी का पैसा भी।

21

समय सब को ठेलता हुआ बढ़ रहा था। किसी को उठाते हुए, किसी को पटकते हुए। समय का यही तो स्वभाव है, वह न किसी के आँसू पूछता है, न किसी की हँसी की गिनती बताता है। जबकि हिसाब सब रखता है।

एक अंधा रथ है समय, जिसकी गति पर किसी का नियंत्रण नहीं, गति का भी नहीं।

सबने देखा, बल्लोपुर तो नहीं बदला था इतने दिनों में, लेकिन बल्लोपुर में बहुत कुछ बदल रहा था। कर्जापट्टी में भी समय आगे निकल रहा था।

दोपहर के खाने के बाद ऐसे ही चौकी पर लेटा हुआ था जलेश्वर यादव। मुख्य दरवाजे की तरफ से कुछ खटखुट की आवाज आई।

"कौन?" जलेश्वर ने लेटे-लेटे ही पूछा।

"हम हैं भाई जलेश्वर जी। हम।" उधर से आवाज आई।

"कौन हम रे भाई?" जलेश्वर बुदबुदाते हुए उठा दरवाजा खोलने के लिए।

"ओ, ओ, आप हैं! हम आवाज सुनते ही पहचान गए थे। आइए, भीतर आइए ग्राम सेवक जी।" सामने ब्रह्मदेव बाबू को देखते ही जलेश्वर ने भीतर

आने का इशारा किया।

"और सब क्या हाल भाई जलेश्वर जी? घर पर सब ठीक? बहू का हालचाल कैसा है?" ब्रह्मदेव बाबू ने वही सामान्य कुशलक्षेम पूछा जो प्रत्येक व्यक्ति सब कुछ जानते हुए भी पूछता है।

"आँय... ह हाँ हाँ। सब ठीक तो है। बहू पढ़-लिख रही होगी भीतर कमरा में। सब ठीक है हमारे घर में। जी, जी।" जलेश्वर पहले हकबकाया, होंठों से अनगढ़ ऊँ... आँ... निकली, फिर जैसे वापस चेतना आई और तब शब्द फूटे।

ये अभी अचानक नहीं हुआ था। वो अपने ही कर्मों का शिकार था। वह हमेशा जैसे भीतर से चौंका हुआ रहता था। कई बार लगता जैसे जलेश्वर की आँखों में कोई अनदेखा दृश्य अटका रहता है। वह चमककर उठता, आसपास देखता, फिर हड़बड़ाहट में खुद से ही हारकर बैठ जाता।

अतीत उसे छोड़ता नहीं था, और वर्तमान उसकी पकड़ में नहीं था।

कुल मिलाकर जलेश्वर अब आदमी नहीं रहा, एक स्थायी हकबकाहट बन गया था।

"आपका तबियत ठीक रहता है न जलेश्वर भाई?" इस बार कंधे पर हाथ रख एक बार फिर पूछा ब्रह्मदेव बाबू ने। ये शायद ठीक उसी तरह से था, जैसे किसी बच्चे को सुई देने से पहले डॉक्टर द्वारा उसका सिर सहलाना।

"जी, हाँ, हम एकदम ठीक हैं। बोलिए न। क्या काम से इधर आए थे?" जलेश्वर की चेतना में प्रश्न उठा।

"हम तो एक खुशी बताने आए थे। महाराज, बेटा लोग वापस आ रहा। स्वागत का तैयारी सोच रहे हम तो। सीमा से देश को अपना सेवा दे के लौट रहा है। ये कम बड़ा बात नहीं है। हम तो बहुत खुश हैं कि दोनों लड़का कितना बढ़िया आ रहा, एक खरोंच नहीं लगा।" ब्रह्मदेव बाबू जैसे किसी तैयारी के साथ आए थे। वो वास्तव में अपने बेटे चिन्मय की वापसी पर प्रसन्न थे। उनका तो मन ही था कि पुत्र कोई सरकारी नौकरी धरे, घर रहे, माँ-बाप के साथ रहे। पर बेटे की जिद के आगे हारे थे। अब जब लड़का अपना शौर्यवीर कार्यकाल पूरा कर के आ रहा था तो खुशी स्वाभाविक ही थी।

लेकिन जलेश्वर के लिए और उसके परिवार, विशेष तौर पर उसकी पत्नी के लिए ये खबर प्रसन्नता वाली नहीं होनी थी। ज्वालामुखी फट सकता था। अंगद को इसका अंदाजा था। इसलिए उसने चिन्मय की सलाह पर उसके पिता से ये निवेदन किया था कि वो ही उसके घर जाकर पिता और पत्नी को थोड़ा समझाएँ और कुछ सांत्वना देकर माहौल को किसी तरह सँभालें।

ब्रह्मदेव बाबू इसी कारण कुछ अतिरिक्त प्रसन्नता प्रदर्शित कर रहे थे, बच्चों की वापसी पर स्वागत तक की बात कह दी थी।

"काहे का वापस ग्राम सेवक बाबू? मने शौर्यवीर से क्या? फाइनल वापसी?" जलेश्वर का मस्तिष्क जैसे अचानक सक्रिय हो गया।

"हाँ, हो तो गया न पीरियड पूरा। महराज, बिना बेटा का ई समय कैसे काटे हैं मत पूछिए। एक तो इकलौता बेटा। आपका भी इकलौता बेटा है। बताइए अगर एक बेटा हो, उ भी साथ न रहे तो जिंदगी में इससे बड़ा सजा क्या होगा?" ब्रह्मदेव बाबू वापसी को उत्सव बनाने की कोशिश में लगे हुए थे।

"उनका नहीं हुआ क्या स्थायी सेवा में? बीस परसेंट वाला में नहीं आया नाम?" अंदर कमरे के दरवाजे पर लटक रहे पर्दे के पार से एक चीरती हुई आवाज आई।

"बेटा, नमस्ते, प्रणाम, खुश रहो। ह ह अ बहू है क्या?" तनिक-सा लजाते स्वर में सब कुछ खुद ही करते हुए बोले ब्रह्मदेव बाबू।

"अरे ग्राम सेवक बाबू, इ तो बिजली गिर गया हो! बताइए कैसे नहीं हुआ स्थायी वाला में? अंगद बेरोजगार हो गया? सेना से वापस? हमने धरती माँ को अपना बेटा दिया सेवा के लिए, उसको लौटा दिया ये लोग?" जलेश्वर चौकी से उठकर वहीं सामने टहलने लगा।

"अरे किस बात का बिजली? अभी खतम हो गया होता कहीं गोली लग के तो संतोष हो जाता आपको? धरती माँ ने सेवा ले तो लिया और फिर अपने माँ-बाप के सेवा के लिए भेज भी दिया। कोई तीन साल सीमा पर रहे और कोई तीस साल, इसमें भेद है क्या? अरे सैनिक तो सैनिक होता है। हमको, आपको तो गर्व होना चाहिए कि बाघ पैदा किए और सीमा पर भेजे।" ब्रह्मदेव बाबू ने ऐसा पहले नहीं कहा था कभी।

"हमारा फोन नहीं उठा रहे हैं ये। जब घर आ रहे हैं तो कॉल कर के बताना चाहिए था न? अब नौकरी नहीं रही इतनी बड़ी बात को भी नहीं बताना चाहिए था क्या घर में? या पत्नी को?" अंदर से एक नुकीली आवाज निकली थी अंगद की पत्नी मालती की।

"अभी फोन नहीं उठेगा, चिन्मय का भी नहीं उठेगा। अभी वो लोग कैंप में है। फोन तो करता लेकिन मौका मिले तब तो! बेटा, इतना सारा फॉर्मल्टी है अभी रिलजिंग का कि परेशान है वो लोग। अच्छा, कुछ विशेष अवॉर्ड भी मिल रहा ई लोग को बढ़िया प्रदर्शन का। हमको भी फोन थोड़े आया है, सारा बात एक मित्र से पता चला, बोला कि ये पूरा बैच आ रहा।" ब्रह्मदेव बाबू ने जैसे-तैसे सँभालने की कोशिश करते हुए कहा।

"ग्राम सेवक बाबू! अनर्थ हो गया कसम से। अरे जब सेना में नहीं, तो समझिए किसी काम का ही नहीं बेटा फिर हमारा।" जलेश्वर की पुरानी सनक ने फिर उकसाया।

"हद आदमी हैं आप महराज? अरे अब जब नियम है कि इतने दिन में वापसी होगा, तो हो रहा। और आप क्या जबरदस्ती बेटा को सूली पर डाल दीजिएगा अगर सेना में नहीं गया तो? गया न? नाम हुआ आपका! सैनिक का बाप हैं आप! गर्व हुआ। इतना बढ़िया पढ़ी-लिखी पतोहू मिल गई। ई मिला न शौर्यवीर से ही। क्या चाहते हैं अब आप? लाश आए बेटा का? आप पागल जैसा मत करिए।" थोड़ा सहज होते ही इस बार कड़े हुए ब्रह्मदेव बाबू। केवल मीठे बोल से नहीं समझाया जा सकता था जलेश्वर जैसे बाप को, ये बात अच्छी तरह से समझाकर भेजा था अंगद ने।

"हाँ, लेकिन पतोहू तो स्थायी बोल के मिली थी। दहेज परमानेंट नौकरी वाला दिलवाए थे वो अचंभित बाबा, मित्र हैं हमारे ससुर जी के। परमानेंट के आस में खेत बेच दिया हमारे पापा ने। आप जानते हैं अंकल? नहीं न?" मालती अब पर्दे में नहीं थी।

"बेटा, नौकरी टेंपोरेरी और परमानेंट होता है, पति तो नहीं न? पति तो परमानेंट ही होता है न। अंगद अब पति है तुम्हारा। एक बढ़िया और नया जिंदगी शुरू होगा अब। तुमलोग साथ रहोगे, अभी तक अलग-अलग रहे ई शौर्यवीर के कारण। अब साथ रहोगे, समझोगे एक-दूसरा को। पूरा जिंदगी पड़ा है अभी।" ब्रह्मदेव बाबू एक सुलझे हुए अभिभावक की तरह हर

कोशिश कर रहे थे, और बेहद संतुलित तरीके से।

“हाँ, लेकिन धोखा भी तो कोई चीज है अंकल? चलिए हमको तो पति मिल गया, चाहे जैसा मिला, हमारे पापा को तो धोखा मिला न? उनका बिका खेत वापस होगा? दहेज परमानेंट बोलकर लेना धोखा नहीं था?” मालती दु:ख को सहन कर संघर्ष में बदलने वाली लड़की थी, रोती नहीं, टकराती संघर्ष के पहाड़ से।

अब ये नहीं पता था कि इसका परिणाम क्या होना था लेकिन दिन–रात कलम पकड़कर चलने की जिजीविषा रखने वाली लड़कियाँ उन्हीं उँगलियों से घूँघट पकड़कर सिसकने वाली तो नहीं हो सकती थीं। भीतर का आक्रोश दर्ज करने का साहस तो स्वाभाविक ही था। ये लड़कियाँ संस्कार के आँगन से भागी बागी या परंपरा की खूबसूरती से विद्रोह करने वाली विद्रोही नहीं थीं, साहसी लड़कियाँ थीं। और साहसी लड़कियाँ संस्कार और परंपरा को निभाने का साहस और कौशल दोनों रखती थीं। मालती ने साहसी होना चुना था, विद्रोही होना नहीं। वो टिक के सवाल पूछ रही थी।

“देख रहे हैं न ब्रह्मदेव बाबू! लीजिए सुनिए न। देख रहे हैं कि कैसे पढ़ाई–लिखाई औरत का दिमाग खराब कर देता है। लिहाज नहीं है कि ससुर के सामने ऐसा बोल रही। बाहर का आदमी बैठा है, उसके सामने अपमान कर रही। बोलिए, अब हम दहेज कहाँ से लौटाएँ?” जलेश्वर का चेहरा मजबूरी, क्रोध और बेचैनी से धधक रहा था। उस पर पश्चाताप का पानी कभी गिरता तो और भी गहरा धुआँ फैल जा रहा था।

जलेश्वर ने अपने लिए इतनी गाँठें बाँध ली थीं कि सारी उलझी हुई गिरहें और भी उलझी जा रही थीं। जलेश्वर इस समय कर्मों के जंजाल में फँसा हुआ था। इसमें कितने उसके सत्कर्म थे और कितने कुकर्म, ये गणित अभी संभव नहीं था। उसे देखकर गुस्सा नहीं, दया आ रही थी।

“जलेश्वर भाई, थोड़ा शांत। बच्ची है, उसको भी दु:ख पहुँचा है तो बोल के मन हल्का कर ले रही बेचारी। इतना उग्र काहे हो रहे आप?” ब्रह्मदेव बाबू सहज और स्थिर ही थे। ग्राम पंचायत की उथल–पुथल वाली नौकरी ने इतना तो सिखा ही दिया था।

“हम क्या जवाब देंगे अपने पिता को? बस ये बता दीजिए आपलोग। आपका तो बेटा आ गया, मेरा पति आ गया, लेकिन मेरे पिता को क्या

मिला? धोखा! स्थायी नौकरी बोलकर दहेज लेने वाला धोखा। ये बेइज्जती कैसे सहेंगे पिता हमारे? बताइए न।" बोलते हुए सुबकने लगी थी मालती। बेटी को ससुराल में आई पिता की याद लोहा पिघला सकती है, इस ताप से सख्ती को गलना ही पड़ता है।

"पढ़ी-लिखी होकर कैसा बात कर रही हो बेटा? कहाँ से बेइज्जती हो जाएगा तुम्हारे पापा का? कोई धोखा नहीं, सब जानते हैं कि शौर्यवीर स्थायी नहीं। और तुम्हारे लिए और पिता के लिए तो सबसे संतोष का बात है कि अंगद पढ़ने में बिरलियेंट है। उसका तो नौकरी तय है। अभी आएगा, बैंकिंग में देगा एग्जाम और हो जाएगा।" ब्रह्मदेव बाबू ने संभवतः एक पूरी होने वाली सांत्वना दी थी।

"कैसा बैंकिंग एग्जाम? आपको पता है अंकल कि पिछले चार साल से वैकेंसी नहीं। जो बैंक का एग्जाम था, अब सीट नहीं आ रहा इतना। जो एग्जाम हुआ, उसमें केस लटक जा रहा। प्राइवेट बैंक तो कर्मचारी भगा रहा। ठेके पर मिल जा रहे कम दिहाड़ी पर काम करने वाले मजदूर, उसी से चल रहा बैंक। कहीं नौकरी है क्या परमानेंट? इतना आसान नहीं नौकरी।" मालती ने बोलते-बोलते बोल ही दिया।

"यही तो हम कह रहे कि जिस समय कहीं नौकरी आसान नहीं, तुम्हारा पति एक जगह से सम्मानपूर्वक नौकरी कर के लौटा है। उसको आगे सारा भैकेंसी में छूट मिलेगा। भर्ती में छूट मिलेगा। नंबर का छूट, सीट का छूट। ये सब नहीं ध्यान में तुम्हारे? एक भी शौर्यवीर अगर बेगारी रहा तब कहना हमसे। सबको मिलेगा कुछ-न-कुछ नौकरी।" ब्रह्मदेव बाबू अकेले मुकाबला कर रहे थे। चिन्मय और अंगद की दोस्ती के कारण इतना तो धर्म बनता था उनके लिए।

"अरे ग्राम सेवक बाबू। ये साला अचंभित बाबा, इनको हम बोले थे, बोले थे कि देखिए परमानेंट नौकरी नहीं है, इसलिए किसी भी रिश्ता को साफ-साफ बताकर बात करिए लेन-देन का। लेकिन मात्र दस हजार अपने लेने के लालच में हमको ये पाप चढ़वा दिया। अब पैसा किसको महकता है? मिला तो ले लिए।" जलेश्वर यादव जितनी बार पश्चाताप की कोशिश करता, उसकी तकलीफ और बढ़ जाती। उसकी नियति ने जैसे पश्चाताप के सारे रास्ते ही बंद कर रखे थे।

मालती ने अपने कमरे का दरवाजा बंद कर लिया था। जलेश्वर एक बार फिर बदहवास मन से चौकी पर लेट गया था। ब्रह्मदेव बाबू वहीं बैठे धीरे-धीरे समझाते हुए सामान्य कर रहे थे उसे। सच को स्वीकार तो करना ही था।

बहुत देर बाद अंदर रसोई से हाथ में चाय के कप लिए आई अंगद की माँ।

"किसी को नौकरी वाला पति चाहिए, किसी को सेना वाला बेटा, हमको बस बेटा चाहिए ब्रह्मदेव भैया। आप तो जानते ही हैं न, एक बेटी तो हेरा दिए पहले ही हम, अब यही इन लोगों के लालच में बेटा भी भुलवा दें? हमको तो बेटा चाहिए बस।" माँ की आँखों से झरना गिर रहा था।

पत्नी पति को, पिता संतान को, समाज आदमी को उपलब्धि के रूप में देख रहा होता है, लेकिन एक माँ उसी संतान को अस्तित्व के रूप में देखती है।

ये अविनाशी अंतर माँ को सबसे विशेष और सबसे अकेला बनाता है।

उस माँ के लिए उसका बेटा अंगद अस्तित्व और भरोसा था, कोई प्रमाण-पत्र नहीं।

जगत में सब संतानों के नाम में गर्व खोजते हैं, पर माँ संतानों में अपना संसार खोजती है।

माँ की गोद ही दुनिया में एकमात्र ऐसी जगह है जहाँ असफलता को दुत्कारा नहीं जाता।

माँ कभी भी संतान की कामयाबी नहीं मापती, वो मापती है उसकी थकान और देती है सुकून की थपकी।

किसी माँ ने कभी अपनी संतान को उपलब्धियों के अखाड़े में दाँव पर नहीं लगाया। सीने से लगाई गई संतान को, प्रदर्शन और प्रमाणपत्र के अखाड़े नहीं भेजती माँ।

उधर दर्पण की गुमटी का एक और विस्तारित केंद्र अब जयनाथ साह के घर पर भी खुल चुका था, साइबर कैफे के रूप में। दर्पण वहीं से अपनी ऑनलाइन कक्षाएँ लेता था और एकमात्र कैफे होने के कारण परीक्षा और पढ़ाई सामग्री संबंधी सारी गतिविधियों के लिए सारे छात्र वगैरह भी वहीं जुटते थे। प्रभाकर, शिवा, नीलकंठ और कृपालु भी दर्पण के कारण लगातार वहाँ

भी आने लगे थे। जयनाथ साह सामने बरामदे पर अपनी चौकी पर पार्थिव शरीर की भाँति लेटा हुआ ये सब देखता रहता और मन-ही-मन कुछ-न-कुछ बुदबुदाता रहता था। एक दिन अचानक फिर उसके बदन में बिजली दौड़ी, थोड़ा जीवंत हो उठा। असल में पिछले ढाई-तीन महीने से कॉलेज की अंतिम वर्ष की परीक्षाओं के कारण लखी की बहन वहाँ कैफे में कार्य हेतु नहीं आ रही थी। इधर उसकी नजर जैसे ही आज लखी की बहन पर पड़ी, उसने लाठी का सहारा ले खुद को जैसे-तैसे खड़ा किया। बोगो के लिए कुर्सी तो खरीद लाया था महीनों पहले लेकिन उस पर उसका निचला हिस्सा रख उद्घाटन नहीं करवा पाया था। अपनी तरफ से उपहारस्वरूप एक और चिढ़ बोगो के हिस्से भर दी थी जयनाथ साह ने।

जयनाथ ऐसा चाहता तो कतई नहीं था, नसीब ही ऐसे थे बेचारे के।

बहुत मुश्किल से उसने आखिर बोगो तक पहुँच के ये शुभ सूचना दे ही दी। उसे देखते ही बोगो के मन में पहले तो आया कि इसे पीटते हुए पहले कुर्सी का पैसा वापस ले लूँ।

पर जयनाथ की दशा और आखिरी समय की काया देख फिर दया आ गई उसको।

निरीहता और लाचारी तो उसके चेहरे पर ईश्वर ने चलते-चलते अलग से चिपका दी थी।

"का है हाथ में?" बोगो ने भारी आवाज में पूछा।

"कुर्सी का पैसा है बोगो बाबू। गरीब आदमी हूँ, हालाँकि पहले नहीं था। बेटों ने मिलकर बना दिया ऐसा दुर्दशा। लेकिन हम फिर भी कर्जा पैंचा ले के सबसे पहले कुर्सी का पैसा वापस करने आए हैं। अरे जब आप बैठने आइएगा ही नहीं तो क्या मतलब है कुर्सी का?" जयनाथ साह ऐसे ही हैरतअंगेज कारनामे करता था।

"साला, हम कुर्सी का पैसा लेने बैठे हैं? मतलब हम अब डेढ़ सौ, दु सौ रुपया का सोचें? असली काम हुआ नहीं, कुर्सी का पैसा लेते फिरें हम? अपने जैसा बेहूदा ही समझे हैं क्या हमको?" बोगो अपने अंदाज में झल्लाया था।

"नहीं बोगो बाबू, हमको अपना करतब तो निभाना पड़ेगा न। जब आप बैठे ही नहीं तो कुर्सी का पैसा काहे दीजिएगा।" ये सब जयनाथ साह का

कर्तव्य नहीं, वास्तव में करतब ही था।

"यही देने आए थे ऐसे लँगड़ाते मराते?" बोगो ने विनम्रतापूर्वक पूछा।

"नहीं बोगो बाबू, फेर से खेला शुरू हो गया है हमारे दुआर पर, ये बताने आए थे। फिर से आने लगी न छम्मकछल्लन। हमको तो लगता है कि कहीं भाग के बिहा न कर ले ई लड़की, हे भगवान। रोज उसको मोटरसाइकिल से छोड़ने जाता है कर्जापट्टी, वो बाहरी लड़का कइफे वाला।" जयनाथ साह ने भविष्यवाणी करते हुए लगन लगने की घोषणा की।

"अच्छा? अरे के है लड़का? अब क्या विलायती का मन भर गया?" बोगो अपने मन के स्तर से बोल रहा था।

"विलायती को मजा से मतलब होगा न। जब मन तब लेगा। लेता होगा। ई जो कइफे वाला है न, इससे तो सेटिंग है लड़की का, हमको तो यही लगता है।" जयनाथ बुढ़ापे में वो सब कुछ कर जाना चाहता था जिस पाप का अवसर उसे जवानी के दिनों में नहीं मिला।

"और उ पंडित? अरे वही छात्र नेता पान दुकान वाला शुकुलवा?" बोगो ने दर्पण की याद आने पर पूछा।

"उसका हिसाब-किताब बड़ा अलग है। गुमटी के आमदनी से तो जिंदगी चल नहीं सकता है। पता नहीं क्या गलत-सलत करता है? लड़की का दलाली भी कर सकता है उ। गाँजा-चरस भी बेचता होगा साला पान दुकान का गुमटी दिखा के। और वही तो हमारे बेटा को फारिया कर दुकान लिया।"

"चलिए, चलिए सुन लिए अब बहुत। ये पैसा रखिए पहले आप जेब में अपने। नौटंकी साला। साला छह-सात महीना हो गया, खाली आप छूछा सपना दिखाते हैं। कभी दुआर तो कभी कुर्सी का आडंबर साला। अब आते हैं हम आज शाम को ही। कितना बजे आने से मजा आएगा?" बोगो की दृष्टि में एक प्रकार की विकृति तैर रही थी।

"हाय रे बाप। आपका घर है। आपका अधिकार है। लखी का परिवार आपका पुश्तैनी अधिकार वाला। सब तो आप ही का है, जब मन तब आइए न।" जयनाथ साह ने बोगो को सारे अधिकार याद दिलाते हुए कहा।

"ठीक है। और जरा ई पता लगाइए न कि कमल बिहारी मंडल अब क्या

चाहता है?" बोगो ने एक काम सौंपा जयनाथ साह को।

"हें हें हें बुरा नहीं मानिए तो एक बात किलियर पूछें बोगो बाबू?" जयनाथ के दिमाग का चूहा फिर कूदा।

"अरे क्या? समझ रहे हैं हम। आपके जैसा हरामी को रोज चराते हैं हम। हाँ कमलवा हमारे ही रिश्तेदार की लड़की से किया है शादी। लड़की नहीं, औरत है, बिधबा थी। क्या करें? अवध बिहारी मंडल को औकात बताने के लिए कुछ तो बेबस्था चाहिए न साह जी। तो करवा दिए बिहा। हम नहीं थे लाइट में। अचंभित बाबा है न बल्लोपुर वाला। बेजोड़ आदमी है, बीस हजार दक्षिणा लिया। सब लोड वही लिया बेचारा।" बोगो ने उससे ज्यादा बता दिया जितना जयनाथ साह पूछ भी नहीं सकता था।

लेकिन बोगो ने ये ऐसे ही गलती से नहीं किया था, एक पूरी योजना चल रही थी उसके भी दिमाग में। वह चाहता था कि मंत्री अवध बिहारी को ये पूरी घटना ठीक से पता चले और कमल बिहारी से दूरी बढ़ती जाए। क्योंकि वास्तविकता यही थी कि चुनाव के मैदान में कमल बिहारी सबसे भरोसेमंद और काम की लाठी था अवध बिहारी मंडल के लिए। बोगो उस लाठी को तोड़ना चाहता था।

असल में मंत्री जोगेश्वरी महतो ने इशारा कर दिया था कि आने वाले दिनों में बड़ा राजनीतिक उलटफेर होना है, इसलिए मंत्री अवध बिहारी को अब कमजोर करो।

"बाप रे, हम तो बस दु पैसा जानते थे, सोलह पैसा तो आप बताए। लीलाधारी हैं आप। फिर हमसे क्या पूछ रहे कमल बिहारी का हाल?" जयनाथ ने बोगो पर हल्का-सा फिदा होते हुए कहा।

"अरे हाल नहीं, साले का भीतर का बात जानना चाहते हैं। मूर्ख है साला, क्या पता कब उलट जाए फिर भाई के तरफ। जहाँ मंत्री अवध बिहारी को ई समझ आया कि कमलवा का चुनाव में जरूरत है, पैसा-कौड़ी फेंक के, खून का रिश्ता बोल के, कुछ भी नाटक कर के फिर बुला सकता है। इसलिए हमको उस भितरघुन्ना के पेट का बात जानना है। लगाए हुए हैं और भी आदमी को। जरा आप भी घुसो उसके पेट में!" बोगो ने जयनाथ साह को अल्ट्रासाउंड बना के कमल बिहारी के अंगों में घुसने का दायित्व देते हुए कहा।

“अरे, हम साले के आँत का बाल निकाल लाएँगे बोगो बाबू। निश्चिंत रहिए। बस थोड़ा चलने–फिरने में दिक्कत होता है शरीर का कमजोरी से, नहीं तो अभी ही निकल लेते। वैसे उ रहता कहाँ है ?” जयनाथ ने जीवविज्ञान से बोलकर खुद एक नयी चुनौती ले ली थी, आँत में बाल उगाने की चुनौती। उगा देता तो फिर उसे काटकर बोगो के लिए लेते आना तो आसान था ही उसके लिए।

“रहता कहाँ है ? नहीं जानते क्या ? ओ अच्छा ! अच्छा बताते हैं बाद में साह जी। जाइए अभी, आते हैं आपके दुआर साँझ तक।” बोगो ने कहा और जयनाथ से जाने का इशारा कर दिया।

जयनाथ ने जाते-जाते हाथ जोड़े, बोगो समझ गया, कुर्सी का पैसा फिर चाहिए। अब दोनों हाथों में पैसा दाबे जयनाथ साह लचक–फचक करता निकल गया। जिस हाथ में लाठी थी, उस वाली हथेली में बहुत तरीके से चिपका रखा था नोट को।

उधर राजधानी में माननीय मुख्यमंत्री जनार्दन जोशीला के आवास पर अचानक गहमागहमी बढ़ गई थी। टीवी पर राज्य के तंत्र फेल होने की खबर ने पिछले पाँच दिनों से नींद उड़ा रखी थी सरकार की। चारों तरफ बस एक ही खबर, ये सरकार कोई भी परीक्षा पारदर्शी तरीके से ले क्यों नहीं पा रही ?

शुरुआत में तो मीडिया का बड़ा हिस्सा सरकार का बचाव करता दिखा था लेकिन पिछले छह महीने में जब चार परीक्षाओं के पेपर लीक और सीट बिकने की बात सामने आई तो धीमे-धीमे जमा गुस्सा बड़े आक्रोश में बदलने लगा था। लोग चौक–चौराहे पर चर्चा कर रहे थे। विपक्ष अलग सड़क पर निकलने की धमकी दे रहा था।

सबसे बड़ी आफत आ रही थी कि मुख्यमंत्री और सरकार की इस परेशानी का समुचित लाभ उठाकर दल के भीतर का असंतोष उभर आया था। मंत्री जोगेश्वरी महतो के नेतृत्व में एक गुट अंदर ही अंदर मुख्यमंत्री के खिलाफ काम कर रहा था। उसकी योजना थी कि कैसे अधिक–से–अधिक विधायकों का समर्थन पाकर मुख्यमंत्री के खिलाफ सीधा विद्रोह कर उसे अपदस्थ करवा देना। अवध बिहारी तो मुख्यमंत्री के प्रिय में से थे। जैसे ही मंत्री जोगेश्वरी महतो के षड्यंत्र का भान हुआ, मुख्यमंत्री के करीबी मंत्री और विधायक सक्रिय हो गए। आज उसी बाबत बैठक बुलाई गई थी।

यहीं ये बात पता चली कि जोगेश्वरी आगामी चुनाव में पहले तो अवध बिहारी का टिकट कटवाने के जुगाड़ में है और अगर इसमें सफल न हो सका तो फिर अपनी जाति के एक दबंग को खिलाफ में उतार देगा चुनाव में। उसका लक्ष्य था कि मुख्यमंत्री के करीबियों को किसी तरह आगामी चुनाव में हराया जाए।

अवध बिहारी को समझते देर न लगी। मीटिंग के बाद सीधे आवास जाने के बजाय आज गाँव बल्लोपुर को रवाना हुए थे। निजी सचिव कुलभूषण ने विलायती सिंह को जल्दी-जल्दी में सूचना दी और अपने कुछ विश्वसनीय कार्यकर्ताओं को वहाँ गाँव वाले आवास पर जुटने को कहा।

"हेलो! मंत्री महोदय निकल गए हैं। आपलोग पहुँच गए हैं न आवास पर?" निजी सचिव कुलभूषण जी एक-एक कर फोन लगा रहे थे।

"हमारे खिलाफ उतारेगा भी तो किसको? हमारा ही पाला कुकुर को। मतलब उ कुकुर जो कि पगला हो गया।" अवध बिहारी अगली सीट पर धोती फैला के बैठे हुए थे।

"जी सर, तो पगला ही न उतरेगा आपके सामने! दिमाग वाला आदमी ऐसा बेवकूफी करेगा कभी?" निजी सचिव कुलभूषण हमेशा अपने दायित्व निर्वहन के लिए पिछली सीट पे तैनात रहते थे। पीछे गाड़ी की गद्देदार सीट होने के बावजूद एक हिस्सा उठाकर ही रखते थे, इससे मंत्री जी की आवाज सुनते ही तुरंत उठने में विलंब नहीं होता था।

"अरे कुत्ता है, कुत्ता! ठीक है! कुत्ता बोलिए... आदमी नहीं एकदम। उ आदमी है साला?" अवध बिहारी बाबू के दाहिने हाथ की तर्जनी हवा में उठी। एकदम लाठी की भाँति।

"कुत्ता सर... जी सर कुत्ता।" कुलभूषण जी ने तुरंत पालन किया। बाद पर क्या छोड़ना था।

गाड़ी चला रहा चालक किसी तरह अपनी हँसी रोक पाया। उसने गाल की नसों पर भारी दबाव देकर उसे नियंत्रित किया। हँसी रोकते हुए आँखों में आँसू आ गए उसके। ये हँसी के आँसू थे। खुशी के आँसू इससे बहुत अलग होते हैं। चालक आदमी, बेचारा पहले खुशी कहाँ से लाए!

आज मंत्री जी बिना किसी लाव-लफंदर के, अपनी गाड़ी के साथ बस एक सुरक्षा गार्ड वाली जीप ही लेकर आए थे। इलाके में भी किसी

को सार्वजनिक सूचना नहीं दी गई थी मंत्री जी के आगमन की। एक प्रखंड विकास अधिकारी को बस ये निर्देश भिजवा दिया गया था कि विशेष मीटिंग में उपस्थित दस–पंद्रह लोगों के लिए मछली–भात का इंतजाम कर दें।

प्रखंड विकास अधिकारी ने यही सूचना बड़ी गंभीरता से जिला शिक्षा पदाधिकारी को प्रेषित की और फिर दोनों ने आधे–आधे योगदान से सारा इंतजाम कर दिया था।

मंत्री जी गाँव पहुँचते ही सीधे मीटिंग के लिए बैठ गए थे। एकाएक सामने खिड़की से उनकी नजर बाहर मुख्य द्वार से अंदर आ रहे जिला कृषि पदाधिकारी पर पड़ी।

"अरे कहाँ हैं पीए साहब। अरे किधर हैं? जाइए उसको रोकिए, अरे कौन है... जो वो साला खेती अधिकारी, फिर आ गया है कहाँ से? कुछ खाने का लाया होगा और दिमाग खा जाएगा भिटामीन और पोरोटिन, फेस का लाइटिंग करेगा अभी। बोल दीजिए मीटिंग लंबा चलेगा।" मंत्री जी ने उचक के कहा। पिछला अनुभव याद था उन्हें। गहरे रंग के आदमी को कोई दूधिया लाइटिंग फेस बोल दे तो ये चापलूसी नहीं लगती, सीधे अपमान महसूस हुआ था मंत्री जी को। इसलिए उस अधिकारी को देखते ही पिनक गए थे मंत्री जी।

"ओह! जी अभी भेजते हैं। ये कौन बता देता है? असल में सर का आगमन छुपता भी तो नहीं है न। पूरे राज्य का नजर रहता है मूवमेंट पर। सब लोग चले आते हैं पता लगा के। पॉपुलरेटी का बड़ा साइडो इफेक्ट है।" कुलभूषण जी वहीं जोर से उच्च स्तरीय खेद व्यक्त करते हुए बाहर की ओर निकले।

अंदर बैठक प्रारंभ हुई।

"देखिए, पार्टी में कभी भी टूट हो सकता है। आपलोगों को तो पता है न कि माननीय मुख्यमंत्री जी का हमको कितना प्रेम मिलता है। उन्होंने बोला है कि पार्टी का बाकी हम सब देख लेंगे, तुम खाली जा के अपना सीट देखो।" अवध बिहारी ने विषय रखा आज का।

"तो देखना क्या है सर? सीट तो हइए है। अमर है इस सीट पर अवध बिहारी का नाम।" विलायती सिंह के देशी बोल ने पहले ही मिनट में माहौल को उत्साह से भर दिया। वहाँ जुटे सारे शुभचिंतक कार्यकर्ताओं की मुट्ठियाँ अपने आप भिंच गईं। मंत्री जी ने तुरंत हाथ नीचे कर लिया था। वे आने वाली

चुनौतियों से परिचित थे।

"सर, कमल बिहारी भाई को लाना होगा थोड़ा। ऐसा मेरा विचार है। क्योंकि जमीनी स्तर पर काम पड़ सकता है।" एक ने अपनी बात कही।

"दूसरा-तीसरा बात पर आइए, किसी एक के जाने से राजनीति थोड़े छोड़ देंगे जी? बिकल्प का कमी है? जूथ को जोड़िए। नया-नया जूथ को जोड़िए।" मंत्री जी ने अपना स्पष्ट निर्णय सुना दिया था। कमल बिहारी की अहमियत जता बल्लोपुर में अपनी साख और मान्यता, दोनों को कमतर नहीं कर सकते थे अवध बिहारी।

"सर सही कह रहे हैं। कमल भाई, भाई थे हमलोग के, लेकिन क्या करिएगा, अब बोगो के रिश्तेदार हो गए हैं। ससुराल में जमीन और शायद पैसा भी मिल गया है। उनका भरोसा रहने ही दीजिए। सर एकदम सही बोल रहे हैं।" दूसरे ने चर्चा की।

"साला दुकान खोला है, शायद नून-तेल का। यही न जी? हाँ, बोलिए, कहाँ तो चला था कि सीधे हमारा ही कुर्सी खाने।" मंत्री जी ने मध्यम स्वर में झिड़की के अंदाज में कहा।

"आपके खिलाफ कौन उतरेगा सर विरोधी गुट से?" एक ने अत्यधिक जिज्ञासा दिखाते हुए कहा।

"लीजिए, इसको बताइए भाई। अरे तो हई मीटिंगवा किस लिए है? बस खाली मछली-भात खातिर? अरे बोगो का पंख कैसे कटे? सीधा उसी बात पर आइए। बाकी चीज छोटा है।" मंत्री जी ने छोटी चीजों को किनारे रखते हुए कहा।

"जी सर, हम तो लगे ही हैं। अब और जोर से लग जाएँगे।" विलायती सिंह ने मंत्री को खुद की ओर देखता हुआ देखा, तो कहा।

"और वो जो लड़का लोग है न, अरे जो बड़ा हीरो बनता था सब गाँव का ही लड़का लोग, उसको अटैच करिए अपने से। पिछले बार इन छात्र लोगों के प्रदर्शन से बहुत छवि बिगड़ा है हमारा। ताकत से नहीं, कुछ खिला-पिला के, मन बढ़ा के लाइए अपने तरफ। कभी मंत्री आवास घुमा दीजिए। और वो क्या होता है जो अपना फोटो अपने लेते हैं, अरे हाँ, सेल्फी, वो सब करवाइए, आ जाएगा घेरा में।" मंत्री जी ने संगठन विस्तार की रूपरेखा खींचते हुए कहा।

"इन्हीं लोग से खेल करा देते हैं सर। अभी तो एक खिलाड़ी पूरा तैयार हो के उतरा है मार्केट में। उसको सेट करते हैं। बोगो को पोगो कर देंगे।" विलायती सिंह ने अपनी रणनीति का पूर्ण प्राकट्य नहीं किया।

"फिर से बता दे रहे हैं सबसे जरूरी बात। एक भी छात्र प्रदर्शन नहीं होना चाहिए। टीवी देखिए, साला सरकार के परीक्षा सिस्टम पर ही चल रहा न्यूज। हमारा छवि खराब हो रहा उससे। लँगटा कर दिया है सरकार को साला। अपना दल में ही भीतरघात हुआ है, जोगेश्वरी महतो का किया-कराया है सब। वही मीडिया को आगे कर रहा सरकार के खिलाफ में। विपक्ष में तो उतना दम ही नहीं।" मंत्री जी ने अपनी सारी जरूरी बातें कह दी थीं।

बैठक में मूल रूप से बोगो और छात्रों के प्रदर्शनों से निपटने की रणनीति पर बात हुई।

इधर जयनाथ साह के दरवाजे पर उथल-पुथल मची हुई थी। कुछ देर पहले करीब एक घंटे बैठकर बोगो महतो भी लौटा था।

"कैसे भाई? यहाँ से कैसे हो सकता है? अपना गाँव ऐसा तो नहीं है।" गाँव पर आस्था रखते हुए दर्पण ने कहा था। दर्पण अभी पहुँचा ही था कि पता चला, साइबर कैफे वाले लड़के की वहाँ खड़ी मोटरसाइकिल गायब हो गई। ये बात जान वहाँ का जायजा और जायका लेने लोगों की भीड़ जमा हो गई थी। गाँव के कुछ लोग जयनाथ साह के बरामदे में जमा हो गए, कुछ तो उसकी मच्छरदानी झूल रही चौकी पर जा बैठ गए थे।

जयनाथ अलग ही रंग में था। वो अपने बेटों को कोस रहा था।

"आज तक बताइए, हमारे दरवाजे से एक सुई नहीं गायब हुआ। और अब जब से बाहरी लोग आता-जाता है यहाँ, मेरा इज्जत ले लिया चोरी कर के। मोटरसाइकिल भले किसी का जाए, नाम तो हमारा गया न। चोर आने लगा ये कइफे जब से खुला!" जयनाथ साह ये बोलकर लोगों से भरी हुई अपनी चौकी की तरफ देख रहा था। वह सही कह रहा था, आज तक दरवाजे पर सुई भी नहीं रखी थी, चोरी क्या होती?

लोग कुछ देर चोरी स्थल का मुआयना कर निकल गए थे। किसी ने मोटरसाइकिल का रंग पूछा तो किसी ने कंपनी का नाम और तेल खपत का औसत। कुछ लोग साइबर कैफे वाले लड़के से उस मोटरसाइकिल से जुड़ी पुरानी यादें सुन रहे थे खोद-खोद के। किसी ने ये जिज्ञासा रखी कि सेकेंड

हैंड था या फस्ट हैंड अभी?

एक ने बड़ा व्यावहारिक सवाल पूछा, "अब क्या करिएगा?"

इसका क्या ही जवाब होता। अब क्या ही कर सकते थे?

एक ने सलाह दी कि कार खरीद लीजिए, यहाँ मोटरसाइकिल बड़ा चोरी हो जाता है। फोर व्हीलर ठीक रहेगा 'ऑफ–डाउन करने' के लिए।

लड़के ने माथा पकड़ लिया था। मोटरसाइकिल तो गई, उसे डर था कि ये जमा लोग उसका सामान्य बुद्धि–विवेक भी न ले जाएँ। बात गई। दर्पण पान दुकान पर बैठा हर मोटरसाइकिल देखता गौर से। शिवा, प्रभाकर, नीलकंठ सबकी नजर अब सड़क पर उड़ रही मोटरसाइकिलों पर थी।

"क्या साह जी? अरे अब कैसे जाएगी लड़की कर्जापट्टी? मोटरसाइकिल तो है ही नहीं इसके रिंग मास्टर का। हाहाहा हम पहुँचाएँगे आज बेचारी को।" आज भी नियत समय पर पहुँच गया था बोगो महतो। जयनाथ ये सुन थोड़ा तो सिहर गया।

"अ... अ, एक ठो बात सुन लीजिए न। बोगो बाबू, अभी एकदम तुरंते–तुरंत मत करिए कुछ ऊटपटाँग।" जयनाथ साह के मुँह में पता नहीं कैसे बिना सोचे आ गई थी ये बात।

"क्या बोले साह जी?" बोगो ने कड़ी नजर घुमाते हुए पूछा था।

"जी, कुछ नहीं। बस ऐसे ही मुँह से निकल गया। मतलब वो लड़की को अभी तुरंत मत टोकिए। थोड़ा धैर्य रखा जाए। फिर जाएगी कहाँ? आपका तो दिव्य चेहरवे देख लोग फिदा हो जाता है महाराज।" जयनाथ ने सकपकाते हुए ही सही, लेकिन अपनी बात कह दी थी।

"आज इसको घुमाएँगे हम अपने बुलेट पर। देखिएगा कैसे। काहे आप डाइरेक्टर बन रहे हैं इतना?" बोगो कुछ तय कर चुका था। उसे जयनाथ का बार–बार टोकना बुरा लग रहा था।

"नहीं बोगो बाबू, अरे हम तो गुलाम ही न हैं आपके। थोड़ा बच्चीया का उमर देखे न, तो सोचे कि छोड़िए न क्या है इसमें? आप तो कहीं से भी चार ठो सामान मँगा लेंगे। मोटरसाइकिल भी उठ गया न लड़कवा का? अब साला खुद ही भाग जाएगा यहाँ से। कुछ करने का जरूरत ही नहीं है बोगो बाबू।" जयनाथ के बोलने और सोचने की दिशा ही अचानक बदल गई थी।

“अब दरवाजे पर जब हमको नेवता दे दिए हैं साह जी, तो अब ज्ञान मत दीजिए। मजा लीजिए।” बोगो ने कहा नहीं, धमकाया।

एक समय था जब ऐसे कामों के मजे की चाबी डाँड़ में खोंसे रखता था जयनाथ साह।

लड़की और लौंडा नाच का शौकीन, औरतों की देह को तमाशे की तरह देखने वाला और दूसरों के घर की इज्जत को अपने गल्ले की खनक से नापने वाला साहूकार। पर आज पता नहीं क्यों अपने ही ठिकाने पर नहीं था जयनाथ।

एक कशमकश से जूझ रहा था भीतर।

उसके ही द्वारा आमंत्रित भेड़िया दुआर पर घात लगा के तैयार था।

उसकी आँखों में वही लंपट भूख थी, वही हिंसक खेल की कामना, पौरुष की श्रेष्ठता का नशीला पाखंड।

जयनाथ ने सूखे होंठों पर जीभ फेरी पर अबकी कोई भी पूरा वाक्य बनकर बाहर नहीं आया।

पता नहीं कौन–सा एहसास उसे अंदर से धक्का दे रहा था। अगर आत्मा वास्तव में धिक्कारती है, आवाज लगाती है, तो आज वह जयनाथ के भीतर चोट कर चुकी थी। जयनाथ ने एक बार बरामदे की दीवार पर टँगी हुई तस्वीरें देखीं।

उन तस्वीरों में उसकी अपनी बहू, पोती, और पुरखों की आकृतियाँ हल्की-हल्की काँपती-सी लगीं।

जयनाथ को लगा, ये सारी आकृतियाँ कहीं तस्वीर से निकलकर चीखने न लगें।

उसे अचानक अपनी पहली पत्नी की भी याद आई। भीतर से निर्णय फूटा, अब फिर किसी की लड़की को अपने दुआर पर रुलाने का पाप नहीं लेना है। इंसान कभी भी इंसान बन सकता है, बस एक बार सही जगह पे ठक्क लगना चाहिए। वो ठक्क जीवन के किसी भी मोड़ पर लग सकता है। जयनाथ के जीवन में ये अवसर बुढ़ापे के आखिरी पड़ाव पर आया था जहाँ पाप और पश्चाताप दोनों ने मिलकर उसकी आत्मा में पहली बार एक छोटी-सी रौशनी जलाई थी।

22

गोधूलि का तांबई धुँधलका मद्धिम हो रहा था। सड़क किनारे खड़े बूढ़े शीशम से कुछ पत्ते ऐसे झरे थे मानो किसी अनकही उदासी की तरह चुपचाप धरती पर उतर आए हों। मैदान से घर लौट रहीं बकरियों के पाँव जैसे उन सूखे पत्तों पर पड़ते, चर्र–चर्र, कुर्र–कुर्र की आवाज से उदासी की चुप्पी टूट जा रही थी।

वहीं बगल से गायों का झुंड गले में बजती टुन–टुन के साथ धूल उड़ाता चला जा रहा था। सड़क से थोड़ा हटकर लगे एक खस्ताहाल पोल पर टँगा बल्ब अँधेरे के पहले पहर को नमस्ते कहते हुए जल उठा था। साँझ अब उस पार सरक चुकी थी जहाँ दिन और रात दोनों अपने-अपने रहस्यों का लेन–देन कर रहे थे।

ठीक इसी समय मुख्य सड़क से सटी पगडंडी पर दो साए दिखे। दोनों आगे-पीछे चल रहे थे। पीठ पर बड़ा–सा बैग, दोनों हाथों में सूटकेस और एकाध झोले। करीब दो सौ मीटर चलने के बाद एक साया पगडंडी से सटी एक सँकरी गली की ओर मुड़ गया।

दूसरा साया आगे बढ़ता रहा। एक ही दिशा से लौटी दो थकानें अपने-अपने डीह की ओर लौट रही थीं। ऐसा लगा जैसे ये एक ही गाँव की दो गलियाँ नहीं थीं बल्कि दोनों के बीच एक अदृश्य गहरी खाई स्थिर हो गई है,

जिसे केवल लौटे हुए लोग ही समझ सकते थे।

वे गाँव नहीं लौट रहे थे। अपने-अपने भीतर भी लौट रहे थे, अपने को समेटे हुए। एक ही यात्रा से लौटे दो लोग अलग-अलग रातों में प्रवेश कर रहे थे।

उसने देखा कि दरवाजे पर लालटेन की लौ टिमटिमा रही है। बैग को पीठ से उतार बरामदे में ही रखा। लालटेन के न्यून प्रकाश में बहुत निकट जाकर दिखा, जलेश्वर यादव चौकी पर गमछा डालकर ही लेटा हुआ था।

"ई कैसा समय है सोने का पापा? बाजार नहीं निकले क्या घूमने?" पाँव छूते हुए पूछा अंगद ने।

"तबियत ठीक नहीं। बड़ा देर किए? जाओ भीतर। समान ले जाओ।" जलेश्वर ने सिर्फ गर्दन उठाकर कहा और लेटा रहा।

अंगद ने इस घर को कभी इतना मातमी नहीं देखा था।

अभी अंगद दरवाजे पर ही था कि भीतर से निकलकर आती हुई माँ की आवाज आई।

"आ गए बेटा! तुम बेटा अभी कुछ न कहना, कुछ न सुनना, ठीक न बेटा, सब हो जाएगा धीरे-धीरे ठीक। तुम बस अभी खाना और आराम करना बेटा।" माँ ने दोनों हाथों से गाल सहलाते हुए कहा था अंगद के। अंगद को कुछ समझ नहीं आया।

"क्या हुआ माँ? ऐसा काहे बोल रही हो? क्या ठीक हो जाएगा? हम आ गए हैं तो इतना दिक्कत है क्या?" अंगद ने चौंकते हुए कहा था।

"है दिक्कत? उनको क्यों होगा? हमको है।" भीतर से बिजली-सी कड़कती हुई आवाज आई बाहर तक।

अंगद स्तब्ध था। उसे भीतर चल रहे बवंडर का अंदाजा भी नहीं था। ये आवाज सुन उसके पाँव काँपने लगे थे।

"अब आ गए तो जल्दी फैसला भी कर दो, तुम्हारी औरत तुम्हारे साथ अकेले रहेगी शहर जाकर या यहाँ रहेगी सबके साथ? सबके साथ रहेगी तो यहाँ का नियम का भी इज्जत रखना होगा। हर बात पर एक ही धमकी, दहेज लिए हैं, दहेज लिए हैं। कोई नया बात हुआ है क्या? दुनिया में सब लेता है।"

"ई सब क्या चल रहा? काहे अलग रहेंगे हम दोनों आपलोग से पापा?"

अंगद बोल नहीं पा रहा था ठीक से, आवाज अटक रही थी।

"आप नहीं, हम रहेंगे अकेले। आप अपना फैसला लीजिए, हम अपना ले चुके।" पत्नी मालती का बोलना रुका नहीं था।

"क्यों ऐसा बोल रही हो तुम ? हम अभी आए हैं, हमको जरा सब कुछ समझने भी तो दो। कोई दिक्कत नहीं होने देंगे। नौकरी भी लग जाएगा। तुम कोचिंग भी कर लेना। सब होगा। हमको थोड़ा समय दे दो। हाथ जोड़ रहे।" अंगद दोनों हथेलियों को जोड़े चौखट के पार घुसा।

"तुम हाथ जोड़ो, गोड़ पकड़ो औरत का। एकदम मौगा ही रहे तुम। तब न सेना से भगाया तुमको। साला तुम्हारे भरोसे इतना दिन इसको बर्दाश्त कर रहे थे। सोचे कि तुम आओगे तो उचित फैसला होगा। और तुम चले कोचिंग कराने इसको ?" जलेश्वर अब लहरा के उठा था चौकी से।

"अरे चुप रहिए सब। आदमी हैं कि राक्षस हैं आप। अभी आया है, अभी घर भीतर पाँव नहीं रखा है और उसके माथा सब अभी ही पटक दीजिए। किसी को इससे मतलब नहीं कि उसका हाल पूछे। सब अपना फैसला करवा लीजिए।" चिल्लाते हुए बोली थी अंगद की माँ और पाँव पटकते हुए भीतर चली गई थी।

"हम जा रहे हैं। हमने कल ही सारा किताब आग लगा दिया। जब हमको ही नहीं करना कोचिंग तो कोई दूसरा काहे परेशान है। हमको बस जाना है वापस। आपका राह देख रहे थे बस हम। आपके साथ आए थे, इसलिए आपके न रहते नहीं गए।" मालती जैसे अडिग थी।

अंगद के पाँव जम गए थे, अपने आप से हार जाने के कारण, असहाय होने के कारण। इतनी ताकत ही नहीं महसूस कर पा रहा था कि कदम उठाकर भीतर कमरे की तरफ जाए।

वहीं धँसा हुआ खड़ा था।

"इसका पहले दहेज लौटाओ। लाओ फोन। लगाओ अचंभित बाबा को। साला हमको फँसा दिया। कहीं से लो कर्जा पैंचा, पहला काम यही करो। लगाओ फोन ब्रह्मदेव बाबू को। लो किसी से लेकिन मुक्ति पाओ पहले इस पाप से।" जलेश्वर अपनी छटपटाहट के जाल में उलझा हुआ एक दीन-हीन आदमी हो चुका था। वो कहीं से भी निकलने की कोशिश करता लेकिन उसे रास्ता नहीं दिखाई देता।

मालती ने उस रात बहुत हंगामा किया। उसकी बस यही रट थी कि उसके साथ धोखा हुआ है और इसलिए वो पति के साथ नहीं रह सकती। उसे उसके घर पहुँचा दिया जाए।

पड़ोस के लोग छत पर चढ़ के ये सब देख रहे थे।

कुछ लोग अंगद के लिए दुःखानुभूति जता रहे थे तो कुछ पढ़ी-लिखी बहू होना ही कलह का कारण बता रहे थे।

एक महिला बगल की छत से झाँककर दूसरी छत पर खड़ी एक महिला को बता रही थी कि कैसे उसके अनपढ़ रहने के कारण आज उसके घर में शांति और खुशी है।

अंगद ने बाहर बरामदे में ही रात काटी। सारा सामान भी वहीं पड़ा रहा। माँ आँगन से सटी खाट पर बैठी रह गई थी रात भर।

इधर शौर्यवीर चिन्मय के घर पहुँचते ही अप्रत्याशित रूप से सबसे पहले उसका स्वागत उसके मन्नू मामा ने किया था।

"आओ कमांडो। सीना-उना तो एकदम बन गया है सैनिक जैसा।" मन्नू मामा ने मामा जैसा ही कहा। ब्रह्मदेव बाबू ने पाँव छूने पर मुस्कराकर आशीर्वाद दिया और मामा-भांजे को सहज वार्ता के किए छोड़ते हुए खुद टीवी देखने चले गए। माँ बबिता देवी ने चिन्मय का पसंदीदा भोजन बनाया था आज।

"आप आज कैसे आ गए मामा?" चिन्मय ने चाय-पानी करने के बाद पूछा।

"तुमको देखने और काहे?" मामा ने मामा जितना ही लघु उत्तर दिया।

असल में ब्रह्मदेव बाबू ने आज विशेष रूप से बुलाया था मन्नू को। मन्नू ने अब अपना धंधापानी ठीक-ठाक कर लिया था। ब्रह्मदेव बाबू ने इसलिए उसे बुलाया था कि चिन्मय के आते ही वो उसे अभी किसी कामधाम की तरफ चलने को समझाए। उनका मानना था कि जब बिगाड़ा मामा ने ही है तो फिर समझाने चाचा को थोड़े बुलाएँगे!

सुबह होते ही चिन्मय अपने साथियों से मिलने निकला। सबसे पहले शिवा से भेंट हुई। उसके बाद एक-एक कर कृपालु, नीलकंठ से भी मिला। दर्पण से भी शाम को गुमटी पर जा के मिला था। दर्पण ने मिलते ही एक

वैकेंसी के बारे में बताया और ये भी सूचना दी थी कि शौर्यवीरों को विशेष छूट मिलेगी उसमें। चिन्मय ने बस ऊपर के मन से सुन लिया था वैकेंसी के बारे में।

चिन्मय के भीतर इन दिनों लेकिन एक अजीब-सी मनबढ़ निर्भीकता उठ खड़ी हुई थी। जैसे किसी दबे हुए प्राणी ने अचानक आँखें खोल दी हों और दुनिया को बिना पलक झपकाए घूरना शुरू कर दिया हो।

वह चलता नहीं था, अंदाज झाड़ते हुए निकलता था। कंधे थोड़े ढीले लेकिन चाल में हल्की-सी अकड़। उसकी बोलचाल में एक नया रंग उभर आया था, दबंगई और रंगबाजी के बेबाक मिश्रण वाला जिसमें थोड़ी तमाशागीरी थी, जोखिम का हल्का–सा उन्माद, और बहुत सारा यह विश्वास कि आखिर ट्रेंड हूँ... इन्हीं हाथों से हथियार–हथियार खेला है।

जब भी कोई बातचीत में हथियार की बात करता तो उसकी आँखें चमक उठतीं।

"एक बार जब पकड़ लेते हैं न इग राइफ़ल! फ़िर तो सामने कोई हो, अमेरिका पाकिस्तान चीन, फिर देखो... कैसे हवा का रुख बदलता है।"

वह ऐसे बोलता मानो किसी अदृश्य अखाड़े में खड़ा वीर रस का कवि अपनी जीत की घोषणा कर रहा हो।

उसके भीतर अब एक ऐसा आदमी बैठ गया था जो खतरे का नाम सुनकर मुस्कराता था।

पिता ब्रह्मदेव अब थोड़े चिंतित थे। अपने साले को उन्होंने कहा था समझाने को, "ये जो रंगबाजी है न... यही आदमी को मर्द भी बनाती है और मुसीबत भी बुलाती है।" लेकिन चिन्मय को अब किसी चीज का डर नहीं था। उसके भीतर एक अक्खड़, निर्भय युवा स्थापित हो चुका था। वो चाहता था कि दुनिया उसको देखकर हिचके।

शिवा ने चिन्मय की भेंट पहली बार विलायती सिंह से करा दी थी। चुस्त जीन्स और चुस्त टी शर्ट में कसा बदन लेकर चिन्मय कंधा ऊँचा कर बैठा हुआ था विलायती के सामने। विलायती ने फोन लगाकर किसी से बात करवाई चिन्मय की।

वहीं आज कुर्सी पर चुपचाप लखी बैरागी भी बैठा हुआ था। लखी अब

दुखीलाल साव की दुकान छोड़ विलायती के यहाँ काम करने लगा था। इधर कुछ दिनों से लखी थोड़ा ज्यादा परेशान था। आजकल दिन में कई बार बहन को फोन करके हालचाल ले रहा था।

"तुम्हारे पिता जी कितना बरस तक आते रहे गाँव, लखी?" विलायती सिंह ने ऐसे ही नहीं पूछा। किसी की याद को ऐसे ही कुरेदा जाता है।

"अभी तीन बरस पहले तक।" लखी बोला।

"उसके बाद?" विलायती का सवाल

"मर गए।" लखी ने बिना किसी भाव के कहा था।

विलायती सिंह ने अपना काम कर दिया था। लखी बैरागी को सब कुछ याद आने लगा था। वो भी, जो बहुत साल पहले नहीं घटित हुआ था, केवल तीन साल पहले।

"हम इस घर में पानी भी नहीं पिएँगे। आज से यहाँ का अन्न बंद। या तो हम जाएँगे या हमारा लाश।" मालती ने आज फिर हल्ला बोल दिया था।

पिछले दिनों बहुत विनती कर के, हाथ-पाँव जोड़ अंगद ने मालती को शांत कराया था। अपनी शर्त के अनुसार मालती अपना अलग चूल्हा जला खाना बना रही थी। कमरे में अंगद का प्रवेश वर्जित था, अन्य का तो पहले से ही था। अंगद को भी माता-पिता के साथ नहीं खाना था क्योंकि मालती ने कहा था कि जीवन में एक चुनौती लो कि जब तक दूसरी नौकरी न लग जाए, माँ-बाप का दिया अन्न तक नहीं खाऊँगा।

उसे मानना ही पड़ा था। पूरा गाँव देखता कि वो चुपचाप सड़क किनारे ढाबे में खाना खाकर चला आता, बस एक समय रात्रि में।

अंगद ये सब इसलिए सह रहा था क्योंकि वो चाहता था कि कोई भी कुछ न सहे। पत्नी उसे नाकाम कह रही थी, पिता उसे बर्बाद हुआ, कुल मिलाकर असफलता उसके लिए एक स्थायी विशेषण हो चुका था। एक दिन फोन कर के ससुर ने भी खरी-खोटी सुना दी थी। अंगद कुछ न बोल सका।

पूरी तरह से टूट चुका था वह। बस एक माँ ही थी जिसने टूटी हुई मीनार को बस दरक के बिखरने से रोके रखा था।

लेकिन आज सब कुछ बह जाने को था। असल में आदत से मजबूर

जलेश्वर ने आँगन में बुदबुदा दिया था, "जब राशन-पानी हमारा ही है तो फिर चूल्हा अलग करने का नौटंकी काहे हो रहा है? कुब्बत है तो बाप से पैसा मँगाओ, फिर शान दिखाओ। खाओगी लड़के के बाप का, धौंस सुनें हम इसके बाप का।" जलेश्वर यादव यही सब बोलकर कमरे में गया अपने।

मालती ने दरवाजे पर आ कर चिल्लाना शुरू कर दिया।

"हमको बंधक बना के रखिएगा? कब तक? हम अभी जाएँगे। अंगद यादव, तुममें शर्म है अगर, तो चलो पहुँचाने। और कहीं डूब मरो तुम। तुम मर्द हो ही नहीं। अरे कुली का काम कर लेते लेकिन इतना ताना सुन के भी जिंदा तो न रहते।" मालती का क्रोध सीमा पार कर चुका था।

"बस, बस, मालती। दरवाजे पर हंगामा न करो। चलो बस, तुम सामान समेट लो अपना।" अंगद ने पहली बार इतना कठोर होकर कहा, लेकिन स्वर आज भी कठोर नहीं थे...हाँ इतना बोलने के लिए बहुत कठोर करना पड़ा था खुद को उसे।

आखिरकार बहुत समझाया माँ ने, उसे झटककर धकेल दिया था मालती ने। एक बार मालती को सामान समेटता देख जलेश्वर भी चुप हो गया था। अंगद इस उम्मीद में खड़ा था कि शायद अगले क्षण ये फिर से झगड़ा करने उठेगी, घर छोड़कर नहीं जाएगी।

लेकिन मालती नहीं रुकी। दरवाजे पर हल्ला-गुल्ला सुन थोड़ी-बहुत भीड़ जमा हो गई मोहल्ले की। लोग नकली सहानुभूति जताने के साथ मामला जानना चाह रहे थे। पूरे मोहल्ले के सामने भीड़ को चीरते हुए मालती का सूटकेस पकड़े अंगद पाषाण-सा हुआ, बस स्टैंड की तरफ बढ़ रहा था। मालती ने पीछे मुड़कर नहीं देखा। अंगद के माँ-बाप बाहर आ खड़े हुए थे।

घंटे भर बाद, अंगद अपनी ससुराल से पचास कदम की दूरी पर था। उसी प्राइमरी स्कूल के पास जहाँ उसकी बरात रुकी थी। मालती ने उसे वहीं से लौट जाने को कहा।

"धोखा का सजा और क्या होता अंगद जी? हम भी धोखा खाए, आप भी धोखा खाए। पता नहीं किसने दिया धोखा, लेकिन भुगतना तो हमलोग को ही पड़ा।"

"नहीं, तुम देखो आराम से पढ़ना-लिखना। हम सँभाल लेंगे खुद को।" अंगद ने इतना कह के रास्ता पकड़ लिया था। पीछे मुड़ के देखने की गुंजाइश

यहाँ भी नहीं थी।

इधर कर्जापट्टी के स्वास्थ्य केंद्र में एक नया आदमी झाड़ू लगाता दिखा। जयकिशुन मिसिर ने रास्ता चलते देखा और वहीं रुक गए। एक बार कुछ सोचा और फिर आगे निकल गए। थोड़ी दूर जाकर मोबाइल निकाला और एक नंबर मिलाया।

"हेलो, हाँ, अरे हेलो।" इधर से।

"जी जी सर, हेलो, हेलो।" उधर से।

"अरे भाई अशोक, तुम कहाँ है आजकल? छह–सात महीना से ज्यादा हो गया जी, देखे नहीं तुमको?" जयकिशुन मिसिर ने पूछा।

"अरे सर, मत पूछिए मेरे साथ का कांड। खैर जो हुआ ठीक ही हुआ। असली बात ई कि अब हम कर्जापट्टी छोड़ दिए हैं। बहुत मुश्किल है जीबन अब गाँव में सर।" अशोक के स्वर में पलायित होने का सुकून था।

"सरकारी नौकरी छोड़ के चले गए? अभी हम देखे एक नया स्टाफ झाड़ू मार रहा था।"

"सरकारी? अस्पताल में झाड़ू मारने वाला सरकारी नौकरी इतना आसान बुझाता है आपको सर? हमारा सरकारी नहीं था। जो सरकारी है, उ एक डॉक्टर साहब के साथ दिल्ली चला गया, वहीं उनका धंधा–पानी देखता है। हम उसका बदले चार आना पैसा में सेट थे। अब दस–पंद्रह साल पहले ये सब कोई ध्यान देता नहीं था तो काम चल रहा था। अभी भी हम हटे, कोई नया सेट हो गया है। आखिर अस्पताल भी तो चलाना है न सर।" अशोक ने अपनी नौकरी का रहस्य नहीं, अधिकतर नौकरी की प्रणाली समझाई।

"तो अचानक तुम काहे छोड़ दिया? तुम्हारा सेटिंग पता चल गया क्या किसी को?" जयकिशुन मिसिर की जिज्ञासा स्वाभाविक थी।

"हम? अरे सर, हुआ ये कि एक दिन रात को बोगो महतो हमारे दुआर आया। बोला, चलो हॉस्पिटल जल्दी। वहाँ हम पहुँचे तो देखे कि उसके हरामजादे भतीजवा की पत्नी बेहोश पड़ल है। हम पूछे कि क्या हुआ? यहाँ क्या करने लाए हैं? बाहर ले जाइए।" अशोक सारी बात बता रहा था।

"हूँ हाँ फिर? अच्छा फिर।" जयकिशुन मिसिर अधीर होकर बोले।

"फिर क्या? हमारा तो अनुभव है न सर। हम देख लिए कि ई तो मर गई

है। हमको जबरदस्ती बोल रहा कि एक दवा दो। हम काहे दें भाई ? फिर इस पर बोगो ही खुद बोला कि देखो मर गई। अब तुम चुपचाप ये खाली लिख दो अस्पताल के रजिस्टर में कि यहाँ महिला इलाज के लिए आई और मर गई। जहर खा के आई थी, ये लिख दो रजिस्टर में।" अशोक कड़ियाँ खोल रहा था वारदात की।

"साला, आत्महत्या नहीं था क्या जी ?" जयकिशुन मिसिर भौचक थे।

"अरे क्लीन मडर था सर। हमको गवाह बना रहा था कि जहर खाई है। अरे साला हम तो सरकारी स्टाफ ही नहीं। किस आधार पर लिख देते सर ? इस पर बोगो लगा हमको लतियाने। बोलने लगा कि भोंसड़ी वाले अवैध नौकरी कर रहे हो ? अभी हल्ला करेंगे कि गलत दवा दे के मार दिया महिला को। हम सोचे कि हल्ला से अच्छा है कि लात खा लें। सर लास्ट में इतना मारा, इतना मारा कि हमसे लिखवा ही लिया सर। ऊपर से ये भी बोला कि अगर किसी को चूँ भी किए तो तुम्हारे नौकरी वाला पोल खोल देंगे और फिर मारेंगे अलग से, बिना रुके।" अशोक का स्वर बोलते वक्त भावुक हो चला था।

"कौन मारा होगा ?" जयकिशुन मिसिर आखिर तक सब जान लेना चाहते थे।

"बोगो का भतीजा और बोगो। उसमें भी एक कुकर्म जो मर्डर से भी बड़ा क्राइम था।" अशोक ने हतप्रभ कर दिया मिसिर जी को

उसने बताया कि अपने भतीजे की पत्नी पर बोगो की गलत नजर थी। बोगो का भतीजा ये जान गया था लेकिन उसे बोगो ने सीधे इस बात के लिए मना लिया था कि तुम्हारी दूसरी शादी करा देंगे। बोगो का भतीजा मानसिक रूप से कमजोर था इसलिए उसे ये सब असामान्य नहीं लगा था। वो उल्टे अपनी नयी शादी को लेकर खुश हो गया था। लेकिन उस लड़की को विश्वास था कि शायद उसका पति इतना भी मानसिक बीमार नहीं। उस बेचारी को लगा था कि कोई ठोस सबूत दूँगी तो जरूर पति मान जाएगा कि बोगो उसके साथ दुराचार कर रहा। यही सोच एक दिन उस लड़की ने मोबाइल में बोगो का गलत काम रिकॉर्ड कर लिया और पति को दिखाया। इस पागल ने वो बात बोगो को बता दी और बोला कि मेरी पत्नी खराब है, मेरी जल्दी दूसरी शादी करा दो। मैं इसे मार दूँगा। बोगो को ये बात जम गई। उसने एक पागल

के मन में आसानी से शैतान को जाग्रत कर दिया और दोनों ने मिलकर ये कहानी हमेशा के लिए खत्म कर दी। बोगो को आगे राजनीति करनी थी इसलिए वो ये सुनिश्चित कर लेना चाहता था कि ऐसी कोई कमजोरी न बचे जो आगे उसकी छवि को नुकसान पहुँचाए।

अशोक अब समझ गया था कि किसी भी दिन आफत उसके सामने खड़ी हो सकती है और फिर नौकरी तो जाएगी, केस में भी फँस सकता है।

"अब हो कहाँ ? क्या करते हो।" जयकिशुन मिसिर ने ये जानने के बाद पसीना पोंछते हुए पूछा।

"अब सर, क्लीनिक में यहाँ आराम से सेट हैं सर। शहर में खोल लिए हैं। सुनिए न सर, सुने हम किसी से कि उजागर मियाँ जी हज जाने वाले हैं। तो उनसे कहिएगा कि थोड़ा प्लीज सर फुल बॉडी चेकअप करवा लें और ध्यान रहे कि अबकी हमारे यहाँ करवाएँ, लवली क्लिनिक में नहीं।" अशोक ने एकदम नयी सूचना दी थी।

"हाँ हाँ, ठीक है। क्या नाम है क्लिनिक का ?" जयकिशुन मिसिर ने पूछ ही लिया।

"भेरी लवली क्लिनिक। एकदम लवली क्लिनिक के सामने ही है सर। इधर-उधर कहीं नहीं जाना है।" अशोक ने तुरंत बताया।

"और डॉक्टर कौन है ?" जयकिशुन मिसिर ने पूछा।

"सर लीजिए, अरे सर डॉक्टर अशोक सुइया।" अशोक ने जो कहा वो विश्वसनीय था ही नहीं सामान्य कानों के लिए।

"वाह क्या संयोग है ? ई नाम का और भी आदमी है ?" जयकिशुन मिसिर कैसे न पूछते यह बात।

"हाहा हाहा डॉक्टर अशोक सुइया इस संसार में मात्र एक ही है सर। आपसे जो बतिया रहा है।" अशोक ने इस आत्मविश्वास के साथ कहा था कि सुनने वाला केवल विश्वास के अलावा कुछ नहीं कर सकता था।

"तुम साला डॉक्टर बन गया रे अशोकवा ? कौन पढ़ाई पढ़ा रे ?" जयकिशुन बाबू के हाथ से मोबाइल छूटते-छूटते बचा था।

"हा हा अरे सब पढ़ने से ही डॉक्टर बनता है क्या सर ? हाथ साफ है, दवाई जानते ही हैं, उतना साल सरकारी अस्पताल में इलाज किए ही। अब

डिग्री वाला डॉक्टर बनने में साठ–सत्तर लाख रुपया लगेगा, तब भी गारंटी नहीं कि डॉक्टर बन ही जाएगा आदमी। फिर उसको हमारे जैसा ही आला लगा के बैठना है प्राइवेट खोल के, तो फिर काहे न हमारे जैसा डॉक्टर बने। गार्जियन का औकात है सर अब गाँव में कि बेटा को पढ़ाए मेडिकल में?" अशोक सुइया ने चार वाक्यों में पूरी रिपोर्ट रख दी थी।

"हे भगवान। बात तो सही ही है। सौ में नब्बे तुम्हारे जैसा ही डॉक्टर मिलता है। चलो भगवान आदमी को बीमारे न करे। वेरी लवली कांग्रेचुलेशन रे अशोक।" जयकिशुन मिसिर ने ईश्वर से सुरक्षा की गुहार लगाते हुए अब फोन काट दिया था।

शाम ढल ही चुकी थी। बिना बत्ती के कुछ बहुत साफ दिखाई नहीं दे रहा था। जयनाथ साह के दरवाजे पर दरबार लगा हुआ था। अब ये बैठकी जयनाथ साह की इच्छा के बिना चलती थी।

"आज बंद काहे है छोकरी का कैफे? क्या जयनाथ साह, क्या बात है?" बोगो ने कुर्सी से हाथ–पैर पसारते हुए पूछा। हालत देख स्पष्ट लग रहा था कि कहीं से भरपूर तरल ईंधन डाल के आया था बोगो।

"गलत बात है। ये सब चीज बंद नहीं होना चाहिए। जबकि दोपहर तक खुला था। क्या बताएँ बोगो बाबू। साला दुकान का मालिक हम होते तो नहीं ही बंद होने देते।" जयनाथ साह श्रद्धा अर्पित करने में आज भी वैसा ही था।

"दोपहर का खुला जान तो हम आ गए। खैर, चलो आज एक किस्सा सुनाएँ आपको साह जी? आपका उमर और हालत देख लग नहीं रहा कि महीना दु महीना से ज्यादा बचिएगा। आपको बहुत भीतरी बात पता रहता है न गाँव का? आज एक हम बताते हैं। मरने से पहले सुन लीजिए, आत्मा को शांति मिलेगा। क्या पता आज ही मर जाइए, इसलिए सुन लीजिए।" बोगो महतो का दिल अभी खिलंदड़ी करने के मिजाज में था। मस्तिष्क को अभी कोई सूचना नहीं जा–आ रही थी। अभी जो भी हृदय के तल में था, वही छलकता।

"बाप रे बताइए न। फिर आराम से मरें हम। बहुत कष्ट होता है जाड़ा–बरसात सब ई चौकी पर गुजारना।" जयनाथ ने तो जैसे इच्छामृत्यु ही माँग ली। जैसे कि कहानी खत्म और जयनाथ लेंगे विदा!

"लखी बैरागी का बाप कब मरा?" छोटे प्रश्न से शुरू किया बोगो

महतो ने।

"मर गया होगा बीस-इक्कीस साल पहले? के जाने। साला इतना बड़ा कांड कर के भागा था। मरना ही था।" जयनाथ साह ने बड़े प्रश्न का बचकाना उत्तर दिया था।

"हा हा अरे साल नहीं, बीस-इक्कीस महीना पहले। बदला तो ले लिए हम साह जी अपने भाई का। हा हा। बोगो का उधारी बहुत मुश्किल है रखना। साला चौबीस साल बचता रहा, कर्जापट्टी आता रहा। चेहरा ऐसा बदल लिया था कि कोई पहचान न पाए। और उसको पनाह कौन देता था? ये साला गद्दार उजागर मियाँ और धोखेबाज हरामी जयकिशुन मास्टर। ये उजागर के घर रहता था दु दिन, तीन दिन। बाल-बच्चा से वहीं मिले। क्योंकि मियाँ था न उजागर, तो कोई शंका ही नहीं कर सका कि यहाँ होता होगा परिवार मिलन। साला इस्लाम के साए में ये बहुत गलत काम करता था। लेकिन फिर उसने अल्लाह से माफी माँगा। जयकिशुन मिसिर लेकिन साला कमीना, जाएगा एक दिन। बस अबकी बार हम चुनाव लड़ रहे, इसलिए बर्दाश्त है सब।" बोगो बोलते हुए इतना निश्छल था कि आगामी लक्ष्य की सूची भी सार्वजनिक कर दे रहा था। जयनाथ के नीचे से चौकी निकल रही थी ये सब सुन के।

"बोगो बाबू, ये उजागर और जयकिशुन तो अनजान बनता है लखिया से?" जयनाथ मुँह बाए पूछ रहा था।

"नौटंकी, हमारे डर से नौटंकी। ये साले जानते थे कि नदी किनारे रोज सुबह हमारा भी आदमी टहलता था। इसलिए ये साला उजागर मियाँ तो ऐसा बात करता था लखिया के बारे में जैसे जानता ही नहीं। लेकिन मियाँ जाएगा कहाँ? एक दिन सब उजागर करना पड़ा।" बोगो ने अपनी गहरी जड़ें दिखाई थीं आज जयनाथ साह को, संभवतः उसकी मौत से ठीक पहले उसकी आत्मा की शांति के लिए। जयनाथ भी ये सब जिंदगी की आखिरी कहानी समझकर ही सुन रहा था।

"फिर आपको मिला कैसे इसका बाप?" जयनाथ ने दाँत पीसते हुए पूछा। लगा कि जैसे इसके दाँत के नीचे से खींचकर लाया गया था लखी के बाप को।

"हमको सूचना दिया बल्लोपुर का भूनीलाल साव। वही खबर भिजवाया कि एक नया और अदभेसु आदमी आता है महीना, चार महीना पर। मिठाई

खाता है, खरीदता है। फोन पर कर्जापट्टी बात करता है और हमारे स्टाफ मंटू बैरागी को थोड़ा–बहुत जानता है।"

"अरे साला, बहुत पुण्यात्मा निकला दोगला भूनीलाल साव।" जयनाथ साह ने सम्मानजनक तरीके से कहा।

"बहुत–बहुत। उसको हम बोले फोटो खींच लेना मोबाइल में। उसी में पकड़ाया। साला उसका भतीजवा मंटू बैरागी तो नहीं ही खींच रहा था। लेकिन हम भिड़ाए आदमी। बहुत बेजोड़ चीज है ई मोबाइल।" बोगो ने सिर को मस्ती में हिलाते–डुलाते जयनाथ साह को हिला दिया था।

"फिर मारे कैसे?" जयनाथ असली बात पे अटका था।

"ई बात नहीं बताएँगे। ये उजागर मियाँ बताएगा। उसी से पूछना।"

"आप तो एकदम एक तरह से खजाना हैं बोगो बाबू। दुनिया में कोई आपके जड़ का पता नहीं लगा सकता है।... एक बात... " अभी बोल ही रहा था कि हवा में कुछ गंध–सी घोलते हुए रॉकेट की तरह चीरती हुई गर्माहट गुजरी बगल से। टाक्! टाक्! यही आवाज आई। फिर आवाज आई चट्ट चट्ट... दो बार सुनाई पड़ी।

अगली आवाज थी, धप्प!

जयनाथ बोलते–बोलते ऐसा अटका कि लगा उसकी आवाज चली गई।

एक ही पल में सब कुछ बदल गया।

एकाएक धड़धड़ाहट से गूँजा पूरा वातावरण धुएँ से भर गया था।

जयनाथ ने अपनी छाती पर हाथ रखकर देखा कि बोगो अपनी कुर्सी पर नहीं था। उसने नीचे की ओर देखा और चिल्लाकर रोने लगा पूरी दहशत में। खून की एक धार बह रही थी बरामदे में। जयनाथ दोनों पैरों को उठाए चिल्ला–चिल्ला के रोने लगा, "आय हो बोगो बाबू, हमको मरने का बोलकर खुद ही चले गए हो बाबू। बाबू आप तो बोले थे कि जयनाथ साह अभी जाएगा, आप क्या किए हो बोगो बाबू? आपका ही बात, आप ही को कैसे लग गया हो भगवान।" जयनाथ अभी चौकी से नहीं उतर पाया था। उसी पर लात–हाथ पटक चीख रहा था। आँखें फैलाकर हिचकियाँ ऐसी ले रहा था जैसे अभी इसकी भी आत्मा निकल जाएगी, बोगो वाली आत्मा जैसे रुकी हुई हो इसे लेने के लिए।

नीचे पड़े हुए बोगो महतो की आँखें इस तरह निकली हुई थीं बाहर की तरफ जैसे अभी लहरा के खड़ा हो जाएगा। लेकिन किनारे से खून की धार निकलकर अब बरामदे से बहते हुए नीचे मिट्टी में जा रही थी। मिट्टी अब लाल होती जा रही थी। जयनाथ साह काँपता–थरथराता, रोता–सिसकता हुआ किसी तरह सरकते हुए चौकी से उतरा और ढीली हुई धोती को वहीं गिरता–खुलता छोड़ भागकर दुआर से नीचे उतर चिल्लाने लगा, "अरे कोई है? ए बाबू कोई। कोई है? अरे गोली चल गई... बोगो बाबू को ठोक दिया हो क्रिमिनल लोग हो।"

उसकी आवाज जैसे पूरे गाँव में फट गई।

घर–घर, ओसारे–ओसार मिनटों में पूरा बल्लोपुर जान गया था। लोग जुट गए और मोबाइल में तस्वीर लेकर भेजने लगे लोगों को। अभी भी किसी की हिम्मत नहीं हो रही थी कि उसके पास जाकर कम–से–कम ये सुनिश्चित कर ले कि पड़ा हुआ शरीर पार्थिव है या कोई उम्मीद है बची हुई? पर पड़ा हुआ शरीर सब कह दे रहा था। कर्जापट्टी में खबर जाते कोहराम मच गया था। मोटरसाइकिल का काफिला निकलने लगा वहाँ से बल्लोपुर के लिए, कई लोग पैदल नदी की तरफ से दौड़ चुके थे।

"बोगो महतो मरा गया!"

"कर्जापट्टी वाला बोगो?

"हाँ रे, गोली मार दिया... जयनाथ साह के दुआर पर... "

और देखते-देखते बल्लोपुर की नीरस संध्या एक हड़कंप भरी रात में बदल गई।

अब जितने मुँह, उससे कई गुना बातें।

"यह कमल बिहारी का काम है क्या?"

दूसरा बोला, "न, न, लखी बैरागी... पिछला हिसाब है।"

तीसरा फुसफुसाया, "मंत्री जी भी तो... कौन जाने... "

मंत्री जोगेश्वरी महतो को तुरंत सूचना मिली। महतो योद्धा व्हाट्सअप ग्रुप में जैसे ही तस्वीर आई बोगो के शव की, खलबली मची गई थी। जाति के प्रमुख जिला स्तरीय नेता और समाज के लोग भी पहुँच रहे थे। लेकिन उजागर मियाँ और जयकिशुन मिसिर कहीं नहीं दिए थे दिखाई।

थोड़ी देर बाद थाने की गाड़ी आई। पुलिस ने बहुत मशक्कत से शव के पास से भीड़ को हटाया। लाश की फोटो खींचने और उसे सोशल मीडिया में डालने वालों की भीड़ ही इतनी ज्यादा थी कि पुलिस को अपना काम शुरू करने में विलंबित होना ही था। पुलिस और अधिकारियों की लाल-नीली बत्तियों की चमक में बोगो की निढाल देह एक क्षण के लिए किसी बड़े नेता के शव जैसी लग रही थी। उसी सम्मान की चाह में वह जीता रहा था। उसी महत्वाकांक्षा के कारण चुनाव की तैयारी जारी थी।

सफेद शर्ट पर सफेद पैंट, गले में दो तोले से अधिक का स्वर्ण आभूषण, सफेद गमछा, दाहिने हाथ में घड़ी, गठीली काया, लेकिन अब निढाल देह के रूप में लुढ़की हुई थी।

शव अब पुलिस ने कब्जे में ले लिया था। जयनाथ साह को पुलिस ने वहीं बरामदे के पास बिठा के रखा था। कुछ युवा जयनाथ के साथ भी तस्वीर खिंचवाना चाह रहे थे कि क्योंकि उसी ने इस हत्या को लाइव देखा था, इसलिए कुछ लोग उसे ही यादगार के तौर पर एक तस्वीर में रखना चाहते थे। जयनाथ खुद ही नहीं समझ पा रहा था कि आखिर कोई उसकी तस्वीर क्यों खींचेगा? तब तक पुलिस लाठी हाँककर जयनाथ के पास से युवाओं को, बच्चों को भगा दे रही थी।

रात के लगभग साढ़े बारह बजे थे। दिसंबर की हवा में एक अजीब ठंड थी। ठंड से ज्यादा भीतर का खालीपन।

अंगद मुख्य घर से हट के पुश्तैनी वाले हिस्से के एक कमरे की मिट्टी से सनी दीवार के सहारे बैठा था। उसके सामने वही पुराना, स्टील का ट्रंक खुला पड़ा था। उसमें वर्षों की जमा-पूँजी थी– डिग्री के कागज, गर्व से सने खाकी कपड़े, शौर्यवीर के ट्रेनिंग की कुछ तस्वीरें। उसने ट्रंक के पास रखी अपनी नामपट्टिका को देखा।

'अंगद यादव, शौर्यवीर'

वह उँगली से उस नामपट्टिका पर आ गई हल्की–सी जंग को कुरेदने लगा... जैसे खुद अपनी ही पहचान को कुरेद रहा हो। उसे एक बार लगा, क्यों निकाला आखिर मुझे? मैं तो योग्य ही था शायद?" पास ही उसका मोबाइल बिना चार्ज के पड़ा था। उसे किसी से बात नहीं करनी थी। अंगद दिन में जब खिड़की से बाहर झाँकने का साहस जुटाता, तभी उसके कानों में

मोहल्ले के बच्चों की फुसकाफुसकी तेजाब की तरह घुलती– "देखे! नकली फौजी नकली फौजी, छोड़ के चली गई मायके भौजी। हा हा हा हा।"

अंगद सिहरकर जोर से खिड़की का पल्ला बंद करते हुए ठीक उसी खिड़की की कोर पर बदहवास लुढ़क जाता। देश को बचाने सीमा पर गया एक जवान इस वक्त खुद को बचाने की कवायद में लगा था।

उसने सबसे पहले हँसना छोड़ा, फिर बोलना छोड़ा, अब वो सुनना छोड़ रहा था। वो अपने होने के सारे नुकसान जमा कर रहा था और न होने से होने वाले हल का गणित। यही सब करता रहता वो बिस्तर पर औंधे मुँह गिरे हुए। वो किसी असफलता की परियोजना की तरह हो गया था जिसे आधा बनाकर छोड़ दिया गया था बह जाने के लिए।

कभी-कभी वो दीवार पर हाथ फेरता तो उसे अंगद की दो आकृतियाँ दिखाई पड़तीं।

एक वो, जो बचपन में गणित में पूरे गाँव को परास्त कर देता था और दूसरा आज वाला, जो जीवन का जटिल गणित बनाता हुआ अपनी ही परछाईं से डर रहा था।

इधर बल्लोपुर में पुलिस दिन–रात लगी हुई थी। स्थानीय मंत्री अवध बिहारी मंडल पर दबाव था। उधर जोगेश्वरी महतो का जोर लगा था कि अपराधी पकड़े जाएँ।

इसी बीच विलायती सिंह के मोबाइल की घंटी बजती है।

"अरे हेलो, कहाँ से कर रहे हो फोन तुम? सालों क्या कर दिए। हरामजादे ही हो?" विलायती भड़क गया था। वो तो हाथ में मोबाइल लिए ही बैठा था।

"अरे सर, है एक दोस्त है साथ में। नंबर डिलीट कर दीजिएगा सर बतियाने के बाद। उसी का फोन है। अरे वो तो मर गया। अब क्या करें सर? ई तो बड़का कांड हो गया।" उधर से एक युवा की आवाज आई।

"तुमलोग को साफ कहा गया था कि जान नहीं जाना चाहिए। अरे मूर्खों, मार दिए?" विलायती सिंह खुद अकबकाया हुआ था।

"अब हमलोग का क्या होगा विलायती बाबू? बचा लीजिए, हमलोग तो गए। एक तो भाग गया। उसका बदला हो गया पूरा। हमलोग पढ़े–लिखे

लड़के, हमलोग कहाँ भागें? आपके आदमी हैं। आपके कहने पर किया है।" आखिरी वाक्य में सब कह दिया था उस लड़के ने।

"ए चुप पहले। पागल हो क्या? यही पढ़े-लिखे हो बे? क्या बोलना चाहिए, क्या नहीं बोलना चाहिए, कुछ समझ आता है? हम हत्या बोले थे? तुमलोग मनबढ़ हो, पिस्टल दिए तो हत्या कर दिए?" विलायती भी लगातार थरथर कर रहा था भीतर से ये सब बोलते हुए। घटना बड़ी हो गई थी और मंत्री का नाम आ जाने का मतलब सब की बर्बादी थी।

"अब जो भी हुआ। हमारा तो पूरा जिंदगी दाँव पर है, अब हो गया गलती। बचा लीजिए? पकड़ा गए तो बहुत अच्छा थोड़े होगा।" साथ के दूसरे युवा ने फोन लेते हुए कहा।

"पहले मुँह बंद रखो। पकड़ाने नहीं देंगे। लेकिन तुम लोग बहुत गलत किए हो। सबसे पहले मेरा नाम भूल जाओ। तब हम करेंगे कोई मदद।" विलायती ने अपने तरीके से हड़काया।

"ऐ हो विलायती बाबू। आपका नाम याद है इसलिए उम्मीद है बचने का। सर उतना भी चुतिया मत समझिए। हमारा और हमारे दोस्त का पूरा करियर जा रहा। ये ठीक नहीं होगा। हमारा रास्ता गलत हो जाएगा फिर विलायती बाबू।" उस लड़के ने धमकी का सीधा जवाब दिया था। तब तक विलायती कुछ तय कर चुका था।

"ठीक है। आपस में फूट मत करो। नहीं तो सब पकड़ा जाएँगे। मंत्री जी का मैटर है, चिंता न करो। एक काम करो, एक घंटे बाद सीधे मेरे खेत वाले घर पर पहुँचो। बैंगनफुल्ली में नहीं, वो गाँव के बाहर वाला जो मकान है मेरा। देखे हो?" विलायती ने पूछा।

"सब देखे हैं। लेकिन पुलिस... घूम रही।" लड़के ने काँपते स्वर में कहा।

"अरे तुमको कोई गोली चलाते थोड़े देखा है? आ जाओ, कुछ नहीं होगा। पुलिस से हम फरिया लेंगे। बस थोड़ा सावधानी रखना। किसी को दिखना मत ऐसे घूमते हुए। एक घंटे में पहुँचो।" विलायती ने एक और नयी योजना बना ली थी जो अब जमीन पर उतरने ही वाली थी।

करीब एक घंटे के बाद वे लड़के विलायती के सामने थे। विलायती सिंह ने भरोसा देते हुए घर भेज दिया और सिर्फ इतनी सावधानी के लिए

कहा कि “अभी घर से बाहर मत निकलना, कुछ भी सुन लेने के बाद भी मत निकलना।”

बल्लोपुर में आज रात और भी गहरी थी। दूर–दूर तक कुत्ते के रोने की आवाज। सियार का हुआँ–हुआँ बोलना गाँव के एक छोर से दूसरे छोर तक साफ सुनाई पड़ रहा था। जयनाथ के दरवाजे पर भूतिया डेरा जैसा सन्नाटा था। लाश उठ गई थी लेकिन लगा कि बोगो वहीं गिरा हुआ है। बरामदे से खून के छींटे अभी साफ नहीं होने दिए थे पुलिस ने। जाँच के लिए पूरा घटनास्थल जस–का–तस सुरक्षित रखा गया था। जयनाथ साह आज रात भीतर आँगन में सोया हुआ था, लेकिन सो नहीं पा रहा था। उठ के बैठा रहा रात भर। दोनों बेटे पहली बार बाप के आसपास झपकी ले रहे थे।

सुबह सूर्य उगा था लेकिन दर्पण की गुमटी पे धूप नहीं पहुँच पा रही थी। करीब पाँच सौ लोग गुमटी के पास जमा थे। गुमटी के पीछे ही बाइक बरामद हो गई थी। एक पिस्टल गुमटी के पीछे टीन के शेड में छुपा बरामद हो गया था। किसी को उम्मीद नहीं थी कि हत्या के तार यहाँ दर्पण की गुमटी से जुड़ जाएँगे। पूरा गाँव छाती पर हाथ रखे अवाक् था।

मामले की जाँच में पहले ही दिन थोड़ी ढिलाई बरतने के कारण दारोगा माधव राम को निलंबित कर दिया गया था। नये दारोगा ने आते ही सुबह सबकुछ बरामद कर लिया था। दारोगा को फोन कर किसी ने बधाई भी कहा था सुबह-सुबह। दर्पण अभी बिस्तर से उठा ही था। उसे असल में किसी ने फोन कर बताया गुमटी वाला मामला। अभी वो कुछ सोचने और समझने की स्थिति में आता कि तभी उसके दरवाजे पर दस्तक हुई। एक बार तो कलेजा काँप गया दर्पण का। अपने लिए नहीं, अपनी बूढ़ी माँ के लिए। किसी तरह हिम्मत बटोर के उसने दीवार से झाँककर देखा। वो पहचान गया था। एक लाल चुनरी ओढ़े महिला को पीछे मोटरसाइकिल पे बिठाए उजागर मियाँ आए हुए थे।

दर्पण को पहले तो कुछ समझ में नहीं आया। लेकिन इस वक्त इतना कुछ बिना समझा हुआ चल रहा था कि बहुत कुछ सोचने का समय नहीं था उसके पास।

“अरे उजागर चाचा आप? बोगो को हम नहीं मारे हैं। कौन किया ये सब?” दर्पण ने दरवाजा खोलते हुए पूछा।

"मारे हो या नहीं मारे हो, ये छोड़ो अभी। बाकी सब बात भी पूछना बाद में। ये हमारी बेगम हैं। ये तुम्हारी माँ को ले के निकल जाएँगी कर्जापट्टी पैदल ही। तुम फटाक मेरे साथ बैठो गमछा लगा के। निकलो यहाँ से तुरंत।" उजागर मियाँ ने कुछ भी कहने और सोचने का अवसर नहीं दिया था।

"ये आपकी बेगम हैं। जी ठीक है। चाचा, ये बुर्का में रहतीं तो ज्यादा ठीक रहता। कोई पहचान नहीं पाता। माँ साथ में निकल जाती इनके।" दर्पण हड़बड़ कर के माँ को बताने के लिए मुड़ा।

"अरे पागल, बुर्का में चलना चाहिए आदमी को आज के समय में? बुर्का कुछ छुपाता नहीं, लोगों को बता देता है कि कहाँ देखना है।" उजागर मियाँ ने तपाक से कहा।

दर्पण इस वक्त, इस आफत के बीच उजागर मियाँ के आने का कारण ठीक से न समझ पा रहा था न ही पूछ पा रहा था।

वो जैसे ही अंदर माँ को बताने के लिए गया, उसके मोबाइल की घंटी बजी।

"हेलो, हम जयकिशुन बोल रहे हैं बेटा। बेटा उजागर मियाँ गया है क्या तुम्हारे पास? तुम दरवाजा बंद करो। कुछ करो। भागो। मत जाना उसके साथ। बड़का धोखा हो गया है। तुम भागो अभी। सब बताएँगे। पहले उजागर से बचकर निकलो।" इतना बोलकर फोन काट दिया था जयकिशुन मिसिर ने। दर्पण जिंदगी के ऐसे ऊहापोह में कभी नहीं था। अगर माँ नहीं होती साथ तो शायद इतना जोर देता भी नहीं दिमाग पर।

दरवाजे पर खड़े उजागर मियाँ इंतजार कर रहे थे।

"अरे निकलो दर्पण। पकड़े जाओगे। पुलिस आ रही। निकलो। ओह।" उजागर मियाँ ये बोलते हुए आँगन में दाखिल हुए। चारों तरफ तेजी से दौड़कर देखा। पीछे का दरवाजा खुला पड़ा था।

"हेलो, क्या मियाँ उजागर? आज उजागर हुआ तुम्हारा सच्चाई रे?" ठीक अभी जयकिशुन मिसिर ने फोन लगाया था।

"क्या मिसिर जी। अरे हम क्या करते? आपलोग बहुसंख्यक लोग। कभी हमारा सोचे कि सोसायटी का क्या चैलेंज है? अरे नहीं मानते बात बोगो का तो मारे जाते।" उजागर मियाँ ने जो कहा वो अकल्पनीय था।

"तो अल्पसंख्यक हो तो बहुसंख्यक को धोखा देकर सुरक्षित रहोगे? यही है तुम्हारा धर्म? पढ़ लिए सारा पाक किताब और इल्म?" जयकिशुन मिसिर खुद इतनी हैरत में थे। वाक्य पूरा भी नहीं कर पा रहे थे गुस्से और आश्चर्य के कारण।

"मिसिर जी। समाज में ऐसे ही चलता है। हमने बस वही किया जो कोई भी परिवार के लिए करता है। आखिर लखी का बाप साधु थोड़े था। बुलेटी महतो का हत्या तो किया ही था न?" उजागर मियाँ को कोई अपराधबोध नहीं था। अपने किए को वो अच्छे परिवार के सच्चे कर्तव्यनिष्ठ मुखिया की विशेषता बता रहे थे। फोन कट चुका था। किसने काटा, ध्यान नहीं रहा।

पर ये राज फोन पर लखी ने बताया था जयकिशुन मिसिर को। उसी ने बताया कि उसके पिता की हत्या नहीं होती अगर उजागर मियाँ ने बोगो को उसके पिता का ठिकाना न बताया होता। जिसके घर में बाप ने पनाह ली, उसी ने मरवा दिया ठिकाना बता के। असल में उजागर मियाँ के बेटे ने इसके बदले मंत्री जोगेश्वरी महतो से बोगो के मार्फत कुछ लाभ भी लिया था एक व्यवसाय संबंधी काम में।

लेकिन ये राज लखी के पिता के साथ दफन हो गया था। उजागर ने कभी ये जाहिर नहीं होने दिया। उसने तो लखी की बहन को साइबर कैफे खोलने में पैसे की मदद तक की थी। अगर आज लखी को बोगो के एक पूर्व सहयोगी ठेकेदार से ये पता न चलता तो आज भी ये राज ही होता और आज दर्पण पुलिस की गिरफ्त में होता। उजागर को अभी जोगेश्वरी महतो ने भेजा था दर्पण के घर। दर्पण जैसे ही बाहर आता, उसे उजागर अपने घर ले जाता जहाँ पहले से मंत्री जी के लोग बैठे हुए थे, वे दर्पण को अपनी पूछताछ में लेकर ये जानना चाहते थे कि वास्तव में ये हत्या किसने की थी? वे चाहते थे कि किसी तरह से इस हत्या में मंत्री अवध बिहारी का नाम आ जाए तो इस आधार पर उसका मंत्री पद खत्म करवाया जा सकेगा। मंत्री जोगेश्वरी को पूरा यकीन था कि ये हत्या दर्पण शुक्ला पान वाले ने अवध बिहारी के ही इशारे पर की थी। जोगेश्वरी महतो इतना सुनहरा मौका नहीं छोड़ना चाहता था। उसकी एक ही कवायद थी कि कैसे भी कर के मंत्री अवध बिहारी का नाम जुड़े इस कांड से। उजागर मियाँ को आज भी मंत्री के दबाव में आना ही पड़ा था। उजागर मियाँ एक सामाजिक प्राणी थे। समाज ने जब जिस दिशा में धकेला,

चल दिए। एक असली मध्यमवर्गीय चाल से चलने वाला सामाजिक व्यक्ति।

फोन कटने के बाद उजागर मियाँ की ये हिम्मत तो नहीं हो रही थी कि एक बार अपनी ओर से कोई फोन करें जयकिशुन मिसिर को। लेकिन उनके बेटे ने नया फोन खरीदकर दिया था कुछ दिन पहले। उसी में बोलकर संदेश प्रेषित करना भी सिखाया था। उजागर मियाँ ने वहीं दर्पण के आँगन में बिछी खाट पर बैठ, बोलकर संदेश रिकॉर्ड करना शुरू किया

"हमको गलत मत समझिएगा जयकिशुन बाबू। हम न जालिम हैं, न हम फकीर हैं। न हम कोई कसाई, न कोई दरवेश। न ही हमारा इतना हौसला है कि कहीं खुल्लम-खुल्ला होता अन्याय रोक दें, पर हम अन्याय करें? ऐसा तो हमें कभी मौका ही नहीं मिला। हम मिडिल क्लास हैं। हम चार पैसे दान कर सकते हैं लेकिन दिमाग में कहीं आठ पैसे छीनने की योजना बनाते हुए। मुफ्त में मिले तो बेहिचक बटोर भी लेते हैं। हम शरीफ लोग नहीं, असल में डरे हुए लोग हैं। हमने लखी के बाप को नहीं मरवाया, हमने अपने परिवार को बचाया। एक अच्छा आदमी यही करता है जयकिशुन बाबू, वो अपने परिवार को बचाता है। हम वही हैं जो जुल्म के खिलाफ फुसफुसाते हैं लेकिन जुल्म के डर से किसी और निर्दोष के भी खिलाफ खड़े हो जाते हैं। मैंने जब लखी के बाप को पकड़ा था गर्दन दबोचे हुए, उस वक्त लखी का नहीं बल्कि मेरे बच्चों का चेहरा आँखों में तैर रहा था मेरे। अगर मैं इनकार करता तो बोगो महतो मुझे ही ढेर कर देता। हम गलत नहीं करना चाहते, पर गलत के सामने झुक जाते हैं। यही है मिडिल क्लास, जयकिशुन बाबू। हम वोट देने में नैतिक हैं, रोजमर्रा के जीवन में बहुत व्यावहारिक और संकट में पाखंडी हैं। और परिवार के लिए अपराधी भी बन जाते हैं, हम ऐसे हैं। हम कसम से बुरा आदमी नहीं। हम कमजोर आदमी हैं। और कमजोर आदमी अक्सर बुरा कर बैठता है। हम जैसे लोगों का धर्म बस एक है, किसी तरह परिवार बचा रहे। चाहे इसके लिए किसी और का घर तबाह क्यों न हो जाए... आपको मुबारकबाद जयकिशुन बाबू, आप ताकतवर आदमी हैं। क्योंकि बोगो ने मुझे खरीदा, कभी आपकी बोली नहीं लगाई। और क्या चाहिए आपको? मिडिल क्लास के बीच होकर भी क्लास बचा ले गए आप। विदा जयकिशुन बाबू। राम-राम, खुदा हाफिज।"

ये उजागर मियाँ का जयकिशुन मिसिर को भेजा गया सिर्फ मोबाइल

संदेश नहीं था...

यह मध्यमवर्ग के भीतर सदियों से पल रहे उस अदृश्य कंपन की आवाज थी जहाँ मनुष्य अपने नैतिक पतन को भी विवशता मानकर स्वीकार करता है और फिर भी यह भ्रम पालकर चलता है कि उसने कोई पाप नहीं किया। यह स्वीकारोक्ति दरअसल हमारे समय की आत्मा का खुला हुआ घाव थी। यह स्वीकारोक्ति व्यक्तिगत नहीं थी। यह उस मध्यमवर्ग की सामूहिक स्वीकारोक्ति थी जिसकी नैतिकता अक्सर सिद्धांतों पर नहीं, भय और सुविधा के संतुलन पर खड़ी रहती है।

23

बल्लोपुर का आसमान काले धुएँ से भरा हुआ था। कोई यज्ञ नहीं हो रहा था। न ही कहीं बरातियों के स्वागत में पुलाव चढ़े चूल्हे जल रहे थे।

"भैया आपकी गुमटी जल रही है। आप भैया प्लीज कहीं भाग जाओ।" बस इतना कहा और कॉल कट गया। दर्पण के कानों में चीखती चुप्पी गूँजती रह गई। हाथ काँप गया। फोन जैसे अचानक भारी हो गया। मानो उसमें ही उसकी पूरी जिंदगी का भार भर गया हो। वह कुछ पल तक मोबाइल लिए खड़ा रहा, फिर लकड़ी की कठपुतली की तरह बैठ गया।

इस समय दर्पण, जयकिशुन मिसिर के संग उनके किसी रिश्तेदार के घर सुरक्षित बैठा हुआ था।

"गुमटी जला दिया न!" जयकिशुन मिसिर ने काँधे पर हाथ रख दर्पण से पूछा नहीं, बताया।

"वहाँ हमारा दुनिया जल रहा है। गुमटी नहीं था वो सर।" दर्पण की आवाज जैसे बैठ रही थी।

कर्जापट्टी से लाठी-डंडे से लैस होकर आए कई नौजवानों ने हाथ में केरोसिन का डब्बा लिए दर्पण की गुमटी को घेर किया था।

जब से मोटरसाइकिल और पिस्टल की बरामदगी हुई थी, ये साफ हो

गया था कि दर्पण ही दोषी है, उसी का हाथ है।

भीड़ को एक नाम चाहिए था, एक संज्ञा, सर्वनाश के लिए। दर्पण का नाम मिल गया था भीड़ की भूख को। भूख की आग को अभी आग की भूख थी, जिसे कोई भी चीज चाहिए थी जला डालने के लिए। लोग बोगो महतो की हत्या का बदला लेने का नाम ले रहे थे, पर असल में वे सिर्फ आग में अपने भीतर का उन्माद फेंक रहे थे। कोई पत्थर उछाल रहा था, कोई लाठी घुमा रहा था, कोई सिर्फ तमाशबीन बना इधर–उधर दौड़ रहा था। भीड़ के भीतर एक सनक थी, जैसे सभी लोग अपने-अपने अधूरे गुस्से को कोई सामूहिक मुक्ति दे रहे हों। गुमटी की टीन की चादरें तपकर लाल हो रही थीं, जैसे किसी लोहार की भट्ठी में रखा लोहे का टुकड़ा। भीतर रखे पान के हरे पत्ते बिना कत्थे के लाल होते हुए राख हो रहे थे। सिगरेट के पैकेट जल रहे थे। आग का रंग पहले पीला था, फिर केसरिया हुआ, फिर काला होकर ऊपर उठ गया।

उधर एक बार फिर विलायती सिंह के मोबाइल की घंटी बजी।

“अरे, अरे सर ये क्या हो गया ? हमारा पिस्टल और मोटरसाइकिल दर्पण भैया के गुमटी पर कैसे ? आप क्या राजनीति कर रहे हैं ?” उधर से चिल्लाती हुई आवाज आई।

“आवाज नीचे, आवाज नीचे। क्या हो गया ? तुमलोग बच गए न ? अब बनाओ करियर। हमने बचा दिया। नहीं तो अभी तक में तुमलोग जेल में होता।” विलायती सिंह गरमाया हुआ बोला।

“अरे तो गलत क्यों फँसा दिए ? दर्पण शुक्ला क्या बिगाड़ा किसी का ? किसी निर्दोष को फँसा दीजिएगा ?” लगभग रोती हुई मजबूर–सी आवाज आई उधर से।

“अरे मूर्खों, अपनी जिंदगी देखो। ज्यादा दोस्ती और सेंटीमेंट में मत फँसो, समझे। हत्या हुआ है अगर किसी आदमी का, तो क्या हवा में भूत आ के मार दिया ? कोई तो फँसेगा ही न ? बिना किसी का नाम दिए कैसे बचोगे तुमलोग ?” विलायती सिंह ने भावनाओं को ढेला बताते हुए कहा।

“दर्पण भैया का बलि मत दीजिए विलायती बाबू। हाथ जोड़ते हैं।” उधर से एक साथ दो आवाजें रोते हुए मिन्नत कर रही थीं।

“तो तुम लोग ही कर लो तय कि किसका बलि दे दें ? फँसना तो सच में तुमलोग ही चाहिए। ऐसा काम किए हो। लेकिन क्या बताएँ कि क्यों बच

रहे तुम लोग। फोन मत करना अभी कुछ दिन।" विलायती ने ये कहा और फोन काट दिया।

विलायती सिंह ने घर बुलाकर इन लड़कों से पिस्टल और मोटरसाइकिल ले, रात में दर्पण की गुमटी और उसके पास रखवा दिया था। विलायती को चिंता इस बात की थी कि अगर ये लड़के पकड़े गए तो उसका नाम आ जाएगा। और जब पुलिस विलायती को पकड़–धकड़ कर पीटेगी तो मंत्री का भी नाम आ ही जाएगा। ये कल्पना डरते-डरते विलायती सिंह ने मंत्री जी से साझा की फोन पर। इसलिए रात ही नया दारोगा भेजा गया। दारोगा माधव राम एक निर्दोष युवा दर्पण को इस तरह फँसाने के लिए तैयार नहीं हुआ था। नतीजा यह हुआ कि उसी रात उसका निलंबन जारी किया गया। हालाँकि इसके बाद मंत्री जी ने विलायती को सख्त निर्देश दिया था कि मामला शांत होने तक न वो उन्हें फोन करेगा, न मंत्री आवास के आसपास दिखेगा।

पुलिस दर्पण को खोज रही थी। बल्लोपुर से लेकर कर्जापट्टी तक छापे मार रही थी। दर्पण को जयकिशुन मिसिर ने बिलक़ुल सुरक्षित ठिकाने पर रखा था। दर्पण की बेचैनी खुद के फँसने की कम थी, उसे ये जानना था कि आखिर ये हत्या किसने की?

वो अपनी माँ के लिए भी लगातार परेशान था। माँ उसके साथ खड़ी लगातार उसे सांत्वना दे रही थी।

अभी कुछ देर हुई थी कि चार–पाँच लोगों के साथ जयकिशुन मिसिर अंदर आए।

उनको देख दर्पण एक क्षण को चौंका।

"बेटा, बेटा अब सब तुम्हारे हाथ में है। बचा लो चिन्मय को बेटा।" ब्रह्मदेव बाबू, दर्पण को देखते ही पछाड़ मारकर उसके पाँव पर गिरे। दर्पण हड़बड़ाकर पीछे हटा और उसने ब्रह्मदेव बाबू को सँभाला।

"अरे चाचा, अरे आप ऐसे क्यों कर रहे हैं?" दर्पण ने एकदम से झकझोरकर ब्रह्मदेव बाबू को खड़ा करते हुए थोड़ी असहजता के साथ कहा।

"चिन्मय कर दिया गलती। उसके भीतर पता नहीं कैसे ये हिंसा और ये रंगबाजी... पता नहीं।" ब्रह्मदेव बाबू आधा ही बोल पाए।

"हम सब मर जाएँगे बेटा। एक साथ दोनों घर बर्बाद हो गया।" पीछे से

शिवा के माता-पिता फफककर बोलने लगे।

दर्पण सिर पकड़कर बैठ गया था।

"कहाँ है दोनों?" दर्पण के मुँह से निकला।

"है, अपने घर पर ही है।" जयकिशुन मिसिर ने बताया।

"और कौन था इसमें?" दर्पण ने फिर पूछा। अभी दर्पण का स्वर स्थिर होने लगा था। अंदर जैसे कुछ दृढ़ हो रहा हो। कुछ जमने की प्रक्रिया शुरू हो गई हो जैसे।

"तीसरा लखी बैरागी था। उ फरार है। उसका तो बदला हो गया पूरा। ये दोनों बेकार में अपनी जिंदगी खतम कर बैठा।" जयकिशुन मिसिर ने दोनों के माता-पिता की ओर देखते हुए कहा।

असल में मंत्री अवध बिहारी ने बैठे-बैठे एक दिन विलायती से कह दिया कि बोगो को हल्का झटका देने के लिए एक योजना बने। इशारा मिलते ही विलायती ने अपने हिसाब से एक योजना बनाई थी। कुछ दिन तो ये बात टलती रही। इसी बीच बोगो ने एक दिन जयनाथ साह के दरवाजे पर लखी की बहन का हाथ पकड़ ही लिया। ऐन मौके पर साइबर कैफे में थोड़ी भीड़-भाड़ थी इसलिए किसी तरह हाथ छुड़ा के भागी थी लखी की बहन। ठीक उसी दिन चिन्मय को शिवा ने विलायती से मिलवाया और तभी तमतमाया हुआ लखी वहाँ बैठा ही था अपने मामले को ले के। लखी, विलायती से बता ही रहा था कि कैसे वो पिछले तीन साल से घात लगा के बैठा है बोगो को खत्म करने के लिए। एक बार जब उसके पिता को मारने की एक योजना असफल रही बोगो की, तभी ही जवाब में लखी ने अपने दो दोस्तों के साथ बोगो की दुकान पर जा फायरिंग की थी। लखी बोल रहा था, "आखिरकार बोगो ही जीतता रहा है अभी तक। हम कमजोर आदमी, किसी दिन तो जीतेंगे इस बोगो से।"

ये सब बातें चल रही थीं। तभी शिवा भी पहुँचा था। उसे भी एक बदला लेना था अपनी पिटाई का। चिन्मय ने जब मामला जाना तो अपनी ओर से कहा था कि "मैं भी रहूँगा प्लानिंग में। बोगो घटिया आदमी है। उसे सबक सिखाना ही होगा। आप बताओ कि ठोकना है कि सिर्फ डराना है बोगो को?"

राजनीतिक सरगर्मी, सामाजिक हालात के हिसाब से मंत्री जी की इच्छा देखते हुए तय हुआ था कि केवल गोली से डराना है, अगर एकाध गोली टाँग

में लग जाए तो सोने पे सुहागा हो जाए। विलायती सिंह ने हथियार उपलब्ध करा दिए। चिन्मय ने उत्साह के साथ भरोसा दिलाया, "जहाँ चाहेंगे वहीं मारेंगे गोली। ट्रेनिंग है हमारा, निश्चिंत रहिए।"

लेकिन उस दिन जब घटनास्थल पर पहुँचे, लखी ने अपनी अलग ही योजना सीधे सुनाई। वो तो अपनी माँ और बहन को शहर भी छोड़ आया था किसी रिश्तेदार के घर। दोपहर ही कैफे बंद हुआ और उसकी बहन निकली। यानी लखी की तरफ से पूरी तैयारी थी। जैसे ही घटनास्थल पर पहुँचे तीनों, लखी के प्रतिशोध का पूरा हिसाब लहू बनकर आँखों में उतर आया था। उसने कहा कि मैं आँख मूँदकर गोली चलाऊँगा, बोगो को लग गई तो गाँव छोड़ मैं भी निकल जाऊँगा। पर ये हुआ नहीं। लखी की चलाई पहली गोली निशाने से चूकी, ये देख चिन्मय का प्रशिक्षण उसे उकसा गया। उसने लखी को कोसा और बोला कि ऐसे चलता है गोली? बाइक से उतरकर एक कदम पीछे पाँव लेकर एकदम इंच-इंच नाप के ऐसा निशाना साधा कि उसकी पहली ही गोली बोगो के माथे को छेदते हुए निकल गई थी। बाकी की तीन गोलियाँ दोनों ने दनादन ऐसे ही अंधाधुंध चला दीं। शिवा मोटरसाइकिल पर तैनात था। अँधेरे में आसानी से निकल गए, नजर तो किसी की नहीं पड़ी।

"आपलोग हमसे क्या चाहते हैं, बताइए न? हम तो इस अफसोस में हैं कि चिन्मय और शिवा को इस लायक भी नहीं समझा पाए कि कम-से-कम सही और गलत का फर्क समझे। दोनों पढ़ने वाला लड़का। कैसे ऐसे... " दर्पण ने अफसोस में सने भाव से कहा।

"तुम ही हो बेटा अब हमारे परिवार को बचाने वाले। तुम जैसे ही बोलोगे कि हम नहीं मारे हैं बोगो को, पुलिस चिन्मय और शिवा को खोज ही लेगी।" ये बोल फिर घुटने पर गिर पड़े ब्रह्मदेव बाबू। संतान जब संताप बन जाए तब बाप का घुटना ऐसे ही मुड़ने लगता है। कमर झुकने लगती है। लेकिन यहाँ दर्पण किसी को झुकाने नहीं बैठा था। वो बस धीमे से मुस्करा दिया था ब्रह्मदेव बाबू की बात सुन।

वो समझ रहा था कि इतनी बड़ी बात कहने के किए छोटा-सा दिल जुटा नहीं पा रहे दोनों लड़कों के माता-पिता। उनके पास अभी निर्लज्जता की भाषा ही नहीं जिसमें वो बोल सकें सीधे कि आरोप खुद पर ले लो और हमारे बच्चों को बचा लो।

वहाँ इस वक्त मौजूद लोगों में सब असहाय थे। क्योंकि सब के पास कुछ पाने की, बचाने की आकांक्षा थी।

दर्पण वहाँ अकेला था जिसे जीवन में कुछ हासिल करने को नहीं जीना था। एक पान की गुमटी से क्या ही हासिल करना चाहता होगा वो आदमी?

अभी सामने बैठे सभी लोग कामना के अधीन थे। बचा लेने की याचना के अधीन लोग। दर्पण स्वतंत्र था, इस समय का एकाकी निर्णेता था।

"किसी की राजनीति, किसी का बदला, किसी का गुस्सा, किसी का फायदा और शिकार कौन? नौकरी खोजता हुआ पढ़ा-लिखा युवा। इन युवाओं को कैसे पढ़ा-लिखा मान लिया जाए जयकिशुन सर?" दर्पण के स्वर में रत्ती भर भी कंपन नहीं था।

सब चुप थे। केवल चिन्मय की माँ, शिवा की माँ की सुबकती हुई हल्की-सी ध्वनि गूँज रही थी।

"मैंने पान की गुमटी नहीं खोली थी, वो मेरे जीवन की थकान थी, मेरी बेकार हुई डिग्री का ढेर था। मेरी जंग लग चुकी महत्वाकांक्षा थी। माँ को सुख देने की अधूरी इच्छा थी। जो नौकरी कभी मिली नहीं, उसका आखिरी प्रमाणपत्र था वह गुमटी। कत्थे के लोटे में मेरी पिघली हुई उम्र थी। चूने के डिब्बे में मेरे पुराने सपनों की अस्थियाँ थीं।" दर्पण एक दार्शनिक की तरह नहीं बोल रहा था। तपा हुआ आदमी होता ही ऐसा है।

आगे बोलता जा रहा था, "लड़कों को जब मैं गुमटी के सामने खड़े देखता था तो मुझे डर लगता था कि कहीं ये भी मेरे जैसे न हो जाएँ। इसलिए मैंने उन्हें कभी पान नहीं खिलाया, अपनी असफलताएँ परोसीं हर बार पत्ते में लपेट के। ताकि वो सीख लें कि सपनों को आखिरी वक्त तक बचाकर रखना चाहिए, वरना आदमी गुमटी बन जाता है... मेरे जैसा गुमटी।

दर्पण की आवाज भारी होती जा रही थी।

"हम पान वाला नहीं थे ब्रह्मदेव चाचा। हम चेतावनी थे कि पढ़-लिखकर भी आदमी घिसता है और घिसते-घिसते एक दिन लुप्त हो जाता है।"

दर्पण के चेहरे पर एक विचित्र-सी करुण कठोरता उतर आई थी।

"अब साला आज भीड़ ने हमारा गुमटी ही जला दिया। वो ओट ही

जला दिया जिसके पीछे छुप के हम साँस लेते थे। हमारे महत्वाकांक्षा का जंग खाया हुआ ढाल था उ गुमटी। जला दिया। सब धुआँ कर दिया।" बोलते हुए कुछ क्षण रुका दर्पण। फिर एक लंबी साँस ली, कुछ ठोस जमा हुआ महसूस हुआ।

"अब वापस क्यों जाएँगे गाँव, जहाँ लौटने के लिए कुछ बचा ही नहीं? आपलोग मत घबराइए। अब नहीं जलेगा कोई गुमटी, कोई घर।" अब उसकी आवाज में एक विचित्र किस्म की आध्यात्मिक शांति थी।

"बेटा... बेटा... कुछ नहीं होगा तुमको भी।" और लिपटकर जयकिशुन मास्टर रो पड़े थे।

"हाँ सर, अरे कुछ नहीं होगा। साल भर में बेल। दु–तीन साल जेल, काट लेंगे सर। कोई फर्क नहीं हमारे लिए। क्योंकि आदमी तब मरता है, जब वो जी रहा हो। हम चाहते हैं कि ये लड़के जिएँ, मेरा भी सपना जिएँ। ये दो घर नहीं जलेंगे, ये चिन्मय शिवा, दोस्त मेरे, ये जाएँगे सर अच्छे रास्ते पर, सर। यही मेरी जिंदगी की पहली और अंतिम उपलब्धि है। मैं ये मौका नहीं छोड़ूँगा।" दर्पण ये बोल के मुस्करा उठा।

"लेकिन सुनिए। वो देखिए मेरी माँ बैठी है। बेटा को सिद्धि तब ही मिल सकता है जब उस यज्ञ में आखिरी मंत्र माँ बोले।" दर्पण ने झरते नयन से माँ की ओर देखा।

माँ ने दोनों हाथ उठा के आशीर्वाद दे दिया था। वहाँ मौजूद हर आदमी फट पड़ा। एक नदी फूटी वहाँ से। गुमटी की आग की तरफ बढ़ती हुई नदी।

इधर कई दिनों से अंगद रात को नींद में नहीं, चुप्पी में डूबता था। वो अपने घर में ही एक अदृश्य वस्तु की तरह बन गया था। वो कहीं नहीं था। एक दिन आदमी अपने भीतर से गायब होने लगता है। अंगद की टूटन बाहर से नहीं दिख सकती थी। उसने अपने को समेट के ही ऐसा रखा कि आसपास किसी को ये महसूस ही नहीं हो रहा था कि भीतर से कोई भरभरा रहा है।

आज साँझ, रोज की तरह नहीं लग रही थी। ऐसा लगा जैसे रात उतरकर घर को घेरने की तैयारी कर रही हो। ठीक तभी डाक द्वारा एक पीला लिफाफा मिला अंगद को। पीला रंग शुभ होता है। ये लगन का रंग था, हल्दी का रंग। अंगद लिफाफा लेकर कमरे में चला आया। कुछ देर पीले लिफाफे

को घूरता रहा। पता नहीं उसे क्यूँ लगा कि जैसे कोई डरावना जीव धीरे-धीरे उसकी ओर रेंग रहा हो।

उसने काँपते हाथों से लिफाफा खोला।

शब्द पहले धुँधले लगे, फिर तीर की तरह उठे कागज से।

'माननीय परिवार न्यायालय के आदेश से... स्थायी अलगाव... '

अभी इतना ही पढ़ा था। लगा कि पीछे से किसी ने सिर में भारी पत्थर दे मारा हो। ये पत्नी मालती के द्वारा भेजी गई तलाक की नोटिस थी।

घर की दीवारें अचानक ढहती हुई दिखने लगीं।

अंगद उठा नहीं, बस पीठ दीवार से टिका दी।

उसकी साँस भारी हो गई। बेचैन हो पैर पसारकर लंबी–लंबी साँस लेने लगा। भीतर से रुलाई और हिचकी आने लगी। लेकिन रोया ही नहीं।

सोचा था, पत्नी है झगड़ के गई है। एकाध महीने में तो सब ठीक हो जाएगा। दुनिया में सबका ठीक होता है। हमारा भी हो जाएगा।

लेकिन... लेकिन हमारा तो हुआ ही नहीं कुछ ठीक। कुछ भी नहीं।

उसे सुनाई दिया, रसोई से माँ की कलछुल–कड़ाही की खटर-पटर की आवाज आ रही थी। हल्दी की गमक, सरसों का छौंक, भात की गर्म भाप... सिंकती हुई रोटी की सौंधी गंध... पता नहीं आज क्यों एक साथ उड़कर अंगद की तरफ आ रही थीं। अंगद ने दो पल के लिए आँखें मूँदीं, अहा ये सुख... ये गंध, सब ले लिया। वह उठा और उसने कमरे की टेबल पर डिब्बे में रखा नारियल का तेल सूँघा। आह... हर तरह की सुगंध। एक पुरानी किताब रखी हुई थी, उसे भी नाक तक ले गया। अंगद फिर धीरे से आँगन की तरफ खुल रही खिड़की के पास आया। उसने बहुत धीमे से खिड़की के एक पल्ले को आधा खोला। उसे दिखा माँ रसोई में एक तरफ भात चढ़ा के रोटी बना रही थी। तुलसी चौरा पर कुछ भगजोगनी चमक रहे थे। झींगुर की आवाज... गली से आती–जाती साइकिलों के पैडल की आवाज। उसने देखा सब कुछ पहले जैसा चल रहा। उसे लगा कि दुनिया अपनी जगह पर पूरी शांति से खड़ी है और सिर्फ वही भीतर से ढह रहा है।

तभी दुआर पर से पिता के खखारने की आवाज आई। एक पुराना रेडियो बचा रखा था जलेश्वर यादव ने। उसी के कान ऐंठ रहा था। अंगद ने अब

पीछे हट के चुपचाप खिड़की का पल्ला बंद किया ठीक से।

टेबल पर छोड़े तलाक नोटिस को उठाकर सीने से लगा लिया।

उसकी उँगलियाँ सफेद पड़ने लगी थीं। भीतर भयंकर युद्ध जारी था, कोई निर्णय दूसरे से भिड़ रहा था। तभी खट से लगा कि भीतर के युद्ध में एक तो परास्त हो गया। एक की जीत हो गई थी।

जीते हुए निर्णय ने कमरे में टँगे पुराने बल्ब की पीली रौशनी की तरफ देखा। अंगद ने रौशनी के नीचे आकर अपने दोनों गाल छुए, अपना सिर छुआ।

अचानक तभी माँ की आवाज आई।

"अंगद, बेटा, खाना लगा दें? गरम–गरम बना है। जल्दी खा लो। फिर देर हो जाएगा।"

आवाज में वही पुरानी ममता, वही भरोसा, वही लाड़। अंगद ठिठक गया।

"अरे माँ! क्यों माँ! ऐसे तो रोक लेगी ये!"

उसकी आँखें भर आईं।

उसे लगा, 'खा लूँ क्या? लेकिन खाने गया आदमी नहीं लौटा तो? तो यहाँ देर हो जाएगी। ममता की नदी को पार कर वापस नहीं आ पाऊँगा।'

'लेकिन आखिरी बार पुकार रही है। क्या सोचेगी कि आखिरी बार भी नहीं आया, भात–रोटी रखा रह गया। देखा तक नहीं। ई अपमान तो नहीं करेंगे हम माँ का। पापा से भी मिल लें क्या? जाते–जाते कुछ खराब बोल दिए तो? तो लड़ जाऊँगा उनसे। फिर साला कुछ नहीं बचेगा, उधर उलझ जाऊँगा मैं। न, इधर लेट हो जाऊँगा। लगाऊँ एक बार दोस्तों को फोन। अरे नहीं। सब साले फँसा देंगे गप्प में।' अंगद के भीतर तूफान भी था और एक शांत टापू भी अभी।

जाने वालों, याद रखना, तुम्हें अपने पास बुलाने वाला ईश्वर भी एक बार पीछे से आवाज लगाता है, एक आखिरी मौका तो देता है, लौट जाने का। पर कुछ आवाजें बहुत देर से आती हैं। कहीं-कहीं ईश्वर भी देर है।

"रख दिए हैं कमरा के बाहर थाली। खा लेना जल्दी।" खन से थाली रखने की आवाज आई कमरे के बाहर।

तब तक अंगद संशय के द्वंद्व को परास्त कर चुका था। उसने एक बार फिर नोटिस को पढ़ा। कमरे में नायलॉन की एक रस्सी पड़ी हुई थी। पिता उससे मोटरसाइकिल पे बोरियाँ बाँधकर ले जाते थे धान की।

गले में रस्सी डालते हुए एक बार वो फिर कमरे की खिड़की तक आया। पल्ले को फिर धीमे से हटाकर आँगन की ओर देखा। आँखों में कुछ नहीं था। उसने आखिरी बार घर को चारों तरफ नजर घुमाकर देखा।

माँ अभी भी रोटी बेल रही थी। पिता वहीं पीढ़े पर खाना खा रहे थे। जीवन सामान्य रूप से चल रहा था। उसे संतोष हुआ और ये विश्वास भी कि इस सामान्य जीवन में उसके लिए कोई जगह नहीं।

खिड़की बंद कर वो पीछे की ओर पलटा। अंदर रखे ऊँचे लेकिन छोटे–से लकड़ी के स्टूल पर चढ़ा, पहले फंदे को पंखे में फँसाया और... और... पाँव से स्टूल को हल्का-सा धक्का... उसने कस के नोटिस को हथेली में दबोचा हुआ था। पैर हवा में झूले और एक हल्की–सी सरसराहट हुई। अगले क्षण हाथ से नोटिस का पन्ना छूट के जमीन पर बिछ गया था।...

कुछ देर बाद एक आवाज आई, "बेटा खाना रखा ही हुआ है अभी तक। अरे पहले खा लो न।"

कमरा चुप था। अब कोई दिक्कत नहीं। थाली से निकलने वाली भाँप शांत हो चुकी थी। भूख ही खतम। खाना ठंडा हो चुका था।

15 दिन बाद

बल्लोपुर में घड़ी ने जरूर अपनी सुइयाँ रोक दी थीं। लेकिन लोग कहाँ रुकते थे। अंगद के जाने की खबर पर कुछ लोगों ने अफसोस जताया और कुछ लोगों ने दु:ख, और फिर जिंदगी जैसे–तैसे अपना कुर्ता झाड़कर चलने लगी।

चाय दुकान, पान दुकान पर चर्चाएँ होने लगीं। बताइए, पढ़ा–लिखा लड़का भी मूर्खे है आजकल...

बताइए, पढ़ी–लिखी बहू भी खतरे है आजकल...

अंगद के दोस्त जरूर टूटे थे। उनको लगा जैसे अचानक किसी ने उनकी उम्र में से कुछ साल काटकर फेंक दिए हों। कृपालु तो शहर जा चुका था। लावण्या ने उसे एक कोचिंग में पढ़ाने का काम दिलवा दिया था। इस घटना को सुनते ही वो दो दिनों के लिए आया था गाँव, फिर वापस चला गया।

दर्पण जेल जा चुका था। उसे घटना वाली उसी रात की अगली सुबह जेल में ही ये खबर मिली थी। जेल की दीवारों पर आँसुओं से अलविदा लिख विदाई दी थी अपने मित्र को दर्पण ने।

इधर चिन्मय, शिवा, प्रभाकर अभी रोज घर जा रहे थे अंगद के। दो हड्डियों के ढाँचे ही तो बचे थे घर में। एक माँ, एक बाप।

माँ चूल्हे के पास जाती और आग देखकर चिल्लाने लगती।

"खाना ठंडा हो जाएगा। उसे गरम खाना देना था। हम खाना रख के चल दिए। बेटा गुस्सा गया हमारा हो।"

चूल्हा, आँगन, कमरे का दरवाजा... इनके बीच अभी तक दौड़ रही थी अंगद की माँ। वो बंद खिड़की खुलवाना चाहती थी।

जलेश्वर यादव कुछ दिन तो काठ की तरह पड़ा रहा था दुआर पर। बस हँसता रहता और आँगन के पार कमरे को देखता रखता। एक दिन वो खाट से मुट्ठी बाँधे उठा। सामने टँगनी पर पिछले आठ दिन से झूल रहे मैले–कुचले कुर्ते को शरीर में डाला और निकल गया बाजार की ओर।

अब रोज सुबह होते ही बाजार में भटकने लगता।

बिखरे बाल, वही मैली–कुचली, टूटे हुए बटन वाली टेढ़ी कमीज, आँखें लाल, फटे हुए होंठ।

हर मिलने वाले के सामने हाथ जोड़ दे रहा था।

"बाबू... जाने कि नहीं! अरे हमारा अंगद शहीद हो गया। बीर अंगद। बेटा हमारा, बल्लोपुर का गौरव अंगद यादव।"

एक बार तो लोग ठिठक जाते।

शुरुआत में पहचान के कुछ लोग उसे बिठाकर समझाने की कोशिश भी करते, "अरे जलेश्वर भाई, बेटा मर गया आपका, खुद से, आत्महत्या किया। काहे आप ऐसा फालतू भटकते हैं मैला–कुचला पहन के। ऐसा मत करिए न।"

कुछ तो हँस देते, कुछ आँखें फेर लेते।

"ए जलेश्वर भाय, पागल हो गए क्या हो? कौन-सा शहीद?" एक ने टोक दिया।

"ए बाबू, ए भाई लोग... गलत बात मत बोलो। अंगद मेरा बेटा, सुसाइड नहीं किया है। हट्ट साला, इतना कच्चा समझा क्या रे? बाघ का बच्चा था। शेर था अंगद। अरे सैनिक था। देश का जवान। शहीद हुआ है हमारा बेटा।" माथे का पसीना पोंछते हुए तनी हुई मुट्ठी लेकर बोल रहा था जलेश्वर।

लोग उसे देखकर रास्ता बदल ले रहे थे।

वो फटे कपड़ों में सड़क पर बदहवास दौड़ता।

"शहीद अंगद यादव अमर रहे। जब तक सूरज–चाँद रहेगा अंगद तेरा नाम रहेगा।" जलेश्वर चौराहे पर खड़ा हो मुट्ठी बाँधे हुआ था।

अंगद लगभग सैनिक था, अंगद लगभग शहीद हुआ था, जलेश्वर लगभग देशभक्त था, हम लगभग देश में रहते थे।

लोग आपस में बतियाते, इसी पगला के कारण इसका बेटा खतम हो गया।

लेकिन ये लोगों का सच था। प्रकृति का सत्य ये था कि एक पिता कठोर हो सकता है, भ्रमित हो सकता है, मगर हत्यारा नहीं। जलेश्वर क्या करता! उसने तो उसी समाज से सीखा था, राष्ट्रवाद ही मोक्ष है। बेटा ही घर

की प्रतिष्ठा का स्तंभ है, बेटी तो कठिन जिम्मेदारी। इसलिए जलेश्वर ने भी वही किया जो इस समाज के लाखों पिता करते हैं, 'अपने टूटे हुए सपनों का बोझा बेटे की पीठ पर रख देना, यह जाने बिना कि पीठ पहले से कितनी ही झुकी हुई है, उस पर कितने घाव भी हैं।' इसलिए अंगद की मौत हत्या नहीं, आत्महत्या नहीं, उस तंत्र की विफलता थी जिसे कभी कोई दोष नहीं लगता। तंत्र हमेशा दोषारोपण के लिए एक प्रतीक ढूँढ़ लेता है।

आधा गाँव अंगद की पत्नी को कोस रहा था। कोई उसे अपशकुन बता रहा था तो कोई पति को खा जाने वाली राक्षसी बोल रहा था।

पर पत्नी मालती भी क्या करती! वो इस दुःखदाई कहानी की अपराधी नहीं थी।

वह भी एक व्यवस्था की उपज थी जहाँ नकली रिश्ते, दहेज, सामाजिक दबाव, रिश्तेदारी में इज्जत, सब मिलकर किसी लड़की को इतना थका देते हैं कि उसकी अपनी थकान भी एक निर्णय माँगने लगती है। ऐसा निर्णय जो कई बार मजबूरी का निर्णय बनता है।

उसने जो किया, वो वही मजबूरी थी, दुर्भावना नहीं। अंगद की मौत इंसानों ने नहीं, व्यवस्थाओं ने सुनिश्चित की थी।

वह व्यवस्था, जो युवाओं को रोजगार नहीं, निराशा देती है। प्रशिक्षण नहीं, अनुशासन का क्रूर नाटक देती है। स्थायी भविष्य नहीं, तात्कालिकता के मायाजाल के बाद अनिश्चित भविष्य का विदा-पत्र देती है।

दूसरी तरफ ये कैसी सामाजिक व्यवस्था थी जो युवा की कमजोरियों को बीमारी समझती है, उसके घावों की तरफ नहीं देखती है। ये व्यवस्था जो पुरुष को रोने नहीं देती, बिलख के हल्का नहीं होने देती, मदद माँगने नहीं देती। लचीलेपन को तरसती ऐसी जवानी एक दिन अकड़कर टूट जाती है।

जलेश्वर का पागल होना, एक पिता की निजी विफलता नहीं थी, हम सबकी साझा नाकामी थी। जलेश्वर का दुःख एक देश की सामूहिक त्रासदी है, सामूहिक असफलता। जलेश्वर का संत्रास, हमारा सामूहिक विलाप है।

अंगद ने आत्महत्या नहीं की। उसे एक व्यवस्था ने तोड़ा था। काश देश उस निष्ठुर व्यवस्था को ही तोड़ पाता।

क्योंकि अंगद अकेले नहीं मरा। उसके साथ पूरा बल्लोपुर मरा था।

एक दिन एक दुकान पर पीछे से एक आदमी का कुर्ता खींचा जलेश्वर ने। "भैया जी, चंदा देना होगा। निकालो एक रुपया, दु रुपया, मूर्ति लगवाना है शहीद अंगद का। भाई अगर किसी को बेटा हो तो मेरे जैसा परवरिश देना। उसको वीर बनाना। शहीद बनाना। दो न बाबू चंदा।" जलेश्वर ये बोलकर उस आदमी के कपड़े खींचने लगा।

आदमी को दया आई।

"इसको एक बिस्कुट का पैकेट दे दीजिए। खा लेगा बेचारा।" उसने दुकानदार से कहा।

"हट, कुत्ता हैं क्या? अरे शहीद का बाप हूँ। देश के लोगों, शहीद का सम्मान करो बे। साला हरामजादा बिस्कुट देता है हमको। भीख नहीं माँग रहे, चंदा दो मूर्ति के लिए।" जलेश्वर ने सिर घुमा-घुमा के कहा।

इतना सुनते ही उस आदमी ने जोर से लात चलाई। जलेश्वर मुँह के बल नीचे जमीन पर गिरा।

"भक्क भोंसड़ी वाले पागल साले। बेटा शहीद हुआ है तुम्हारा? अरे साला मर गया आत्महत्या कर के। बेटा पागल था तुम्हारा। तुम भी पागल साले।" उस आदमी ने बाँह मोड़कर चीखते हुए उँगली दिखाकर कहा।

धम्म से गिरा जलेश्वर क्षण भर पड़े रहने के बाद अचानक से लहर के तूफान की तरह उठा। और उसके दोनों हाथ सीधे अब उसकी गर्दन पर थे।

"पागल? पागल बोलता है रे? पागल नहीं था बेटा हमारा... पागल नहीं हैं हम... विश्वगुरु हैं रे हम... विश्वगुरु... "

जय हो।

बातु की स्मृति में,

दुनिया के लिए एक मामूली बिल्ली,

मेरे जीवन की सबसे निर्दोष और मौन उपस्थिति।

इस निष्ठुर संसार में, मुझ जैसे पत्थर के भीतर

जिसने करुणा को आदत की तरह बसाया।

लिखते समय वह आकर

आँखें मूँद, चुपचाप पन्नों पर बैठ जाता था।

यह किताब उसी निश्छल प्रेम के नाम करता हूँ

जिसने बिना भाषा के

मुझे मनुष्य बने रहने की तमीज़ सिखाई।

मैं कितना मनुष्य हो पाऊँगा, नहीं जानता

पर बातु ने भरपूर कोशिश की।

जीवनसाथी अनिता जी के नाम,

जिसने इस किताब को केवल पढ़ा नहीं, सहेजा, शब्दों को सँवारा, कमियों को बताया, सुधारा, साथ होने का साहस दिया। मेरे एकांत से भी प्रेम किया, मेरी चुप्पी को भी जगह दी। ये उपन्यास आपके धैर्य और साथ के नाम।